EL MUNDO 21 HISPANO

EL MUNDO 21 HISPANO

FABIÁN A. SAMANIEGO
University of California, Davis, Emeritus

NELSON ROJAS
University of Nevada, Reno

MARICARMEN OHARA
Ventura College

FRANCISCO X. ALARCÓN
University of California, Davis

HEINLE
CENGAGE Learning™

Australia • Brazil • Japan • Korea • Mexico • Singapore • Spain
United Kingdom • United States

HEINLE
CENGAGE Learning

El mundo 21 hispano
Fabián A. Samaniego, Nelson Rojas,
Maricarmen Ohara and
Francisco X. Alarcón

Publisher: Rolando Hernández

Sponsoring Editor: Van Strength

Development Editor: Amy Johnson

Project Editor: Amy Johnson

Manufacturing Manager: Florence Cadran

Associate Marketing Manager:
   Claudia Martínez

Cover painting: *An Active Volcano in the
   Neighborhood*, © 1990 Lisa Houck,
   watercolor

For product information and technology assistance, contact us at
Cengage Learning Customer & Sales Support, 1-800-354-9706

For permission to use material from this text or product,
submit all requests online at **www.cengage.com/permissions**
Further permissions questions can be e-mailed to
permissionrequest@cengage.com

Library of Congress Control Number: 2003109894

Student Text
ISBN-13: 978-0-618-49808-6
ISBN-10: 0-618-49808-7

Instructor's Annotated Edition
ISBN-13: 978-0-618-50135-9
ISBN-10: 0-618-50135-5

Heinle Cengage Learning
20 Channel Center Street
Boston, MA 02210
USA

Cengage Learning is a leading provider of customized learning solutions
with office locations around the globe, including Singapore, the United
Kingdom, Australia, Mexico, Brazil, and Japan. Locate your local office at
www.cengage.com/global

Cengage Learning products are represented in Canada by
Nelson Education, Ltd.

To learn more about Heinle, visit **www.cengage.com/heinle**

Purchase any of our products at your local college store or at our
preferred online store **www.cengagebrain.com**

Printed in the United States of America
6 7 8 9 13 12 11 10

Contenido

¡Bienvenidos a *El mundo 21 hispano*!

El mundo 21 hispano offers a variety of challenging and stimulating features designed to increase the cultural and linguistic competency of heritage Spanish speakers. The text is unique in that it is designed to help you achieve a global understanding of the sociocultural and historic dimensions of the Spanish-speaking world while at the same time providing you with ample practice in writing, vocabulary expansion, and grammatical awareness.

Content-based Approach for Heritage Spanish Speakers

El mundo 21 hispano's content-based approach provides you with a wealth of opportunities to interact with other students as you discuss the many cultural and literary readings in each unit and enjoy the fully integrated text-specific video that features authentic footage from various regions of the Spanish-speaking world.

Content Equals Culture

In *El mundo 21 hispano* you will acquire cultural competency as you improve your listening, speaking, reading, and writing skills. As you discover the twenty-one countries that comprise the Spanish-speaking world,* you gain insight not only into the various Spanish-speaking cultures and civilizations, but achieve a more global understanding of the issues and challenges faced by the Spanish-speaking world today. The geographically organized text lessons describe people and events, initially in the context of the historical past, followed by new developments of the twentieth and twenty-first centuries.

Skill Development for Heritage Spanish Speakers

In *El mundo 21 hispano* you will develop strong reading and writing skills while continuing to work on your communicative skills. In the **Acentuación/Pronunciación y ortografía** sections you will receive extensive help with accents and spelling. In the **Escribamos ahora** sections you will be asked to do a variety of writing tasks. Finally, you will be able to further develop your listening skills by using the text-specific video and CDs that accompany the *Cuaderno de actividades*.

Highlights of *El mundo 21 hispano*

El mundo 21 hispano offers heritage Spanish speakers a variety of features carefully designed to meet your specific needs.

* This number includes the United States, now the fifth-largest Spanish-speaking country in the world. In addition to these countries, Spanish is also widely spoken in the Philippines and is the official language of Ecuatorial Guinea.

■ *Culturally unified chapters.* The twenty-one Spanish-speaking countries are organized into six logical, geographical **Unidades: Hispanos en EE.UU.; España, México y el Caribe; La Gran Colombia de Bolívar; la región Andina; y el Cono Sur. Los orígenes,** the **Unit opener,** gives the early history of the geographical region comprised of the three or four countries presented in each unit.

■ *Systematic focus on vocabulary expansion.* **Mejoremos la comunicación,** the interactive vocabulary section, presents active vocabulary in a thematic format and expands on the topics of the cultural sections, such as shopping, theater, the arts, and world economics. **Palabras claves,** a vocabulary enrichment section, teaches you how to derive new words and understand the meaning of key words taken from **Mejoremos la comunicación.**

■ *Extensive practice with accents and spelling.* The **Acentuación/Pronunciación y ortografía** sections provide you with the often much needed extensive practice for both hearing and knowing when to write accents. The **¡Ay, qué torpe!** sections ask you to correct accentuation and syllabification errors in a variety of written works throughout the text.

■ *A deductive grammar for hispanohablantes and bilingües.* Before studying any grammatical concept, you do an activity entitled **¡A que ya lo sabes!** in which you quickly realize that you already correctly use the concept being studied. You then proceed to deduce the actual rules that govern the concepts being taught. **Notas para bilingües** and **Notas para hispanohablantes** address the specific needs of heritage Spanish speakers throughout the **Manual de gramática.**

■ *Country-specific literature and an introduction to literary analysis.* The **Y ahora, ¡a leer!** sections include literary readings by authors representing each of the twenty-one Spanish-speaking countries. They comprise a wide variety of genres, including short stories, fragments from novels, poetry, legends, and essays. In the section **Introducción al análisis literario,** you are introduced to various literary techniques and styles and then allowed to apply that information to the literature you read.

■ *Up-to-date cultural content.* All celebrities and personalities presented in the **Gente del Mundo 21** section are the very people appearing in today's headlines in newspapers and magazines throughout the Spanish-speaking world and beyond. In a similar manner, the **Del pasado al presente** historical readings always include a detailed update on what is happening in each of the Spanish-speaking countries today.

■ *You learn to recognize and respect linguistic variants.* From the very first, you are made aware, in the **Lengua en uso** sections, that the Spanish spoken in one country or region will vary from that of other regions, but all are valid and must be respected.

■ *A process-writing section in every unit.* This section allows you to focus on and develop writing skills long before exam time.

■ *Country-specific video footage.* The **¡Luces! ¡Cámara! ¡Acción!** sections contain video footage from fourteen different Spanish-speaking countries and three ethnic groups of Hispanics in the United States.

■ *Expanded cultural exposure through Internet.* The **Exploremos el ciberespacio** sections allow students to use the Internet via the *Mundo 21* website, which also provides web-related activities and lesson-based self-tests.

An Overview of Your Text's Main Features

El mundo 21 hispano is composed of six units that include three to four lessons each, as well as a **Manual de gramática** section at the end of each unit. Each unit begins with a two-page unit opener.

Unit Opener

Striking photos and a brief historical overview introduce the featured geographical region.

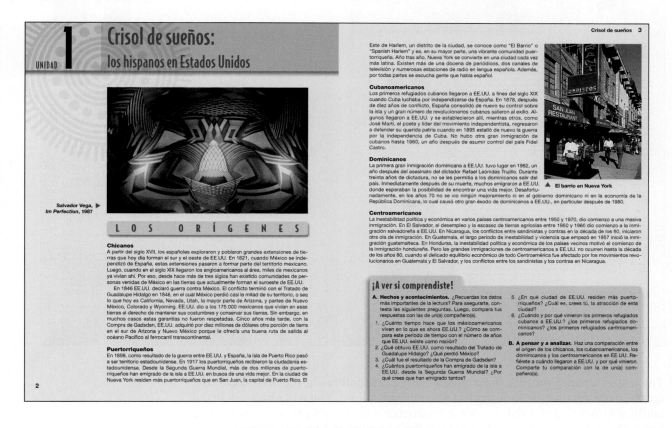

Each Unit Opener includes **¡A ver si comprendiste!,** which allows you to check your understanding of the information presented in **Los orígenes** and also to analyze that information.

Each lesson of *El mundo 21 hispano* is designed to develop and reinforce specific language skills and accommodate various learning styles. Each lesson contains nine major sections.

Gente del mundo 21

Meet outstanding personalities from the featured region to further your introduction to the culture.

The lesson opener profiles three noteworthy personalities in the arts, literature, sports, or entertainment industry of the country featured. You will also see a list of additional noteworthy figures. Your instructor will ask you to share what you know about these people and to research their background on the Internet.

Acentuación/Pronunciación y ortografía

To build your listening and writing skills, the Acentuación/Pronunciación y ortografía section provides extensive practice with accents and spelling.

In this section you practice syllabification, the use of written accents, and correct spelling in Spanish. You also work with problematic letter combinations in spelling (**b/v, c/qu/k, y/ll, r/rr,...**) and with paronyms (**ay/hay, a/ah/ha, de/dé, aun/aún,...**).

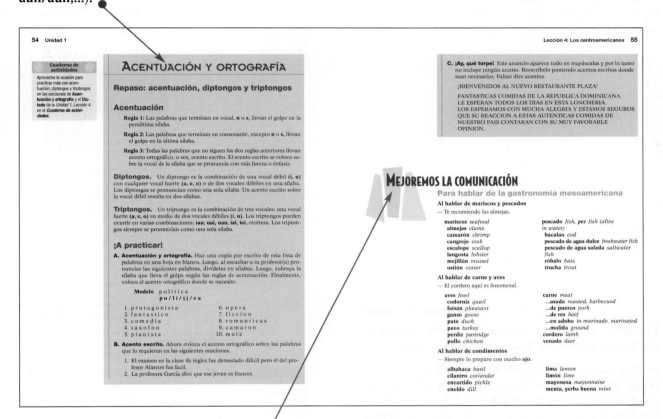

Mejoremos la comunicación

To build vocabulary acquisition and grammar skills, mini-dialogues introduce the active vocabulary in context as well as the grammar structure(s) of the lesson.

The dialogue topics are drawn from the **Cultura ¡en vivo!** cultural reading. The exercises that follow provide ample vocabulary building and grammar practice through a variety of activities including interactive discussions, role-plays, and debates.

Del pasado al presente

Improve your cultural awareness through additional historical readings.

These readings build on the historical information presented in the **Unit opener.** The accompanying **¡A ver si comprendiste!** activities check your understanding of key facts and events and pose questions that require critical thinking and analysis of some of the historical events presented.

Lección 4: Los centroamericanos   **57**

D. Notas para hispanohablantes: práctica. Selecciona el adjetivo o pronombre demostrativo apropiado. ¡Ojo! ¡No te confundas con los verbos!

1. (Este/Éste/Esté) es el mejor restaurante centroamericano de la ciudad.
2. Sin duda alguna, (estas/éstas/estás) son las mejores pupusas que he comido.
3. (Aquellas/Aquéllas) cremas se ven muy ricas también. ¿Vas a probarlas?
4. ¿Qué es (ése, ésa, eso)? ¿Es un postre o una ensalada?
5. (Estos/Éstos) son los tostones, es decir, plátanos fritos.

DEL PASADO AL PRESENTE

Manual de gramática

Antes de leer **Del pasado al presente,** conviene repasar los comparativos y superlativos en la sección 1.7 del **Manual de gramática** (pp. 000-000).

Los centroamericanos: esperanza y desafío

La década de los 80
En la década de los 80, los movimientos revolucionarios en Guatemala y El Salvador y los conflictos entre los sandinistas y los contras en Nicaragua afectaron la estabilidad de todo Centroamérica. Como consecuencia, grandes números de centroamericanos abandonaron sus países e inmigraron a EE.UU. en busca de una vida mejor. Inicialmente, muchos esperaban regresar a su país algún día, pero con el pasar de los años, se adaptaron a la vida

Triste resultado de conflictos en Centroamérica

en EE.UU. y se establecieron en su nuevo país, a pesar de que la vida no era fácil. Al establecerse en EE.UU., muchos han decidido traer a sus familiares.

Los salvadoreños Se ha determinado que, de los más de 817.000 salvadoreños que actualmente residen en EE.UU., uno de cada seis (aproximadamente el diecisiete por ciento) nació en este país. De los demás, la mitad ha entrado al país legalmente bajo el derecho de asilo político otorgado a ciudadanos de un país en guerra. Otros han tenido que hacer un largo y peligroso viaje a través de México y los desiertos de EE.UU.

La mayoría de los salvadoreños viven en Los Ángeles, California, pero también hay grandes concentraciones en Washington, D.C. y en Houston, Texas. Aproximadamente sesenta y cinco por ciento de los salvadoreños en Los Ángeles

Lengua en uso

Examine variations of the Spanish language used throughout the Spanish-speaking world.

In this section, you examine Spanish as it is currently spoken and written. Here you will see the great multicultural and multiracial diversity of the Spanish-speaking world. Carefully selected literary selections will help you validate your own variation of home language, be it **caló, el habla caribeña, voseo, el habla campesina,** or another variation. You will also learn how the Latin, Greek, Quechua, and English languages have influenced Spanish and how languages in contact affect each other. Finally, you will be introduced to various aspects of oral tradition: **trabalenguas, adivinanzas, refranes, versos de la niñez,** and the like.

Lección 4: Los centroamericanos   **59**

B. A pensar y a analizar. ¿Por qué crees que miles de refugiados centroamericanos han escogido venir a EE.UU. y no a México o a algún país sudamericano? ¿Qué cree que la vida en EE.UU. sea tan difícil para la mayoría de los refugiados centroamericanos? ¿Crees que la vida habría sido más fácil para ellos si hubieran escogido irse a un país hispanohablante? ¿Por qué?

Cuaderno de actividades

Aprovecha la ocasión para practicar más al escribir una breve descripción de tu restaurante mesoamericano favorito en la sección **Composición: descripción de la Unidad 1, Lección 4** en el **Cuaderno de actividades.**

C. Redacción colaborativa. En grupos de dos o tres, escriban una composición colaborativa de una página a página y media, sobre el tema que sigue. Sigan el proceso de escribir colaborativamente que aprendieron en el **¡A ver si comprendiste!** de la *Lección 2.* Empiecen por escribir una lista de ideas, luego incorpórenlas en un primer borrador. Revísenlo, asegurándose de que las ideas tengan sentido. Si es necesario, preparen un segundo borrador y corríjanlo con mucho cuidado. Escriban la versión final en la computadora y entréguenla.

En la década de los 80, movimientos revolucionarios causaron que grandes números de centroamericanos abandonaran sus países e inmigraran a EE.UU. en busca de una vida mejor. ¿Por qué creen Uds. que hay gente que decide abandonar sus países en vez de quedarse a defender sus derechos? ¿Están de acuerdo con los miles de centroamericanos que abandonaron su país y a sus familiares? ¿Por qué sí o por qué no?

Ya has estudiado el habla coloquial de muchos chicanos —el caló— y también el habla caribeña —el habla coloquial de puertorriqueños, cubanos y dominicanos. En esta lección vas a familiarizarte con una gran riqueza de variantes de vocabulario centroamericano, como por ejemplo: *cipote* = niño, *chancho* = cerdo, *chompipe* = pavo, *chucho* = perro, *encachimbearse* = enojarse, y con el "voseo", el habla coloquial de El Salvador, Guatemala y ciertas regiones de Nicaragua. El voseo también se usa extensamente en Costa Rica, Argentina, Paraguay, Uruguay y en grado menor en Colombia, Chile, Bolivia y Ecuador.

El voseo: los centroamericanos

El español hablado en grandes partes de Centroamérica incluye una gran riqueza de variantes de vocabulario, como por ejemplo: *cipote* (nino), *chancho* (cerdo), *chompipe* (pavo), *chucho* (perro), *encachimbearse* (enojarse). Tal vez la variante que más sobresale es el extenso uso del pronombre "vos" y sus formas verbales en vez del pronombre "tú" y sus distintas formas. Al escuchar a un salvadoreño, un guatemalteco o un nicaragüense hablar con amigos o conocidos, es probable que oigas expresiones como las siguientes.

¿Qué *querés* hacer *vos*?
Vení conmigo al cine esta noche.
¿Qué *pensás vos*?

Las formas verbales más afectadas por el voseo son el presente de indicativo y de subjuntivo y el imperativo. Verbos en **-ar, -er, -ir** utilizan las terminaciones **-ás, -és, -ís** (*comprás, querés, venís*) en el presente de indicativo y **-és, -ás** (*comprés, vendás, vivás*) en el presente de subjuntivo. En el imperativo se acentúa la vocal de las terminaciones **-ar, -er, -ir** y se elimina la **-r** final (*comprá, queré, vení*).*

*Las terminaciones del voseo no son uniformes por todas las Américas. Varían en distintos países.

Y ahora, ¡a leer!

Successful reading experiences through accessible and interesting literary readings.

Featuring the lesson's principal literary reading, this section provides a good overview of the Hispanic world of letters and includes a wide representation of contemporary writers, both male and female. Extensive pre-reading sections, **Anticipando la lectura** and **Vocabulario en contexto,** provide activities that foreshadow key content and vocabulary, while **Conozcamos al autor** presents background information on the author. Both of these features help prepare you for a successful reading experience. The post-reading section, **¿Comprendiste la lectura?,** checks basic comprehension and encourages you to analyze and discuss salient points about the reading's plot, characters, themes, and style.

Introducción al análisis literario

Introduction to literary analysis facilitates discussion of literature.

This section introduces the basic concepts of literary analysis in order to facilitate your discussion and understanding of various genres: narratives, short stories, poetry, legends, and essays. The activities that follow apply these concepts to the literary work you just read in **Y ahora, ¡a leer!**

Lección 4: Los centroamericanos **63**

2. ¿Hay ironía en el título del poema? Explica.
3. Examina los siguientes dos versos.
 "salió huyendo de la guerra
 y muerta la envían a la guerra"
 ¿Qué quiere decir el poeta con estas dos líneas? ¿Puedes encontrar otras que enfatizan la tragedia de Esperanza?

C. Debate. En grupos de cuatro, hagan un debate sobre la siguiente pregunta: ¿Quién fue responsable de la muerte de Esperanza, ella misma o EE.UU.? Dos deben argumentar que ella misma fue la responsable y dos que EE.UU. fue responsable. Informen a la clase cuáles fueron los mejores argumentos.

Introducción al análisis literario
Personajes y protagonistas

■ **Personaje:** una persona que aparece en un cuento, novela, drama o poema.
■ **Protagonista:** el personaje principal de una obra literaria. Toda la acción de la obra se desarrolla alrededor de este personaje.

A. Personajes y protagonistas. Contesta las siguientes preguntas.

1. ¿Cuántos personajes hay en el poema de Jorge Argueta? ¿Quiénes son?
2. ¿Cuántos protagonistas hay? ¿Quiénes son?
3. ¿En qué voz narrativa se relata este poema? ¿Quién es el narrador? ¿Cómo lo sabes?

B. Con un(a) compañero(a) de la clase, escriban un poema similar al que acabamos de estudiar. Relaten los esfuerzos de un pariente, un(a) amigo(a) o una persona imaginaria refugiada en EE.UU.

¡Luces! ¡Cámara! ¡Acción!

Viewing native speakers in real-life situations improves listening comprehension skills.

To improve your listening comprehension skills, you need to be exposed to real language. Like the literary readings of the text, the **Mundo 21** video provides natural contexts for you to see and hear native speakers in real-life situations. Pre-viewing (**Antes de empezar el video**) and post-viewing activities (**¡A ver si comprendiste!**) give you the support you need to comprehend natural speech.

---

64 Unidad 1

¡LUCES! ¡CÁMARA! ¡ACCIÓN!
En comunicación con Centroamérica

En la década de los 80, grandes números de inmigrantes centroamericanos empezaron a cambiar el paisaje norteamericano, estableciéndose en Miami, Houston y muchas otras grandes ciudades de EE.UU. En Nueva York y Boston por ejemplo, estos inmigrantes han transformado vecindades enteras. El impacto económico se cuenta en billones de dólares.

Algo que todos los centroamericanos en EE.UU. tienen en común es el deseo de mantenerse en comunicación con gente en Centroamérica. Todos tienen familiares y amigos que dejaron en sus propios países y anhelan comunicarse con ellos.

En esta selección van a conocer a varios centroamericanos que viven y trabajan en los alrededores de Boston, Massachusetts. Van a oírlos decir cómo se mantienen en comunicación con familiares que todavía viven en Centroamérica.

Antes de empezar el video

Contesten estas preguntas en parejas.

1. ¿Hay inmigrantes centroamericanos en la ciudad en que viven Uds.? Si así es, ¿en qué parte de la ciudad tienden a vivir? ¿Qué tipo de trabajo consiguen? Si no es el caso, ¿han visto indicios de la presencia de centroamericanos en otras ciudades de EE.UU.? Expliquen.
2. ¿Por qué creen Uds. que es tan importante para los centroamericanos en EE.UU. mantenerse en comunicación con gente en Centroamérica?
3. ¿Qué medios de comunicación usan Uds. para mantenerse en comunicación con sus parientes, familiares y amigos que viven en otra ciudad?

¡A ver si comprendiste!

A. En comunicación con Centroamérica. Contesten las siguientes preguntas en parejas.

1. ¿De dónde emigraron Orly y Blanca Maldonado? ¿Dónde viven ahora? ¿Qué tipo de trabajo hace Orly? ¿Con qué frecuencia manda dinero a sus parientes?

Escribamos ahora

Develop your writing skills and organizational techniques through this innovative process-oriented approach.

Each of these sections focuses on a specific type of writing, such as description and point of view, contrast and analogy, direct discourse, expressing and supporting opinions, and hypothesizing. This section takes you step-by-step through pre-writing activities such as brainstorming, clustering and outlining, writing a rough draft, rewriting, and peer review. The end result is a well-developed composition on a topic that relates thematically to the lesson.

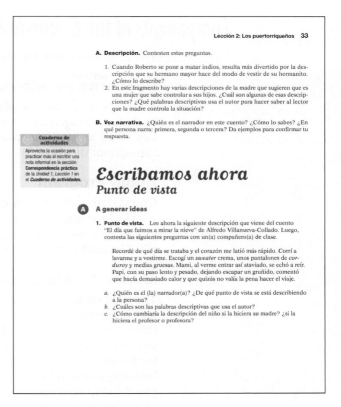

Exploremos el ciberespacio

Discover authentic Spanish language on the Internet.

You will find numerous resource materials, activities, and links to sites in Spanish-speaking countries.

Manual de gramática

Clear grammar explanations separate from the main content lessons allow grammar to be studied separately and reinforced within the lessons.

All grammatical concepts are introduced in **¡A que ya lo sabes!,** designed to help you recognize that you instinctively know how to correctly use the grammar concepts being taught and can deduce the rules that govern each concept. The **Manual de gramática** includes a large number of **Notas para bilingües,** designed to make bilingual students aware of similarities and differences in Spanish and English, and **Notas para hispanohablantes,** aimed at making heritage Spanish speakers aware of your own community language and when to use a more widely spoken Spanish. The **Ahora, ¡a practicar!** exercises following each grammar point reinforce the vocabulary and cultural content in a meaningful context.

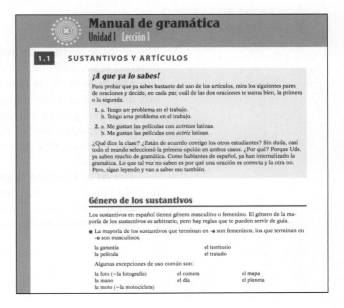

Components of the *El mundo 21 hispano* Program

The following components are available to students.

Cuaderno de actividades

Every lesson in the ***Cuaderno de actividades*** (Workbook/Laboratory Manual) has two main sections: **¡A escuchar!** and **Mejoremos la comunicación.** An answer key to all written exercises is provided so that you can monitor your progress throughout the program.

Audio Program

Coordinated with the **¡A escuchar!** section of the ***Cuaderno de actividades,*** the *Audio Program* emphasizes the development of listening comprehension skills and further understanding of the relationship between spoken and written Spanish. The audio CDs provide approximately sixty minutes of material for each unit.

Mundo 21 Multimedia CD-ROM

The dual platform multimedia CD-ROM provides additional grammar and vocabulary practice, additional practice with short video clips and games, and provides immediate feedback so that you can check your progress in Spanish. When you require extra review, you can have access to it outside of class, thus allowing for a more communicative classroom experience. Each chapter includes art- and listening-based activities and the opportunity to record selected responses to help you develop your reading, writing, listening, and speaking skills. Access to a grammar reference and Spanish-English glossary is available for instant help.

Mundo 21 Video Program

The ***Mundo 21*** video presents a rich and exciting opportunity to develop listening skills and cultural awareness. It gives students comprehensible input through footage on Mexico, Spain, Puerto Rico, Cuba, El Salvador, Nicaragua, Guatemala, Costa Rica, Colombia, Venezuela, Peru, Bolivia, Argentina, Paraguay, and Chile, as well as footage of Chicanos, Cuban Americans, and Central Americans in the U.S.

Website

The website written to accompany ***Mundo 21*** contains search activities, ACE practice tests, and chapter cultural links.

The **Search Activities** are designed to give you practice with chapter vocabulary and grammar while exploring existing Spanish-language websites. These websites will put you in contact with authentic language as spoken throughout the Spanish-speaking world. Although you will not understand every word you hear or read, the tasks that you will be asked to carry out will be very much within your linguistic reach.

The **ACE Practice Tests** contain a series of chapter-specific exercises designed to help you assess your progress and practice chapter vocabulary and grammar. These exercises provide immediate feedback and are ideal for practicing chapter topics and reviewing for quizzes and exams.

The cultural links offer additional cultural information on places and topics related to each chapter. These sites may be in English or Spanish.

To access the site, go to www.cengage.com/college/students/spanish.

SmarThinking

SmarThinking provides you with online, text-specific tutoring when you need it.

- Work one-on-one with an online tutor using a state-of-the-art whiteboard.

- Submit a question anytime and receive a response, usually within 24 hours.

- Access additional study resources at any time.

Acknowledgments

The author team would like to express their appreciation to the professors who provided invaluable assistance and direction as this project was developed. The insightful comments and suggestions of the following instructors are greatly appreciated.

- Loren Chavarria—Oregon State University
- Agustín Otero—The College of New Jersey
- Lizette Laughlin—University of South Carolina
- Jennifer Leeman—George Mason University
- Glenn Martínez—University of Arizona
- José Martínez—University of Texas, Pan American
- Sergio Martínez—San Antonio College
- Patricia Scarfone—Orange Coast College (CC)
- María Spicer-Escalante—Utah State University
- Jo Stepp-Greany—Florida State University
- Enric Figueras—Boise State University
- Teresa Pérez-Gamboa—University of Georgia

We are also grateful to the staff at Houghton Mifflin who guided this project from manuscript into book form. We appreciate the input of our editorial and marketing team, including Van Strength, Sponsoring Editor, and Claudia Martínez, Marketing Manager. We are also grateful to Rolando Hernández, World Languages Publisher, for his belief in our project and support throughout the process. We would also like to extend our thanks to the production team, including Danielle Havens, Copyeditor; Grisel Lozano-Garcini, Proofreader; and Priscila Baldovi, Freereader. And finally, a very special thanks to Amy Johnson, Project Editor, who once again diligently guided this manuscript through the production process and worked closely with us to create a finished product.

Most importantly, we wish to express heartfelt thanks to Sheila Rojas, Dorie Ohara, and Chris Mendoza, who through their patience and encouragement supported us throughout this project.

F.A.S.
N.R.
M.O.

El mundo

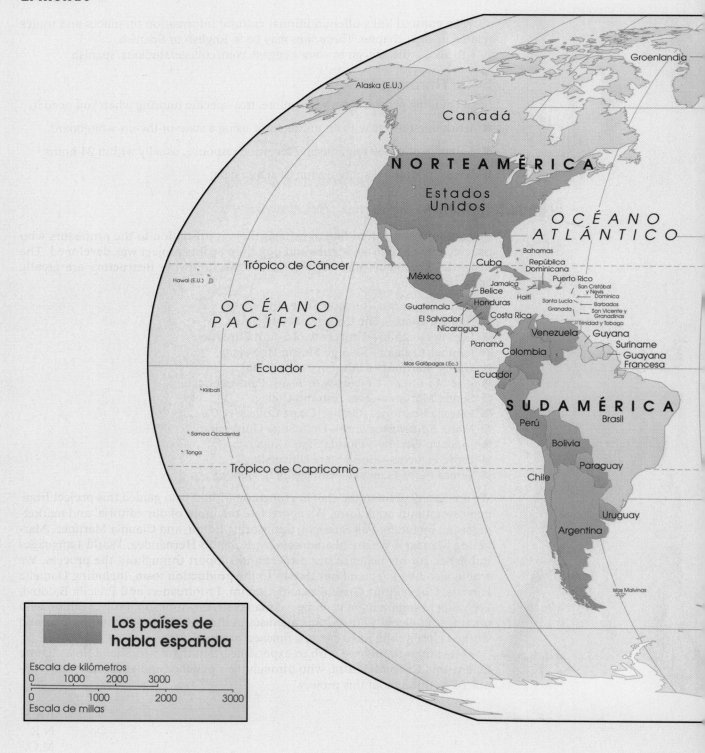

Groenlandia

Alaska (E.U.)

Canadá

NORTEAMÉRICA

Estados Unidos

OCÉANO ATLÁNTICO

Trópico de Cáncer

Hawai (E.U.)

OCÉANO PACÍFICO

México

Cuba

Bahamas

República Dominicana

Puerto Rico

Jamaica

Belice

Haití

San Cristóbal y Nevis

Dominica

Guatemala

Honduras

Santa Lucía

Barbados

El Salvador

Costa Rica

Granada

San Vicente y Granadinas

Nicaragua

Trinidad y Tobago

Kiribati

Panamá

Venezuela

Guyana

Suriname

Colombia

Guayana Francesa

Islas Galápagos (Ec.)

Ecuador

Ecuador

SUDAMÉRICA

Perú

Brasil

Samoa Occidental

Bolivia

Tonga

Trópico de Capricornio

Paraguay

Chile

Uruguay

Argentina

Islas Malvinas

Los países de habla española

Escala de kilómetros
0   1000   2000   3000

0   1000   2000   3000
Escala de millas

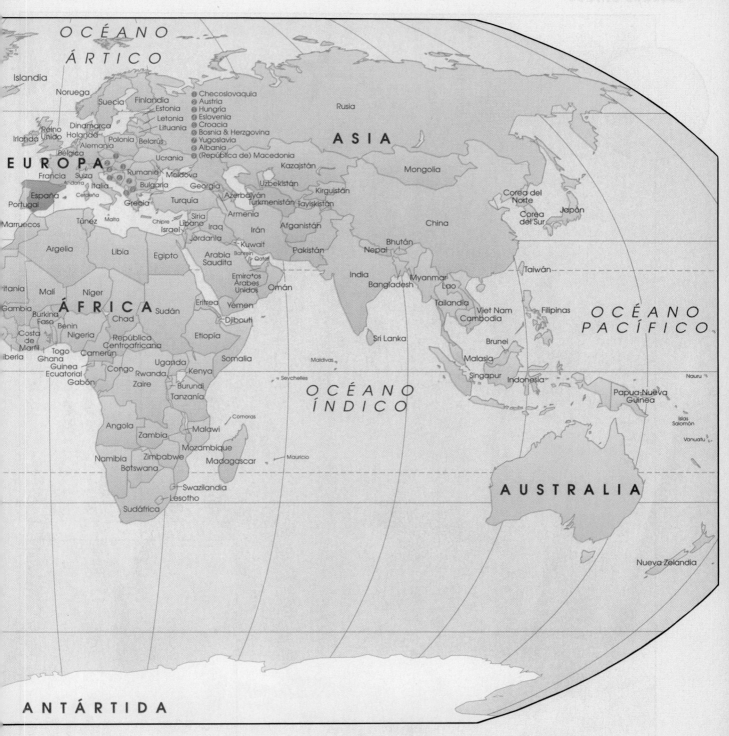

OCÉANO
ÁRTICO

Islandia

Noruega

Suecia Finlandia
Estonia
Dinamarca   Letonia
Réino   Lituania
Irlanda Unido Holanda
Alemania Polonia Belarús
Bélgica
EUROPA   Ucrania
Francia Suiza
Andorra Italia
España   Cerdeña
Portugal   Grecia
Túnez   Malta
Marruecos   Chipre
Israel
Líbano
Argelia   Libia   Egipto
ritania
Malí   Níger
Gambia   Chad   Sudán
Burkina   Nigeria
Faso   Benín
Costa
de   República
Marfil Togo   Centroafricana
iberia Ghana   Camerún
Guinea
Ecuatorial Congo Rwanda
Gabón   Zaire Burundi
Tanzania

Angola
Zambia
Namibia   Zimbabwe
Botswana
Swazilandia
Lesotho
Sudáfrica

① Checoslovaquia
② Austria
③ Hungria
④ Eslovenia
⑤ Croacia
⑥ Bosnia & Herzgovina
⑦ Yugoslavia
⑧ Albania
⑨ (República de) Macedonia

Rusia

ASIA

Kazajstán

Rumania Moldova
Bulgaria   Georgia
Turquía   Azerbaiyán
Uzbekistán
Armenia Turkmenistán Tayiskistán
Siria   Iraq   Irán Afganistán
Jordania
Kuwait   Pakistán
Arabia Bahrein
Saudita Qatar
Emiratos
Árabes
Unidos   Omán
Eritrea Yémen
Djibouti
Etiopía
Somalia

Mongolia

Kirguistán

China

Corea del
Norte
Corea
del Sur   Japón

Taiwán

Nepal Bhután
India Myanmar
Bangladesh Lao
Tailandia
Viet Nam
Cambodia

Filipinas

OCÉANO
PACÍFICO

Brunei
Malasia
Singapur
Indonesia

Nauru

Papua-Nueva
Guinea

Islas
Salomón

Vanuatu

Sri Lanka

Maldivas

Seychelles

OCÉANO
ÍNDICO

Uganda
Kenya

Malawi
Comoras
Mozambique
Madagascar
Mauricio

AUSTRALIA

Nueva Zelandia

ANTÁRTIDA

XXV

Estados Unidos

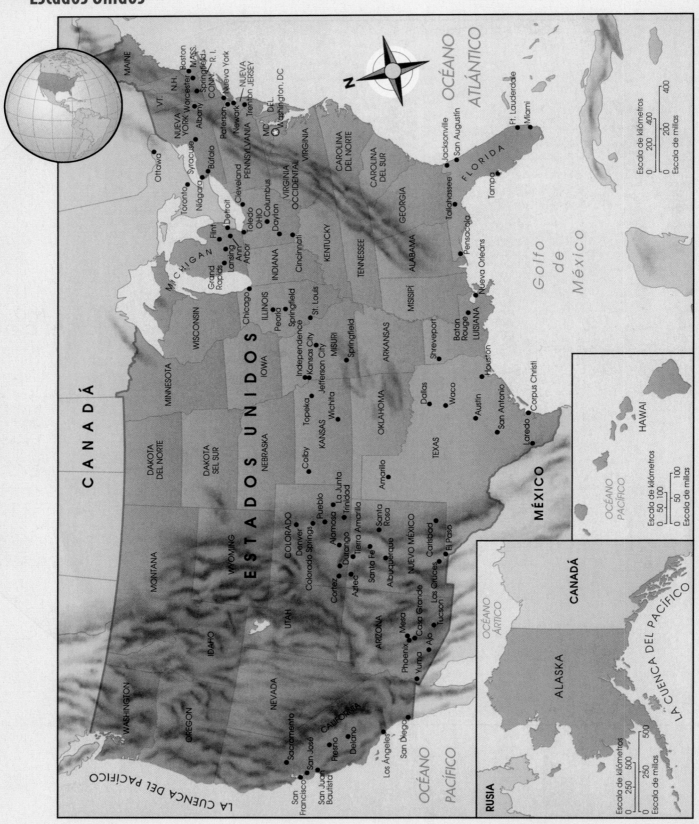

España

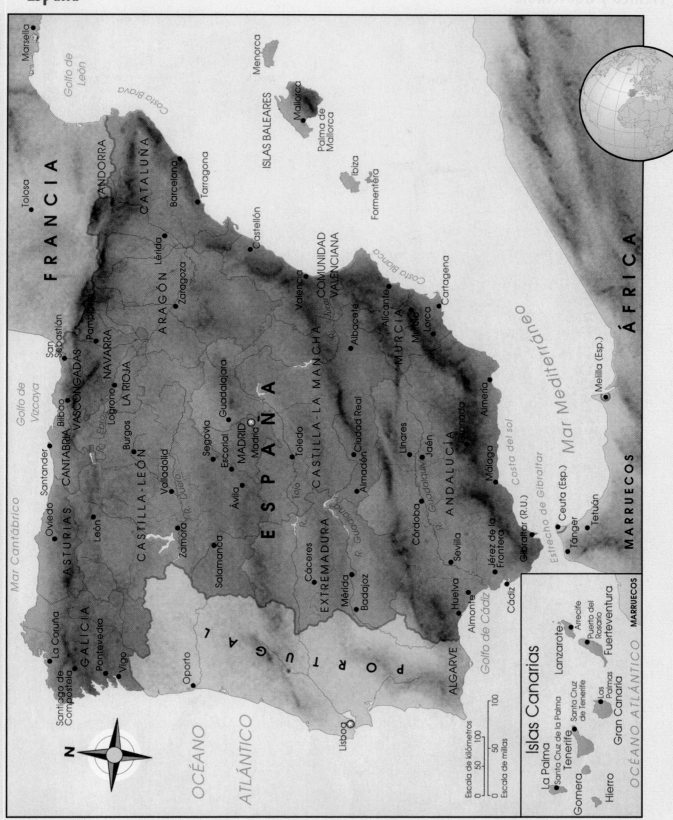

FRANCIA

Marsella

Golfo de León

Tolosa

Costa Brava

ANDORRA

CATALUÑA

Lérida

Barcelona

Tarragona

Castellón

ISLAS BALEARES

Menorca

Mallorca

Palma de Mallorca

Ibiza

Formentera

ÁFRICA

Mar Mediterráneo

San Sebastián

VASCONGADAS

Pamplona

NAVARRA

LA RIOJA

Logroño

Bilbao

CANTABRIA

Santander

Oviedo

ASTURIAS

Mar Cantábrico

Golfo de Vizcaya

ARAGÓN

Zaragoza

R. Ebro

Burgos

CASTILLA-LEÓN

Valladolid

León

Zamora

R. Duero

Salamanca

Segovia

Escorial

Ávila

MADRID

Madrid

Toledo

ESPAÑA

Tajo

R. Guadiana

CASTILLA-LA MANCHA

Guadalajara

COMUNIDAD VALENCIANA

Valencia

Costa Blanca

Alicante

Albacete

MURCIA

Murcia

Lorca

Cartagena

Ciudad Real

Almadén

Linares

Jaén

Granada

ANDALUCÍA

Córdoba

R. Guadalquivir

Sevilla

Málaga

Almería

Costa del sol

Granada

Jérez de la Frontera

Gibraltar (R.U.)

Estrecho de Gibraltar

Ceuta (Esp.)

Tánger

Tetuán

Melilla (Esp.)

MARRUECOS

Huelva

Almonte

Cádiz

Golfo de Cádiz

EXTREMADURA

Cáceres

Mérida

Badajoz

PORTUGAL

Oporto

Lisboa

ALGARVE

GALICIA

La Coruña

Santiago de Compostela

Pontevedra

Vigo

OCÉANO ATLÁNTICO

N

Escala de kilómetros

0   50   100

0   50   100

Escala de millas

Islas Canarias

La Palma

Santa Cruz de la Palma

Gomera

Tenerife

Santa Cruz de Tenerife

Hierro

Gran Canaria

Las Palmas

Fuerteventura

Puerto del Rosario

Lanzarote

Arrecife

MARRUECOS

OCÉANO ATLÁNTICO

México y Guatemala

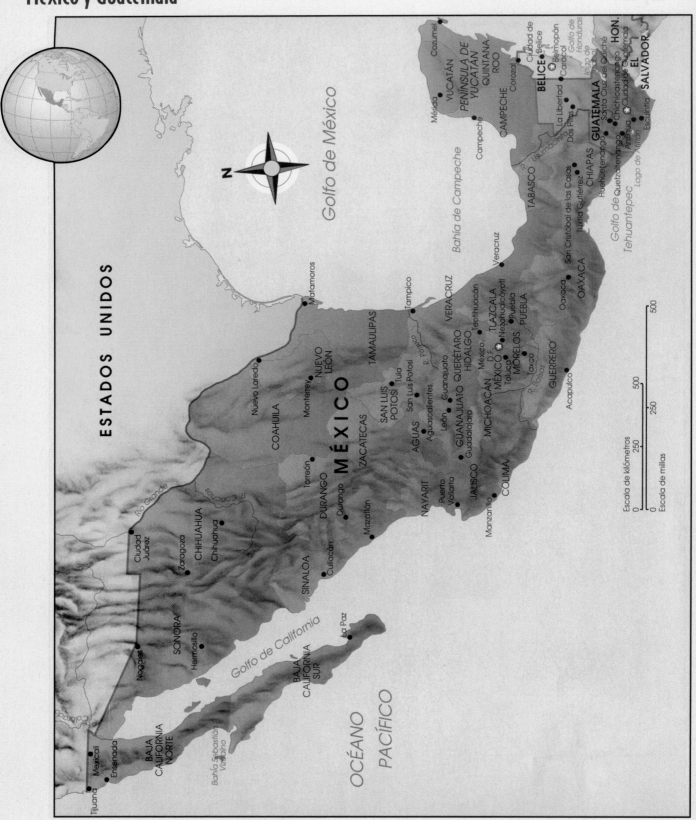

ESTADOS UNIDOS

Golfo de México

OCÉANO PACÍFICO

Golfo de California

Bahía de Campeche

MÉXICO

GUATEMALA

BELICE

HON.

EL SALVADOR

PENÍNSULA DE YUCATÁN

Escala de kilómetros
0   250   500
Escala de millas
0   250   500

N

Cuba, la República Dominicana y Puerto Rico

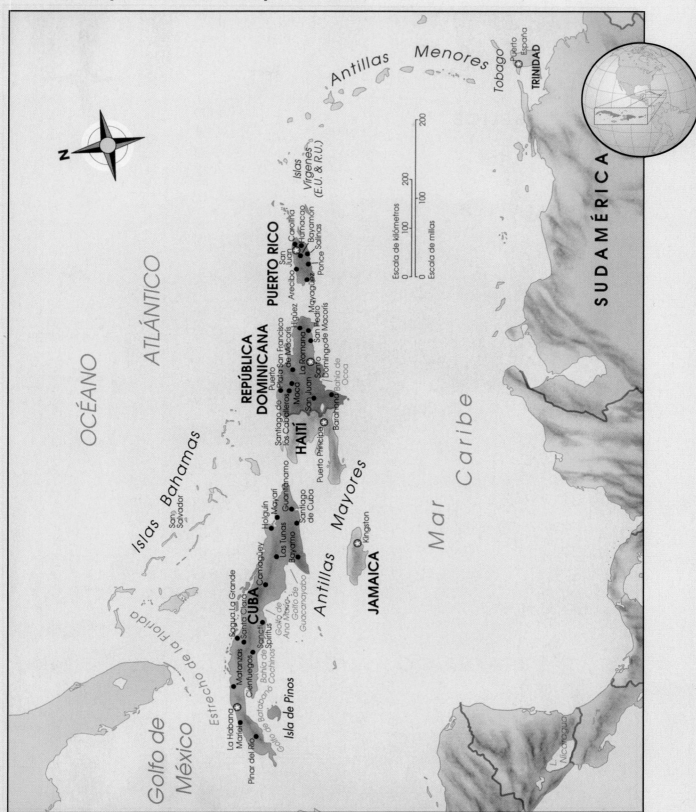

Antillas Menores

Tobago
Puerto España
TRINIDAD

SUDAMÉRICA

OCÉANO ATLÁNTICO

Islas Bahamas

San Salvador

Islas Vírgenes (E.U. & R.U.)

Escala de kilómetros
200
200
100
100
0
Escala de millas

PUERTO RICO
San Carolina
Arecibo Juan Humacao
Bayamón
Mayagüez Ponce Salinas

REPÚBLICA DOMINICANA
Puerto
Santiago de Plata San Francisco
los Caballeros de Macorís
Maoa La Romana
San Juan Santo San Pedro
HAITÍ Domingo de Macorís
Barahona Bahía de
Puerto Príncipe Ocoa

Mar Caribe

Mayarí
Holguín Guantánamo
Las Tunas Santiago
Bayamo de Cuba

Antillas Mayores

Kingston
JAMAICA

Sagua La Grande
Matanzas Santa Clara
Cienfuegos Sancti Spíritus
Bahía de
Camagüey
Golfo de Ana María
Golfo de
Guacanayabo

CUBA

La Habana
Mariel
Pinar del Río
Golfo de Batabanó Bahía de Cochinos
Isla de Pinos

Estrecho de la Florida

Golfo de México

L. Nicaragua

El Salvador, Honduras, Nicaragua y Costa Rica

MÉXICO

BELICE

GUATEMALA

Mar Caribe

ISLAS DE LA BAHÍA

Laguna de Ibans

La Ceiba

CORDILLERA NOMBRE DE DIOS

San Pedro Sula

Jocón

San Francisco de la Paz

Dulce Nombre de Culmí

Copán

HONDURAS

Cabo Gracias a Dios

Siguatepeque

Juticalpa

Tegucigalpa

Bocay

Ahuachapán

Santa Ana

Yuscarán

Puerto Cabezas

Sonsonate

San Salvador

EL SALVADOR

Zacatecoluca

San Miguel

Estelí

NICARAGUA

COSTA DE MOSQUITOS

Barra de Río Grande

Golfo de Fonseca

Matiguas

Chinandega

León

Lago de Managua Xolotlán

Managua

Masaya

Granada

Lago de Nicaragua

Bahía de Punta Gorda

San Juan del Norte

COSTA RICA

Golfo de Papagayo

Puerto Viejo

VOLCÁN POÁS +

San Ramón

San José

Alajuela

Limón

Cartago

Paraíso

Golfo de Nicoya

San Isidro

Bahía de Coronado

PANAMÁ

OCÉANO

PACÍFICO

Escala de kilómetros
0   50   100

0   50   100
Escala de millas

Colombia, Panamá y Venezuela

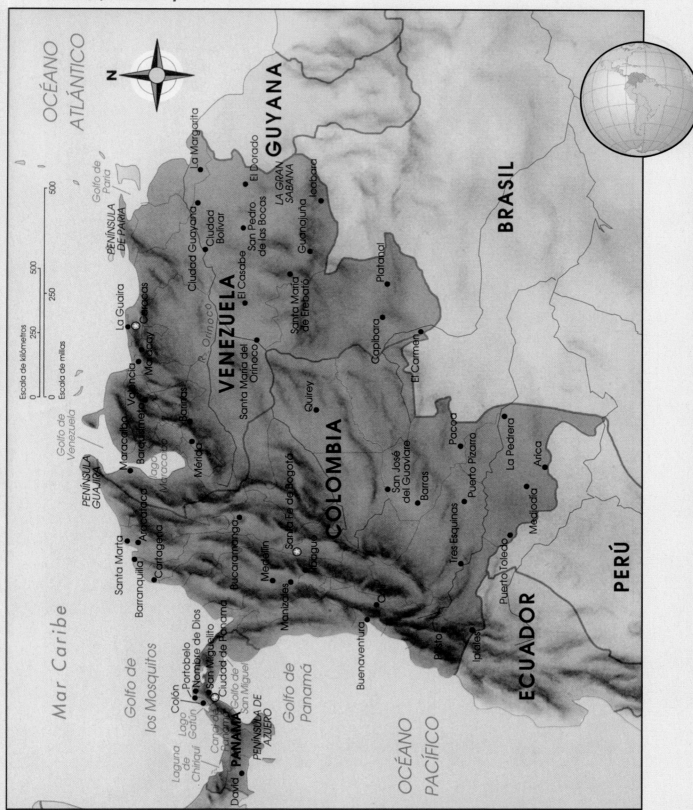

OCÉANO ATLÁNTICO

N

GUYANA

BRASIL

PENÍNSULA DE PARIA

Golfo de Paria

La Margarita

El Dorado

LA GRAN SABANA

San Pedro de las Bocas

Icabara

Ciudad Guayana

Ciudad Bolívar

Guanajuna

VENEZUELA

El Casabe

Santa María de Erebató

Platanal

La Guaira

Caracas

Capibara

Maracay

Valencia

Santa María del Orinoco

R. Orinoco

Maracaibo

Barquisimeto

Barinas

Quirey

El Carmen

Mérida

Escala de kilómetros

500

500

250

250

0

Escala de millas

0

Golfo de Venezuela

Lago Maracaibo

PENÍNSULA GUAJIRA

Pacoa

Santa Marta

Arboracá

Bucaramanga

San José del Guaviare

Barras

Puerto Pizarro

Pacoa

La Pedrera

Arica

Barranquilla

Cartagena

Medellín

COLOMBIA

Santa Fe de Bogotá

Ibagué

Tres Esquinas

Mediodía

Manizales

Cali

Golfo de los Mosquitos

Colón

Portobelo
Nombre de Dios

San Miguelito

Ciudad de Panamá

Golfo de San Miguel

Buenaventura

Pasto

Puerto Toledo

PERÚ

Laguna de Chiriquí

Lago Gatún

Canal de Panamá

PANAMÁ

PENÍNSULA DE AZUERO

Golfo de Panamá

Ipiales

ECUADOR

David

Mar Caribe

OCÉANO PACÍFICO

xxxi

Perú, Ecuador y Bolivia

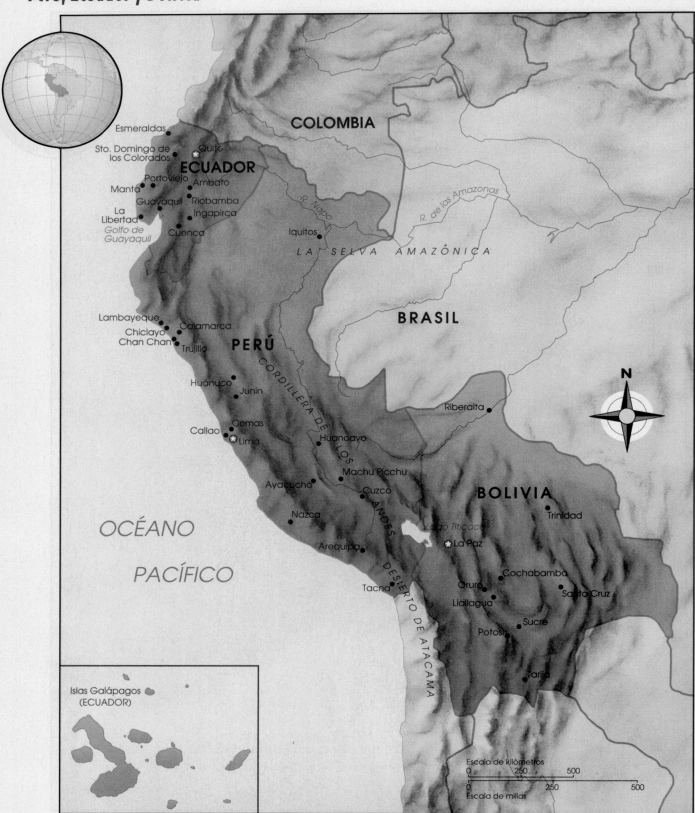

COLOMBIA

Esmeraldas

Sto. Domingo de
los Colorados

Quito

ECUADOR

Portoviejo   Ambato

Manta

Guayaquil   Riobamba

La
Libertad   Ingapirca

*Golfo de
Guayaquil*   Cuenca

R. Napo

Iquitos

R. de los Amazonas

LA SELVA AMAZÓNICA

BRASIL

Lambayeque   Cajamarca

Chiclayo

Chan Chan   Trujillo

PERÚ

Huánuco

Junín

CORDILLERA DE LOS

Callao   Comas

Lima

Huancayo

Riberalta

Machu Picchu

Ayacucho   Cuzco

Nazca   ANDES

BOLIVIA

Trinidad

Lago Titicaca

Arequipa   La Paz

OCÉANO

Cochabamba

Tacna   Oruro   Santa Cruz

Llallagua

DESIERTO DE ATACAMA

PACÍFICO   Potosí   Sucre

Tarija

Islas Galápagos
(ECUADOR)

Escala de kilómetros
0   250   500

Escala de millas
0   250   500

Argentina, Uruguay, Paraguay y Chile

PARAGUAY

CHILE

ARGENTINA

URUGUAY

CORDILLERA DE LOS ANDES

GRAN CHACO

PAMPAS

PATAGONIA

Arica
Iquique
Antofagasta
San Miguel de Tucumán
La Rioja
La Serena
Córdoba
Viña del Mar
Mendoza
Valparaíso
Santiago de Chile
Mercedes
Talcahuano
Parral
Concepción
Valdivia
Osorno
Puerto Varas
Puerto Montt
San Carlos de Bariloche

Concepción
Asunción
San Lorenzo
Ciudad del Este
Itaipú
Iguazú

Tascuarembó
Salto
Paysandú
Paso de los Toros
Durazno
Treinta y tres
Rosario
Las Piedras
Punta del Este
Buenos Aires
Montevideo
La Plata
Bahía Blanca
Mar del Plata

R. Pilcomayo
R. Paraguay
R. Paraná
R. Uruguay
R. Salado
R. Colorado
R. de la Plata

Lago Llanquihue
Golfo San Matías
Golfo San Jorge

OCÉANO ATLÁNTICO

Islas Malvinas

Estrecho de Magallanes

Punta Arenas
TIERRA DEL FUEGO

CABO DE HORNOS

N

Escala de kilómetros
0   250   500

0   250   500
Escala de millas

EL MUNDO 21 HISPANO

Crisol de sueños:
los hispanos en Estados Unidos

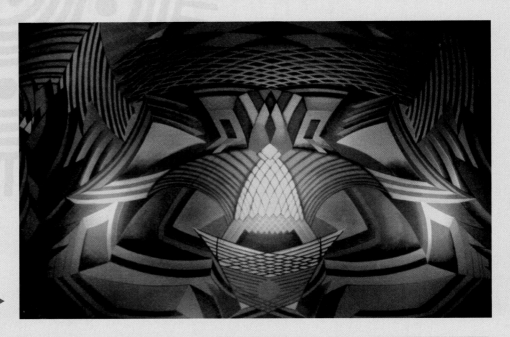

Salvador Vega, ▶
Im Perfection, 1987

LOS ORÍGENES

Chicanos

A partir del siglo XVII, los españoles exploraron y poblaron grandes extensiones de tierras que hoy día forman el sur y el oeste de EE.UU. En 1821, cuando México se independizó de España, estas extensiones pasaron a formar parte del territorio mexicano. Luego, cuando en el siglo XIX llegaron los angloamericanos al área, miles de mexicanos ya vivían ahí. Por eso, desde hace más de tres siglos han existido comunidades de personas venidas de México en las tierras que actualmente forman el suroeste de EE.UU.

En 1846 EE.UU. declaró guerra contra México. El conflicto terminó con el Tratado de Guadalupe Hidalgo en 1848, en el cual México perdió casi la mitad de su territorio, o sea lo que hoy es California, Nevada, Utah, la mayor parte de Arizona, y partes de Nuevo México, Colorado y Wyoming. EE.UU. dio a los 175.000 mexicanos que vivían en esas tierras el derecho de mantener sus costumbres y conservar sus tierras. Sin embargo, en muchos casos estas garantías no fueron respetadas. Cinco años más tarde, con la Compra de Gadsden, EE.UU. adquirió por diez millones de dólares otra porción de tierra en el sur de Arizona y Nuevo México porque ofrecía una buena ruta de salida al océano Pacífico al ferrocarril transcontinental.

Puertorriqueños

En 1898, como resultado de la guerra entre EE.UU. y España, la isla de Puerto Rico pasó a ser territorio estadounidense. En 1917 los puertorriqueños recibieron la ciudadanía estadounidense. Desde la Segunda Guerra Mundial, más de dos millones de puertorriqueños han emigrado de la isla a EE.UU. en busca de una vida mejor. En la ciudad de Nueva York residen más puertorriqueños que en San Juan, la capital de Puerto Rico. El

Este de Harlem, un distrito de la ciudad, se conoce como "El Barrio" o "Spanish Harlem" y es, en su mayor parte, una vibrante comunidad puertorriqueña. Año tras año, Nueva York se convierte en una ciudad cada vez más latina. Existen más de una docena de periódicos, dos canales de televisión y numerosas estaciones de radio en lengua española. Además, por todas partes se escucha gente que habla español.

Cubanoamericanos

Los primeros refugiados cubanos llegaron a EE.UU. a fines del siglo XIX cuando Cuba luchaba por independizarse de España. En 1878, después de diez años de conflicto, España consolidó de nuevo su control sobre la isla y un gran número de revolucionarios cubanos salieron al exilio. Algunos llegaron a EE.UU. y se establecieron allí, mientras otros, como José Martí, el poeta y líder del movimiento independentista, regresaron a defender su querida patria cuando en 1895 estalló de nuevo la guerra por la independencia de Cuba. No hubo otra gran inmigración de cubanos hasta 1960, un año después de asumir control del país Fidel Castro.

Dominicanos

La primera gran inmigración dominicana a EE.UU. tuvo lugar en 1962, un año después del asesinato del dictador Rafael Leónidas Trujillo. Durante treinta años de dictadura, no se les permitía a los dominicanos salir del país. Inmediatamente después de su muerte, muchos emigraron a EE.UU. donde esperaban la posibilidad de encontrar una vida mejor. Desafortu-

▲ **El Barrio en Nueva York**

nadamente, en los años 70 no se vio ningún mejoramiento ni en el gobierno dominicano ni en la economía de la República Dominicana, lo cual causó otro gran éxodo de dominicanos a EE.UU., en particular después de 1980.

Centroamericanos

La inestabilidad política y económica en varios países centroamericanos entre 1950 y 1970, dio comienzo a una masiva inmigración. En El Salvador, el desempleo y la escasez de tierras agrícolas entre 1950 y 1960 dio comienzo a la inmigración salvadoreña a EE.UU. En Nicaragua, los conflictos entre sandinistas y contras en la década de los 60, iniciaron otra ola de inmigración. En Guatemala, el largo período de inestabilidad y violencia que empezó en 1957 inició la inmigración guatemalteca. En Honduras, la inestabilidad política y económica de los países vecinos motivó el comienzo de la inmigración hondureña. Pero las grandes inmigraciones de centroamericanos a EE.UU. no ocurren hasta la década de los años 80, cuando el delicado equilibrio económico de todo Centroamérica fue afectado por los movimientos revolucionarios en Guatemala y El Salvador, y los conflictos entre los sandinistas y los contras en Nicaragua.

¡A ver si comprendiste!

A. Hechos y acontecimientos. ¿Recuerdas los datos más importantes de la lectura? Para asegurarte, contesta las siguientes preguntas. Luego, compara tus respuestas con las de un(a) compañero(a).

1. ¿Cuánto tiempo hace que los méxicoamericanos viven en lo que es ahora EE.UU.? ¿Cómo se compara este período de tiempo con el número de años que EE.UU. existe como nación?

2. ¿Qué obtuvo EE.UU. como resultado del Tratado de Guadalupe Hidalgo? ¿Qué perdió México?

3. ¿Cuál fue el resultado de la Compra de Gadsden?

4. ¿Cuántos puertorriqueños han emigrado de la isla a EE.UU. desde la Segunda Guerra Mundial? ¿Por qué crees que han emigrado tantos?

5. ¿En qué ciudad de EE.UU. residen más puertorriqueños? ¿Cuál es, crees tú, la atracción de esta ciudad?

6. ¿Cuándo y por qué vinieron los primeros refugiados cubanos a EE.UU.? ¿los primeros refugiados dominicanos? ¿los primeros refugiados centroamericanos?

B. A pensar y a analizar. Haz una comparación entre el origen de los chicanos, los cubanoamericanos, los dominicanos y los centroamericanos en EE.UU. Refiérete a cuándo llegaron a EE.UU. y por qué vinieron. Comparte tu comparación con la de un(a) compañero(a).

Los chicanos

Nombres comunes: *chicanos, hispanos, latinos, mexicano-americanos, mexicanos, méxi-coamericanos*

Población: *20.640.711 (Censo del año 2000)*

Concentración: *California, Tejas, Nuevo México, Illinois, Arizona, Colorado y Nevada*

GENTE DEL MUNDO 21

César Chávez (1927–1993), carismático líder chicano y organizador sindical, nació en un pequeño rancho cerca de Yuma, Arizona. Su familia emigró a California, donde César trabajó como campesino migratorio. En 1962 fundó el sindicato "United Farm Workers" con la meta de mejorar las condiciones de trabajo de los campesinos. En 1965 organizó con éxito una huelga para lograr contratos para los trabajadores del campo en California. Su dedicación a los derechos civiles y a la no violencia lo convirtió en uno de los líderes chicanos más respetados. Murió el 22 de abril de 1993 en una localidad de Arizona, cerca de donde había nacido. "Hemos perdido quizás al californiano más grande del siglo XX", dijo el presidente del Senado de California al saber de su muerte.

Sandra Cisneros, poeta, novelista y cuentista, nació en 1954 en Chicago. Asistió al Taller de Escritores de la Universidad de Iowa. Esta escritora chicana, que escribe en un inglés que incorpora muchas frases en español, ha sido invitada a leer su obra en México, Alemania y Suecia. Su libro *The House on Mango Street,* publicado en 1984, ha recibido muchos premios literarios, como el "American Book Award" de 1985. Fue traducido al español en 1994 por la reconocida autora mexicana Elena Poniatowska. Su colección de cuentos *Woman Hollering Creek and Other Stories* (1991) también ha sido traducida al español y a otras lenguas. En 1994 publicó *Loose Women,* una colección de poesía que da libre expresión a su alma méxicoamericana con poemas como "You Bring Out the Mexican in Me" y "The tequila lágrimas on Saturday". Tanto sus cuentos como su poesía son recreaciones llenas de humor de la realidad de ambos lados de la frontera. Actualmente reside en San Antonio, Tejas.

Edward James Olmos es uno de los actores hispanos de más fama tanto en el teatro y el cine como en la televisión. Nació en 1947 en el Este de Los Ángeles, California, donde vivió toda su juventud. Fue nominado para un premio "Tony" por su interpretación de El Pachuco en la obra teatral de Luis Valdez, *Zoot Suit*. En 1985 ganó un premio "Emmy"

por su papel estelar en la popular serie de televisión *Miami Vice* y en 1989 fue nominado para un premio "Óscar" por su actuación en *Stand and Deliver.* Algunas de las películas en que ha participado son *Blade Runner* (1982), *The Ballad of Gregorio Cortez* (1982), *Mi familia* (1985) *y Selena* (1997). En la serie de televisión *American Family* (2002) tiene el papel principal. Gracias a sus esfuerzos, el Festival de Cine Latino se lleva a cabo cada año en Los Ángeles. Su labor en favor de la comunidad latina, especialmente de los jóvenes, es muy valiosa. Ha sido premiado por varias organizaciones humanitarias, incluyendo la Asociación Nacional para el Avance de Personas de Color (*NAACP*) y la "Hispanic Children's Foundation of America".

Otros chicanos sobresalientes

Rodolfo Anaya: novelista y escritor de libros para niños • **Vikki Carr:** cantante • **Ana Castillo:** novelista y poeta • **Óscar de la Hoya:** boxeador de Los Ángeles • **Dolores Huerta:** activista, organizadora y líder de trabajadores del campo • **Carmen Lomas Garza:** artista y autora de libros para niños • **Gloria Molina:** Supervisora del Condado de Los Ángeles • **Dra. Ellen Ochoa:** astronauta • **Carlos Santana:** músico • **Selena (1971–1995):** cantante • **Luis Valdez:** actor, director, dramaturgo y cineasta

Personalidades del Mundo 21

A. Gente que conozco. Contesta las siguientes preguntas. Luego, comparte tus respuestas con dos o tres compañeros(as) de clase.

1. ¿Qué te impresiona más de cada una de estas tres personalidades?

2. ¿A cuál de las tres personas te gustaría conocer? ¿Por qué? ¿De qué te gustaría hablar con esta persona?

3. ¿Sabes algo más que no se mencionó en las biografías sobre estas personalidades? Si no, pregúntales a tus amigos o a tus parientes si ellos saben algo de estos personajes.

B. Diario. En un cuaderno dedicado especialmente a esta parte de cada lección del texto, debes escribir lo que piensas con respecto a uno de los temas indicados. Recomendamos que escribas por lo menos media página sobre el tema que selecciones, y no te preocupes porque esta escritura no será calificada. Tu profesor(a) siempre leerá lo que escribes y te hará algunos comentarios, pero nunca corregirá errores. Sólo le interesa saber lo que piensas. Ahora, selecciona uno de estos dos temas y escribe por lo menos media página expresando tus pensamientos.

1. Uno de los poemas de Sandra Cisneos se titula "You Bring Out the Mexican in Me". ¿Qué escribirías tú en un poema con ese título? Si no eres méxicoamericano(a), ¿qué escribirías tú en un poema con el título "You Bring Out the Puerto Rican (Cuban, Dominican, Nicaraguan...) in Me"?

2. Edward James Olmos ha sido premiado por el *NAACP (National Association for the Advancement of Colored People)* y por la "Hispanic Children's Foundation of America". ¿Qué crees que podrías hacer tú para ser reconocido(a) por uno de estos grupos?

ACENTUACIÓN Y ORTOGRAFÍA

Sílabas.   Todas las palabras se dividen en sílabas. Una sílaba es la letra o letras que forman un sonido independiente dentro de una palabra. Para pronunciar y deletrear correctamente, es importante saber separar las palabras en sílabas. Hay varias reglas que determinan cómo se forman las sílabas en español. Estas reglas hacen referencia tanto a las vocales (**a, e, i, o, u**) como a las consonantes (cualquier letra del alfabeto que no sea vocal).

Regla 1: Todas las sílabas tienen por lo menos una vocal.

Estudia la división en sílabas de las siguientes palabras al pronunciarlas.

mexicano → me-xi-ca-no   ruta → ru-ta

Regla 2: La mayoría de las sílabas en español comienzan con una consonante.

ayuda → **a**-yu-da*   cubanos → cu-ba-nos
residen → re-si-den   vida → vi-da

Regla 3: Cuando la **l** o la **r** sigue a una **b, c, d, f, g, p** o **t,** forman grupos consonánticos que nunca se separan.

Estudia cómo estos grupos consonánticos no se dividen en las siguientes palabras al pronunciarlas.

anglo → an-**glo**   conflicto → con-**fli**-to
control → con-**trol**   drama → **dra**-ma
emplear → em-**ple**-ar   escritor → es-**cri**-tor
establecer → es-ta-**ble**-cer   franco → **fran**-co

Regla 4: Las letras dobles de **ch, ll** y **rr** nunca se separan; siempre aparecen juntas en la misma sílaba.

Estudia cómo estas letras dobles no se dividen en las siguientes palabras al pronunciarlas.

borracho → bo-**rra**-cho   chicanos → **chi**-ca-nos
cuchillo → cu-**chi**-llo   maravillosa → ma-ra-vi-**llo**-sa

Regla 5: Cualquier otro grupo consonántico siempre se separa en dos sílabas.

Estudia cómo estos grupos se dividen en las siguientes palabras al pronunciarlas.

alcalde → al-**cal**-de   excepto → ex-**cep**-to
grande → gran-**de**   salvador → sal-va-dor

Regla 6: Los grupos de tres consonantes siempre se dividen en dos sílabas, manteniendo los grupos consonánticos indicados en la Regla 3 y evitando la combinación de la letra **s** antes de otra consonante.

*Una excepción a esta regla son las palabras que comienzan con una vocal.

Estudia la división en sílabas de las siguientes palabras al pronunciarlas.

construcción → con**s**-**t**ruc-ción   empleo → em-**pl**e-o
gobie**r**no → go-bier-**n**o   in**s**tante → in**s**-**t**an-te

¡A practicar!

Separación. Escucha mientras tu profesor(a) lee las siguientes palabras. Luego, divídelas en sílabas.

1. c e n t r o
2. e n t r a d a
3. e n t e r a d o
4. b o l e t o
5. a v e n t u r a s
6. a n i m a d o
7. m a r a v i l l o s a
8. s o r p r e n d e n t e

9. d i b u j o s
10. m u s i c a l e s
11. m i s t e r i o
12. d o c u m e n t a l
13. a c o m o d a d o r
14. a b u r r i d o
15. p a n t a l l a
16. c o n m o v e d o r

El golpe.   En español, todas las palabras de más de una sílaba tienen una sílaba que se pronuncia con más fuerza o énfasis que las demás. Esta fuerza de pronunciación se llama "acento prosódico" o "golpe". Hay tres reglas o principios generales que indican dónde llevan el golpe la mayoría de las palabras de dos o más sílabas.

> **Regla 1:** Las palabras que terminan en vocal, **n** o **s,** llevan el acento prosódico en la penúltima sílaba.

Escucha mientras tu profesor(a) pronuncia las siguientes palabras con el golpe en la penúltima sílaba.

ci - ne   fas - **ci** - nan   mu - si - **ca** - les

> **Regla 2:** Las palabras que terminan en consonante, excepto **n** o **s,** llevan el golpe en la última sílaba.

Escucha mientras tu profesor(a) pronuncia las siguientes palabras con el golpe en la última sílaba.

sa - **lud**   tra - ba - ja - **dor**   u - ni - ver - si - **dad**

> **Regla 3:** Toda s las palabras que no siguen las dos reglas anteriores llevan acento ortográfico, o sea, acento escrito. El acento escrito se coloca sobre la vocal de la sílaba que se pronuncia con más fuerza o énfasis.

Escucha mientras tu profesor(a) pronuncia las siguientes palabras que llevan acento ortográfico. La sílaba subrayada indica dónde iría el golpe según las tres reglas anteriores.

co - <u>ra</u> - **zón**   pa - **pá**   Ra - **mí** - <u>rez</u>

¡A practicar!

A. Sílaba que lleva el golpe. Ahora escucha mientras tu profesor(a) pronuncia las palabras que siguen y subraya la sílaba que lleva el golpe. Ten presente las tres reglas que acabas de aprender.

1. Val-dez	5. re-a-li-dad	9. pre-mios
2. ga-bi-ne-te	6. re-loj	10. sin-di-cal
3. tra-ba-ja-dor	7. o-ri-gen	11. glo-ri-fi-car
4. al-cal-de	8. es-cu-cha	12. cul-tu-ral

B. El acento escrito. Ahora escucha mientras tu profesor(a) pronuncia las siguientes palabras que requieren acento escrito. Subraya la sílaba que llevaría el golpe según las tres reglas anteriores y luego pon el acento escrito en la sílaba que realmente lo lleva. Fíjate que la sílaba con el acento escrito nunca es la sílaba subrayada.

1. do-mes-ti-co	5. pa-gi-na	9. po-li-ti-cos
2. mu-si-ca	6. e-co-no-mi-ca	10. in-di-ge-nas
3. fa-cil	7. pla-to-ni-co	11. dra-ma-ti-cas
4. ra-pi-da	8. ul-ti-ma	12. a-gri-co-la

C. ¡Ay, qué torpe! Un joven hispanohablante escribió el siguiente párrafo sin prestar atención ni a silabación ni a sílabas que llevan el golpe. Por lo tanto, cometió varios errores —diez en total. Encuéntralos y corrígelos, escribiendo el párrafo de nuevo en una hoja aparte.

Gregory Nava, distinguido por varias peliculas en ingles y tambien por varios filmes en español, mantiene el interés del publico con argumentos de gran contenido dramático. Todavia no ha filmado temas romanticos, ni de vaqueros ni ha hecho peliculas de ciencia ficcion como Richard Rodríguez, a quien le gustan los temas no realistas.

MEJOREMOS LA COMUNICACIÓN

Para hablar del cine

Al hablar del cine

la taquilla
(la boletería)

el taquillero
(la taquillera)

la entrada
(el boleto)

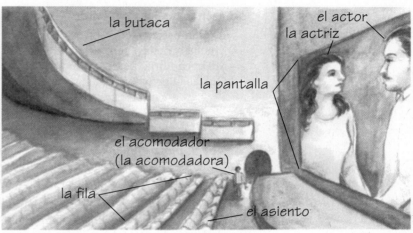

la butaca

el actor
la actriz

la pantalla

el acomodador
(la acomodadora)

la fila

el asiento

Al hablar de tipos de películas

Mis películas favoritas son las **películas...**

...cómicas	...de vaqueros
...de ciencia ficción	...documentales
...de dibujos animados	...musicales
...de guerra	...policíacas
...de misterio	...románticas
...de terror (horror)	

Al hablar de tus gustos en películas

— **Me encantan.**
— **Me fascinan.**
— **No me gustan del todo.**
— **Las detesto.**
— **Las odio.**

Al describir películas

Esa película fue **formidable...**

conmovedor(a)	**imaginativo(a)**
creativo(a)	**impresionante**
emocionante	**pésimo(a)**
entretenido(a)	**sorprendente**
espantoso(a)	**trágico(a)**
estupendo(a)	

Al invitar a una persona al cine

— ¿Quieres ir a ver una película esta noche?
— ¿Deseas ver la nueva película el viernes?
— ¿Te gustaría ir al cine conmigo el sábado por la tarde?

Al aceptar una invitación

— ¡Cómo no! ¿A qué hora?
— ¡Claro que sí! ¿Sabes a qué hora empieza la película?
— Me encantaría. ¿A qué hora me pasas a buscar?

Al rechazar una invitación

— Lo siento, pero tengo otros planes.
— Muchas gracias, pero no puedo.
— Me encantaría, pero...
— Quizás la próxima vez.

¡A conversar!

A. Voy al cine... Pregúntale a un(a) compañero(a) cuándo piensa ir al cine y qué película va a ver. Pregúntale también con quién va, dónde le gusta sentarse, cuánto cuestan las entradas, y pídele que describa el interior de un cine.

B. Dramatización. Dramatiza la siguiente situación con dos compañeros(as) de clase. Tú y un(a) amigo(a) están tomando un café en la cafetería de la universidad cuando otro(a) amigo(a) se acerca y los invita al cine esa noche. Acepten la invitación, mencionando qué película pasan, a qué sesión prefieren ir, quién va a comprar las entradas, dónde prefieren sentarse, etcétera.

C. Extiende tu vocabulario: pantalla. Para conversar es necesario tener un buen vocabulario. Una manera de ampliar tu vocabulario es reconocer distintos usos de la misma palabra. Por ejemplo, lee la primera frase en la primera columna, donde se expresan los distintos usos de "pantalla". Luego tu compañero(a) de clase va a leer la definición correspondiente de la segunda columna. Luego, escriban una oración original con cada frase.

_____ 1. estrellas de la pantalla	a. ponerse delante de otra persona para ocultarla
_____ 2. servir de pantalla	
_____ 3. pantalla acústica	b. elemento de un equipo estereofónico
_____ 4. llevar a la pantalla	c. filmar
_____ 5. pantalla táctil	d. superficie que se toca
	e. actores de cine

D. Notas para hispanohablantes: género. Indica el artículo singular de estos sustantivos y escribe una oración con cada palabra. Presta atención especial a los de origen griego.

> **Modelo:** víctima → **la víctima**
> **Esta vez la víctima fue Pablo, no Andrés.**

1. persona	4. avión	7. tema
2. tradición	5. clima	8. idioma
3. problema	6. control	9. poema

DEL PASADO AL PRESENTE

Los chicanos: tres siglos de presencia continua

Principios del siglo XX A finales del siglo XIX y a principios del XX, México pasa por una gran crisis política y económica. Se calcula que más de un millón de mexicanos llegan a EE.UU. en las dos décadas posteriores a la violenta Revolución Mexicana que comienza en 1910. Esta inmigración aumenta la presencia mexicana en la mayoría de las ciudades fronterizas. Durante esta época se hacen populares la música, la comida, la arquitectura y el estilo "del suroeste" que reflejan el modo de vida de los mexicanos y sus descendientes.

El programa de braceros Durante la gran depresión económica de EE.UU., entre 1929 y 1935, más de 400.000 mexicanos — muchos con familiares nacidos en EE.UU. — son repatriados a México. Este movimiento hacia el sur cambia de dirección en 1942, cuando EE.UU. negocia el primer acuerdo con México para atraer a trabajadores agrícolas temporales llamados "braceros" (porque trabajan con los brazos). Durante la Segunda Guerra Mundial, hay mucha necesidad de trabajadores agrícolas en EE.UU.

Braceros en el campo

porque muchos norteamericanos han cambiado de empleo para trabajar en la industria de armamentos o estar en las fuerzas armadas. Este programa se termina en 1964. Como todavía se necesitan trabajadores agrícolas, la inmigración a EE.UU. continúa, incluso de trabajadores indocumentados.

El Movimiento Estudiantil Chicano de Aztlán (M.E.Ch.A.) protesta.

El Movimiento Chicano En los años 60, motivados por el movimiento de los derechos civiles dirigido por Martin Luther King Jr., los méxicoamericanos empiezan a organizarse para mejorar sus condiciones. Para enfatizar su identidad étnica basada más en el pasado indígena que en la tradición "colonizadora" española, empiezan a llamarse "chicanos" o miembros de "la Raza". El Movimiento Chicano, conocido también como "La Causa", intenta transformar la realidad y la conciencia de la población de origen mexicano en EE.UU.

Una de las teorías más aceptadas del origen del nombre "chicano" afirma que se deriva de la palabra "mexica" (pronunciada "meshica"), que era como se llamaban los aztecas a sí mismos. El énfasis en el pasado

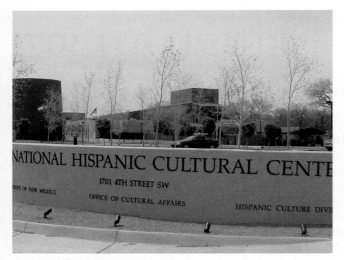

Centro Nacional de Cultura Hispánica en Albuquerque, Nuevo México

indígena se nota también en el nombre que usan varios grupos estudiantiles: M.E.Ch.A., que quiere decir "Movimiento Estudiantil Chicano de Aztlán". Aztlán es el territorio de donde se originaron los aztecas, que muchos sitúan en el suroeste de EE.UU.

El presente   Desde la década de los 70 existe una verdadera efervescencia en la cultura chicana. Se establecen centros culturales en muchas comunidades chicanas y centros de estudios chicanos en las más importantes universidades del suroeste de EE.UU. En las paredes de viviendas, escuelas, parques y edificios públicos se pintan murales de gran colorido que proclaman un renovado orgullo étnico. Las obras de muchos artistas chicanos comienzan a formar parte de colecciones permanentes de museos y se exhiben con mucho éxito en galerías por todo el país.

Igualmente, durante este período existe un florecimiento de la literatura chicana. Se fundan nuevas revistas literarias y editoriales con el propósito de dar a conocer a autores chicanos. También surgen varias publicaciones nacionales dirigidas especialmente al mercado hispano; entre las más populares están *Hispanic, Latina, Hispanic Business* y *People en español*. Sin duda la población de origen mexicano ha mejorado mucho sus condiciones en los últimos treinta años, pero aún queda mucho por hacer, especialmente en la educación, los ingresos y la salud.

¡A ver si comprendiste!

A. Hechos y acontecimientos.   ¿Recuerdas los datos más importantes de la lectura? Para asegurarte, contesta las siguientes preguntas. Luego, compara tus respuestas con las de un(a) compañero(a).

1. ¿A qué se debe que más de un millón de mexicanos lleguen a EE.UU. entre 1910 y 1930?
2. ¿Qué es el programa de braceros y cuánto tiempo dura?
3. Según una teoría, ¿de qué palabra azteca se deriva el nombre "chicano"?
4. ¿Qué es Aztlán?
5. ¿Qué significa M.E.Ch.A.?
6. ¿Cuáles son algunos ejemplos de la efervescencia de la cultura chicana?

B. A pensar y a analizar.   En grupos de cuatro, hagan un debate sobre el siguiente tema: ¿Debe EE.UU. cambiar la manera en que trata a los inmigrantes mexicanos en este país debido a la continua labor que éstos han hecho tanto en los campos agrícolas como en domicilios privados? Dos deben discutir a favor y dos en contra. Informen a la clase cuáles fueron los mejores argumentos.

C. Redacción colaborativa.   En grupos de dos o tres, escriban una composición colaborativa de una página a página y media sobre el tema que sigue. Hagan primero una lista de ideas de lo que podrían decir en su composición; luego preparen un primer borrador que incluya todas las ideas de su lista que les parezcan apropiadas. Revisen ese borrador con mucho cuidado asegurándose de que sus ideas se expresen claramente. Escriban un segundo borrador, si es necesario, y corríjanlo para eliminar errores de acentuación y ortografía y para asegurarse de que haya concordancia entre los verbos y sujetos. Una vez corregido, preparen la versión final en la computadora y entréguenla.

Para enfatizar su identidad étnica basada más en el pasado indígena que en la tradición "colonizadora" española, los méxicoamericanos empezaron a llamarse "chicanos" o miembros de "la Raza". ¿Por qué es importante identificarse con algún grupo étnico, como el de los chicanos? ¿Qué efecto puede tener el identificarse con uno de estos grupos ya sea el de los chicanos, boricuas, latinos o centroamericanos? ¿Cuáles son las ventajas y desventajas de asumir tal identificación?

Lengua en·uso

El español es una lengua viva y vibrante que siempre está cambiando ya sea debido a nuevo vocabulario, nuevos dialectos, variantes coloquiales, etc. *Es importante entender y respetar todos estos cambios que son parte de la riqueza cultural del mundo de habla española.* En esta unidad vas a familiarizarte con el habla de los chicanos, de los cubanoamericanos, de los puertorriqueños y de los centroamericanos —variantes que utilizan regionalismos y dan testimonio de la gran riqueza lingüística del español de las Américas.

El "caló"

Una de las variantes coloquiales que se escucha en los barrios chicanos de EE.UU. se conoce como "caló". Este colorido lenguaje tiene su origen en el habla de los gitanos españoles que vinieron a las Américas. El "caló" adquirió popularidad en los años 40, la llamada era de los pachucos —jóvenes chicanos con un estilo rebelde de vestir, hablar y actuar. Esta rebeldía, que representaba una resistencia a ser asimilado a la cultura angloamericana, fue llevada al teatro y luego al cine por Edward James Olmos en 1981 en la obra de Luis Valdez, *Zoot Suit*.

Al descifrar el "caló". Algunos autores chicanos utilizan el caló en el habla de personajes chicanos en sus obras literarias. Gran parte del vocabulario caló es fácil de reconocer con un poco de esfuerzo. Es bueno empezar por identificar si la palabra que no reconoces es un sustantivo, adjetivo o verbo. Ya sabiendo eso, hay que fijarse en cómo se usa la palabra en la oración, en qué contexto. Por ejemplo, piensa en el significado de *gacho y chante* en la oración que sigue.

Un día Sammy inventó una bomba de apeste y tan *gacho* era el olor que hasta entraba al *chante* de Sammy y todos se enfermaban.

Es fácil reconocer que *gacho* es un adjetivo y que *chante* es un sustantivo. El contenido implica que *gacho* sería algo como "feo, ofensivo, malo" y que *chante* sería algo como "casa, vivienda, hogar".

A entender y respetar

El "caló". Lee ahora este fragmento inicial del cuento "Sammy y los del Tercer Barrio" del autor chicano José Antonio Burciaga y selecciona la palabra de la segunda columna que define mejor cada palabra caló de la primera columna.

El Sammy llegó a su chante[1] todo caldeado[2] porque los batos[3] lo habían cabuleado[4] ...quesque[5] era buti[6] agarrado[7] con su feria[8].

...

El Sammy era gaba[9], vivía a orilla del barrio y era el más calote[10] con la excepción de Iván que cantoneaba[11] al otro lado del *freeway*. Sammy era medio joven, alto, muscular y con ojos azules y pelo rubio.

____	1. chante	a.	muy
____	2. caldeado	b.	dinero
____	3. batos	c.	tacaño
____	4. cabuleado	d.	gringo
____	5. quesque	e.	amigos
____	6. buti	f.	enojado
____	7. agarrado	g.	casa
____	8. feria	h.	grandote
____	9. gaba	i.	vivía
____	10. calote	j.	dicen que
____	11. cantoneaba	k.	burlado

Y ahora, ¡a leer!

Anticipando la lectura. Haz estas actividades con un(a) compañero(a).

1. Miren el dibujo de la página 15. ¿Quiénes creen Uds. que son las dos personas? ¿Qué relación existe entre ellos? ¿Qué creen que están diciendo?

2. ¿Qué les dice el título del poema? ¿Aclara quiénes son las personas que ven en el dibujo?

3. Escriban tres posibles temas que creen que este poema va a tratar, basándose sólo en el título y el dibujo. Vuelvan a sus temas después de leer el poema para ver si acertaron o no.

Lección 1: Los chicanos   15

Conozcamos al autor

Francisco X. Alarcón es un verdadero bilingüe. Nació en Wilmington, California, pero se crió y educó tanto en EE.UU. como en Guadalajara, México. Hizo sus estudios universitarios en East Los Angeles College, la Universidad Estatal de California en Long Beach y en la Universidad de Stanford. Reconocido como poeta, profesor, investigador y activista, Alarcón ha publicado nueve colecciones de poemas: *Ya vas, Carnal* (1985); *Quake Poems* (1989); *Body in Flames / Cuerpo en llamas* (1990); *Loma Prieta* (1990); *De amor oscuro / Of Dark Love* (1991); *Snake Poems: An Aztec Invocation* (1992); *Poemas zurdos* (1992); *No Golden Gate for Us* (1993); *Sonnets to Madness and Other Misfortunes / Sonetos a la locura y otras penas* (2001). Además, también ha publicado textos escolares para la enseñanza media, secundaria y universitaria. Recientemente, se ha dedicado a publicar libros para niños: *Laughing Tomatoes and Other Spring Poems / Jitomates risueños y otros poemas de primavera* (1997); *From the Bellybutton of the Moon and Other Summer Poems / Del ombligo de la luna y otros poemas de verano* (1998); *Angels Ride Bikes / Los ángeles andan en bicicleta* (2000).

Consejos de una madre

hijo
ya cruzas
los 33 años

y no veo
5 asientes
cabeza

mira
tu mundo
alrededor

10 tus primos
están todos
bien parados

con los pies
plantados
15 en la tierra

mientras tú
me duele
verte así

gastando
20 tus ojos
y tu tiempo

en eso
que llamas
poemas

"Consejos de una madre" de *Body in Flames—Cuerpo en llamas*

¿Comprendiste la lectura?

A. Hechos y acontecimientos. ¿Recuerdas los datos más importantes de la lectura? Para asegurarte, selecciona las palabras o frases que completen mejor cada oración según la lectura. Luego, compara tus respuestas con las de un(a) compañero(a). **¡OJO!** Algunas tienen dos respuestas correctas.

1. La persona que habla en el poema es...
   a. el hijo.   b. la madre.
   c. el padre.   d. el poeta.

2. La persona que está por cumplir los 33 años es...
   a. el hijo.   b. la madre.
   c. el padre.   d. el poeta.

3. Los primos que se mencionan en el poema...
   a. deben ser muy jóvenes.   c. no terminaron su educación.
   b. todos están casados.   d. todos deben tener buenos empleos.

4. El hijo probablemente es...
   a. poeta.   c. un vagabundo.
   b. muy perezoso.   d. un estudiante universitario.

5. La madre probablemente...
   a. no ama a su hijo.   c. no entiende a su hijo.
   b. se preocupa por su hijo. d. quiere más a sus sobrinos que a su hijo.

B. A pensar y a analizar. Haz las siguientes actividades.

1. Escribe una breve descripción de la madre. ¿Qué cualidades tiene? En tu opinión, ¿es buena madre? Léele tu descripción a la clase.
2. ¿Qué opinas del hijo? ¿Crees que es buen hijo o crees que es un vagabundo perezoso? ¿Por qué?
3. ¿Es posible ganarse la vida sólo escribiendo poemas? Explica tu respuesta.
4. ¿Crees que la madre del poema y la madre del poeta son la misma persona? ¿Por qué?
5. ¿Crees que el hijo del poema es el poeta mismo? ¿Por qué?

C. Dramatización. Dramatiza la siguiente situación con un(a) compañero(a) de clase. Tú y tu padre (madre) están hablando de tu futuro. Pueden estar de acuerdo o no.

Introducción al análisis literario
Versos, estrofas, entonación y recitación

Hay varias maneras de narrar una historia, de relatar sucesos o de contar hechos. Se pueden hacer en poesía, en forma de diálogo o en prosa. Cuando lo haces en poesía, la historia es agradable al oído porque hay palabras que tienen cierto ritmo, la entonación es diferente a la normal y las frases son cortas. Vamos a ver algunas de las características de la poesía.

- **Verso:** una línea de un poema.

- **Estrofa:** la agrupación de versos en un poema. El número de versos en cada estrofa puede variar.

- **Entonación:** son los altibajos de la voz cuando se lee en voz alta o cuando se habla en cualquier situación. La entonación que se da a un poema es de gran importancia porque ayuda a manifestar los sentimientos del poeta.

- **Recitación:** es una poesía dicha en voz alta y con mímica.

A. Versos, estrofas y entonación. Contesta las siguientes preguntas.

1. ¿Cuántos versos hay en el poema "Consejos de una madre"?
2. ¿Cuántas estrofas hay?
3. ¿Qué cuenta el poeta en este poema?
4. ¿Qué entonación crees que debe dársele al poema: alegre, triste, dulce, amarga,...?

B. Recitación. Ahora recítaselo a un(a) compañero(a). Tu compañero(a) va a observar la mímica y la entonación que comunicas y va a comentar si comunicas el sentido del poema en tu recitación. Luego, tu compañero(a) recita el poema y tú comentas su recitación.

¡LUCES! ¡CÁMARA! ¡ACCIÓN!

La joven poesía

El programa de *Cristina,* con sus temas fuertes y hasta controvertidos, continúa llegando a miles de hogares hispanos en EE.UU. Es dirigido por Cristina Saralegui, la rubia cubanoamericana que algunos críticos han llamado la voz intelectual del pueblo. Esta selección del video viene de un programa sobre "La joven poesía", es decir, la poesía escrita en español en EE.UU. por jóvenes hispanos.

En el programa, Manuel Colón, un joven poeta de veintiún años, lee un poema titulado "Autobiografía". En su poema trata de explicar el conflicto de identidad que él sufrió, algo que les ocurre a muchos jóvenes hispanos en este país. En particular, Manuel Colón explica el conflicto que sintió cuando trató de decidir quién era realmente: ¿mexicano? ¿méxicoamericano? ¿chicano? La poesía lo ayudó a encontrar una respuesta.

Antes de empezar el video

Contesten las siguientes preguntas en parejas.

1. En EE.UU. hay muchos programas de entrevistas en la televisión, como el de Oprah Winfrey. ¿Cuáles son otros de los más populares? ¿Cuál es el contenido de estos programas? ¿Qué temas tratan?
2. Con frecuencia, estos programas se enfocan en los conflictos de identidad de los jóvenes. ¿Cuáles son algunos ejemplos de conflictos de identidad? En la opinión de Uds., ¿cuál es la mejor manera de resolver los conflictos de identidad?

¡A ver si comprendiste!

A. La joven poesía. Contesta las siguientes preguntas con un(a) compañero(a) de clase.

1. ¿Cuál es el problema principal de Manuel Colón? ¿Cómo lo resuelve?
2. ¿Cuáles son algunos ejemplos del conflicto de identidad que menciona en su poema "Autobiografía"?
3. ¿Qué piensa el poeta de su identidad ahora? Expliquen.

B. A pensar e interpretar. Contesten las siguientes preguntas en parejas.

1. ¿Creen Uds. que es importante tener una identidad étnica? Elaboren.
2. Manuel Colón nombró tres posibles identidades y decidió seleccionar "chicano". ¿Creen Uds. que el identificarse con un grupo étnico le prohíbe a alguien pertenecer a otro? ¿Hay momentos en que es más apropiado destacar ser miembro de cierto grupo étnico en lugar de otro? Expliquen.
3. ¿Cuáles son las ventajas y desventajas de ser miembro de un grupo étnico?

EXPLOREMOS EL CIBERESPACIO

Explora distintos aspectos de los chicanos en EE.UU. en las **Actividades para la Red** *(Web)* que corresponden a esta lección. Ve primero a **http://college.hmco.com** en la red, y de ahí a la página de ***Mundo 21.***

Los puertorriqueños

Nombres comunes: *boricuas, neoyorquinos, puertorriqueños, hispanos, latinos*

Población: *3.406.178 (Censo del año 2000)*

Concentración: *Puerto Rico, Nueva York, Nueva Jersey, Illinois, Florida y Massachusetts*

G E N T E   D E L   M U N D O   2 1

Antonia Novello, la primera Directora de Salud Pública hispana (1989–1993), nació en Fajardo, Puerto Rico. Cuando era pequeña perdió a su padre y fue criada por su madre, una maestra de escuela que le enseñó a perseverar y a tratar de ser la mejor en todos los aspectos de la vida. Hasta los 18 años sufrió del colon, una penosa experiencia que la ayudó a simpatizar con el dolor de otros. Cursó estudios de medicina en la Universidad de Michigan y en 1971 fue la primera mujer en recibir el premio de Internista del Año del Departamento de Pediatría. Desde entonces ella ya abría puertas para otras mujeres en el difícil campo de la medicina. Durante su período como Cirujana General de EE.UU., la Dra. Novello luchó contra la venta de tabaco y alcohol a menores de edad, trató de eliminar el estigma asociado con las enfermedades mentales y trabajó a favor de los niños infectados con el virus del SIDA. Por sus esfuerzos por solucionarle problemas de salud a la gente hispana, ha recibido varios premios importantes, como el de Simón Bolívar y otro concedido por las mujeres cubanoamericanas.

Tito Puente (1923–2000), el legendario salsero puertorriqueño, nació en Nueva York. Su gran talento musical fue reconocido por su madre, quien le hizo estudiar piano y baile. Para fines de la década de los 40, ya había llegado a ser el artista favorito del Copacabana, el famoso club nocturno neoyorquino, y del Palladium de Hollywood. Su estilo único fue una mezcla pulsante y sabrosa de jazz latino y música caribeña. Su larga carrera musical, que incluye más de cien discos y 400 composiciones, le trajo galardones impresionantes: un premio "Eubie Blake" de la Academia Nacional de Artes, cuatro premios "Grammy", la Medalla Nacional de las Artes, la medalla de Honor Smithsonian, el título de "Embajador de la Música Latinoamericana", las llaves de la Ciudad de Nueva York y muchos más. Sus composiciones incluyen música para las películas *The Mambo Kings* (1992), *Dick Tracy* (1990), *Radio Days* (1987) y otras. Tito personificó la sabrosura y alegría rítmica de la música así como la generosidad hispana. Para el año 2000, su Fundación Tito Puente había distribuido más de cincuenta becas a jóvenes hispanos talentosos. Su muerte causó gran consternación en el mundo cultural y musical.

Jennifer López es una popular actriz y cantante descendiente de padres puertorriqueños. Nacida el 24 de julio de 1970 en el Bronx en la ciudad de Nueva York, Jennifer López empezó su carrera como bailarina en el show de televisión *In Living Color* (1990). Su primer papel fílmico de importancia fue el papel estelar en *Mi familia*, dirigido por Gregory Nava en 1995. Este mismo director la dirigió en *Selena* (1997), que constituyó su ticket de entrada al mundo de las grandes estrellas. Gracias a su talento y a su belleza de rasgos clásicamente latinos, es dirigida frecuentemente por grandes cineastas como Francis Coppola (*Jack*, 1996), Bob Rafelson (*Blood and Wine*, 1996), Oliver Stone (*U Turn*, 1997) y Steven Soderbergh (*Out of Sight*, 1998). En años recientes sus éxitos continúan con papeles tales como el de dedicada policía en *Angel Eyes* (2001) y el de una mujer abusada en *Enough* (2002). Su cautivante presencia la ha hecho la actriz latina mejor pagada en la historia de Hollywood. Por añadidura, su carrera de cantante continúa en ascenso.

Otros puertorriqueños sobresalientes

Sandy Alomar Sr., Roberto Alomar y Sandy Alomar Jr.: beisbolistas • **Marc Anthony:** cantante • **María Teresa Babín:** catedrática, cuentista y editora de antologías • **Michael DeLorenzo:** actor • **Raúl Julia (1940–1994):** actor • **Esai Morales:** actor • **Rosie Pérez:** actriz • **Jimmy Smits:** actor • **Pedro Juan Soto:** cuentista, novelista y dramaturgo • **Piri Thomas:** novelista y guionista

Personalidades del Mundo 21

A. Gente que conozco. Contesta las siguientes preguntas. Luego, comparte tus respuestas con dos o tres compañeros(as) de clase.

1. Explica cómo una enfermedad grave resultó en algo positivo para la doctora Antonia Novello. ¿Qué repercusiones para otras latinas tuvo el premio que ella recibió en 1971? ¿Cuáles fueron algunos de los trabajos importantes que distinguieron sus años como Cirujana General de EE.UU.?

2. ¿Por qué es tan famoso Tito Puente? ¿Qué galardones obtuvo? ¿Para qué películas escribió música? ¿Quiénes son otros artistas que, como Tito Puente, han mantenido su popularidad por décadas?

3. ¿Cuáles fueron los comienzos de la carrera de Jennifer López? ¿Qué cineastas han dirigido a esta prestigiosa actriz? ¿Cuáles son algunas de las películas más importantes de su carrera?

B. Diario. En tu diario dedicado especialmente a esta parte de cada lección del texto, selecciona uno de estos dos temas y escribe por lo menos media página expresando tus pensamientos.

1. Antonia Novello luchó contra la venta de tabaco y alcohol a menores de edad, trató de eliminar el estigma asociado con las enfermedades mentales y trabajó a favor de los niños infectados con el virus del SIDA. Si tú tuvieras que dedicarte a uno de estos problemas sociales, ¿a cuál te dedicarías? ¿Por qué escogerías ése? ¿Qué tratarías de lograr?

2. Jennifer López es la actriz latina mejor pagada en la historia de Hollywood. Si tú fueras ella, ¿qué harías con todo ese dinero? ¿Cómo lo usarías?

ACENTUACIÓN Y ORTOGRAFÍA

Diptongos.   Un diptongo es la combinación de una vocal débil **(i, u)** con cualquier vocal fuerte **(a, e, o)** o de dos vocales débiles en una sílaba. Los diptongos se pronuncian con un solo sonido en las sílabas donde ocurren. Estudia estas palabras con diptongos.

a - **cei** - te   **cui** - da - do   gra - **cias**

Separación en dos sílabas

Un diptongo con un acento escrito sobre la vocal débil **(i, u)** deja de ser diptongo y forma dos sílabas distintas. Estudia estas palabras con vocales fuertes y débiles separadas en dos sílabas por un acento escrito.

ba - **úl**   ma - **íz**   me - lo - **dí** - a

¡A practicar!

A. Identificar diptongos. Ahora, al escuchar a tu profesor(a) pronunciar las siguientes palabras, pon un círculo alrededor de cada diptongo.

1. bailarina
2. veinte
3. ciudadano
4. movimiento
5. Julia
6. fuerzas

B. Separar diptongos. Ahora, al escuchar a tu profesor(a) pronunciar las siguientes palabras, pon un acento escrito en aquéllas donde se dividen las dos vocales en sílabas distintas.

1. diferencia
2. judio
3. tainos
4. desafio
5. todavia
6. cuatro

C. ¡Ay, qué torpe! Cuando Alicia Méndez escribe mensajes electrónicos, olvida totalmente todo lo que sabe de silabación y acentuación. Éste es el último mensaje que mandó. ¿Puedes corregir los diez errores que cometió?

Querida tia Amelita:
Hoy dia he leido una fascinante autobiografia de Raúl Julia, el famoso actor puertorriqueño. Sus experiencias son tan interesantes que bien podrían servir como guion para una muy provocativa pelicula de tipo documental ya que sus datos autobiográficos parecen más fantasia que realidad.

MEJOREMOS LA COMUNICACIÓN

Para hablar de la literatura

Al hablar de distintos tipos de literatura

Leí una **antología** muy interesante.

colección de cuentos	novela
comedia	obra de
cuento	...ficción
drama	...no ficción
ensayo literario	...teatro
poemario	

Al hablar de distintos tipos de escritores

Mi **autor(a)** favorito(a) es...

cuentista	escritor(a)
dramaturgo(a)	novelista
ensayista	poeta

Al expresar opiniones

Lo (La) recomiendo con entusiasmo. Vale la pena verlo(la).
Me agradó muchísimo. Nos divirtió bastante.
Me pareció un poco largo(a).
Es una obra de teatro **aburridísima**.

corto(a)	fantástico(a)
destacado(a)	fascinante
dificilísimo(a)	incomprensible
divertido(a)	largo(a)
encantador(a)	maravilloso(a)
excelente	sencillo(a)
excepcional	terrible

Al analizar una obra

No entiendo el **argumento** de esta obra.

escena	narrador(a)
final	personaje
guión	...principal
mensaje	protagonista

Cuaderno de actividades

Puedes practicar más al escribir una breve descripción de tu novela, cuento, leyenda, tira cómica o poesía favorita en la sección **Composición: descripción** de la *Unidad 1, Lección 2* en el *Cuaderno de actividades.*

¡A conversar!

A. Encuesta. Completa este formulario primero, y luego hazles las mismas preguntas a dos compañeros(as) de clase. Luego, informen a la clase quién en su grupo lee más y qué le gusta leer.

---

1. ¿Te gusta leer?   ☐ Sí   ☐ No

2. ¿Lees para divertirte o para cumplir con los requisitos de una clase?
   ☐ Para divertirme   ☐ Para una clase   ☐ Ambos

3. ¿Con qué frecuencia lees...?
   Novelas: _____
   Libros de poesía: _____
   Obras de teatro: _____

4. ¿Cuál es el título de la última obra que leíste?
   Novela: _____
   Libro de poesía: _____
   Drama: _____

5. ¿Quién es tu autor(a) / poeta / dramaturgo(a) favorito(a)?
   Autor(a): _____
   Poeta: _____
   Dramaturgo(a): _____

6. Para ti, ¿es importante leer? ¿Por qué?
   _____
   _____
   _____

B. Entrevista. Entrevista a dos compañeros(as) de clase para saber quiénes son sus escritores favoritos. Pregúntales qué tipo de cuentos o novelas escriben, cuál es su obra favorita y si te la recomiendan.

Manual de gramática

Antes de hacer esta actividad, conviene repasar los verbos con cambios ortográficos y verbos irregulares en la sección 1.4 del **Manual de gramática** (págs. 82–86).

C. Extiende tu vocabulario: escribir. Para ampliar tu vocabulario, combina las palabras de la primera columna con las definiciones de la segunda columna. Luego, escribe una oración original con cada palabra. Compara tus oraciones con las de dos compañeros(as) de clase.

_____ 1. escribano(a)
_____ 2. escritor(a)
_____ 3. escritorio
_____ 4. escritura
_____ 5. escrito

a. acción y efecto de escribir
b. mueble que sirve para escribir en él
c. notario(a) o funcionario(a) público que certifica escrituras
d. carta o cualquier papel manuscrito
e. autor(a)

D. Notas para hispanohablantes: práctica. Contesta las preguntas que tu compañero(a) te va a hacer. Luego, hazle las mismas preguntas a él (ella). Al hacer cada pregunta, tendrán que seleccionar el verbo correcto.

1. ¿Qué (pensas/piensas) de la última película de Jennifer López? ¿(Pensas/Piensas) que es tan buena como sus otras películas?
2. Además de Jennifer López, ¿(conoces/conoce) a otros actores puertorriqueños? ¿Quiénes son?
3. ¿Qué tipo de literatura (prefieres/preferes) tú? ¿Qué les (sugieres/sugeres) leer a personas que leen muy poco?
4. ¿Qué tipo de literatura te (hace/hacen) reír más? ¿(Ríes/Ries) mucho?
5. ¿Dónde (almorzas/almuerzas) usualmente? ¿(Recomendas/Recomiendas) el lugar?

DEL PASADO AL PRESENTE

Manual de gramática

Antes de leer **Del pasado al presente,** conviene repasar los verbos con cambio en la raíz en la sección 1.3 y los verbos con cambios ortográficos y verbos irregulares en la sección 1.4 del **Manual de gramática** (págs. 80–86).

Los puertorriqueños en EE.UU.: Boriquén continental

Ciudadanos estadounidenses   A diferencia de otros grupos hispanos, todos los puertorriqueños son ciudadanos estadounidenses y pueden entrar y salir de EE.UU. sin pasaporte o visa. También gozan de todos los derechos de ciudadanos estadounidenses, excepto que los puertorriqueños que viven en la isla no pueden votar en las elecciones presidenciales, pero tampoco pagan impuestos federales.

Como ciudadanos, los puertorriqueños también tienen las mismas responsabilidades que cualquier estadounidense. Pueden ser reclutados para servir en el ejército norteamericano. Miles de puertorriqueños han servido en las fuerzas armadas de EE.UU. como reclutas o voluntarios. Por ejemplo, durante el conflicto de Corea (1950–1953), el Regimiento de Infantería 65, compuesto de puertorriqueños, participó en nueve campañas y fue uno de los regimientos más condecorados del conflicto. Más recientemente, un buen número de puertorriqueños fueron homenajeados por su participación en la guerra del Golfo Pérsico y la de Irak.

Una población joven Los puertorriqueños en EE.UU. forman una de las poblaciones más jóvenes de todos los otros grupos étnicos. Esto constituye un gran desafío a las instituciones educativas estadounidenses. Cada año más estudiantes puertorriqueños ingresan a las universidades de EE.UU., pero todavía existe una gran necesidad de profesionales bilingües en la comunidad puertorriqueña.

El Regimiento de Infantería 65

Rita Moreno en *West Side Story*

Los problemas que enfrentan los jóvenes puertorriqueños para adaptarse a la vida de los barrios de EE.UU. fue dramatizada muy efectivamente en la exitosa obra teatral de Broadway que fue posteriormente adaptada al cine con el título de *West Side Story*. Esta película recibió muchos premios, incluyendo el premio "Óscar" a la mejor película de 1961 y el "Óscar" a la mejor actriz secundaria. La ganadora fue la joven y hermosa actriz puertorriqueña Rita Moreno, que inauguró de esta prestigiosa manera su entrada al cine. Por supuesto, muchos de los estereotipos que allí se presentan ya han sido superados.

La situación actual   En las últimas dos décadas se notan cambios en la emigración puertorriqueña a EE.UU. Desde 1980, un importante número de abogados, médicos, profesores universitarios, gente de negocios e investigadores científicos han venido a EE.UU., atraídos por las oportunidades que se ofrecen a los puertorriqueños profesionales bilingües.

La situación de los boricuas en EE.UU. ha mejorado en los últimos treinta años, gracias en parte a los programas bilingües que toman en cuenta la lengua y la cultura de los puertorriqueños y que ofrecen esperanzas de un futuro mejor. También se han creado centros artísticos y culturales, como el Museo del Barrio, inaugurado en 1969, o el actual Teatro Rodante Puertorriqueño. Este último mantiene viva la herencia cultural boricua, que proviene de los taínos, los africanos y los españoles.

Los avances de la comunidad puertorriqueña en EE.UU. son palpables y pueden verse a través de la elección en 1992 de la Congresista Nydia Velázquez de Nueva York y del nombramiento de la doctora Antonia Novello que hizo un gran papel como Cirujana General de EE.UU. de 1989 a 1993. El éxito alcanzado por puertorriqueños ilustres como el percusionista Tito Puente, la actriz Rita Moreno, el actor Raúl Julia, la bailarina Chita Rivera y el escritor Piri Thomas ha enriquecido la vida cultural de todo EE.UU.

Nydia Velázquez

¡A ver si comprendiste!

A. Hechos y acontecimientos. ¿Recuerdas los datos más importantes de la lectura? Para asegurarte, contesta las siguientes preguntas. Luego, compara tus respuestas con las de un(a) compañero(a).

1. ¿Por qué los puertorriqueños pueden entrar y salir de EE.UU. sin necesidad de pasaporte? Si decides tú viajar a Puerto Rico, ¿necesitas conseguir pasaporte?
2. ¿De qué país son ciudadanos los puertorriqueños? ¿Tienen todos los derechos que tienes tú como ciudadano(a)?
3. ¿Cómo se llama la película que trata de la realidad de los jóvenes puertorriqueños en Nueva York y que en 1961 ganó el premio "Óscar" como la mejor película? ¿Conoces la trama de esta película? Explícala.
4. ¿Quiénes son algunos puertorriqueños contemporáneos que se han destacado en las artes en EE.UU.?
5. ¿A cuántos de estos puertorriqueños has visto actuar en el cine o en la televisión? ¿En qué películas o programas los has visto?

Michael DeLorenzo	Rita Moreno
Héctor Elizondo	Rosie Pérez
Raúl Julia	Chita Rivera
Jennifer López	Jimmy Smits
Esai Morales	

B. A pensar y a analizar. ¿Es justo que los puertorriqueños tengan que servir en el ejército estadounidense cuando no tienen el derecho de votar por el presidente de EE.UU., el jefe supremo del ejército? En grupos de cuatro, tengan un debate sobre esta pregunta. Dos deben discutir a favor, dos en contra.

C. Redacción colaborativa. En grupos de dos o tres, escriban una composición colaborativa de una página a página y media sobre el tema que sigue. Sigan el proceso de escribir colaborativamente que aprendieron en **¡A ver si comprendiste!** de la lección anterior. Empiecen por escribir una lista de ideas, luego incorpórenlas en un primer borrador. Revísenlo, asegurándose de que las ideas tengan sentido. Si es necesario, preparen un segundo borrador y corríjanlo con mucho cuidado. Escriban la versión final en la computadora y entréguenla.

Si los puertorriqueños quisieran, Puerto Rico podría convertirse en el estado número cincuenta y uno de EE.UU. ¿Creen Uds. que deberían hacerlo? ¿Por qué sí o por qué no? ¿Cuáles serían las ventajas y desventajas?

En la primera lección aprendiste que es importante entender y respetar todas las variantes coloquiales que son
parte de la riqueza cultural del mundo de habla española
e hiciste un esfuerzo por entender el caló, el habla de muchos chicanos. En esta lección vas a familiarizarte con el habla caribeña, el
habla de muchos puertorriqueños.

El habla caribeña: los puertorriqueños

Muchos caribeños, ya sean cubanos, puertorriqueños o dominicanos, y hasta
algunos mexicanos, centroamericanos, colombianos y venezolanos que viven
en la costa del Caribe, muestran una riqueza de variantes coloquiales en su
habla. Estas variantes, llamadas o señaladas el "habla caribeña", incluyen consonantes aspiradas (esta → *ehta*), sílabas o letras desaparecidas (todo → *to*) y
unas consonantes sustituidas por otras (muerto → *muelto*). Es importante reconocer que estas variantes sólo ocurren al hablar y no al escribir, a menos que
un autor trate de imitar el diálogo caribeño, como es el caso con el autor puertorriqueño en la actividad que sigue.

Al descifrar el habla caribeña. Pedro Juan Soto es un autor puertorriqueño que utiliza el habla caribeña en los personajes puertorriqueños de sus
obras literarias. El habla caribeña es fácil de reconocer si no olvidas que tiende
a emplear consonantes aspiradas, a no pronunciar ciertas vocales o consonantes, y a sustituir la letra **l** por **r**. Por ejemplo, piensa en las palabras *levantalte, condenao y quiereh* en el fragmento que sigue del cuento "Garabatos"
del autor puertorriqueño Pedro Juan Soto.

—¡Acaba de *levantalte, condenao*! ¿o *quiereh* que te eche agua?

Es fácil reconocer que en *levantalte* la -**l** ha sustituido a la -**r**, en *condenao*
falta la -**d** y en *quiereh* la -**s** final ha sido sustuituida por aspiración, representada por la letra "h". Es fácil, ¿no?

A entender y respetar

El habla caribeña. Lee ahora este fragmento del cuento "Garabatos" del autor
puertorriqueño Pedro Juan Soto, donde aparecen muchas palabras de uso coloquial puertorriqueño. Luego cambia las palabras coloquiales al español formal.

—¡Qué! ¿Tú piensah[1] seguil[2] echao[3] toa[4] tu vida? Parece que la mala

barriga te ha dao[5] a ti. Sin embargo, yo calgo[6] el muchacho.

...

—¡Me levanto cuando salga de adentro y no cuando uhté[7] mande! ¡Adiós!
¿Qué se cree uhté[7]?...

Palabra coloquial	Palabra formal
1. piensah	_____
2. seguil	_____
3. echao	_____
4. toa	_____
5. dao	_____
6. calgo	_____
7. uhté	_____

🌀 Y ahora, ¡a leer!

Anticipando la lectura. Contesta las siguientes preguntas con un(a) compañero(a).

1. ¿Sabes cómo celebran la Navidad en los países tropicales? Por ejemplo, ¿tienen árboles de Navidad? ¿Llevan ropa calentita, como suéteres de lana, parkas para la nieve o bufandas? ¿Tienen chimeneas para encender en sus casas? ¿Tienen la posibilidad de nieve? ¿Es la Navidad tan comercial como en EE.UU.? ¿Intercambian tarjetas de Navidad? ¿Cantan canciones navideñas tradicionales como "Jingle Bells"?

2. ¿Crees que a la gente de las zonas tropicales le interesa la nieve? ¿Qué atracción tendrá para ellos? Si hay alguien en la clase que nunca ha visto nieve verdadera, pregúntenle qué opina de la nieve —si le gustaría caminar, correr, jugar, esquiar en la nieve.

3. A base del título de esta lectura y al dibujo que acompaña la lectura, ¿cuál crees que será el tema de este cuento? Vuelve a tu respuesta después de leer el fragmento para ver si acertaste.

Conozcamos al autor

Alfredo Villanueva-Collado es un poeta, narrador y crítico literario nacido en Santurce, Puerto Rico, en 1944. Graduado con el título de doctor en Literatura Comparada en SUNY Binghamton, se especializó en prosa modernista hispanoamericana y enseñó lengua y literatura inglesa en la Universidad Municipal de Nueva York (CUNY) hasta recientemente jubilarse. Ha estudiado en profundidad el temperamento y papel del sujeto masculino en la narrativa latinoamericana. Destacado crítico y ensayista, más de treinta de sus artículos han sido publicados en revistas tales como *Confluencia, Revista Iberoamericana, Revista de Estudios Hispánicos, Inti, Caribbean Studies, Discurso Literario, Explicación de Textos Literarios, Chasqui y RLN*. Aún más, es poeta y escritor. Su obra poética incluye nueve libros, entre los que se encuentran *Pato salvaje* (1991), *Entre la inocencia y la manzana: Antología* (1996) y *La voz de su dueño* (1999). Ha sido incluido en varias antologías, entre ellas, *Papiros de Babel* (1991), *Cuentos Hispánicos de los Estados Unidos* (1993), *PoeSida* (1995) y *Noche Buena: Hispanic American Christmas Stories* (Oxford, 2000).

El día que fuimos a mirar la nieve

Ya montados en el carro, papi tuvo que ir al baño de urgencia, de manera que perdimos otros veinte minutos. Roberto y yo nos acomodamos en la parte de atrás, cada uno en su ventana. Mami nos advirtió que ya sabíamos lo que pasaría si no nos estábamos quietos. Y al decirlo, mostró las
5 largas uñas inmaculadamente manicuradas y pintadas de rojo oscuro con las que en más de una ocasión nos había llevado los cantos, forma absoluta de ganar control inmediato sobre nuestras personas. Papi regresó y nos pusimos en camino.

...Nos movíamos cuatro pies cada media hora y, con el calor y la falta de
10 una brisita, el interior del carro estaba pegajoso como un baño de vapor. Roberto se puso a matar indios, porque ese día le había dado por ponerse su ropa de vaquero, completa con sombrero de ala ancha y cinturón con revólver. ¡Zas! y allí caía un indio y ¡zas! allí caía otro indio, hasta que mami, fijándose en las miradas de horror que los ocupantes de otros baños de vapor
15 nos dirigían, se viró enérgica, lo agarró por el brazo y le dijo que se dejara de jueguitos, que era mala educación apuntarle a la gente, y más con un revólver, que qué se iban a creer, que ella no había salido para pasar vergüenzas, y si no se controlaba nos regresábamos ahí mismito, ¿verdad Casimiro?

. . .

20 Como si lo hubiera conjurado, apareció un espacio y papi, rabioso, metió
el carro con una sola vuelta del volante. —¿Estás seguro de que es legal?
—preguntó mami, siempre temerosa de la ley. —Vete al carajo, contestó papi,
que ya no estaba para cuentos. Nos apeamos, papi y mami caminando al
frente, él con su guayabera y ella con un chal sobre los hombros, por si acaso,
como ella decía. Roberto y yo íbamos agarrados de la mano, él dando saltitos
25 y tratando de despegarse los pantalones de vaquero, que se le habían convertido en instrumento de tortura, mientras que yo batallaba con el *sweater,* que
me parecía una túnica de hormigas. Era casi mediodía.

Ya en el parque nos abrimos paso a través de la multitud que se apeloto-
naba en una dirección solamente, aguantando los chillidos, no sé si de ex-
30 citación o de angustia, de millones de muchachitos vestidos con *Levis, cor-
duroys,* guantes y hasta unas raras gorras rojas con moñas de colores. Y en el
medio, blanca, o casi blanca, brillante, pero ya medio aguada, la nieve. Me
zafé y corrí hacia ella, llenándome los pantalones de barro en el proceso,
porque el agua derretida se mezclaba en los pies de la muchedumbre con tierra
35 de todas partes de la isla. Toqué la nieve. No era gran cosa; se me ocurrió que,
si quería, podría hacerla en el *freezer* de casa, o jugar con el hielo hecho polvo
de las piraguas. ¿Tanto lío para esto? Pero obviamente mi actitud crítica no
era compartida. La gente estaba loca con la nieve. Le daban vuelta a la pila
con los ojos desorbitados, mientras que los nenes chapoteaban en el fangal o
40 posaban para las *Kodaks* de los padres. A un lado, en una tarima, la benefac-
triz del pueblo, que había hecho posible el milagro y mi desencanto, movía su
hermoso moño blanco, sonreía, y se echaba fresco con un abanico de encaje.

Evidentemente la frescura del espectáculo no había mejorado el humor de
papi porque lo llegué a ver, casi púrpura, con mami al lado, aguantando a
45 Roberto, que chillaba desconsoladamente con los pantalones caídos sobre las
rodillas. Quise darme prisa y, llegando a donde estaban, resbalé, quedando
sentado a cinco pulgadas de las uñas de mami, quien se limitó a levantarme,
inspeccionar las ruinas de mi *sweater,* y comentar: —Esperen que lleguemos a
casa. Para colmo, cuando al fin logramos recordar dónde papi había dejado el
50 carro, lo encontramos con un *ticket* incrustado en una ventana. Papi lo
recogió, se lo metió en el bolsillo y exasperado se volvió a mami: —¡Bueno,
m'ija, otra idea brillante de tu partido y me meto a estadista!

Fragmento de "El día que fuimos a mirar la nieve" de *Cuentos hispanos de los Estados
Unidos* (1993).

¿Comprendiste la lectura?

A. Hechos y acontecimientos. ¿Recuerdas los datos más importantes de la lectura? Para asegurarte, selecciona las palabras o frases que completen mejor
cada oración según la lectura. Luego, compara tus respuestas con las de un(a)
compañero(a).

1. El narrador del cuento es el...
   a. autor.   c. hermano mayor.
   b. hermano menor.   d. padre.

2. En el carro, los hijos van en el asiento...
   a. de enfrente.   c. con la madre.
   b. de atrás.   d. sin ventanas.

3. La madre controla a los hijos...
   a. con mucha calma.   c. dándoles golpes.
   b. con amenazas.   d. con una pistola.

4. Los indios que Roberto mataba eran...
   a. verdaderos.   c. pasajeros en otros coches.
   b. feroces.   d. su padre, madre y hermano.

5. Los pantalones de Roberto y el suéter de su hermano se convirtieron en una tortura debido...
   a. a la muchedumbre.   c. al calor.
   b. al tráfico.   d. a la benefactora del pueblo.

6. Cuando tocó la nieve por primera vez el niño mayor quedó...
   a. desencantado.   c. inmóvil.
   b. asombrado.   d. llorando.

7. La nieve fue posible gracias a...
   a. Dios.   c. la benefactora del pueblo.
   b. un huracán.   d. una tormenta.

8. Cuando regresaron al carro encontraron...
   a. a sus vecinos.   c. propaganda del partido político de la madre.
   b. una multa de la policía. d. la *Kodak* de los padres.

B. A pensar y a analizar. Contesten estas preguntas en parejas.

1. ¿Qué opinan de esta familia? ¿Es una familia típica? Expliquen su respuesta.
2. ¿Les parece humorístico este fragmento? ¿Cuáles son algunos ejemplos del humor?
3. ¿Recuerdan algún viaje parecido que Uds. hicieron de niños? Si así es, descríbanlo.

Introducción al análisis literario
Descripción y narradores

■ **Descripción:** la descripción hace visible a una persona, un objeto o una idea. Ya que cada persona percibe la realidad de distinto modo, cada descripción es diferente. Por ejemplo, probablemente la descripción que tú hagas de tu mamá resultará diferente a aquella hecha por tu tía o por su médico.

■ **Narrador(a):** la persona que cuenta la historia en la obra. Puede ser una de las personas en el cuento o simplemente una voz creada por el autor que sólo existe para relatar el cuento.

■ **Voz narrativa:** la voz o perspectiva que el (la) narrador(a) usa para narrar la historia. La voz narrativa está en primera persona cuando un "yo" relata lo sucedido, en segunda persona cuando se narra lo sucedido a través de un "tú" o en tercera persona cuando un "él" o "ella" cuenta lo que les sucede a los personajes.

A. Descripción. Contesten estas preguntas.

1. Cuando Roberto se pone a matar indios, resulta más divertido por la descripción que su hermano mayor hace del modo de vestir de su hermanito. ¿Cómo lo describe?
2. En este fragmento hay varias descripciones de la madre que sugieren que es una mujer que sabe controlar a sus hijos. ¿Cuáles son algunas de esas descripciones? ¿Qué palabras descriptivas usa el autor para hacer saber al lector que la madre controla la situación?

B. Voz narrativa. ¿Quién es el narrador en este cuento? ¿Cómo lo sabes? ¿En qué persona narra: primera, segunda o tercera? Da ejemplos para confirmar tu respuesta.

> **Cuaderno de actividades**
>
> Puedes practicar más al escribir una nota informal en la sección **Correspondencia práctica** de la *Unidad 1, Lección 1* en el *Cuaderno de actividades.*

Escribamos ahora
Punto de vista

A **A generar ideas**

1. Punto de vista. Lee ahora la siguiente descripción que viene del cuento "El día que fuimos a mirar la nieve" de Alfredo Villanueva-Collado. Luego, contesta las siguientes preguntas con un(a) compañero(a) de clase.

> Recordé de qué día se trataba y el corazón me latió más rápido. Corrí a lavarme y a vestirme. Escogí un *sweater* crema, unos pantalones de *corduroy* y medias gruesas. Mami, al verme entrar así ataviado, se echó a reír. Papi, con su paso lento y pesado, dejando escapar un gruñido, comentó que hacía demasiado calor y que quizás no valía la pena hacer el viaje.

a. ¿Quién es el (la) narrador(a)? ¿De qué punto de vista se está describiendo a la persona?
b. ¿Cuáles son las palabras descriptivas que usa el autor?
c. ¿Cómo cambiaría la descripción del niño si la hiciera su madre? ¿si la hiciera el profesor o profesora?

2. Personajes pintorescos. Dentro de cualquier familia hay todo tipo de personajes pintorescos. Trabajando en grupos de tres, vean cuántos tipos pintorescos más podrán añadir al primer diagrama araña. Luego, identifiquen más características apropiadas de los personajes pintorescos.

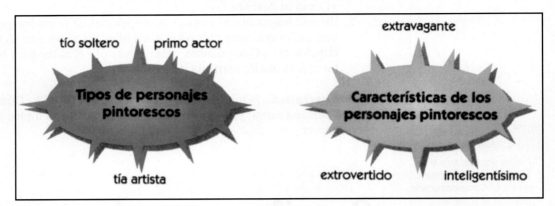

3. Recoger y organizar información. Piensa ahora en un personaje pintoresco dentro de tu familia o de tus amistades y pon su nombre en el centro de un círculo. Luego, en un diagrama araña, escribe varias características físicas y de su personalidad y anota varios incidentes interesantes que relacionas con este personaje. Luego, haz un segundo diagrama araña de la misma persona, pero vista no como tú la ves sino como la ve otra persona, quizás su madre, su esposo(a) o su novio(a). Recuerda que sólo estás generando ideas. No hace falta describir los incidentes; basta con anotar unas tres o cuatro palabras que te hagan recordar lo que pasó.

B **Primer borrador.** Usa la información que recogiste en la sección anterior para escribir unos dos párrafos sobre tu pariente o amigo(a) pintoresco(a). Escribe sobre el tema por unos diez minutos sin preocuparte de los errores. Lo importante es incluir todas las ideas que tú consideras importantes.

Después de escribir por unos diez minutos, saca una segunda hoja de papel y escribe una segunda descripción del mismo personaje, pero esta vez desde el punto de vista de su madre o de su padre. Otra vez, permítete unos diez minutos para escribir sin preocuparte de los errores.

C **A corregir.** Intercambia tus dos descripciones de un(a) pariente o amigo(a) pintoresco(a) con las de dos compañeros(as). Revisa la descripción de cada compañero(a), prestando atención a las siguientes preguntas. ¿Escribe con claridad? ¿Evita transiciones inesperadas de una oración a otra o de un párrafo a otro? ¿Quedan claras las imágenes que pinta de la persona que describe? ¿Da bastantes detalles físicos y de personalidad? ¿Es la descripción adecuada para cada punto de vista que toma? ¿Usa el caló o el habla caribeña para hacer a su narrador(a) o personaje principal más verdadero?

1. Primero indícales a tus compañeros lo que más te gusta de sus composiciones. Luego, dales tus comentarios y escucha los que ellos te hacen.

2. Haz una lista de palabras o expresiones que el Dr. Alfredo Villanueva-Collado usa para describir (a) la ropa de los niños que han ido a ver la nieve, (b) cómo ve él la nieve y (c) la reacción de los papás del narrador. Agrega a tus descripciones algunas de estas expresiones si son apropiadas para los puntos de vista que tú has tomado.

3. Comenta la validez del uso del caló o del habla caribeña o sugiere dónde puede añadir algunas palabras del caló o del habla caribeña en la voz del narrador (de la narradora) o del personaje principal, si no lo ha hecho y es apropiado.

(D) **Segundo borrador.** Corrige tu descripción, tomando en cuenta las sugerencias de tus compañeros(as) y las que se te ocurran a ti.

(E) **Sigues corrigiendo.** Intercambia tu descripción con la de otro(a) compañero(a) y haz lo siguiente, prestando atención a la ortografía y la acentuación, en particular de verbos con cambio en la raíz y verbos irregulares.

1. Subraya cada verbo con cambio en la raíz y asegúrate que está deletreado correctamente.

2. Subraya cada verbo irregular y asegúrate que está deletreado correctamente.

3. Mentalmente, no por escrito, piensa dónde va el golpe y si el acento ortográfico es necesario en cualquier palabra con acento escrito. Subraya las palabras que encuentres con error de acentuación.

(F) **Versión final.** Considera las correcciones que tus compañeros(as) te han indicado y revisa tus descripciones por última vez. Como tarea, escribe las copias finales en la computadora. Antes de entregarlas, da un último vistazo a la acentuación, a la puntuación y a la concordancia.

(G) **Reacciones.** Léele a un(a) compañero(a) de clase una de las descripciones que escribiste mientras él (ella) dibuja a la persona que describes. Luego, tú dibujas mientras tu compañero(a) lee una de sus descripciones. Finalmente, en grupos de cuatro, lean sus descripciones una vez más y decidan qué dibujo representa mejor la descripción. Léanle esa descripción a la clase y muestren el dibujo.

EXPLOREMOS EL CIBERESPACIO

Explora distintos aspectos de los puertorriqueños en EE.UU. en las **Actividades para la Red** que corresponden a esta lección. Ve primero a **http://college.hmco.com** en la red, y de ahí a la página de *Mundo 21.*

LECCIÓN 3

Los cubanoamericanos y los dominicanos

Nombres comunes: *cubanoamericanos, cubanos, hispanos, latinos*

Población: *1.241.685 (Censo del año 2000)*

Concentración: *Florida, Nueva Jersey y California*

GENTE DEL MUNDO 21

Gloria Estefan "Mis canciones son como una fotografía de mis emociones", dice esta cubanoamericana de Miami que ha llegado a ser una de las cantantes más populares de EE.UU. La talentosa y carismática cantante, que se inició en el grupo *Miami Sound Machine,* escribe canciones en inglés y en español, y muchas de sus composiciones, como "Anything for You", tienen versiones en los dos idiomas. Estefan dice que le encanta ser bilingüe porque abre horizontes más amplios a su experiencia. Con más de veintidós discos grabados en poco más de veinte años, Gloria, junto con su esposo, Emilio, no cesa en su labor artística y caritativa. Ya sea en conciertos que son siempre vendidos con anticipación, en obras

de caridad o ayudando a otros jóvenes artistas, la cantante es incansable y única. Entre sus discos más importantes sobresalen *Gloria Estefan's Greatest Hits* (1993), en inglés; *Mi tierra (1993),* un homenaje musical a Cuba; *Abriendo puertas* (1995)*,* con el que ganó un "Grammy"; *Destiny* (1996); *Gloria! (*1998); *Alma caribeña* (2000) y *Greatest Hits* 2, (2002). En los últimos años también ha incursionado en el mundo del cine. Tuvo un papel secundario en *La historia de Arturo Sandoval* (2000) con Andy García y uno más destacado en *Music of the Heart* (1999) con Meryl Streep.

Andy García, actor, productor y director de cine, nació en Cuba y fue bautizado con el nombre de Andrés Arturo García Menéndez. Ha mostrado su talento y capacidad interpretativa en más de veinte películas, entre las que se incluyen *The Untouchables* (1987), *Stand and Deliver* (1988), *The Godfather, Part III* (1990), *When a Man Loves a Woman* (1994), *Night Falls on Manhattan* (1997), *Desperate Measures* (1998), *¿Quién mató a Federico García Lorca?* (1998), *Ocean's Eleven* (2001) y muchas más. En 1991 fue nominado al premio "Óscar" por su actuación en *The Godfather, Part III* y en 1999 ganó el premio ALMA como actor notable en un papel de enlace entre dos culturas por su actuación en la película *Desperate Measures*.

Ante la sugerencia de que el no querer ser llamado "actor hispano" significa que se está alejando de sus raíces, García responde: "Nadie es más cubano que yo, y si no, que se lo pregunten a cualquiera de mis amigos. Mi cultura es la base de mis fuerzas; yo no sería nadie sin mi cultura". Sin duda está bien conectado a sus raíces cubanas

—gracias a los esfuerzos de este amante apasionado de la música caribeña, el gran músico de jazz Israel "Cachao" López ha llegado a los oídos del público estadounidense.

Otros cubanoamericanos sobresalientes

Fernando Bujones: bailarín • **Celia Cruz:** cantante • **Roberto G. Fernández:** cuentista • **Pedro José Greer:** médico fundador de *Camillus Health Concern* • **Horacio Gutiérrez:** pianista • **Óscar Hijuelos:** novelista • **Marilyn Milián:** abogada y juez • **Elías Miguel Muñoz:** poeta, dramaturgo y crítico literario • **Dolores Prida:** dramaturga • **Eduardo Sánchez:** director y guionista • **Paul Sierra:** artista

Julia Álvarez, novelista, poeta, ensayista y cate-
drática, nació en la República Dominicana en 1950 y allí vivió hasta los diez años. Álvarez dice que el estar en EE.UU. la motivó a escribir, dado que estaba constantemente rodeada de libros y que, a pesar de ser mujer, siempre la animaban a desarrollar su talento. Dice que aun antes de salir de la secundaria, ya había decidido ser escritora. Actualmente es una talentosa autora que en pocos años ha producido cuatro novelas muy exitosas y dos hermosos poemarios. Su obra más conocida, *How the García Girls Lost Their Accent* (1990), recibió el premio PEN/Oakland Josephine Miles. Su segunda novela, *In the Time of Butterflies* (1994), relata los esfuerzos de las hermanas Mirabal para derrotar la dictadura del tirano Trujillo en la República Dominicana. *¡Yo!* (1997), su tercera novela, cuenta más de la vida de Yolanda García, un personaje de su primera novela. En 1998 publicó su cuarta novela, *Something to Declare,* y en 2001, *In the Name of Salome.*

Nombres comunes: *dominicanos, dominicanoamericanos, hispanos, latinos*

Población: *764.945 (est.)*

Concentración: *Nueva York, Massachusetts, Maryland*

Junot Díaz, escritor dominicano, fue traído por sus
padres a Nueva Jersey a los siete años, donde vivió en extrema pobreza junto con otros inmigrantes dominicanos. Amante apasionado de la lectura, empezó a escribir cuentos en la escuela secundaria sobre el trabajo inhumano de su madre y de las penurias de amigos y conocidos. Estimulado por una profesora, se lanzó a describir sus sentimientos sobre su vida y la de los que los rodeaban. Su colección de cuentos publicada bajo el título *Drown* (1996) le trajo fama y fortuna. Su obra es madura y profunda, su lenguaje directo y sin ambigüedades. En ella explora el tema del padre violento y desamorado en contraste con la madre alentadora. En sus cuentos desfilan los inmigrantes, los niños que tratan de sobrevivir la subcultura de la droga, el abuso sexual y otros problemas de gran impacto social. Escribe usando un lenguaje único y muy personal que mezcla el español y el inglés neoyorquino. Se graduó de Rutgers, consiguió la maestría en Cornell, vive en Nueva York y enseña en la Universidad de Syracuse. A pesar de comienzos tan negativos, no se puede negar que Junot Díaz ya ha conseguido cumplir el "sueño americano".

Otros dominicanos sobresalientes

Orlando Antigua: basquetbolista, miembro de los *Globe Trotters* ● **Salin Colinet:** jugador de los *Minnesota Vikings* ● **César Cuevas:** joyero ● **Stanley Cuevas:** modelo ● **Olga Liriano:** fotógrafa ● **Miguel A. Núñez:** actor ● **Marlene Pratt:** presentadora del programa *Fix-it Line* ● **Alex Rodríguez:** pelotero de los *Texas Rangers* ● **Alexis Gómez Rosa:** poeta y profesor ● **Miguelina Veras:** diseñadora ● **Chiqui Vicioso:** poeta y educadora

Personalidades del Mundo 21

A. Gente que conozco. Contesta estas preguntas con dos o tres compañeros(as) de clase.

1. ¿Cómo puede el ser bilingüe abrir horizontes más amplios? Den varios ejemplos.

2. ¿Qué quiere decir Andy García cuando dice: "Mi cultura es la base de mis fuerzas; yo no sería nadie sin mi cultura"? ¿Se puede decir lo mismo de Gloria Estefan, Julia Álvarez y Junot Díaz? Expliquen su respuesta.

3. Según Julia Álvarez, ¿qué efecto tuvo el mudarse a EE.UU. cuando todavía era jovencita? Muchos consideran que su novela *How the García Girls Lost Their Accent* es su autobiografía. ¿De qué creen Uds. que trata esta novela? Expliquen su respuesta.

4. ¿A qué edad vino Junot Díaz a EE.UU.? ¿Cómo eran sus padres? ¿A qué edad comenzó a escribir? ¿Cómo se llama su primer libro? ¿Cuál es el tema de sus cuentos? ¿Por qué se puede decir que ha cumplido el "sueño americano"?

B. Diario. En tu diario dedicado especialmente a esta parte de cada lección del texto, selecciona uno de estos dos temas y escribe por lo menos media página expresando tus pensamientos.

1. Andy García afirma que "Nadie es más cubano que yo, y si no, que se lo pregunten a cualquiera de mis amigos". ¿Puedes decir eso de ti mismo... que nadie es más chicano(a) (puertorriqueño[a], dominicano[a], cubano[a], salvadoreño[a], guatemalteco[a], nicaragüense,...) que tú? ¿Por qué sí o por qué no? ¿Qué dicen tus amigos de cómo tú te autoidentificas?

2. Junot Díaz empezó a escribir cuentos en la escuela secundaria sobre el trabajo inhumano de su madre y de las penurias de amigos y conocidos. Si tú empezaras a escribir cuentos de tu madre y de tus amigos, ¿qué escribirías de ellos? ¿Qué te gustaría que todo el mundo supiera con respecto a tu madre y a tus amigos?

Cuaderno de actividades

Puedes practicar más con acentuación y triptongos en las secciones de **Acentuación y ortografía** y el **Dictado** de la *Unidad 1, Lección 3* en el *Cuaderno de actividades.*

ACENTUACIÓN Y ORTOGRAFÍA

Triptongos. Un triptongo es la combinación de tres vocales: una vocal fuerte **(a, e, o)** en medio de dos vocales débiles **(i, u).** Los triptongos pueden ocurrir en varias combinaciones: **iau, uai, uau, uei, iai, iei,** etcétera. Los triptongos siempre se pronuncian como una sola sílaba. Estudia las siguientes palabras con triptongos.

desaf**iái**s   financ**iái**s   **guau**   m**iau**

La **y** tiene valor de vocal **i,** por lo tanto cuando aparece después de una vocal fuerte precedida por una débil forma un triptongo. Estudia las siguientes palabras con una **y** final.

b**uey**   Parag**uay**   Urug**uay**

¡A practicar!

A. Vosotros. Ahora escucha a tu profesor(a) pronunciar la siguientes palabras con triptongo. Nota que muchos verbos en la segunda persona del plural ("vosotros") con frecuencia presentan triptongo. Identifica el número de sílabas en cada palabra.

1. renunciáis   2. averiguáis   3. iniciáis   4. encomiáis

B. ¡Ay, qué torpe! Cuando Alex Cuevas escribe cartas a sus parientes de la República Dominicana, con frecuencia olvida escribir acentos y no tiene cuidado cómo divide las palabras. Éste es un parrafito de la última carta que escribió. ¿Puedes corregir los diez errores que cometió en esta carta?

Queridísimo abuelito:
¿Quien es ese padre español que me gustaba tanto cuando yo era pequeño? Todavia me acuerdo de ese sermón, cuando dijo "Hijos mios, ¿por qué no averiguais las verdades del Nuevo Testamento? Si nosotros consiguieramos mejorarnos leyendolas, oyendolas y creyéndolas conseguiriamos que nuestros hijos y nosotros prosiguieramos a entrar en el reino de los cielos."

MEJOREMOS LA COMUNICACIÓN

Para hablar de música

Al hablar de cantantes y músicos

— ¿Quién es tu **cantante** favorito(a)?

alto	solista
barítono	soprano
cantor(a)	tenor

— ¿Te gusta este (esta) **clarinetista**?

flautista	saxofonista
guitarrista	tamborista
pianista	trompetista

Al describir a los cantantes

Me gusta porque tiene una voz muy **alta**.

bajo(a)	poderoso(a)
delicado(a)	puro(a)
especial	sensual
fino(a)	talentoso(a)
fuerte	único(a)

Al hablar de conjuntos e instrumentos musicales

— ¿Qué es lo que más te gusta de esta **banda**?

conjunto	grupo
cuarteto	orquesta

— Me encanta **la batería**.

clarinete	piano
flauta	saxofón, saxófono
guitarra	tambor
marimba	trompeta

Al hablar de distintos tipos de música

Este conjunto siempre toca música **ranchera**.

la música

...de jazz	...popular
...de ópera	...rock
...de protesta	...salsa
...folklórica	...tejana
...pop	...tropical

—¿Te gusta la música **alegre**?

apasionado(a)	**rítmico(a)**
bailable	**romántico(a)**
dramático(a)	**suave**
fuerte	**triste**

Al hablar de conciertos y grabaciones

¿Cuándo va a **dar un concierto**?

grabar un nuevo CD	**interpretar una canción**
hacer una gira	**sacar un disco nuevo**

¡A conversar!

A. Gustos musicales. Tu compañero(a) te va a describir a su cantante y conjunto favoritos sin mencionar sus nombres para ver si tú puedes adivinar quiénes son. Luego tú vas a describir tus favoritos sin mencionar sus nombres para ver si tu compañero(a) puede adivinar quiénes son.

B. Dramatización. Dramatiza la siguiente situación con un(a) compañero(a) de clase. Acabas de conseguir dos entradas a un concierto de un cantante que tú conoces muy bien pero que tu mejor amigo(a) no conoce. Decides invitar a tu mejor amigo(a) a que te acompañe. Tu amigo(a) te hace muchas preguntas acerca de la apariencia física y el tipo de música del cantante.

C. Extiende tu vocabulario: cantar. Combina las palabras de la primera columna con las definiciones de la segunda columna. Luego, escribe una oración original con cada palabra. Compara tus oraciones con las de dos compañeros(as) de clase.

_____ 1. cantable		a.	canción
_____ 2. cantata		b.	persona que canta
_____ 3. canto		c.	que se puede cantar
_____ 4. cantante		d.	poeta compositor(a) de cantos
_____ 5. cantor		e.	composición poética que se canta

D. Notas para hispanohablantes: práctica. Identifica y tacha las variantes de "ser" o "estar" en este párrafo para completarlo con las formas normativas de esos dos verbos.

Emilio y yo _____ (ehtamos/estamos) muy contentos de _____ (ehtar/estar) aquí con Uds. esta noche. Como ya saben, nosotros _____ (semos/somos) muy aficionados a todo tipo de música pero desafortunadamente no siempre podemos asistir a estas funciones. Todo el mundo sabe que nosotros _____ (somos/somo) cubanos primero y claro, también _____ (somos/somo) americanos. Pero cuando nos preguntan, nuestro primer instinto es decir que _____ (semos/somos) músicos caribeños.

DEL PASADO AL PRESENTE

Los cubanoamericanos: éxito en el exilio

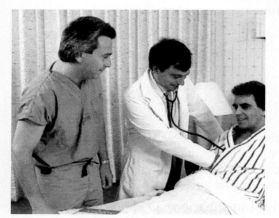

Médicos cubanoamericanos

Manual de gramática

Antes de leer **Del pasado al presente,** conviene repasar los adjetivos descriptivos en la sección 1.5 y los usos de los verbos **ser** y **estar** en la sección 1.6 del **Manual de gramática** (págs. 86–93).

Los refugiados cubanos a mediados del siglo XX

El primer grupo de refugiados cubanos del siglo XX empezó a llegar a Miami en 1960. Optaron por el exilio en vez de vivir bajo el régimen comunista de Fidel Castro, quien controlaba la isla desde 1959. En relativamente poco tiempo, muchos refugiados cubanos establecieron negocios en EE.UU. similares a los que tenían anteriormente en Cuba. Así se crearon muchas fuentes de trabajo para miles de refugiados cubanos. Unos 260.000 cubanos llegaron entre 1965 y 1973 gracias a un acuerdo entre el presidente Lyndon Johnson y Fidel Castro en 1965. La mayoría de los cubanos que encontraron refugio en EE.UU. entre 1960 y 1973 eran de clase media y algunos pertenecían a familias acomodadas.

Los marielitos

En 1980 llegaron unas 125.000 personas que, como salieron del puerto cubano de Mariel, son conocidos como los "marielitos". Existe una gran diferencia entre los inmigrantes cubanos de los años 60 y 70, que en su mayoría eran de clase media, y los marielitos, que en su mayoría eran de las clases menos acomodadas. A los que se embarcaron en Mariel les ha costado más la adaptación. Pero como resultado del apoyo prestado por los cubanos ya establecidos en EE.UU., se han ido adaptando lentamente a la vida en este país.

Los marielitos

Las nuevas generaciones

El éxito de la comunidad cubana de Miami se explica también porque esta ciudad ha servido como puerto principal para el comercio y las transacciones financieras entre EE.UU. y muchos países latinoamericanos. Muchos industriales de esos países prefieren hacer tratos con banqueros bilingües de Miami en vez de usar las instituciones financieras más lejanas de Nueva York.

Aunque los primeros inmigrantes se oponían fervientemente al régimen comunista de Fidel Castro, esa actitud vehemente no es compartida por los más jóvenes. Muchos de los que nacieron en EE.UU. y los que vinieron de pequeños se sienten ante todo ciudadanos de este país. Por lo tanto, el régimen político de

Cuba no constituye una gran preocupación para la segunda generación. Sin embargo, el sentimiento anticastrista fue evidente durante el incidente provocado por Elián González, el niño cubano rescatado del mar en noviembre de 1999. Este evento alcanzó proporciones tan increíbles como el requerir la intervención del ejército norteamericano. Más increíble aún fue la repentina decisión en el año 2000 de mudar la entrega de los premios "Grammy" Latinos de la Academia Hispana de Artes y Ciencias Discográficas, de su lugar original, Miami, a un nuevo sitio, Los Ángeles, para evitar posibles manifestaciones de la comunidad cubanoamericana de Miami.

Negociante cubanoamericano en Miami

¡A ver si comprendiste!

A. Hechos y acontecimientos. ¿Recuerdas los datos más importantes de la lectura? Para asegurarte, haz las siguientes actividades con uno(a) o dos compañeros(as).

1. Preparen un diagrama Venn como el siguiente y hagan una comparación entre los cubanos refugiados que llegaron a EE.UU. en los años 60 y 70 y los que llegaron en los años 80. Indiquen las semejanzas en el centro del diagrama y las diferencias en los dos extremos.

Los cubanos refugiados en EE.UU.

Años 60 y 70		Años 80
1.	1.	1.
2.	2.	2.
3.	3.	3.
…	…	…

2. Expliquen por qué, de todos los hispanos que viven en EE.UU., los cubanoamericanos son los que han tenido mayor prosperidad económica.
3. ¿Cómo reaccionó la comunidad cubanoamericana frente a la situación del niño Elián González? ¿Saben cómo se resolvió esa situación?

B. A pensar y a analizar. Prepara un diagrama Venn como el de la actividad anterior y haz una comparación entre los chicanos y los cubanoamericanos. Refiérete a cuándo llegaron a EE.UU., dónde se establecieron, la actitud del gobierno federal hacia ellos y la ayuda que recibieron. Compara tu diagrama con el de un(a) compañero(a).

Los chicanos y los cubanoamericanos

chicanos

1.
2.
3.
...

1.
2.
3.
...

cubanoamericanos

1.
2.
3.
...

C. Redacción colaborativa. En grupos de dos o tres, escriban una composición colaborativa de una a una página y media sobre el tema que sigue. Sigan el proceso de escribir colaborativamente que aprendieron en **¡A ver si comprendiste!** de la *Lección 1*. Empiecen por escribir una lista de ideas, luego incorpórenlas en un primer borrador. Revísenlo, asegurándose de que las ideas tengan sentido. Si es necesario, preparen un segundo borrador y corríjanlo con mucho cuidado. Escriban la versión final en la computadora y entréguenla.

Aunque los primeros inmigrantes cubanos se oponían fervientemente al régimen comunista de Fidel Castro, esa actitud vehemente no es compartida por los cubanoamericanos más jóvenes. ¿Es importante que los hijos de inmigrantes se mantengan al tanto con lo que pasa en el país de origen de sus padres? ¿Hasta qué punto deben hacerlo o no es importante del todo? Expliquen sus respuestas.

Los dominicanos: continuo esfuerzo para aclimatarse en EE.UU.

La década de los 80

Refugiados dominicanos

Salvador Jorge Blanco fue nombrado presidente de la República Dominicana en las elecciones de 1982. Aunque el nuevo presidente tenía las mejores intenciones de continuar la reforma agraria, promover la justicia social y modernizar al país, los aumentos del costo de petróleo en el Mercado mundial causaron una recesión en EE.UU. y, por extensión, afectaron gravemente la economía de la República Dominicana. La pobreza y el hambre que resultaron en el país forzaron a miles de dominicanos a abandonar la isla en busca de una vida mejor en EE.UU. En esa década, más de 250.000 entraron en EE.UU. legalmente. De este modo, los dominicanos se convirtieron en el segundo grupo más grande de inmigrantes a Norteamérica.

La década de los 90 y el nuevo milenio En la década de los 90, la inmigración de dominicanos continuó en números jamás vistos. De los más de 506.000 dominicanos que actualmente residen en EE.UU., 300.000 se han localizado en Nueva York —en Manhattan, en el área de Washington Heights, llamada Quisqueya Heights por los dominicanos. Son el más grande de los 150 grupos étnicos que viven en Nueva York. El resto vive en Nueva Jersey, Massachusetts y Miami. Existen en EE.UU. además, otros 300.000 dominicanos no documentados, más un gran número que ha emigrado a Puerto Rico.

La vida en EE.UU. Los dominicanos sufren toda clase de dificultades para adaptarse a la nueva vida en EE.UU. Los que son de ascendencia africana se han visto víctimas de la misma discriminación y prejuicios que sufren los afroamericanos. Hay estadounidenses que creen que todos los inmigrantes dominicanos acaban por ser una costosa carga para el sistema de Bienestar Social americano. En realidad, la mayoría de los dominicanos nunca han participado en el sistema de Bienestar Social. Para sobrevivir, muchos inmigrantes dominicanos tienen que trabajar en puestos que pagan un salario mínimo y que normalmente el norteamericano medio no desea. Como resultado, una mayoría vive en condiciones económicas deprimentes. A pesar de su difícil situación, poco a poco los dominicanos en EE.UU. mejoran su situación económica. Ya empiezan a establecer sus propios negocios, tales como bodegas, supermercados, restaurantes, agencias de viaje y compañías de taxi.

Restaurante dominicano en "Quisqueya Heights"

¡A ver si comprendiste!

A. Hechos y acontecimientos. ¿Recuerdas los datos más importantes de la lectura? Para asegurarte, contesta las siguientes preguntas. Luego, compara tus respuestas con las de un(a) compañero(a).

1. ¿Qué causó los grandes problemas económicos en la República Dominicana durante la presidencia de Salvador Jorge Blanco? ¿Cuál fue el resultado de estos problemas?
2. Aproximadamente, ¿cuántos dominicanos hay en EE.UU. ahora? ¿Dónde reside la mayoría?
3. ¿Han encontrado los dominicanos refugiados en EE.UU. la vida ideal que buscaban? Explica tu respuesta.
4. ¿Qué impresión tienen muchos estadounidenses de los inmigrantes dominicanos? ¿Tienen razón en creer eso? ¿Por qué llegan muchos estadounidenses a esa conclusión errónea?
5. ¿Qué tipo de trabajo encuentran los refugiados dominicanos? ¿Reciben buenos sueldos?

6. ¿Qué evidencia hay de que los dominicanos están mejorando su situación económica en este país?

B. A pensar y a analizar. En comparación con los cubanoamericanos, ¿por qué crees que los dominicanos han tenido más dificultades para establecerse económicamente en EE.UU.? ¿Qué semejanzas hay entre las dificultades que los dominicanos tienen ahora y las de los afroamericanos? ¿Qué diferencias hay? ¿Qué consejos le darías tú a un(a) amigo(a) dominicano(a) para ayudarle a enfrentarse a los problemas?

C. Redacción colaborativa. En grupos de dos o tres, escriban una composición colaborativa de una página a página y media, sobre el tema que sigue. Sigan el proceso de escribir colaborativamente que aprendieron en **¡A ver si comprendiste!** de la *Lección 1*. Escriban una lista de ideas, luego incorpórenlas en un primer borrador. Revísenlo, asegurándose de que las ideas tengan sentido. Si es necesario, preparen un segundo borrador y corríjanlo con mucho cuidado. Escriban la versión final en la computadora y entréguenla.

> Los dominicanos sufren toda clase de dificultades para adaptarse a la nueva vida en EE.UU., en particular los que son de ascendencia africana. ¿Por qué creen Uds. que ocurre esta dificultad? ¿Ocurre con otros grupos étnicos? Si así es, ¿cuáles? ¿Hay alguna justificación por esa discriminación y prejuicio? ¿Cómo se podría eliminar?

D. Repaso: presente de indicativo. Completa las siguientes oraciones con la forma apropiada del presente de indicativo de los verbos que están entre paréntesis.

1. El deporte que los jóvenes caribeños (elegir) jugar más es el béisbol.
2. Este deporte (influir) también a jóvenes centroamericanos, mexicanos, venezolanos, colombianos, japoneses, taiwaneses y coreanos.
3. A la República Dominicana (atribuirse) un gran número de excelentes beisbolistas talentosos.
4. La mayoría de los veintiséis equipos de las Grandes Ligas (conseguir) varios de sus jugadores en la República Dominicana.
5. Muchos dominicanos que (jugar) en las Grandes Ligas (contribuir) buena parte de sus salarios a causas de beneficencia dominicanas.

Cuaderno de actividades

Si necesitas practicar más, escribe una lista de preguntas que vas a usar al entrevistar a un actor cubanoamericano en la composición de la *Unidad 1, Lección 3* en el *Cuaderno de actividades.*

Manual de gramática

Antes de hacer esta actividad, conviene repasar el presente de indicativo en las secciones 1.2, 1.3 y 1.4 del **Manual de gramática** (págs. 76–86).

Lengua en·uso

En la lección anterior aprendiste a reconocer algunas características del habla caribeña: consonantes aspiradas, sílabas o letras desaparecidas y unas consonantes sustituidas por otras. En esta lección vas a familiarizarte con otras características del habla caribeña, el habla no sólo de muchos puertorriqueños sino también de cubanos y dominicanos.

El habla caribeña: los cubanos

En el habla caribeña también aparecen varios cambios fonéticos que son comunes no sólo en el habla coloquial caribeña sino en el de otras partes del mundo hispano. Por ejemplo, la preposición "para" se reduce a *pa'* y muchas consonantes finales desaparecen (caridad → *caridá,* inglés → *inglé*). También la terminación **-ada** se reduce a **-á** y así se dice *casá* en vez de "casada". Igualmente en algunas palabras se utiliza la **l** en vez de **r** y así se dice *dolol* en vez de "dolor".

Al descifrar el habla caribeña. En la obra narrativa del escritor cubanoamericano Roberto G. Fernández aparece con frecuencia el habla coloquial que usan los cubanoamericanos que viven en la Florida. Éste es el caso en la oración que sigue, que fue sacada de su cuento "En la Ocho y la Doce".

Barbarita, ni te preocupes *pa'* lo que sirve mejor la dejas *enredá*.

Según las características del habla caribeña recién mencionadas, *pa'* es equivalente a "para" y la terminación **-á** en *enredá* es equivalente a la **-ada** de "enredada".

A entender y respetar

El habla caribeña. Lee ahora estas oraciones coloquiales, tomadas del cuento "En la Ocho y la Doce" de Roberto G. Fernández. Luego léelas una segunda vez usando un español más formal para las palabras en letra bastardilla.

1. Sí, chica. Pepe el casado con Valentina la *jorobá*.
2. La *verdá* es que todavía no estaba muy convencida.
3. ¿Tú *habla inglé*?
4. Yo me quedé *maravillá* y *espantá* a la vez.
5. Tócalo, *mijito*, *pa'* que se te curen *lah paticah*.
6. Mamá, ya puedo *caminal*...
7. Sí, Barbarita, pero *na' má* que un *poquitico*.

꩜ Y ahora, ¡a leer!

Anticipando la lectura. Completa estas actividades.

1. ¿Cuántos tipos de discriminación puedes nombrar?
2. ¿Has sufrido tú discriminación alguna vez? ¿De qué tipo de discriminación?
3. ¿Crees que hay discriminación de edad en los EE.UU.? Si la hay, ¿quiénes la sufren, los niños, los jóvenes, los adultos o los ancianos? Da ejemplos.
4. A base del título de este cuento y del dibujo, ¿cuál será el tema del fragmento? Vuelve a tu respuesta después de leer el cuento para ver si acertaste.

Conozcamos al autor

Ángel Castro es la voz del refugiado cubano que expone los sentimientos y la situación de los numerosos exiliados cubanos. Ángel Castro recibió el título de doctor en leyes en la Universidad de La Habana en 1959, año en el que Fidel Castro asumió el poder. Disgustado con el nuevo gobierno, salió de su patria en 1963 y se refugió en EE.UU. Formó parte del nuevo grupo de escritores cubanoamericanos cuyo común denominador es su enojo y amargura contra el gobierno castrista. Ángel Castro, en particular, fijó su atención en las diferencias culturales entre su país y EE.UU. y presentó los numerosos problemas de toda índole que los nuevos emigrados tienen que enfrentar. Su primera publicación fue un ensayo político, "La Cuba de Castro" (1963), que fue seguida por la novela *Refugiados* (1969), el poemario *Poemas del destierro* (1971) y cuatro volúmenes de cuentos entre los cuales se destaca *Cuentos del exilio cubano* (1970). En "Las canas" este escritor describe el choque cultural que emerge de la actitud de los americanos hacia la gente de edad avanzada.

Las canas

Pedro Gutiérrez, cubano, contador público y ex Profesor de la Escuela de Ciencias Comerciales de la Universidad de la Habana, era uno más entre los miles que habían abandonado la
5　República de Cuba en repudio silente al régimen comunista de Fidel Castro, que hoy esclaviza al pueblo cubano. Su edad, sesenta años, de pequeña estatura, despierto de mente y cuerpo, con su cabeza cubierta de nieve. Las canas eran el orgullo
10　del profesor Gutiérrez. Las canas simbolizaban una vida de trabajo, dedicado a la contabilidad, y a la cátedra, dedicado a moldear a la juventud estudiosa en la Escuela de Ciencias Comerciales de la Universidad de La Habana. Eran sus canas símbolo de
15　honradez, de trabajo, y los estudiantes cubanos las respetaban y admiraban.

Al llegar a los Estados Unidos de la América del Norte recibió la ayuda generosa del Gobierno Federal, y vivía de un cheque de *Welfare* (asistencia
20　pública), en una pequeña ciudad de New Jersey, en unión de su esposa, Gertrudis Hernández de Gutiérrez.

　　—Estoy cansado de vivir sin trabajar..., no me gusta cobrar un cheque sin trabajarlo...

25   —Viejo..., y mira que has hecho gestiones para trabajar de lo que sea...

—Qué difícil es encontrar empleo..., me parece que me discriminan porque soy cubano.

—No, no es porque seas cubano, sino porque eres viejo —le dijo su mujer.

—Es verdad, soy un viejo, tengo sesenta años, pero me parece que aquí, en los
30   Estados Unidos de la América del Norte, discriminan a los negros y a los viejos.

El domingo Gutiérrez recibió la inesperada visita de un viejo amigo de la infancia —Walterio Rivas—, que enseñaba español en la Universidad de New Jersey.

—¡Qué alegría, Pedro! Estás igualito que la última vez que te vi en La Ha-
35   bana; no has cambiado nada...

—¿Has encontrado empleo?

—No, no, Walterio, me he cansado de hacer gestiones..., y nada...

—Bueno, te voy a explicar algo: aquí en los Estados Unidos de la América del Norte, no gustan de las canas..., las personas mayores de sesenta años lo
40   pasan mal y completamente aislados... Este país adora la juventud, la belleza, el sexo y el dinero..., sobre todo el dinero. Pero no te descorazones, tengo un remedio para ti..., voy a la tienda y regreso en seguida.

Walterio regresó a la casa de Pedro en menos de veinte minutos con dos frascos de tinte para el pelo.

45   —Mira..., tienes que hacerme caso y pintarte el pelo..., si no te pintas el pelo, no conseguirás empleo —dijo Walterio.

—Me parece que la juventud en Yankilandia no respeta a los ancianos..., están perdidos... En Cuba, México, en China, Japón, en España, etcétera, se respeta a los viejos..., los ancianos son la experiencia y la sabiduría... —dijo el
50   profesor Gutiérrez.

El lunes, Pedro salía de nuevo a buscar empleo, sus canas habían desaparecido, y en su lugar mostraba un pelo de ébano.

El martes conseguía empleo en una casa comercial como tenedor de libros.

El miércoles regresaba a su casa y se dirigía a su cuarto, mirándose en el
55   espejo, y al contemplar el ébano en lugar de la nieve, se echó a llorar como un niño.

—Mis canas..., mis canas —se decía.

De *Cuentos del exilio cubano* (1970)

¿Comprendiste la lectura?

A. Hechos y acontecimientos. Completa estas oraciones según la lectura. Luego, comparen sus respuestas en grupos de dos o tres.

1. ¿Qué profesión practicaba Pedro Gutiérrez en Cuba antes de mudarse a EE.UU.? ¿Por qué dejó Cuba?
2. ¿Qué edad tenía cuando se vino a EE.UU.? Físicamente ¿qué es lo que más señalaba su edad?
3. ¿En qué se basaba el orgullo del profesor Gutiérrez? ¿Por qué?
4. ¿Cómo reaccionaban los estudiantes cubanos a las canas del profesor?
5. ¿Qué tipo de ayuda recibió Pedro Gutiérrez del gobierno estadounidense al llegar al país? ¿Cómo le sigue ayudando el gobierno? ¿Le gusta al profesor recibir ayuda del gobierno? Explica.

6. ¿Por qué cree Pedro Gutiérrez que discriminan contra él? ¿Por qué cree su mujer que discriminan contra él? En su opinión, ¿quién tiene razón?
7. ¿Que diferencia hay en la manera que discriminan contra el profesor y contra los afroamericanos en EE.UU.?
8. ¿Qué tuvo que hacer el profesor para conseguir empleo? ¿Qué tipo de trabajo consiguió? ¿Por qué creen que lloró como un niño al ver que sus canas habían desaparecido?

B. A pensar y a analizar. ¿Están de acuerdo con el profesor Gutiérrez? ¿Hay discriminación contra los viejos en EE.UU.? ¿Qué evidencia de esto pueden presentar? ¿Qué puede hacer una persona de sesenta años para evitar este tipo de discriminación? ¿Qué creen que opina de eso el profesor Gutiérrez?

C. Dramatización. Tú eres una persona de sesenta y dos años que acaba de inmigrar a EE.UU. Hablas inglés bastante bien y eres profesional con muchos años de experiencia en (decide tú el campo). Ahora te entrevista una institución que definitivamente puede usar tus aptitudes. Dramatiza la situación con dos compañeros de clase. Ellos serán tus entrevistadores.

Introducción al análisis literario
El diálogo

Un **diálogo** es la conversación entre dos o más personajes. Al usar diálogo, los escritores le dan vida a la narración, haciéndola más dinámica e interesante. También hace que la acción sea más realista ya que le permite al lector escuchar directamente las palabras de los personajes. Por medio del diálogo los escritores pueden revelar ciertas características y motivos de los personajes en vez de tener que depender de la perspectiva de otro personaje o del narrador.

A diferencia del inglés, en que las comillas (" ") indican el diálogo, en español se utiliza el guión largo o raya (—) para marcar el diálogo en cuentos y novelas.

—Qué difícil es encontrar empleo..., me parece que me discriminan porque soy cubano.

—No, no es porque seas cubano, sino porque eres viejo —le dijo su mujer.

Nota que el guión sólo se usa al inicio del diálogo y para indicar otros detalles o explicaciones que acompañan el diálogo. En español no se usa el guión al final del diálogo.

Las comillas en español (« ») se usan para citar diálogo indirecto o para hacer una cita aislada.

Cuando al final el profesor dice: «Mis canas..., mis canas.», él sin duda está lamentando la falta de respeto a los ancianos.

A. Carácter de la narradora. Con un(a) compañero(a), preparen una lista de diez a quince frases u oraciones sacadas del diálogo de "Las canas" que revelan el carácter del narrador.

B. Diálogo original. Escribe junto con un(a) compañero(a) de clase un diálogo breve entre la esposa y el profesor que continúa la acción del cuento después de teñirse el pelo.

¡LUCES! ¡CÁMARA! ¡ACCIÓN!

¡Hoy es posible!: Jon Secada

¡Hoy es posible! es un programa de la televisión española parecido al de *Cristina* o al de *Oprah* en EE.UU. En este programa, el invitado es el cantante cubanoamericano, Jon Secada. Basta sólo ver la emoción y el entusiasmo que muestra la locutora del programa para comprender la gran admiración que los españoles sienten por este carismático artista.

En la segunda parte del programa, Jon Secada canta varias canciones para entretener a los televidentes españoles y, por supuesto, a Uds.

Antes de empezar el video

Contesten estas preguntas en parejas.

1. ¿Cuáles son algunos cantantes hispanos que cantan en inglés y en español? ¿Cuál es el (la) favorito(a) de Uds.? ¿Por qué les gusta?
2. ¿Creen Uds. que los cantantes latinoamericanos son bien recibidos en EE.UU.? ¿y los cantantes caribeños? ¿Creen que son bien recibidos en España? ¿Por qué? Expliquen.

¡A ver si comprendiste!

A. *¡Hoy es posible!:* Jon Secada. Contesta las siguientes preguntas con un(a) compañero(a) de clase.

1. Nieves Herrero, la locutora del programa *Hoy es posible,* dice que va a ponerle el broche de oro a su programa. ¿Qué quiere decir con esto?
2. ¿Dónde se produce el programa *Hoy es posible*? ¿Qué le pide la locutora a Jon Secada que haga en ese programa?

B. A pensar e interpretar. Contesten estas preguntas en parejas.

1. ¿Qué prueba tienen Uds. de que Jon Secada fue bien recibido en España?
2. ¿A qué se debe la popularidad de este cantante cubanoamericano?
3. ¿Qué opinan Uds. del "par de cositas" que cantó? ¿Les gustaron las canciones? Elaboren.

EXPLOREMOS EL CIBERESPACIO

Explora distintos aspectos de los cubanoamericanos y los dominicanos en EE.UU. en las **Actividades para la Red** que corresponden a esta lección. Ve primero a **http://college.hmco.com** en la red, y de ahí a la página de *Mundo 21.*

Los centroamericanos

Nombres comunes: costarricenses, guatemaltecos, hondureños, nicaragüenses, panameños, salvadoreños, centroamericanos, hispanos, latinos

Población: *2.026.150 (Censo del año 2000)*

Concentración: *noreste 32,3%, oeste 28,2%, sur 34,6%*

Países de origen más comunes: *El Salvador, Honduras, Guatemala, Nicaragua*

GENTE DEL MUNDO 21

Mary Rodas nació en Nueva Jersey de padres salvadoreños, quienes emigraron a EE.UU. para escapar de la guerra civil en El Salvador. A la tierna edad de 4 años empezó su carrera en mercadeo para la compañía de juguetes CATCO, cuando impresionó al presidente de la compañía con una extraordinaria habilidad de criticar y determinar qué juguetes serían los preferidos por los niños. Cuando tenía 13 años, diseñó la pelota Balzac, cuyas ventas alcanzaron los 30 millones en su primer año. Así, a los 14 años fue nombrada vicepresidenta de mercadeo de una sucursal de la compañía de juguetes CATCO. A los 15 años ya ganaba $200,000, y a los 22 ya tenía el título de presidenta de la compañía de juguetes Catalyst.

Mary Rodas tiene una actitud muy optimista sobre la vida, que expresa de la siguiente manera, "Mis padres llegaron con muy poco y hoy día disfrutan de una buena vida. Creo que si te esfuerzas con todo el empeño, verás la diferencia".

José Solano, actor nicaragüense, fue el primer personaje latino que apareció en *Baywatch*. Hizo el papel de un salvavidas llamado Manny Gutiérrez por cuatro años, de 1996 hasta 1999. Esta serie televisada norteamericana alcanzó uno de los niveles más altos de popularidad en muchos países del mundo. El actor, nacido en 1970, ha sido atleta desde niño. Cuando estaba en la escuela secundaria, ganó un sinnúmero de competencias como corredor y recibió una medalla de oro por jugar al fútbol en las Olimpiadas Juveniles. También pasó nueve meses en la marina de EE.UU. durante la Guerra del Golfo Pérsico. Por eso, hacer el papel de salvavidas le resultó fácil. "Es mi oportunidad de destacarme y hacer mía la escena", dice Solano, ganador del "Nosotros Golden Eagle Award" (1997) por ser el actor joven hispano de mayor promesa. En el año 2000 empezó a hacer el papel de Jaime en la serie *Resurrection Blvd*. Más recientemente, terminó de filmar dos películas independientes, *Rubbernecks* y *On Edge.* Solano proviene de una familia muy unida. Su papá administra su carrera y, cuando puede, su mamá le lleva al estudio de filmación uno de sus platos favoritos, el arroz con pollo.

Claudia Smith es una activista y abogada guatemalteca que ha trabajado durante más de un cuarto de siglo protegiendo los derechos de los inmigrantes a través de Asistencia Legal Rural de California en Oceanside, California. Nació en Guatemala en 1949 y emigró a EE.UU. a los 17 años para estudiar política internacional. Durante los años 70 se sintió conmovida por los movimientos de los trabajadores agrícolas dirigidos por César Chávez y para poder ayudarlos mejor, ingresó a un convento. Convencida de la necesidad de poseer el título de abogada para poder hacer su trabajo eficazmente, dejó los hábitos y estudió derecho en la Universidad de San Diego. Desde 1994, año en que el gobierno estadounidense instituyó el programa "Operation Gatekeeper" para reducir la inmigración ilegal, la abogada Smith patrulla la frontera México-California, exigiendo que se dé agua potable, alimentos y otras facilidades mínimas a las personas detenidas. Adondequiera que ella vaya en la comunidad de San Diego, la saludan con un "¡Sigue luchando!", que ella cumple al pie de la letra con su incansable labor. Sus esfuerzos le han ganado el reconocimiento del Fondo de Defensa Legal Mexicano-Americano, de la Federación Chicana de San Diego y de otras instituciones que se preocupan por la situación de los inmigrantes.

Otros centroamericanos sobresalientes

Bo Bolaños: diseñador salvadoreño • **Carlos Campos:** diseñador de modas hondureño • **Mauricio Cienfuegos:** futbolista salvadoreño • **Devora Cooper:** bailarina y mujer de negocios nicaragüense • **Daisy Cubias:** poeta y activista social salvadoreña • **Emelina Edwards:** nicaragüense, experta en educación física • **Bianca Jagger:** activista nicaragüense • **Hugo Molina:** chef guatemalteco y profesor de arte culinario • **Jorge Moraga:** músico guatemalteco • **Christy Turlington:** supermodelo salvadoreña • **Donald Vega Gutiérrez:** pianista nicaragüense

Personalidades del Mundo 21

A. Gente que conozco. Contesta las siguientes preguntas con dos o tres compañeros(as) de clase.

1. ¿A qué edad empezó su meteórica carrera Mary Rodas? ¿Qué productos le han traído prosperidad a ella y a su familia? Según Mary, ¿cómo es posible conseguir disfrutar de una buena vida? Explica tu respuesta.

2. ¿Qué preparó a José Solano para hacer el trabajo de salvavidas en el programa *Baywatch*? ¿Crees que abandonó su cultura y herencia hispana al aceptar hacer este papel? Explica tu respuesta. ¿Cuáles son otros actores hispanos que tienen o han tenido papeles en series televisadas en EE.UU.?

3. ¿Qué motivó a Claudia Smith a estudiar derecho? ¿Qué hizo antes de ser abogada? ¿Por qué la respetan tanto en el área de la frontera México-California?

B. Diario. En tu diario escribe por lo menos media página expresando tus pensamientos sobre el siguiente tema.

Claudia Smith es una activista guatemalteca que se dedica a proteger los derechos de inmigrantes en California. Si tú fueras activista, ¿a qué causas te dedicarías? ¿Qué metas tratarías de lograr?

ACENTUACIÓN Y ORTOGRAFÍA

Repaso: Acentuación, diptongos y triptongos

Acentuación

Regla 1: Las palabras que terminan en **vocal, n** o **s,** llevan el golpe en la penúltima sílaba.

Regla 2: Las palabras que terminan en consonante, excepto **n** o **s,** llevan el golpe en la última sílaba.

Regla 3: Todas las palabras que no siguen las dos reglas anteriores llevan acento ortográfico, o sea, acento escrito. El acento escrito se coloca sobre la vocal de la sílaba que se pronuncia con más fuerza o énfasis.

Diptongos.   Un diptongo es la combinación de una vocal débil **(i, u)** con cualquier vocal fuerte **(a, e, o)** o de dos vocales débiles en una sílaba. Los diptongos se pronuncian como una sola sílaba. Un acento escrito sobre la vocal débil resulta en dos sílabas.

Triptongos.   Un triptongo es la combinación de tres vocales: una vocal fuerte **(a, e, o)** en medio de dos vocales débiles **(i, u).** Los triptongos pueden ocurrir en varias combinaciones: **iau, uai, uau, iai, iei,** etcétera. Los triptongos siempre se pronuncian como una sola sílaba.

¡A practicar!

A. Acentuación y ortografía. Haz una copia por escrito de esta lista de palabras en una hoja en blanco. Luego, al escuchar a tu profesor(a) pronunciar las siguientes palabras, divídelas en sílabas. Luego, subraya la sílaba que lleva el golpe según las reglas de acentuación. Finalmente, coloca el acento ortográfico donde se necesite.

> **Modelo**   p o l i t i c a
> p o / l í / <u>t i</u> / c a

1. protagonista
2. fantastico
3. comedia
4. saxofon
5. pianista
6. opera
7. ficcion
8. romanticas
9. camaron
10. maiz

B. Acento escrito. Ahora coloca el acento ortográfico sobre las palabras que lo requieran en las siguientes oraciones.

1. El examen en la clase de ingles fue demasiado dificil pero el del profesor Alarcon fue facil.
2. La profesora Garcia dice que ese joven es frances.

C. ¡Ay, qué torpe! Este anuncio aparece todo en mayúsculas y por lo tanto no incluye ningún acento. Reescríbelo poniendo acentos escritos donde sean necesarios. Faltan diez acentos.

¡BIENVENIDOS AL NUEVO RESTAURANTE PLAZA!

FANTASTICAS COMIDAS DE LA REPUBLICA DOMINICANA LE ESPERAN TODOS LOS DIAS EN ESTA LONCHERIA. LOS ESPERAMOS CON MUCHA ALEGRIA Y ESTAMOS SEGUROS QUE SU REACCION A ESTAS AUTENTICAS COMIDAS DE NUESTRO PAIS CONTARAN CON SU MUY FAVORABLE OPINION.

MEJOREMOS LA COMUNICACIÓN

Para hablar de la gastronomía mesoamericana

Al hablar de mariscos y pescados

— Te recomiendo las almejas.

mariscos *seafood*
 almejas *clams*
 camarón *shrimp*
 cangrejo *crab*
 escalope *scallop*
 langosta *lobster*
 mejillón *mussel*
 ostión *oyster*

pescado *fish,* **pez** *fish (alive in water)*
 bacalao *cod*
 pescado de agua dulce *freshwater fish*
 pescado de agua salada *saltwater fish*
 róbalo *bass*
 trucha *trout*

Al hablar de carne y aves

— El cordero aquí es fenomenal.

aves *fowl*
 codorniz *quail*
 faisán *pheasant*
 ganso *goose*
 pato *duck*
 pavo *turkey*
 perdiz *partridge*
 pollo *chicken*

carne *meat*
 ...asada *roasted, barbecued*
 ...de puerco *pork*
 ...de res *beef*
 ...en adobo *in marinade, marinated*
 ...molida *ground*
 cordero *lamb*
 venado *deer*

Al hablar de condimentos

— Siempre lo preparo con mucho **ajo.**

albahaca *basil*
 cilantro *coriander*
 encurtido *pickle*
 eneldo *dill*

lima *lemon*
 limón *lime*
 mayonesa *mayonnaise*
 menta, yerbabuena *mint*

mostaza *mustard*
orégano *oregano*
perejil *parsley*
pimienta *pepper*
sal *salt*

salsa de encurtido *pickle relish*
salsa de rábano picante *horseradish*
salsa de tomate *ketchup*
semilla de mostaza *mustard seed*
tomillo *thyme*

— ¿Usas condimentos mesoamericanos?

chaya *challa* (planta de hojas y flores pequeñas que dan un sabor fresco)
chile *hot pepper*
hoja de maíz *corn husk*
hoja de plátano *banana leaf*
pepita *pumpkin seed*

Al hablar de la gastronomía mesoamericana

— El cochinito pibil es la especialidad de la casa.

boxito *tacos de camarón y chilemole*
che chak *sopa de pescado*
cochinito pibil *cochinito asado en un adobo de achiote, ajo y naranja amarga*
huevos motuleños *huevos fritos con chícharos, jamón y queso*
pibxcatic *chile relleno de cochinito pibil*
poc chuc *filete de puerco en adobo de naranja amarga*
tikin xik *pescado envuelto en hojas de plátano*

¡A conversar!

A. Comida mesoamericana. Los restaurantes de comida mesoamericana —ya sea salvadoreña, guatemalteca, nicaragüense, costarricense o mexicana— abundan en todas partes de EE.UU. En grupos de tres, hablen de su comida mesoamericana favorita. Describan en detalle lo que comieron la última vez que fueron a un restaurante mesoamericano.

B. ¡La mejor... y la peor...! Con un(a) compañero(a) de clase, túrnense para hablar del (de la) mejor y del (de la) peor en cada categoría indicada. En cada caso, expliquen por qué fue el/la mejor o el/la peor.

1. restaurante
2. comida mesoamericana
3. película
4. vacaciones
5. profesor(a)
6. examen

C. Extiende tu vocabulario: carne. Para ampliar tu vocabulario, trabaja con un(a) compañero(a) para definir en español estas palabras relacionadas. Luego, escriba una oración original con cada palabra.

1. carnicería
2. carnicero(a)
3. carnitas
4. carnear
5. carnoso(a)

D. Notas para hispanohablantes: práctica. Selecciona el adjetivo o pronombre demostrativo apropiado. ¡Ojo! ¡No te confundas con los verbos!

1. (Este/Éste/Esté) es el mejor restaurante centroamericano de la ciudad.
2. Sin duda alguna, (estas/éstas/estás) son las mejores pupusas que he comido.
3. (Aquellas/Aquéllas) cremas se ven muy ricas también. ¿Vas a probarlas?
4. ¿Qué es (ése, ésa, eso)? ¿Es un postre o una ensalada?
5. (Estos/Éstos) son los tostones, es decir, plátanos fritos.

DEL PASADO AL PRESENTE

Manual de gramática

Antes de leer **Del pasado al presente,** conviene repasar los comparativos y superlativos en la sección 1.7 del **Manual de gramática** (págs. 94–98).

Los centroamericanos: esperanza y desafío

La década de los 80

En la década de los 80, los movimientos revolucionarios en Guatemala y El Salvador y los conflictos entre los sandinistas y los contras en Nicaragua afectaron la estabilidad de todo Centroamérica. Como consecuencia, grandes números de centroamericanos abandonaron sus países e inmigraron a EE.UU. en busca de una vida mejor. Inicialmente, muchos esperaban regresar a su país algún día, pero con el pasar de los años, se adaptaron a la vida

Triste resultado de conflictos en Centroamérica

en EE.UU. y se establecieron en su nuevo país, a pesar de que la vida no era fácil. Al establecerse en EE.UU., muchos han decidido traer a sus familiares.

Los salvadoreños Se ha determinado que, de los más de 817.000 salvadoreños que actualmente residen en EE.UU., uno de cada seis (aproximadamente el diecisiete por ciento) nació en este país. De los demás, la mitad ha entrado al país legalmente bajo el derecho de asilo político otorgado a ciudadanos de un país en guerra. Otros han tenido que hacer un largo y peligroso viaje a través de México y los desiertos de EE.UU.

La mayoría de los salvadoreños viven en Los Ángeles, California, pero también hay grandes concentraciones en Washington, D.C. y en Houston, Texas. Aproximadamente sesenta y cinco por ciento de los salvadoreños en Los Ángeles

Restaurante guatemalteco
en Nueva York

Secretaria nicaragüense en
la Pequeña Managua

trabajan en empleos de bajo ingreso y mandan más o menos mil millones de dólares anualmente a sus familiares en El Salvador.

Los guatemaltecos   Un ochenta por ciento de los 269.000 guatemaltecos que viven en EE.UU. nacieron en Guatemala. Como los salvadoreños, la mitad llegó legalmente, la otra, en una dolorosa jornada documentada en *El Norte*, una excelente película de Gregory Nava y Ana Thomas.

La comunidad más grande de guatemaltecos reside en Los Ángeles, pero también hay grandes números en Houston, Nueva York, Washington, D.C. y Chicago. Al igual que otros grupos centroamericanos, los guatemaltecos en EE.UU. se han visto forzados a aceptar puestos mal remunerados. Sin embargo, siendo personas luchadoras, sus esfuerzos para mejorarse los llevan a un futuro mejor.

Los nicaragüenses   Se calcula que hay unos 203.000 nicaragüenses en EE.UU., un veinte por ciento de ellos nacidos en EE.UU. A pesar de que muchos de los demás entraron ilegalmente, el gobierno de EE.UU. les ha concedido asilo político. La mayoría está concentrada en Miami, en un barrio que ahora se conoce como la Pequeña Managua. En contraste con otros centroamericanos, un gran número de nicaragüenses que tenían una buena educación han podido conseguir puestos bien remunerados. Muchos todavía mandan un buen porcentaje de sus ganancias a parientes en Nicaragua.

Los hondureños   Se calcula que hay unos 131.000 hondureños en EE.UU. ahora y que la mayoría vive en Nueva York. También hay grandes grupos de hondureños en Los Ángeles y en Miami. Debido a que muchos están en EE.UU. sin documentos, un gran número de hondureños han tenido que trabajar en los grandes campos de California y la Florida. En contraste con otros pueblos centroamericanos, los hondureños se vinieron a EE.UU. no para escapar guerras civiles ni desacuerdos políticos en su país, sino para escapar de los contras nicaragüenses que cruzaban la frontera a Honduras para huir de sus tropas, que atacan a los habitantes locales.

¡A ver si comprendiste!

A. Hechos y acontecimientos.   ¿Recuerdas los datos más importantes de la lectura? Para asegurarte, contesta las siguientes preguntas. Luego, compara tus respuestas con las de un(a) compañero(a).

1. ¿Qué causó la gran inmigración de centroamericanos a EE.UU. en la década de los 80?
2. ¿Qué esperanza de regresar a su país natal tenían inicialmente los inmigrantes centroamericanos? ¿Lo logró la mayoría? Explica tu respuesta.
3. De los cuatro grupos centroamericanos mencionados en la lectura, ¿cuál es el grupo inmigrante más grande en EE.UU.? ¿Y el más pequeño?
4. ¿Qué dificultades tienen los inmigrantes centroamericanos que deciden venir a EE.UU. sin conseguir los documentos necesarios?
5. ¿Qué diferencia hay entre los inmigrantes nicaragüenses y los otros inmigrantes centroamericanos mencionados en la lectura?
6. ¿Dónde vive la mayoría de los inmigrantes centroamericanos refugiados?

B. A pensar y a analizar. ¿Por qué crees que miles de refugiados centroamericanos han escogido venir a EE.UU. y no a México o a algún país sudamericano? ¿Qué hace que la vida en EE.UU. sea tan difícil para la mayoría de los refugiados centroamericanos? ¿Crees que la vida habría sido más fácil para ellos si hubieran escogido irse a un país hispanohablante? ¿Por qué?

C. Redacción colaborativa. En grupos de dos o tres, escriban una composición colaborativa de una página a página y media, sobre el tema que sigue. Sigan el proceso de escribir colaborativamente que aprendieron en **¡A ver si comprendiste!** de la *Lección 1*. Empiecen por escribir una lista de ideas, luego incorpórenlas en un primer borrador. Revísenlo, asegurándose de que las ideas tengan sentido. Si es necesario, preparen un segundo borrador y corríjanlo con mucho cuidado. Escriban la versión final en la computadora y entréguenla.

> En la década de los 80, movimientos revolucionarios causaron que grandes números de centroamericanos abandonaran sus países e inmigraran a EE.UU. en busca de una vida mejor. ¿Por qué creen Uds. que hay gente que decide abandonar sus países en vez de quedarse a defender sus derechos? ¿Están de acuerdo con los miles de centroamericanos que abandonaron su país y a sus familiares? ¿Por qué sí o por qué no?

Ya has estudiado el habla coloquial de muchos chicanos —el caló— y también el habla caribeña —el habla coloquial de puertorriqueños, cubanos y dominicanos. En esta lección vas a familiarizarte con una gran riqueza de variantes de vocabulario centroamericano, como por ejemplo: *cipote* = niño, *chancho* = cerdo, *chompipe* = pavo, *chucho* = perro, *encachimbearse* = enojarse, y con el "voseo", el habla coloquial de El Salvador, Guatemala y ciertas regiones de Nicaragua. El voseo también se usa extensamente en Costa Rica, Argentina, Paraguay, Uruguay y en grado menor en Colombia, Chile, Bolivia y Ecuador.

El voseo: los centroamericanos

El español hablado en grandes partes de Centroamérica incluye una gran riqueza de variantes de vocabulario. *(Véase los ejemplos en el párrafo anterior.)* Tal vez la variante que más sobresale es el extenso uso del pronombre "vos" y sus formas verbales en vez del pronombre "tú" y sus distintas formas. Al escuchar a un salvadoreño, un guatemalteco o un nicaragüense hablar con amigos o conocidos, es probable que oigas expresiones como las siguientes.

> ¿Qué *querés* hacer *vos*?
> *Vení* conmigo al cine esta noche.
> ¿Qué *pensás vos*?

Las formas verbales más afectadas por el voseo son el presente de indicativo y de subjuntivo y el imperativo. Verbos en **-ar, -er, -ir** utilizan las terminaciones **-ás, -és, -ís** *(comprás, querés, venís)* en el presente de indicativo y **-és, -ás** *(comprés, vendás, vivás)* en el presente de subjuntivo. En el imperativo se acentúa la vocal de las terminaciones **-ar, -er, -ir** y se elimina la **-r** final *(comprá, queré, vení).**

---

*Las terminaciones del voseo no son uniformes por todas las Américas. Varían en distintos países.

Al descifrar el voseo. En la obra narrativa del escritor salvadoreño Manlio Argueta aparece con frecuencia el voseo salvadoreño. Éste es el caso en la oración que sigue, que fue sacada de la novela *Cuzcatlán donde bate la mar del Sur* del mismo autor.

Si te *sentís* mal, *llamá* a Lastenia.

Según las terminaciones del presente de indicativo en el voseo, *sentís* significa "sientes" y *llamá* significa "llama" (modo imperativo).

A entender y respetar

El voseo. Lee ahora estas oraciones coloquiales, tomadas de la novela *Cuzcatlán donde bate la mar del Sur* del autor salvadoreño Manlio Argueta. Luego, léelas una segunda vez usando un español más formal para las palabras en letra bastardilla.

1. *Venís* de muy lejos.
2. *Tenés* razón, pero *necesitás* por lo menos diez confesiones si *querés* ganarte el Reino de Dios.
3. *Vos* siempre *decís* cosas, Ticha, a veces no te entiendo.
4. ¿Cómo lo *sabés*, *cipota*?
5. ¿Por qué le *tenés* miedo si tu conciencia está tranquila?
6. Y como *vos sabés*, la única manera de detener la rabia es matando al *chucho*.
7. Así, no te *hagás* el loco y *andá* apuntando todo en un papel.

Y ahora, ¡a leer!

Anticipando la lectura. Contesta las siguientes preguntas con un(a) compañero(a).

1. ¿Cuál es la diferencia entre un refugiado documentado e indocumentado? ¿Cómo entran los refugiados documentados a EE.UU.? Y los indocumentados, ¿cómo entran?
2. ¿Qué peligros hay para los refugiados indocumentados?
3. ¿Qué seguridad hay de que van a encontrar una buena vida en EE.UU.? Expliquen sus respuestas.
4. ¿Qué tipos de empleo encuentran los refugiados indocumentados? ¿Cuánto ganan?
5. ¿Es posible que algunos refugiados encuentren en EE.UU. una vida peor de la que llevaban en su país de origen? Expliquen.

Conozcamos al autor

Jorge Argueta es un poeta y maestro que llegó a San Francisco, California, en 1980, huyendo de la violenta guerra civil que obligó a cientos de miles de salvadoreños a abandonar su país. Durante los últimos veintitantos años, el profesor Argueta se ha dedicado a enseñar poesía en las escuelas públicas de San Francisco. Al mismo tiempo, también ha escrito varias colecciones de poemas que tienen un enorme impacto estético y social. Su poema "Muerte/*Death*", por ejemplo, ha suscitado importantes críticas no solamente literarias sino también sociales. Frecuentemente es invitado a participar en conferencias literarias por todo el país. Entre sus obras más importantes se destacan *Love Street* (publicada por los Editores Unidos Salvadoreños 1991), *Corazón del barrio* (1994), *Las frutas del centro* (1998), *A Movie in my Pillow/Una película en mi almohada* (2001). Este último libro es de ritmo ligero y juguetón y fue dedicado a los niños de El Salvador y de todo el mundo "con la esperanza de que tengamos un hermoso mañana". En él, Argueta recupera la memoria de un momento importante de su infancia, cuando fue traído a un nuevo mundo en el cual tuvo que desarrollar su nueva identidad bicultural. Su poema "Esperanza muere en Los Ángeles" lleva una dedicatoria a su prima y la fecha de su muerte. Sería difícil encontrar un poema que en tan pocos versos transmita la tragedia de una persona común y corriente, tal como lo consigue el autor. Su poema es un testimonio más fuerte que los hechos relatados sin pasión ni sentimiento en un manual de historia. Esperanza es víctima de un grave problema social en El Salvador, que se extiende mucho más lejos, hasta el país que supuestamente podía haber sido la solución para los problemas de la joven mujer.

Esperanza muere en Los Ángeles

A mi prima Esperanza,
muerta en Los Ángeles
el 26 de mayo de 1990

Tengo una prima
que salió huyendo
de la guerra
una prima que pasó
5 corriendo de la migra
por los cerros de Tijuana
una prima que llegó a Los Ángeles
escondida en el baúl de un carro
una prima que hoy se muere
10 se muere lejos de El Salvador
Pobre mi prima Esperanza

no la mató la guerra
la mató la explotación
$50 miserables dólares a la semana
15 40 horas a la semana
Pobre mi prima Esperanza
se está muriendo en Los Ángeles
muerta la van a enviar a El Salvador
Pobre mi prima Esperanza
20 dicen que sufrió un derrame
y que su hija piensa
que su madre sueña
sueña que está en El Salvador
Pobre mi prima Esperanza
25 ya se murió
ya la mataron
En un cajón negro
se va hoy para su patria
Pobre mi prima Esperanza
30 salió huyendo de la guerra
y muerta la envían a la guerra
pobre mi prima Esperanza
hoy se va a su tierra a descansar
con sus hermanos
35 todos los muertos
de la misma guerra

"Esperanza muere en Los Ángeles" de *Love Street* (1991) Editores Unidos Salvadoreños

¿Comprendiste la lectura?

A. Hechos y acontecimientos. ¿Recuerdas los datos más importantes de la lectura? Para asegurarte, completa estas preguntas según la lectura. Luego compara tus respuestas con las de dos o tres compañeros(as).

1. ¿Quién es Esperanza? ¿Qué edad crees que tiene?
2. ¿Dónde vivía Esperanza? ¿Por qué se fue de ese lugar? ¿Adónde se fue?
3. ¿Dónde cruzó la frontera? ¿Cómo la cruzó?
4. ¿Cómo murió Esperanza? ¿Qué la mató?
5. ¿Dónde van a enterrar a Esperanza? ¿Por qué?

B. A pensar y a analizar. Haz las siguientes actividades.

1. La ironía es un método literario para enfatizar una idea expresándola con palabras que indican lo contrario. En "Esperanza muere en Los Ángeles" hay un constante tono irónico. Por ejemplo, si observas las palabras "Esperanza", "El Salvador" y "Los Ángeles" podrás ver que están cargadas de ironía ya que, ¿hay esperanza para Esperanza? ¿es El Salvador el salvador de Esperanza? ¿es Los Ángeles un ángel para Esperanza? ¿Puedes encontrar otros ejemplos de ironía?

2. ¿Hay ironía en el título del poema? Explica.
3. Examina los siguientes dos versos.
   "salió huyendo de la guerra
   y muerta la envían a la guerra"
   ¿Qué quiere decir el poeta con estas dos líneas? ¿Puedes encontrar otras que enfatizan la tragedia de Esperanza?

C. Debate. En grupos de cuatro, hagan un debate sobre la siguiente pregunta: ¿Quién fue responsable de la muerte de Esperanza, ella misma o EE.UU.? Dos deben argumentar que ella misma fue la responsable y dos que EE.UU. fue responsable. Informen a la clase cuáles fueron los mejores argumentos.

Introducción al análisis literario
Personajes y protagonistas

■ **Personaje:** una persona que aparece en un cuento, novela, drama o poema.

■ **Protagonista**: el personaje principal de una obra literaria. Toda la acción de la obra se desarrolla alrededor de este personaje.

A. Personajes y protagonistas. Contesta las siguientes preguntas.

1. ¿Cuántos personajes hay en el poema de Jorge Argueta? ¿Quiénes son?
2. ¿Cuántos protagonistas hay? ¿Quiénes son?
3. ¿En qué voz narrativa se relata este poema? ¿Quién es el narrador? ¿Cómo lo sabes?

B. Con un(a) compañero(a) de la clase, escriban un poema similar al que acabamos de estudiar. Relaten los esfuerzos de un pariente, un(a) amigo(a) o una persona imaginaria refugiada en EE.UU.

¡LUCES! ¡CÁMARA! ¡ACCIÓN!

En comunicación con Centroamérica

En la década de los 80, grandes números de inmigrantes centroamericanos empezaron a cambiar el paisaje norteamericano, estableciéndose en Miami, Houston y muchas otras grandes ciudades de EE.UU. En Nueva York y Boston por ejemplo, estos inmigrantes han transformado vecindades enteras. El impacto económico se cuenta en billones de dólares.

Algo que todos los centroamericanos en EE.UU. tienen en común es el deseo de mantenerse en comunicación con gente en Centroamérica. Todos tienen familiares y amigos que dejaron en sus propios países y anhelan comunicarse con ellos.

En esta selección van a conocer a varios centroamericanos que viven y trabajan en los alrededores de Boston, Massachusetts. Van a oírlos decir cómo se mantienen en comunicación con familiares que todavía viven en Centroamérica.

Antes de empezar el video

Contesten estas preguntas en parejas.

1. ¿Hay inmigrantes centroamericanos en la ciudad en que viven Uds.? Si así es, ¿en qué parte de la ciudad tienden a vivir? ¿Qué tipo de trabajo consiguen? Si no es el caso, ¿han visto indicios de la presencia de centroamericanos en otras ciudades de EE.UU.? Expliquen.
2. ¿Por qué creen Uds. que es tan importante para los centroamericanos en EE.UU. mantenerse en comunicación con gente en Centroamérica?
3. ¿Qué medios de comunicación usan Uds. para mantenerse en comunicación con sus parientes, familiares y amigos que viven en otra ciudad?

¡A ver si comprendiste!

A. En comunicación con Centroamérica. Contesten las siguientes preguntas en parejas.

1. ¿De dónde emigraron Orly y Blanca Maldonado? ¿Dónde viven ahora? ¿Qué tipo de trabajo hace Orly? ¿Con qué frecuencia manda dinero a sus parientes?

2. ¿De dónde emigró Paulo Madrigal? ¿Hace cuánto tiempo? ¿Qué tipo de trabajo hace Paulo? ¿Cuál es la forma más eficiente para mantenerse en contacto con su madre en Centroamérica?

3. ¿Qué medio de comunicación usa Rony Flores para mantenerse en comunicación con sus familiares? ¿De dónde emigró Rony? ¿Dónde vive ahora y qué tipo de trabajo tiene?

4. ¿Cómo se comunica Gloria Sánchez con su hermana? ¿Dónde vive su hermana? ¿Qué tipo de empleo tiene Gloria?

B.   A pensar y a interpretar. Contesten las siguientes preguntas en parejas.

1. ¿Por qué crees que tantos centroamericanos se han establecido en Boston y sus alrededores? ¿Por qué crees que mandan tanto dinero a Centroamérica?

2. ¿Qué tipo de empleo encuentran los centroamericanos en EE.UU.? ¿Creen que es fácil o difícil para ellos encontrar empleo en su nuevo país? Expliquen su respuesta.

3. ¿Con qué frecuencia creen Uds. que se comunican los centroamericanos de EE.UU. con sus familiares en Centroamérica? ¿Con qué frecuencia creen que se comunicarían Uds. con familiares en EE.UU. si algún día fueran a vivir a otro país? Expliquen su respuesta.

EXPLOREMOS EL CIBERESPACIO

Explora distintos aspectos de los centroamericanos en EE.UU. en las **Actividades para la Red** que corresponden a esta lección. Ve primero a **http://college.hmco.com** en la red, y de ahí a la página de *Mundo 21.*

Manual de gramática
Unidad 1 Lección 1

1.1   SUSTANTIVOS Y ARTÍCULOS

¡A que ya lo sabes!

Para probar que ya sabes bastante del uso de los artículos, mira los siguientes pares de oraciones y decide, en cada par, cuál de las dos oraciones te suena bien, la primera o la segunda.

1. a. Tengo *un* problema en el trabajo.
   b. Tengo *una* problema en el trabajo.

2. a. Me gustan las películas con *actrices* latinas.
   b. Me gustan las películas con *actriz* latinas.

¿Qué dice la clase? ¿Están de acuerdo contigo los otros estudiantes? Sin duda, casi todo el mundo seleccionó la primera opción en ambos casos. ¿Por qué? Porque Uds. ya saben mucho de gramática. Como hablantes de español, ya han internalizado la gramática. Lo que tal vez no saben es por qué una oración es correcta y la otra no. Pero, sigan leyendo y van a saber eso también.

Género de los sustantivos

Los sustantivos en español tienen género masculino o femenino. El género de la mayoría de los sustantivos es arbitrario, pero hay reglas que te pueden servir de guía.

■ La mayoría de los sustantivos que terminan en **-a** son femeninos; los que terminan en **-o** son masculinos.

la garantía	el territorio
la película	el tratado

Algunas excepciones de uso común son:

la foto (=la fotografía)	el cometa	el mapa
la mano	el día	el planeta
la moto (=la motocicleta)		

Nota para hispanohablantes   En algunas comunidades de hispanohablantes, hay una tendencia a usar el artículo masculino con todo sustantivo que termina en **-o** y el artículo femenino con todo sustantivo que termina en **-a**, aun cuando no sea apropiado: *el mano, el foto, el moto, la día, la mapa, la planeta.* Es importante evitar este uso fuera de esas comunidades y en particular al escribir.

■ Los sustantivos que se refieren a varones son masculinos y los que se refieren a mujeres son femeninos.

el enfermero	la enfermera
el escritor	la escritora
el hombre	la mujer

■ Algunos sustantivos, tales como los que terminan en **-ista,** tienen la misma forma para el masculino y el femenino. El artículo o el contexto identifica el género.

el artista	la artista
el cantante	la cantante
el estudiante	la estudiante
el novelista	la novelista

■ La mayoría de los sustantivos que terminan en **-d, -ión** y **-umbre** son femeninos.

la identidad	la condición	la certidumbre
la oportunidad	la inmigración	la costumbre
la pared	la tradición	la muchedumbre

Algunas excepciones a esta regla son:

el ataúd	el avión
el césped	el camión

■ Los sustantivos "persona" y "víctima" son siempre femeninos, incluso si se refieren a un varón.

Matilde es una persona muy creativa.
Pedro es una persona muy imaginativa.

■ Los sustantivos de origen griego que terminan en **-ma** son masculinos.

el clima	el poema	el telegrama
el drama	el problema	el tema
el idioma	el programa	

Nota para hispanohablantes   En algunas comunidades de hispanohablantes, hay una tendencia a usar siempre el artículo femenino con sustantivos de origen griego que terminan en **-ma** y decir *la clima, la idioma, la problema,* etcétera. Es importante evitar este uso fuera de esas comunidades y en particular al escribir.

■ La mayoría de los sustantivos que terminan en **-r** o **-l** son masculinos.

el favor	el control
el lugar	el papel

Algunas excepciones a esta regla son:

la flor	la catedral
la labor	la sal

■ Los sustantivos que nombran los meses y los días de la semana son masculinos; son igualmente masculinos los que nombran océanos, ríos y montañas.

el húmedo agosto	el Pacífico
el jueves	el Everest

■ Algunos sustantivos tienen dos géneros; el significado del sustantivo determina el género.

el capital *(dinero)*	la capital *(ciudad)*
el corte *(del verbo "cortar")*	la corte *(del rey, o la corte judicial)*
el guía *(un varón que guía)*	la guía *(un libro; una mujer que guía)*
el modelo *(un ejemplo;*	la modelo *(una mujer que modela)*
un varón que modela)	
el policía *(un varón policía)*	la policía *(la institución;*
	una mujer policía)

Ahora, ¡a practicar!

A. La tarea. Ayúdale a Pepito a hacer la tarea. Tiene que identificar el sustantivo de género diferente, según el modelo.

MODELO   opinión, avión, satisfacción, condición
el avión (los otros usan el artículo "la")

1. mapa, literatura, ciencia, lengua
2. ciudad, césped, variedad, unidad
3. problema, tema, fama, poema
4. calor, color, clamor, labor
5. metal, catedral, canal, sol
6. moto, voto, boleto, proceso

B. ¿Qué opinas? Indica si en tu opinión lo siguiente es o no fascinante.

MODELO   variedad cultural
La variedad cultural es fascinante. o **La variedad cultural no es fascinante.**

1. cuentos de Sandra Cisneros
2. idioma español
3. diversidad cultural de EE.UU.
4. capital de nuestro estado
5. programas de música latina
6. guías turísticas que tienes
7. vida de César Chávez
8. cine chicano

C. Encuesta. Entrevista a varios(as) compañeros(as) de clase para saber qué opinan sobre estos temas. Si la persona contesta afirmativamente, escribe su nombre en el cuadro apropiado. No se permite tener el nombre de la misma persona en más de un cuadro.

MODELO   diversidad en nuestra universidad
— ¿Qué opinas de la diversidad en nuestra universidad?
— Es fascinante. o **No es muy interesante.**

la diversidad cultural en nuestra universidad	la película sobre Selena	problema de las drogas
_____	_____	_____
el clima hoy día	la foto de Francisco Alarcón en la página 15	la Fiesta del Sol en Chicago
_____	_____	_____
la cantante Selena	los programas universitarios	las películas de Edward James Olmos
_____	_____	_____

El plural de los sustantivos

Para formar el plural de los sustantivos se siguen las siguientes reglas básicas.

■ Se agrega una **-s** a los sustantivos que terminan en vocal.

fila → filas   instante → instantes   tratado → tratados

■ Se agrega **-es** a los sustantivos que terminan en consonante.

escritor   →   escritores
origen   →   orígenes

■ Los sustantivos que terminan en una vocal no acentuada + **-s** usan la misma forma para el singular y el plural.

el lunes   →   los lunes
la crisis   →   las crisis

Algunos sustantivos tienen cambios ortográficos en la formación del plural.

■ Los sustantivos que terminan en **-z** cambian la **z** a **c** en el plural.

la voz   →   las vo**c**es
la actriz   →   las actri**c**es

■ Los sustantivos que terminan en una vocal acentuada seguida de **-n** o **-s** pierden el acento ortográfico en el plural.

la condición   →   las condiciones
el interés   →   los intereses

Ahora, ¡a practicar!

A. Contrarios. Tú y tu mejor amigo(a) son completamente diferentes. ¿Qué dices tú cuando tu amigo(a) hace estos comentarios?

MODELO   Yo no conozco a ese candidato.
           Yo conozco a todos los candidatos. o
           Yo conozco a muchos candidatos.

1. Yo no conozco a esa actriz.
2. Yo no sé hablar otra lengua.
3. Mi lección de guitarra es el lunes.
4. Yo no conozco ni una película de Olmos.
5. No tengo una crisis al día.
6. Yo no conozco a esa escritora.
7. Yo no reconozco la voz de nadie.
8. Yo visité una misión en el verano.

B. ¿Cuántos hay? Pregúntale a un(a) compañero(a) cuántos de los siguientes objetos hay en los lugares indicados.

MODELO   mochila: libro, lápiz, bolígrafo, cuaderno

— **¿Cuántos libros hay en tu mochila?**
— **Hay tres libros.**

— **¿Cuántos lápices hay en tu mochila?**
— **Hay dos lápices.**

1. tu cuarto: escritorio, cama, silla, diccionario, computadora
2. tu sala de clase: estudiante, escritorio, silla, pizarra, tiza
3. la casa de tus padres: cuarto, baño, televisor, persona, bicicleta
4. tu cine favorito: pantalla, boletería, acomodador, taquillero, película
5. el poema "Consejos de una madre": personaje, protagonista, narrador, miembro de la familia, parte del cuerpo

Artículos definidos e indefinidos

Artículos definidos
Formas

	Masculino	**Femenino**
Singular	el	la
Plural	los	las

■ El género y el número del sustantivo determinan la forma del artículo.

nombre	→	*masculino singular*	→	**el** nombre
gente	→	*femenino singular*	→	**la** gente
pasaportes	→	*masculino plural*	→	**los** pasaportes
labores	→	*femenino plural*	→	**las** labores

■ Observa las siguientes contracciones.

a + el = al
de + el = del

¿Conoces **al** autor **del** poema "Consejos de una madre"?
La diversidad es una **de las** cuestiones centrales **del** siglo XXI.

■ El artículo "el" se usa con sustantivos femeninos singulares que comienzan con **a-** o **ha-** acentuada. En tal caso, va inmediatamente delante del sustantivo; de otro modo, se usa la forma "la" o "las".

El arma más poderosa para combatir la pobreza es la educación.
El agua de este lago está contaminada.
Las aguas de muchos ríos están contaminadas.

Algunos sustantivos femeninos de uso común que comienzan con **a-** o **ha-** acentuada:

agua	área
águila	aula
ala	habla
alba	hada
alma	hambre

> **Nota para hispanohablantes** En algunas comunidades hispanohablantes hay una tendencia a usar siempre el artículo femenino con sustantivos que comienzan con **a-** o **ha-** acentuada y decir *la águila, la agua, la ala,* etcétera. Los adjetivos que modifican a estos sustantivos deben ser femeninos. Así, hay que decir **"El agua está contaminada"** y no *"El agua está contaminado".* Es importante evitar este uso fuera de esas comunidades y en particular al escribir.

Usos

El artículo definido se usa en los siguientes casos:

■ Con sustantivos usados en sentido general o abstracto.

La violencia no soluciona **los** problemas.
Debemos continuar mejorando **la** educación.

> *Nota para bilingües* En contraste con el español, el inglés omite el artículo definido con sustantivos usados en sentido general o abstracto: *We must continue improving <u>education</u>.*

■ Con partes del cuerpo o artículos de ropa cuando va precedido de un verbo reflexivo o cuando es claro quién es el poseedor.

¿Puedo sacarme **la** corbata?
Me duele **el** hombro.

> *Nota para bilingües* En estos casos el inglés usa un adjetivo posesivo con partes del cuerpo o artículos de ropa: *Can I take off <u>my</u> tie?*

■ Con nombres de lenguas, excepto cuando siguen a "en", "de" o a las formas del verbo "hablar". A menudo se omite el artículo después de los siguientes verbos: aprender, enseñar, entender, escribir, estudiar, saber y leer.

El español y **el** quechua son las lenguas oficiales de Perú.
Este libro está escrito en portugués. Yo no entiendo **(el)** portugués, pero un amigo mío es profesor de portugués.

■ Con títulos, excepto "San/Santa" y "don/doña", cuando se habla acerca de alguien. Se omite el artículo cuando se habla directamente a alguien.

Necesito hablar con **el** profesor Núñez.
—Doctora Cifuentes, ¿cuáles son sus horas de oficina?
¿Conoces a **don** Eugenio?
Hoy es el día de **Santa** Teresa.

■ Con los días de la semana para indicar cuándo ocurre algo.

Te veo **el** martes.

■ Con las horas del día y con las fechas.

Son **las** nueve de la mañana.   Salimos **el** dos de septiembre.

■ Con los nombres de ciertas ciudades, regiones y países en los cuales el artículo forma parte del nombre, como en los siguientes ejemplos: Los Ángeles, La Habana, Las Antillas, El Salvador y La República Dominicana. El artículo definido es optativo con los siguientes países:

(la) Argentina	(el) Ecuador	(el) Perú
(el) Brasil	(los) Estados Unidos	(el) Uruguay
(el) Canadá	(el) Japón	
(la) China	(el) Paraguay	

■ Con sustantivos propios modificados por un adjetivo o una frase.

Quiero leer sobre **el** México colonial.   ¿Dónde está **la** pequeña Lucía?

■ Con unidades de peso o de medida.

Las uvas cuestan dos dólares **el kilo.**

Ahora, ¡a practicar!

A. Preparativos. ¿Quién es responsable de enviar las invitaciones? Para saberlo, escribe el artículo definido sólo en los espacios donde sea necesario.

— __1__ Señora Olga, ¿cuándo es la próxima exposición de __2__ doña Carmen?
— Es __3__ viernes próximo.
— __4__ señor Cabrera se ocupa de las invitaciones, ¿verdad?
— ¿Enrique Cabrera? No, __5__ pobre Enrique está enfermo. Tú debes enviar __6__ invitaciones esta vez.

B. De excursión. Completa el párrafo siguiente con el artículo definido apropiado (**el/la, los/las**) para saber las impresiones de Pat cuando sale de paseo.

Me gusta ir de excursión con mis amigos. Como caminamos tanto es increíble __1__ hambre que tenemos al almuerzo y a la cena. A veces pasamos la noche en una de __2__ áreas que visitamos. Al día siguiente ver __3__ alba es algo que te quita __4__ habla y que te levanta __5__ alma. Es evidente que prefiero las excursiones a __6__ aulas.

C. Entrevista. Tú eres reportero(a) del periódico estudiantil. Hazle las siguientes preguntas a un(a) compañero(a) de clase.

1. ¿Qué lenguas hablas?
2. ¿Qué lenguas lees?
3. ¿Qué lenguas escribes?
4. ¿Qué lenguas consideras difíciles? ¿Por qué?
5. ¿Qué lenguas consideras importantes? ¿Por qué?

D. Resumen. Ahora escribe un breve resumen de la información que conseguiste en la entrevista.

Artículos indefinidos
Formas

	Masculino	Femenino
Singular	un	una
Plural	unos	unas

■ El artículo indefinido, tal como el artículo definido, concuerda en género y número con el sustantivo al cual modifica.

Eso es **un** error.
A principios del siglo XX México pasó por **una** gran crisis económica y política.

■ Cuando el artículo está inmediatamente delante de un sustantivo singular femenino que comienza con **a-** o **ha-** acentuada, se usa la forma "un".

Ese joven tiene **un** alma noble.

Usos

El artículo indefinido indica que el sustantivo no es conocido por el oyente o lector. Una vez que se ha mencionado el sustantivo, se usa el artículo definido. En general, el artículo indefinido se usa mucho menos frecuentemente en español que en inglés.

— Hoy en el periódico aparece **un** artículo sobre Luis Valdez.
— ¿Y qué dice **el** artículo?

Omisión del artículo indefinido

El artículo indefinido no se usa:

■ Detrás de los verbos "ser" y "hacerse" cuando va seguido de un sustantivo que se refiere a profesión, nacionalidad, religión o afiliación política.

Sandra Cisneros es escritora.
Mi primo es profesor, pero quiere hacerse abogado.

Sin embargo, el artículo indefinido se usa cuando el sustantivo está modificado por un adjetivo o por una frase descriptiva.

Edward James Olmos es **un** actor famoso. Es **un** actor de renombre mundial.

■ Con las palabras "cien(to)", "cierto", "medio", "mil", "otro" y "tal".

— ¿Quieres que te preste mil dólares?
— ¿De dónde voy a sacar tal cantidad?

■ Después de las preposiciones "sin" y "con".

Luis Valdez nunca sale sin sombrero.
Vickie Carr vive en una casa con piscina.

■ En oraciones negativas y después de ciertos verbos como "tener", "haber" y "buscar" cuando el concepto numérico de "un(o)" o "una" no es importante.

No tengo boleto. Necesito boleto para esta noche.
Busco solución a mi problema.

> *Nota para bilingües* **En inglés no se omite el artículo indefinido en estos casos:**
> *Sandra Cisneros is <u>a</u> writer; she is <u>a</u> famous writer. Do you want me to lend you <u>a</u>*
> *thousand dollars? Luis Valdez never leaves without <u>a</u> hat. I don't have <u>a</u> ticket.*

Otros usos

■ Delante de un número, los artículos indefinidos "unos" y "unas" indican una cantidad aproximada.

Según el último censo, **unos cuatrocientos mil** méxicoamericanos viven en Chicago.

■ Los artículos indefinidos "unos" y "unas" pueden omitirse delante de sustantivos plurales cuando no son el sujeto de la oración.

Necesitamos **(unas)** entradas para este fin de semana.
¿Ves **(unos)** errores en la historia de los chicanos?

Para poner énfasis en la idea de cantidad, se usa "algunos" o "algunas".

¿Puedes nombrar **algunas** de las películas dirigidas por Luis Valdez?

Ahora, ¡a practicar!

A. **¿Qué ves?** Di lo que ves en este dibujo.

 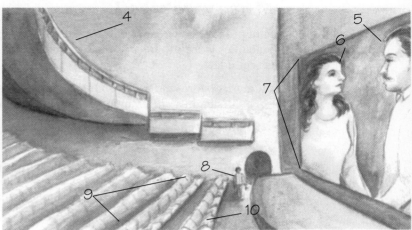

B. **Personalidades.** Di quiénes son las siguientes personas.

MODELO   Edward James Olmos / chicano / actor / actor chicano
Edward James Olmos es chicano. Es actor. Es un actor chicano.

1. Sandra Cisneros / chicana / escritora / escritora chicana
2. Gloria Estefan / cubanoamericana / cantante / cantante cubanoamericana
3. Rosie Pérez / puertorriqueña / actriz / actriz puertorriqueña
4. Jorge Luis Borges / argentino / escritor / escritor argentino
5. Frida Kahlo / mexicana / pintora / pintora mexicana
6. Andy García / cubanoamericano / actor / actor cubanoamericano
7. Andy García y Edward James Olmos / hispanos / actores / actores hispanos

C. **Fiesta.** Completa este párrafo con los artículos definidos o indefinidos apropiados, si son necesarios.

Me gusta asistir a __1__ fiestas y me encanta preparar __2__ postres. __3__ sábado próximo voy a asistir a __4__ fiesta y voy a preparar __5__ torta. Vienen __6__ (=aproximadamente) veinticinco personas a __7__ fiesta. Debo llevar __8__ cierta torta de frutas que es mi especialidad. Tengo __9__ mil cosas que hacer, pero __10__ postre va a estar listo.

UNIDAD 1

1.2 EL PRESENTE DE INDICATIVO: VERBOS REGULARES

¡A que ya lo sabes!

Para probar que ya sabes bastante de verbos regulares, mira los siguientes pares de oraciones y decide, en cada par, cuál de las dos oraciones te suena bien, la primera o la segunda.

1. a. Mis padres *viajamos* a Guadalajara todos los veranos.
   b. Mis padres *viajan* a Guadalajara todos los veranos.

2. a. Mi tío *venda* zapatos en esa zapatería.
   b. Mi tío *vende* zapatos en esa zapatería.

¿Qué dice la clase? ¿Están de acuerdo contigo? Sin duda, toda la clase seleccionó la segunda opción en ambos casos. ¿Cómo lo sé? Porque, como les dije antes, Uds. ya saben mucho de verbos regulares. Lo que tal vez no saben es qué hace que una oración sea apropiada y la otra no. Pero, sigan leyendo y van a saber eso también.

En español, todos los verbos terminan en **-ar, -er** o **-ir**. Lo que queda de un verbo si se quitan estas terminaciones es la raíz del verbo; la raíz del verbo "comprar", por ejemplo, es **compr-**. En los verbos regulares la raíz nunca cambia cuando se le añaden las distintas terminaciones: **compr**o, **compr**amos, **compr**aste, etcétera.

Formas

	Verbos en -*ar*	**Verbos en -*er***	**Verbos en -*ir***
	comprar	*vender*	*decidir*
yo	compr**o**	vend**o**	decid**o**
tú	compr**as**	vend**es**	decid**es**
Ud., él, ella	compr**a**	vend**e**	decid**e**
nosotros(as)	compr**amos**	vend**emos**	decid**imos**
vosotros(as)	compr**áis**	vend**éis**	decid**ís**
Uds., ellos, ellas	compr**an**	vend**en**	decid**en**

■ Para formar el presente de indicativo de los verbos regulares, se quitan las terminaciones **-ar, -er** o **-ir** del infinitivo y se agregan a la raíz verbal las terminaciones que corresponden a cada pronombre, como se ve en el cuadro.

Nota para hispanohablantes En algunas comunidades hispanas hay una tendencia a sustituir la terminación **-imos** por **-emos** y decir: *vivemos, recibemos, escribemos, dicemos,* etcétera. Es importante estar consciente de esta tendencia y evitar esta sustitución fuera de esas comunidades y en particular al escribir.

■ Para hacer oraciones negativas, se coloca la partícula "no" directamente delante del verbo.

A veces **leo** periódicos hispanos, pero **no compro** revistas hispanas.

■ Cuando el contexto o las terminaciones verbales indican claramente cuál es el sujeto, por lo general se omiten los pronombres sujetos. Sin embargo, hay que usar los pronombres sujetos para poner énfasis, para indicar claramente cuál es el sujeto o para establecer contrastes entre sujetos.

— ¿Son chicanos Rosie Pérez y Luis Valdez?
— No, **él** es chicano, pero **ella** es puertorriqueña.

Nota para bilingües Los pronombres sujeto *it* y *they* del inglés, cuando se refieren a objetos o conceptos, no tienen equivalente en español. *It is necessary to consult the dictionary.* = Es necesario consultar el diccionario. *I don't know those verbs; they are irregular.* = No conozco esos verbos; son irregulares.

Usos

■ Para expresar acciones que ocurren en el presente, incluyendo las acciones en curso en el momento de hablar.

Soy estudiante. Me **interesa** la literatura.
—¿Qué **haces** en este momento?
—**Escribo** una composición para la clase de español.

■ Para indicar acciones ya planeadas que tendrán lugar en un futuro próximo.

El miércoles próximo nuestra clase de español **visita** el Museo del Barrio.

Nota para bilingües En acciones ya planeadas el inglés emplea el verbo *to be* + una forma verbal terminada en *-ing*: *Next Wednesday we are visiting the Barrio Museum.*

■ Para reemplazar los tiempos pasados en las narraciones, de modo que éstas resulten más vívidas y animadas.

El novelista Óscar Hijuelos **nace** en 1951 en Nueva York y **recibe** el premio Pulitzer de Ficción en 1990.

Ahora, ¡a practicar!

A. Planes. Tú y dos amigos(as) van a pasar una semana en la Playa Juan Dolio, en la costa de la República Dominicana. Di qué planes tienen para esa semana de vacaciones.

MODELO   lunes / salir hacia la República Dominicana
El lunes salimos hacia la República Dominicana.

1. martes / nadar y tenderse en la playa
2. miércoles / practicar deportes submarinos y asistir a un partido de béisbol
3. jueves / visitar el Museo Regional de Antropología y comer en un restaurante típico
4. viernes / comprar regalos para la familia
5. sábado / subir al avión y regresar a casa
6. domingo / descansar todo el día

B. Información personal. Estás en una fiesta y hay una persona muy interesante que quieres conocer. Hazle estas preguntas.

1. Soy..., y tú, ¿cómo te llamas?
2. ¿Dónde vives?
3. ¿Con quién vives?
4. ¿Trabajas en algún lugar? ¿Ah, sí? ¿Dónde?
5. ¿Tomas el autobús para ir a clase?
6. ¿Miras mucha o poca televisión?
7. ¿Qué tipos de libros lees?
8. ¿Qué tipos de música escuchas?
9. ... (*inventen otras preguntas*)

C. Una cita. Mira los dibujos y cuenta la historia, usando el presente de indicativo de los verbos indicados.

1. llamar / invitar / aceptar

2. llegar / comprar / comentar

3. entrar / pasar los boletos / pensar

D. Hermanos gemelos. ¡Mi hermano gemelo y yo tenemos vidas muy semejantes! Lee el párrafo siguiente y corrige cualquier forma verbal que no sea apropiada para el nivel escrito.

Mi hermano y yo trabajamos en un restaurante mientras terminamos la universidad. Vivemos con nuestros padres y así ahorramos dinero. Estudiamos español; lo comprendemos y escribemos bastante bien. Asistimos a clases regularmente, preparamos las pruebas y exámenes lo mejor posible y en general recibemos buenas notas.

E. Mi vida actual. Describe tu situación personal en este momento.

MODELO **Vivo en Los Ángeles. Asisto a clases por la mañana y por la tarde. Una de las materias que más me fascina es la historia...**

Lección 2

1.3 VERBOS CON CAMBIOS EN LA RAÍZ

¡A que ya lo sabes!

Incluso si no te recuerdas cuál es la raíz de un verbo, no hay ninguna duda de que ya sabes bastante de verbos con cambios en la raíz. Para probarlo, mira los siguientes pares de oraciones y decide, en cada par, cuál de las dos oraciones te suena bien, la primera o la segunda.

1. a. ¿A qué hora *comienza* la fiesta?
   b. ¿A qué hora *comenza* la fiesta?

2. a. Mi hermano *dorme* por lo menos diez horas al día.
   b. Mi hermano *duerme* por lo menos diez horas al día.

¿Cómo? ¿No todo el mundo contestó igual? Sin embargo la mayoría no tuvo problema en seleccionar la primera oración en el primer par y la segunda en el segundo par. ¿Por qué? Porque ya han internalizado un gran número de verbos con cambios en la raíz. Pero, sigan leyendo y todos van a entender mejor.

En el presente de indicativo, la última vocal de la raíz de ciertos verbos cambia de **e** a **ie**, de **o** a **ue** o de **e** a **i** cuando lleva acento prosódico. Este cambio afecta las formas verbales de todas las personas del singular y la tercera persona del plural. La primera y segunda persona del plural ("nosotros" y "vosotros") son regulares porque el acento prosódico cae en la terminación, no en la raíz.

	pensar	**recordar**	**pedir**
	e → ie	*o → ue*	*e → i*
yo	p**ie**nso	rec**ue**rdo	p**i**do
tú	p**ie**nsas	rec**ue**rdas	p**i**des
Ud., él, ella	p**ie**nsa	rec**ue**rda	p**i**de
nosotros(as)	pensamos	recordamos	pedimos
vosotros(as)	pensáis	recordáis	pedís
Uds., ellos, ellas	p**ie**nsan	rec**ue**rdan	p**i**den

En este libro de texto los verbos con cambios en la raíz se escriben con el cambio entre paréntesis después del infinitivo: pensar **(ie)**, recordar **(ue)**, pedir **(i).**

■ Los siguientes son algunos verbos de uso común que tienen cambios en la raíz.

e → ie	o → ue	e → i (*sólo* verbos en *-ir*)
cerrar	almorzar	conseguir
empezar	aprobar	corregir
nevar	contar	despedir(se)
recomendar	mostrar	elegir
	probar	medir
atender	sonar	reír
defender	volar	repetir
entender		seguir
perder	devolver	servir
querer	llover	sonreír
	mover	vestir(se)
convertir	poder	
divertir(se)	resolver	
mentir	volver	
preferir		
sentir(se)	dormir	
sugerir	morir	

Nota para hispanohablantes   En algunas comunidades de hispanohablantes, hay una tendencia a hacer regulares los verbos con cambios e → ie y o → ue. Así, las formas del verbo "pensar" son *penso, pensas, pensa,...* en vez de "pienso, piensas, piensa,..." y las del verbo "recordar" son *recordo, recordas, recorda,...* en vez de "recuerdo, recuerdas, recuerda,..." Es importante evitar este uso fuera de esas comunidades, en particular al escribir.

■ Los verbos "adquirir", "jugar" y "oler" se conjugan como verbos con cambios en la raíz.

adquirir (i → ie)	jugar (u → ue)	oler (o → hue)
adqu**ie**ro	**jue**go	**hue**lo
adqu**ie**res	**jue**gas	**hue**les
adqu**ie**re	**jue**ga	**hue**le
adquirimos	jugamos	olemos
adquirís	jugáis	oléis
adqu**ie**ren	**jue**gan	**hue**len

Nota para hispanohablantes   En algunas comunidades de hispanohablantes, hay una tendencia a hacer regulares las formas del verbo "oler" y decir *olo, oles, ole,...* en vez de "huelo, hueles, huele,..." Es importante evitar este uso fuera de esas comunidades, en particular al escribir.

Ahora, ¡a practicar!

A. Obra teatral. Tu compañero(a) te hace preguntas acerca de la obra de teatro *West Side Story* que acabas de ver por primera vez.

MODELO   ¿Muestra esta obra la realidad de los puertorriqueños en Nueva York?
(sí, en la década de los 60)
Sí, muestra la realidad de los puertorriqueños en Nueva York en la década de los 60.

1. ¿A qué hora comienza la obra? (8:00 P.M.)
2. ¿Se divierte la gente con la obra? (sí, muchísimo)
3. ¿Entienden los angloamericanos la obra? (sí, completamente)
4. ¿Se ríen mucho los espectadores? (no, es trágica la obra)
5. ¿Vuelven algunos espectadores a ver la obra? (sí, varias veces)
6. ¿Recomiendas la obra a todo el mundo? (sí, sin reserva)

B. Hábitos diarios. Tu nuevo(a) compañero(a) te hace estas preguntas porque desea conocer algunos aspectos de tu rutina diaria. Una vez que contestes sus preguntas, cambien papeles.

1. ¿A qué hora (despertarte)?
2. ¿(Levantarte) en seguida o (dormir) otro rato?
3. ¿(Vestirte) de inmediato o (desayunarte) primero?
4. ¿A qué hora (empezar) tu primera clase?
5. ¿Dónde (almorzar), en la universidad, en un restaurante o en casa?
6. ¿Qué (hacer) después de las clases, (trabajar) o (jugar) a algún deporte?
7. ¿A qué hora (regresar) a casa?
8. ¿A qué hora (acostarte)? ¿(Dormirte) sin dificultad?
9. ¿(Reír) mucho durante el día ¿Qué te (hacer) reír?

C. Llegada de un emigrante. Completa el texto en el presente de indicativo para contar las experiencias del puertorriqueño Willie al llegar a Nueva York.

En Nueva York, Willie se __1__ (sente/siente) un poco perdido. Le __2__ (pide/pede) consejos a un amigo, quien le __3__ (consegue/consigue) trabajo en un almacén. __4__ (Comienza/Comenza) a trabajar, __5__ (atiende/atende) bien a los clientes, __6__ (mostra/muestra) buena disposición. Su jefe __7__ (aproba/aprueba) su modo de trabajar. Después de unos meses, se __8__ (siente/sente) mejor y __9__ (rei/ríe) más a menudo. Ya no __10__ (quiere/quere) regresar a Puerto Rico de inmediato.

1.4   VERBOS CON CAMBIOS ORTOGRÁFICOS Y VERBOS IRREGULARES

¡A que ya lo sabes!

A que eso de "ortográficos" medio te asustó. Pero no te preocupes porque tú ya sabes mucho de verbos con cambios ortográficos y de verbos irregulares. ¿No estás muy convencido(a)? Pues, mira los siguientes pares de oraciones y decide, en cada par, cuál de las dos oraciones te suena bien, la primera o la segunda. Entonces vas a ver que sí lo sabes.

1. a. Yo *corrijo* mis composiciones antes de entregarlas.
   b. Yo *corrigo* mis composiciones antes de entregarlas.

2. a. *Vengo* todos los días a la misma hora.
   b. *Veno* todos los días a la misma hora.

Seguramente que seleccionaste la primera oración de cada par. Ya ves, aunque no sepas que "ortográficos" tiene que ver con la escritura y que en los verbos irregulares la raíz del verbo cambia mucho, ya sabes mucho de estos dos tipos de verbos y vas a aprender más cuando sigas leyendo.

Verbos con cambios ortográficos

Algunos verbos requieren un cambio ortográfico para mantener la pronunciación de la raíz.

■ Los verbos que terminan en **-ger** o **-gir** cambian la **g** por **j** en la primera persona del singular.

dirigir: dirijo, diriges, dirige, dirigimos, dirigís, dirigen
proteger: protejo, proteges, protege, protegemos, protegéis, protegen

Otros verbos terminados en **-ger** o **-gir**:

corregir (i)   elegir (i)   recoger
coger   exigir

■ Los verbos que terminan en **-guir** cambian **gu** por **g** en la primera persona del singular.

distinguir: distingo, distingues, distingue, distinguimos, distinguís, distinguen

Otros verbos terminados en **-guir**:

conseguir (i)   proseguir (i)
extinguir   seguir (i)

■ Los verbos que terminan en **-cer** o **-cir** precedidos de una consonante, cambian la **c** por **z** en la primera persona del singular.

convencer: convenzo, convences, convence, convencemos, convencéis, convencen

Otros verbos en esta categoría:

ejercer   esparcir   vencer

■ Los verbos que terminan en **-uir** cambian la **i** por **y** delante de **o** y **e**.

construir: construyo, construyes, construye, construimos, construís, construyen

Otros verbos terminados en **-uir**:

atribuir   contribuir   distribuir   incluir   obstruir
concluir   destruir   excluir   influir   substituir

■ Algunos verbos que terminan en **-iar** y **-uar** cambian la **i** por **í** y la **u** por **ú** en todas las formas excepto "nosotros" y "vosotros".

enviar: envío, envías, envía, enviamos, enviáis, envían
acentuar: acentúo, acentúas, acentúa, acentuamos, acentuáis, acentúan

UNIDAD 1

Otros verbos en esta categoría:

ampliar	enfriar	situar
confiar	graduar(se)	
efectuar	guiar	

Los siguientes verbos terminados en **-iar** y **-uar** son regulares:

anunciar	cambiar	estudiar
apreciar	copiar	limpiar
averiguar		

> **Nota para hispanohablantes**   Algunos hispanohablantes tienden a no prestar atención a cambios de ortografía. Es muy importante hacer siempre estos cambios, porque si no, se consideran errores de ortografía.

Verbos irregulares

■ Los siguientes verbos de uso frecuente tienen varias irregularidades en el presente de indicativo.

decir	estar	ir	oír	ser	tener	venir
digo	estoy	voy	oigo	soy	tengo	vengo
dices	estás	vas	oyes	eres	tienes	vienes
dice	está	va	oye	es	tiene	viene
decimos	estamos	vamos	oímos	somos	tenemos	venimos
decís	estáis	vais	oís	sois	tenéis	venís
dicen	están	van	oyen	son	tienen	vienen

Los verbos derivados de cualquiera de estas palabras tienen las mismas irregularidades.

decir:	contradecir
tener:	contener, detener, mantener, obtener
venir:	convenir, intervenir, prevenir

> **Nota para hispanohablantes**   En algunas comunidades de hispanohablantes, hay una tendencia a usar la terminación de la primera persona plural (*-emos*) en lugar de **-imos** en los verbos "decir", "salir" y "venir" y dicen: *decemos* en vez de "decimos", *salemos* en vez de "salimos" y *venemos* en vez de "venimos". Es importante evitar estos usos fuera de esas comunidades y evitarlos siempre al escribir.

■ Los siguientes verbos son irregulares en la primera persona del singular solamente.

caber: **quepo**	hacer: **hago**	salir: **salgo**	traer **traigo**	ver: **veo**
dar: **doy**	poner: **pongo**	saber: **sé**	valer: **valgo**	

Los verbos derivados muestran las mismas irregularidades.

hacer: deshacer, rehacer, satisfacer
poner: componer, imponer, oponer, proponer, reponer, suponer
traer: atraer, contraer, distraer(se)

> **Nota para hispanohablantes**   En algunas comunidades de hispanohablantes dicen *cabo* en vez de "quepo". Es importante evitar este uso fuera de esas comunidades y en particular al escribir.

■ Los verbos que terminan en **-cer** o **-cir** precedidos de una vocal, agregan una **z** delante de la **c** en la primera persona del singular.

ofrecer: ofre**zc**o, ofreces, ofrece, ofrecemos, ofrecéis, ofrecen

Otros verbos en esta categoría:

agradecer	conocer	establecer	permanecer	reducir
aparecer	crecer	introducir	pertenecer	traducir
complacer	deducir	obedecer	producir	
conducir	desconocer	parecer	reconocer	

Ahora, ¡a practicar!

A. Retrato de un puertorriqueño. Walter nos habla de su vida. Completa lo que dice con la forma apropiada del verbo que aparece entre paréntesis.

Me llamo Walter Martínez. __1__ (Ser) puertorriqueño. Como todo puertorriqueño, yo __2__ (tener) ciudadanía estadounidense. __3__ (Vivir) ahora en Nueva York, pero __4__ (ir) con frecuencia a San Juan, donde __5__ (estar) mi familia. Me __6__ (mantener) en contacto con mis parientes y amigos de la isla. Aquí en Nueva York __7__ (conocer) a muchos amigos de San Juan con quienes __8__ (salir) a menudo. Los fines de semana me __9__ (distraer) escuchando música y bailando salsa en una discoteca.

B. Somos individualistas. Cada uno de los miembros de la clase menciona algo especial acerca de sí mismo(a). ¿Qué dicen?

MODELO   pertenecer al Club de Español
Pertenezco al Club de Español.

1. traducir del español al francés
2. saber hablar portugués
3. construir barcos en miniatura
4. dar lecciones de guitarra
5. conseguir dinero para el Museo del Barrio
6. guiar a los turistas a sitios de interés en el barrio
7. mantener correspondencia con puertorriqueños de la isla
8. ofrecer mis servicios como voluntario en un hospital local
9. proteger animales abandonados
10. componer poemas de amor

C. Mi familia y yo. Lee con atención el párrafo siguiente en que un amigo tuyo habla de su familia. En hoja aparte, corrige cualquier tiempo verbal que no te parezca apropiado en la lengua escrita.

Mi familia y yo semos originarios de Ponce, Puerto Rico, pero ahora vivemos en Nueva Jersey. Tenimos parientes en la Isla y los visitamos de vez en cuando. En Nueva Jersey recibemos en nuestra casa a muchos amigos de la Isla y salemos con ellos a pasear cuando nos visitan.

D. ¿Preguntas razonables o locas? Selecciona cuatro verbos de esta lista y escribe una pregunta razonable o loca con cada verbo. Escribe cada pregunta en un pedazo de papel. Luego, tu profesor(a) va a recoger todos los papeles y dejar que cada persona de la clase seleccione uno y conteste la pregunta.

averiguar	concluir	conseguir	dirigir	incluir	oír
caber	conducir	convencer	graduarse	obedecer	proponer

Lección 3

ADJETIVOS DESCRIPTIVOS

¡A que ya lo sabes!

Tal como te imaginas, un adjetivo descriptivo describe personas o cosas. Tú ya sabes mucho acerca de estos adjetivos. Para probarlo, mira ahora estos pares de expresiones y decide, en cada par, cuál de las dos dirías.

1. a. dos muchachas *atractiva y estudiosa*
    b. dos muchachas *atractivas y estudiosas*

2. a. una *casa amarilla*
    b. una *amarilla casa*

Esto sí que es fácil, ¿no? Seguramente que seleccionaste la segunda oración del primer par y la primera oración del segundo par. Ahora veamos las reglas relacionadas a los adjetivos descriptivos que ya has internalizado pero que a veces no sabes expresar.

Formas

■ Los adjetivos que terminan en **-o** en el masculino singular tienen cuatro formas: masculino singular, masculino plural, femenino singular y femenino plural.

	Masculino	Femenino
Singular	hispan**o**	hispan**a**
Plural	hispan**os**	hispan**as**

■ Los adjetivos que terminan en cualquier otra vocal en el singular tienen sólo dos formas: el masculino y femenino singular y el masculino y femenino plural.

pesimista   pesimistas
impresionante   impresionantes

■ Los adjetivos de nacionalidad que terminan en consonante en el masculino singular tienen cuatro formas.

español	española	españoles	españolas
francés	francesa	franceses	francesas

■ Los adjetivos que terminan en **-án, -ín, -ón** o **-dor** en el masculino singular tienen también cuatro formas.

holgazán	holgazana	holgazanes	holgazanas
pequeñín	pequeñina	pequeñines	pequeñinas
juguetón	juguetona	juguetones	juguetonas
conmovedor	conmovedora	conmovedores	conmovedoras

■ Otros adjetivos que terminan en consonante en el masculino singular tienen sólo dos formas.

común	comunes	cultural	culturales
cortés	corteses	feliz	felices

■ Unos pocos adjetivos tienen dos formas para el masculino singular: la forma más corta se usa cuando el adjetivo precede a un sustantivo masculino singular. Algunos adjetivos de este tipo son:

bueno:	**buen** viaje	hombre **bueno**
malo:	**mal** amigo	individuo **malo**
primero:	**primer** hijo	artículo **primero**
tercero:	**tercer** capítulo	artículo **tercero**

Nota para hispanohablantes   En algunas comunidades de hispanohablantes se dice *güeno* en vez de "bueno". Es importante evitar este uso fuera de esas comunidades y en particular al escribir.

El adjetivo "grande", que indica tamaño, también tiene una forma corta, "gran", la cual se usa delante de un sustantivo singular y significa "notable, célebre, distinguido": un gran amor, una gran idea, un gran hombre.

Concordancia de los adjetivos

■ Los adjetivos concuerdan en género y número con el sustantivo al cual modifican.

Mis primas son **activas** y **trabajadoras**.
Mi tío Víctor es **orgulloso** y quizás **vanidoso**.

Nota para bilingües En inglés los adjetivos son invariables, siempre usan la misma forma: *My cousin is active; My cousins are active.*

- Si un solo adjetivo sigue y modifica a dos o más sustantivos y uno de ellos es masculino, se usa la forma masculina plural del adjetivo.

    En esta calle hay tiendas y negocios hispan**os.**

- Si un solo adjetivo precede y modifica a dos o más sustantivos, concuerda con el primer sustantivo.

    Siempre hago pequeñ**as** tareas y trabajos para mi mamá.

Posición de los adjetivos

- Los adjetivos descriptivos siguen normalmente al sustantivo al cual modifican; generalmente restringen, clarifican o especifican el significado del sustantivo.

    Nuestra familia es de origen **dominicano.**
    Vivimos en una casa **amarilla.**
    La industria **turística** es importante en nuestra región.

- Los adjetivos descriptivos se colocan delante del sustantivo para poner énfasis en una característica asociada comúnmente con ese sustantivo.

    En ese cuadro se ve un **fiero** león que descansa entre **mansas** ovejas.
    Vemos un ramo de **bellas** flores sobre la mesa.

- Algunos adjetivos tienen diferente significado según vayan detrás o delante del sustantivo. Cuando el adjetivo sigue al sustantivo, tiene a menudo un significado objetivo o concreto; cuando el adjetivo precede al sustantivo tiene un significado abstracto o figurado. La siguiente es una lista de este tipo de adjetivos.

	Detrás del sustantivo	**Delante del sustantivo**
antiguo	civilización **antigua**	mi **antiguo** profesor
cierto	una prueba **cierta**	**cierto** individuo
medio	el plano **medio**	**media** naranja
mismo	Lo hice yo **mismo.**	Tenemos el **mismo** trabajo.
nuevo	un coche **nuevo**	un **nuevo** empleado
pobre	mujer **pobre**	¡**Pobre** mujer!
propio	clima **propio** de esta zona	mi **propio** padre
viejo	una persona **vieja**	un **viejo** amigo

Mi padre es un hombre **viejo.** Él y mi tío Miguel son **viejos** amigos.
A veces veo a mi **antiguo** profesor de historia; le gustaba hablar de la Roma
    antigua.

- Cuando varios adjetivos modifican a un sustantivo, se aplican las mismas reglas que se usan en el caso de un solo adjetivo. Los adjetivos siguen al sustantivo para restringir, clarificar o especificar el significado del sustantivo. Preceden al sustantivo para poner énfasis en características inherentes, en juicios de valores o en una actitud subjetiva.

En 1869 terminan de construir la vía **ferroviaria transcontinental.**
Los dominicanos tienen un **intenso** y **profundo** amor por su país.
Gloria Estefan es una **activa** cantante **cubanoamericana.**

Lo + adjetivos de género masculino singular

■ "Lo", la forma neutra del artículo definido, se usa con un adjetivo masculino singular para describir ideas abstractas o cualidades generales.

Lo difícil es explicar qué es un jíbaro.
Lo indiscutible es que los grupos hispanos enriquecen el mosaico cultural de EE.UU.

Nota para bilingües **Esta construcción es muy poco común en inglés:** *We prepared for the worst.* **= Nos preparamos para lo peor.** *What is good / The good thing is that the boy is hard-working.* **= Lo bueno es que el muchacho es trabajador.**

Ahora, ¡a practicar!

A. Continuación de la historia. Completa el siguiente texto sobre una posible continuación de la historia del poema "Consejos de una madre" de Francisco X. Alarcón que leíste en la *Lección 1*. Pon atención a la posición del adjetivo.

El __1__ (poeta; mismo) del poema que leíste tiene ahora una __2__ (vida; nueva). Es famoso; es dueño de su __3__ (destino; propio). Ya no es un __4__ (joven; pobre) sin trabajo. Vive ahora en su __5__ (casa; propia) y tiene un __6__ (cuarto; gran/grande) donde sigue escribiendo sus poemas. Está triste porque su __7__ (madre; pobre) está muy enferma. Pasan los años y es un __8__ (hombre; viejo), pero con muchos recuerdos hermosos.

B. Una cantante cubanoamericana. Usa la información dada entre paréntesis para hablar de Gloria Estefan.

MODELO Gloria Estefan tiene una _____. (carrera / artístico / distinguido)
Gloria Estefan tiene una distinguida carrera artística.

Gloria Estefan es una __1__ (cantante / cubanoamericano).

Es una __2__ (artista / cubanoamericano / excelente). Es intérprete de __3__ (ritmos / caribeño / movido). Es una __4__ (cantante / contemporánea / destacada).

Algunas de sus canciones están inspiradas en __5__ (recuerdos / familiar).

Sus canciones reflejan una __6__ (experiencia / bilingüe / rico).

C. Este semestre. Tu compañero(a) te hace unas preguntas porque desea saber cómo te va este semestre. Usa los adjetivos que aparecen en la página 90 u otros que conozcas para contestar sus preguntas. Luego, cambien papeles: tú preguntas y él (ella) contesta.

MODELO el horario este semestre
—¿**Cómo es tu horario este semestre?**
—**Es bastante complicado; tengo seis clases.**

aburrido	espantoso	interesante
cansador	estimulante	interminable
complicado	estupendo	pésimo
entretenido	fácil	simpático

1. la clase de español
2. las otras clases
3. los compañeros de clase
4. las conferencias de los profesores
5. las pruebas y los exámenes
6. los trabajos escritos
7. ... (añada otras preguntas)

D. Impresiones. Expresa tus impresiones sobre los cubanoamericanos.

MODELO   Pocos saben que los cubanoamericanos han hecho contribuciones importantes en el campo artístico. (malo)
Lo malo es que pocos saben que los cubanoamericanos han hecho contribuciones importantes en el campo artístico.

1. Los refugiados cubanos de los años 60 recibieron ayuda del gobierno de los EE.UU. (cierto)
2. La población cubanoamericana es industriosa. (positivo)
3. Miami es un centro financiero internacional. (sorprendente)
4. La cultura hispana enriquece la vida norteamericana. (bueno)
5. La participación política de las minorías continúa. (importante)

E. Éxito de los cubanoamericanos. Completa el siguiente párrafo acerca de los cubanoamericanos en Miami.

Los __1__ (gran/grandes) triunfos de la comunidad __2__ (cubano/cubana) de Miami se deben a que esta __3__ (gran/grande) urbe es el puerto principal para el comercio y las operaciones __4__ (financiera/financieras) entre EE.UU. y los países __5__ (latinoamericano/latinoamericanos). A los industriales de esos países les gusta tratar de negocios en español con sus colegas __6__ (hispanos/hispanas) de Miami y no en inglés con instituciones __7__ (neoyorquinos/neoyorquinas).

1.6   USOS DE LOS VERBOS SER Y ESTAR

¡A que ya lo sabes!

Muchos anglohablantes que estudian español dicen que "ser" y "estar" son dos verbos dificilísimos de aprender a usar correctamente, pero no tú. ¿Por qué? Pues, porque como hispanohablante, ¡ya los has internalizado! Lo vas a ver cuando mires estos pares de oraciones y decidas, en cada par, cuál de las dos dirías.

1. a. Hoy *es* viernes y *son* las ocho de la mañana.
   b. Hoy *está* viernes y *están* las ocho de la mañana.

2. a. La profesora *está* furiosa porque su café *está* frío.
   b. La profesora *es* furiosa porque su café *es* frío.

¡Qué fácil es! Pero, ¿qué reglas rigen el uso de "ser" y de "estar"? Sigue leyendo y ya sabrás.

Usos de ser

■ Para identificar, describir o definir al sujeto de la oración.

Jon Secada **es** un cantante cubanoamericano.
¡Yo! **es** la tercera novela de Julia Álvarez.

■ Para indicar el origen, la posesión o el material de que algo está hecho.

Cristina Saralegui **es** de La Habana.
Esos muebles antiguos **son** de mi abuelita. **Son** de madera.

■ Para describir cualidades o características inherentes de las personas, los animales y los objetos.

Cristina **es** rubia; **es** lista y simpática. **Es** divertida y muy enérgica.

■ Con el participio pasado para formar la voz pasiva. (Consúltese la *Unidad 4, p. 337* sobre la voz pasiva.)

La Florida **fue** colonizada por españoles en el siglo XVI.
San Agustín, la ciudad más antigua de EE.UU., **fue** fundada en 1565.

■ Para indicar la hora, las fechas y las estaciones del año.

Hoy **es** miércoles. **Son** las diez de la mañana.
Es octubre; **es** otoño.

■ Para indicar la hora o la localización de un evento.

El próximo concierto de Gloria Estefan **es** el viernes a las ocho de la noche.
La fiesta de los estudiantes hispanos **es** en el Centro Cubanoamericano.

■ Para formar ciertas expresiones impersonales.

Es importante luchar por los derechos de los grupos minoritarios.
Es fácil olvidar que muchas familias hispanas han vivido en este país por tres siglos.

> **Nota para hispanohablantes** En algunas comunidades de hispanohablantes se dice *semos* o *somo* en vez de "somos". Es importante evitar este uso fuera de esas comunidades y en particular al escribir.

Usos de estar

■ Para indicar localización.

Mis padres son de California, pero ahora **están** en Texas.
La Florida **está** al norte de Cuba.

■ Con el gerundio (la forma verbal que termina en **-ndo**) para formar los tiempos progresivos.

La población hispana de Miami **está** aumenta**ndo** cada día.

■ Con un adjetivo para describir estados o condiciones o para describir un cambio en alguna característica.

> El profesor Gutiérrez **está** muy orgulloso de sus canas.
> No puedes comerte esa banana porque no **está** madura todavía.
> ¡Este café **está** frío!

■ Con un participio pasado para indicar la condición que resulta de una acción. En este caso, el participio pasado funciona como adjetivo y concuerda en género y número con el sustantivo al cual se refiere.

Acción:	*Condición resultante:*
Pedrito rompió la taza.	La taza **está rota.**
Adolfo terminó sus quehaceres.	Sus quehaceres **están terminados.**

Ser y estar con adjetivos

■ Algunos adjetivos tienen un significado diferente cuando se usan con **ser** o **estar**. Los más comunes son los siguientes:

ser	estar
Es aburrido. (persona que cansa)	Está aburrido. (cansado, malhumorado)
Es bueno. (bondadoso)	Está bueno. (sano)
Es interesado. (egoísta)	Está interesado. (se interesa por algo)
Es limpio. (pulcro, aseado)	Está limpio. (se ha lavado)
Es listo. (inteligente, astuto)	Está listo. (preparado)
Es loco. (persona demente)	Está loco. (irreflexivo, imprudente)
Es malo. (malvado)	Está malo. (enfermo)
Es verde. (color)	Está verde. (no maduro)
Es vivo. (vivaz, despierto)	Está vivo. (no muerto)

> Ese muchacho **es** aburrido. Como no tiene nada que hacer, **está** aburrido.
> Ese estudiante **es** listo, pero nunca **está** listo para sus exámenes.
> Esas manzanas **son** verdes, pero no **están** verdes.

Nota para hispanohablantes Algunos hispanohablantes tienden a no diferenciar entre el cambio de significado de estos adjetivos con "ser" y "estar". Es importante tener siempre presente estos cambios.

Ahora, ¡a practicar!

A. Los cubanoamericanos. Completa la siguiente información acerca de los cubanoamericanos con la forma apropiada de "ser" o "estar".

Los cubanoamericanos __1__ los hispanos que han alcanzado mayor prosperidad económica. La mayoría de la población cubanoamericana __2__ localizada en el estado de la Florida y, dentro de este estado, Miami __3__ el centro más importante. Muchos consideran que Miami __4__ la ciudad hispanohablante más rica y moderna. Para los negociantes latinoamericanos, el centro financiero de EE.UU. no __5__ en Nueva York sino en Miami.

Los primeros refugiados cubanos, que comienzan a llegar en 1960, __6__ profesionales de clase media. No __7__ de acuerdo con el gobierno de Fidel y emigran. En EE.UU. __8__ ayudados por el gobierno de muchos modos. Por ejemplo, muchos profesionales que __9__ médicos siguen cursos en la Universidad de Miami y revalidan su título.

B. Gloria Estefan. Completa la información sobre la famosa cantante cubanoamericana Gloria Estefan con la forma apropiada del presente de indicativo de "ser" o "estar".

Gloria Estefan __1__ quizá la más famosa intérprete de ritmos latinos. __2__ la cantante del conocido grupo musical Miami Sound Machine. No __3__ interesada, pero siempre __4__ interesada en ayudar a sus amigos o a personas víctimas de algún desastre. Además, __5__ lista también para ayudar a los artistas jóvenes. Cuando la entrevistan vemos que no __6__ una persona aburrida sino alguien muy interesante. A pesar de su larga y distinguida carrera, no __7__ aburrida con su arte; al contrario, siempre __8__ innovando. En 1990 sufrió un serio accidente; afortunadamente, se ha recuperado; __9__ viva y sigue cantando. Sus álbumes __10__ éxitos dentro y fuera de EE.UU. Los cubanoamericanos __11__ orgullosos de esta ilustre artista.

C. Preguntas personales. Quieres conocer mejor a un(a) compañero(a) de clase. Primero completa estas preguntas, y luego házselas.

1. ¿Cómo _____ tú hoy?
2. ¿ _____ contento(a)?
3. ¿De dónde _____ tu familia?
4. ¿ _____ pocos o muchos los miembros de tu familia?
5. ¿Cómo _____ tú generalmente?
6. ¿ _____ pesimista u optimista?
7. ¿ _____ interesado(a) en la música de Gloria Estefan o de Jon Secada?
8. ¿ _____ verdad que _____ amigo(a) personal de Gloria Estefan?

D. Descripciones. Escribe el nombre de una persona o cosa que corresponda a cada descripción. Luego, compara tu lista con la de un(a) compañero(a).

1. _____ es muy listo(a).
2. _____ nunca está listo(a) a tiempo.
3. _____ está interesado(a) en el dinero, nada más.
4. _____ es un(a) loco(a).
5. _____ es la persona más aburrida del mundo.
6. _____ siempre está aburrido(a).
7. _____ es simplemente una persona mala.
8. _____ siempre dice que está malo(a).

UNIDAD 1

 **Lección 4**

1.7   COMPARATIVOS Y SUPERLATIVOS

¡A que ya lo sabes!

Ya te das cuenta de que sabes más de gramática de lo que te imaginabas. ¡Es verdad! Y aunque no siempre conozcas la terminología —o sea, los nombres que se les da a conceptos gramaticales como "comparativos y superlativos"—, ya tienes un conocimiento tácito —o sea, internalizado— de estos conceptos. Pruébalo ahora cuando mires estos pares de oraciones y decidas, en cada par, cuál de las dos dirías.

1. a. Encuentro la historia *más interesante que* la geografía.
   b. Encuentro la historia *la más interesante que* la geografía.

2. a. Tu madre es *la* mujer *más generosa que* conozco.
   b. Tu madre es *una* mujer *más generosa que* conozco.

Qué lindo es tener conocimiento tácito, ¿verdad? Te das cuenta también de que puedes entender la terminología gramatical usando tu conocimiento del español: los comparativos tienen que ser expresiones que se usan para hacer comparaciones y los superlativos tienen que usarse para hablar de alguien o algo que sobresale, que excede la norma, o sea, que es superlativo. Pero sigue leyendo y vas a ver que tu conocimiento se va a hacer más explícito, es decir, más claro y más preciso.

Comparaciones de desigualdad

■ Para expresar superioridad o inferioridad se usan las siguientes construcciones.

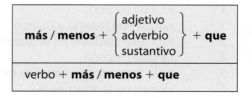

José Solano es **más** popular **que** Claudia Smith.
Claudia Smith es **menos** popular **que** José Solano.
Mary Rodas tiene **más** experiencia en negocios **que** Claudia Smith.
La yuca es conocida **más** en Centroamérica **que** en EE.UU.
Yo trabajo **menos que** mi hermano mayor.

■ En comparaciones en las que se usan las palabras "más" o "menos" delante de un número, se usa "de" en vez de "que".

Nueva York tiene **más de** doce periódicos en español.

Nota para hispanohablantes   Algunos hispanohablantes tienden a usar *que* en vez de "de" en comparaciones delante de números. Es importante usar siempre "de" en comparaciones delante de un número.

Comparaciones de igualdad

■ Para expresar igualdades se usan las siguientes construcciones.

tan + ⎰ adjetivo ⎱ + **como** ⎱ adverbio ⎰	
tanto(a/os/as) + sustantivo + **como**	
verbo + **tanto como**	

No soy **tan** atlético **como** José Solano.   Tengo **tantos** amigos **como** mi hermano.
Hablo **tan** lentamente **como** mi padre.   Trabajo **tanto como** mi prima Esperanza.

Superlativos

■ El superlativo expresa el grado máximo de una cualidad cuando se comparan personas o cosas a otras del mismo grupo o categoría.

el/la/los/las + sustantivo + **más/menos** + adjetivo + **de**

Tomás es **el estudiante más alto de** la clase.
Miami es **la ciudad más próspera de** todo el mundo hispanohablante.

Nota para bilingües   **En esta construcción en inglés se usa la preposición *in*, no *of*: *Tomás is the tallest student <u>in</u> the class.***

■ Para indicar el grado máximo de una cualidad, se pueden también colocar delante del adjetivo adverbios tales como "muy", "sumamente" o "extremadamente" o se puede agregar al adjetivo el sufijo **-ísimo/a/os/as.**

El cuadro que sigue muestra los cambios ortográficos más comunes que ocurren cuando se agrega el sufijo **-ísimo** a un adjetivo.

la vocal final desaparece	alto	→	altísimo
el acento escrito desaparece	fácil	→	facilísimo
-ble se transforma en **-bil-**	amable	→	amabilísimo
-c- se transforma en **-qu-**	loco	→	loquísimo
-g- se transforma en **-gu-**	largo	→	larguísimo
-z- se transforma en **-c-**	feroz	→	ferocísimo

Miami es una ciudad **sumamente** (**muy/extremadamente**) atractiva.
Mary Rodas siempre está **ocupadísima.**
La familia de José Solano es **amabilísima.**

Nota para bilingües **El inglés no tiene un sufijo equivalente a -ísimo/a/os/as. Se limita a usar *very* o *extremely*: *Mary Rodas is always extremely busy.* = Mary Rodas siempre está ocupadísima.**

Comparativos y superlativos irregulares

Unos pocos adjetivos tienen, además de la construcción comparativa regular, formas comparativas y superlativas irregulares. Las formas irregulares son más frecuentes que las regulares.

Formas comparativas y superlativas de bueno y malo

Comparativo		Superlativo	
Regular	*Irregular*	*Regular*	*Irregular*
más bueno(a)	mejor	el (la) más bueno(a)	el (la) mejor
más buenos(as)	mejores	los (las) más buenos(as)	los (las) mejores
más malo(a)	peor	el (la) más malo(a)	el (la) peor
más malos(as)	peores	los (las) más malos(as)	los (las) peores

■ Para indicar un grado de excelencia, se usan las formas comparativas y superlativas "mejor(es)" y "peor(es)". Las formas comparativas y superlativas regulares "más bueno(a/os/as)" y "más malo(a/os/as)", cuando se usan, se refieren a cualidades morales.

Según tu opinión, ¿cuál es **el mejor** programa de televisión esta temporada?
La situación en El Salvador está **mejor** ahora que en la década de los ochenta.
Éste es el **peor** invierno que he pasado en esta ciudad.
Tu padre es el hombre **más bueno** que conozco.

Formas comparativas y superlativas de **grande** y **pequeño**

Comparativo		Superlativo	
Regular	*Irregular*	*Regular*	*Irregular*
más grande	mayor	el (la) más grande	el (la) mayor
más grandes	mayores	los (las) más grandes	los (las) mayores
más pequeño(a)	menor	el (la) más pequeño(a)	el (la) menor
más pequeños(as)	menores	los (las) más pequeños(as)	los (las) menores

■ Las formas comparativas y superlativas irregulares "mayor(es)" y "menor(es)" se refieren a edad en el caso de personas y al mayor o menor grado de importancia en el caso de objetos o conceptos. Las formas comparativas y superlativas regulares "más grande(s)" y "más pequeño(a/os/as)" se refieren normalmente a tamaño.

Mi hermana es **mayor** que yo.
Mi hermano **menor** es **más grande** que yo.
La representación política es una de las **mayores** preocupaciones de las minorías.
La papa es un tubérculo **más pequeño** que la yuca.

Ahora, ¡a practicar!

A. Hispanos de origen centroamericano en tres estados. Lee las estadísticas del censo del año 2000, que aparecen a continuación, y contesta las preguntas que siguen sobre hispanos de origen centroamericano en tres estados.

	California	Nueva York	Texas
Guatemaltecos	143.500	29.074	18.539
Hondureños	30.372	35.135	24.179
Nicaragüenses	51.336	8.033	7.487
Salvadoreños	272.999	72.713	79.204

1. ¿Cuál es el grupo hispano con la menor población? ¿Y el grupo hispano con la mayor población?
2. De estos cuatro grupos de hispanos, ¿cuál es el grupo más numeroso en el estado de Tejas?
3. ¿En qué estado hay menos guatemaltecos?
4. ¿Se puede decir que hay casi tantos nicaragüenses en Tejas como en Nueva York? ¿Por qué?
5. ¿Qué grupo tiene la menor población en Tejas?
6. En tu opinión, ¿por qué hay más salvadoreños que otros grupos de centroamericanos en EE.UU.?

B. Comparaciones. Di lo que piensas sobre estas tres personalidades que encontraste en la sección **Gente del Mundo 21** de esta lección.

1. ¿Crees que José Solano entiende más de negocios que Mary Rodas?
2. ¿Crees que José Solano gana tanto dinero como Claudia Smith?
3. ¿Crees que Claudia Smith es tan imaginativa como Mary Rodas?
4. ¿Crees que Mary Rodas toma vacaciones tan frecuentemente como José Solano?
5. ¿Crees que Claudia Smith trabaja menos horas que Mary Rodas?
6. ¿Crees que Mary Rodas es menos optimista que José Solano?

C. Opiniones. En grupos de tres, den sus opiniones acerca de las materias que estudian. Utilicen adjetivos como "aburrido", "complicado", "entretenido", "difícil", "fácil", "fascinante", "instructivo", "interesante" u otros que conozcan.

MODELO   matemáticas / física
Para mí las matemáticas son tan difíciles como la física.
o
Encuentro que la física es más (menos) interesante que las matemáticas.

1. antropología / ciencias políticas
2. química / física
3. historia / geografía
4. literatura inglesa / filosofía
5. sicología / sociología
6. español / alemán
7. biología / informática

D. ¡Qué exagerados! Tú y tus compañeros visitan Nueva York y expresan diversas opiniones sobre la ciudad y su gente.

MODELO   los guías de Nueva York / amables
Pienso que los guías de Nueva York (no) son amabilísimos.

1. la vida en Nueva York / loca
2. el ruido / intolerable
3. la población hispana / alta
4. las avenidas / anchas y largas
5. los muchachitos / sagaces y precoces

E. Hispanos de Centroamérica. Da tu opinión acerca de las tres personas que conociste en la sección **Gente del Mundo 21.**

MODELO   entender de leyes
Pienso que Claudia Smith entiende más de leyes que José Solano porque es abogada.

1. ser más atlético
2. tratar más con niños en su profesión
3. preocuparse más por los derechos de los inmigrantes
4. practicar más deportes
5. interesarse más por los negocios
6. recibir más apoyo de su familia en su profesión
7. estar más ocupado(a)
8. tener la profesión más gratificante

1.8   ADJETIVOS Y PRONOMBRES DEMOSTRATIVOS

¡A que ya lo sabes!

Veamos ahora qué te dice tu conocimiento tácito (sí, conocimiento internalizado) de los adjetivos y pronombres demostrativos. (¡Cuánta terminología!) Mira estos pares de oraciones y decide, en cada par, cuál de las dos dirías.

1. a. *Estas* blusa es más cara que *ese* pantalones.
 b. *Esta* blusa es más cara que *esos* pantalones.

2. a. *Ésta* aquí no me gusta; prefiero *aquélla* que está allá.
 b. *Aquélla* aquí no me gusta; prefiero *ésta* que está allá.

Qué fácil es usar el conocimiento tácito, ¿no? Pero para convertirlo en conocimiento explícito hay que seguir leyendo.

Adjetivos demostrativos

	Cerca		No muy lejos		Lejos	
	Singular	*Plural*	*Singular*	*Plural*	*Singular*	*Plural*
Masculino	este	estos	ese	esos	aquel	aquellos
Femenino	esta	estas	esa	esas	aquella	aquellas

■ Los adjetivos demostrativos se usan para señalar gente, lugares y objetos. "Este" indica que algo está cerca del hablante. "Ese" sirve para señalar a personas y objetos que no están muy lejos del hablante y que a menudo están cerca del oyente, es decir, de la persona a quien el hablante se dirige. "Aquel" se refiere a personas y objetos que están lejos tanto del hablante como del oyente.

Este edificio no tiene tiendas; **ese** edificio que está enfrente sólo tiene apartamentos. Las tiendas que buscamos están en **aquel** edificio, al final de la avenida.

Pronombres demostrativos

	Cerca		No muy lejos		Lejos	
	Singular	*Plural*	*Singular*	*Plural*	*Singular*	*Plural*
Masculino	éste	éstos	ése	ésos	aquél	aquéllos
Femenino	ésta	éstas	ésa	ésas	aquélla	aquéllas
Neutro	esto	—	eso	—	aquello	—

UNIDAD 1

■ Los pronombres demostrativos masculinos y femeninos tienen las mismas formas que los adjetivos demostrativos pero, con la excepción de las formas neutras, llevan un acento escrito. También concuerdan en género y número con el sustantivo al que se refieren.

— ¿Vas a comprar este disco compacto?
— No, **ése** no; quiero **éste** que está aquí.

> **Nota para hispanohablantes** ¡Ojo! Los pronombres demostrativos "éste"/"ésta" no se deben confundir con las formas verbales de "estar" (esté, está) ni con los adjetivos demostrativos (este, esta). Estas distinciones son aún más importantes cuando escribes.

■ Los pronombres neutros **esto, eso** y **aquello** son invariables. Se usan para referirse a objetos no específicos o no identificados, a ideas abstractas o a acciones y situaciones en sentido general.

— ¿Qué es **eso** que llevas en la mano?
— ¿**Esto?** Es un afiche de mi artista favorito.

Ayer hablé de la comida centroamericana con unos amigos. **Eso** fue muy educativo.
Hace un mes asistí a un concierto de rock. **Aquello** fue muy ruidoso.

Ahora, ¡a practicar!

A. Decisiones, decisiones. Estás en una tienda de comestibles junto a Tomás Ibarra, el dueño. Él siempre te pide que decidas qué producto vas a comprar.

MODELO

¿Deseas estos aguacates o aquéllos?
Deseo aquéllos. o **Deseo éstos.**

1. ¿Quieres esas tortillas o aquéllas?
2. ¿Te vas a llevar aquellos frijoles o éstos?
3. ¿Vas a comprar estos limones o ésos?
4. ¿Prefieres esos chiles verdes o aquéllos?
5. ¿Te doy estos jitomates o ésos?

B. Sin opinión. Tu compañero(a) contesta de modo muy evasivo tus preguntas.

MODELO   ¿Qué opinas de la economía nacional? (complicado; no entender mucho)
Eso es complicado. No entiendo mucho de eso (acerca de eso).

1. ¿Crees que EE.UU. debe ayudar más a los países centroamericanos? (controvertido; no saber mucho)
2. ¿Crees que es fácil que los hispanos en EE.UU. triunfen en los negocios? (discutible; no comprender mucho)
3. ¿Qué sabes de los sudamericanos en Nueva York? (complejo; no estar informado[a])
4. ¿Van a controlar la inmigración ilegal? (difícil; no entender)
5. En tu opinión, ¿deben existir leyes para proteger a los trabajadores indocumentados? (problemático; no tener opinión)

C. ¡Siempre atrasada! Completa el siguiente párrafo para saber qué problema tiene Sofía.

Miro con horror una de __1__ (estas/estás) novelas que tengo sobre mi escritorio. No es la delgadita con pocas páginas; es __2__ (esta/ésta), la que parece tener más de mil páginas. Se supone que __3__ (esta/ésta) tarde debo terminar una presentación sobre ella y, por supuesto, tal exposición no __4__ (esta/está) terminada. Creo que __5__ (esta/está) noche no voy a dormir mucho.

UNIDAD **2**

Raíces y esperanza: España, México, Puerto Rico, la República Dominicana y Cuba

El acueducto de Segovia ▶

LOS ORÍGENES

España: los primeros pobladores

La Península Ibérica fue poblada en tiempos prehistóricos. Los primeros pobladores dejaron extraordinarias pinturas en las rocas de la cueva de Altamira, en Santander y en otras cuevas de la península. A los pueblos y tribus que vivían en la península se les llamó "iberos". Entre los primeros invasores se destacaron los fenicios, quienes trajeron a la Península Ibérica el alfabeto y su conocimiento de la navegación. Los griegos fundaron varias ciudades en la costa mediterránea. Los celtas introdujeron en la península el uso del bronce y otros metales. En último término, predominaron los romanos, quienes la nombraron "Hispania" y le impusieron su lengua, cultura y gobierno. Los romanos también construyeron grandes ciudades, una multitud de carreteras, puentes excelentes y acueductos impresionantes que todavía perduran. En el siglo IV d.C., triunfó el cristianismo, y el Imperio Romano —incluyendo a Hispania— lo aceptó oficialmente como su religión.

España: la invasión musulmana y la Reconquista

En el año 711, los musulmanes, procedentes del norte de África, invadieron Hispania y lograron conquistar la mayor parte de la península. Bajo su dominación, Hispania se convirtió en uno de los grandes centros intelectuales de la cultura islámica: se hicieron grandes avances en las ciencias, las letras, la artesanía, la agricultura, la arquitectura y el urbanismo. Los musulmanes mantuvieron una tolerancia étnica y religiosa hacia los cristianos y los judíos durante los ocho siglos que ocuparon la Península Ibérica. No obstante, sólo siete años después de la invasión musulmana, se inició en el norte de España la Reconquista, la cual terminó casi 800 años más tarde, en 1492. Este año acabó por ser un momento único en la historia del mundo ya que registró tres eventos trascendentales: (a) el último rey moro salió de España y se logró así la unidad política y territorial que aún perdura en toda la España actual; (b) los Reyes Católicos expulsaron a los judíos que rehusaban convertirse al cristianismo y (c) el viaje de Cristóbal Colón al Nuevo Mundo estableció el Imperio Español en las Américas.

La llegada de los españoles a las islas caribeñas

Cristóbal Colón primero llegó a Cuba el 27 de octubre de 1492. Semanas después, el día 6 de diciembre, Colón llegó a la isla que los taínos llamaban "Quisqueya" y que él llamó "La Española". Allí estableció la primera colonia española en América (hoy Haití y la República Dominicana). El 19 de noviembre de 1493, Colón llegó a la isla que los taínos llamaban Boriquén (hoy Puerto Rico).

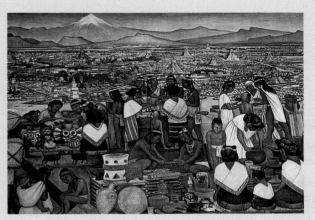

▲ Diego Rivera, *La gran Tenochtitlán* (detalle del fresco en el Palacio Nacional de México), 1945

Dada la superioridad de armas de los españoles, los taínos, junto con los ciboneyes, los caribes y otras tribus indígenas que habitaban las islas del Caribe, fueron fácilmente conquistados. Para 1517, sólo seis años después de la llegada de los españoles, la mayoría de la población nativa de las islas del Caribe había sido exterminada. Muchos indígenas murieron debido a las enfermedades europeas y al maltrato a manos de españoles interesados en enriquecerse rápidamente. Debido a la gran escasez de trabajadores, los españoles decidieron importar esclavos capturados en África. El mestizaje que resultó cambió para siempre la faz de la sociedad de la zona caribeña e introdujo una riqueza cultural enorme pero también conflictos sociales.

La conquista de México

En México nació una de las civilizaciones más originales del mundo, la mesoamericana. Comenzó con la cultura olmeca, que prosperó hace más de tres mil años en la región costeña, e incluyó las culturas de los teotihuacanos, mayas, aztecas, mixtecas, toltecas, zapotecas y muchas más que prosperaron en la región que hoy es México y Centroamérica. Los mesoamericanos cultivaban plantas como el maíz, el frijol, el chile y los jitomates, que hoy forman parte de la dieta humana en general. Crearon también grandes núcleos urbanos con impresionantes templos y pirámides que todavía se pueden ver en Teotihuacán, Tula, Monte Albán, Chichén Itzá y Tenochtitlán. Esta última ciudad fue fundada por los aztecas en 1325 en el lugar que hoy ocupa el centro histórico de la Ciudad de México. A la llegada de la expedición española comandada por Hernán Cortés en 1519, la mayor parte del sur del territorio mexicano, con excepción de Yucatán, formaba parte del imperio azteca. En 1521, después de un terrible sitio de meses, Tenochtitlán cayó finalmente en poder de los españoles.

¡A ver si comprendiste!

A. Hechos y acontecimientos. Completa las siguientes oraciones.

1. Los primeros habitantes de la Península Ibérica fueron los...
2. Algunos invasores de la Península Ibérica fueron los... y sus contribuciones fueron...
3. Los romanos dieron a Hispania...
4. En España, los musulmanes hicieron grandes avances en...
5. Los musulmanes estuvieron en la Península Ibérica casi...
6. El año 1492 es único en la historia del mundo porque...

7. El primer europeo en llegar a las islas del Caribe fue... en el año...
8. La civilización mesoamericana incluye las culturas de...

B. A pensar y analizar.

Compara a los musulmanes, invasores de España, con los españoles, invasores del Nuevo Mundo. ¿Qué efecto tuvieron en los gobernantes y ciudadanos del país? ¿En la cultura del país? ¿En la lengua? ¿En la religión?

Espanã

LECCIÓN 1

Nombre oficial: *Reino de España*

Población: *40.217.413 (estimación de 2003)*

Principales ciudades: *Madrid (capital), Barcelona, Valencia, Sevilla*

Moneda: *Euro €*

GENTE DEL MUNDO 21

Juan Carlos I de España, nieto de Alfonso XIII e hijo de don Juan de Borbón, nació en el exilio en Roma. En 1969 fue designado sucesor al trono de España por el general Francisco Franco. Subió al trono el 22 de noviembre de 1975, dos días después de la muerte de Franco. A partir de entonces, Juan Carlos I ha favorecido la democracia y es una figura que simboliza la tolerancia e integridad nacional. Con su apoyo, en 1978 se aprobó una nueva constitución que reconoce la autonomía de las distintas nacionalidades y regiones del país. Cuando en enero de 1981 unos guardias civiles secuestraron las Cortes o parlamento español, la actuación del rey a favor de la constitución frustró el golpe de estado. S.M. (Su Majestad) el rey Juan Carlos I ha recibido un sinnúmero de premios internacionales, como el premio Fomento de la Paz de la UNESCO (1995), la Medalla de las Cuatro Libertades de la Fundación Franklin D. Roosevelt (1996), el premio Jean Monnet de Suiza (1996) y el premio Estadista Mundial de la Fundación "Appeal of Conscience" (1997). Al cumplir los 18 años en enero de 1986, su hijo, el príncipe Felipe, fue oficialmente declarado sucesor a la Corona.

Penélope Cruz es una bella y talentosa actriz española y una de las más populares en el mundo entero. Es la primera y, hasta el momento, única española que ha conseguido integrarse al mundo del cine estadounidense. Nació en Madrid en un hogar de sólidos valores morales y afectivos que han dado a esta estrella su amor por la familia y su dedicación a obras caritativas. De niña, estudió baile por nueve años en el Conservatorio Nacional. Una de las personas más importantes en su vida es su abuelita Modesta, y entre sus modelos se destaca la Madre Teresa, cuya fundación en India cuenta con la ayuda personal y económica de la actriz. Comenzó su carrera cinematográfica a los 14 años y a los 17 alcanzó fama en *Jamón, jamón* (1992), que fue seguida por *Belle Époque* (1992), y *Todo sobre mi madre* (1999), ambas ganadoras del premio "Óscar" a la mejor película extranjera. En este país, se ha destacado actuando con actores de primera línea en películas como *Woman on Top* (1999), *All the Pretty Horses* (2000), *Vanilla Sky* (2001), *Blow* (2001), *Captain Corelli's Mandolin* (2001), *Gothika* (2003) y otras, para las cuales tuvo que aprender la lengua inglesa.

104

Pedro Almodóvar es el director de cine español más conocido del mundo. En 1979 salió su primera película, *Pepi, Luci, Beni y otras chicas del montón*. Alcanzó fama internacional cuando su película *Mujeres al borde de un ataque de nervios* (1988) fue nominada para un premio "Óscar" en Hollywood como la mejor película de lengua extranjera. Otras películas suyas son *Átame* (1990), *Tacones lejanos* (1991), *Kika* (1993), *La flor de mi secreto* (1995), *Carne trémula* (1997), *Todo sobre mi madre* (1998) *Hable con ella* (2002) y *La mala educación* (2004). Pedro Almodóvar ha escrito siete libros y es el tema principal de más de diez biografías. Es, sin duda, un cineasta único, un pionero de la modernidad. Sus películas tienen la magia de ser tragedias y comedias a la vez, y se han convertido en un enorme espejo que refleja la sociedad española contemporánea en toda su complejidad.

Otros españoles sobresalientes

Ana Álvarez: actriz ● **Antonio Banderas:** actor ● **Camilo José Cela:** novelista y cuentista ● **Salvador Dalí (1904–1989):** pintor ● **Federico García Lorca (1898–1936):** poeta y dramaturgo ● **Julio Iglesias y Enrique Iglesias:** cantantes ● **Carmen Martín Gaite (1925–2000):** novelista, cuentista, ensayista e historiadora ● **Ana María Matute:** novelista, cuentista ● **Joan Miró (1893–1983):** pintor ● **José Ortega y Gasset (1883–1955):** filósofo y ensayista ● **Pablo Ruiz Picasso (1881–1973):** pintor ● **Arantxa Sánchez Vicario:** tenista ● **Miguel de Unamuno (1864–1936):** escritor y filósofo

Personalidades del Mundo 21

A. Gente que conozco. Contesta las siguientes preguntas. Luego, comparte tus respuestas con dos o tres compañeros(as) de clase.

1. ¿Dónde nació el rey Juan Carlos? ¿Qué edad tenía Juan Carlos I cuando subió al trono? ¿Cómo se puede caracterizar su gobierno?

2. ¿A qué edad comenzó su carrera de actriz Penélope Cruz? ¿Cuáles son algunas de sus películas más destacadas tanto en España como en EE.UU.? ¿Quiénes son algunas personas a las que ella ama? Explica.

3. ¿Cuál es el tema de la mayoría de las películas de Pedro Almodóvar? Si fueras a ver una película que reflejara la sociedad norteamericana contemporánea, ¿qué esperarías ver?

B. Diario. En tu diario, escribe por lo menos media página expresando tus pensamientos sobre uno de estos temas.

1. Penélope Cruz se ha integrado a la vida de Hollywood con mucha facilidad. Si tú fueras artista de cine, ¿qué tendrías que hacer para integrarte a la vida de Hollywood? ¿Podrías hacerlo con facilidad o te costaría mucho esfuerzo? Explica por qué.

2. Pedro Almodóvar refleja la sociedad española contemporánea en toda su complejidad en sus películas. Si tú fueras director(a) de cine, ¿qué clase de problemas destacarías en un filme para reflejar la complejidad de nuestra sociedad? ¿Con qué fin lo harías?

ACENTUACIÓN Y ORTOGRAFÍA

Cuaderno de actividades

Puedes practicar más con las reglas de silabación y acentuación en las secciones de **Acentuación y ortografía** y el **Dictado** de la *Unidad 2, Lección 1* en el *Cuaderno de actividades.*

Repaso de silabación y acentuación

Para saber si han aprendido las reglas de silabación y acentuación, completen estas frases en grupos de tres basándose sólo en lo que recuerden sin buscar la información en sus libros. Anoten algunos ejemplos para cada regla y definición. Luego, con la participación de toda la clase, podrán verificar si lo recordaron todo correctamente o no.

Repaso de silabación

A. Reglas de silabación

Regla 1: Todas las sílabas tienen por lo menos...

Regla 2: La mayoría de las sílabas en español comienza con...

Regla 3: Cuando la **l** o la **r** sigue a una **b, c, d, f, g, p** o **t,** forman grupos consonánticos que...

Regla 4: Las letras dobles **ch, ll** y **rr** nunca...

Regla 5: Cualquier otro grupo consonántico siempre...

Regla 6: Los grupos de tres consonantes siempre se dividen...

B. Diptongos y triptongos

1. Un diptongo es...
2. Para separarse, un diptongo requiere un...
3. Un triptongo es...

Repaso de acentuación

1. **El golpe:** En español, todas las palabras de más de una sílaba tienen una sílaba que...
2. **Regla 1:** Las palabras que terminan en **vocal, n** o **s,** llevan el acento prosódico en...
3. **Regla 2:** Las palabras que terminan en consonante, excepto **n** o **s,** llevan el golpe en...
4. **Regla 3:** Todas las palabras que no siguen las dos reglas anteriores llevan...
5. El **acento escrito** se coloca sobre...

¡A practicar!

A. Silabación y acentuación. Escucha a tu profesor(a) pronunciar cada palabra y divídelas en sílabas, según las reglas de silabación que acabas de repasar. Luego, según las reglas de acentuación, subraya la sílaba que debería llevar el golpe. Después, coloca el acento ortográfico donde se necesite.

Modelo *politica*
       po/lí/ti/ca

1. heroe
2. invasion
3. Reconquista
4. arabe
5. judios
6. protestantismo
7. eficaz
8. inflacion
9. abdicar
10. crisis
11. sefarditas
12. epico
13. unidad
14. peninsula
15. prospero
16. imperio
17. islamico
18. herencia
19. expulsion
20. tolerancia

B. ¡Ay, qué torpe! En preparación para el examen que sin duda tendrán, un amigo tuyo te pide que le ayudes a corregir todos los errores de silabación y acentuación que encuentren en este párrafo. Hay diez errores en total.

En el siglo XVIII, el rey Borbón Carlos III se intereso en establecer centros culturales y mando construir el Museo del Prado en Madrid. Es un bello edificio de estilo neoclasico localizado en el Paseo del Prado y frente al monumento erigido en honor del pintor español Diego Velazquez. En el se depositaron muchas de las obras maestras que el arte español dio al mundo desde el siglo XI hasta el siglo XVIII.

MEJOREMOS LA COMUNICACIÓN

Para hablar de las bellas artes

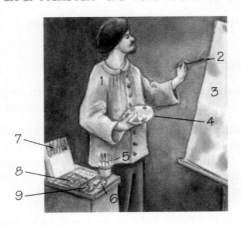

1. el artista
2. el pincel
3. el lienzo
4. la paleta
5. el rotulador
6. el tubo de óleo
7. los lápices de colores
8. la caja de acuarelas
9. la tiza

Al hablar de artistas

— ¿Quién es tu **artista** favorito del Siglo de Oro?
— Mi favorito es Velázquez.
— ¿Por qué se destacaron sus **obras**?
— Sobresalieron por su **técnica realista** y **detallista**.

    artista de retratos   dibujante   escultor(a)   pintor(a)

Al hablar del arte

— ¿Qué tipo de arte prefieres?
— Me encanta el arte **impresionista**.
— A mí me fascinó el arte **cubista** de Picasso.

barroco(a)	**gótico(a)**	**religioso(a)**	**romántico(a)**
clásico(a)	**neoclásico(a)**	**renacentista**	**surrealista**

— ¿Te gustaron los **cuadros** de Goya?
— Sí, pero prefiero aquel **paisaje**.

dibujo	**grabado**	**mural**	**pintura**
escultura	**lienzo**	**panorama**	**retrato**
fresco			

Al describir obras de arte

— ¿Te gustaron los colores **oscuros**?
— ¡No del todo! Prefiero los colores **vivos**.

    pálido(a)   llamativo(a)   realista   sombrío(a)

Al hablar de exhibiciones

— ¿Ya viste la nueva **exhibición** en El Prado?
— Fui el sábado. Fue **maravillosa**.

— ¿Asististe a la **fabulosa** exposición de Joan Miró en el Reina Sofía?[1]
— No tuve tiempo para ir y acabó la semana pasada.

— El profesor Ávila hizo una presentación de su **escultura** en el Salón de Bellas Artes.
— ¿Pudiste ir?
— ¡Claro que fui! Me encantaron sus **estatuas**.

¡A conversar!

A. Talento artístico. En parejas, describan su propio talento artístico. Identifiquen sus artistas favoritos y describan sus obras de arte preferidas.

B. Dramatización. Dramatiza la siguiente situación con un(a) compañero(a) de clase. Ayer fuiste a una exposición del artista favorito de tu compañero(a). Como tu amigo(a) no pudo asistir, ahora quiere saber todo lo que viste y aprendiste de este artista famoso: el tipo de arte, el tema, los colores que usó, etcétera.

[1]El *Centro de Arte Reina Sofía* es otro museo en la zona del Paseo del Prado. Se especializa en arte español de los siglos XIX y XX, incluyendo las obras de Pablo Picasso, Juan Ons, Salvador Dalí, y Joan Miró.

C. Extiende tu vocabulario: pintar. Para ampliar tu vocabulario, combina las palabras de la primera columna con las definiciones de la segunda columna. Luego, escribe una oración original con cada palabra. Compara tus oraciones con las de dos compañeros(as) de clase. ¿Cuál es el significado de estas palabras en inglés, y cómo se relacionan a *paint* en inglés?

_____ 1. pintoresco
_____ 2. pintura
_____ 3. pintor
_____ 4. pinturería
_____ 5. pintorrear

a. pintar mal y sin arte
b. tienda de pinturas
c. color con que se pinta
d. persona que se dedica a pintar
e. atrayente, agradable

D. Notas para hispanohablantes: práctica. En camino a casa, escuchas este diálogo en el autobús. Ahora que estás en la clase de español para hispanohablantes, te sientes obligado(a) a cambiar la lengua de la comunidad a un español más general. Hazlo ahora.

Fulano: ¿*Trabajates* el sábado pasado?
Mengano: No. Tuve el día libre. Tú también, ¿verdad? Alguien mencionó que *asististes* a la exhibición en el Museo del Barrio. ¿Es verdad?
Fulano: Decidí ir porque tienen la exhibición de Diego y Frida. Fue estupenda.
Mengano: ¿Hasta qué hora te *quedastes* allí?
Fulano: Unas dos horas, nada más. ¿*Escuchates* el mensaje que te dejé?
Mengano: Sí, pero desgraciadamente no podemos acompañarlos esta noche. Ya tenemos un compromiso.

DEL PASADO AL PRESENTE

España: reconciliación con el presente

España como potencia mundial Por medio de un eficaz sistema de matrimonios de conveniencia política, los Reyes Católicos Fernando e Isabel lograron acumular un extenso territorio que heredó finalmente su nieto Carlos de Habsburgo. En 1516, éste fue declarado rey de España con el nombre de Carlos I, y en 1519 pasó a ser emperador del Sacro Imperio Romano Germánico con el apelativo de Carlos V. Su imperio era tan extenso que en sus dominios "nunca se ponía el sol" y comprendía gran parte de Holanda y Bélgica, Italia, Alemania, Austria, partes de Francia y del norte de África, además de los territorios de las Américas. Este emperador abdicó en 1556, después de dividir sus territorios entre su hijo Felipe II y su hermano Fernando. Felipe II recibió España, los

El Imperio de Carlos V 1519-1556

Velázquez, *Las meninas*

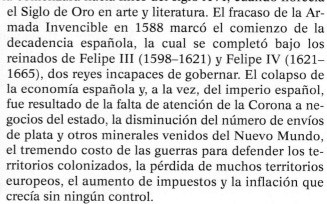
El fracaso de la Armada Invencible

Francisco Franco

Países Bajos y las posesiones en las Américas e Italia. Durante su gobierno convirtió a España en el centro de oposición al protestantismo y mantuvo constantes guerras religiosas. Venció a los turcos en la batalla naval de Lepanto, pero su Armada Invencible no pudo vencer a los ingleses en 1588. Esta fecha marca el comienzo de la decadencia española.

El Siglo de Oro   De 1550 a 1650, el arte y la literatura de España florecieron de tal manera que se llamó "Siglo de Oro" a este extraordinario período. Sobresalieron grandes pintores tales como El Greco, Diego Rodríguez de Silva y Velázquez y Bartolomé Esteban Murillo. En el área literaria se destacaron los poetas místicos Santa Teresa de Jesús, Fray Luis de León y San Juan de la Cruz y grandes escritores como Miguel de Cervantes y Francisco de Quevedo. En el teatro se distinguieron geniales dramaturgos como Lope de Vega, Tirso de Molina y Pedro Calderón de la Barca.

La caída del imperio español   Es irónico que la decadencia española comenzara hacia fines del siglo XVI, cuando florecía el Siglo de Oro en arte y literatura. El fracaso de la Armada Invencible en 1588 marcó el comienzo de la decadencia española, la cual se completó bajo los reinados de Felipe III (1598–1621) y Felipe IV (1621–1665), dos reyes incapaces de gobernar. El colapso de la economía española y, a la vez, del imperio español, fue resultado de la falta de atención de la Corona a negocios del estado, la disminución del número de envíos de plata y otros minerales venidos del Nuevo Mundo, el tremendo costo de las guerras para defender los territorios colonizados, la pérdida de muchos territorios europeos, el aumento de impuestos y la inflación que crecía sin ningún control.

Los siglos XVIII y XIX   Después de una guerra de sucesión, los Borbones tomaron posesión de la monarquía en 1714. Los nuevos monarcas impusieron reformas y modas francesas, construyeron bellos edificios neoclásicos, avenidas y jardines, y fundaron academias, bibliotecas y museos. Este período de renacimiento artístico tuvo corta duración. En el siglo XIX, al continuo estado de caos se añadieron la invasión de tropas francesas en 1807 y toda una serie de guerras de independencia en las colonias españolas de América. España perdió su último eslabón de control americano en 1824, en la batalla de Ayacucho, en lo que ahora es Perú. Durante el largo reinado de la inepta Isabel II (1833–1868), se promulgaron seis constituciones diferentes y hubo quince levantamientos militares. Éstos condujeron a la proclamación de la Primera República en 1873, la cual sólo duró veintidós meses.

El Franquismo   La crisis política continuó en el siglo XX. En 1936, una rebelión militar dividió España en dos facciones enemigas, la republicana (apoyada por la Unión Soviética) y la nacionalista (apoyada por Alemania e Italia). Esta división resultó en la Guerra Civil Española (1936–1939), que terminó con el triunfo de las fuerzas nacionalistas dirigidas por el generalísimo Francisco Franco, quien se convirtió en jefe de estado absoluto del país por cuarenta años. Durante ese período de dictadura, Franco monopolizó la vida política y social de España, prohibió todos los partidos políticos y los sindicatos no oficiales y, por medio de una temida Guardia Civil, mantuvo una estricta censura y vigilancia del país. En 1953, Franco firmó el pacto hispano-estadounidense que permitió el establecimiento de bases militares de EE.UU. en España. En la década de los 60, España empezó un intenso plan de desarrollo económico y con el correr de los años pasó a ser un país industrializado.

El rey Juan Carlos I y la familia real

El retorno de la democracia   Con la muerte de Franco en 1975 terminó la dictadura. Sucesor en el poder fue el joven príncipe Juan Carlos de Borbón, coronado rey de España como Juan Carlos I. El nuevo monarca luchó desde el primer momento por instituir una muy anhelada democracia. Sus esfuerzos tuvieron fruto en 1978 cuando se dictó una nueva constitución que refleja la diversidad de España al designarla como un Estado de Autonomías. Las autonomías, diecisiete en total, tienen sus propios parlamentos y gobiernos, y en algunos casos, como en Cataluña y el País Vasco, hasta han declarado su propio idioma (catalán y euskera, respectivamente), junto con el español, las lenguas oficiales de la comunidad.

Casa de cambio en Madrid

La España de hoy   La España de hoy es, sin duda, un país abierto al futuro, económicamente desarrollado y con instituciones democráticas sólidas. En unas pocas décadas, el país ha conseguido ponerse al nivel de los países europeos más adelantados, reclamando de esta manera su antigua posición de importancia política y económica. La gente goza de todas las libertades públicas y sociales así como de un alto nivel de tolerancia política y religiosa.

No faltan problemas asociados con las autonomías, ya que algunas de ellas han tratado de independizarse totalmente, cortando todo lazo con el gobierno español. En este afán, la organización separatista vasca conocida como "Euskadi Ta Askatasuna" (ETA) —en español, "Patria Vasca y Libertad"— continúa con actos de violencia y terrorismo desde 1958. En marzo del año 2000 una mayoría parlamentaria eligió Primer Ministro a don José María Aznar. Este gobernante condena las medidas terroristas de la ETA. En 2004, tres días después de un ataque terrorista en Madrid, José Luis Rodríguez Zapatero fue elegido Primer Ministro. Aunque primero se pensó que ETA fue responsable, pronto se supo que al-Qaida estaba detrás del ataque. Cumpliendo con la promesa que había hecho antes de las elecciones, Rodríguez Zapatero anunció que España retiraría todas las fuerzas militares españolas de Iraq.

España tiene acceso al libre comercio de bienes y trabajadores dentro de la Comunidad Económica Europea, de la que es miembro. En este sistema económico funciona una sola moneda, el euro, que ha sustituido a la moneda de cada país miembro. Todo parece indicar que el pasado español se ha reconciliado con el presente y ahora extiende la mano al futuro.

¡A ver si comprendiste!

A. Hechos y acontecimientos. ¿Recuerdas los datos más importantes de la lectura? Para asegurarte, completa las siguientes oraciones. Luego, compara tus respuestas con las de un(a) compañero(a).

1. Se decía que "el sol nunca se ponía" en el imperio de Carlos V porque...
2. Cuando Carlos V abdicó en 1556, dividió sus territorios entre...
3. El comienzo de la decadencia española fue señalado por...
4. Algunos pintores y escritores del Siglo de Oro de la cultura española que yo conozco son...
5. El colapso del imperio español se debe a...
6. Los Siglos XVIII y XIX son marcados por...
7. La Guerra Civil Española empezó en el año ... y terminó en ...
8. A la muerte de Franco en 1975, ... fue declarado Rey de España.
9. La constitución de 1978 refleja...
10. Cataluña y el País Vasco han declarado sus respectivos idiomas...
11. ETA es un grupo...
12. El "euro" es...

B. A pensar y analizar. Hagan estas actividades en grupos de tres o cuatro. Luego, compartan sus conclusiones con la clase.

1. ¿Por qué se llama "Siglo de Oro" en España al período que va de 1550 a 1650? ¿Ha tenido EE.UU. un Siglo de Oro? Si dicen que sí, ¿cuándo y cómo fue? Si dicen que no, ¿creen que lo tendrá pronto? ¿Por qué?
2. Comparen la España de Franco con la del rey Juan Carlos I. ¿Cómo explican Uds. las diferencias? ¿Por qué creen que el joven Juan Carlos I no continuó la política de Franco?

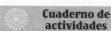

Cuaderno de actividades

Puedes practicar más y escribir una carta imaginaria de Cristóbal Colón a Isabel la Católica en la sección **Composición: descripción imaginaria** de la *Unidad 2, Lección 1* en el *Cuaderno de actividades.*

C. Redacción colaborativa. En grupos de dos o tres, escriban una composición colaborativa de una página a página y media sobre el tema que sigue. Sigan el proceso de escribir colaborativamente que aprendieron en la **Redacción colaborativa** de la *Unidad 1, Lección 1:* escribir primero una lista de ideas, organizarlas en un primer borrador, revisar las ideas, escribir un segundo borrador, revisar la acentuación y ortografía, escribir la versión final.

A pesar de que los españoles hoy día gozan de todas las libertades públicas y sociales así como de un alto nivel de tolerancia política y religiosa, algunas de las autonomías siguen tratando de independizarse totalmente del gobierno español. ¿Creen Uds. que el gobierno español debe concederles la independencia? ¿Por qué sí o por qué no? ¿Debería EE.UU. concederle la independecia al estado de Texas, si éste decidiera separarse de los otros estados? Expliquen su respuesta.

Prefijos del latín

Muchas palabras se forman anteponiendo una partícula o **prefijo** a la raíz de una palabra. Por ejemplo, del verbo **poner** se derivan **contra**poner, **de**poner, **ex**poner, **im**poner, **inter**poner, **pos**poner, **sobre**poner, **su**poner y **tras**poner.

El español es una de las lenguas que se derivan del latín, la lengua del Imperio Romano, del cual formó parte la Península Ibérica por varios siglos. Por eso, la mayoría de los prefijos en español tienen su origen en el latín. Algunos de los prefijos latinos más comunes son los siguientes.

Prefijo latino	Ejemplos
ante- (delante, previo)	**ante**ojos, **ante**ayer
contra- (oposición)	**contra**decir, **contra**rrevolución
extra- (fuera de)	**extra**ordinario, **extra**oficial
i-, im-, in- (no, negación)	**i**legal, **im**posible, **in**móvil
inter- (entre)	**inter**nacional, **inter**cambio
multi- (muchos)	**multi**color, **multi**forme
pos-, post- (después)	**pos**data (**post**data), **post**moderno
pre- (antes)	**pre**ver, **pre**ocupar
re- (repetición)	**re**leer, **re**elección
retro- (hacia atrás)	**retro**activo, **retro**spección
semi- (medio, casi)	**semi**círculo, **semi**final
sobre-, super- (encima, superior)	**sobre**mesa, **sobre**saliente, **super**mercado
sub- (bajo, inferior)	**sub**terráneo, **sub**conciencia
trans-, tras- (pasar al lado opuesto)	**trans**oceánico, **trans**portar, **tras**mudar

Detalles de la lengua

Prefijos latinos. Con un(a) compañero(a), identifica las palabras que empiezan con prefijos latinos en las siguientes oraciones y explica su significado.

> **Modelo**   Tenemos que subrayar el título y reescribir el ejercicio.
> **subrayar: hacer una línea debajo de la palabra**
> **reescribir: escribir de nuevo**

1. Nuestros antepasados vivieron en una zona semitropical.
2. Tú mismo te contradices al afirmar que eres incapaz de mentir.
3. Para tomar este curso hay varios prerrequisitos.
4. No hay países subdesarrollados sino naciones sobreexplotadas.
5. Por favor, mueve el retrovisor a la izquierda que no puedo ver muy bien el coche que nos sigue.
6. Muchos científicos están reexaminando las teorías sobre la vida extraterrestre.
7. No pospongas lo que ahora puedes prevenir.

Y ahora, ¡a leer!

Anticipando la lectura. Contesta estas preguntas con un(a) compañero(a).

1. ¿Qué es un idealista y qué es un realista? ¿Cuáles son algunas características de cada uno?

2. ¿Son Uds. idealistas o realistas? Para saberlo, háganse las siguientes preguntas y analicen sus respuestas.

   a. ¿Qué regalo prefieres el día de tu cumpleaños?
      - veinte dólares
      - una tarjeta con un poema original

   b. ¿Qué te impresiona más?
      - una caja de chocolates finos
      - una sola rosa con un mensaje personal

   c. ¿Qué es más importante para ti?
      - conseguir un trabajo que pague muy bien
      - conseguir un trabajo donde puedas hacer el bien

   d. ¿Con quién te casarías?
      - con una persona millonaria
      - con una persona pobre que te ame y a quien ames mucho

Conozcamos al autor

Miguel de Cervantes Saavedra (1547–1616) es considerado uno de los escritores más importantes de la literatura española. Además de ser poeta y dramaturgo, es el autor de la más famosa novela española de todos los tiempos, *El ingenioso hidalgo don Quijote de la Mancha.* Cervantes nació en Alcalá de Henares, hijo de un cirujano pobre. Como soldado en Italia, perdió el uso de la mano izquierda en la batalla de Lepanto y durante su viaje de vuelta a España, fue capturado por piratas y pasó cinco años como prisionero en Argel, un país árabe en el norte de África. Aunque la primera parte de su novela, publicada en 1605, fue un éxito inmediato, este gran escritor nunca pudo salir de la pobreza, ni aún con la segunda parte de su novela, la cual apareció en 1615.

Adelantándose considerablemente a la novela moderna, Cervantes logró crear una obra que es un profundo espejo de la psicología humana y de la sociedad española del siglo XVI. Don Quijote es un caballero idealista y medio loco, que vive en un mundo ficticio donde trata de imitar la vida de los caballeros de los libros de aventuras de la Edad Media. Sancho Panza, su leal e iletrado sirviente, es mucho más realista que su amo y señor, don Quijote.

Don Quijote y Sancho Panza descubren los molinos de viento.

Don Quijote de la Mancha

AVENTURA DE LOS MOLINOS DE VIENTO

En esto, descubrieron treinta o cuarenta molinos de viento que hay en aquel campo, y cuando don Quijote los vio, dijo a su escudero:°   acompañante

—La ventura va guiando nuestras cosas mejor de lo que podríamos desear; porque ves allí, amigo Sancho Panza, donde se descubren treinta, o pocos
5 más, monstruosos gigantes, con quienes pienso hacer batalla y quitarles la vida, que ésta es buena guerra, y es gran servicio de Dios quitar tan mala semilla de sobre la faz° de la tierra.   superficie

—¿Qué gigantes? —dijo Sancho Panza.

—Aquellos que allí ves —respondió su amo° — de los brazos largos, que   dueño, jefe
10 los suelen° tener algunos de casi dos leguas.[1]   acostumbran

—Mire vuestra merced° —respondió Sancho— que aquellos que allí se   **vuestra...** fórmula de cortesía que llegó a ser "usted"
parecen no son gigantes, sino molinos de viento, y lo que en ellos parecen brazos son aspas, que volteadas del viento, hacen andar la piedra del molino.

—Bien parece —respondió don Quijote— que no sabes nada de las aven-
15 turas: ellos son gigantes; y si tienes miedo, quítate de ahí, y ponte en oración
que yo voy a entrar con ellos en fiera° y desigual batalla.   feroz

Y diciendo esto, dio de espuelas a su caballo Rocinante,[2] sin prestar atención a la voz que su escudero Sancho le daba, advirtiéndole que eran molinos de viento y no gigantes aquellos que iba a atacar. Pero él iba tan convencido
20 en que eran gigantes, que ni oía la voz de su escudero Sancho, ni dejaba de ver, aunque estaba ya bien cerca, lo que eran; diciendo en voz alta:

—No corráis cobardes y viles criaturas; que un solo caballero es el que os ataca.

Se levantó en esto un poco de viento, y las grandes aspas comenzaron a
25 moverse, lo cual visto por don Quijote, dijo:

—Pues aunque mováis más brazos que los del gigante Briareo,[3] me lo habéis de pagar.

[1]Una **legua** equivale a tres millas aproximadamente.
[2]**Rocinante** es el nombre del envejecido caballo de trabajo de don Quijote.
[3]**Briareo** es un gigante mitológico de cien brazos y cincuenta cabezas.

Y diciendo esto, y encomendándose de todo corazón a su señora
Dulcinea,[4] pidiéndole que en tal momento le ayudara, bien cubierto de su es-
30 cudo, con la lanza lista, arremetió a todo galope de Rocinante, y atacó al
primer molino que estaba delante; y dándole una lanzada en el aspa, la volvió
el viento con tanta furia, que hizo la lanza pedazos, llevándose al caballo y al
caballero, que fue rodando muy maltrecho° por el campo. Fue Sancho a ayudarle, a todo el correr de su asno, y cuando llegó encontró que no se podía
35 mover: tal fue el golpe que dio con él Rocinante.

    —¡Válgame Dios! —dijo Sancho— . ¿No le dije yo a vuestra merced que
mirase bien lo que hacía, que eran molinos de viento, y no lo podía ignorar
sino quien llevase otros tales en la cabeza?°

    —Calla, amigo Sancho —respondió don Quijote— ; que las cosas de la
40 guerra, más que otras, están sujetas a continuo cambio. Además yo pienso que
aquel sabio Frestón[5] que me robó la casa y los libros, ha convertido estos gigantes en molinos, por quitarme la gloria de su vencimiento: tal es la enemistad que me tiene; pero su magia no podrá contra mi espada.

    —Dios lo haga como puede —respondió Sancho Panza.

45 Y, ayudándole a levantar, tornó a subir sobre Rocinante, que medio despal-
dado estaba. Y, hablando en la pasada aventura, siguieron el camino del
Puerto Lápice, porque allí decía don Quijote que no era posible dejar de
encontrar muchas y divertidas aventuras...

herido

no... a menos que sea una persona con molinos en la cabeza

Fragmento de *El ingenioso hidalgo don Quijote de la Mancha*, Parte primera, Capítulo VIII

[4]**Dulcinea** era una mujer común y corriente a quien don Quijote idealizaba e imaginaba
como una doncella hermosa y pura.
[5]**Frestón** era un mago imaginario a quien don Quijote consideraba enemigo y causa de
todos sus problemas.

¿Comprendiste la lectura?

A. Hechos y acontecimientos. ¿Recuerdas los datos más importantes de la lectura? Para asegurarte, completa las siguientes oraciones según la lectura.
Luego, compara tus respuestas con las de un(a) compañero(a).

1. Don Quijote es un caballero...
2. Sancho Panza, el escudero de don Quijote, es...
3. En vez de los treinta molinos de viento, don Quijote vio...
4. Cuando Sancho Panza vio los molinos de viento, él dijo que eran...
5. Don Quijote monta... y Sancho Panza monta...
6. El nombre del caballo de don Quijote es...
7. Cuando don Quijote atacó al primer molino...
8. Don Quijote pensó que Frestón, un enemigo, convirtió a los gigantes en molinos para...
9. Don Quijote y Sancho Panza tomaron el camino del Puerto Lápice en busca de...

B. A pensar y a analizar. Discutan estos temas en parejas.

1. ¿Quién es el narrador de este episodio: uno de los personajes, el autor u otra persona? ¿Cómo revela el narrador la psicología o personalidad de don Quijote y Sancho?

2. Éste es probablemente el episodio más popular de la novela de Cervantes. ¿Por qué será? ¿Cómo explican Uds. esto?

3. ¿Son don Quijote y Sancho Panza totalmente opuestos o tienen ciertas características en común? Completen este diagrama Venn, indicando las diferencias en las dos columnas a los lados y las semejanzas en la columna del medio.

Don Quijote	Don Quijote y Sancho Panza	Sancho Panza
1.	1.	1.
2.	2.	2.
3.	3.	3.

C. Dramatización. En grupos de tres o cuatro, dramaticen un incidente (verdadero o imaginario) en su universidad o comunidad entre un idealista como don Quijote y un realista como Sancho Panza. Puede ser un incidente verdadero o imaginario.

Introducción al análisis literario

La perspectiva

Una característica muy celebrada en grandes obras literarias como *Don Quijote de la Mancha* es la posibilidad de ver el mundo desde **la perspectiva** de varios personajes que pueden presentar múltiples puntos de vista. En el fragmento "Aventura de los molinos de viento" se presentan dos puntos de vista que parecen ser irreconciliables: realidad y fantasía, discreción y locura, comedia y drama, realismo e idealismo.

A. Distintas perspectivas. Encuentra ejemplos de las varias perspectivas en el texto e indica si caracterizan a Sancho Panza o a don Quijote. Explica cada ejemplo.

comedia
discreción
drama
fantasía
idealismo
locura
realidad
realismo

B. La imaginación. Observa ahora el mundo moderno que te rodea. Piensa en ocho personas, animales y objetos comunes que tú, tus amigos y familiares ven cada día. Haz tres columnas en una hoja de papel. En la primera columna pon los ocho objetos de tu lista. En la segunda columna escribe lo que don Quijote se imaginaría al ver cada objeto y en la tercera escribe una o dos características de las cosas que haría que don Quijote imaginara lo que indicaste.

Objetos verdaderos	Objetos que don Quijote se imaginaría	Características
1. avión	pájaro prehistórico	alas y el volar
2.		
3.		

¡LUCES! ¡CÁMARA! ¡ACCIÓN!

Juan Carlos I: un rey para el siglo XX

El rey Juan Carlos I llegó a gobernar España después de una dictadura que había durado casi cuarenta años. Al ser proclamado rey en 1975, Juan Carlos inmediatamente prometió convertir España en un país democrático, objetivo que logró cumplir. Después de más de veinticinco años en el trono, tiene la satisfacción de haber visto a España pasar, sin grandes problemas, de la dictadura a la democracia, y de saber que la monarquía está consolidada y la sucesión garantizada.

En esta selección del video aparece el rey en la inauguración de la Exposición Universal de 1992 en Sevilla. Luego se ve dos meses más tarde en Barcelona, sede de los Juegos Olímpicos. Más adelante Uds. lo vuelven a ver unos años después, en la boda de su hija mayor y más recientemente en la boda de su hija menor.

Antes de empezar el video

Contesten las siguientes preguntas en parejas.

1. En la opinión de Uds., ¿qué papel suele tener un rey? ¿Cuáles son sus responsabilidades? ¿Suele tener un rey poder absoluto?
2. ¿Cuántas familias reales puedes nombrar? ¿Qué tipo de gobierno tienen en sus países respectivos? ¿Cuánto poder verdadero ejerce cada familia real?

¡A ver si comprendiste!

A. Juan Carlos I: un rey para el siglo XX. Contesta las siguientes preguntas con un(a) compañero(a) de clase.

1. ¿Qué eventos de importancia internacional tuvieron lugar en España en 1992?
2. ¿Por qué dice el narrador que las infantas Elena y Cristina se casaron por amor y no por razones políticas? ¿Estás de acuerdo? ¿Por qué?
3. ¿Cuál fue el objetivo principal del rey Juan Carlos? ¿Lo logró?

B. A pensar y a interpretar. Contesten las siguientes preguntas en parejas.

1. En la opinión de Uds., ¿ha tenido una vida feliz el rey Juan Carlos? ¿Qué pruebas tienen de eso?
2. Hagan una comparación entre el rey de España y la reina de Inglaterra. ¿Cuál ha llamado más la atención del público? ¿Por qué? En la opinión de Uds., ¿cuál de las dos familias representa su ideal de lo que debe ser una familia real? Expliquen.

EXPLOREMOS EL CIBERESPACIO

Explora distintos aspectos del mundo español en las **Actividades para la Red** que corresponden a esta lección. Ve primero a **http://college.hmco.com** en la red, y de ahí a la página de *Mundo 21.*

México

Nombre oficial: *Estados Unidos Mexicanos*

Población: *104.907.991 (estimación de 2003)*

Principales ciudades: *México, D.F. (Distrito Federal), Guadalajara, Netzahualcóyotl, Monterrey*

Moneda: *Peso ($)*

GENTE DEL MUNDO 21

Elena Poniatowska, escritora y periodista mexicana, nació en Francia en 1933, de padre francés de origen polaco y madre mexicana. Llegó a la Ciudad de México durante la Segunda Guerra Mundial. Se inició en el periodismo en 1954 y desde entonces ha publicado numerosas novelas, cuentos, crónicas y ensayos. *La noche de Tlatelolco* (1971), su obra más conocida, ofrece testimonios sobre la masacre de estudiantes por las fuerzas militares en la Plaza de las Tres Culturas en Tlatelolco, ocurrida el 2 de octubre de 1968 —unos días antes de iniciarse los Juegos Olímpicos en México. Entre sus obras más recientes se destacan *Nada, nadie: las voces del temblor* (1988), *Tinísima* (1992), *Todo empezó el domingo* (1997), *Luz y luna, las lunitas* (1998), y *La piel del cielo* (2001). Su novela *De noche vienes* (1985) ha sido llevada a la pantalla por el famoso director mexicano Arturo Ripstein.

Octavio Paz (1914–1998), poeta mexicano galardonado con el premio Nobel de Literatura en 1990, nació en la Ciudad de México en 1914. Se educó en la Universidad Nacional Autónoma de México. Publicó su primer libro de poemas, *Luna silvestre,* antes de cumplir veinte años. Además de distinguirse como poeta, Octavio Paz ha escrito libros de ensayos sobre el arte, la literatura y la realidad mexicana en general. Quizás su libro de ensayos de mayor influencia sea *El laberinto de la soledad,* publicado en 1950, donde hace un análisis crítico de México y el mexicano. Entre sus obras poéticas más importantes se encuentran *Piedra de sol* (1957), *Libertad bajo palabra: obra poética 1935–1958* (1960) y *Árbol adentro* (1987). Antes de morir, ayudó a establecer la Fundación Cultural Octavio Paz, que da premios y becas a escritores.

Luis Miguel, cantante mexicano, nació en Veracruz en 1970. Es hijo del cantante español Luisito Rey y de la cantante italiana Marcela Bastery. Debutó como cantante

siendo niño y desde 1983 ha dado conciertos fuera de México. Se ha convertido en un ídolo de la música latinoamericana. A nivel mundial, se han vendido más de cuarenta y cinco millones de sus discos, incluyendo los más de ocho millones de copias de su disco *Romance* (1991). Sus canciones de más éxito son en su mayoría boleros o canciones de estilo romántico. Ha recibido un sinnúmero de premios y honores y tiene su propia estrella en el Paseo de la Fama de Hollywood. Sus discos más recientes son *Segundo romance* (1994), *Nada es igual* (1996), *Romances* (1997), *Mis romances* (2001), *Todo lo mejor* (2002), y *33* (2003).

Otros mexicanos sobresalientes

Miguel Alemán Velasco: abogado, escritor, productor, cronista, hombre de negocios, político • **Yolanda Andrade:** actriz • **Cuauhtémoc Cárdenas:** político • **Laura Esquivel:** novelista y guionista • **Alejandro Fernández:** cantante • **Carlos Fuentes:** novelista, cuentista, ensayista, dramaturgo y diplomático • **Salma Hayek:** actriz • **Ángeles Mastretta:** novelista, cuentista y periodista • **Carlos Monsiváis:** periodista y escritor • **José Clemente Orozco (1883–1949):** pintor muralista • **Arturo Ripstein:** director de cine • **Juan Rulfo (1918–1986):** cuentista y novelista • **David Alfaro Siqueiros (1896–1974):** pintor muralista y escultor

Personalidades del Mundo 21

A. Gente que conozco. Haz estas actividades con un(a) compañero(a).

1. Hagan una comparación entre Elena Poniatowska y Octavio Paz. Indiquen las similitudes y las diferencias. Luego, comparen su trabajo con el de dos compañeros(as) de clase. Tal vez quieran usar un diagrama Venn.

2. Luis Miguel empezó su carrera cuando tenía diez años. Dice de esos días: "Era muy, muy difícil de chiquito". ¿Por qué creen Uds. que le fue tan difícil? ¿Creen que el éxito le ha traído la felicidad ahora? ¿Por qué?

B. Diario. En tu diario, escribe por lo menos media página expresando tus pensamientos sobre uno de estos temas.

1. Elena Poniatowska es una famosa escritora y periodista mexicana que se preocupa mucho por los problemas sociales de México. Si tú fueras un(a) periodista preocupado(a) por los problemas sociales de este país, ¿a qué temas específicos te dedicarías y qué soluciones propondrías?

2. Luis Miguel es un ídolo indiscutido de la música de tipo romántico. ¿Qué tipo de ídolo te gustaría ser a ti? ¿Qué tendrías que hacer para alcanzar esa meta?

ACENTUACIÓN Y ORTOGRAFÍA

Cuaderno de actividades

Puedes practicar más con palabras que cambian de significado en las secciones de **Acentuación y ortografía** y el **Dictado** de la *Unidad 2, Lección 2* en el *Cuaderno de actividades.*

Palabras que cambian de significado

Hay palabras parecidas que tienen distintos significados según dónde va el golpe y si requieren acento ortográfico. Ahora presta atención a la ortografía y al cambio del golpe en estas palabras mientras tu profesor(a) las pronuncia.

ánimo	animo	animó
célebre	celebre	celebré
depósito	deposito	depositó
estímulo	estimulo	estimuló
hábito	habito	habitó
práctico	practico	practicó
título	titulo	tituló

¡A practicar!

A. ¿Dónde va el golpe? Escucha mientras tu profesor(a) lee estas palabras parecidas y escribe el acento donde sea necesario.

1. critico	critico	critico
2. dialogo	dialogo	dialogo
3. domestico	domestico	domestico
4. equivoco	equivoco	equivoco
5. filosofo	filosofo	filosofo
6. liquido	liquido	liquido
7. numero	numero	numero
8. pacifico	pacifico	pacifico
9. publico	publico	publico
10. transito	transito	transito

B. Acento escrito. Ahora, escucha a tu profesor(a) leer estas oraciones y coloca el acento ortográfico sobre las palabras que lo requieran.

1. Hoy publico mi libro para que lo pueda leer el publico.
2. No es necesario que yo participe esta vez; participe el sábado pasado.
3. Cuando lo magnifico con el microscopio, pueden ver lo magnifico que es.
4. No entiendo como el calculo debe ayudarme cuando calculo.
5. Pues ahora yo critico todo lo que el critico critico.

C. ¡Ay, qué torpe! Este joven hispanohablante se confunde tanto con los acentos que con frecuencia decide no usarlos. Ayúdale a poner acentos donde sean necesarios en las palabras parecidas.

> Cuando en 1929 Diego Rivera se caso con Frida Kahlo, fue un caso notable, ya que el tenía cuarenta y tres años y ella, veintidós. Rivera era el artista del momento. Ambos son ahora reconocidos como dos de los artistas mexicanos mas importantes del siglo XX, mas en esa época, solamente Diego era famoso. Después de pasar muchos años en Europa, Diego Rivera regreso a México en 1921 y este regreso fue el reflejo de temas sociales y revolucionarios que reflejo en pinturas estimulantes.

MEJOREMOS LA COMUNICACIÓN

Para ir de compras en un mercado

Al hablar de comida vegetariana

— Buenos días, señorita. ¿A cuánto están las **alcachofas?**
— A un peso cada una.
— ¿No me da tres a dos cincuenta?
— Está bien, señora.
— ¿A cuánto está el **ajo?**
— A tres por un peso, pero a Ud. le doy cinco.
— Gracias, señorita.

apio	espinaca
berenjena	jitomate, tomate
bróculi, brécol	lechuga
calabacita	pepino
cebolla	pimiento (morrón)
champiñón, hongo	rábano
coliflor	zanahoria
espárragos	

Al hablar de frutas y vegetales mesoamericanos

— Dígame, señorita, ¿qué es eso? Parece **calabaza.**
— No. Es **chilacayote.**

chayote *chayote (a pear shaped, edible fruit of the chayote vine)*
chirimoya *fruit*
corazón de maguey *heart of maguey cactus*
elote *corn on the cob*
epazote *epazote (green leafy plant, the leaves of which are used for flavoring)*
guanábana *soursop (slightly acidic fruit of a West Indian tree)*
guayaba *guava*
jícama *jicama (a large, tuberous root)*
maguey *cactus*
mamey *mammee apple (aromatic, flavorful fruit of the American mamey tree)*
nopal *cactus*
tuna *prickly pear*
zapote *sapodilla plum (a tropical fruit)*

Al regatear

— ¿Es el precio más bajo?
— ¿Es el mejor precio?
— Ay, me parece un poco caro.
— Quisiera comprarlo, pero me parece caro.
— Quisiera llevarmelo, pero primero voy a comparar precios.

¡OJO! Al viajar por países hispanos es importante reconocer que el regateo, es decir el negociar un precio informalmente, es una parte de la cultura diaria y no un juego para que se diviertan los clientes. Se debe regatear sólo y cuando se intenta comprar. El regateo siempre debe ser cortés y razonable; no es apropiado ofrecer precios absurdos. En los mercados es muy común conseguir una rebaja de diez a veinticinco por ciento. En algunos casos se puede conseguir hasta el cincuenta por ciento. Pero en todo caso, es el vendedor quien decide el precio, no el cliente. Lo mejor es simplemente mostrar interés en lo que uno quiere comprar y dejar al vendedor bajar el precio hasta que le sea aceptable al cliente.

Verduras en el mundo hispano

México y Centroamérica	Cono Sur y países andinos	España
aguacate	palta	aguacate
frijol	poroto	judía
ejote	porotos verdes	judías verdes
betabel	remolacha	remolacha
chile	ají	chile
maíz	choclo	maíz
cacahuate	maní	cacahuete
chícharo	arveja	guisante
papa	papa	patata
camote	camote	batata

¡A conversar!

A. Dramatización. Dramatiza la siguiente situación con un(a) compañero(a) de clase. Tú estás de compras en un supermercado cuando te encuentras con un(a) amigo(a) que odia las verduras. Tú tratas de convencerlo(la) de que debe comer más verduras.

B. ¡Regateo! Supón que tienes que hacer las compras en el mercado para una cena vegetariana esta noche. Decide qué es lo que vas a comprar. Luego, en grupos de tres estudiantes, dramaticen la situación: uno hace el papel del cliente, otro del vendedor y el tercero de un observador que va a decirles a los otros dos si hacen sus papeles de una manera lógica y aceptable o si están actuando de una manera exagerada u ofensiva.

C. Extiende tu vocabulario: verde. Para ampliar tu vocabulario, lee cada pregunta que sigue y decide cúal es el significado de "verde" en cada una. Luego, contesta las preguntas. ¿Qué usos de "verde" equivalen a *green* en inglés?

1. ¿Está **verde** esta fruta?
2. ¿Cuál prefieres, chile **verde** o colorado?
3. ¿Está **verde** esta leña o ya puede usarse?
4. ¿Es verdad que estuvieron contando chistes **verdes** toda la noche?
5. ¿Crees que Javier puede hacer la presentación? ¿No está demasiado **verde**?

D. Notas para hispanohablantes: práctica. Completa este diálogo con los objetos directos e indirectos apropiados.

Él: Ay, ¡qué amable! __1__ compraste duraznos. Ya sabes cuánto __2__ gustan.

Ella: Lo siento, corazoncito, pero no son para ti. __3__ __4__ compré a tu madre. Tenemos que llevar__5__ algo cuando la visitemos mañana, ¿no?

Él: Pero puedes dar__6__ uno o dos. Ella no __7__ __8__ va a comer todos.

Ella: Bueno. Si __9__ das un besito y prometes sacar__10__ a cenar esta noche, __11__ pensaré.

DEL PASADO AL PRESENTE

México: tierra de contrastes

El período colonial De 1521 a 1821 México, capital del Virreinato de la Nueva España, como fue llamada la región por los conquistadores, fue una importante colonia del vasto imperio español. Esta región era riquísima, ya que en ella se encontraban grandes minas de oro y plata que fueron explotadas con el trabajo inhumano impuesto a la población indígena. Parte de esas riquezas se usaron en la construcción de impresionantes iglesias, palacios y monumentos. Al final de este período colonial, los criollos (españoles nacidos en América) se levantaron contra el poder de los gachupines (españoles nacidos en España) y por fin consiguieron la independencia de México en 1821.

Benito Juárez

México en el siglo XIX   La independencia no dio a México ni estabilidad política ni mayor desarrollo económico. Al contrario, durante la primera mitad del siglo XIX, las insurrecciones, los golpes de estado y las luchas armadas entre los diferentes bandos políticos se generalizaron. En 1836, México se vio obligado a conceder la independencia a los colonos anglosajones de Texas. Además, después de la desastrosa guerra con EE.UU. de 1846 a 1848, tuvo que ceder la mitad de su territorio a EE.UU. por el Tratado de Guadalupe-Hidalgo. En 1858 fue elegido presidente Benito Juárez, político liberal de origen zapoteca. Durante su gobierno, los franceses invadieron a México y en 1862, el presidente Juárez tuvo que huir de la capital para salvar la presidencia. Diez años después, los franceses fueron derrotados y Benito Juárez regresó triunfante a la Ciudad de México.

El porfiriato   En 1877, el general Porfirio Díaz se proclamó dictador y gobernó durante más de treinta años en una época conocida como el "porfiriato". Durante el porfiriato, México se incorporó al mercado mundial, pero la dictadura perpetró actos de abuso contra el pueblo mexicano por su política que, por un lado, beneficiaba a los negociantes extranjeros y por otro les quitaba las tierras a los campesinos. Empobrecidos, éstos acababan como peones de grandes haciendas. Por eso, el pueblo decía que México era "la madre de los extranjeros" y "la madrastra de los mexicanos". Esta época negra terminó con la Revolución Mexicana en 1910.

Ejército revolucionario

La Revolución Mexicana   El período violento de la Revolución Mexicana, que duró dos décadas, dejó más de un millón de muertos. Casi un diez por ciento de la población cruzó la frontera y se estableció en EE.UU., revitalizando así la presencia mexicana por todo el suroeste de ese país. En 1917 se aprobó una nueva constitución, que aún continúa hoy en día. Uno de los resultados sociales más importantes de la revolución fue la revaloración de las raíces indígenas. Artistas y escritores celebraron en sus obras la cultura mestiza del país. En 1929 se fundó el partido político que hoy lleva el nombre de Partido Revolucionario Institucional (PRI), el cual se mantuvo en el poder hasta fines del siglo XX.

México contemporáneo   Durante la década de los 60 México desarrolló y diversificó su economía a paso acelerado. Pero en las décadas de los 70 y 80, el llamado "milagro" mexicano fue afectado por una prolongada crisis económica que ha reducido el nivel de vida de los mexicanos.

En la actualidad, México es uno de los países más urbanizados del llamado Tercer Mundo. La Ciudad de México, con veintitrés millones de habitantes en la región metropolitana, es una de las ciudades más pobladas del mundo y quizás

Centro Bursátil,
México, D.F.

también la más contaminada. Al comenzar 1994, una rebelión de indígenas en Chiapas cuestionó la política del gobierno hacia los más pobres. En 1997 el partido oficial PRI perdió por primera vez las elecciones a la alcaldía de la Ciudad de México; el ganador de esas elecciones fue Cuauhtémoc Cárdenas, del partido opositor Partido de la Revolución Democrática (PRD). Este triunfo fue enfatizado con la elección, en el año 2000, de Vicente Fox a la presidencia. El nuevo presidente se esfuerza por mantener un diálogo abierto con el pueblo mexicano y al mismo tiempo, refuerza sus lazos económicos y sociales con el gobierno estadounidense. Sin duda, el México del futuro será muy diferente al México actual, pero al mismo tiempo seguirá siendo una tierra que encuentra su fuerza y su identidad en sus raíces.

¡A ver si comprendiste!

A. Hechos y acontecimientos. ¿Recuerdas los datos más importantes de la lectura? Para asegurarte, contesta las siguientes preguntas. Luego, compara tus respuestas con las de un(a) compañero(a).

1. ¿En qué se basaba la riqueza de los españoles en el Virreinato de Nueva España durante el período colonial?
2. ¿Qué territorios perdió México durante el siglo XIX? ¿Cómo los perdió?
3. ¿Quién fue Benito Juárez? ¿Por qué tuvo que huir de la capital?
4. ¿Cuánto tiempo duró el porfiriato? ¿Cuáles fueron algunas características de esa época?
5. ¿Cuánto tiempo duró la Revolución Mexicana? ¿Qué efecto tuvo en la cultura mexicana?
6. ¿Qué es el PRI? ¿Qué importancia ha tenido durante el siglo XX?
7. ¿Cómo es la economía del México contemporáneo? Descríbela.

B. A pensar y analizar. ¿Por qué crees que el título de esta lectura es "México: tierra de contrastes"? ¿Cuáles son esos contrastes? Con un(a) compañero(a), preparen una lista de todos los contrastes a lo largo de la historia de México y preséntensela a la clase.

C. Redacción colaborativa. En grupos de dos o tres, escriban una composición colaborativa de una a una página a una página y media sobre el tema que sigue. Sigan el proceso de escribir colaborativamente que aprendieron en la **Redacción colaborativa** de la *Unidad 1, Lección 1*: escriban primero una lista de ideas, organícenlas en un primer borrador, revisen las ideas, escriban un segundo borrador, revisen la acentuación y ortografía y escriban la versión final.

Uno de los resultados sociales más importantes de la revolución mexicana fue la revaloración de las raíces indígenas. Sin embargo, todavía en el siglo XXI los indígenas siguen cuestionando la política del gobierno hacia los más pobres. ¿Por qué será que después de tanto tiempo, México parece no preocuparse por su gente más necesitada, los indígenas? ¿Cómo ha cuidado EE.UU. a sus indígenas? ¿Llevan una vida mejor que la de los indígenas mexicanos? Expliquen su respuesta.

Cuaderno de actividades

Selecciona un símbolo y nombre náhuatl y escribe una breve descripción de las cualidades de ese símbolo en la composición de la *Unidad 2, Lección 2* en el *Cuaderno de actividades*.

Variantes coloquiales: lengua campesina

En cada región del mundo hispano existen formas de lenguaje antiguo o "arcaísmos" que son poco usados en el español moderno. Estos arcaísmos tienen su origen en el habla española de los siglos XVI y XVII, o sea en el habla del Siglo de Oro. Por ejemplo, en muchas zonas rurales de México y en el suroeste de EE.UU., se oyen muchas de estas palabras que antiguamente eran comunes pero, como la lengua es algo vivo que cambia constantemente, hoy se han dejado de usar en las grandes metrópolis. Las siguientes palabras son parte de esta lengua arcaica que aún continúa viva:

Arcaísmo	Norma contemporánea
ansina	así
creiba	creía
haiga	haya
mesmo	mismo
muncho	mucho
naiden	nadie
semos	somos
traiba	traía
truje	traje
vide	vi

A entender y respetar

Los de abajo. Las siguientes oraciones fueron tomadas de la famosa novela titulada *Los de abajo,* escrita por el novelista mexicano Mariano Azuela (1873–1952). Esta obra es considerada la primera gran novela de la Revolución Mexicana. Identifica todas las palabras arcaicas que difieren del español formal. Luego, en hoja aparte, reescribe las oraciones usando las palabras de la lengua contemporánea más formal.

> **Modelo** ¿Y pa qué jirvió la agua?
> **¿Y para qué hirvió el agua?**

1. ¡Ande, pos si yo creiba que el aguardiente no más pal cólico era güeno!
2. ¿De moo es que usté iba a ser dotor?
3. Pos la mera verdá, yo le traiba al siñor estas sustancias...
4. Lo que es pa mí naiden es más hombre que otro...
5. Pa peliar, lo que uno necesita es tantita vergüenza.

◐ *y ahora, ¡a leer!*

Anticipando la lectura. Haz estas actividades para ver qué papel tiene el periódico en tu vida.

1. ¿Acostumbras a leer un diario todos los días? ¿Cuál(es) lees? ¿A qué hora acostumbras a leer el periódico, por la mañana o por la tarde? Si no lees un periódico, ¿cómo te informas de las noticias?
2. ¿Qué secciones del periódico te gustan más? ¿Por qué? ¿Hay algunas secciones que en tu opinión deberían eliminarse del periódico? ¿Cuáles? ¿Por qué?
3. Lee el título de esta lectura y estudia el dibujo. Luego, escribe en unas tres o cuatro oraciones lo que piensas que va a pasar en la lectura. Compara lo que escribiste con lo de dos compañeros(as) de clase.
4. Muchas cosas pueden pasar mientras una persona lee el periódico. Usa tu imaginación y saca una lista de todo lo raro, peligroso o fantástico que te podría pasar al leer el periódico. Compara tu lista con la de dos compañeros(as) de clase.

Conozcamos al autor

Guillermo Samperio nació en 1948 en la Ciudad de México, donde se educó y ha vivido toda su vida. La realidad urbana que se confronta todos los días en la gran metrópolis ha sido el tema de la mayoría de sus cuentos, muchos de ellos llenos de humor. Ha publicado varios libros, todos de cuentos. Tres de los que más se destacan son *Tomando vuelo y demás cuentos* (1975), con el que ganó el premio Casa de las Américas, *Textos extraños* (1981), de donde viene el cuento "Tiempo libre", y *Anteojos para la abstracción* (1994).

El cuento "Tiempo libre" es una fantasía en la cual leer el periódico, una experiencia ordinaria y rutinaria, se transforma en algo peligroso y fatal.

Tiempo libre

Todas las mañanas compro el periódico y todas las mañanas, al leerlo, me mancho los dedos con tinta. Nunca me ha importado ensuciármelos con tal de estar al día en las noticias. Pero esta mañana sentí un gran malestar apenas toqué el periódico. Creí que solamente se trataba de uno de
5   mis acostumbrados mareos. Pagué el importe del diario y regresé a mi casa. Mi esposa había salido de compras. Me acomodé en mi sillón favorito, encendí un cigarro y me puse a leer la primera página. Luego de enterarme de que un jet se había desplomado,° volví a sentirme mal; vi mis dedos y los encontré   caído del cielo
    más tiznados que de costumbre. Con un dolor de cabeza terrible, fui al baño,
10   me lavé las manos con toda calma y, ya tranquilo, regresé al sillón. Cuando iba a tomar mi cigarro, descubrí que una mancha negra cubría mis dedos. De inmediato retorné al baño, me tallé con zacate, piedra pómez° y, finalmente,   **piedra...** roca volcánica
    me lavé con blanqueador; pero el intento fue inútil, porque la mancha creció y me invadió hasta los codos. Ahora, más preocupado que molesto, llamé al
15   doctor y me recomendó que lo mejor era que tomara unas vacaciones, o que durmiera. En el momento en que hablaba por teléfono, me di cuenta de que, en realidad, no se trataba de una mancha, sino de un número infinito de letras pequeñísimas, apeñuzcadas,° como una inquieta multitud de hormigas negras.   agrupadas
    Después, llamé a las oficinas del periódico para elevar mi más rotunda
20   protesta; me contestó una voz de mujer, que solamente me insultó y me trató de loco. Cuando colgué, las letritas habían avanzado ya hasta mi cintura. Asustado, corrí hacia la puerta de entrada; pero, antes de poder abrirla, me flaquearon las piernas y caí estrepitosamente.° Tirado bocarriba descubrí que,   con mucho ruido
    además de la gran cantidad de letrashormiga que ahora ocupaban todo mi
25   cuerpo, había una que otra fotografía. Así estuve durante varias horas hasta que escuché que abrían la puerta. Me costó trabajo hilar° la idea, pero al fin   conectar
    pensé que había llegado mi salvación. Entró mi esposa, me levantó del suelo, me cargó bajo el brazo, se acomodó en mi sillón favorito, me hojeó des-preocupadamente y se puso a leer.

"Tiempo libre" de *Textos extraños* (1981).

¿Comprendiste la lectura?

A. Hechos y acontecimientos. ¿Recuerdas los datos más importantes de la lectura? Para asegurarte, contesta las siguientes preguntas.

1. ¿Dónde ha vivido toda su vida Guillermo Samperio? ¿Qué importancia tiene este hecho en su obra literaria?
2. ¿Por qué se titula el cuento "Tiempo libre"? ¿Escogerías otro título para el cuento? ¿Cuál?
3. ¿Qué papel tiene en el cuento el periódico que el protagonista lleva a su casa?
4. ¿Qué fue lo primero que pensó el protagonista al ver la mancha que le cubría los dedos?
5. ¿Por qué crees que primero llamó al doctor y después a las oficinas del periódico? ¿Cuál fue el resultado de las dos llamadas?
6. ¿Por qué corrió el protagonista hacia la puerta de entrada e intentó abrirla?
7. ¿Qué hizo su esposa al entrar a la casa?
8. ¿En qué se convirtió el protagonista cuando no pudo abrir la puerta de su casa?

B. A pensar y a analizar. En grupos de tres o cuatro, contesten las siguientes preguntas. Luego, compartan sus respuestas con la clase.

1. ¿Les parece que este cuento tiene algo que ver con una pesadilla? ¿Por qué?
2. ¿Por qué se puede decir que es un cuento lleno de fantasía? Nombren otros cuentos o películas en que la realidad podría convertirse en fantasía.
3. Describan al narrador de este cuento. ¿Se narra en primera, segunda o tercera persona?
4. ¿Qué opinan del final del cuento? ¿Les sorprendió? ¿Por qué? ¿Cómo pensaban Uds. que iba a terminar?

C. Teatro para ser leído. En grupos de cuatro, preparen una lectura dramática del cuento "Tiempo libre". Dos personas pueden narrar mientras la tercera hace el papel de protagonista y la cuarta el de la esposa del protagonista.

1. Escriban lo que ocurre en el cuento "Tiempo libre" usando diálogos solamente.
2. Añadan un poco de narración para mantener transiciones lógicas entre los diálogos.
3. Preparen cinco copias del guión: una para el actor (la actriz) que hace el papel del protagonista, una para el actor (la actriz) que hace el papel de la esposa, una para cada narrador(a) y una para el (la) profesor(a), que tendrá el papel de director(a).
4. ¡Preséntenlo!

Introducción al análisis literario
La transformación

En "Tiempo libre" el autor utiliza la técnica de la **transformación** que, como una varita mágica, le permite convertir una realidad ordinaria y normal en otra fantástica. En este cuento, el narrador comienza hablando de su inocente rutina diaria que describe con muchos detalles: todas las mañanas compra el periódico, lo lee, etcétera. Luego el señor, aparentemente normal, pasa por una serie de transformaciones graduales tales como "un gran malestar" y "un dolor de cabeza terrible" que lo llevan a convertirse al final en un periódico que su esposa abre, hojea y lee.

A. La transformación. ¿Cuáles son otros ejemplos en el cuento "Tiempo libre" de la rutina diaria del narrador y de las transformaciones graduales que ocurrieron? Con un(a) compañero(a), preparen dos listas: una de la rutina diaria y otra de las transformaciones. ¿Qué relación existe en este cuento entre la vida y la falta de actividad física?

B. De lo real a la fantasía. Escribe una pequeña historia de transformación de lo normal a lo fantástico. Primero, describe tu rutina diaria. Luego, sigue uno de estos escenarios.

1. Añade palabras, acciones o acontecimientos a tu cuento que indiquen cambios negativos. Al final, ya estarás convertido(a) en Drácula, Godzila, un insecto o tu monstruo favorito.
2. Añade palabras, acciones o acontecimientos a tu cuento que indiquen cambios positivos. Al final, ya estarás convertido(a) en Superhombre (Supermujer) u otra persona real o imaginaria, en un animal o en un vegetal que te guste muchísimo.

¡LUCES! ¡CÁMARA! ¡ACCIÓN!
Carlos Fuentes y la vitalidad cultural

A fines del siglo pasado el escritor mexicano Carlos Fuentes completó una serie de cinco programas para la televisión. La serie se llamó *El espejo enterrado: Reflexiones sobre España y el Nuevo Mundo*. Esta selección viene del quinto y último programa de la serie, "Las tres hispanidades".

El fragmento presenta a Carlos Fuentes dentro del Palacio de Bellas Artes de la Ciudad de México. Se levanta el famoso telón de cristal, creado por la Casa Tiffany en 1910, que ilustra a los imponentes volcanes Popocatépetl e Iztaccíhuatl. Allí, Fuentes muestra cómo se puede experimentar y apreciar la realidad multicultural del mundo hispánico —lo que ha sido y lo que es.

Antes de empezar el video

Contesten las siguientes preguntas en parejas.

1. ¿Qué es "cultura"? ¿Existe una cultura general? ¿Somos todos productos de una cultura particular? Piensen en su propia cultura y traten de definir "cultura" en unas dos o tres oraciones.
2. ¿De qué ascendencia son Uds.? ¿A cuántas razas o culturas diferentes pertenecen? ¿Cómo lo pueden determinar? ¿Afecta esto su modo de ver el mundo?

¡A ver si comprendiste!

A. Carlos Fuentes y la vitalidad cultural. Contesta las siguientes preguntas con un(a) compañero(a) de clase.

1. ¿Qué semejanza entre la Ciudad de México y Roma señala Carlos Fuentes?
2. ¿Qué continuidad encuentra Fuentes en el arte, la literatura, la música y la representación teatral?
3. Según Fuentes, ¿qué razas o gentes distintas han contribuido a la identidad de los hispanos?
4. ¿Cómo define Fuentes "cultura"? Nombren por lo menos seis distintos aspectos de "cultura" que él menciona.

B. A pensar y a interpretar. Contesten las siguientes preguntas en parejas.

1. ¿Qué comparación se puede hacer entre el Palacio de Bellas Artes y la realidad multicultural del mundo hispano?
2. ¿Cómo se compara la definición de "cultura" de Carlos Fuentes con la que sacaron tú y tu compañero(a)? ¿En qué consistió la definición de Fuentes, en sustantivos o verbos? ¿Y la de Uds.?
3. ¿Con qué ojos mira al mundo Rufino Tamayo? ¿Con qué ojos lo mira Frida Kahlo? ¿Con qué ojos lo miran Uds.? Expliquen.

EXPLOREMOS EL CIBERESPACIO

Explora distintos aspectos del mundo mexicano en las **Actividades para la Red** que corresponden a esta lección. Ve primero a **http://college.hmco.com** en la red, y de ahí a la página de *Mundo 21.*

LECCIÓN 3
Puerto Rico y la República Dominicana

Nombre oficial: *Estado Libre Asociado de Puerto Rico*

Población: *3.885.877 (estimación de 2003) (3.406.178 más en EE.UU. continental)*

Principales ciudades: *San Juan (capital), Bayamón, Carolina, Ponce*

Moneda: *Dólar estadounidense (US$)*

Rosario Ferré, escritora puertorriqueña, nació en Ponce, Puerto Rico. Dirigió la revista *Zona de carga y descarga* de 1972 a 1974. Actualmente es profesora de la Universidad de Puerto Rico y directora del periódico *Estrella de San Juan.* En 1976 obtuvo un premio del Ateneo Puertorriqueño por sus cuentos, los cuales aparecieron en el volumen *Papeles de Pandora* (1976). Su obra literaria incluye los libros *El medio pollito* (1976), *La muñeca menor* (1979), *Los cuentos de Juan Bobo* (1981) y *Fábulas de la garza desangrada* (1982). Ha publicado varios libros en inglés, entre ellos *The House on the Lagoon* (1995) y *Eccentric Neighborhoods* (1998). Sus artículos sobre escritoras del pasado y presente y sobre la mujer en la sociedad contemporánea fueron reunidos en su libro *Sitio a Eros* (1980). Sus libros *A la sombra de tu nombre* (2001) y *Flight of the Swan* (2001), también continúan con su interés en temas sobre la mujer. Sus obras más recientes incluyen *Language Duel/Duelo del lenguaje* (2002) y *Maldito amor* (2003).

Ricky Martin, cantante y actor puertorriqueño nacido en San Juan, es uno de los más cotizados mundialmente. En la infancia sufrió la pena de la separación poco amistosa de sus padres, la cual le causó repercusiones dolorosas durante su adolescencia. A la temprana edad de diez años se incorporó al grupo *Menudo*, con el cual estuvo hasta cumplir los diecisiete años. Fue entonces cuando, acosado por dudas de tipo profesional y problemas familiares, decidió dejar su exitosa carrera para reflexionar sobre su vida personal. Durante esa época comprendió la importancia de ser fuerte espiritualmente. En 1993 regresó a la actuación, primero en México y luego se mudó a Hollywood, donde fue un importante personaje en la telenovela *General Hospital*. En 1996, se apuntó otro triunfo en Nueva York en *Les Misérables* y lanzó el álbum *Vuelve,* del que se vendieron más de seis millones de ejemplares. Con la canción *La vida loca* (1999), Martin alcanzó el auge de una carrera que continúa en ascenso. Incansable trotamundos, sus conciertos por todo el planeta siguen aumentando su popularidad. Su último éxito se titula *Almas del silencio* (2003).

Otros puertorriqueños sobresalientes

Tomás Blanco (1900–1975): ensayista, novelista, cuentista ● **Julia de Burgos (Julia Constancia Burgos García) (1914–1953):** poeta, periodista y maestra de escuela ● **Miriam Colón:** actriz ● **Idalis de Léon:** modelo, cantante y actriz ● **Justino Díaz:** cantante de ópera ● **José González:** músico y compositor ● **José Luis González:** cuentista ● **Víctor Hernández Cruz:** poeta ● **René Marqués (1919–1973):** novelista y dramaturgo ● **Ana Lydia Vega:** novelista y cuentista

Nombre oficial: *la República Dominicana*

Población: *8.715.602 (estimación de 2003)*

Principales ciudades: *Santo Domingo (capital), Santiago de los Caballeros, La Romana*

Moneda: *Peso (RD$)*

Juan Luis Guerra

Juan Luis Guerra nació el 6 de julio de 1956 en el seno de una familia amante de la música popular y clásica. Es un compositor con alma de poeta y con un gran sentido rítmico tropical que ha alcanzado éxito internacional. Con su primer disco, *Soplando,* también conocido como *El Original 4.40* (1984), mostró que era un verdadero creador musical. Con su conjunto, llamado simplemente 4.40, este compositor e intérprete de melodiosos merengues, ha causado sensación en el Caribe, Latinoamérica, EE.UU. y España. En sus grabaciones *Bachata Rosa* (1990), *Ojalá que llueva café* (1990), *Fogaraté* (1994) y *Ni es lo mismo ni es igual* (1998), enlaza los ritmos del merengue caribeño con letras intensamente poéticas que tienen un mensaje social. Dice Juan Luis Guerra de su música, "es un merengue para los pies y para la cabeza". Su propia gente le ha dado el título de embajador dominicano ante el mundo, porque todo dominicano se siente reflejado en sus canciones y su música. Guerra es muy generoso y ayuda a los pobres y a los enfermos a través de la Fundación 4.40 que dirige con su amigo de juventud, Herbert Stern. Su última producción, *Colección romántica* (2001), ha sido acogida con el entusiasmo de siempre.

Samuel Peralta ("Sammy") Sosa

Samuel Peralta ("Sammy") Sosa nació en 1968 en el pueblo de San Pedro de Macorís en la República Dominicana. Allí vivió hasta 1985 cuando fue descubierto por un representante de los *Texas Rangers.* En 1989 empezó a jugar en las ligas mayores y en 1992 fue contratado por los *Chicago Cubs,* donde ha tenido una meteórica subida. En 1998 fue uno de los beisbolistas más comentados del año debido a una amistosa lucha por el primer puesto en jonrones con Mark McGwire. Ese mismo año también fue nombrado el jugador más valioso del año de la Liga Nacional. Cuando el huracán Georges devastó la República Dominicana en 1998, Sosa regresó a su querida isla para ayudar a su gente con una generosa donación de diez millones de dólares. También estableció una fundación que se dedica a obtener fondos para niños desamparados en los alrededores de Chicago y en la República Dominicana. Desde 1999 a 2001 ha vuelto a repetir su increíble récord de sesenta y dos jonrones.

Otros dominicanos sobresalientes

Ada Balcácer: escultora y pintora • **Juan Bosch:** político, novelista, historiador y cuentista • **José Cestero:** pintor • **Charytín:** cantante y animadora • **Óscar de la Renta:** diseñador de ropa y perfumista • **Pedro Henríquez Ureña** (1884–1946): catedrático, poeta, filólogo, crítico e historiador • **Héctor Incháustegui Cabral** (1912–1979): dramaturgo, poeta, diplomático y catedrático • **Clara Ledesma:** pintora • **Orlando Menicucci:** pintor • **Isabella Wall:** actriz

Personalidades del Mundo 21

A. Gente que conozco. Contesta las siguientes preguntas con un(a) compañero(a). Luego, compartan sus respuestas con el resto de la clase.

1. ¿Por qué creen Uds. que a Juan Luis Guerra se le ha dado el título de "embajador dominicano ante el mundo"? ¿Creen que a Ricky Martin se le podría dar el título de "embajador puertorriqueño ante el mundo"? ¿Por qué sí o por qué no?

2. ¿Qué tipo de artículos coleccionó Rosario Ferré en el libro *Sitio a Eros*? Teniendo presente su interés en temas sobre la mujer, en su opinión ¿cuál será el tema de la última novela de Rosario Ferré, *Flight of the Swan*?

3. ¿Por qué es reconocido Sammy Sosa? En la opinión de Uds., ¿qué motiva a Sosa a obtener fondos para niños desamparados y a hacer donaciones a su país?

B. Diario. En tu diario, escribe por lo menos media página expresando tus pensamientos sobre uno de estos temas.

1. Ricky Martin decidió dejar su exitosa carrera por un año para reflexionar sobre su vida personal y para comprender la importancia de ser fuerte espiritualmente. Si tú pudieras dedicar un largo período de tiempo para reflexionar sobre tu vida personal, ¿a qué conclusiones crees que llegarías? ¿Es el ser fuerte espiritualmente importante para ti? ¿Por qué sí o por qué no?

2. A Juan Luis Guerra se le ha dado el título de embajador dominicano ante el mundo. ¿Qué podrías hacer tú para ser nombrado(a) "Embajador(a) de tu ciudad ante todo el país"? ¿Qué responsabilidades crees que tendrías si llevaras ese título?

PRONUNCIACIÓN Y ORTOGRAFÍA

Cuaderno de actividades

Puedes practicar más con los distintos sonidos y deletreos de la **c** en las secciones de **Pronunciación y ortografía** y el **Dictado** de la *Unidad 2, Lección 3* en el *Cuaderno de actividades.*

Letras problemáticas: la *c*

La **c** en combinación con la **e** y la **i** tiene el sonido /s/. Frente a las vocales **a**, **o** y **u** tiene el sonido /k/. Observa esta relación entre los sonidos de la letra **c** y el deletreo al escuchar a tu profesor(a) leer estas palabras.

/k/	/s/
catastrófica	ceder
constitución	civil
cuentos	civilización
electrónico	enriquecerse
gigantesco	exportación
vocalista	reconocido

¡A practicar!

A. Sonidos de la letra *c*. Escucha mientras tu profesor(a) lee varias palabras. Marca con un círculo el sonido que oyes en cada una. Cada palabra se leerá dos veces.

1. /k/   /s/
2. /k/   /s/
3. /k/   /s/
4. /k/   /s/
5. /k/   /s/
6. /k/   /s/
7. /k/   /s/
8. /k/   /s/
9. /k/   /s/
10. /k/   /s/

B. Deletreo con la letra *c*. Ahora, escucha mientras tu profesor(a) lee las siguientes palabras. Escribe las letras que faltan en cada una. Cada palabra se leerá dos veces.

1. e s _ _ n a r i o
2. a s o _ _ a d o
3. _ _ l o n o
4. d e n o m i n a _ _ ó n
5. g i g a n t e s _ _
6. _ _ ñ a
7. p r e s e n _ _ a
8. a _ _ l e r a d o
9. p e t r o q u í m i _ _
10. f a r m a _ _ u t i _ _

C. ¡Ay, qué torpe! Por mucho que esta jovencita hispanohablante trata de no olvidar poner acentos escritos donde sean necesarios, siempre se le pasan unos cuantos. Encuentra los que se le pasaron en este parrafito y pónselos. Hay diez errores en total.

La próxima vez que estés en un circulo de amigos discutiendo la devastacion catastrofica causada por el último huracan en el Caribe, menciona que en la nacion de Sammy Sosa, la República Dominicana, la mayor fuente de ingresos no se basa en los productos electronicos, petroquimicos ni farmaceuticos sino en la estratégica exportacion de fantasticos jugadores de béisbol. La mayoría de ellos provienen del pueblo de San Pedro de Macorís donde parece que cada chico descalzo tiene o una gorra de béisbol, o bate o guante y pelota.

MEJOREMOS LA COMUNICACIÓN

Para hablar de deportes de verano

Al hablar de un partido de béisbol

— ¿Fuiste al **partido de béisbol ayer?**

— No pude. Como te dije por teléfono, tuve que acompañar a mi abuelito al mercado.

— Tengo que decirte que te perdiste un **juego** fantástico. Nuestro **equipo** mantuvo el suspenso. Va a ser fenomenal esta **temporada. Derrotaron** a los Cardenales seis a dos.

— ¿Qué te pareció la **jugada** de Ramírez en el tercer inning? Fue fabulosa, ¿no?

— Sí. Sin duda es el mejor **lanzador** de la **liga.**

Al hablar de distintas jugadas

— Ese Sosa de veras que sabe **batear** la **pelota.**

— Sí. Cada vez que levanta el **bate** es otro **jonrón.**

deslizarse	lanzar la pelota
hacer golpes ilegales	tirar la pelota
hacer un cuadrangular/jonrón	volarse (ue) la cerca
hacer un jit/batazo	

el jardinero, el guardabosque

el jardinero corto

el jugador de segunda base

el jugador de tercera base

el jugador de primera base

el lanzador

el bateador designado

el relevista

el receptor

el árbitro

Al hablar de los deportes de verano

— ¿Te gustan los **deportes**?

— No tanto. El verano pasado **practiqué natación** y **jugué** un poco de **vólibol**.

atletismo	golf
baloncesto, básquetbol	lucha libre
béisbol de pelota blanda	tenis
ciclismo	tiro al arco
gimnasia	

bucear con tubo de respiración	hacer windsurf
hacer surf	practicar el deporte de tablavela
practicar el deporte de la tabla	montar a caballo
hawaiana	navegar
	pescar

¡A conversar!

A. Aficionados al béisbol. Identifiquen a los aficionados al béisbol de la clase y pídanles que pasen al frente de la clase. Luego todos deben turnarse para hacerles preguntas acerca del béisbol. Pregúntenles, por ejemplo:

¿Cuál fue tu equipo (bateador/lanzador/receptor/guardabosque/jardinero corto) favorito este año? ¿Por qué? ¿Quién tuvo el mejor récord de jonrones? ¿Qué países produjeron los mejores beisbolistas?¿Cómo mantuvo Sosa el suspenso durante el año cuando bateó sus famosos jonrones? ¿Cuántos beisbolistas hispanos y sus respectivos equipos puedes nombrar? ¿Cuántos beisbolistas hispanos de la República Dominicana puedes nombrar?

B. Dramatización. Dramatiza la siguiente situación con tres compañeros(as) de clase. Tú y tres amigos(as) están de vacaciones de primavera en el famoso Balneario Bávaro en Punta Cana, República Dominicana. Están tratando de decidir qué van a hacer hoy. Antes de seleccionar la actividad del día, mencionen las varias actividades que ofrece el balneario y las que Uds. ya han hecho.

C. Extiende tu vocabulario: jugar. Para ampliar tu vocabulario, combina las expresiones de la primera columna con las definiciones de la segunda columna. Luego, escribe una oración original con cada expresión. Compara tus oraciones con las de dos compañeros(as) de clase. ¿Cuál es el significado de estas palabras en inglés, y cómo se relacionan a *play* en inglés?

_____ 1. hacer juego		a.	arriesgar
_____ 2. jugar la espada		b.	ser justo e imparcial
_____ 3. jugar limpio		c.	mala jugada, trampa
_____ 4. jugarreta		d.	manejar un arma
_____ 5. jugarse la vida		e.	combinar bien

D. Notas para hispanohablantes: práctica. Un alumno en la clase preparó estas preguntas como tarea. Ahora tu profesor(a) quiere que las corrijas, si es necesario, y se las hagas a un(a) compañero(a) de la clase.

> **Modelo** ¿Fuites al partido de béisbol el sábado pasado?
> **¿Fuiste al partido de béisbol el sábado pasado?**

1. ¿Pudites ver tu equipo favorito?
2. ¿Hubieron mucha gente en el partido?
3. ¿Cuántos jonrones hicieron tu equipo favorito?
4. ¿Estuvites contento(a) después del partido?
5. ¿Supites dónde pusites las llaves de tu coche?

DEL PASADO AL PRESENTE

Puerto Rico: entre varios horizontes

La colonia española En Puerto Rico, como en las otras Antillas Mayores, la mayoría de los indígenas fueron exterminados en muy poco tiempo después de la llegada de los españoles. Para mediados del siglo XVI la salida de la población hispana hacia las minas de Perú casi despobló toda la isla. No obstante, continuaron suficientes colonos para que sobreviviera la colonia. A partir de entonces, la economía de la isla se basó en la agricultura y el trabajo de los esclavos africanos. Más aún, la isla fue convertida en un bastión militar: la capital fue fortificada con gigantescas murallas y fortalezas, como el castillo de San Felipe del Morro, que servía para defender la ciudad de piratas y armadas enemigas. En 1595 el pirata inglés Sir Francis Drake intentó tomar por asalto la ciudad de San Juan, pero fracasó. Desde entonces hasta finales del siglo XIX, Puerto Rico sería una de las posesiones americanas más importantes de España por su situación militar estratégica.

El Castillo de San Felipe del Morro

La Guerra Hispano-Estadounidense de 1898

Como resultado de la guerra contra España de 1898, EE.UU. tomó posesión de toda la isla sin mucha resistencia. Ese año la isla de Puerto Rico cambió de dueño, pero la cultura que se había formado allí por cuatro siglos permaneció intacta. A diferencia de Cuba, donde hubo oposición política y militar a la presencia de EE.UU., en Puerto Rico no se generó fuerte oposición. Hubo algunos que lucharon a favor de la independencia política, pero éstos fueron una minoría.

Cultivo de la caña de azúcar

La caña de azúcar Tras la guerra de 1898, el café dejó de ser el producto principal y fue sustituido por la caña de azúcar. En la isla aparecieron grandes centrales azucareras donde se empleaba la fuerza laboral. En 1917, el Congreso de EE.UU. pasó la Ley Jones que declaró a todos los residentes de la isla ciudadanos estadounidenses.

Después de la depresión de la década de los 30 y de la Segunda Guerra Mundial, la economía de la isla se encontraba en crisis y problemas políticos hicieron que EE.UU. cambiara su política hacia el territorio y que le otorgara más autonomía a los puertorriqueños.

Estado Libre Asociado de EE.UU. En 1952 la inmensa mayoría de los puertorriqueños aprobaron una nueva constitución que garantizaba un gobierno autónomo, el cual se llamó Estado Libre Asociado (ELA) de Puerto Rico. El principal promotor de esta nueva relación fue también el primer gobernador elegido por los puertorriqueños, Luis Muñoz Marín.

Bajo el ELA, los residentes de la isla votan por su gobernador y sus legisladores estatales y, a su vez, mandan un comisionado a Washington, D.C., para que los represente. La situación política de la isla se ha ido acercando más y más a la de un estado de EE.UU. Pero a diferencia de un estado de EE.UU., los residentes de Puerto Rico no tienen congresistas en el congreso federal, ni pueden votar en las elecciones para presidente. Claro está, tampoco tienen que pagar impuestos federales. La gobernadora de Puerto Rico, Sila Calderón, comentó en 2002 que los puertorriqueños se sienten orgullosos de sus lazos con EE.UU. pero continúan valorando sus raíces culturales y, al mismo tiempo, buscan afiliarse a la comunidad caribeña en la cual esperan tener un papel político de importancia.

Compañía farmacéutica

La industrialización de la isla de Puerto Rico Mientras ocurrían estos cambios políticos, la economía de la isla pasó por un acelerado proceso de industrialización. Puerto Rico pasó de una economía agrícola a una industrial en unas pocas décadas. La industrialización de Puerto Rico se inició con la industria textil y más recientemente incluye también la farmacéutica, la petroquímica y la electrónica. Esto ha hecho de Boriquén uno de los territorios más ricos de Latinoamérica —y de San Juan, un verdadero "puerto rico".

¡A ver si comprendiste!

A. Hechos y acontecimientos. ¿Recuerdas los datos más importantes de la lectura? Para asegurarte, completa las siguientes oraciones.

1. A mediados del siglo XVI, lo que casi despobló Puerto Rico fue...
2. A fines del siglo XVI, la economía de Puerto Rico se basaba en...
3. El Castillo de San Felipe del Morro servía para...
4. En 1898, a diferencia de Cuba, en Puerto Rico no...
5. El producto agrícola que sustituyó al café en Puerto Rico después de la Guerra Hispano-Estadounidense de 1898 fue...
6. La ley que declaró a todos los residentes de Puerto Rico ciudadanos de EE.UU. se llama... Se aprobó en...
7. En 1952, los puertorriqueños lograron aprobar...
8. Como residentes de un Estado Libre Asociado, los puertorriqueños...
9. En el siglo XX, la agricultura fue reemplazada como base de la economía de Puerto Rico por...

B. A pensar y a analizar. En grupos de tres, expliquen cómo dos islas caribeñas, Puerto Rico y Cuba, acabaron en campos políticos totalmente opuestos: los puertorriqueños llegaron a ser ciudadanos estadounidenses y los cubanos, los principales enemigos de EE.UU.

Cuaderno de actividades

Escribe argumentos a favor y en contra de cada una de las tres alternativas que tiene Puerto Rico para su futuro político en la composición de la *Unidad 2, Lección 3* en el *Cuaderno de actividades.*

C. Redacción colaborativa. En grupos de dos o tres, escriban una composición colaborativa de una página a una página y media sobre el tema que sigue. Sigan el proceso de escribir colaborativamente que aprendieron en ¡A ver si comprendiste! de la *Unidad 1, Lección 1:* escriban una lista de ideas, organícenlas en un primer borrador, revisen las ideas, escriban un segundo borrador, revisen la acentuación y ortografía, escriban la versión final.

Sila Calderón, gobernadora de Puerto Rico (2001–2004), comentó que los puertorriqueños se sienten orgullosos de sus lazos con EE.UU. Sin embargo, continúan valorando sus raíces culturales hispanas y, al mismo tiempo, buscan afiliarse a la comunidad caribeña en la cual esperan tener un papel político de importancia. Creen Uds. que éstas son algunas razones por las cuales los puertorriqueños se han opuesto a ser el estado número cincuenta y uno de EE.UU.? ¿Habrá otras razones? Expliquen su respuesta.

La República Dominicana: la cuna de América

Invasores ingleses y franceses   Desde la llegada de Cristóbal Colón en 1492, la isla de La Española fue un lugar deseado por diferentes potencias europeas. Por esta razón sufrió frecuentes asaltos, como el del bucanero Francis Drake, quien en 1586 saqueó la ciudad de Santo Domingo. En 1655, una expedición inglesa fue derrotada en La Española, pero logró tomar control de Jamaica. Ocupada la isla por piratas franceses, en 1697 el Tratado de Ryswick entregó la tercera parte occidental de la isla a Francia, que le dio el nuevo nombre de Saint Domingue. Los nuevos dueños transformaron su territorio en uno de los dominios más ricos con la explotación brutal y los trabajos forzados de esclavos africanos. Entre 1795 y 1809 La Española entera fue cedida a Francia por España y toda la isla recibió el nombre de Haití.

Explotación de esclavos
africanos en La Española

La independencia   Bajo la dirección del militar haitiano Toussaint Louverture, la isla entera de Haití consiguió su independencia de Francia en 1804 después de una sangrienta guerra. Toda la isla quedó bajo el control haitiano hasta 1844. Para resistir la dominación haitiana, el patriota dominicano Juan Pedro Duarte, llamado el "padre de la patria", fundó "la Trinitaria", una sociedad secreta que organizó una revolución contra los haitianos. El 27 de febrero de 1844 se logró la independencia de la parte oriental de la isla y así se estableció la República Dominicana.

Durante los primeros años de la independencia, dos generales, Buenaventura Báez y Pedro Santana, dominaron el escenario político. Santana fue presidente de la república cuatro veces, alternando la presidencia con su colaborador Buenaventura Báez. En 1861, Santana consiguió la incorporación de la república como provincia de España y se hizo gobernador del país hasta su muerte en 1864. El año siguiente España abandonó la provincia dominicana, dejándola en un estado de caos económico y político.

La dictadura de Trujillo   A finales del siglo XIX y a principios del XX, la República Dominicana se encontraba en una situación económica y política catastrófica. Entre 1916 y 1924 se produjo una ocupación militar por parte de EE.UU. que controló la importación y exportación de productos hasta 1941. Por un lado, la ocupación tuvo algunos buenos resultados; por otro lado, EE.UU. estableció el ejército que ayudaría a la consolidación de la dictadura de Rafael Leónidas Trujillo. Este dictador tomó el poder en 1930 tras un golpe de estado y dominó la república durante más de tres décadas, hasta su asesinato en 1961. Bajo Trujillo, la ciudad de Santo Domingo cambió de nombre a Ciudad Trujillo. No recuperó su antiguo nombre sino hasta después de desaparecer Trujillo.

Rafael Leónidas Trujillo

La realidad actual   El estado caótico que siguió al asesinato de Trujillo resultó en otra ocupación militar por EE.UU. en 1965, para proteger a los ciudadanos estadounidenses y sus propiedades. Esta vez, sin embargo, fuerzas internacionales, bajo los auspicios de la Organización de Estados Americanos (OEA), sustituyeron en seguida a las fuerzas norteamericanas.

En 1966 se efectuaron elecciones libres que fueron ganadas por Joaquín Balaguer. Este político, antiguo vicepresidente de Trujillo, dominó la vida política dominicana hasta 1996. Con la excepción de las elecciones de 1978 y de 1982, Balaguer fue elegido presidente siete veces en elecciones supuestamente "democráticas". Salvador Jorge Blanco ganó las elecciones de 1982. Trató de continuar los programas de Balaguer: reforma agraria, desarrollo de justicia social y modernización. Desafortunadamente, una recesión mundial —causada por aumentos del costo del petróleo—

afectó gravemente la economía de la República Dominicana y forzó a miles de dominicanos a abandonar la isla en busca de una vida mejor en EE.UU. En esa década, más de 250.000 entraron en EE.UU. legalmente.

En la década de 1990, no se vio ningún mejoramiento en la economía del país, que sigue basándose en la producción de azúcar, el turismo y la minería. El futuro dirá si los nuevos líderes, encabezados por Hipólito Mejía, quien fue nombrado presidente en el año 2000, podrán lograr el muy deseado bienestar económico del país.

¡A ver si comprendiste!

A. Hechos y acontecimientos. ¿Recuerdas los datos más importantes de la lectura? Para asegurarte, contesta las siguientes preguntas.

1. ¿Qué país europeo controló la tercera parte occidental de La Española en 1697 por el Tratado de Ryswick? ¿Cuál fue el resultado de esta ocupación?
2. ¿Qué país controló toda La Española de 1804 a 1844?
3. ¿Quién es "el padre de la patria" dominicana? ¿Por qué lo llaman así?
4. ¿Quiénes dominaron el escenario político de la República Dominicana durante las primeras tres décadas de independencia?
5. ¿Quién controló la República Dominicana de 1930 a 1961? ¿Qué cambios hubo durante su gobierno?
6. ¿Cómo se llama el político dominicano que fue elegido presidente en cada elección desde 1966 hasta 1996 con excepción de los años 1978 y 1982?
7. ¿Qué causó la inmigración de miles de dominicanos a EE.UU. en la década de 1980?
8. ¿Cuál es la base de la economía de la República Dominicana?

B. A pensar y a analizar. Contesta las siguientes preguntas con dos o tres compañeros(as) de clase. Luego comparen sus respuestas con las de otro grupo.

1. Desde su independencia, la República Dominicana ha sido gobernada principalmente por hombres fuertes que se mantienen en el poder por largos períodos de tiempo: Buenaventura Báez, Pedro Santana, Rafael Leónidas Trujillo y Joaquín Balaguer. ¿Por qué creen Uds. que estos hombres pudieron mantenerse en el poder por mucho tiempo?
2. ¿Qué opinan de las varias ocupaciones de EE.UU. en la República Dominicana? ¿Qué derecho tiene un país de intervenir en los asuntos de otro país? ¿Pueden Uds. pensar en un caso donde otro país debería intervenir en los asuntos de EE.UU.? Expliquen.

Cuaderno de actividades

Puedes prácticar más al escribir un informe sobre la llegada de los españoles a la isla de Quisqueya en la sección **Composición: informar** de la *Unidad 2, Lección 3* en el *Cuaderno de actividades.*

C. Redacción colaborativa. En grupos de dos o tres, escriban una composición colaborativa de una página a una página y media sobre el tema que sigue. Sigan el proceso de escribir colaborativamente que aprendieron en la **Redacción colaborativa** de la *Unidad 1, Lección 1:* escriban primero una lista de ideas, organícenlas en un primer borrador, revisen las ideas, escriban un segundo borrador, revisen la acentuación y ortografía, y escriban la versión final.

Entre 1966 y 1996, Joaquín Balaguer, antiguo vicepresidente del dictador Rafael Leónidas Trujillo, fue elegido presidente de la República Dominicana siete veces en elecciones supuestamente "democráticas". ¿Creen Uds. que es bueno que un individuo pueda ser elegido presidente de su país repetidas veces? ¿Cuáles serán las ventajas y desventajas de tener a la misma persona en la presidencia por tanto tiempo? ¿Les gustaría tener ese sistema en EE.UU.? Expliquen su respuesta.

Variantes coloquiales: interferencia en la lengua escrita

A veces la lengua escrita refleja algunas de las variantes coloquiales de la lengua hablada: la omisión de ciertas consonantes y letras, la sustitución de unas consonantes por otras y el uso de palabras regionales. Además de estas variantes, es común ver errores ortográficos que hispanohablantes de todo el mundo tienden a cometer: (a) la confusión de la **b** y la **v**; de la **s**, la **z** y la **c**; de la **y** y la **ll**; (b) la omisión de la **h** y, claro; (c) la acentuación.

Esta interferencia en la lengua escrita tiende a darse con más frecuencia entre hispanohablantes que se mudaron a EE.UU. antes de completar la escuela secundaria en sus países de origen o que se han criado en EE.UU. y nunca han tenido entrenamiento formal en escribir la lengua de sus padres. Esto también ocurre con frecuencia con campesinos pobres que han tenido que trabajar toda su vida y nunca han podido completar su educación. Éste es el caso en el cuento del escritor puertorriqueño Juan Luis González, donde aparece una carta escrita por Juan, un joven campesino que se ha mudado del campo a la capital, San Juan.

A entender y respetar

"La carta". Con un compañero(a), escribe de nuevo la carta de Juan, cambiando la lengua campesina a una más formal y corrigiendo los errores de acentuación y ortografía.

Cuaderno de actividades

Puedes practicar más al escribir una nota formal en la sección **Correspondencia práctica** de la *Unidad 2, Lección 1* en el *Cuaderno de actividades.*

San Juan, Puerto Rico
8 de marzo de 1947

Qerida bieja:

Como yo le desia antes de venirme, aqui las cosas me van vién. Desde que llegué enseguida incontré trabajo. Me pagan 8 pesos la semana y con eso bivo igual que el administrador de la central allá.

La ropa aquella que quedé en mandale, no la he podido comprar pues qiero buscarla en una de las tiendas mejores. Dígale a Petra que cuando valla por casa le boy a llevar un regalito al nene de ella.

Boy a ver si me saco un retrato un dia de estos para mandalselo a uste, mamá.

El otro dia vi a Felo el ijo de la comai María. El también esta travajando pero gana menos que yo. Es que yo e tenido suerte. bueno, recueldese de escrivirme y contarme todo lo que pasa por alla.

Su ijo que la quiere y le pide la bendicion.

Juan

Y ahora, ¡a leer!

A. Anticipando la lectura. Contesta las siguientes preguntas para saber algo de tus sueños.

1. ¿Con qué frecuencia sueñas? ¿todas las noches? ¿una vez a la semana? ¿una vez al mes?
2. ¿Con qué sueñas normalmente? ¿con tus amigos? ¿con la familia? ¿con monstruos o extraterrestres?
3. ¿Recuerdas tus sueños el día siguiente? ¿Los recuerdas en detalle o sólo recuerdas partes?
4. ¿Tratas de interpretar tus sueños? Explica.
5. ¿Cuál ha sido el sueño más interesante que has tenido? Cuéntaselo a un(a) compañero(a) de clase.

Conozcamos al autor

Virgilio Díaz Grullón (1924–2001), popular escritor dominicano residente de Santo Domingo, se destacó como cuentista. Entre las varias colecciones de cuentos que publicó sobresalen *Crónicas de altocerro* (1966), *Más allá del espejo: cuentos* (1975), *De niños, hombres y fantasmas* (1981) y *Antinostalgia de una era* (1993). Fue también un activo ensayista que colaboró frecuentemente con artículos y cuentos para revistas y antologías literarias.

En el cuento "El diario inconcluso", el autor muestra cómo lo que parece ser una preocupación obsesiva por recordar los sueños se transforma en una realidad inesperada al final.

El diario inconcluso

Siempre había hecho alarde° de tener una mente científica, inmune a cualquier presión exterior que intentase alterar su rigurosa visión empírica del universo. Durante su adolescencia se había permitido algunos coqueteos con las teorías freudianas[1] sobre la interpretación de los sueños,
5 pero la imposibilidad de confirmar con la experiencia las conclusiones del maestro le hicieron perder muy pronto el interés en sus teorías. Por eso, cuando soñó por primera vez con el vehículo espacial no le dio importancia a esa aventura y a la mañana siguiente había olvidado los pormenores de su sueño. Pero cuando éste se repitió al segundo día comenzó a prestarle aten-
10 ción y trató —con relativo éxito— de reconstruir por escrito sus detalles. De acuerdo con sus notas, en ese primer sueño se veía a sí mismo en el medio de una llanura desértica con la sensación de estar a la espera de que algo muy importante sucediera, pero sin poder precisar qué era lo que tan an-

hecho... ostentado

---
[1]Aquí se refiere a las teorías de Sigmund Freud, creador de la teoría del psicoanálisis y de la doctrina del subconsciente.

siosamente aguardaba. A partir del tercer día el sueño se hizo recurrente
15 adoptando la singular característica de completarse cada noche con episodios
adicionales, como los filmes en serie que solía ver en su niñez. Se hizo el
hábito entonces de llevar una especie de diario en que anotaba cada amanecer
las escenas soñadas la noche anterior. Releyendo sus notas —que cada día es-
cribía con mayor facilidad porque el sueño era cada vez más nítido y sus por-
20 menores más fáciles de reconstruir— le fue posible seguir paso a paso sus experiencias oníricas.° De acuerdo con sus anotaciones, la segunda noche   relacionadas con los sueños
alcanzó a ver el vehículo espacial descendiendo velozmente del firmamento.°   cielo
La tercera lo vio posarse° con suavidad a su lado. La cuarta contempló la es-   ponerse
cotilla° de la nave° abrirse silenciosamente. La quinta vio surgir de su interior   puerta de acceso / el vehículo
25 una reluciente escalera metálica. La sexta presenciaba el solemne descenso de
un ser° extraño que le doblaba la estatura° y vestía con un traje verde lumi-   persona / que... que era dos
noso. La séptima recibía un recio apretón de manos de parte del desconocido.   veces más alto que él
La octava ascendía por la escalerilla del vehículo en compañía del cosmo-
nauta y, durante la novena, curioseaba asombrado el complicado instrumental
30 del interior de la nave. En la décima noche soñó que iniciaba el ascenso silencioso hacia el misterio del cosmos, pero esta experiencia no pudo ser asen-
tada° en su diario porque no despertó nunca más de su último sueño.   escrita, afirmada

De *Américas,* Vol. 45, 1993.

¿Comprendiste la lectura?

A. Hechos y acontecimientos. ¿Recuerdas los datos más importantes de la lectura? Para asegurarte, contesta las siguientes preguntas.

1. ¿Qué edad crees que tiene la persona que sueña con la nave espacial? ¿Por
qué crees eso?
2. ¿Sabía interpretar sueños el protagonista? ¿Cuándo lo había intentado?
3. ¿Trató de interpretar su sueño con el vehículo espacial la primera vez que
lo tuvo? ¿Por qué?

4. ¿Cuándo decidió tratar de recordar todos los detalles de ese sueño? ¿Por qué le interesaba recordarlos? ¿Qué hizo para poder recordarlos?

5. ¿Cuántas veces se repitió el mismo sueño? ¿Era exactamente igual cada vez? Si no, ¿cómo variaba?

6. ¿Qué soñó la última vez? ¿Anotó los detalles de este sueño en su diario? Explica.

B. A pensar y a analizar. En grupos de tres o cuatro, contesten las siguientes preguntas. Luego, compartan sus respuestas con la clase.

1. ¿Qué le pasó al final del cuento a la persona que soñaba con naves espaciales? ¿Cómo lo saben?

2. Describan al narrador. ¿Qué tipo de personalidad tiene? Citen ejemplos del cuento.

3. ¿Conoce uno de los (las) compañeros(as) del grupo a alguien que tuviera un sueño que luego se convirtiera en realidad? Si es así, que le cuente el incidente al grupo.

C. Dramatización. La décima noche "no pudo ser asentada en su diario porque no despertó nunca más de su último sueño". Al contrario, dentro de la nave él... Con un(a) compañero(a) escriban un nuevo final para este cuento. Luego, dramatícenlo frente a la clase.

Introducción al análisis literario

El tiempo y la cronología

El tiempo o **la cronología** de la narración es un aspecto fundamental de un cuento o una novela. En el cuento "El diario inconcluso", la narración es casi toda lineal, porque avanza inexorablemente desde la primera palabra "Siempre" hasta las últimas que terminan el progreso de la acción con un definitivo y total "nunca más". Además, a lo largo de esta historia aparecen expresiones que marcan el tiempo, como "Durante su adolescencia", para enfatizar o clarificar la progresión de la acción.

A. Expresiones que marcan el tiempo. Con un(a) compañero(a) de clase, preparen una lista de todas las expresiones que marcan el tiempo que puedan encontrar en "El diario inconcluso". Deben encontrar una docena por lo menos.

B. Cuento colaborativo. En grupos de cuatro o cinco compañeros(as), escriban una historia similar a "El diario inconcluso" que comience con "Siempre" y acabe con "nunca más". Entre esos dos polos intercalen hechos que ocurran el primer día, el segundo día y a partir del tercer día. Cada persona del grupo es responsable de un momento narrativo. Preparen su historia en orden cronológico y léansela a la clase.

Escribamos ahora

A **A generar ideas: descripción cronológica de una persona**

1. **Identificación de una persona a través del tiempo.**   Vuelve a leer la mini-biografía de Ricky Martin en la página 134 y fíjate en cómo se describen cuatro etapas diferentes de su vida: su infancia, a los diez años, a los diecisiete años y actualmente. Para ver esto más claramente, trabaja con un(a) compañero(a) y preparen un esquema como el que sigue, analizando la vida de Ricky Martin a los 17 años y ahora en la actualidad. En la primera columna, anoten la edad que analizan. En la segunda, escriban la descripción específica mencionada en la biografía, en la tercera, el significado de la descripción.

Edad	Descripción	Significado
infancia	separación poco amistosa de padres, repercusiones dolorosas	niñez triste, confusión
10 años	incorporado a "Menudo"	muy contento, vida fascinante
17 años		
ahora		

2. **¡Mi persona!**   Piensa ahora en tu propia persona. En un esquema semejante al anterior, anota en la primera columna todas las edades que consideras importantes en tu vida y que tal vez podrías incluir en una breve biografía sobre tu persona. En la segunda escribe hechos o acontecimientos que ocurrieron a esas edades y que consideras tuvieron un impacto en tu persona. Finalmente, en la tercera columna indica lo que esos hechos o acontecimientos dicen de tu personalidad. Por ejemplo, pueden decir algo sobre lo que eres, piensas, sabes, quieres, crees, prefieres, te gusta, ves, conoces, deseas o has visto.

B **Primer borrador**

1. **¡A organizar!**   Vuelve ahora a la información que recogiste en la actividad anterior, "¡Mi persona!", y organízala en orden cronológico en cuatro agrupaciones distintas. Luego, trata de expresar por escrito cada edad clave que anotaste y los hechos o acontecimientos relacionados con cada edad. Escribe sobre el tema por unos diez minutos sin preocuparte por los errores. Lo importante es incluir todas las ideas que tú consideras importantes. Sigue el modelo de la biografía de Ricky Martin si necesitas un modelo.

2. **¡Anuario estudiantil!**   Tu universidad ha decidido publicar un anuario de información estudiantil con biografías en español. Cada alumno tiene que escribir su propia biografía. Escribe tu primer borrador ahora. ¡Buena suerte!

C **A corregir.** Intercambia tu primer borrador con uno(a) o dos compañeros(as). Revisa la descripción de cada compañero(a), prestando atención a las siguientes preguntas.

1. ¿Ha comunicado bien su personalidad? ¿Ha seleccionado cuatro edades suficientemente significantivas? ¿Ha revelado toda la información necesaria? ¿Ayuda la descripción a entenderlo(la) mejor?

2. Si es lo apropiado, ¿ha incorporado algo del caló, el habla caribeña, el voseo o el habla campesina en su propia voz como narrador(a) o en la de los personajes para hacer el cuento más crédulo? Si no, ¿puedes sugerir dónde sería apropiado incluirlo?

3. ¿Tiene algunas sugerencias sobre cómo podrías mejorar tu cuento?

D **Segundo borrador.** Prepara un segundo borrador de tu cuento, tomando en cuenta las sugerencias de tus compañeros(as) y las que se te ocurran a ti.

E **Sigues corrigiendo.** Intercambia tu biografía con otro(a) compañero(a). Revisa su español, fijándote en lo siguiente.

1. ¿Usó correctamente los verbos regulares e irregulares en el pretérito? ¿Los deletreó correctamente?

2. Si usa algo del caló, el habla caribeña, el voseo o el habla campesina en el habla del narrador o de uno de los personajes, ¿lo hace de una manera natural, no forzada?

3. ¿Puso acentos donde eran necesarios? Mentalmente, no por escrito, piensa dónde va el golpe y si el acento ortográfico es necesario en cualquier palabra con acento escrito. Presta atención especial a palabras con diptongos y triptongos. Subraya las palabras que encuentres con error de acentuación.

F **Versión final.** Considera las correcciones del pretérito y otras que tu compañero(a) te ha indicado y revisa tu biografía por última vez. Como tarea, escribe la copia final en la computadora. Antes de entregarla, dale un último vistazo a la acentuación, a la puntuación, a la concordancia y a las formas de los verbos en el pretérito.

G **Publicación.** Cuando tu profesor(a) te devuelva la biografía corregida, revísala con cuidado y luego devuélvesela a tu profesor(a) para que las ponga todas en un libro que va a titular: *Las biografías de los estudiantes del señor (de la señora/señorita)...*

EXPLOREMOS EL CIBERESPACIO

Explora distintos aspectos del mundo puertorriqueño y del dominicano en las **Actividades para la Red** que corresponden a esta lección. Ve primero a **http://college.hmco.com** y de ahí a la página de *Mundo 21.*

Cuba

Nombre oficial: *República de Cuba*

Población: *11.263.249 (estimación de 2003)*

Principales ciudades: *La Habana (capital), Santiago de Cuba, Camagüey, Holguín*

Moneda: *Peso ($C)*

GENTE DEL MUNDO 21

Nicolás Guillén (1902–1989) es uno de los poetas hispanoamericanos más reconocidos del siglo XX. Hijo de un senador de la república, Guillén nació en Camagüey, Cuba, en una familia de antepasados africanos y españoles. Sus dos primeros libros, *Motivos de son* (1930) y *Sóngoro cosongo* (1931) están inspirados en los ritmos y tradiciones afrocubanos. El compromiso del artista con la realidad política y social de su país es una característica de su poesía. Durante la dictadura de Fulgencio Batista (1952–1958), Guillén vivió en el exilio; regresó a Cuba después del triunfo de la Revolución de Castro. Fue fundador y presidente de la Unión de Escritores y Artistas de Cuba (UNEAC) y fue aclamado como el poeta nacional de Cuba.

Nancy Morejón, poeta cubana, nació en La Habana en 1944. Forma parte de la primera generación de escritores que surgió después del triunfo de la Revolución Cubana de 1959. Hizo estudios de lengua y literatura francesa en la Universidad de La Habana, donde se licenció en 1966. Ha sido profesora de francés y traductora del Instituto del Libro. Ha colaborado en las más importantes revistas literarias cubanas. Su libro *Nación y mestizaje en Nicolás Guillén* recibió el premio de ensayo de la UNEAC en 1982. Su obra poética incluye doce colecciones de poesía, entre las que se distinguen *Amor, ciudad atribuida* (1964), *Richard trajo su flauta y otros argumentos* (1966), *Piedra pulida* (1986), *Fundación de la imagen* (1988) y *La quinta de los Molinos* (2000), entre otras. Además, ha publicado tres monografías, una obra dramática y cuatro estudios críticos de literatura e historia cubana. Se destaca su antología bilingüe *Donde duerme la Isla como un ala* (1984). En 1999 leyó su poesía y presentó varias conferencias en diez universidades de EE.UU. En 2002 obtuvo el Premio Nacional de Literatura. Por su extraordinaria labor cultural, ha sido honrada como miembro de la Real Academia Cubana de la Lengua.

Wifredo Lam (1902–1982) es un pintor cubano mundialmente reconocido. Hijo de padre chino y madre afrocubana, nació en Sagua La Grande en la provincia cubana de Las Villas. Con ayuda financiera de su ciudad natal, se fue a Madrid, donde vivió durante trece años. Allí se familiarizó con la tradición artística europea y más tarde se interesó en la tradición que le era familiar, la africana. Al empezar la Guerra Civil Española en 1936, se fue a vivir a París, donde conoció a Picasso y a los surrealistas. En la década de los 40, Lam regresó a Cuba y pintó obras de inspiración afrocubana como *La selva* (1943). En este

cuadro presenta la realidad exuberante del trópico donde se mezclan de una manera fantástica formas humanas, animales y vegetales. Desde la década de los 50 hasta su muerte en 1982, Lam alternó estancias en Cuba y París, donde murió.

Otros cubanos sobresalientes

Carlos Acosta: bailarín • **Alicia Alonso:** bailarina • **Humberto Arenal:** novelista y cuentista • **Agustín Cárdenas:** escultor y dibujante • **Ramón Ferreira:** fotógrafo, cuentista y dramaturgo • **Francisco Gattorno:** actor • **Lourdes López:** bailarina • **Amelia Paláez:** pintora • **Gloria Parrado:** dramaturga • **Esteban Salas:** compositor • **Neri Torres:** bailarina y coreógrafa • **Los Van Van:** conjunto musical

Personalidades del Mundo 21

A. Gente que conozco. Con un(a) compañero(a), decidan a quién describen los siguientes comentarios.

1. Fue aclamado como el poeta nacional de Cuba.

2. Conoció a Picasso y a otros surrealistas en París, antes de regresar a Cuba a pintar.

3. Después de graduarse de la Universidad de La Habana, ha enseñado francés y es traductora.

4. Se inspiró en los ritmos y tradiciones afrocubanos y se comprometió con la realidad política y social de su país.

5. Su obra se inspira en la herencia cultural de su madre, no la de su padre.

6. Escribe para las revistas literarias cubanas más importantes.

B. Diario. En tu diario escribe por lo menos media página expresando tus pensamientos sobre uno de estos temas.

1. Nancy Morejón forma parte de la primera generación de escritores que surgió después del triunfo de la Revolución Cubana. Si tú quisieras identificarte como el (la) primero(a) de un grupo, ¿qué grupo sería? ¿Por qué seleccionarías ese grupo? ¿Cuáles serían algunas de las metas de ese grupo?

2. Wifredo Lam se dedicó a pintar en la tradición que le era familiar, la africana. ¿Qué tradición te es más familiar a ti? Si tú fueras pintor, ¿qué pintarías de esa tradición? ¿Por qué seleccionarías eso?

PRONUNCIACIÓN Y ORTOGRAFÍA

Cuaderno de actividades

Puedes practicar más con los distintos sonidos y deletreos de la **c, k** y **q** en las secciones de **Pronunciación y ortografía** y el **Dictado** de la *Unidad 2, Lección 4* en el *Cuaderno de actividades.*

Letras problemáticas: la *c, k* y *q*

El deletreo con la **c, k** y **q** con frecuencia resulta problemático al escribir. Esto se debe a que las tres letras pueden representar el mismo sonido. El primer paso para aprender a evitar problemas de ortografía es reconocer los sonidos. La **q** y la **k**, y la **c** antes de las vocales **a, o** y **u,** se pronuncian de la misma manera, /k/. Pero la ortografía del sonido /k/ no es tan arbitraria como parece. El sonido /k/ sólo se escribe con la letra **k** en palabras prestadas o derivadas de otros idiomas, como "kabuki", "karate", "kibbutz", "koala" y "kilo". El sonido /k/ se escribe con la **q** sólo en las combinaciones **que** o **qui,** con la excepción de unas pocas palabras incorporadas al español como préstamos de otros idiomas ("quáter", "quásar" y "quórum", por ejemplo). Finalmente, el sonido /k/ sólo ocurre con la letra **c** en las combinaciones **ca, co** y **cu.** ¡Mantén estas guías en mente y mejorarás tu ortografía!

Deletreo del sonido /k/

Al escuchar a tu profesor(a) leer las siguientes palabras con el sonido /k/, observa cómo se escribe este sonido.

ca o **ka**	**ca**nción	ex**ca**vaciones	**ka**ftén
que o **ke**	**que**mar	ata**que**	**ke**tchup
qui o **ki**	**qui**nce	oligar**quía**	**ki**lómetro
co o **ko**	**co**lor	román**ti**co	**ko**dak
cu o **ku**	**cu**ltivar	re**cu**perar	**ku**rdo

¡A practicar!

A. Práctica con la escritura del sonido /k/. Escucha mientras tu profesor(a) lee las siguientes palabras. Escribe las letras que faltan en cada una. Cada palabra se leerá dos veces.

1. _ _ _ e x i ó n
2. a r _ _ _ o l ó g _ _ _
3. _ _ _ e r c i a n t e
4. m a g n í f _ _ _
5. p _ _ _ l i a r
6. _ _ _ c h é
7. b l o _ _ _ a r
8. d e r r _ _ _ d o
9. _ _ _ t z a l c ó a t l
10. _ _ _ p e s i n o

Deletreo del sonido /s/

El deletreo con la **c, s** y **z** también resulta problemático con frecuencia al escribir. Esto se debe a que las tres letras pueden representar los mismos sonidos cuando son seguidas por una vocal. El primer paso para aprender a evitar problemas de ortografía es reconocer los sonidos. Al escuchar las siguientes palabras con el sonido /s/, observa cómo se escribe este sonido.

sa o **za**	**sa**grado	**za**mbullir	pobre**za**
se o **ce**	**se**gundo	**ce**ro	enrique**ce**r
si o **ci**	**si**tuado	**ci**vilización	pala**ci**o
so o **zo**	**so**viético	**zo**rra	colap**so**
su o **zu**	**su**icidio	**zu**rdo	insu**rr**ección

¡A practicar!

A. Práctica con la escritura del sonido /s/. Escucha mientras tu profesor(a) lee las siguientes palabras. Escribe las letras que faltan en cada una. Cada palabra se leerá dos veces.

1. r o _ _ o
2. o p r e _ _ ó n
3. b r o n _ _ a r s e
4. f u e r _ _
5. r e _ _ l v e r
6. o r g a n i _ _ _ _ ó n
7. _ _ r g i r
8. r e _ _ s t e n _ _ a
9. u r b a n i _ _ d o
10. _ _ m b a r

B. ¡Ay, qué torpe! Por mucho que esta jovencita hispanohablante trata de no olvidar poner acentos escritos donde sean necesarios, siempre se le pasan unos cuantos. Encuentra los diez que se le pasaron en este parrafito y pónselos.

Si ya te empieza a aburrir la musica electronica aquí te presentamos con una alternativa; la calida oposicion de sonidos en los cuales los instrumentos de percusion dan una acentuacion rítmica sincopada, palpitante y acelerada para formar una modalidad de sonidos sabrosos y apasionados. Reflejan apropiadamente a una civilizacion que mezcla la dominacion de la cultura africana con la monarquia española. Celebre representante de esta música salada fue Dámaso Pérez Prado y un sinnúmero de seguidores tan famosos como Tito Puente, Celia Cruz, Chucho Valdés y Gonzalo Rubalcaba.

MEJOREMOS LA COMUNICACIÓN

Para hablar de la música caribeña

Al hablar de los instrumentos caribeños

— ¿Te gusta la música caribeña?

— ¡Claro! Me encantan los bongós. De niño, iba con mi papá a visitar a un señor que los hacía. Lo observaba con fascinación.

bongó	*tambor que usan los africanos latinos para sus fiestas*
cencerro	*campanilla*
chequere	*calabaza cubierta de cuentas que traquetean*
claves	*dos palitos que se golpean para establecer el ritmo*
conga	*tambor grande*
güiro	*calabaza raspada con un palito*
maraca	*una calabaza con piedrecitas dentro*

Al hablar de los ritmos y bailes

Escucha ese **chachachá.** Te digo que para bailar, ¡no hay como los **ritmos caribeños**!

conga	danzón	mambo	rumba
cueca	guaracha	merengue	salsa
cumbia	habanera	pregón	samba

¿No encuentras animados los **pasos** de la salsa?

compás	movimiento	ritmo

Al describir la música caribeña

Es un ritmo **cautivante,** el de la conga, ¿verdad?

acelerado(a)	palpitante	sabroso(a)
animado(a)	rico(a)	salado(a)
apasionado(a)	romántico(a)	sincopado(a)

Al invitar a una persona a bailar

— ¿Quieres bailar?
— ¿Te gustaría bailar conmigo?
— ¿Me permites este baile?
— ¿Vamos a bailar?
— ¿Bailamos?

Al aceptar o rechazar una invitación a bailar

— Sí, gracias.
— Me encantaría, gracias.
— Con mucho gusto, gracias.
— Gracias, pero estoy muy cansado(a).
— Gracias, no. Necesito descansar.
— Lo siento, pero no bailo chachachá.

¡A conversar!

A. Entrevista. Pregúntale a un(a) compañero(a) de clase cómo han cambiado sus gustos en cuanto a bailes. ¿Adónde le gustaba ir a bailar hace unos años y adónde le gusta ir ahora? ¿Qué tipos de bailes bailaba cuando era estudiante de la secundaria y qué tipos baila ahora? ¿Le gustaban los bailes latinos? ¿Sabía bailarlos? ¿Cuáles en particular? ¿Cuáles eran sus instrumentos favoritos? ¿Todavía lo son?

B. Dramatización. Dramatiza la siguiente situación con un(a) compañero(a) de clase. Anoche tú fuiste a una fiesta latina donde decían que iban a tocar una música salsa cautivante. Tu compañero(a) no pudo ir y se muere por saber todos los detalles: quiénes estaban, si todo el mundo bailaba salsa, quiénes eran los mejores bailadores, si te gustó la música, etcétera.

C. Extiende tu vocabulario: bailar. Para ampliar tu vocabulario, combina las expresiones de la primera columna con las definiciones de la segunda columna. Luego, escribe una oración original con cada expresión. Compara tus oraciones con las de dos compañeros(as) de clase. ¿Cuál es el significado de estas palabras en inglés, y cómo se relacionan a *dance* en inglés?

_____ 1. bailable
_____ 2. bailarín
_____ 3. baile
_____ 4. baile de etiqueta
_____ 5. bailar al son que tocan

a. acción de bailar
b. música compuesta para bailar
c. función que requiere traje formal
d. acomodarse a las circunstancias
e. persona que baila

D. Notas para hispanohablantes: práctica. Completa estas oraciones acerca de tus gustos musicales cuando asistías a la secundaria.

Modelo Yo (sentía/sentiba) que la música...
Yo sentía que la música rock era la mejor.

1. Siempre (traiba/traía) mi instrumento favorito a...
2. En la televisión, siempre (veía/vía)...
3. Mi novio(a) y yo (bailábanos/bailábamos)...
4. Los fines de semana (prefería/prefiría)...
5. Mi madre (decía/dicía)...

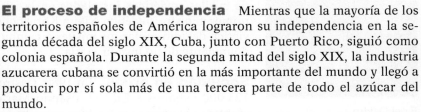

DEL PASADO AL PRESENTE

Cuba: la palma ante la tormenta

El proceso de independencia Mientras que la mayoría de los territorios españoles de América lograron su independencia en la segunda década del siglo XIX, Cuba, junto con Puerto Rico, siguió como colonia española. Durante la segunda mitad del siglo XIX, la industria azucarera cubana se convirtió en la más importante del mundo y llegó a producir por sí sola más de una tercera parte de todo el azúcar del mundo.

El 10 de octubre de 1868, comenzó la primera guerra de la independencia cubana, que iba a durar diez años y en la que 250.000 cubanos iban a perder la vida. En 1878 España volvió a tomar control de la isla pero prometió hacer reformas. Sin embargo, miles de cubanos que lucharon por la independencia salieron al exilio. El 24 de febrero de 1895, la guerra por la independencia de Cuba estalló de nuevo.

Esclavos africanos plantando caña de azúcar en Cuba

La Guerra Hispano-estadounidense Con el pretexto de una inexplicable explosión del buque de guerra estadounidense _Maine_ en el puerto de La Habana en 1898, EE.UU. le declaró la guerra a España. La armada estadounidense obtuvo una rápida victoria y España se vio obligada a cederle a EE.UU. —por el Tratado de París firmado el 10 de diciembre de 1898— los territorios de Puerto Rico, Guam y las Filipinas y a renunciar a su control sobre Cuba.

La ocupación estadounidense de Cuba terminó el 20 de mayo de 1902 cuando se estableció la República de Cuba. La primera mitad del siglo XX fue un período de gran

La explosión del _Maine,_ 1898

inestabilidad política y social para Cuba. Muchos militares tomaron el poder a través de golpes de estado, incluyendo Fulgencio Batista, que tomó el poder en 1952. Éste fue el dictador contra el cual se levantaron Fidel Castro y sus revolucionarios.

La Revolución Cubana

En 1956, el joven abogado Fidel Castro logró establecer un movimiento guerrillero en la Sierra Maestra, y finalmente provocó la caída de Batista el 31 de diciembre de 1958. Al principio, el movimiento revolucionario había definido muy pocos proyectos y, aunque contaba con gran apoyo en el país, la experiencia política de sus líderes era escasa.

Tras un corto período de confusión, el gobierno revolucionario se organizó según el modelo soviético bajo la dirección del Partido Comunista de Cuba. Los cubanos vieron restringidas sus libertades individuales. Además, el gobierno nacionalizó propiedades e inversiones privadas, lo cual causó el rompimiento de relaciones diplomáticas y el bloqueo comercial por parte de EE.UU.

Fidel Castro

Cubanos al exilio

Miles de cubanos salieron al exilio, principalmente profesionales y miembros de las clases más acomodadas, quienes se establecieron en su mayoría en Miami y en el sur de Florida. El 17 de abril de 1961, una fuerza invasora de cubanos en exilio fue derrotada en la Bahía de Cochinos por el ejército cubano leal a Castro.

En 1962, las tensiones entre Cuba y el gobierno estadounidense llegaron a un nivel crítico. EE.UU. ordenó el bloqueo naval de Cuba debido al descubrimiento de misiles soviéticos instalados en la isla. El presidente John F. Kennedy y el primer ministro soviético Nikita Khrushchev llegaron a un acuerdo: la Unión Soviética decidió quitar los misiles a cambio de una promesa del presidente estadounidense de no invadir la isla.

Sociedad en crisis

En 1980, Castro permitió un éxodo masivo de más de 125.000 cubanos a EE.UU. usando Mariel como puerto de salida. Estos emigrantes cubanos son conocidos como "marielitos" y se distinguen de los primeros refugiados cubanos por ser en su mayoría de clase trabajadora.

La cultura y la sociedad contemporáneas en Cuba, transformadas por la Revolución Cubana y dependientes de su líder Fidel Castro, fueron sostenidas desde el inicio de la Revolución por la Unión Soviética y por los gobiernos comunistas de Europa Oriental. Con la caída de esos gobiernos, el sistema cubano, en particular la economía, se encuentra en un verdadero dilema. No cabe duda que la crisis

La Habana en el siglo XXI

económica de Cuba se aliviaría si se renovaran sus relaciones con EE.UU. Algunos expertos dicen que esto está por verse, y señalan el hecho de que ya se está permitiendo una visita a la isla al año a los familiares y también cierto intercambio cultural. Por otro lado, para sobreponerse a esta crisis, el gobierno se esfuerza por promover el turismo internacional. A la isla llegan aproximadamente dos millones de turistas al año y para 2005 se prevé que la cifra alcanzará los cinco millones. Para acoger estas masas de visitantes, se están construyendo gran número de hoteles a lo largo de las playas cubanas y se está reconstruyendo la vieja Habana, que está volviendo a alcanzar su antiguo esplendor.

¡A ver si comprendiste!

A. Hechos y acontecimientos. ¿Recuerdas los datos más importantes de la lectura? Para asegurarte, trabaja con un(a) compañero(a) de clase para escribir una breve definición que explique en sus propias palabras el significado de las siguientes personas y acontecimientos en la historia de Cuba. Luego, comparen sus definiciones con las de la clase.

1. el buque de guerra *Maine*
2. Fulgencio Batista
3. Fidel Castro
4. el bloqueo comercial de Cuba
5. la Bahía de Cochinos
6. John F. Kennedy y Nikita Khrushchev
7. los marielitos

B. A pensar y a analizar. Al principio de la Revolución Cubana, Fidel Castro contaba con gran apoyo en el país. ¿Por qué? ¿Qué hizo Castro para perder ese apoyo, causando que miles y miles de cubanos salieran al exilio? Explica en detalle.

C. Redacción colaborativa. En grupos de dos o tres, escriban una composición colaborativa de una página a una página y media sobre el tema que sigue. Sigan el proceso de escribir colaborativamente que usaron en la **Redacción colaborativa** de la *Unidad 1, Lección 1:* escriban primero una lista de ideas, organícenlas en un primer borrador, revisen las ideas, escriban un segundo borrador, revisen la acentuación y ortografía y escriban la versión final.

> No cabe duda que la crisis económica de Cuba se aliviaría si se renovaran sus relaciones con EE.UU. ¿Creen Uds. que esto pasará algún día? ¿Cuándo? ¿Por qué ha rehusado EE.UU. ayudar a los cubanos? ¿Qué tiene que ocurrir para que se establezcan buenas relaciones una vez más entre estos dos países? ¿Hay algo que Cuba debe hacer que no ha hecho?

Cuaderno de actividades

Puedes practicar más al escribir tus opiniones sobre el bloqueo de EE.UU. contra Cuba en la composición de la *Unidad 2, Lección 4* en el *Cuaderno de actividades.*

Prefijos del griego

El griego fue una de las lenguas de más prestigio en el mundo antiguo. Tuvo mucha influencia sobre el latín y durante la época del Renacimiento* muchas palabras de origen griego se incorporaron al español y a otras lenguas de Europa. En la actualidad, muchas nuevas palabras en el mundo científico se forman usando raíces griegas. Los siguientes prefijos que proceden del griego son comunes en español.

Prefijos griegos	Ejemplos
a-, an- (privación, negación)	**a**teo, **an**ormal
anti- (contra)	**anti**social, **antí**doto
eu- (bien, bueno)	**eu**logía, **eu**tanasia
hemi- (mitad)	**hemi**sferio, **hemi**ciclo
hiper- (sobre, exceso)	**hiper**activo, **hiper**crítico
meta- (más allá)	**meta**lingüístico, **meta**morfosis
mono- (uno)	**mono**cicleta, **mono**silábico
peri- (alrededor)	**perí**metro, **peri**scopio
tele- (lejos)	**tele**grama, **tele**comunicación

Detalles de la lengua

A. Prefijos griegos. Identifica las palabras que empiezan con prefijos griegos en las siguientes oraciones y explica su significado.

> **Modelo** Según Castro, el analfabetismo ha disminuido en Cuba durante su régimen.
> **analfabetismo:** **falta de instrucción**

1. Se dice que con un buen telescopio se puede ver la isla de Cuba desde Miami.
2. Muchas dictaduras tienen leyes anticonstitucionales.
3. En la opinión de muchos, Fidel Castro es la antítesis de José Martí.
4. En Latinoamérica muchos hombres todavía son hipersensitivos en cuestiones del honor.
5. En la década de los 60 hubo mucho interés en la metafísica.

B. Repaso: comparativos. Con un(a) compañero(a) de clase, comparen la vida de los profesionales (médicos, abogados, gente de negocios, etcétera) en Cuba antes de la Revolución Cubana y ahora. También comparen la vida de la gente pobre de la isla antes de la Revolución y ahora. Tal vez quieran usar dos diagramas Venn.

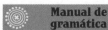

Manual de gramática

Antes de hacer esta actividad, conviene repasar la sección 1.7 del **Manual de gramática** (págs. 94–98).

*El Renacimiento (siglos XV y XVI) fue un movimiento literario y artístico en Europa que se fundaba en la imitación de modelos grecorromanos clásicos.

◌ *Y ahora, ¡a leer!*

Anticipando la lectura. Contesta las siguientes preguntas con dos o tres compañeros(as) de clase.

1. Lean la primera estrofa del poema de José Martí que comienza "Yo soy un hombre sincero". ¿Quién es el narrador? ¿Quién habla? ¿Cómo se describe la persona que habla? ¿A quién se dirige? ¿Qué dice que quiere hacer antes de morir? ¿Qué emociones les comunica a Uds. el poeta en este verso?

2. ¿Qué ideas o imágenes les sugieren a Uds. las siguientes palabras? Anoten por escrito sus impresiones para compararlas con las del poeta después de leer la obra siguiente.
   a. un canario amarillo
   b. un ciervo herido
   c. una flor tropical
   d. un monte

3. Ahora, lean las primeras dos estrofas del poema que comienza "Yo soy un hombre sincero" y traten de decidir si la obra es amorosa, filosófica, histórica o social. Confirmen su respuesta después de leer toda la selección.

Conozcamos al autor

José Martí (1853–1895), el apóstol de la independencia de Cuba, nació en La Habana. A la temprana edad de dieciséis años fue encarcelado por sus escritos contra las autoridades españolas. Toda su vida Martí luchó por la liberación de Cuba y los esclavos; por esos ideales sufrió la pobreza y el exilio. Con grandes sacrificios, estudió derecho, aprendió inglés y francés y viajó por algunos países europeos y latinoamericanos. Por fin se estableció en Nueva York, donde se ganaba la vida haciendo traducciones y obra periodística. En 1892 fundó el Partido Revolucionario Cubano con intención de preparar una expedición militar que liberaría a Cuba del dominio español. En 1895 Martí regresó a la isla, donde murió en el campo de batalla. Su muerte impulsó a los patriotas a continuar la lucha de liberación que por fin consiguieron en 1898.

Además de patriota y revolucionario, José Martí también fue un gran ensayista, periodista, crítico y poeta. Se puede decir que es el perfecto ejemplo de un hombre que supo luchar con dos armas poderosas: la pluma y la espada. Su poesía es un testimonio de paz universal que nunca morirá. Entre sus obras se destacan cuatro: *Ismaelillo* (1882), *Versos sencillos* (1891) y los poemarios publicados póstumamente, *Versos libres* (1913) y *Flores del destierro* (1932). En los fragmentos de los poemas de *Versos sencillos* que aparecen a continuación, sobresale la rima precisa y melodiosa usada por Martí. Otra característica de estos versos es el uso del lenguaje. Cada verso es económico y breve; cada palabra desempeña una función cuidadosamente determinada. A la vez, el poeta trata de informar al lector quién es él, de dónde viene y cuáles son sus metas o ideales.

Versos sencillos

I: YO SOY UN HOMBRE SINCERO

Yo soy un hombre sincero
de donde crece la palma;
y antes de morirme, quiero
echar mis versos del alma.

5 Yo vengo de todas partes,
y hacia todas partes voy:
arte soy entre las artes;
en los montes, monte soy.

Yo sé los nombres extraños
10 de las yerbas y las flores,
y de mortales engaños,
y de sublimes° dolores.   muy grandes

Yo he visto en la noche oscura
llover sobre mi cabeza
15 los rayos de lumbre pura
de la divina belleza.
[...]

Oculto° en mi pecho bravo   Escondido
la pena que me lo hiere:
20 el hijo de un pueblo esclavo
vive por él, calla y muere.

V: SI VES UN MONTE DE ESPUMAS

Si ves un monte de espumas,
es mi verso lo que ves:
25 mi verso es un monte, y es
un abanico de plumas.
[...]

Mi verso es de un verde claro
y de un carmín° encendido: rojo
30 mi verso es un ciervo° herido   venado
que busca en el monte amparo.

Mi verso al valiente agrada:
mi verso, breve y sincero,
es del vigor del acero
35 con que se funde° la espada.   se forma

XXV: YO PIENSO, CUANDO ME ALEGRO

Yo pienso, cuando me alegro
como un escolar sencillo,
en el canario amarillo,
40 ¡que tiene el ojo tan negro!
[...]

XXXIV: ¡PENAS! ¿QUIÉN OSA DECIR...?

[...]
Yo sé de un pesar profundo
45 entre las penas sin nombres:
¡la esclavitud de los hombres
es la gran pena del mundo!
[...]

Fragmentos de *Versos sencillos* (1891)

¿Comprendiste la lectura?

A. Hechos y acontecimientos. ¿Recuerdas los datos más importantes de la lectura? Para asegurarte, contesta las siguientes preguntas. Luego, compara tus respuestas con las de un(a) compañero(a).

1. En la primera estrofa del poema I, que comienza "Yo soy un hombre sincero", el poeta dice que es "de donde crece la palma". ¿A qué lugar se refiere?
2. ¿De dónde viene el poeta y adónde dice que va? ¿Cómo se caracteriza el poeta? ¿Qué quiere decir con esto? ¿Qué características se asocian normalmente con las artes y con los montes?
3. ¿Qué dice el poeta que sabe en la tercera estrofa del poema I? Expliquen.
4. ¿Cómo es posible que el poeta haya visto llover "rayos de lumbre pura" sobre su cabeza? ¿A qué se refiere el poeta cuando habla de rayos?
5. ¿Quién es "la divina belleza" que se menciona al final de la cuarta estrofa? ¿Quién es "el hijo" y el "pueblo esclavo" que se mencionan en la quinta estrofa del mismo poema?

6. ¿Cómo puede ser la poesía "un monte de espumas" y "un abanico de plumas"? ¿Qué significan estas metáforas?
7. ¿Están Uds. de acuerdo con el poeta —agrada su verso al valiente? ¿Por qué sí o por qué no? ¿Por qué dice que su verso es "del vigor del acero"?
8. ¿Cómo caracteriza el poeta su verso en las últimas estrofas del poema I? ¿Qué simbolismo hay en estas palabras?
9. ¿En qué piensa el poeta cuando está alegre? ¿Con qué se compara?
10. Según el poeta, en el poema XXXIV, ¿cuál es "la gran pena del mundo"?

B. A pensar y a analizar. Haz estas actividades con un(a) compañero(a). Luego comparen sus respuestas con las de otros grupos.

1. ¿Cuáles son algunas interpretaciones simbólicas del monte, del canario amarillo y de la espada de acero?
2. Preparen una lista de todos los colores que el poeta menciona en los versos. En la opinión de Uds., ¿qué sentimientos, valores o ideas sugieren estos colores?
3. ¿Cuál es el tono del lenguaje del poeta: poético, científico, sofisticado, natural o común y corriente? Den ejemplos.
4. ¿Qué revelan estos versos de la personalidad del poeta? Den ejemplos.

Introducción al análisis literario
Patrones de rima

Para poder expresar los sentimientos intensamente líricos de la poesía, es preciso usar un lenguaje cuidadosamente escogido y ordenado en el cual el uso de la rima es esencial.

La rima: la repetición de los mismos sonidos al final de dos o más versos. La rima puede ser asonante o consonante.

■ **Rima asonante:** Cuando los versos terminan en **vocales** iguales a partir de la última vocal acentuada en cada verso, la rima es asonante. Por ejemplo, en los primeros versos del poema que sigue, los versos pares tienen rima asonante; en **cuestión** y **dos** es igual la vocal final acentuada **o**.

La canción del bongó (Fragmento), por Nicolás Guillén

[...] vale más callarse, amigos,
y no menear la cuesti**ó**n,
porque venimos de lejos,
y andamos de dos en d**o**s. [...]

■ **Rima consonante:** Se tiene rima consonante cuando hay igualdad de **vocales y consonantes** a partir de la última vocal acentuada en cada verso. En los siguientes versos, por ejemplo, hay rima consonante entre el primer y el cuarto verso así como entre el segundo y tercer verso: las palabras sab**er** y muj**er**, d**igo** y am**igo**.

VII: Para Aragón, en España (Fragmento de *Versos sencillos*), por José Martí

Si quiere un tonto sab**er**,
por qué lo tengo, le d**igo**
que allí tuve un buen am**igo**,
que allí quise una muj**er**.

A. Rima. Contesta las siguientes preguntas. Luego compara tus respuestas con las de un(a) compañero(a) de clase.

1. ¿Qué clase de rima hay en las primeras cuatro estrofas del poema I de *Versos sencillos*?
2. ¿Hay rima asonante o consonante en el resto del poema?
3. ¿Por qué crees que el poeta escogió la clase de rima que usa en este poema?

B. Para escribir versos sencillos... Prepárate para escribir tus propios versos sencillos. Mira cómo José Martí empezó las primeras cuatro estrofas que leíste. Cada una empieza con **Yo** más un verbo. Ahora piensa en tu característica más fuerte y completa el primer verso de la primera estrofa, por ejemplo: **Yo soy un joven inteligente** o **Yo soy una chica atlética**. Luego piensa de dónde quieres decir que vienes para completar el primer verso de la segunda estrofa. Sigue así hasta tener el primer verso de las primeras cinco estrofas. Presta atención a que tus versos rimen, ya sea con la rima asonante o consonante.

¡LUCES! ¡CÁMARA! ¡ACCIÓN!

La Cuba de hoy

Cuatro puntos de vista
En este fragmento de un informe semanal, la anfitriona del programa *Cuba: cuatro puntos de vista*, reitera la gran diversidad de opiniones que se han dado sobre el régimen castrista. Luego entrevista a cuatro personas que ocupan puestos prominentes tanto en Cuba como en EE.UU. Los cuatro tienen opiniones muy firmes, unos a favor del régimen, otros en contra. Son Ileana Ros-Lehtinen, congresista de Florida; Ricardo Alarcón, ex embajador de Cuba ante la Organización de las Naciones Unidas; Andrés Gómez, director de la revista *Areito;* y Nicolás Ríos, ingeniero-periodista.

Azúcar amarga: La realidad de la Revolución Cubana
El famoso director de cine cubano León Ichaso vive exiliado en EE.UU. Su película de provocativo título, *Azúcar amarga* (1996), ha atraído atención internacional. En una gira de promoción de este film, Ichaso conversó en Madrid con el presentador José Toledo de *Cartelera TVE*. Las opiniones políticas del director se ilustran vivamente en algunas escenas en las que los dos jóvenes protagonistas hablan de su relación amorosa. A través de la relación de estos enamorados, se aprecia la imposibilidad de mantener una relación bajo un clima social restrictivo.

Antes de empezar el video

Contesten las siguientes preguntas en parejas.

1. En su opinión, ¿qué representa el régimen de Fidel Castro para los siguientes grupos: los cubanos que viven todavía en la isla, los cubanos exiliados, los latinoamericanos, los angloamericanos? Expliquen en detalle.
2. ¿Por qué, después de más de cuarenta años de que Fidel Castro tomó el poder, hay tanta controversia en todo lo que se refiere a él?
3. ¿Qué creen Uds. que va a pasar en Cuba cuando Fidel Castro muera? ¿Continuará el comunismo o volverá la democracia? Expliquen.

¡A ver si comprendiste!

A. La Cuba de hoy. Contesta las siguientes preguntas con un(a) compañero(a) de clase.

1. De las personas entrevistadas, ¿quiénes están a favor del régimen de Castro y quiénes están en contra?
2. ¿Qué argumentos usan los que están a favor y los que están en contra?
3. ¿De qué trata la película *Azúcar amarga*? ¿Quiénes son los protagonistas? ¿Qué representan?
4. ¿Qué opina el cineasta León Ichaso del régimen castrista?

B. A pensar y a interpretar. Contesta las siguientes preguntas.

1. ¿A qué se refiere el entrevistado que dice que ahora Cuba ha entrado en la etapa "más difícil, pero la mejor"?
2. ¿Con cuál o cuáles de las cuatro opiniones expresadas por las personas entrevistadas estás más de acuerdo? ¿Con cuáles no? ¿Por qué?
3. ¿Estás de acuerdo con el cineasta León Ichaso cuando dice que Cuba es "una tierra carente de oportunidades"? ¿Por qué?
4. Cuando Yolanda, la joven protagonista de *Azúcar amarga,* le dice a su novio: "Tú y yo deberíamos habernos conocido en otro tiempo, en otro lugar", ¿a qué otro tiempo y a qué otro lugar se refiere? ¿Por qué crees eso?

EXPLOREMOS EL CIBERESPACIO

Explora distintos aspectos del mundo cubano en las **Actividades para la Red** que corresponden a esta lección. Ve primero a **http://college.hmco.com** en la red, y de ahí a la página de *Mundo 21.*

Manual de gramática
Unidad 2 Lección 1

2.1   EL PRETÉRITO: VERBOS REGULARES

¡A que ya lo sabes!

Nada de pares de oraciones, señoras y señores; esta vez tenemos tres oraciones para que Uds. decidan si dirían la primera, la segunda o la tercera.

1. ¿Cuánto tiempo *trabajastes* allí?
2. ¿Cuánto tiempo *trabajates* allí?
3. ¿Cuánto tiempo *trabajaste* allí?

¿Qué decidieron? Esta vez es más difícil, ¿verdad? Sin embargo, la mayoría de la clase debe de haber optado por la número tres. ¿Por qué? Porque ésa es la que la gran mayoría de hispanohablantes dirían. Pero, ¿por qué fue más difícil decidir esta vez? Porque las otras dos oraciones son variantes que se usan en algunas comunidades de hispanos. Pero, sigan leyendo y van a aprender a tomar estas decisiones con facilidad.

Formas

Verbos en *-ar*	Verbos en *-er*	Verbos en *-ir*
preparar	*comprender*	*recibir*
prepar**é**	comprend**í**	recib**í**
prepar**aste**	comprend**iste**	recib**iste**
prepar**ó**	comprend**ió**	recib**ió**
prepar**amos**	comprend**imos**	recib**imos**
prepar**asteis**	comprend**isteis**	recib**isteis**
prepar**aron**	comprend**ieron**	recib**ieron**

■ Las terminaciones del pretérito de los verbos regulares terminados en **-er** e **-ir** son idénticas.

■ Las formas correspondientes a **nosotros** en los verbos regulares terminados en **-ar** e **-ir** son idénticas en el pretérito y en el presente de indicativo. El contexto normalmente clarifica el sentido.

Gozamos ahora con el *Cantar de Mío Cid*. Y también **gozamos** cuando lo leímos por primera vez.

Nota para hispanohablantes Hay una tendencia dentro de algunas comunidades de hispanohablantes a variar las terminaciones del pretérito de la segunda persona singular ("tú"). De esta manera, en vez de usar las terminaciones más aceptadas de **-aste** para verbos en **-ar** ("preparaste") y de **-iste** para verbos en **-er/-ir** ("comprendiste", "recibiste"), usan las teminaciones **-astes/-istes** y dicen *preparastes, comprendistes, recibistes* o usan las terminaciones **-ates/-ites** y dicen *preparates, comprendites, recibites*. Es importante evitar este uso fuera de esas comunidades y en particular al escribir.

Cambios ortográficos en el pretérito

Algunos verbos regulares requieren un cambio ortográfico para mantener la pronunciación de la raíz.

■ Los verbos que terminan en **-car, -gar, -guar** y **-zar** sufren un cambio ortográfico en la primera persona del singular.

c → qu   buscar: bus**qu**é
g → gu   llegar: lle**gu**é
u → ü   averiguar: averi**gü**é
z → c   alcanzar: alcan**c**é

Otros verbos en estas categorías:

almorzar (ue)	comenzar (ie)	indicar	rogar (ue)
atacar	empezar (ie)	jugar (ue)	sacar
atestiguar	entregar	pagar	tocar

Comencé mi trabajo de investigación sobre los visigodos hace una semana y lo **entregué** ayer.

■ Ciertos verbos terminados en **-er** e **-ir** cuya raíz termina en una vocal cambian la **i** por **y** en las terminaciones de tercera persona del singular y del plural.

leer: leí, leíste, le**yó,** leímos, leísteis, le**yeron**
oír: oí, oíste, o**yó,** oímos, oísteis, o**yeron**

Otros verbos en esta categoría:

caer	creer	influir
construir	huir	

Los estudiantes **leyeron** acerca de la cultura árabe, la cual **influyó** en toda Europa.

Nota para hispanohablantes Al escribir, algunos bilingües tienden a regularizar estos cambios de ortografía. Por ejemplo, en vez de usar las formas de mayor uso de "busqué", "llegué" y "leyeron", escriben *buscé, llegé, analizé y leeron*. Es muy importante estar consciente de los cambios de ortografía al escribir porque el usar las formas recién anotadas se considera un error.

Uso

■ El pretérito se usa para describir una acción, un acontecimiento o una condición considerada acabada en el pasado. Puede indicar el comienzo o el fin de una acción.

Los árabes **llegaron** a España en el año 711. **Salieron** del territorio español en 1492. Su estadía en el país **duró** casi ocho siglos.

Ahora, ¡a practicar!

A. Lectura. Usa el pretérito para completar la siguiente narración acerca de la historia que leyó un estudiante.

Ayer __1__ (llegar [yo]) a casa un poco antes de las seis. Después de cenar, __2__ (buscar) mi libro de español y __3__ (comenzar) a leer. __4__ (Leer) acerca de Rodrigo Díaz de Vivar, más conocido como El Cid. Este personaje __5__ (vivir) durante la Edad Media. Se cree que __6__ (nacer) cerca de Burgos hacia el año 1043. __7__ (Luchar) por varios reyes. __8__ (Casarse) con doña Jimena, parienta del rey Alfonso VI, rey de Castilla y León. Este rey lo __9__ (enviar) al destierro en el año 1081. A partir de ese momento __10__ (luchar) contra los moros. En el año 1094 __11__ (capturar) Valencia, ciudad en poder de los moros. __12__ (Morir) en esa ciudad en 1099. En el siglo XII las hazañas de este personaje __13__ (empezar) a aparecer por escrito. Se piensa que el *Cantar de Mío Cid* __14__ (escribirse) hacia el año 1140. Yo __15__ (encontrar) muy interesante la historia de este héroe.

B. Hacer la tarea de nuevo. Tu profesor(a) te pide que escribas de nuevo la tarea acerca de los primitivos habitantes de la Península Ibérica. Esta vez quiere que emplees el pretérito en vez del presente histórico. (a.E.C. - antes de la Era Cristiana)

Muchos pueblos pasan (1) por el territorio español. Antes del siglo XI, los fenicios se instalan (2) en el sur del país. Hacia el siglo VII a.E.C. llegan (3) los griegos, quienes fundan (4) varias colonias. En el año 206 comienza (5) la dominación romana. Los romanos gobiernan (6) el país por más de seis siglos. Le dan (7) al país su lengua; construyen (8) anfiteatros, puentes y acueductos; establecen (9) un sistema legal y contribuyen (10) al florecimiento cultural del país.

C. Semestre en Sevilla. Un amigo tuyo acaba de enterarse de que estuviste estudiando en España el año pasado. Contesta sus preguntas acerca del semestre que pasaste en Sevilla.

MODELO   ¿Cuánto tiempo (vivir) en Sevilla? (cinco meses)
   —**¿Cuánto tiempo viviste en Sevilla?**
   —**Viví allí cinco meses.**

1. ¿Cuándo (llegar) a Sevilla? (en septiembre)
2. ¿Con quién (vivir)? (con una familia)
3. ¿Qué día (comenzar) las clases? (el lunes 15 de septiembre)
4. ¿Qué materias (estudiar)? (la literatura medieval, la historia de España)
5. ¿(Conocer) a jóvenes españoles de tu edad? (sí, a varios)
6. ¿Te (gustar) tu estadía en Sevilla? (sí, muchísimo)
7. ¿(Visitar) otras ciudades? (sí; Granada, Córdoba y Madrid)
8. ¿(Influir) en tu vida esta experiencia? (sí, bastante)

D. Semestre difícil. Selecciona la forma que consideras más apropiada para contarle a tu amiga Margarita cómo te fue el semestre anterior.

El semestre pasado yo __1__ (pasé/pase) muchas dificultades. Entiendo que tú __2__ (pasates/pasaste) un semestre fantástico. Bueno, yo __3__ (comenzé/comencé) con seis clases pero pronto tuve dejar dos por falta de tiempo. No __4__ (saqué/sacé) excelentes notas en todas esas clases, pero __5__ (averigué/averigüé) que mi promedio general no bajó demasiado. Dos de mis profesores, excelentes personas y excelentes académicos, __6__ (creeron/creyeron) que yo saldría adelante; ellos __7__ (influyeron/influeron) mucho en mí. ¿Es verdad que tú __8__ (sacastes/sacaste) "A" en todas tus clases?

Lección 2

2.2 PRONOMBRES DE OBJETO DIRECTO E INDIRECTO Y LA A PERSONAL

¡A que ya lo sabes!

Fernando acaba de regresar del correo. Según él, ¿por qué fue al correo?

1. a. *La* envié una carta a mamá.
   b. *Le* envié una carta a mamá.

2. a. Les mandé un regalo *a mis tíos*.
   b. Les mandé un regalo *mis tíos*.

Sin duda toda la clase contestó igual y seleccionó la oración **b** en el primer grupo y la oración **a** en el segundo grupo, porque todos tienen un conocimiento tácito de los objetos directos e indirectos y de la "a" personal. Pero, sigan leyendo y van a aprender mucho más sobre este tema.

Formas

Directo	Indirecto
me	me
te	te
lo / la	le
nos	nos
os	os
los / las	les

■ El objeto directo de un verbo responde a la pregunta "¿qué?" o "¿quién?"; el objeto indirecto responde a la pregunta "¿a quién?" o "¿para quién?", como se ve en el cuadro siguiente.

	Objeto directo nominal	**Objeto directo pronominal**
Vi... (¿qué?)	Vi **la película**.	**La** vi.
Vi... (¿a quién?)	Vi **al actor**.	**Lo** vi.
	Objeto indirecto nominal	**Objeto indirecto pronominal**
Hablé... (¿a quién?)	Hablé **a la actriz**.	**Le** hablé.

> **Nota para hispanohablantes**   Es importante notar que en algunas regiones, en España en particular, "le" y "les" se usan como pronombres de objeto directo en lugar de "lo" y "los" cuando se refieren a personas: Los soldados del ejército de Benito Juárez capturaron a Maximiliano y **le** asesinaron.

■ Las formas del pronombre de objeto directo e indirecto son idénticas, excepto en la tercera persona del singular y del plural.

El profesor **nos** (directo) saludó. Luego **nos** (indirecto) habló del cuento de Guillermo Samperio.

El protagonista pensó en su doctor. **Lo** (directo) llamó y **le** (indirecto) describió sus síntomas.

■ Los pronombres objeto preceden inmediatamente a los verbos conjugados y los mandatos negativos.

La historia de México **me** fascina.
El cuento "Tiempo libre" no **nos** aburrió en absoluto.
No **me** leas historias fantásticas; me dan miedo.

■ Los objetos pronominales se colocan al final de los mandatos afirmativos, con los cuales forman una sola palabra. Se debe colocar un acento escrito si el acento prosódico cae en la antepenúltima sílaba.

Cuénta**me** de tu visita a la Ciudad de México. Di**me** qué lugar te impresionó más.

■ Cuando un infinitivo o un gerundio sigue al verbo conjugado, los pronombres de objeto directo e indirecto se colocan al final del infinitivo o del gerundio, formando una sola palabra, o se colocan delante del verbo conjugado como palabra independiente. Cuando los pronombres se colocan al final del infinitivo o del gerundio, se debe colocar un acento escrito si el acento prosódico cae en la antepenúltima sílaba.

El profesor va a explicar**nos** un poema de Octavio Paz. (El profesor **nos** va a explicar un poema de Octavio Paz.)

—¿Terminaste el informe sobre la civilización azteca?
—No, todavía estoy escribiéndo**lo**. (No, todavía **lo** estoy escribiendo.)

■ Los pronombres de objeto indirecto preceden a los pronombres de objeto directo cuando los dos se usan en la misma oración.

—¿Nos mostró la profesora el video reciente de Luis Miguel?
—Sí, **nos lo** mostró ayer.

- Los pronombres de objeto indirecto "le" y "les" cambian a "se" cuando se usan con los pronombres de objeto directo "lo", "la", "los" y "las". El significado de "se" puede aclararse usando frases tales como "a él/ella/Ud./ellos/ellas/Uds."

—Mi hermano quiere saber dónde está su libro sobre las pinturas de Frida Kahlo.
—**Se lo** devolví hace una semana.

Mónica y Eduardo quieren ver la Pirámide del Sol, pero no pueden ir juntos. **Se la** mostraré **a ella** primero.

- Se puede poner énfasis o aclarar a quién se refiere el pronombre de objeto indirecto usando frases tales como "a mí/ti/él/nosotros", etcétera.

¿**Te** gustó **a ti** la última novela de Laura Esquivel? **A mí me** pareció sensacional.
Irene dice que no le devolví las fotos de Guadalajara, pero yo estoy segura de que **se las** di **a ella** hace una semana.

- En español, las oraciones con un objeto indirecto nominal (que tiene un sustantivo) también incluyen normalmente un pronombre de objeto indirecto que se refiere a ese sustantivo.

La Fundación Octavio Paz **les** da becas **a los escritores.**
El protagonista del cuento **le** pidió ayuda **a su médico.**

La a personal

- La "a" personal se usa delante de un objeto directo que se refiere a una persona o personas específicas.

Muchos mexicanos admiran **a Benito Juárez.**
En 1821 los criollos derrotaron **a los españoles.**

Nota para bilingües **La a personal no existe en inglés:** *Many Mexicans admire Benito Juárez.*

- La "a" personal no se usa delante de sustantivos que se refieren a personas anónimas o no específicas.

Necesito **un voluntario.**
Necesitan **trabajadores** en esta compañía.

- La "a" personal se usa siempre delante de "alguien", "alguno", "ninguno", "nadie" y "todos" cuando estas palabras se refieren a personas.

El presidente actual no ha perdido **a todos** sus simpatizantes, pero no convence **a nadie** con su nuevo programa económico.

- La "a" personal no se usa normalmente después del verbo "tener".

Tengo **varios amigos** que han visitado el Museo de Antropología.

Ahora, ¡a practicar!

A. Ausente. Como no asististe a la última clase de Historia de México, tus compañeros te cuentan lo que pasó.

> MODELO   profesor / hablarnos de la civilización tolteca
> **El profesor nos habló de la civilización tolteca.**

1. profesor / entregarnos el último examen
2. dos estudiantes / mostrarnos fotos de la Plaza de las Tres Culturas
3. profesor / explicarnos la importancia de la cultura indígena en México
4. Rubén / contarle a la clase sobre su visita a San Miguel de Allende
5. unos estudiantes / hablarle a la clase de las pirámides del Sol y de la Luna

B. Estudios. Usa estas preguntas para entrevistar a un(a) compañero(a) de clase. Luego, él (ella) hace las preguntas mientras tú contestas.

> MODELO   ¿Te aburren las clases de historia?
> **Sí, (a mí) me aburren esas clases. o No, (a mí) no me aburren esas clases. Me fascinan esas clases.**

1. ¿Te interesan las clases de ciencias naturales?
2. ¿Te parecen importantes las clases de idiomas extranjeros?
3. ¿Te entusiasman las clases de arte?
4. ¿Te es difícil memorizar información?
5. ¿Te falta tiempo siempre para completar tus tareas?
6. ¿Te cuesta mucho trabajo obtener buenas notas?

C. Buscando trabajo. Una compañía madrileña ha entrevistado a tu amigo Manolo para un trabajo en la oficina principal. Le cuentas a una amiga cómo le fue a Manolo. Selecciona los pronombres que usarían en Madrid.

Sé que a Manolo __1__ (le/lo) entrevistaron el lunes pasado. Necesitaban a alguien con conocimientos de español e inglés y esos dos idiomas Manolo __2__ (los/les) domina. __3__ (Le/Lo) pidieron recomendaciones de sus jefes anteriores y __4__ (le/lo) hicieron muchas preguntas. Manolo quería obtener ese trabajo y afortunadamente __5__ (le/lo) obtuvo. Yo __6__ (lo/le) felicité efusivamente.

D. Hablando de arte. Trabajando con un(a) compañero(a), tomen turnos para hacerse estas preguntas.

1. ¿Conoces a algún muralista mexicano? ¿A cuál?
2. ¿Estudiaste a Frida Kahlo en algún curso de arte? ¿Y a Diego Rivera? ¿Reconoces los cuadros de estos pintores?
3. ¿Estudiaste el arte impresionista en algún curso de arte? ¿Y el movimiento surrealista?
4. ¿A qué pintor admiras en especial? ¿Por qué lo (la) admiras?
5. ¿Visitas exhibiciones de arte a veces? ¿Visitas museos? ¿Visitas a algunos amigos pintores?

E. Regalos para todos. En grupos de tres, digan qué regalos recibieron para Navidad u otra celebración familiar el año pasado y quién se los dio. Luego mencionen dos regalos que compraron y digan a quiénes se los dieron. Cada persona debe mencionar por lo menos dos regalos que recibió y dos que regaló.

2.3   GUSTAR Y CONSTRUCCIONES SEMEJANTES

¡A que ya lo sabes!

Acabas de conocer a un nuevo amigo en la universidad y decides invitarlo a cenar. ¿Qué dices tú y qué te contesta él? Mira los siguientes pares de oraciones y decide, en cada par, cuál de las dos te suena bien, la primera o la segunda.

1. a. ¿*Tú gusta* la comida mexicana?
   b. ¿*Te gusta* la comida mexicana?

2. a. *Me* fascina la comida mexicana.
   b. *Yo* fascina la comida mexicana.

¡A todos nos gusta! Y no, no es el hambre la que les hizo seleccionar las mismas oraciones, la **b** en el primer grupo y la **a** en el segundo grupo. Es ese conocimiento tácito que todos tenemos. Pero, sigan leyendo y van a aprender bastante más de "gustar" y de construcciones semejantes.

El verbo gustar

■ El verbo **gustar** se usa en estructuras con sujeto, verbo y objeto indirecto. Normalmente el objeto indirecto precede al verbo y el sujeto sigue al verbo.

Objeto indirecto	Verbo	Sujeto
Me	gustan	los cuadros de Picasso.

Nota para bilingües **El verbo "gustar" significa en inglés *to be pleasing: Semperio's short stories are pleasing to me.* Más comúnmente, sin embargo, "gustar" equivale al verbo inglés *to like,* que se usa en estructuras con sujeto, verbo y objeto directo; el objeto directo del inglés es sujeto en español y el sujeto del inglés es objeto indirecto en español: *I like Semperio's short stories* = Me gustan los cuentos de Semperio. *I like them* = Me gustan.**

■ Cuando el objeto indirecto es un sustantivo, la oración incluye también un pronombre de objeto indirecto.

A **mi hermano** no **le** gustaron las enchiladas potosinas*.

■ Para aclarar o para poner énfasis en el pronombre de objeto indirecto, se usa la frase "a" + *pronombre preposicional*.

Hablaba con los Morales. **A ella le** gusta mucho caminar por las calles, pero **a él** no **le** gustan esas caminatas.
A mí me gustan mucho los poemas de Octavio Paz, pero **a ti** no **te** gustan tanto.

* en el estilo de San Luis Potosí, México

- Los siguientes verbos tienen la misma estructura que "gustar":

agradar	fascinar	molestar
disgustar	importar	ofender
doler (ue)	indignar	preocupar
encantar	interesar	sorprender
enojar		

—¿Te **agradan** las frutas tropicales?
—Me **gustan** muchísimo. Me **sorprende** que mucha gente no las conozca.

A los mexicanos les **encanta** el fútbol.

- Los verbos "faltar", "quedar" y "parecer" son semejantes a "gustar" ya que se pueden usar con un objeto indirecto. Sin embargo, a diferencia de "gustar", se usan también a menudo sin objeto indirecto en aseveraciones impersonales.

Nos faltan recursos para promover las bellas artes.
Faltan recursos para promover las bellas artes.
A mí me parecen ininteligibles las discusiones económicas.
Muchas discusiones económicas **parecen** ininteligibles.

Ahora, ¡a practicar!

A. Pátzcuaro. Tú y tus amigos hacen comentarios acerca de su viaje reciente a la pintoresca ciudad de Pátzcuaro, en el estado de Michoacán. ¡Ojo! Usa el pretérito.

MODELO   a todo el mundo / fascinar el lago de Pátzcuaro
A todo el mundo le fascinó el lago de Pátzcuaro.

1. a algunos / encantar el paseo a la isla de Janitzio
2. a otros / doler no estar allí durante el Día de los Muertos
3. a mí / sorprender la hermosa artesanía
4. a todos nosotros / encantar el famoso pescado blanco del lago
5. a muchos de mis amigos / no gustar algunos platos típicos
6. a casi todos nosotros / parecer fascinantes las calles empedradas de la ciudad
7. a la mayoría / interesar el Museo de Artes Populares
8. a todos nosotros / faltar tiempo para conocer mejor la ciudad y sus alrededores

B. Diego Rivera y sus murales. Una amiga tuya acaba de escribir un informe sobre los murales de Diego Rivera. Tú le haces algunas preguntas. ¿Cómo te contesta?

MODELO   ¿Por qué te interesa Diego Rivera? (por su gran originalidad)
Me interesa por su gran originalidad.

1. ¿Les gustaron a todos los murales de Rivera? (en general sí, y todavía... gustan)
2. ¿Le interesó a Diego Rivera la historia de su país? (sí, mucho, varios murales tienen temas históricos)
3. ¿Le dolió a Diego Rivera la destrucción de su mural del Centro Rockefeller? (sí, mucho)
4. Le indignó también, ¿verdad? (sí, por supuesto, enormemente)
5. ¿Te impresionó algún mural de Diego Rivera en particular? (sí, el mural del Palacio Nacional *De la conquista a 1930*)

UNIDAD 2

C. Reacciones. Expresa tus reacciones a los siguientes hechos y explica por qué piensas así. Usa los verbos que aparecen a continuación.

MODELO   el video sobre las tres hispanidades
Me impresionó (Me sorprendió) por su claridad.

aburrir	encantar	gustar	indignar	ofender
agradar	fascinar	impresionar	interesar	sorprender

1. las pinturas de Frida Kahlo
2. el mercado de Tlatelolco descrito por Bernal Díaz del Castillo
3. el cuento "Tiempo libre"
4. los muralistas mexicanos
5. la derrota del Partido Revolucionario Institucional (PRI)
6. la variedad de frutas tropicales
7. la Revolución Mexicana
8. México bajo el porfiriato
9. la presidencia de Vicente Fox
10. el México moderno

D. Gustos personales. En grupos de tres, completen estas oraciones para expresar sus opiniones sobre la dieta diaria.

MODELO   dos verduras / disgustar / muchos / ser
Dos verduras que les disgustan a muchos son las berenjenas y el bróculi.

1. un vegetal / encantar / mis hermanos / ser
2. algunas bebidas / agradar / mí / ser
3. dos frutas / gustar / todos / ser
4. una legumbre / fascinar / los mexicanos / ser
5. un plato vegetariano / impresionar / mi novia(o) / ser

Lección 3

2.4

EL PRETÉRITO: VERBOS CON CAMBIOS EN LA RAÍZ Y VERBOS IRREGULARES

¡A que ya lo sabes!

Tú y un amigo decidieron pasar las vacaciones de primavera en la República Dominicana porque les han dicho que es un país muy interesante y relativamente barato. Durante el vuelo, tu amigo quiere saber algo de dónde van a hospedarse. ¿Qué le dices y qué otra pregunta te hace? Mira los siguientes pares de oraciones y decide, en cada par, cuál de las dos te suena bien, la primera o la segunda.

1. a. *Pedí* un cuarto con cama doble, baño, ducha y que incluye el desayuno.
   b. *Pidí* un cuarto con cama doble, baño, ducha y que incluye el desayuno.

2. a. ¿*Trajiste* mucha ropa?
   b. ¿*Trujiste* mucha ropa?

Si todos están de acuerdo y seleccionaron la oración **a** en ambos casos, es porque tienen un conocimiento tácito de muchos de los verbos con irregularidades en el pasado. Si no todos estuvieron de acuerdo, es porque algunos de Uds. usan variantes de los verbos con cambios en la raíz y verbos irregulares en el pretérito. Pero, sigan leyendo y van a ver que hay mucha regularidad en las irregularidades de estos verbos.

Verbos con cambios en la raíz

■ Los verbos que terminan en **-ar** y **-er** que tienen cambios en la raíz en el presente son completamente regulares en el pretérito. (Consúltese la *Unidad 1,* págs. 80–86 para verbos con cambios en la raíz en el presente.)

El protagonista del cuento de esta lección **piensa** al comienzo que el sueño no es importante, pero luego **pensó** que sus sueños recurrentes eran muy interesantes.

■ Los verbos terminados en **-ir** que tienen cambios en la raíz en el presente también son regulares en el pretérito, excepto en las formas de tercera persona del singular y del plural. En estas dos formas, cambian la **e** por **i** y la **o** por **u**.

sentir	pedir	dormir
e → i	*e → i*	*o → u*
sentí	pedí	dormí
sentiste	pediste	dormiste
sintió	pidió	durmió
sentimos	pedimos	dormimos
sentisteis	pedisteis	dormisteis
sintieron	pidieron	durmieron

Los puertorriqueños sintieron gran admiración por Luis Muñoz Marín, su primer gobernador.

Felisa Rincón de Gautier (doña Fela) murió a los noventa y seis años.

Nota para hispanohablantes   Hay una tendencia dentro de algunas comunidades de hispanohablantes a querer hacer este cambio en la raíz en todas las personas. Por ejemplo, en vez de usar las formas de mayor uso para la primera y segunda personas (sentí, sentiste, sentimos; pedí, pediste, pedimos) dicen *sintí, sintiste, sintimos* y *pidí, pidiste, pidimos*. Es importante evitar estos cambios en la raíz fuera de esas comunidades y en particular al escribir.

Verbos irregulares

■ Algunos verbos de uso frecuente tienen una raíz irregular en el pretérito. Observa que las terminaciones **-e** y **-o** de estos verbos son irregulares ya que no llevan acento escrito.

Verbo	Raíces (de pretérito) de tipo -*u*- e -*i*-	Terminaciones	
andar	anduv -		
caber	cup -		
estar	estuv -		
haber	hub -		
poder	pud -	**e**	imos
poner	pus -	iste	isteis
querer	quis -	**o**	ieron
saber	sup -		
tener	tuv -		
venir	vin -		

Verbo	Raíces (de pretérito) de tipo -*j*-	Terminaciones	
decir	dij -	**e**	imos
producir	produj -	iste	isteis
traer	traj -	**o**	**eron**

Nota para hispanohablantes Hay una tendencia dentro de algunas comunidades de hispanohablantes a querer regularizar el verbo "andar" en el pretérito. De esta manera, en vez de las formas de mayor uso (anduve, anduviste, anduvo,...), usan *andé, andaste, andó,...* Además, tienden a usar *yo estubo/estuvo* y *yo tubo/tuvo* en vez de "yo estuve" y "yo tuve". Es importante evitar estos usos fuera de esas comunidades y en particular al escribir.

Los verbos que se derivan de los mencionados en el cuadro tienen las mismas irregularidades, por ejemplo:

decir: contradecir, predecir   tener: detener, mantener, sostener
poner: componer, proponer   venir: convenir, intervenir

Felisa Rincón de Gautier **tuvo** importancia en la política puertorriqueña. **Supo** ganarse el respeto de los puertorriqueños.
En 1916 se **produjo** la ocupación de la República Dominicana por parte de EE.UU.

Nota para hispanohablantes Hay una tendencia dentro de algunas comunidades de hispanohablantes a cambiar la raíz del verbo "traer" en el pretérito a **truj-** en vez de **traj-**. De esta manera, en vez de las formas de mayor uso (traje, trajiste, trajo,...), usan *truje, trujiste trujo,...* También, con el verbo "decir", en vez de usar "dijiste", tienden a preferir *dijistes, dijites* o *dejite* y en vez de "dijeron", usan *dijieron.* Es importante evitar estos usos fuera de esas comunidades y en particular al escribir.

■ Otros verbos irregulares:

dar		hacer		ir / ser	
di	dimos	hice	hicimos	fui	fuimos
diste	disteis	hiciste	hicisteis	fuiste	fuisteis
dio	dieron	hizo	hicieron	fue	fueron

Los verbos **ir** y **ser** tienen formas idénticas en el pretérito. Normalmente el contexto deja en claro qué significado se quiere expresar.

Me **dieron** tantas tareas ayer que no las **hice** todas.
Una amiga mía **fue** a San Juan por unos días. **Fue** una visita muy interesante, me dijo.

> **Nota para hispanohablantes**   Hay una tendencia dentro de algunas comunidades de hispanohablantes a cambiar la raíz del verbo "ir" en el pretérito. En vez de usar las formas de mayor uso (fui, fuiste, fue,...), usan *jui, juiste/juites, jue,...* Es importante evitar estos usos fuera de esas comunidades y en particular al escribir.

Ahora, ¡a practicar!

A. Vida de un dictador. Completa la siguiente información acerca de la vida de Rafael Leónidas Trujillo usando el pretérito.

Rafael Leónidas Trujillo __1__ (nacer) en Villa de San Cristóbal en 1891. __2__ (Recibir) educación militar y en 1916 __3__ (ingresar) en la Guardia Nacional. Ocho años más tarde __4__ (ser) elegido comandante en jefe de ese cuerpo militar. En 1930 __5__ (provocar) la caída del presidente y __6__ (tomar) el poder. __7__ (Permanecer) como jefe máximo hasta 1938 y luego también __8__ (gobernar) de modo autocrático entre 1942 y 1952. Su gobierno se __9__ (caracterizar) por innumerables matanzas y crueldades. __10__ (Dominar) la vida política de la República Dominica hasta 1961, año en que __11__ (ser) asesinado.

B. Casa colonial. Una amiga escribe en su diario las impresiones de su visita a Santo Domingo. Completa este fragmento usando el pretérito.

Unos amigos me __1__ (decir): "Debes visitar Santo Domingo". Yo me __2__ (proponer) hacer la visita el mes pasado, pero no __3__ (poder), porque __4__ (tener) muchas otras cosas que hacer durante ese tiempo. Finalmente, la semana pasada __5__ (hacer) el viaje. Lo primero que __6__ (querer) hacer __7__ (ser) visitar la casa de Diego Colón. __8__ (Estar) recorriendo las habitaciones por mucho tiempo. __9__ (Poder) imaginarme en la época colonial y __10__ (tener) una buena idea de la vida de ese tiempo. Como recuerdo me __11__ (traer) un libro con fotos de esa casa.

C. La guerra de 1898. Completa la siguiente información acerca de la guerra entre España y EE.UU. Cambia el presente histórico al pretérito.

El 15 de febrero de 1898 el barco norteamericano *Maine* es (1) destruido a causa de una explosión en la cual mueren (2) 260 estadounidenses. EE.UU. culpa (3) a los españoles por la explosión y declara (4) la guerra a España. Fuerzas norteamericanas

UNIDAD 2

desembarcan (5) en La Habana, un escuadrón bloquea (6) este y otros puertos y finalmente derrota (7) a la flota española en Santiago de Cuba. El 1º de mayo la armada norteamericana destruye (8) la flota española en las Filipinas. El 20 de junio captura (9) el territorio de Guam. Entre el 25 de julio y el 12 de agosto, EE.UU. toma (10) posesión de Puerto Rico. El 10 de diciembre del mismo año se firma (11) la paz. España cede (12) las Filipinas, Puerto Rico y Guam a EE.UU. y aprueba (13) la independencia de Cuba. Tropas norteamericanas ocupan (14) la isla hasta que el 20 de mayo de 1902 el gobierno de Cuba es (15) entregado a su primer presidente, Tomás Estrada Palma.

D. Viaje. Un compañero te pide que le eches un vistazo a lo que escribió y que corrijas cualquier uso que no sea apropiado para la lengua escrita.

Cuando visité la República Dominicana me sentí muy a gusto. Sabía mucho acerca del país porque hablé con varios amigos dominicanos y les pidí consejos. Algunas personas me dijieron que no entendería a los dominicanos porque hablan muy rápido, pero yo no tuvo ningún problema con el idioma. Jui a muchos lugares bonitos y truje muchos objetos típicos para regalar a mis familiares y amigos. Quiero volver a ese país pronto porque me gustó mucho.

E. Encuesta. Entrevista a tus compañeros(as) de clase hasta encontrar personas que hacen cada actividad.

MODELO   Durmió mal anoche.

> —**¿Dormiste mal anoche?**
> —**Sí, dormí mal.** o **No, no dormí mal.**

1. Durmió ocho horas anoche.
2. Tuvo que estudiar para un examen ayer.
3. Anduvo a clase hoy.
4. Vino a clase en autobús.
5. Trajo una computadora a clase.
6. Estuvo enfermo(a) ayer.
7. Fue al cine durante el fin de semana.
8. No hizo la tarea para la clase anoche.

Lección 4

2.5   **EL IMPERFECTO**

¡A que ya lo sabes!

Un amigo cubano quiere saber por qué los padres de Marta traían tantas maletas en su último viaje a la isla y de qué hablaban con sus parientes cubanos. ¿Qué le dicen los padres? Mira los siguientes pares de oraciones y decide, en cada par, cuál de las dos te suena bien, la primera o la segunda.

1. a. *Tráibamos* regalos para todo el mundo.
   b. *Traíamos* regalos para todo el mundo.

2. a. *Hablábamos* de nuestros familiares, tanto de los que viven en EE.UU. como de los que viven en Cuba.

b. *Hablábanos* de nuestros familiares, tanto de los que viven en EE.UU. como de los que viven en Cuba.

¿Se pusieron todos de acuerdo y seleccionaron la oración **b** en el primer grupo y la oración **a** en el segundo grupo? Si dicen que sí, es porque tienen un conocimiento tácito del imperfecto. Si no todos estuvieron de acuerdo, es porque algunos de Uds. están acostumbrados a usar variantes del imperfecto. Pero, sigan leyendo y van a ver que el imperfecto es uno de los tiempos más fáciles de aprender y con muy pocas irregularidades.

Formas

Verbos en *-ar*	Verbos en *-er*	Verbos en *-ir*
ayudar	*aprender*	*escribir*
ayud**aba**	aprend**ía**	escrib**ía**
ayud**abas**	aprend**ías**	escrib**ías**
ayud**aba**	aprend**ía**	escrib**ía**
ayud**ábamos**	aprend**íamos**	escrib**íamos**
ayud**abais**	aprend**íais**	escrib**íais**
ayud**aban**	aprend**ían**	escrib**ían**

■ Observa que las terminaciones del imperfecto de los verbos terminados en **-er** e **-ir** son idénticas.

■ Sólo tres verbos son irregulares en el imperfecto: "ir", "ser" y "ver".

ir: iba, ibas, iba, íbamos, ibais, iban
ser: era, eras, era, éramos, erais, eran
ver: veía, veías, veía, veíamos, veíais, veían

Nota para hispanohablantes   Hay una tendencia dentro de algunas comunidades de hispanohablantes a usar las terminaciones de verbos en **-ar** con verbos en **-er** o **-ir**. Por ejemplo, en vez de usar las formas de mayor uso de los verbos "traer" (traía, traías,...) y "sentir" (sentía, sentías,...), usan *traiba, traibas,...* y *sentiba, sentibas,...* También hay una tendencia a cambiar las terminaciones **-ábamos** e **-íamos** a **-ábanos** e **-íanos.** Por ejemplo, en vez de usar las formas mayormente aceptada de los verbos de "hablar" (hablábamos) y "sentir" (sentíamos), usan *hablábanos* y *sentíanos.* Es importante evitar estos usos fuera de esas comunidades y en particular al escribir.

Usos

El imperfecto se usa para:

- expresar acciones que estaban realizándose en el pasado.

  Ayer, cuando tú viniste a verme, yo **leía** un libro sobre la música cubana.

- hacer descripciones en el pasado. Esto incluye tanto el trasfondo o ambiente de las acciones como condiciones físicas, emocionales y mentales.

  Después de pasar horas caminando por el centro de La Habana me **sentía** cansado, pero **estaba** contento porque me **encontraba** en una ciudad atractiva.
  Era sábado. El cielo **estaba** despejado y **hacía** bastante calor. De pronto,...

- expresar acciones habituales o que ocurrían con cierta regularidad en el pasado.

  Cuando yo vivía en Camagüey, **iba** a clases por la mañana. Por la tarde me **juntaba** con mis amigos y **salíamos** a pasear, **íbamos** al cine o **charlábamos** en un café.

- decir la hora en el pasado.

  Eran las nueve de la mañana cuando la encontré.

Nota para bilingües **El inglés no tiene un tiempo verbal simple que funcione como el imperfecto del español. Cuando el imperfecto indica acciones que se estaban realizando, el inglés usa el tiempo pasado progresivo: I _was reading_ a book on Cuban music. = Yo leía un libro sobre la música cubana. Cuando el imperfecto indica acciones habituales, el inglés utiliza _used to_ o _would: We used to go/We would go_ there every summer. = Íbamos allí todos los veranos. Cuando el imperfecto se usa en descripciones, el inglés requiere generalmente el tiempo pasado simple: We _were_ tired; our muscles _ached_. = Estábamos cansados; nos dolían los músculos.**

Ahora, ¡a practicar!

A. Mambo. Completa la descripción de un pariente tuyo que te habla del tiempo en que él tuvo su primer encuentro con el mambo.

En los años 50 yo __1__ (estar) en México. __2__ (Vivir) en el Distrito Federal. Me __3__ (gustar) la música, como a todo joven. Un sábado me invitaron a escuchar la orquesta de un músico que se __4__ (llamar) Pérez Prado. Yo no __5__ (saber) quién __6__ (ser) ese señor. Una vez en el teatro, yo no __7__ (poder) creer lo que __8__ (escuchar): un ritmo cautivante y enloquecedor. Yo no __9__ (poder) estar quieto; __10__ (mover) los pies, las manos, todo el cuerpo. ¡Qué noche tan inolvidable!

B. El agua de la creación. Completa la siguiente descripción de la creación del universo que encontramos en el poema "Creación" de la poeta cubana Dulce María Loynaz.

Y primera __1__ (ser) el agua. (...)
Todavía
la tierra no __2__ (asomar) entre las olas,
todavía la tierra
__2__ (ser) un fango blando y tembloroso...

No ___2___ (haber) flor de luna ni racimos de
islas... En el vientre

del agua joven se ___2___ (gestar°) continentes.   se preparaban para nacer

C. Al teléfono. Di lo que hacían los miembros de tu familia y tú cuando recibieron una
llamada telefónica.

MODELO   **Mi perro miraba la televisión en el cuarto de mi hermano.**

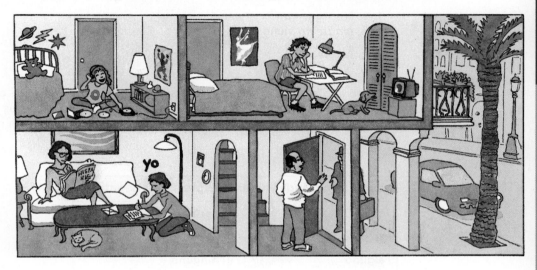

1. hermanita   2. hermano   3. papá   4. mamá   5. yo   6. gato

D. Un semestre como los otros. Di lo que acostumbrabas hacer el semestre pasado.

MODELO   estudiar todas las noches
          Estudiaba todas las noches.

1. poner mucha atención en la clase de español
2. asistir a muchos partidos de básquetbol
3. ir a dos clases los martes y jueves
4. leer en la biblioteca
5. no tener tiempo para almorzar a veces
6. trabajar los fines de semana
7. estar ocupado(a) todo el tiempo

E. Buenas amigas. Lee lo que ha escrito Gaby y corrige cualquier uso que no sea
apropiado para la lengua escrita.

Echo mucho de menos a mi amiga Melisa, que se ha mudado a otra ciudad. Éramos
excelentes amigas. Pasábanos juntas casi todos los fines de semana. Algunas veces
ella traiba discos compactos y escuchábanos música por largas horas. Otras veces
salíanos a pasear en bicicleta o íbanos a las tiendas. Por supuesto que también estudiábanos juntas. Ojalá vuelva algún día para poder continuar nuestra amistad.

UNIDAD 2

2.6 EXPRESIONES INDEFINIDAS Y NEGATIVAS

¡A que ya lo sabes!

Mira estos pares de oraciones y decide, en cada par, cuál de las dos dirías y cuál no dirías. A ver si toda la clase se puede poner de acuerdo.

1. a. No viene *nadie*.
   b. *Nadie no* viene.

2. a. *Nadie* viene.
   b. *Naiden* viene.

Seguro que la mayoría escogió las mismas: la oración **a** en ambos casos. ¿Cómo lo sé? Porque sé que toda la clase tiene un conocimiento tácito de las expresiones negativas e indefinidas. Pero para convertir ese conocimiento tácito en uno más firme, sigan leyendo.

Expresiones indefinidas	Expresiones negativas
algo	nada
alguien	nadie
alguno	ninguno
alguna vez	nunca, jamás
siempre	nunca, jamás
o	ni
o... o	ni... ni
también	tampoco
cualquiera	

—¿Sabes **algo** de los poemas de Nicolás Guillén?
—Antes no sabía **nada** de ellos, pero ahora sé un poco más.

—¿Tiene **alguien** la antología bilingüe de Nancy Morejón?
—No, **nadie** tiene la antología, pero Adán o Ana María tiene un libro de poemas suyo.

—¿Has visitado La Habana o Santiago de Cuba?
—No, no he visitado **ni** La Habana **ni** Santiago de Cuba. **Tampoco** he visitado Camagüey.

Nota para hispanohablantes   Hay una tendencia dentro de algunas comunidades de hispanohablantes a decir *alguen* en vez de "alguien" y *naida* en vez de decir "nada". Es importante evitar esos usos fuera de esas comunidades y en particular al escribir.

Alguno y ninguno

- "Alguno" y "ninguno" son adjetivos y, por tanto, concuerdan con el sustantivo al cual se refieren. "Alguno" varía en género y número (alguno, alguna, algunos, algunas) mientras que "ninguno" se usa en el singular solamente: (ninguno, ninguna).

    —¿Has visto **algunos** cuadros de Wifredo Lam?
    —He visto **algunos** cuadros suyos, pero no tengo **ninguna** idea de qué época son.

- "Alguno" y "ninguno" pierden la **-o** final delante de un sustantivo masculino singular.

    Ningún presidente ha resuelto el problema de la inflación.
    ¿Conoces **algún** pueblo cubano?

- Cuando "alguien", "nadie", "alguno/a/os/as" o "ninguno/a" introducen un objeto directo que se refiere a personas, son precedidos por la preposición "a".

    —¿Conoces **a alguien** de La Habana?
    —No conozco **a nadie** de allá.

> **Nota para hispanohablantes**   Hay una tendencia dentro de algunas comunidades de hispanohablantes a decir *nadien, naide* o *naiden* en vez de decir "nadie". Es importante evitar esos usos fuera de esas comunidades y en particular al escribir.

Nunca y jamás

- "Nunca" y "jamás" son sinónimos. "Nunca" se usa con mayor frecuencia en el habla cotidiana. "Jamás" o "nunca jamás" pueden usarse para enfatizar.

    Nunca estuve en Camagüey.
    ¡Jamás pensé que la música cubana fuera tan rica e importante!

    —¿Visitarías otra vez La Habana por sólo cinco días?
    —¡No, **nunca jamás!** La próxima vez me quedaré mucho más tiempo.

- En preguntas, "jamás" es sinónimo de "alguna vez"; "jamás" se prefiere cuando se espera una respuesta negativa.

    ¿Te ha interesado **alguna vez** (**jamás**) escribir poemas?

    —¿No ha comido **jamás** moros con cristianos?
    —**Nunca jamás.**

No

- "No" se coloca delante del verbo en una oración. Los pronombres de objeto se colocan entre "no" y el verbo.

    No recibí la tarjeta postal que mandaste desde la playa de Varadero. **No la** enviaste a mi dirección antigua, ¿verdad?

UNIDAD 2

- Las oraciones negativas en español pueden contener una o más palabras negativas. La partícula **no** se omite cuando otra expresión negativa precede al verbo.

—Yo **no** he leído **nada** sobre la Revolución Cubana.
—Yo **tampoco** he leído **nada**.

—Mi novia **no** se ha interesado **nunca** por el arte abstracto.
—Mi novia **nunca** se ha interesado por el arte abstracto tampoco.

> **Nota para bilingües** En inglés formal sólo se admite una expresión negativa por oración: *I never said anything to anyone.* El español acepta múltiples partículas negativas: No le dije nunca nada a nadie. Sin embargo, tal como se dijo, si una o más partículas negativas preceden al verbo, no se usa la partícula "no": Nunca le dije nada a nadie.

Cualquiera

- "Cualquiera" se puede usar como adjetivo o como pronombre. Cuando se usa como adjetivo delante de un sustantivo singular, "cualquiera" pierde la **-a** final y se convierte en "cualquier".

Cualquier persona que visita Cuba queda encantada con el país y su gente.
—¿Crees tú que es difícil entender el poema que leímos de "Versos sencillos"?
—No, yo creo que **cualquiera** lo entiende.

> **Nota para hispanohablantes** Hay una tendencia dentro de algunas comunidades de hispanohablantes a decir *cualesquier* o *cualesquiera* en vez de decir "cualquier". Es importante evitar esos usos fuera de esas comunidades y en particular al escribir.

Ahora, ¡a practicar!

A. ¿Cuánto sabes? Contesta estas preguntas para ver cuánto sabes sobre Cuba y su cultura.

MODELO ¿Has visitado Cuba?
Nunca he visitado Cuba. o **Sí, visité Cuba en 2003.**

1. ¿Has visitado alguna vez la ciudad de La Habana?
2. ¿Entiendes algo de la situación política de Cuba?
3. ¿Has leído algunos ensayos de José Martí?
4. ¿Has visto alguna película cubana?
5. ¿Sabes mucho de la música cubana?
6. ¿Has visto a algunas personas bailar el mambo?
7. ¿Conoces algunos instrumentos musicales de origen africano?
8. ¿Te agradan las canciones de la nueva trova?
9. ¿Has estudiado mucho acerca de la influencia africana en la cultura cubana?

B. Opiniones opuestas. Tu compañero(a) contradice cada afirmación que tú haces.

MODELO   Todos quieren resolver los problemas ecológicos.
Nadie quiere resolver los problemas ecológicos.

1. Siempre se va a encontrar solución a un conflicto.
2. Un gobernante debe consultar con todos.
3. La economía ha mejorado algo.
4. El gobierno debe conversar con todos los grupos políticos.
5. Ha habido algunos avances en la lucha contra el narcotráfico.

C. Gustos musicales. Lee lo que ha escrito tu amigo Leonel acerca de la música cubana y corrige cualquier uso que no sea apropiado para la lengua escrita.

La música cubana me interesa muchísimo. Creo que no hay naida de los Van Van, por ejemplo, que yo no tenga. Si alguen toca cualquiera canción de ese grupo, yo la reconozco de inmediato. Mis amigos dicen que no conocen a naiden que sepa tanto de música popular cubana como yo. Espero poder viajar a Cuba para llegar a conocer a algunos de mis intérpretes favoritos.

D. Quejas. Con un(a) compañero(a), preparen una lista de quejas que los padres tienen de sus hijos y otra lista de quejas que los hijos tienen de los padres.

MODELOS   Padres: **¡Jamás limpias tu cuarto!**
Hijos: **Mis padres nunca me mandan suficiente dinero.**

Entre el conflicto y la paz:
Nicaragua, Honduras, El Salvador y Guatemala

Tikal, Guatemala ▶

L O S   O R Í G E N E S

Las grandes civilizaciones antiguas

Evidencias arqueológicas basadas en las famosas huellas de Acahualinca, situadas a orillas del lago Xolotlán (más conocido como el lago Managua), parecen indicar que hace más de seis mil años ya existían pobladores en la región que ahora llamamos Centroamérica. A su llegada, los conquistadores españoles encontraron numerosos grupos nativos entre los que se destacaban los nícaros —de cuyo nombre se derivó el nombre de Nicaragua—, los misquitos, los sumos y los pipiles. Sin embargo, el grupo preponderante fue el de los mayas, quienes controlaban todo lo que ahora es el sur de México, Guatemala, Belice, Honduras, El Salvador y grandes partes de Nicaragua.

Estos extraordinarios guerreros eran además admirables en muchas áreas del conocimiento. Desarrollaron el sistema de escritura más completo del continente. Construyeron majestuosas pirámides y palacios hace más de dos mil años que todavía están en pie. Fueron notables matemáticos que emplearon el concepto del cero en su sistema de numeración. Fueron también excelentes astrónomos que crearon un calendario más exacto que el que se usaba en Europa en aquel tiempo.

La Capitanía General de Guatemala

Durante la época colonial, para poder controlar sus territorios, España instituyó un sistema de capitanías, que en ciertos territorios nombraba gobernador al capitán general de la región. La Capitanía General de Guatemala incluía las posesiones centroamericanas y el sureste de México. Al igual que en México, los conquistadores se apoderaron

▲ **Nicaragua: Granada colonial**

de las tierras de muchos pueblos indígenas y los obligaron a asimilarse a la cultura dominante. Los orgullosos mayas mantuvieron sus tradiciones y hasta hoy en día muchos continúan hablando la lengua original maya, que tiene más de veinte dialectos.

La independencia

La Capitanía General de Guatemala declaró su independencia de España el 15 de septiembre de 1821. A continuación, de 1822 a 1823 las capitanías se unieron a México y poco después, formaron parte de las Provincias Unidas de Centroamérica. Esta federación se dividió en 1838 y de ella surgieron los países de Guatemala, El Salvador, Honduras, Nicaragua y Costa Rica, cada uno independiente del otro.

▲ **Mercado maya en el siglo XXI; Chichicastenango, Guatemala**

¡A ver si comprendiste!

A. Hechos y acontecimientos. ¿Recuerdas los datos más importantes de la lectura? Para asegurarte, contesta las siguientes preguntas.

1. ¿Cuál es la importancia de las huellas de Acahualinca?
2. ¿Cuáles son cinco de los distintos grupos étnicos que ocupaban la región que ahora llamamos Centroamérica cuando llegaron los primeros españoles?
3. ¿Qué territorio ocuparon los mayas? ¿Qué evidencia hay de que los mayas tuvieron una gran civilización?
4. ¿Qué era la Capitanía General de Guatemala? ¿Qué territorios incluía?
5. ¿Qué evidencia hay de que los mayas resistieron la asimilación a la cultura española?
6. ¿Cuándo declaró la Capitanía de Guatemala su independencia de España?
7. ¿Por cuánto tiempo fue parte de México el territorio que se había conocido como la Capitanía de Guatemala? ¿Qué evento causó la creación de los países de Guatemala, El Salvador, Honduras, Nicaragua y Costa Rica?

B. A pensar y a analizar

1. En grupos de dos o tres compañeros(as), busquen evidencia visual (arquitectura, cerámica, joyas, etcétera) de la grandeza de los mayas. Para recolectar la información, pueden ir a la biblioteca o usar Internet. Presenten los resultados de su investigación a la clase.
2. ¿Por cuánto tiempo funcionó el territorio de Centroamérica como una sola nación? ¿Cuándo y cómo llegaron a ser países independientes Guatemala, El Salvador, Honduras, Nicaragua y Costa Rica? ¿Crees que hubiera sido mejor si todo Centroamérica todavía fuera una sola nación? ¿Por qué?

Nicaragua

Nombre oficial: *República de Nicaragua*

Población: *5.128.517 (estimación de 2003)*

Principales ciudades: *Managua (capital), León, Granada, Masaya*

Moneda: *Córdoba (C$)*

G E N T E   D E L   M U N D O   2 1

Sergio Ramírez es un notable escritor y político nicaragüense nacido en Masatepe. A los dieciocho años, fundó la revista *Ventana* y a los veintiún años publicó su primer libro, *Cuentos.* En 1977 encabezó el Grupo de los Doce, formado por intelectuales y otros en lucha contra el régimen de Somoza. En 1979, al triunfar en la revolución el Frente Sandinista de Liberación Nacional (FSLN), Ramírez integró la Junta de Gobierno de Reconstrucción Nacional con la meta de reconstruir en Nicaragua los sectores políticos y socioeconómicos. Fue elegido vicepresidente de la república en 1984, tiempo en que se destacó por su papel político y cultural.

Además de su continua preocupación por fomentar la literatura y el arte a través de varios órganos de difusión, da conferencias y dicta cursos en importantes universidades del exterior y sirve de consejero a varias organizaciones internacionales. También ha recibido numerosos y muy prestigiosos premios otorgados por España, Francia, Austria, Brasil y Ecuador.

Ha escrito más de treinta obras, muchas de las cuales han sido traducidas a varios idiomas. Entre ellas se cuentan *Castigo divino* (1988), que recibió el premio Dashiel Hammett y fue llevada a la televisión colombiana; *Un baile de máscaras* (1995), que recibió el premio Laure Bataillon en Francia al mejor libro extranjero; y *Margarita, está linda la mar* (1998), premiada internacionalmente. Algunos críticos dicen que su obra maestra es su novela más reciente, *Sombras nada más* (2002), que muestra los eventos políticos y sociales de Latinoamérica en las últimas décadas del siglo XX.

Daisy Zamora, poeta y escritora nacida en Managua el 20 de junio de 1950, es una mujer de pensamiento que desea que otras mujeres también disfruten de todos los beneficios que son derecho de todo ser humano. Cuando era niña perdió a su padre debido a maniobras políticas. Fue educada en un colegio de monjas y luego estudió psicología en la Universidad Centroamericana. Hizo estudios de postgrado en el Instituto Centroamericano de Administración de Empresas (INCAE) y también ha estudiado arte en las Academias Dante Alighieri y en la Escuela Nacional de Bellas Artes.

Por su activa participación durante la revolución, fue nombrada viceministra de Cultura y Directora Ejecutiva del Instituto de Economía e Investigaciones Sociales. Entre sus publicaciones se destacan la antología poética *La mujer nicaragüense en la poesía* y tres libros de poesía:

La violenta espuma, A cada quien la vida y, en edición bilingüe, *En limpio se escribe la vida / Clean Slate*. Su poesía es vibrante y conmovedora y se identifica completamente con los problemas de la mujer tanto en sus actividades diarias como también en su papel político. Como si fuera poco, esta excelente escritora es también una distinguida artista y psicóloga. Reside en EE.UU. y tuvo parte activa en la serie *Language of Life* de Bill Moyers presentada por PBS en 1995.

Ernesto Cardenal, poeta y sacerdote nicaragüense, representa al humanista latinoamericano comprometido a la lucha por la justicia social. Nació en la ciudad de Granada en 1925 y se educó con los jesuitas del Colegio Centroamericano. Estudió en México y en EE.UU., donde estuvo en el monasterio "Our Lady of Gethsemane" de Kentucky de 1957 a 1959. Ahí conoció al abad Thomas Merton, uno de los poetas norteamericanos que más lo influyen. Su deseo de poner su fe religiosa al servicio del pueblo lo llevó a fundar la comunidad de Nuestra Señora de Solentiname, proyecto que fue prohibido por el gobierno de Somoza. Más tarde, fue Ministro de Cultura en el gobierno sandinista. En su poesía existen dos temas principales: la denuncia social y el misticismo. Los poemas de *Salmos* (1964) denuncian la injusticia con una fuerza moral bíblica. Algunas de sus obras más recientes son *Canto cósmico* (1991), un gran poema místico que narra la creación del universo; *Telescopio en la noche oscura* (1993); y *Vida perdida* (1999). Cardenal es bien conocido no sólo de hispanohablantes sino también de los estadounidenses, gracias sobre todo a la difusión de su obra traducida al inglés.

Otros nicaragüenses sobresalientes

Gioconda Belli: poeta ● **Mario Cajina-Vega:** cuentista ● **Violeta Barrios de Chamorro:** política y ex presidenta ● **Lizandro Chávez Alfaro:** cuentista, novelista, ensayista, poeta y diplomático ● **Pablo Antonio Cuadra:** poeta, editor y periodista ● **Bernard Dreyfus:** pintor ● **Armando Morales:** pintor, dibujante y grabador ● **Daniel Ortega:** político, líder sandinista y ex presidente ● **Hugo Palma-Ibarra:** médico y pintor

Personalidades del Mundo 21

A. Gente que conozco. Contesta las siguientes preguntas. Luego, compara tus respuestas con las de tus compañeros(as) de clase.

1. ¿En qué forma han contribuido a la cultura de su país Sergio Ramírez y Daisy Zamora? ¿Qué libros han escrito y qué crees que dicen en ellos?

2. ¿Cuáles son los temas de la poesía de Ernesto Cardenal? ¿Por qué piensas que escribe sobre estos temas?

B. Diario. En tu diario, escribe por lo menos media página expresando tus pensamientos sobre uno de estos temas.

1. A los dieciocho años, Sergio Ramírez fundó una revista y a los veintiún años publicó su primer libro. En tu opinión, ¿cuál fue tu logro más importante a los dieciocho años y a los veintiún años? Si no has cumplido los veintiún años, ¿qué crees que podrás lograr para ese entonces?

2. Daisy Zamora es una joven poeta autora de numerosos poemas de tipo social. Se destaca su *En limpio se escribe la vida / Clean Slate*. ¿Qué eventos de tu vida destacarías tú en tu propio poema con este título?

PRONUNCIACIÓN Y ORTOGRAFÍA

Letras problemáticas: la *s* y la *z*

La **s** y la **z** tienen sólo un sonido, /s/, que es idéntico al sonido de la **c** en las combinaciones **ce** y **ci**. Una excepción ocurre en España, donde la **z** tiene el sonido de la combinación *th* de *think* en inglés.

Deletreo con la letra *s*

Las siguientes terminaciones se escriben siempre con la **s**.

- La terminación **-sivo(a)**

  deci**sivo**   defen**siva**   expre**siva**   pa**sivo**

- La terminación **-sión** añadida a sustantivos que se derivan de adjetivos que terminan en **-so, -sor, -sible, -sivo**

  compren**sión**   confe**sión**   transmi**sión**   vi**sión**

- Las terminaciones **-és** y **-ense** para indicar nacionalidad o localidad

  holand**és**   leon**és**   chihuahu**ense**   costarric**ense**

- La terminación **-oso(a)**

  bondad**osa**   contagi**oso**   estudi**oso**   graci**osa**

- La terminación **-ismo**

  barbar**ismo**   capital**ismo**   comun**ismo**   islam**ismo**

- La terminación **-ista**

  art**ista**   dent**ista**   futbol**ista**   guitarr**ista**

Práctica para deletrear con la letra *s*. Escucha mientras tu profesor(a) lee las siguientes palabras. Escribe las letras que faltan en cada una. Cada palabra se leerá dos veces.

1. p i a n _ _ _ _ _	6. g a s e _ _ _ _
2. c o r d o b _ _ _	7. l e n i n _ _ _ _ _
3. e x p l o _ _ _ _ _	8. c o n f u _ _ _ _ _
4. p e r e z _ _ _ _	9. p o s e _ _ _ _ _ _
5. p a r i s i _ _ _ _ _	10. p e r i o d _ _ _ _ _

Deletreo con la letra *z*

La **z** siempre se escribe en ciertos sufijos, patronímicos y terminaciones.

- Con el sufijo **-azo** para indicar una acción realizada con un objeto determinado

  botell**azo**   latig**azo**   manot**azo**   puñet**azo**

- Con los patronímicos (apellidos derivados de nombres propios españoles) **-az, -ez, -iz, -oz, -uz**

  Alcar**az**   Domíngu**ez**   Muñ**oz**   Ru**iz**

- Con la terminación **-ez(a)** de sustantivos abstractos

honra**dez**   noble**za**   timi**dez**   triste**za**

Práctica al deletrear con la letra z. Ahora, escucha mientras tu profesor(a) lee las siguientes palabras. Escribe las letras que faltan en cada una. Cada palabra se leerá dos veces.

1. g o l p _ _ _
2. e s c a s _ _
3. Á l v a r _ _
4. G o n z á l _ _
5. g o l _ _ _

6. p e r _ _ _
7. g a r r o t _ _ _
8. L ó p _ _
9. e s p a d _ _ _
10. r i g i d _ _

Deletreo con el sonido /s/

Observa el deletreo de este sonido al escuchar a tu profesor(a) leer las siguientes palabras.

ce, ci	s	z
apre**ci**ado	**s**asesinado	**z**arzobispo
centro	di**s**uelto	die**z**
cerámica	do**s**	i**z**quierdista
ciclo	e**s**tás	**z**acate
pro**c**eso	**s**ubde**s**arrollo	**z**apote
violen**c**ia	tra**s**ladarse	**z**ona

¡A practicar!

A. La escritura del sonido /s/. Escucha mientras tu profesor(a) lee las siguientes palabras. Escribe las letras que faltan en cada una. Cada palabra se leerá dos veces.

1. c o n f u _ _ _ _
2. p i a n _ _ _ _
3. C a m u ñ _ _
4. _ _ p a t o
5. c o s t a r r i c e n _ _

6. _ _ n c u e n t a
7. s o _ _ a l i s m o
8. d i f i c u l t _ _ _
9. e s c o c _ _ _
10. c a b e z _ _ _

B. ¡Ay, qué torpe! Una amiga nicaragüense escribió este parrafito sobre una de sus figuras políticas favoritas. Desafortunadamente, se entusiasmó tanto con el tema que olvidó poner la mayoría de los acentos. Ayúdala a acentuar las palabras que lo necesitan. Hay diez en total.

Violeta Barrios de Chamorro, ex presidenta de Nicaragua (1990–1996), nacio en 1930 y empezo su carrera politica en 1950 casandose con Pedro Joaquín Chamorro, editor del periodico *La Prensa* y opositor de Anastasio Somoza. Este dictador se vengó asesinandolo en 1978. En 1990 Violeta derrotó al candidato sandinista Daniel Ortega. Su eleccion significó la iniciacion de una lucha contra la pobreza y una profunda revision del gobierno. Logró una reconciliacion con las fuerzas contrarrevolucionarias y reanudó lazos de amistad con EE.UU.

MEJOREMOS LA COMUNICACIÓN

Para hablar de transportes

Al hablar de transporte por tierra firme

— Antes, el sistema de **transporte** en Nicaragua era muy diverso. Se usaba de todo: **mulas** y **carretas, autos** nuevos y unos muy antiguos, **camiones** y **camionetas, autobuses** viejísimos y **bicicletas.** Pero lo extraño es que no había **trenes** ni los hay ahora.

camioneta cubierta	motocicleta
casa rodante	vehículo con tracción a cuatro ruedas
coche	vehículo todo terreno

Al hablar de transporte público y comercial en tierra firme

Es más rápido si tomas el **metro.**

autobús	ferrocarril
camión	taxi
estación de tren/ferrocarril	tren (de carga/pasajeros)

Al hablar de caminos

— ¿Y cómo eran los **caminos** y las **carreteras?** Y ahora, ¿cómo son?
— En las ciudades había buenas **calles** y otras que no eran tan buenas, como en cualquier país. Pero en el campo, la mayoría de los **caminos** no estaban **pavimentados** ni lo están ahora.

autopista	bulevar
avenida	callejón

Al describir el transporte marítimo

— En el lago de Managua hay muchas actividades acuáticas. Puedes alquilar **canoas** o **lanchas de motor.**

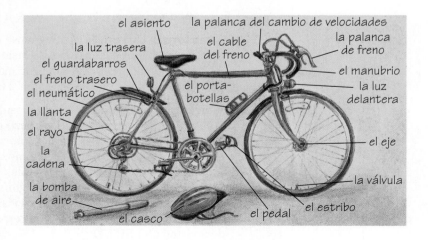

el asiento
la palanca del cambio de velocidades
la luz trasera
el cable del freno
la palanca de freno
el guardabarros
el freno trasero
el neumático
el porta-botellas
el manubrio
la luz delantera
la llanta
el rayo
la cadena
el eje
la bomba de aire
la válvula
el casco
el pedal
el estribo

— También puedes cruzar el lago con tu coche en un **transbordador.** Son muy cómodos con tal de que no lleven demasiados pasajeros.

barco	bote de remo
barco de recreo	buque de carga
barco de vela	nave
bote	

Al hablar de vuelos

— ¡Ah! Ya regresaste. Cuéntame, ¿cómo fue tu viaje a Centroamérica?
— ¡Fascinante! Pero estoy muerto(a). El **vuelo de vuelta** fue muy agotador.

aeropuerto	con (sin) escalas	(de) ida
aterrizar	despegar	(de) ida y vuelta
avión	desvelar(se)	sencillo
avioneta	directo(a)	

¡A conversar!

A. Dramatización. Dramatiza la siguiente situación con un(a) compañero(a) de clase. Desafortunadamente, tuviste un accidente con tu bicicleta esta mañana. Ahora estás hablando con el (la) reparador(a), quien quiere saber lo que pasó y lo que necesita reparar.

B. Encuesta. Entrevista a tres o cuatro de tus compañeros(as) de clase sobre incidentes interesantes que han tenido usando distintos medios de transporte en el extranjero. Luego, informa a la clase del resultado de tu encuesta.

C. Extiende tu vocabulario: camino. Para ampliar tu vocabulario, lee cada pregunta que sigue y decide cuál es el significado de "camino" en cada una. Luego, contesta las preguntas. ¿Cuál es el significado de estas palabras en inglés, y cómo se relacionan a *way* en inglés?

1. ¿Cuál es el **camino** más corto para ir del océano Pacífico al océano Atlántico?
2. ¿Cuándo se **ponen en camino** otra vez?
3. ¿Qué hizo el estudiante cuando el profesor de química le dijo que iba **por mal camino** con el experimento?
4. ¿Por qué dicen algunos que Uds., los estudiantes universitarios, están en el **camino de la gloria?**
5. ¿Han viajado Uds. por el **camino de hierro?**

D. Notas para hispanohablantes: práctica. Completa este párrafo con las palabras más apropiadas.

Tu llegada a Nicaragua __1__ (fue/era) muy interesante. __2__ (Fue/Era) bien temprano cuando __3__ (llegates/llegaste). Yo __4__ (era/estaba) muy cansado y no __5__ (me sintía/me sentía) muy bien. A pesar de ser tan temprano, __6__ (hubo/había) mucho tráfico en la carretera y __7__ (tardates/tardaste) casi una hora en llegar a mi hotel.

DEL PASADO AL PRESENTE

Nicaragua: reconstrucción de la armonía

Las intervenciones extranjeras y los Somoza

Nicaragua declaró su independencia el 12 de noviembre de 1838, después de separarse de la federación de Provincias Unidas de Centroamérica. Desde entonces, Nicaragua se vio invadida frecuentemente por gobiernos extranjeros. Militares salvadoreños y hondureños la invadieron en 1843, los británicos en 1847 y entre 1909 y 1933 la marina norteamericana se presentó varias veces bajo excusa de proteger a ciudadanos estadounidenses y sus propiedades. Estas intervenciones afectaron negativamente el desarrollo político del país al punto que el patriota César Augusto Sandino se puso al frente de un grupo de guerrilleros y en 1933 logró expulsar a la marina estadounidense. Al año siguiente, el primero de enero de 1937, Anastasio Somoza García, el jefe de la Guardia Nacional, ordenó la muerte de Sandino, depuso al presidente Juan Bautista Sacasa y se proclamó presidente. De esta manera comenzó el período de gobierno oligárquico de la familia Somoza (1937–1979) que incluye los gobiernos de Anastasio Somoza García y de sus hijos, Luis Somoza Debayle y Anastasio (Tachito) Somoza Debayle.

César Augusto Sandino

Revolución sandinista

La oposición al gobierno unía a casi todos los sectores del país después del asesinato de Pedro Joaquín Chamorro, editor del diario *La Prensa,* ocurrido el 10 de enero de 1978. Tan pronto como se vio que el Frente Sandinista de Liberación Nacional (FSLN) incrementaba sus ataques militares, el gobierno estadounidense retiró su apoyo al gobierno y Anastasio Somoza Debayle salió del país el 17 de julio de 1979. Dos días después los líderes de la oposición sandinista entraron victoriosos en Managua.

La guerra civil costó más de treinta mil vidas humanas y destrozó la economía del país. La Junta de Gobierno de Reconstrucción Nacional de cinco miembros tomó el poder y se vio reducida a tres en 1981 por renuncias de los miembros moderados. Aunque hubo una exitosa campaña de educación por todo el país, pronto los esfuerzos del régimen sandinista se vieron obstaculizados por continuos ataques de guerrilleros antisandinistas (llamados "contras") apoyados por el gobierno de EE.UU. El régimen sandinista, a su vez, recibió ayuda militar y económica de Cuba y de la Unión Soviética.

Los sandinistas entran a
Managua, 1979

Difícil proceso de reconciliación

Así, en la década de los 80, las relaciones entre Nicaragua y EE.UU. se deterioraron gravemente. EE.UU. acusó a los sandinistas de ayudar a la guerrilla salvadoreña, mientras que Nicaragua, a su vez, acusaba al gobierno estadounidense de intervenir en los asuntos internos de Nicaragua. En política interna, la relocalización forzada de diez mil indígenas causó un serio conflicto entre el régimen sandinista y grupos nativos armados (los misquitos y sumos).

En noviembre de 1984 fue elegido presidente el líder del Frente Sandinista, Daniel Ortega. En las elecciones libres de 1990, Ortega fue derrotado por la candidata de la Unión Nacional Opositora (UNO), Violeta Barrios de Chamorro, cuyo gobierno logró la pacificación de los "contras", reincorporó la economía nicaragüense al mercado internacional y reanudó lazos de amistad con EE.UU. Entre 1995 y 1997, la economía del país mejoró debido al aumento de las exportaciones y a la liberalización del comercio internacional. En enero de 1997, hubo otra transmisión pacífica de poder cuando Chamorro entregó la presidencia a Arnoldo Alemán Lacayo, quien había vencido en elecciones democráticas a Daniel Ortega, el candidato sandinista. Cuando por fin parecía que mejoraba la situación económica en Nicaragua, el huracán Mitch devastó el país en 1998. Más recientemente, durante las elecciones presidenciales de enero de 2002, salió elegido el ingeniero industrial Enrique Bolanos, jefe del Partido Constitucionalista Liberal. Al pasar al siglo XXI, los esfuerzos del gobierno están concentrados en la reconstrucción del país.

¡A ver si comprendiste!

A. Hechos y acontecimientos. ¿Recuerdas los datos más importantes de la lectura? Para asegurarte, trabaja con un(a) compañero(a) de clase para escribir una breve definición que explique en sus propias palabras el significado de las siguientes personas y elementos en la historia de Nicaragua. Luego, comparen sus definiciones con las de la clase.

1. César Augusto Sandino
2. el FSLN
3. Pedro Joaquín Chamorro
4. los sandinistas
5. los "contras"
6. Daniel Ortega
7. Violeta de Chamorro
8. Arnoldo Alemán Lacayo
9. Enrique Bolanos

B. A pensar y a analizar. ¿Qué papel ha tenido EE.UU. a lo largo de la historia de Nicaragua? ¿A quiénes ha apoyado? ¿Ha tenido un efecto negativo o positivo esta participación? Explica.

Cuaderno de actividades

Puedes practicar más y escribir un breve editorial sobre los contras y los sandinistas en la sección **Composición: descripción** de la *Unidad 3, Lección 1* en el *Cuaderno de actividades.*

C. Redacción colaborativa. En grupos de dos o tres, escriban una composición colaborativa de una página a una página y media, sobre el tema que sigue. Sigan el proceso de escribir colaborativamente que aprendieron en la **Redacción colaborativa** de la *Unidad 1, Lección 1:* escriban primero una lista de ideas, organícenlas en un primer borrador, revisen las ideas, escriban un segundo borrador, revisen la acentuación y ortografía y escriban la versión final.

En 1998, cuando por fin parecía que mejoraba la situación económica en Nicaragua, el huracán Mitch devastó el país. ¿Por qué será que algunos países parecen siempre estar destinados a sufrir? ¿Será el destino o habrá otra explicación? Expliquen su respuesta.

Cognados falsos

Las palabras afines o los "cognados falsos" son palabras de una lengua que son idénticas o muy similares a vocablos de otra lengua, pero cuyos significados son diferentes. Los cognados falsos también se llaman "amigos falsos" porque son reconocibles en forma pero tienen diferentes significados.

actual (español): presente, contemporáneo
actual (inglés): verdadero, real

La situación **actual** en el país ha motivado el regreso de miles de nicaragüenses.
En el centro de la ciudad se puede ver el **verdadero** desarrollo económico.

Cognados falsos. En grupos de dos o tres, definan los siguientes pares de cognados falsos. Luego, en hoja aparte, escriban la definición y una oración original con la palabra en español y el equivalente español de la palabra inglesa.

Modelo: arena/*arena*
　　　arena:　　**partículas menuditas de piedra, "tierra" de las playas**
　　　(oración)　**La arena de las playas de El Salvador es muy fina.**
　　　arena:　　**estadio**
　　　(oración)　**¿Has visto el estadio de San Salvador?**

1. lectura/*lecture*
2. embarazada/*embarrassed*
3. asistir/*to assist*
4. atender/*to attend*
5. molestar/*to molest*
6. pariente/*parent*
7. soportar/*to support*
8. suceso/*success*
9. librería /*library*
10. fábrica/*fabric*
11. registrar/*to register (in a course)*
12. hacer el papel de/*to write a paper*

Y ahora, ¡a leer!

Anticipando la lectura. Contesta estas preguntas con dos o tres compañeros(as) de clase.

1. ¿Qué tipo de cuentos escuchaban Uds. cuando eran niños(as)? ¿cuentos de fantasía? ¿de misterio? ¿de horror?
2. ¿Quién les contaba los cuentos? ¿sus padres? ¿sus hermanos mayores? ¿sus abuelos? ¿otro(a) pariente?
3. ¿Por qué creen Uds. que los cuentos infantiles con frecuencia incluyen fantasía? ¿Cuáles son sus cuentos de fantasía favoritos ahora? ¿Por qué les gustan tanto?
4. ¿Creen Uds. que algunas tiras cómicas —como *X-Men* y *Superman*— y algunas películas —como *Star Wars* y *Jurassic Park*— son obras maestras o son poco más que una extensión de los cuentos de fantasía? ¿Por qué?
5. A base del dibujo de la lectura, prepara una lista de tres tópicos o temas que crees que van a aparecer en el poema de Rubén Darío. Confirma después de leerlo si acertaste o no.

Conozcamos al autor

Rubén Darío (1867–1916), poeta, periodista y diplomático nicaragüense originario de Metapa, que hoy día se llama Ciudad Darío. Darío es considerado el máximo exponente de la corriente literaria conocida como el modernismo —un movimiento literario caracterizado por la fantasía, lo exótico, un lenguaje refinado y musical y el uso de símbolos para evocar emociones. Este movimiento transformó los moldes tradicionales de la poesía y abrió nuevos horizontes literarios a generaciones.

Desde los once años de edad Darío comenzó a componer versos, y a los trece años ya se le conocía como el "niño poeta". Como diplomático y periodista, Darío recorrió gran parte de Centroamérica y Sudamérica y un buen número de países europeos. Con la publicación en 1888 en Chile de *Azul*, un libro de poemas y cuentos, Darío incorpora en la literatura hispanoamericana las innovaciones de los autores franceses. Ocho años más tarde, en 1896, publicó en Buenos Aires *Prosas profanas*, un libro de poemas y, en la opinión de muchos, obra cumbre del modernismo. En 1905 se publicó en España *Cantos de vida y esperanza,* que ha sido considerada su obra maestra. En 1914, al iniciarse la Primera Guerra Mundial, Darío salió de París y se fue a vivir a Nueva York. Después de pasar varios meses enfermo, decidió regresar a la patria donde había nacido, y en donde murió en 1916.

El poema que sigue se publicó en *Poema de otoño y otros poemas* (1910). Darío lo escribió originalmente en el álbum de poesía de Margarita Debayle, hija del médico francés, Luis H. Debayle, quien vivía en Nicaragua.

A Margarita Debayle

Margarita, está linda la mar,
y el viento
lleva esencia sutil de azahar;°   flor del naranjo
yo siento
5   en el alma una alondra° cantar: tipo de pájaro
tu acento.
Margarita, te voy a contar
un cuento.
Éste era un rey que tenía
10   un palacio de diamantes,
una tienda hecha del día
y un rebaño de elefantes.
Un quiosco de malaquita,°   piedra de hermoso color verde
un gran manto de tisú,°   tela con hilos de oro y plata
15   y una gentil princesita,
tan bonita,
Margarita,
tan bonita como tú.
Una tarde la princesa

20 vio una estrella aparecer;
la princesa era traviesa
y la quiso ir a coger.
La quería para hacerla
decorar un prendedor,
25 con un verso y una perla,
una pluma y una flor.
Las princesas primorosas
se parecen mucho a ti.
Cortan lirios, cortan rosas,
30 cortan astros. Son así.
Pues se fue la niña bella,
bajo el cielo y sobre el mar,
a cortar la blanca estrella
que la hacía suspirar.
35 Y siguió camino arriba,
por la luna y más allá;
mas lo malo es que ella iba
sin permiso del papá.
Cuando estuvo ya de vuelta
40 de los parques del Señor,
se miraba toda envuelta
en un dulce resplandor.
Y el rey dijo: «¿Qué te has hecho?
Te he buscado y no te hallé;
45 y ¿qué tienes en el pecho
que encendido se te ve?»
La princesa no mentía.
Y así, dijo la verdad:
«Fui a cortar la estrella mía
50 a la azul inmensidad.»
Y el rey clama:° «¿No te he dicho   exclama
que el azul no hay que tocar?
¡Qué locura! ¡Qué capricho!
El Señor se va a enojar».
55 Y dice ella: «No hubo intento;
yo me fui, no sé por qué,
por las olas y en el viento
fui a la estrella y la corté.»
Y el papá dice enojado:
60 «Un castigo has de tener:
vuelve al cielo, y lo robado
vas ahora a devolver.»
La princesa se entristece
por su dulce flor de luz,
65 cuando entonces aparece
sonriendo el Buen Jesús.
Y así dice: «En mis campiñas°   tierras, campo
esa rosa le ofrecí:
son mis flores de las niñas

70 que al soñar piensan en Mí».
Viste el rey ropas brillantes,
y luego hace desfilar
cuatrocientos elefantes
a la orilla de la mar.
75 La princesita está bella,
pues ya tiene el prendedor
en que lucen, con la estrella,
verso, perla, pluma y flor.
Margarita, está linda la mar,
80 y el viento
lleva esencia sutil de azahar:
tu aliento.°   respiración
Ya que lejos de mí vas a estar,
guarda, niña, un gentil pensamiento
85 al que un día te quiso contar
un cuento.

"A Margarita Debayle" de *Poema de otoño y otros poemas*

¿Comprendiste la lectura?

A. Hechos y acontecimientos. ¿Recuerdas los datos más importantes de la lectura? Para asegurarte, contesta las siguientes preguntas. Luego, compara tus respuestas con las de un(a) compañero(a).

1. ¿A quién se dirige el poeta en la primera estrofa? ¿Qué le dice que va a hacer?
2. ¿Quiénes son los personajes principales del cuento? ¿Cómo es el lugar donde vivían estos personajes?
3. ¿Qué quería obtener la princesa? ¿Por qué?
4. ¿Qué hizo la princesa? ¿Cómo reaccionó su padre?
5. ¿Cuál fue el castigo que el rey le dio a la princesa?
6. ¿Quién intervino en defensa de la princesa?
7. ¿Cómo terminó el cuento?
8. En tu opinión, ¿cuál fue la intención del poeta al escribir este poema?

B. A pensar y a analizar. Haz estas actividades con un(a) compañero(a) de clase.

1. ¿Cómo interpretan Uds. la frase "yo siento en el alma una alondra cantar: tu acento"?
2. Preparen una lista de las imágenes de la naturaleza que el poeta usa en este poema.
3. ¿Con qué quiere decorar el prendedor la princesita? ¿Qué pueden simbolizar estos objetos?
4. ¿Cómo se puede caracterizar el ambiente de este poema? Den ejemplos.

Introducción al análisis literario

El cuento de hadas

En "A Margarita Debayle", Rubén Darío usa la poesía narrativa para contar un cuento de hadas dentro de un poema. Un **cuento de hadas** es una narración de aventuras con seres u objetos fantásticos que tienen poderes mágicos. Con frecuencia tiene el propósito de entretener a los niños mientras se les enseña alguna lección. La mayoría de los cuentos de hadas comienzan con la fórmula literaria "Había una vez...", que corresponde a la expresión en inglés *Once upon a time . . .*". En el poema "A Margarita Debayle" aparece otra expresión formulaica: "Éste era un rey...". Es común que los cuentos para niños incluyan seres, imágenes o eventos fantásticos que a veces pueden interpretarse como símbolos. Por ejemplo, el cuento del poema "A Margarita Debayle" empieza mencionando a un rey que tenía un palacio de diamantes, lo cual podría indicar un sinnúmero de cosas: el rey era muy rico, amaba la belleza, le encantaba estar en la luz, era frívolo, tenía acceso a todo lo que deseaba...

A. Símbolos fantásticos. Con un(a) compañero(a) de clase, encuentren cinco seres, objetos o eventos en el poema "A Margarita Debayle" y anótenlos con su interpretación. Comparen su lista con las de otros grupos.

B. Cuento de hadas colectivo. En grupos de cuatro o cinco, usen su imaginación para crear un cuento de hadas colectivo. En una hoja de papel, la primera persona debe comenzar a escribir el cuento con la fórmula literaria "Había una vez..." o "Éste era un(a)..." y continuar hasta completar las primeras tres oraciones. Después, esta persona pasa el papel a una segunda persona para que ésta escriba tres oraciones más. Se continúa este proceso hasta completar el cuento.

¡LUCES! ¡CÁMARA! ¡ACCIÓN!

Nicaragua: bajo las cenizas del volcán

Nicaragua es una valiente nación que, debido a una terrible guerra civil, ha sido privada de un gran número de su población joven. Ahora que está en un período de paz y recuperación, se pueden visitar dos ciudades que nos dan la esencia del espíritu nicaragüense: Managua y León.

Managua, la capital, es única en un sentido geográfico ya que está rodeada de lagos y lagunas. Irónicamente, ha sido devastada por incendios, terremotos y erupciones volcánicas.

León tiene la gloria de haber sido la ciudad donde se crió Rubén Darío, uno de los poetas más grandes de Latinoamérica. En su honor, se puede visitar la casa donde vivió y murió, y donde pueden verse las primeras ediciones de sus libros y muchos recuerdos de este hombre fascinante. Darío llegó a personificar el movimiento poético que se conoce como el modernismo.

Antes de empezar el video

Contesten las siguientes preguntas en parejas.

1. ¿Cuáles son algunos resultados inevitables de una guerra civil que dura años y años? Expliquen en detalle.
2. ¿Qué pasa cuando un grupo de gente insiste en construir sus casas o ciudades en lugares geográficamente hermosos pero, a la vez, peligrosos debido a las fuerzas naturales de la región? Den ejemplos.
3. ¿Qué representa el color azul para Uds.? ¿Cuántos significados distintos tiene? Expliquen.

¡A ver si comprendiste!

A. Nicaragua: bajo las cenizas del volcán. Contesta las siguientes preguntas con un(a) compañero(a) de clase.

1. ¿Por qué se dice que Managua ha sido una de las ciudades más castigadas por el fuego? ¿Qué ha hecho la ciudad en honor de las víctimas de estos desastres?
2. ¿Qué evidencia hay de que ha habido erupciones de volcanes en la región de Managua desde tiempos prehistóricos?
3. ¿Cuál es "la obra más influyente de la poesía castellana del siglo XX"? ¿Cuándo se publicó?
4. ¿Qué significaba el color azul para Rubén Darío?

B. A pensar y a interpretar. Contesta las siguientes preguntas.

1. ¿Qué ha hecho que Managua, la capital de Nicaragua, empiece a florecer de nuevo en otra zona? ¿Qué edificios antiguos han sobrevivido?
2. Si hay evidencia de erupciones volcánicas en la región desde tiempos prehistóricos, ¿por qué crees que continúan construyendo la ciudad en el mismo sitio?
3. ¿Por qué es tan importante la casa de Rubén Darío? ¿Qué se puede aprender de una persona en una visita a la casa donde vivió y murió? ¿Qué se puede aprender de ti en una visita a la casa de tus padres?

EXPLOREMOS EL CIBERESPACIO

Explora distintos aspectos del mundo nicaragüense en las **Actividades para la Red** que corresponden a esta lección. Ve primero a **http://college.hmco.com** en la red, y de ahí a la página de *Mundo 21*.

LECCIÓN 2

Honduras

Nombre oficial: *República de Honduras*

Población: *6.669.789 (estimación de 2003)*

Principales ciudades: *Tegucigalpa (capital), San Pedro Sula, El Progreso, Choluteca*

Moneda: *Lempira (L)*

GENTE DEL MUNDO 21

Roberto Sosa, poeta y prosista hondureño, nació en 1930. Es considerado el principal representante de la llamada "Generación del 50". Ha recibido varios premios centroamericanos y nacionales, incluyendo el premio Casa de las Américas (1971). En sus poemas se puede comprobar una preocupación por la problemática social y la condición humana en general. Estos temas se convirtieron en la base central de la poesía centroamericana durante la segunda mitad del siglo XX. Su primer libro de poemas se titula *Caligramas* (1959). Desde entonces también ha publicado *Muros* (1966), *Mar interior* (1967), *Los pobres* (1969), *Un mundo para todos dividido* (1971), *Secreto militar* (1985), *La máscara suelta* (1991) y *Sociedad y poesía: los enmantados* (1997). Su poesía ha sido traducida al francés, alemán, ruso e inglés. Actualmente es editor de la revista literaria *Presente,* presidente del Sindicato de Periodistas Hondureños y profesor en la Universidad Nacional Autónoma de Honduras.

Clementina Suárez (¿1906?–1991) es reconocida como una de las poetas centroamericanas más importantes del siglo XX. Pasó su infancia en Juticalpa, ciudad muy tradicional y aislada del resto de Honduras. Allí dedicó gran parte de su tiempo a la lectura. Muchos de sus poemas son considerados como precursores de la poesía feminista que en las dos últimas décadas se ha convertido en una de las corrientes literarias más importantes de Centroamérica. Hay que hacer notar que Clementina Suárez es una escritora hondureña que ha tratado temas universales. Sus libros de poemas incluyen *Corazón sangrante* (1930), *Los templos de fuego* (1931) y *Canto a la encontrada patria y su héroe* (1958). En 1984 publicó una antología de poemas que abarca más de cincuenta años de labor poética; se titula *El poeta y sus señales.* En 1988 publicó *Con mis versos saludo a las generaciones futuras.*

Max Hernández, fotógrafo de fama internacional, nació en Tegucigalpa. Entre 1980 y 1991, trabajó en España como asistente de fotógrafos de reputación internacional tales como Tim Hunt, Peter Robinson, Robert Royal, Michael Wray y Julio Castellano. Ha colaborado en periódicos y revistas nacionales e internacionales; sus contribuciones han aparecido en publicaciones de Bolivia, España y EE.UU. Asimismo ha cubierto para

Christian Aid y Episcopal Church Center USA el desastre del Huracán "Mitch" en Honduras y Nicaragua. Desde 1981 a 1995 tuvo seis exposiciones individuales en Honduras y de 1983 al presente ha participado en numerosas exposiciones colectivas tanto en su país como en Japón, España, Costa Rica y Alemania. Ha trabajado en publicidad para agencias españolas y hondureñas. Además de sus carreras en fotografía y publicidad, se ha dedicado seriamente a la cinematografía, donde ha tenido parte activa en varios mediometrajes y cortos para cadenas de televisión españolas y hondureñas.

Otros hondureños sobresalientes

Óscar Acosta: cuentista, poeta, ensayista y periodista • **Víctor Cáceres Lara:** poeta, cuentista, periodista y catedrático • **Julia de Carias:** pintora • **Nelia Chavarría:** pianista • **Julio Escoto:** cuentista, novelista y ensayista • **Lempira (¿1497?-1537):** héroe nacional, cacique • **Ezequiel Padilla:** pintor • **Roberto Quesada:** cuentista, novelista y editor • **Miguel Ángel Ruiz Matute:** pintor • **Pompeyo del Valle:** poeta, cuentista y periodista • **Mario Zamora:** escultor

Personalidades del Mundo 21

A. Gente que conozco. Contesta las siguientes preguntas. Luego, compara tus respuestas con las de dos o tres compañeros(as) de clase.

1. ¿A qué grupo de escritores pertenece Roberto Sosa? ¿Por qué piensas que se llamaba así este grupo? ¿Cuáles son algunos de los temas de la poesía de Sosa? ¿Qué relación hay entre la temática y los títulos de sus libros? Explica.

2. ¿De qué corriente literaria es precursora la poeta Clementina Suárez? Se dice que Clementina Suárez es una escritora hondureña que ha tratado temas universales. ¿Cuáles son algunos ejemplos de temas universales?

3. ¿Cuáles son las profesiones de Max Hernández? ¿Para qué periódicos y personas ha trabajado? ¿Qué temas crees que ha cubierto? ¿Dónde ha tenido exposiciones? ¿Por qué crees que tiene más de una profesión?

B. Diario. En tu diario, escribe por lo menos media página expresando tus pensamientos sobre uno de estos temas.

1. En los poemas de Roberto Sosa se puede comprobar una preocupación por los problemas sociales y la condición humana en general. Si tú fueras poeta, ¿qué preocupaciones aparecerían en tu poesía? ¿Qué soluciones podrías proponer para esas preocupaciones?

2. Muchos de los poemas de Clementina Suárez son considerados como precursores de la poesía feminista. Piensa en el futuro y en nuevas causas o movimientos que probablemente surgirán. ¿De cuál de esas causas o movimientos te gustaría ser precursor(a)? ¿Qué tendrías que hacer para llegar a ser precursor(a)?

PRONUNCIACIÓN Y ORTOGRAFÍA

Letras problemáticas: repaso con la c, k, q, s y z

En la *Unidad 2, Lección 4* aprendieron que el deletreo con la **c, k** y **qu** con frecuencia resulta problemático debido a que las tres letras pueden representar el sonido /k/. Aprendieron que el deletreo con la **c, s** y **z** también puede resultar difícil debido a que las tres letras pueden representar el sonido /s/.

Deletreo del sonido /k/

Al escuchar las siguientes palabras con el sonido /k/, observa cómo se escribe con mayor frecuencia este sonido.

ca	**ca**ña	fra**ca**sar
que	**que**so	enri**que**cer
qui	**Qui**to	monar**quí**a
co	**co**lonización	sovié**ti**co
cu	**cu**ltivo	o**cu**pación

Práctica con la escritura del sonido /k/. Escucha mientras tu profesor(a) lee las siguientes palabras. Escribe las letras que faltan en cada una.

1. ____ p e s i n o
2. ____ n c e
3. ____ b r a r
4. ____ p e ó n
5. ____ q u i s t a r
6. ____ u n i d a d
7. m ú s i ____
8. ____ t i v a r
9. t a n ____
10. ____ s o

Deletreo del sonido /s/

Al escuchar a tu profesor(a) leer las siguientes palabras con el sonido/s/, observa cómo se escribe este sonido.

sa o **za**	**sa**grado, ca**sa**	**za**mbullir, pobre**za**
se o **ce**	**se**gundo, ba**se**	**ce**ro, enrique**ce**r
si o **ci**	**si**tuado, ca**si**	**ci**viliza**ci**ón, pala**ci**o
so o **zo**	**so**viético, colap**so**	**zo**rra, po**zo**
su o **zu**	**su**icidio, in**su**rrección	**zu**rdo, a**zu**les

¡A practicar!

A. La escritura del sonido /s/. Escucha mientras tu profesor(a) lee las siguientes palabras. Escribe las letras que faltan en cada una. Cada palabra se leerá dos veces.

1. __ l a n t r o
2. o p r e ___ ó n
3. b r o n ___ a r s e
4. f u e r ___
5. r e ___ l v e r
6. o r g a n i _____ ó n
7. ___ r g i r
8. r e ___ s t e n ___ a
9. u r b a n i ___ d o
10. __ m b a r

B. **¡Ay, qué torpe!** Tú faltaste a clase el viernes pasado y una amiga hondureña te dio sus apuntes sobre lo que la profesora dijo de la importancia del plátano en Centroamérica. Al leerlos, decides poner los quince acentos que faltan.

El cultivo del plátano en Centroamerica empezo en el siglo XIX, cuando varias compañias norteamericanas introdujeron el fruto en la region. Con el tiempo, la *United Fruit Company* y la *Standard Fruit Company*, pasaron a controlar compañias hidroelectricas y grandes extensiones de tierra. Desgraciadamente, esta nueva riqueza no beneficio a la mayoría de los hondureños que continuaron con sus labores tradicionales de campesinos o ganaderos. Tampoco trajo implementacion de gobiernos democraticos. En el otoño de 1998, los daños causados en las plantaciones bananeras por el desastroso huracan Mitch fueron tan dramaticos que las compañías norteamericanas que las controlan anunciaron que quizas tendrían que abandonarlas. Esta pésima situacion ha llenado de preocupacion a Honduras, que se encuentra en busqueda de otras fuentes de ingreso, tales como el establecimiento de fabricas para manufacturar diversos productos.

MEJOREMOS LA COMUNICACIÓN

Para hablar de la economía global

Al hablar de compañías multinacionales

— Ya estoy cansado(a) de leer en los periódicos **extranjeros** acerca de las "repúblicas bananeras". Creo que lo mejor sería rehusarnos a hacer el papel de **nación anfitriona** y dedicarnos a controlar nuestra propia **economía**.

— Estoy de acuerdo que la preocupación más grande de las **compañías multinacionales** no es crear **empleos** en nuestro país.

contratar a nuestras empresas
exportar/importar nuestros bienes
incrementar
invertir en la bolsa nacional
reducir la tasa de desempleo
mejorar la tasa de crecimiento
proporcionar entrenamiento técnico

Al hablar de las ganancias

— ¡Claro! Son compañías extranjeras que sólo hacen **inversiones** en el extranjero para **aumentar** las **ganancias** de sus accionistas.

— Sí, es interesante ver cómo se **aprovechaban** de nuestros **recursos naturales** y **humanos** para el bien de sus **accionistas** mientras se olvidaban del **bienestar** de los humildes.

acción	**institución financiera**
beneficio	**inversionista**
crédito	**presupuesto**
ingreso	

Al hablar del beneficio de las compañías multinacionales

— Pero tenemos que reconocer que nuestros **economistas** tienen razón al insistir que el **aporte** de **capitales extranjeros** tiene ciertas **ventajas.** Por ejemplo, traen nueva **tecnología** a nuestro país.

— Sí, pero ya vimos en el pasado que cuando decidían cerrar una **fábrica,** acababan por **despedir** a miles de **obreros.** Y ahora es lo mismo.

bienes de consumo	**eficiencia productiva**
buenos salarios	**mejores servicios públicos**
economía global	

¡A conversar!

A. ¿Control internacional? ¿Crees que debería haber un tribunal internacional que reglamentara las compañías multinacionales? ¿Qué aspectos de estas empresas crees que deben controlarse?

B. Debate. En grupos de cuatro, organicen un debate sobre las ventajas y desventajas de tener compañías multinacionales en países en desarrollo como Honduras. Dos personas de cada grupo deben discutir a favor y dos en contra. Informen a la clase quiénes presentaron el mejor argumento.

C. Extiende tu vocabulario: economía. Para ampliar tu vocabulario, trabaja con un(a) compañero(a) para definir en español estas expresiones relacionadas. Luego, escriban una oración original con cada expresión.

1. economía doméstica
2. económicamente
3. año económico
4. economista
5. economizar palabras
6. ecónomo

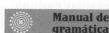

Manual de gramática

Antes de hacer esta actividad, conviene repasar la sección 3.2 del **Manual de gramática** (págs. 254–257).

D. Notas para hispanohablantes: práctica. Completa el siguiente párrafo con la forma correcta del pretérito o imperfecto de los verbos que están entre paréntesis para saber qué dice un ex dueño de una compañía estadounidense en Honduras a principios del siglo pasado.

A principios del siglo XX varias compañías extranjeras __1__ (vinimos/ veníamos) a Honduras y nos __2__ (establecimos/establecíamos) aquí. Nosotros, los dueños de las compañías, __3__ (decíanos/decíamos) que __4__ (teníanos/teníamos) mucho interés en ayudar a la economía hondureña, pero sólo nos __5__ (interesábanos/interesábamos) en el bien de nuestros accionistas. Desafortunadamente, con el apoyo de gobiernos corruptos, eso __6__ (volvió/volvía) a repetirse a lo largo de la primera mitad del siglo y la economía hondureña __7__ (seguió/siguió) empeorando.

DEL PASADO AL PRESENTE

Honduras: con esperanza en el desarrollo

Segunda mitad del siglo XIX El 5 de noviembre de 1838 Honduras se separó de la federación de Provincias Unidas de Centroamérica y proclamó su independencia. Inmediatamente estalló la lucha política entre los conservadores y los liberales. Ésta se manifestó en doce guerras civiles y en numerosos cambios de gobierno.

La Mamita Yunai del siglo XXI

Primera mitad del siglo XX A principios del siglo XX grandes compañías norteamericanas como la *United Fruit Company* y la *Standard Fruit Company* ya controlaban enormes extensiones territoriales para la producción y la exportación masiva de plátanos o bananas a EE.UU. Fue en esa época que este producto, en manos de extranjeros, se convirtió en la base de la riqueza comercial de Honduras. Desgraciadamente, esta nueva riqueza no beneficiaba a la mayoría de los hondureños, quienes tuvieron que continuar con sus labores tradicionales de campesinos o ganaderos. Tampoco trajo mayor estabilidad política o implementación de gobiernos democráticos.

Lavando y pesando bananas

La realidad actual A pesar de tener una economía de recursos limitados que se basa principalmente en la agricultura, Honduras se ha visto libre de las guerras civiles que afectaron a sus vecinos, El Salvador, Nicaragua y Guatemala, en la segunda mitad del siglo XX. Durante las últimas dos décadas del siglo XX, ha habido tanto políticos corruptos apoyados por los militares como políticos determinados a mejorar el bienestar del pueblo hondureño. Sobresale entre ellos el candidato del Partido Liberal, Carlos Roberto Reina Idiáquez, quien con la promesa de eliminar la corrupción en el gobierno y de controlar la influencia militar, ganó las elecciones de 1993. Determinado a cumplir con su promesa y reconociendo que no podría lograrlo sin algún apoyo de los militares, propuso en 1995 amnistía para los oficiales militares responsables de la tortura y muerte de grandes números de indígenas durante la década de los 80. En 1997 el presidente Reina firmó un acuerdo en el cual prometía devolver terreno a los indígenas, especificaba el proceso que iba a seguir para proteger los derechos humanos del pueblo e incluía planes detallados para atender a las necesidades más urgentes de

Vista de Tegucigalpa,
Honduras

las personas más marginadas. Desafortunadamente, se venció su presidencia en 1997, antes de lograr ninguna de estas metas. Para peor, en octubre de 1998, el huracán "Mitch" causó en total pérdidas de casi cuatro mil millones de dólares en la agricultura del café y banano. Estas terribles pérdidas no han sido compensadas por las ventas de café, principal producto de exportación del país, que aportó solamente 89.1 millones de dólares en 1999. El siglo XX terminó con los militares otra vez en control. En 1999 se descubrió que la pista de aterrizaje en la base militar El Aguacate se estaba usando para el narcotráfico. A la vez, se descubrió que los oficiales militares estaban cobrándoles tres millones de dólares a los rancheros sólo para que éstos pudieran trabajar sus propios terrenos. Todo parece indicar que en los últimos cuatro años se ha registrado una nueva dinámica en lo referente a la generación de divisas que entran en el país: es el dinero enviado por los hondureños que residen en el exterior y que alcanzó a 600 millones de dólares en el año 2000.

¡A ver si comprendiste!

A. Hechos y acontecimientos. ¿Recuerdas los datos más importantes de la lectura? Para asegurarte, completa las siguientes oraciones.

1. Poco después de conseguir su independencia, Honduras sufrió numerosos...
2. Dos compañías norteamericanas que llegaron a controlar grandes extensiones territoriales en Honduras fueron...
3. El producto que estas dos compañías producían era...
4. La mayoría de los hondureños no se beneficiaron de...
5. Honduras se distingue de El Salvador, Nicaragua y Guatemala en la segunda mitad del siglo XX debido a que...
6. Carlos Roberto Reina sobresale como presidente porque...
7. En 1998, el huracán "Mitch" causó pérdidas de...
8. Dos incidentes que muestran que los militares estaban otra vez en control a fines del siglo XX son...

B. A pensar y a analizar. Contesta las siguientes preguntas con dos o tres compañeros(as) de clase.

1. ¿Qué limitaciones tiene la economía de Honduras? En la opinión de Uds., ¿qué debería hacer este país para diversificar su economía?
2. En su opinión, ¿por qué han tenido tanto poder los militares en Honduras?
3. ¿Por qué creen Uds. que el título de esta lectura es "Honduras: con esperanza en el desarrollo"?

C. Redacción colaborativa. En grupos de dos o tres, escriban una composición colaborativa de una página a una página y media, sobre el tema que sigue. Sigan el proceso de escribir colaborativamente que aprendieron en la **Redacción colaborativa** de la *Unidad 1, Lección 1:* escriban una lista de ideas, organícenlas en un primer borrador, revisen las ideas, escriban un segundo borrador, revisen la acentuación y ortografía y escriban la versión final.

A pesar de tener una economía que se basa principalmente en la agricultura, Honduras se ha visto libre de las guerras civiles que afectaron a sus vecinos. No obstante, en 1999 se supo que una base militar se estaba usando para el narcotráfico. A la vez, se descubrió que los oficiales militares estaban cobrándoles tres millones de dólares a los rancheros sólo para que éstos pudieran trabajar sus propios terrenos. ¿Cómo se explica que los militares en varios países latinoamericanos lleguen a ser tan corruptos y a tener tanto poder? ¿Quién les da ese poder? ¿Podría ocurrir lo mismo en este país? ¿Por qué si o por qué no?

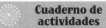

Diminutivos y aumentativos

Los diminutivos y aumentativos son sufijos que se añaden al final de la raíz de una palabra para formar otra palabra de significado diferente. Por ejemplo, el significado de la palabra "animal" cambia bastante si le añadimos un sufijo diminutivo y la hacemos "animalito". Lo mismo ocurre si le añadimos un sufijo aumentativo y la hacemos "animalón".

Los diminutivos

En español, los diminutivos se usan para expresar tamaño pequeño y también para comunicar cariño o afecto, y sarcasmo o ironía. Los diminutivos más comunes se forman añadiendo los siguientes sufijos: **-ito/-ita, -illo/-illa, -cito/-cita** y **-cillo/-cilla.**

- Las terminaciones **-ito/-ita, -illo/-illa** generalmente se usan con palabras que terminan en -**a, -o** o -**l.**

  mesa → mes**ita**   mes**illa**
  oso → os**ito**   os**illo**
  papel → papel**ito**   papel**illo**

- Las terminaciones **-cito/-cita, -cillo/-cilla** geralmente se usan con las palabras que terminan con cualquier letra, menos -**o, -a** o -**l.**

  corazón → corazon**cito**   corazon**cillo**
  amor → amor**cito**   amor**cillo**
  madre → madre**cita**   madre**cilla**

- Al formar el diminutivo de palabras con raíces que terminan en **g, c** o **z** ocurren los siguientes cambios ortográficos **g→gu, c→qu** y **z→c.**

  amigo → ami**guito**   poco → po**quito**   lápiz → lapi**cito**

- Algunos adverbios aceptan algunos de estos sufijos diminutivos.

  ahora → ahor**ita**   pronto → pront**ito**   cerca → cer**quita**

Los aumentativos

Los aumentativos en español se usan para expresar tamaño grande y también para indicar una actitud despectiva —fealdad, enormidad, vileza o fastidio. Los aumentativos más comunes se forman añadiendo los siguientes sufijos: **-ote/-ota, -azo/-aza, -ón/-ona, -aco/-aca** y **-ucho/-ucha.**

• Las terminaciones **-ote/-ota, -azo/-aza, -ón/-ona** se usan para denotar tamaño grande, enormidad o grandeza.

niño	→	niño**te**	niñ**azo**	niñ**ón**
nariz	→	nariz**ota**	nariz**azo**	nariz**ón**
muchacho	→	muchach**ote**	muchach**azo**	muchach**ón**

• Las terminaciones **-aco/-aca** y **-ucho/-ucha** se usan para indicar fealdad, enormidad, vileza o fastidio.

libro	→	libr**aco**	libr**ucho**
pájara	→	pajarr**aca**	pajar**ucha**
perro	→	perr**aco**	perr**ucho**

¡A practicar!

A. Diminutivos. Los abuelos, por no decir abuelitos, tienen fama de usar profusamente los diminutivos. Con un(a) compañero(a) de clase, túrnense para leer este comentario de un joven hispano sobre recuerdos que tiene de su abuela. Al leerlo, cambien todas las palabras en negrilla a diminutivos.

Siempre que oigo diminutivos me acuerdo de mi **abuela** (1), que siempre los usaba diciendo cosas como las siguientes: "**Hijo** (2), siéntate en esta **silla** (3) para que me acompañes. Tú sabes que mi **comida** (4) tiene muy buen **sabor** (5). ¿Quieres un **café** (6) con un **pastel** (7)? ¿Prefieres que te sirva unos **huevos** (8) con **jamón** (9) junto con estas **papas** (10) que acabo de hacer? ¿Quieres una **tajada** (11) de **melón** (12)?"

B. Aumentativos. Con un(a) compañero(a), túrnense para formar los aumentativos de las siguientes palabras.

1. animal
2. cazuela
3. bigote
4. hombre
5. zapato
6. carro

C. ¿Quién los usa más? Con frecuencia, el uso de diminutivos y aumentativos es subconsciente y no nos damos cuenta de cuánto los usamos. Para saber cuánto los usas tú, mañana todo el día anota en una hoja de papel cada diminutivo y aumentativo que uses durante el día. En la siguiente clase vean quién los usa más y decidan si deben controlar el uso de los diminutivos o los aumentativos o ambos.

❧ *Y ahora, ¡a leer!*

Anticipando la lectura. Haz las siguientes actividades con un(a) compañero(a) de clase.

1. En su opinión, ¿cuáles son los temas más populares de la poesía? Preparen una lista de ellos y compárenla con las de otros grupos.
2. ¿Hay algunos temas que Uds. consideran no apropiados para la poesía? ¿Son los siguientes temas apropiados o no para la poesía? Expliquen.

la alegría	un carro	un tomate	una culebra
el amor	la muerte	los calcetines	una araña
un avión	las cuentas	una cebolla	un fusilamiento
una bicicleta	la guerra	la United Fruit Co.	una corrida de toros

3. En la opinión de Uds., ¿qué determina si un tema es apropiado o no para la poesía?
4. Antes de leerlo, estudien la organización tipográfica del poema de José Adán Castelar, "Paz del solvente". ¿En qué les hace pensar? ¿Por qué?
5. ¿Cuál creen Uds. que va a ser el tema de "Paz del solvente"? Expliquen. Confirmen su respuesta después de leer el poema.

Conozcamos al autor

José Adán Castelar nació en 1941 y forma parte de la generación más reciente de poetas que han transformado la poesía contemporánea hondureña. Sus poemas reflejan un tono conversacional y una manera experimental de escribir poemas que rompe con los moldes convencionales. En general, la obra poética de Castelar continúa la tradición iniciada por la "Generación del 50" al enfatizar la temática social. Sus publicaciones más recientes incluyen *También del mar* (1991), *Rutina* (1992) y *Rincón de espejos* (1994).

El poema "Paz del solvente" es un buen ejemplo de la poesía moderna porque su organización tipográfica no sigue las normas tradicionales.

Paz del solvente°

del... libre de deudas

2.000 el máximo que he ganado jamás
por una declamación° de poesía
                    — Allen Ginsberg[1]

recitación

Oh si yo pudiera ganar en mi país
esa cantidad por leer mis poemas:
Pagaría viejas deudas que me avergüenzan   1870.00
(sería otra vez vecino de mis acreedores°)

a quienes se debe dinero

5 compraría El amor en los tiempos del cólera[2]
en edición de lujo   30.00
iría a La Ceiba[3] por un mes
                              al mar
(por unos días adiós tos
10   afonía° capitalina)

pérdida de la voz

cercaría el solarcito° que me dio

propiedad pequeña

                     el sindicato   300.00

[1]Allen Ginsberg (1926–1997) es un poeta y prosista estadounidense. Su poesía tiene con
frecuencia una temática social o política y favorece una estructura poco tradicional. Muchos lo consideran el "padrino espiritual del movimiento anticultural" de la década de los
60 y principios de los 70.

[2]*El amor en los tiempos del cólera* (1985) es una novela de amor escrita por Gabriel García Márquez.

[3]La Ceiba es un puerto y lugar turístico en la costa caribeña de Honduras.

(pienso que es mío todavía)
compraría los lentes que mamá necesita   175.00
15 mandaría al dentista a mis seres queridos   900.00
dejaría esta ropa que ya pide descanso   100.00
estos zapatos patizambos°   deformes, mal hechos
estos anteojos de piedra   200.00
me emborracharía con los amigos   100.00
20 después de un gran almuerzo
alegraría a mi amor con mis días
                                          solventes   175.00
y me sobraría —estoy seguro— paz   <u>4.000.00</u>
para no ser más deudor   (sin mercado
25 sino de la poesía   negro)

"Paz del solvente" de *Tiempo ganando al mundo* (1989)

¿Comprendiste la lectura?

A. Hechos y acontecimientos. ¿Recuerdas los datos más importantes de la lectura? Para asegurarte, contesta las siguientes preguntas.

1. ¿Por qué piensas que el poeta incluye una cita del poeta norteamericano Allen Ginsberg al principio del poema? ¿Crees que el poeta puede ganar lo que ganó Allen Ginsberg alguna vez? ¿Por qué?
2. ¿Cuál es el gasto mayor que el poeta se propone? ¿Cuál es el menor? ¿Estás de acuerdo con las prioridades del poeta? Explica.
3. ¿Qué otros gastos piensa tener el poeta?
4. ¿Cómo interpretas los últimos tres versos del poema?

B. A pensar y a analizar. Haz las siguientes actividades con un(a) compañero(a) de clase.

1. ¿Cómo se caracteriza la personalidad y la vida del poeta en el poema?
2. ¿Cuál es el estilo del lenguaje? Descríbanlo.
3. Preparen una lista cada uno de los posibles gastos que Uds. harían en caso de tener cuatro mil dólares a su disposición. Comparen sus listas y noten las semejanzas y las diferencias entre sus listas y la que aparece en el poema "Paz del solvente".

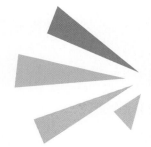

Introducción al análisis literario
La poesía moderna: versos en forma visual

La poesía moderna se ha convertido en un campo de experimentación, tal como ocurrió en el arte moderno del siglo XX. El arte moderno permite la posibilidad de incluir perspectivas simultáneas desde varios ángulos, como en los cuadros cubistas del pintor español Pablo Picasso. Otros artistas modernos en vez de representar la realidad, se concentran más en evocar o interpretar esta realidad, como se ve en los paisajes expresionistas. En la poesía moderna también se han dado muchos cambios, como la falta de rima, la irregularidad en el número de versos en una estrofa y el darles una forma visual a los versos de un poema. Estas innovaciones se alejan tanto de la poesía tradicional que algunos llaman a la poesía moderna "la antipoesía".

Los versos en forma visual son versos que se han escrito de tal manera que crean una imagen visual relacionada de alguna manera con el tema del poema. La imagen puede ser de cualquier cosa —una persona, un animal, un ave, o aun un objeto. En el caso de "Paz del solvente", por ejemplo, los versos están escritos en forma de un presupuesto, que es precisamente el tema del poema.

A. Poesía moderna. Describe la estructura formal del poema "Paz del solvente". ¿Cuántos versos tiene? ¿Cuántas estrofas? ¿Tiene rima asonante o consonante? ¿Crees que se justifica llamar a la poesía moderna "la antipoesía"? ¿Por qué? Explica tu respuesta.

B. Mi presupuesto en poesía. Escribe tu propio poema moderno siguiendo el modelo de "Paz del solvente". Piensa en algún profesional en tu campo de estudio que ya ha logrado gran éxito e inventa una cita sobre sus ganancias, como la de Allen Ginsberg. Luego, en forma de un presupuesto, describe lo que tú puedes hacer con esa cantidad de dinero.

Escribamos ahora

 A generar ideas: escribir un poema moderno

Cuaderno de actividades

Puedes practicar más y escribir notas formales difíciles en la sección **Correspondencia práctica** de la *Unidad 3, Lección 2* en el *Cuaderno de actividades*.

1. La poesía moderna.   La poesía moderna con frecuencia no tiene rima ni mantiene una estructura tradicional de estrofas con el mismo número de versos. Al contrario, tiene una forma libre que hasta puede imitar la forma de lo que se describe. Por ejemplo, el poema "Paz del solvente" tiene la forma de un presupuesto. Para ver lo visual más claramente, lee el poema "Al principio" de José Adán Castelar y estudia la forma.

Al principio

Al principio un hola
                          un adelante
un beso
          la comida
                     el baño
                          la cama
                               el cuerpo
y su fatiga

          Bach a las 4
          de la mañana

después de las 5

> otra vez el baño
> el café
> el desayuno
>
> > otro beso
> > un suave adiós
>
> y la pregunta de rigor
>
> > ¿me amas?

a. Explica el tema, el desarrollo de la descripción y la organización tipográfica de este poema.
b. ¿Es necesario usar verbos y sujetos para comunicar una idea? ¿Por qué?
c. ¿Te ayuda a leer el poema con más facilidad la organización tipográfica o lo hace más difícil de leer? Explica.

2. **Un incidente personal.**   Piensa ahora en un incidente en tu propia vida que puedes describir en un poema. Por ejemplo, puede ser una cita, una visita a un(a) profesor(a) u otra persona, un examen importante, un viaje, una mala noticia, un accidente o una boda. Lo importante es que sea un incidente personal de interés para ti. Luego, prepara una lista de todas las actividades o hechos que asocias con este incidente. Por ejemplo, si seleccionaste una visita, la lista podría incluir lo siguiente.

Sábado, 5 de julio
Suena el teléfono a las 3:15 de la tarde.
Lo contesto.
Una voz muy dulce pregunta por mí.
Es Julieta Paredes, una amiga de primaria.
Está en el aeropuerto. Acaba de llegar.

B   ## Primer borrador

1. **¡A organizar!**   Vuelve ahora a la lista que preparaste en la sección anterior, **Un incidente personal,** y organízala en orden cronológico, si no lo está todavía. Luego, trata de expresar cada hecho en tu lista en una o dos palabras. Por ejemplo, la lista anterior podría expresarse de la siguiente manera. ¿Se podría usar el diminutivo de algunas palabras claves para crear más afecto?

5 de julio	voz dulce
sábado	Julieta Paredes
3:15	amiga
teléfono	de primaria
Contesto	en el aeropuerto

2. **Un poema moderno.**   Imagínate que el Departamento de Español de tu universidad organiza cada año un concurso de poesía para los jóvenes universitarios. Este año, el concurso se dedica a la poesía moderna. El anuncio del concurso pide que las personas interesadas escriban un poema original de no más de veinticinco versos que describa un incidente personal y que siga la estructura de los poemas de José Adán Castelar. Escribe tu primer borrador ahora. ¡Buena suerte!

C **A corregir.** Intercambia tu primer borrador con uno(a) o dos compañeros(as). Revisa el poema de cada compañero(a), prestando atención a las siguientes preguntas.

1. ¿Entiendes bien el tema y el significado del poema?
2. ¿Entiendes bien los verbos y sujetos que no están incluidos?
3. ¿Es lógica la secuencia de los hechos?
4. ¿Ayuda a la comprensión o no la organización tipográfica del poema?
5. ¿Ha usado diminutivos para crear más afecto? Si así es, ¿los usó correctamente? Si no los ha usado, ¿podrías sugerir dónde podría usarlos eficazmente?
6. ¿Tienes otras sugerencias sobre cómo podría mejorar su poema?

D **Segundo borrador.** Prepara un segundo borrador de tu poema tomando en cuenta las sugerencias de tus compañeros(as) y las que se te ocurran a ti.

E **Sigues corrigiendo.** Trabajando en parejas, ayuden al estudiante que escribió el poema que sigue. Hay varios versos donde simplemente no comunica claramente sus ideas por no usar un número suficiente de palabras. Encuentren esos casos y añadan las palabras apropiadas. Miren también si no podría usar algún diminutivo para crear una emoción aun más fuerte.

Voces del pasado

sábado
          5 de julio
                    3:15
rin-rin
          Contesto.
                    voz de ángel
                              amiga
                              primaria
                              aeropuerto
          ¿Tú?
          Nunca olvidado.
          Te amo.
¿Quién será?

Ahora dale una rápida ojeada a tu poema para asegurarte de que no haya falta de comunicación. Tal vez quieras pedirle a un(a) compañero(a) que te lo revise también. Haz todas las correcciones necesarias, prestando atención especial a la organización tipográfica y a que se entiendan bien los verbos y sujetos que no se expresan y, si los usaste, a que los diminutivos provoquen la emoción que deseabas crear.

F **Versión final.** Corrige las ideas que, según tú o según tus compañeros(as), no están claras. Presta atención particular al uso del pretérito y del imperfecto. Como tarea, escribe la copia final en la computadora. Antes de entregarla, dale un último vistazo a la acentuación, a la puntuación, a la concordancia y a las formas de los verbos en el pretérito y en el imperfecto.

Concurso de poesía.   Cuando tu profesor(a) te devuelva el poema, revísalo con cuidado. Después de incorporar todas las sugerencias que tu profesor(a) te haga, prepárate para leer el poema en un concurso de poesía. La clase se va a dividir en grupos de cuatro o cinco compañeros(as). Luego, cada persona de cada grupo leerá al grupo su poema en voz alta. Cada grupo seleccionará el poema que más le gustó y al final, los poetas leerán los poemas seleccionados a toda la clase. Después del concurso, devuelve tu poema al (a la) profesor(a) para que los ponga todos en un libro que va a titular *La poesía moderna del siglo XXI*.

EXPLOREMOS EL CIBERESPACIO

Explora distintos aspectos del mundo hondureño en las **Actividades para la Red** que corresponden a esta lección. Ve primero a **http://college.hmco.com** en la red, y de ahí a la página de *Mundo 21.*

El Salvador

Nombre oficial: *República de El Salvador*

Población: *6.470.379 (estimación de 2003)*

Principales ciudades: *San Salvador (capital), Soyapango, Santa Ana, San Miguel*

Moneda: *Colón (C/)*

GENTE DEL MUNDO 21

José Roberto Cea es uno de los autores más prolíficos de la literatura salvadoreña. Nació en la ciudad de Izalco el 10 de abril de 1939 y desde muy joven se dedicó a la escritura en sus diferentes formas: poesía, novela, cuento, teatro y ensayo. Un escritor que ama las raíces culturales de su país, Cea se esfuerza por reflejar este sentimiento en su poesía, que tiene toques intensamente indígenas y netamente salvadoreños. La crítica señala que la poesía de Cea está marcada por el sello de la originalidad. Su lenguaje es rico en expresiones revestidas de elementos sólidos y mágicos. Su conciencia de lo nacional también se traslada al campo de la novela y del ensayo. En este último género resaltan dos trabajos muy importantes, uno sobre la pintura y otro sobre el teatro en El Salvador. Ha ganado numerosos premios en EE.UU., Italia, Guatemala, Perú y varios otros países. Algunas de sus novelas son: *Ninel se fue a la guerra* (1984); *En este paisito me tocó y no me corro* (1989), *Teatro en y de una comarca centroamericana* (1993) y *Sihuapil Tatquetsali* (1997).

Claribel Alegría es una escritora que, aunque nació en Estelí, Nicaragua en 1924, se considera salvadoreña, ya que desde muy niña vivió en Santa Ana, El Salvador. En 1932 sufrió el intenso trauma de presenciar la masacre de treinta mil campesinos conocida como "la Matanza", un hecho que nunca pudo olvidar y que se convirtió en uno de los temas de su vida y obra. En 1943 se trasladó a EE.UU. para hacer sus estudios de filosofía y letras en la Universidad George Washington, en la capital de EE.UU. Casada con el escritor estadounidense Darwin J. Flakoll, Claribel Alegría ha vivido en varios países de Latinoamérica y de Europa. Junto con Gabriela Mistral, ha sido considerada como una de las poetas más tiernas y maternales por la delicadeza y sentimiento de su lírica. Ha publicado libros de poemas, novelas y un libro de cuentos infantiles. Entre los más populares se cuentan *Luisa en el país de la realidad* (1986); *Fuga de Canto Grande / Fugues (1992), Somoza: La historia de un ajusticiamiento* (1993) y *Umbrales / Thresholds* (1996). Además, ha escrito una novela, varios ensayos, una antología literaria, una historia de Nicaragua y una biografía con su esposo. Desde la muerte de su marido en 1995, Claribel Alegría vive en Managua, Nicaragua, donde escribió los poemas de la colección *Sorrow* (1999).

Juan Carlos Colorado es un notable arquitecto y artista en vidrio nacido en San Salvador el 12 de julio de 1969. Comenzó sus estudios en las artes plásticas en 1980 con el maestro Pedro Acosta en San Salvador. Salió de su país para estudiar arquitectura en México en el Instituto Tecnológico y de Estudios Superiores de Monterrey (ITESM), donde obtuvo su título en 1991. Definitivamente radicado en esa ciudad, empezó a especializarse en el uso del vidrio, medio que usa para expresar sus ideas de manera tan exitosa que sus obras se han expuesto en Japón, Francia, Portugal y México. En el año 2000, Juan Carlos Colorado aceptó la ciudadanía mexicana.

Este artista dice que "es apasionante poner todo tu empeño para superar cualquier obstáculo técnico". Colorado empleó estas técnicas artísticas en aplicaciones e instalaciones de arquitectura, tales como *Génesis,* que es una fuente al aire libre de 3,80 metros de altura con un puente de cristal templado de 9 metros de largo. En sus obras de radiantes y vívidos colores combina elementos de su país, a veces de manera deliberada y otras inconsciente. En 1996 realizó la colección en vidrio *Raíces,* que está inspirada en los templos precolombinos. Otras piezas como *Cosmos* y *Microcosmos* constituyen su visión o ventana a otros mundos y universos. Esculturas como *La puerta del templo* reflejan las puertas mayas; *Diciembre Rojo* toca el tema de los indígenas de Chiapas y le valió en 1998 el premio "Harvey K. Littleton" en Japón.

Otros salvadoreños sobresalientes

Ernesto Álvarez: industrial cafetalero • **Roxana Auirreurreta:** artista • **Camilo Cienfuegos:** futbolista • **Roque Dalton (1933–1975):** poeta, novelista y periodista • **Reyna Hernández:** poeta • **Claudia Lars (Carmen Brannon Vega) (1899–1974):** poeta • **Óscar Arnulfo Romero (1917–1980):** arzobispo católico de San Salvador • **Salvador Efraín Salazar Arrué (Salarrué) (1899–1975):** cuentista y novelista • **Lilian Serpes:** poeta • **Juan Felipe Toruño (1898–1980):** periodista, ensayista, poeta, cuentista, novelista

Personalidades del Mundo 21

A. Gente que conozco. Contesta las siguientes preguntas. Luego, compara tus respuestas con las de dos o tres compañeros(as) de clase.

1. ¿Qué distingue al escritor José Roberto Cea? ¿Qué caracteriza su poesía? Si José Roberto Cea fuera pintor, ¿qué tipo de cuadros crees que pintaría?

2. Claribel Alegría nació en Nicaragua pero se considera salvadoreña. ¿Por qué? Según lo que sabes de su vida, ¿de qué crees que se trata la novela *Luisa en el país de la realidad*? ¿Qué papel ha tenido Darwin J. Flakoll en la vida de la escritora?

3. ¿Dónde y qué estudió Juan Carlos Colorado? ¿Qué caracteriza a su obra y dónde la ha exhibido? Imagínate cómo será una de sus esculturas de vidrio y dibújala.

B. Diario. En tu diario, escribe por lo menos media página expresando tus pensamientos sobre uno de estos temas.

1. Claribel Alegría sufrió el intenso trauma de presenciar la masacre de treinta mil campesinos en su país. Si a ti te tocara presenciar algo parecido, ¿qué efecto crees que tendría en ti? ¿Cómo crees que te afectaría por el resto de tu vida? ¿Qué harías para sobreponerte a ese recuerdo tan deprimente?

2. A Juan Carlos Colorado le apasiona poner todo su empeño en superar cualquier obstáculo técnico. ¿En qué dirías que te gusta poner todo tu empeño? ¿Qué resultados has logrado cuando lo has hecho?

PRONUNCIACIÓN Y ORTOGRAFÍA

Letras problemáticas: la *g* y la *j*

El sonido /g/ es un sonido fuerte que ocurre frente a las vocales **a, o** y **u.** Este sonido sólo ocurre frente a **e** o **i** cuando se deletrea **gue** o **gui.** El sonido /x/, similar al sonido de la *h* en inglés, con frecuencia resulta problemático debido a que tanto la **g** como la **j** tienen el mismo sonido cuando ocurren frente a la **e** o **i.**

Deletreo del sonido /g/

Al escuchar las siguientes palabras con el sonido /g/, observa cómo se escribe este sonido.

ga	**ga**lán	nave**ga**ción
gue	**gue**rrillero	jugue**tón**
gui	**gui**a	conse**gui**r
go	**go**bierno	visi**go**do
gu	**gu**sto	or**gu**llo

Práctica con la escritura del sonido /g/. Escucha mientras tu profesor(a) lee las siguientes palabras. Escribe las letras que faltan en cada una.

1. _ _ _ n a r
2. n e _ _ c i a c i ó n
3. N i c a r a _ _ _ _
4. o b l i _ _ _ d o
5. n e _ _ r
6. _ _ _ b e r n a d o r
7. _ _ _ _ r r a
8. R i _ _ b e r t a
9. s e _ _ _ _ r
10. f u e _ _

Deletreo del sonido /x/

Al escuchar las siguientes palabras con el sonido /x/, observa cómo se escribe este sonido.

ja	**ja**rdín	feste**jar**	emba**ja**dor
je o **ge**	**je**fe	**ge**nte	extran**je**ro
ji o **gi**	**ji**tomate	**gi**gante	comple**ji**dad
jo	**jo**ya	espe**jo**	anglosa**jón**
ju	**ju**dío	**ju**gador	con**ju**nto

Práctica con la escritura del sonido /x/. Escucha mientras tu profesor(a) lee las siguientes palabras. Escribe las letras que faltan en cada una.

1. e _ _ r c i t o
2. i n _ _ n i e r o
3. p r o t e _ _ d o
4. e l e _ _ r
5. _ _ n e r a c i ó n
6. _ _ b ó n
7. m e _ _ r
8. m á _ _ c o
9. c a d e _ _ s
10. _ _ m n a s i o

Los sonidos /g/ y /x/. Escucha mientras tu profesor(a) lee varias palabras. Indica si el sonido inicial de cada una es /g/ —como en "gordo" y "ganga"— o /x/ —como en "japonés" y "jurado". Cada palabra se leerá dos veces.

1. /g/   /x/   6. /g/ /x/
2. /g/   /x/   7. /g/ /x/
3. /g/   /x/   8. /g/ /x/
4. /g/   /x/   9. /g/ /x/
5. /g/   /x/   10. /g/ /x/

¡A practicar!

A. La escritura de los sonidos /g/ y /x/. Escucha mientras tu profesor(a) lee las siguientes palabras. Escribe las letras que faltan en cada una.

1. _ _ b e r n a n t e   6. t r a _ _ d i a
2. e m b a _ _ d a   7. _ _ _ r r i l l e r o
3. _ _ l p e   8. p r e s t i _ _ _ o s o
4. s u r _ _ _ r   9. f r i _ _ l
5. _ _ e g o   10. a _ _ n c i a

B. ¡Ay, qué torpe! Una amiga salvadoreña quiere que la acompañes a una exhibición del artista salvadoreño, Isaías Mata. Tú le pides alguna información sobre el artista y ella te escribe la siguiente biografía. Como la escribió muy a la corrida, no se molestó en poner todos los acentos donde son necesarios. Pon los quince que faltan ahora.

A través de su vida y obras, el pintor salvadoreño Isaías Mata reflejo el sufrimiento que produjo la guerra en su país natal. De origenes humildes, Isaías Mata nació el 8 de febrero de 1956 y se educó en la Universidad Centroamericana de San Salvador. Allí jugo un papel de jerarquia en la educación ya que llego a ser el director de la Facultad de Arte. Como muchos otros artistas, escritores e intelectuales salvadoreños de su generacion, en 1989 fue detenido por el ejercito. Temiendo por su vida, juzgo que era conveniente salir de su patria. Pasó a vivir en la Misión, el barrio latino de San Francisco, California, que le gusto porque allí residen grandes gentios de salvadoreños. De 1989 a 1993 trabajo intensamente en murales y pinturas al óleo, tales como *Cipotes en la marcha por la paz*. Esta obra resume la esperanza de un futuro mejor para los niños. Isaías Mata regreso a El Salvador, donde vivió entre 1993-96 y se reintegro al genero educativo. En 1998 fijo su residencia en Corrientes, Argentina.

MEJOREMOS LA COMUNICACIÓN

Para hablar de la política

Al hablar de la afiliación política

¿Cuál es tu **afiliación política**?
¿A qué **partido** perteneces?
¿De qué partido eres **miembro**?
¿Te consideras liberal o **conservador(a)**?

comunista	**izquierdista**
demócrata	**marxista**
derechista	**republicano(a)**
independiente	**socialista**

Al hablar de los candidatos

— ¿Ya decidiste por quién vas a **votar**?
— Para **presidente** y **vicepresidente** no tengo ningún problema. Pero para los otros **puestos**, ¡ay de mí!
— ¿Qué opinas del **candidato** para **gobernador**?
— No estoy muy satisfecho(a) con el que nominó mi partido político. Pero ¿qué se puede hacer?

alcalde, alcaldesa	**representante**
diputado(a)	**senador(a)**
legislador(a)	

Al hablar de las elecciones

— El problema es que yo soy republicano(a) y no me gusta **la plataforma** que la candidata republicana **propone**.

apoyar	**postular**
defender (ie)	**propugnar**
nominar	

— ¿La viste en el último **debate televisado**?
— Sí, la vi y no me impresionó del todo. Por ejemplo, **hace campaña** a favor de los **derechos de la mujer** pero se opone al **control de la natalidad**.

control de las armas de fuego
control del alcohol
control del narcotráfico
derechos humanos
eutanasia
pena de muerte
prohibición del tabaco

¡A conversar!

A. Encuesta. Prepara una encuesta para saber la afiliación política de tus compañeros de clase y sus opiniones sobre dos o tres asuntos políticos o sociales que tú consideras importantes. Informa a la clase de los resultados de tu encuesta.

B. Dramatización. Dramatiza la siguiente situación con dos compañeros(as) de clase. Un(a) estudiante universitario(a) tiene padre/madre con puntos de vista muy inflexibles sobre la política. Cada vez que invita a un(a) amigo(a) a su casa lo (la) interroga sobre su punto de vista político como si fuera la inquisición.

C. Extiende tu vocabulario: gobernar. Para ampliar tu vocabulario, combina las palabras de la primera columna con las definiciones de la segunda columna. Luego, escribe una oración original con cada palabra. Compara tus oraciones con las de dos compañeros(as) de clase. ¿Cuál es el significado de estas palabras en inglés, y cómo se relacionan a *govern* en inglés?

____ 1. gobernante	a. que puede ser gobernado
____ 2. gobiernista	b. líder
____ 3. gobernable	c. acción de gobernar
____ 4. gobernación	d. jefe superior de una provincia
____ 5. gobernador	e. gubernamental

D. Notas para hispanohablantes: práctica. Completa este párrafo con "por" o "para".

Todavía no estoy decidido __1__ quién voy a votar y tengo que decidir __2__ el martes, a más tardar. Estoy furioso con la alcaldesa, __3__ su oposición a los derechos de la mujer pero el otro candidato no ha hecho nada __4__ convencerme que debo votar __5__ él. ¿ __6__ quién piensas votar tú?

DEL PASADO AL PRESENTE

El Salvador: la búsqueda de la paz

Segunda mitad del siglo XIX El salvadoreño Manuel José Arce fue el primer presidente de las Provincias Unidas de Centroamérica. El 30 de enero de 1841, dos años después de que la federación fue disuelta, se proclamó la República de El Salvador. Durante las primeras cuatro décadas existió mucha inestabilidad política en la nueva república. A pesar de esto, al final del siglo XIX ocurrió un considerable desarrollo económico impulsado por el floreciente cultivo del café.

Plantación cafetalera con el volcán Izalco al fondo

Primera mitad del siglo XX   A principios del siglo XX se estableció en El Salvador una relativa paz, durante la cual hubo ocho períodos presidenciales. Desafortunadamente, este período de paz terminó en 1932, cuando el impulso reformador del presidente Arturo Araujo fue detenido por un golpe militar. En el año siguiente, 1932, ocurrió una insurrección popular que fue reprimida sangrientamente por el ejército. Más de treinta mil personas resultaron muertas en la masacre; el propio líder de la insurrección, Agustín Farabundo Martí, fue ejecutado. Desde entonces la sociedad salvadoreña se fue polarizando en bandos contrarios de derechistas e izquierdistas, lo cual llevó al país a una verdadera guerra civil. En 1969 se produjo lo que se conoce como "La guerra del fútbol", un conflicto entre El Salvador y Honduras que empezó durante un partido de fútbol. Esta guerra surgió debido a una reforma agraria hondureña que no reconocía a miles de salvadoreños que ocupaban tierras en el país.

Celebración el día que se anunció la suspensión del fuego

La guerra civil   En 1972 ganó las elecciones presidenciales el candidato de la izquierda, el ingeniero José Napoleón Duarte. Duarte no pudo llegar al poder debido a que intervino el ejército y tuvo que exiliarse. Siguió una serie de gobiernos militares y se incrementó la violencia política. El 24 de marzo de 1980 fue asesinado el arzobispo de San Salvador, Óscar Arnulfo Romero. El 10 de octubre del mismo año se formó el Frente Farabundo Martí para la Liberación Nacional (FMLN), que reunió a todos los grupos guerrilleros de la izquierda. El futuro del país se veía tan oscuro que más de doscientos mil salvadoreños consiguieron asilo en EE.UU. y otros miles trataron de entrar en EE.UU. ilegalmente.

Cuando en 1984 fue elegido presidente otra vez, Napoleón Duarte inició negociaciones por la paz con el FMLN. En 1986, San Salvador sufrió un fuerte terremoto, que destruyó gran parte del centro de la ciudad, ocasionando más de mil víctimas. Sin embargo, la continuación de la guerra civil causó más muertes aun. Alfredo Cristiani, elegido presidente en 1989, firmó en 1992 un acuerdo de paz con el FMLN después de negociaciones supervisadas por las Naciones Unidas. Así, terminó una guerra que había causado más de ochenta mil muertos, había paralizado el desarrollo económico del país y le había costado a EE.UU. más de cuatro mil millones de dólares en ayuda directa o indirecta al ejército salvadoreño. En 1994, Armando Calderón Sol, el nuevo presidente, prometió continuar el progreso hacia la paz en el país. Ese esfuerzo parece haber motivado el inicio de un movimiento migratorio de regreso a El Salvador de muchos de los que habían salido del país. En 1999

El moderno San Salvador

asumió la presidencia Francisco Flores, de solamente 39 años de edad. Flores dedica sus esfuerzos a traer la paz a El Salvador al mismo tiempo que hace lo posible por mejorar la economía y así atraer a los salvadoreños que salieron durante los años de violencia.

¡A ver si comprendiste!

A. Hechos y acontecimientos. ¿Recuerdas los datos más importantes de la lectura? Para asegurarte, trabaja con un(a) compañero(a) de clase para escribir una breve definición que explique en sus propias palabras el significado de las siguientes personas y elementos en la historia de El Salvador. Luego, comparen sus definiciones con las de la clase.

1. las Provincias Unidas de Centroamérica
2. Agustín Farabundo Martí
3. La guerra del fútbol
4. José Napoleón Duarte
5. el FMLN
6. Alfredo Cristiani
7. Francisco Flores

B. A pensar y a analizar. La guerra civil salvadoreña fue una de las más sangrientas de Centroamérica. ¿Cuáles fueron los momentos más importantes de esa guerra que causó más de ochenta mil muertos? Prepara un diagrama como el siguiente, indicando cada momento clave y explicando brevemente la importancia de tal momento.

Elecciones presidenciales de 1972

> Ganó José Napoleón Duarte pero

24 de marzo de 1980

10 de octubre de 1980

Cuaderno de actividades

Puedes practicar más y escribir un breve editorial sobre el éxodo de miles y miles de salvadoreños en la composición de la *Unidad 3, Lección 3* en el *Cuaderno de actividades.*

C. Redacción colaborativa. En grupos de dos o tres, escriban una composición colaborativa de una página a una página y media sobre el tema que sigue. Sigan el proceso de escribir colaborativamente que aprendieron en la **Redacción colaborativa** de la *Unidad 1, Lección 1:* escriban primero una lista de ideas, organícenlas en un primer borrador, revisen las ideas, escriban un segundo borrador, revisen la acentuación y ortografía y escriban la versión final.

En 1992, terminó la guerra civil salvadoreña en la cual murieron más de ochenta mil personas y la cual causó que más de trescientos mil salvadoreños buscaran asilo en EE.UU. ¿Qué efecto creen que debe tener la pérdida de tantos ciudadanos en un país? ¿Qué aspectos de la vida y del gobierno del país acaban por ser afectados? ¿Qué puede hacer un país que ha pasado por esto para recuperarse?

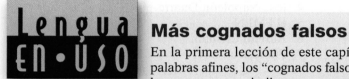

Más cognados falsos

En la primera lección de este capítulo aprendiste que las palabras afines, los "cognados falsos", son palabras de una lengua que son similares o a veces hasta idénticas a palabras de otra lengua pero cuyos significados son diferentes. A continuación se presentan otros ocho cognados falsos que debes aprender a usar correctamente.

Cognados falsos. En grupos de tres o cuatro, definan los siguientes pares de cognados falsos. Luego, en hoja aparte, escriban una oración original con cada palabra.

1. lectura
   lecture
2. sentencia
   sentence
3. estimar
   to esitmate
4. sano
   sane

5. moverse
   to move (to a new house)
6. largo
   large
7. conferencia
   conference
8. colegio
   college

Y ahora, ¡a leer!

Anticipando la lectura. Haz estas actividades.

1. **Encuesta.** Entrevista a un(a) compañero(a) de clase para saber cuánto y qué leía de joven. Luego, lleven la cuenta de las respuestas de toda la clase para saber cuáles eran el libro y el cuento más populares.
   a. ¿Qué tipo de cuentos le gustaba leer de joven?
   b. ¿Con qué frecuencia leía?
   c. ¿Dónde conseguía los libros? ¿Los compraba? ¿Los sacaba de la biblioteca?
   d. ¿Cuál era su libro o su cuento favorito?

2. **Personajes legendarios.** Completa las siguientes oraciones usando tus conocimientos o simplemente usando tu imaginación. Luego compara tus respuestas con las de un(a) compañero(a).
   a. Cupido cargaba un arco y unas flechas que usaba cuando...
   b. Aladino era un chico pobre que encontró una lámpara mágica. Al frotar la lámpara, salió el Genio y éste le dijo a Aladino que...
   c. El hada madrina de la Cenicienta convirtió una calabaza en carruaje y unos ratones en caballos para que la Cenicienta pudiera...
   d. La Cenicienta perdió una zapatilla de cristal en el palacio real. El príncipe con quien ella había bailado la encontró y entonces él...

Conozcamos al autor

Manlio Argueta es uno de los escritores salvadoreños más importantes del momento. Argueta es miembro de la "Generación Comprometida". Entre 1950 y 1956, formó parte de un grupo de escritores influenciados por Jean Paul Sartre y dedicados al activismo social, cultural y político. Fue detenido varias veces en El Salvador por sus actividades políticas y hasta pasó gran parte de la década de los 70 en exilio. En 1972 se exilió de nuevo en Costa Rica hasta que concluyó la guerra civil salvadoreña en 1992.

Ha publicado varias novelas y libros de cuentos sobre la vida en su país. Entre las más populares están *En el costado de la luz* (1968), poesías; *El Valle de las Hamacas* (1970), narrativa; *Caperucita en la Zona Roja* (1976), novela; *Un día en la vida* (1980), narrativa, traducida a once idiomas; *Milagro de la paz* (1994), novela; y *Los poetas del mal* (2001), novela. Actualmente, es Director de Arte y Cultura de la Universidad de El Salvador en San Salvador.

Los perros mágicos de los volcanes es un cuento infantil que fue publicado en 1990. A través de Centroamérica existen muchas leyendas populares sobre los perros mágicos llamados "cadejos". Estos animales, parte del rico folklore centroamericano, aparecen misteriosamente en la noche para proteger a la gente de peligros.

Los perros mágicos de los volcanes

En los volcanes de El Salvador habitan perros mágicos que se llaman cadejos. Se parecen a los lobos aunque no son lobos. Y tienen el donaire de venados aunque no son venados. Se alimentan de las semillas que caen de las campánulas, esas lindas flores que cubren los volcanes y pare-
5 cen campanitas.

La gente que vive en las faldas de los volcanes quiere mucho a los cadejos. Dice que los cadejos son los tataranietos de los volcanes y que siempre han protegido a la gente del peligro y la desgracia. Cuando la gente de los volcanes viaja de un pueblo a otro, siempre hay un cadejo que las acompaña. Si un
10 cipote° está por pisar una culebra o caerse en un agujero, el cadejo se convierte en un soplo de viento que lo desvía del mal paso.

Si un anciano se cansa de tanto trabajar bajo el sol ardiente, un cadejo lo transporta a la sombra de un árbol cercano. Por todo esto, la gente de los volcanes dice que, si no fuera por la ayuda de los cadejos, no hubiera podido so-
15 brevivir hasta hoy en día. Pero lamentablemente, no todos han querido siempre a los cadejos. ¡Qué va! A don Tonio y a sus trece hermanos, que eran los dueños de la tierra de los volcanes, no les gustaban los cadejos para nada.

—¡Los cadejos hechizan a la gente y la hacen perezosa! —dijo un día don Tonio a sus hermanos.
20 Y los trece hermanos de don Tonio contestaron: —Sí, es cierto. La gente ya no quiere trabajar duro para nosotros. Quieren comer cuando tienen hambre. Quieren beber cuando tienen sed. Quieren descansar bajo la sombra de un árbol cuando arde el sol. ¡Y todo eso por los cadejos!

Entonces, don Tonio y sus hermanos llamaron a los soldados de plomo y
25 los mandaron para los volcanes a cazar cadejos. Los soldados se pusieron en camino con sus tiendas de campaña,° sus cantimploras° y sus armas centelleantes° y se dijeron: —Vamos a ser los soldados de plomo más bellos y más respetados del mundo. Vestiremos uniformes con charreteras° de plata, iremos a fiestas de cumpleaños y todo el mundo obedecerá nuestras órdenes.

niño

tiendas... alojamiento de tela o lana/frasco de metal para llevar agua
brillantes
adornos (en el hombro)

Los cadejos

Tecapa

Chaparrastique

30   Los soldados de plomo marcharon hacia el volcán Tecapa, que es mujer y
viste un ropaje espléndido de agua y un sombrero de nubes. Y marcharon hacia Chaparrastique, un volcán hermoso que lleva siempre su sombrero blanco
de humo caliente.
      —Cazaremos a los cadejos mientras duermen —dijeron los soldados de
35 plomo—. Así podremos tomarlos desprevenidos sin correr ningún riesgo.
      Pero no sabían que los cadejos visten un traje de luz de día y de aire, con
lo cual se hacen transparentes. Los soldados de plomo buscaban y buscaban a
los cadejos, pero no encontraban a ninguno. Los soldados se pusieron furi-
bundos.° Comenzaron a pisotear las campánulas y a aplastar a sus semillitas.   furiosos
40 —Ahora, los cadejos no tendrán qué comer —dijeron.
      Los cadejos nunca habían corrido tanto peligro. Así es que buscaron la
ayuda de Tecapa y Chaparrastique. Toda la noche los cadejos hablaron con
los volcanes hasta que comentó Tecapa: —Dicen ustedes que son soldados de
plomo. ¿El corazón y el cerebro son de plomo también?
45   —¡Sí! —respondieron los cadejos—. ¡Hasta sus pies están hechos de
plomo!
      —Entonces, ¡ya está! —dijo Tecapa.
      Y Tecapa le dijo a Chaparrastique: —Mira, como yo tengo vestido de agua
y vos tenés sombrero de fumarolas,° simplemente comenzás a abanicarte con   humo
50 el sombrero por todo tu cuerpo hasta que se caliente la tierra y entonces yo
comienzo a sacudirme mi vestido de agua.
      Y Tecapa se lo sacudió.
      —Y eso, ¿qué daño les puede hacer? —preguntaron los cadejos.
      —Bueno —dijo Tecapa—, probemos y ya veremos.
55   Al día siguiente, cuando los soldados de plomo venían subiendo los volcanes, comenzó el Chaparrastique a quitarse el sombrero de fumarolas y a soplar sobre todo su cuerpo, hasta que ni él mismo aguantaba el calor. Al principio, los soldados sentían sólo una picazón, pero al ratito los pies se les
comenzaron a derretir. Entonces, Tecapa se sacudió el vestido y empezó a re-
60 mojarles. Y los cuerpos de los soldados chirriaban, como cuando se le echa
agua a una plancha caliente.
      Los soldados de plomo se sentían muy mal y se sentaron a llorar sobre las
piedras. Pero éstas estaban tan calientes que les derretían el trasero. Fue así
que los soldados de plomo se dieron cuenta que no era posible derrotar a los
65 cadejos, ni pisotear a las campánulas, y, en fin, ni subir a los volcanes a hacer

el mal. Y sabiendo que tenían la debilidad de estar hechos de plomo, lo mejor
era cambiar de oficio° y dedicarse a cosas más dignas.   profesión
    Desde entonces hay paz en los volcanes de El Salvador. Don Tonio y sus
hermanos huyeron a otras tierras, mientras que los cadejos y la gente de los
70 volcanes celebraron una gran fiesta que se convirtió en una inmensa fiesta
nacional.

¿Comprendiste la lectura?

A. Hechos y acontecimientos. ¿Recuerdas los datos más importantes de la lectura? Para asegurarte, completa las siguientes oraciones.

1. Los cadejos son...
2. Los cadejos comen...
3. La gente que vive en las faldas de los volcanes dice que los cadejos protegen...
4. Un cipote es un...
5. A don Tonio y a sus trece hermanos no les gustan...
6. Don Tonio les dijo a sus hermanos que los cadejos...
7. Don Tonio y sus hermanos mandaron a los soldados de plomo para los volcanes para...
8. El volcán Chaparrastique siempre lleva un sombrero de...
9. Los dos volcanes hicieron a los soldados de plomo...
10. Al final, Don Tonio y sus trece hermanos...

B. A pensar y a analizar. Contesta las siguientes preguntas.

1. ¿Tiene el cuento un final alegre o triste? Explica.
2. ¿Encuentras alguna relación entre lo que sucede en este cuento y la reciente historia de El Salvador? Explica.

C. Cuento colectivo. Las leyendas siempre combinan la realidad con lo imaginario. En grupos de cinco, usen su imaginación para crear un cuento colectivo. Deben ser originales e inventar situaciones muy creativas. Cada persona debe añadir dos o tres oraciones oralmente al desarrollar el cuento que sigue.

Los perros mágicos de mi niñez
Había una vez unos perros mágicos. Vivían con una familia que...

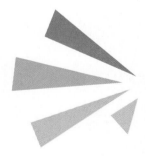

Introducción al análisis literario
La leyenda y el simbolismo

■ **Leyenda:** Una narración del pasado, como un cuento, una canción o un poema que ha sido transmitido de generación en generación. Con frecuencia, las leyendas comunican las tradiciones locales o el folklore de una cultura. En el caso de *Los perros mágicos de los volcanes,* la leyenda trata de explicar un fenómeno de la naturaleza —los volcanes Tecapa y Chaparrastique— al transformarlos en los protectores de la gente que vive cerca de ellos. Del mismo modo, las leyendas a menudo se sirven de símbolos y de simbolismo para comunicar un mensaje especial.

■ **Símbolo:** una figura, idea u objeto que tiene un significado convencional. Por ejemplo, la cruz es un símbolo del cristianismo.

■ **Simbolismo:** la representación de figuras, ideas u objetos mediante símbolos.

A. Simbolismo. El simbolismo abunda en *Los perros mágicos de los volcanes*. Por ejemplo, la gente de los volcanes podría representar a toda la población de El Salvador porque con frecuencia se habla de este país como la tierra de los volcanes. Siguiendo esa lógica, contesta las siguientes preguntas con un(a) compañero(a) de clase. ¿Qué podrían representar los soldados de plomo? ¿don Tonio y sus trece hermanos? ¿los dos volcanes Tecapa y Chaparrastique? ¿los cadejos? Ahora comparen sus respuestas con las de otros grupos.

B. Leyendas nuevas. Con un poco de imaginación, tú y un(a) compañero(a) también pueden crear sus propias leyendas. Sigan estos pasos y luego describan brevemente el simbolismo de los elementos que seleccionaron.

1. Primero, definan en términos científicos algún fenómeno de la naturaleza como un río, el mar, un lago, una montaña o una planta.
2. Luego, personifiquen el fenómeno natural, dándole algunas características humanas. Por ejemplo, hace mucho tiempo el río era un hombre muy bueno, una huérfana triste, un gran guerrero o un terrible dictador.
3. Ahora inventen un problema o una situación peligrosa que puede ser real o imaginaria. Por ejemplo, la tierra estaba seca; un hombre malo que tenía solamente un ojo en medio de la frente robó la lluvia; o las nubes se fueron a otro planeta.
4. Creen una solución mágica al problema. Esa solución debe explicar la presencia del fenómeno natural que seleccionaron y definieron al principio.
5. Finalmente, escriban su leyenda. Si hay buenos artistas en su grupo, tal vez quieran dibujar la leyenda y presentarle los dibujos a la clase.

¡LUCES! ¡CÁMARA! ¡ACCIÓN!

En el Valle de las Hamacas: San Salvador

En el Valle de las Hamacas y a 700 metros sobre el nivel del mar se encuentra San Salvador, la capital de El Salvador. La ciudad es como una especie de ave fénix que en distintas ocasiones se ha levantado triunfante de las cenizas, ya sea de los volcanes que la rodean o de guerras civiles.

En esta ciudad fascinante se aprecian las playas y montañas. Es una de las pocas capitales donde apenas existe la contaminación.

Antes de empezar el video

Contesten las siguientes preguntas en parejas.

1. ¿Qué es un fénix? ¿En qué sentido se podría decir que una ciudad es como un fénix?
2. ¿Cuáles son algunas ciudades que podrían categorizarse de esta manera? Expliquen por qué.
3. ¿Qué es una hamaca? ¿Qué significado tiene una hamaca para Uds.?

¡A ver si comprendiste!

A. En el Valle de las Hamacas: San Salvador. Contesta las siguientes preguntas con un(a) compañero(a) de clase.

1. ¿De dónde viene el nombre "Valle de las Hamacas"?
2. ¿Qué diversiones ofrece San Salvador? ¿Hay que viajar largas distancias para disfrutar de estas actividades?
3. ¿Qué porcentaje de la población del país vive en la capital?
4. ¿Cuánta contaminación hay en San Salvador?

B. A pensar y a interpretar. Contesta las siguientes preguntas.

1. Piensa en el paisaje natural que rodea a San Salvador y di por qué crees que los indígenas llamaban a este lugar el Valle de las Hamacas.
2. ¿Por qué se puede decir que San Salvador es una especie de ave fénix?
3. ¿Cómo se explica que San Salvador, capital del país más pequeño de Centroamérica, sea una de las más modernas?
4. ¿Quién o qué será Quetzaltepeque? ¿Por qué se le habrá llamado "insomne" a su mirada?

EXPLOREMOS EL CIBERESPACIO

Explora distintos aspectos del mundo salvadoreño en las **Actividades para la Red** que corresponden a esta lección. Ve primero a **http://college.hmco.com** en la red, y de ahí a la página de ***Mundo 21.***

Guatemala

Nombre oficial: *República de Guatemala*

Población: *13.909.384 (estimación de 2003)*

Principales ciudades: *Ciudad de Guatemala (capital), Quezaltenango, Escuintla, Antigua*

Moneda: *Quetzal (Q)*

GENTE DEL MUNDO 21

Miguel Ángel Asturias (1899–1974), famoso escritor guatemalteco, recibió el premio Nobel de Literatura en 1967 "por el fuerte colorido de su obra, enraizada en lo genuinamente popular y en las tradiciones autóctonas". Nació en la Ciudad de Guatemala pero pasó cuatro años de su niñez en Salamá, una ciudad de provincia. Desde allí visitaba con frecuencia la hacienda cercana de su abuelo materno, donde tuvo el primer contacto con los ritos y creencias indígenas que tanto amó y que luego trató de evocar en su obra literaria. Estudió leyes en la Universidad de San Carlos y entre 1966 y 1970 fue embajador de Guatemala en Francia. Su mayor preocupación fue la literatura a través de la cual expresó los problemas del indio, eternamente explotado, silencioso y noble en su pobreza. Escribe con un lenguaje directo y sin concesiones a lo sentimental; es espontáneo al tratar los problemas políticos y elocuente en su presentación de la trama y hechos. Se destacan *Leyendas de Guatemala* (1930)*, El señor presidente* (1946), *Hombres de maíz* (1949), *Viento fuerte* (1954), *El papa verde* (1954), *Los ojos de los enterrados* (1960), *El espejo de Lida Sal* (1967) y muchas obras de poesía.

Delia Quiñónez, poeta, dramaturga, ensayista e incansable trabajadora social y cultural, nació en 1946 en la Ciudad de Guatemala. Ha escrito varios ensayos sobre el feminismo y es considerada una de las líderes del movimiento feminista de Guatemala. Además de haber sido miembro fundador del grupo de poetas "Nuevos signos", se esfuerza por fomentar la publicación de obras de autores guatemaltecos; promociona festivales culturales que ayudan a preservar el rico folklore nativo. En los años 80, fue la encargada del Departamento de Actividades Literarias de la Dirección General de Cultura y Bellas Artes. A su iniciativa se deben las antologías *Los nombres que nos nombran: panorama de la poesía guatemalteca de 1782–1982* (1983) y *Nosotros los de entonces: antología* (1993). Aún así, encuentra tiempo para escribir obras teatrales y poesía. Sobresalen sus dos poemarios titulados *Lodo hondo* (1968) y *Otros poemas* (1981).

Luis González Palma, nacido en Guatemala en 1957, es un fotógrafo de fama internacional, considerado por muchos el fotógrafo más importante de Latinoamérica. Estudió arquitectura y cinematografía en la Universidad de San Carlos. Nunca pensó que su vida cambiaría radicalmente cuando, en 1984, se compró su primera cámara. Los resultados de sus primeras obras lo llenaron de entusiasmo y se dedicó a hacer retratos que en realidad son poemas visuales. Su fotografía capta el alma y sufrimiento de sus compatriotas y describe las penosas experiencias de la vida de los indígenas guatemaltecos. Para producir la mirada hipnótica de sus personajes, pinta con una emulsión de betún una fotografía normal en blanco y negro, luego, con alcohol, quita cuidadosamente el color de las partes blancas. El resultado es mágico y el

espectador no sabe si lo que se ve es pintura o foto. Ha realizado exposiciones individuales en Francia, Escocia, EE.UU. y otros lugares. Obras destacadas son *La mirada ausente, Corona de laureles, El mago y Mi caja de música*. Algunas de sus exposiciones principales son *Nupcias de soledad, Silencio de la mirada, Lugar sin reposo y La fidelidad del dolor*. Su obra es parte de colecciones en museos internacionales en ciudades como Chicago, Berlín y México.

Otros guatemaltecos sobresalientes

Rafael Arévalo Martínez (1884–1975): poeta, cuentista y novelista • **Ricardo Arjona:** cantante • **César Brañas:** poeta y crítico literario • **Roberto Cabrera:** escultor • **Caly Domitila Cane'k:** poeta • **Carlos Mérida (1891–1984):** pintor • **Víctor Montejo:** poeta, novelista, cuentista y catedrático • **Augusto Monterroso (1921–2003):** novelista y diplomático • **Ana María Rodas:** poeta y cuentista • **Aída Toledo:** poeta, narradora y catedrática

Personalidades del Mundo 21

A. Gente que conozco. Contesta las siguientes preguntas. Luego, comparte tus respuestas con dos o tres compañeros(as).

1. ¿Qué efecto tuvo en su obra el tiempo que Miguel Ángel Asturias pasó en el campo durante su niñez?

2. ¿De qué movimiento es líder Delia Quiñónez? ¿Por qué crees que existe este movimiento en un país como Guatemala?

3. ¿Qué causó el cambio de carrera de Luis González Palma? ¿Qué reflejan sus retratos? ¿Dónde se pueden ver algunas de sus obras?

B. Diario. En tu diario escribe por lo menos media página expresando tus pensamientos sobre uno de estos temas.

1. Miguel Ángel Asturias fue uno de los primeros latinoamericanos galardonados con el Premio Nobel de Literatura. Una de sus obras cumbres se titula *El señor presidente*. Imagina que tú has escrito una novela con este título. ¿Quién sería este presidente y que dirías sobre él?

2. Delia Quiñónez, la poeta, dramaturga, ensayista e incansable trabajadora social y cultural, es considerada una de las líderes del movimiento feminista de Guatemala. Si tú fueras líder de un movimiento feminista, ¿cuáles serían tus metas? ¿Crees que sólo mujeres deben ser líderes de movimientos feministas? ¿Por qué?

Cuaderno de actividades

Puedes practicar más la pronunciación y ortografía de palabras con las letras **b** y **v** en las secciones de **Pronunciación y ortografía** y el **Dictado** de la *Unidad 3, Lección 4* en el *Cuaderno de actividades.*

PRONUNCIACIÓN Y ORTOGRAFÍA

Letras problemáticas: la *b* y la *v*

La **b** y la **v** resultan problemáticas porque las dos se pronuncian de la misma manera. Además, el sonido de ambas varía entre un sonido fuerte y uno suave en relación al lugar de la palabra en donde ocurra.

Pronunciación de la *b* y *v* fuerte

La **b** y la **v** inicial de una palabra tienen un sonido fuerte —como el sonido de la *b* en inglés— si la palabra ocurre después de una pausa. También tienen un sonido fuerte cuando ocurren la **b** o la **v** después de la **m** o la **n**. Para producir este sonido, los labios se cierran para crear una pequeña presión de aire al soltar el sonido.

Práctica para escuchar la *b* o *v* fuerte. Escucha mientras tu profesor(a) lee las siguientes palabras. Presta atención a la pronunciación de la **b** o **v** fuerte. Cada palabra se leerá dos veces.

brillante	**v**irreinato	em**b**ajador	con**v**ocar
bloquear	**v**ictoria	am**b**icioso	sin**v**ergüenza

Pronunciación de la *b* o *v* suave

En los demás casos, la **b** y la **v** tienen el mismo sonido suave. Para producir este sonido, los labios se juntan, pero no se cierran completamente; por lo tanto, no existe la presión de aire y lo que resulta es una **b** o **v** suave.

Práctica para escuchar la *b* o *v* suave. Escucha mientras tu profesor(a) lee las siguientes palabras. Presta atención a la pronunciación de la **b** o **v** suave. Cada palabra se leerá dos veces.

re**b**elión	resol**v**er	afrocu**b**ano	culti**v**o
po**b**reza	pro**v**incia	exu**b**erante	contro**v**ertido

Práctica para distinguir entre la *b* o *v* fuerte y suave. Ahora escucha a tu profesor(a) leer unas palabras e indica si el sonido de la **b** o **v** que oyes es un sonido **fuerte (F)** o **suave (S)**.

1. **F** **S**   5. **F** **S**
2. **F** **S**   6. **F** **S**
3. **F** **S**   7. **F** **S**
4. **F** **S**   8. **F** **S**

Tres reglas sobre el uso de la *b* y la *v*

Las siguientes reglas te ayudarán a saber cuándo una palabra se escribe con **b** (**b** larga) o con **v** (**v** corta). Memorízalas.

> **Regla 1:** El sonido /b/ antes de la **l** y la **r**, siempre se escribe con la **b**. Las siguientes raíces también se escriben con la **b**: **bene-, bien-, biblio-, bio-.** Estudia estos ejemplos mientras tu profesor(a) los pronuncia.

bloquear	hambre	beneficio	bibliografía
obligación	bravo	bienestar	biología

Práctica al deletrear con la letra _b_. Escucha mientras tu profesor(a) lee las siguientes palabras. Escribe las letras que faltan en cada una.

1. ___ i s a
2. a l a m ___ e
3. ___ a n c o
4. ___ o q u e

5. ___ u s a
6. c a ___ e
7. c o ___ e
8. ___ u j a

9. ___ ___ ___ v e n i d o
10. ___ ___ ___ ___ o t e c a
11. ___ ___ ___ g r a f o
12. ___ ___ ___ f a c t o r

Regla 2: Para escribir el sonido /b/ después de la **m,** siempre se escribe la **b.** Después de la **n,** el sonido /b/ siempre se escribe con **v.** Estudia estos ejemplos mientras tu profesor(a) los pronuncia.

embarcarse	embajador	convención	envuelto
también	cambiar	envejecer	convertir

Práctica para deletrear con las letras _b_ y _v_. Escucha mientras tu profesor(a) lee las siguientes palabras. Escribe las letras que faltan en cada una.

1. s o ___ ___ r a
2. e ___ ___ i a r
3. t a ___ ___ o r
4. i ___ ___ e n c i b l e

5. i ___ ___ e n t a r
6. e ___ ___ l e m a
7. e ___ ___ e n e n a r
8. r u ___ ___ o

Regla 3: Los siguientes prefijos siempre contienen la **b: ab-, abs-, bi-, bis-, biz-, ob-** y **sub-.** Después del prefijo **ad-,** el sonido /b/ siempre se escribe con **v.** Estudia estos ejemplos mientras tu profesor(a) los pronuncia.

absurdo	biblioteca	biznieto/bisnieto	subrayar
abstener	bisabuelo	obstáculo	adversario

¡A practicar!

A. Al deletrear con las letras _b_ y _v_. Ahora escucha a los narradores leer las siguientes palabras y escribe las letras que faltan en cada una.

1. ___ ___ t e n e r
2. ___ ___ ___ m a r i n o
3. ___ ___ ___ s o l u t o
4. ___ ___ ___ n i e t o
5. ___ ___ ___ s t r a c t o
6. ___ ___ ___ s e r v a t o r i o
7. ___ ___ ___ e r t i r
8. ___ ___ ___ e r b i o

B. ¡Ay, qué torpe! Un amigo guatemalteco te pide que leas un breve informe que acaba de escribir sobre el *Popol Vuh*, el libro sagrado maya-quiché. Al leerlo, te pide que por favor corrijas cualquier error de acentuación que encuentres. Hay quince en total.

El *Popol Vuh* es la obra mas importante de la literatura maya. Este libro magico y poetico recogio las leyendas y los mitos del pueblo quiché. Se cree que entre 1550 y 1555 un miembro del clan Kavek transcribio en alfabeto latino este libro que se baso en uno o varios códices jeroglíficos y en la antigua tradición oral. A principios del siglo XVIII el sacerdote español Fray Francisco Ximénez, basandose en un texto quiché hoy perdido, copió el *Popol Vuh* en quiché en una columna y su traduccion en español en la otra. En el original, el *Popol Vuh* se dividio en tres partes. En la primera se describio la creación y el origen del hombre, quien después de varios intentos fue hecho finalmente de maiz, alimento basico de la civilizacion mesoamericana. La segunda parte revelo las aventuras fantásticas de Hunahpú e Ixbalanqué, dos jóvenes héroes que destruyeron a los dioses malos de Xibalbá. La tercera parte contó la historia de los pueblos indígenas de Guatemala. Así, en este libro, el mito, la poesía y la historia se combinan para formar una de las obras literarias más originales de la humanidad.

MEJOREMOS LA COMUNICACIÓN

Para hablar de derechos humanos y condiciones sociales

Al discutir los derechos humanos

— Ya estoy cansado de oír hablar tanto de mis **derechos humanos.** Ni entiendo a qué se refieren. ¿Cuáles son mis derechos humanos?
— Tus **derechos civiles** o **humanos** son los **derechos básicos** de cualquier ciudadano. Por ejemplo, hay leyes que nos protegen de la **discriminación** basada en **el color de la piel.**
— En muchos países hasta los derechos más básicos han sido **violados,** como los **derechos a la libertad de reunión y asociación.** Igualmente se han negado otros derechos como **la igualdad de hombres y mujeres.**
— ¿Mi derecho a asistir a una reunión de la oposición, por ejemplo?
— Así es, te niegan tu **derecho a la libertad de pensamiento político.**
— ¿Esto ocurre en nuestro país?
— Supongo que no, porque nuestros representantes deben vigilar nuestras libertades y derechos.

igualdad de oportunidades	raza
ley	religión
origen nacional	reunión
paz	salud
propiedad	sexo
proteger	

Al discutir las condiciones sociales

— ¿Cómo pueden mejorarse las **condiciones sociales** en Latinoamérica?
— Bueno, hay muchas maneras. Por ejemplo, debe haber un mejor **sistema de educación, ayuda médica para los pobres y los ancianos** y más **oportunidades de trabajo.**
— Sí, claro. También deben poner fin a la **discriminación.**

asesinato político	**personas desaparecidas**
corrupción política	**represión**
dictadura militar	**segregación**
injusticia militar	

¡A conversar!

A. Derechos civiles. Pregúntale a un(a) compañero(a) de clase sobre su participación en asuntos relacionados con los derechos humanos. ¿Ha participado en alguna manifestación? ¿Dónde? ¿Cuándo? ¿Contra qué protestó? ¿Cree que existen problemas relacionados con los derechos humanos de los grupos minoritarios en este país? Explica. ¿Cómo podemos proteger nuestros derechos? ¿Cómo se puede mejorar la situación actual?

B. Debate. "En EE.UU. los derechos humanos de cada ciudadano están totalmente protegidos". En grupos de cuatro, tengan un debate, dos defendiendo este punto de vista y dos oponiéndose.

C. Extiende tu vocabulario: derecho. Para ampliar tu vocabulario, combina las palabras de la primera columna con las definiciones de la segunda columna. Luego, escribe una oración original con cada palabra. Compara tus oraciones con las de dos compañeros(as) de clase. ¿Cuál es el significado de estas palabras en inglés, y cómo se relacionan a *right* en inglés?

_____ 1. derecho		a.	miembro de un partido político de derecha
_____ 2. derechazo		b.	recta, que no está doblada
_____ 3. derechista		c.	justicia y libertad
_____ 4. derechismo		d.	golpe dado con la mano derecha
_____ 5. derecha		e.	doctrina política de derecha

D. Notas para hispanohablantes: práctica. Lee la noticia que sigue y cuando sea necesario, emplea la preposición apropiada.

¡Defiende tus derechos civiles!

Es increíble el número de gente que cuenta __1__ otros para que protejan sus derechos civiles. Esas mismas personas son las primeras en quejarse __2__ cualquier evento que interrupa __3__ su estilo de vida. Ya es hora de que el gobierno empiece __4__ educar al pueblo y deje __5__ engañarse, asumiendo que todo ciudadano está consciente de sus derechos. Debemos insistir __6__ que el gobierno nos ayude __7__ alcanzar esa meta. Es necesario que todos pensemos __8__ nuestros derechos humanos de vez en cuando. Nuestra organización sueña __9__ el día en que todos podamos __10__ sentarnos a conversar sobre el asunto.

DEL PASADO AL PRESENTE

Guatemala: raíces vivas

Guatemala independiente   Guatemala declaró su independencia de España en 1821. Junto con Honduras, El Salvador y Costa Rica, Guatemala formó parte de las Provincias Unidas de Centroamérica. En 1838 se inició el proceso de secesión de las distintas repúblicas. Guatemala dejó la federación el 21 de marzo de 1847. Durante el resto del siglo XIX y la primera mitad del siglo XX, Guatemala fue gobernada por una serie de dictadores que en general favorecían los intereses de los grandes dueños de plantaciones y de negocios de extranjeros. Aunque las compañías extranjeras contribuyeron al desarrollo económico del país, facilitando la construcción de ferrocarriles, carreteras y líneas telegráficas, los beneficios económicos no llegaron a los campesinos indígenas, quienes siguieron viviendo en la pobreza.

Antigua

Intentos de reformas   Con la caída del dictador Jorge Ubicos, quien gobernó Guatemala de 1931 a 1944, se inició una década de profundas transformaciones democráticas. En 1945 fue elegido presidente Juan José Arévalo, un profesor universitario idealista que promulgó una constitución progresista que impulsó reformas sociales en favor de los obreros y de los campesinos.

En 1950 el coronel Jacobo Arbenz fue elegido presidente e inició ambiciosas reformas económicas y sociales para modernizar el país. A través de la reforma agraria de 1952, distribuyó más de un millón y medio de hectáreas a más de cien mil familias campesinas. La compañía estadounidense *United Fruit* se opuso porque era propietaria de grandes extensiones de tierra que Arbenz proponía dar a los campesinos. A la vez, existía cierto miedo de que los comunistas tomaran control del país. El temor de una expansión del comunismo en Centroamérica impulsó al gobierno norteamericano a actuar contra el gobierno de Arbenz.

Una plantación de la compañía *United Fruit*

Rebeliones militares de 1954 a 1985   El gobierno de Arbenz fue derrocado en 1954 por un grupo de militares dirigido por el coronel Carlos Castillo Armas, quien había invadido el país desde Honduras con la ayuda de la CIA (Agencia Central de Inteligencia) de EE.UU. Castillo Armas se proclamó presidente pero fue asesinado en julio de 1957. A partir de entonces, Guatemala pasó por un largo período de inestabilidad y de violencia política que la llevó a una sangrienta guerra civil que empieza en 1966 y no termina hasta treinta años más tarde en 1996. Entre 1966 y 1982 grupos paramilitares de la derecha asesinaron a más de treinta mil disidentes políticos y a un grupo más grande de indígenas.

En 1985 el gobierno militar le dio paso a un gobierno civil y fue elegido presidente Vinicio Cerezo. Al terminar su mandato en 1991, sin tener elecciones, trans-

Mujeres indígenas protestan en San Jorge

firió la presidencia a José Serrano Elías. Dos años después, Serrano Elías se vio forzado a renunciar a la presidencia ante la reprobación general. Fue sustituido por Ramiro León Carpio, jefe de la comisión de defensa de los derechos humanos.

Situación presente El nombramiento de Ramiro León Carpio en 1993 como presidente de Guatemala fue bien recibido por aquellos sectores democráticos que deseaban implementar reformas en beneficio de la población indígena. En enero de 1994 se llegó a un acuerdo para empezar las negociaciones entre los guerrilleros izquierdistas y el gobierno. En enero de 1996 fue elegido presidente el candidato derechista Álvaro Arzú Irigoyen. En diciembre del mismo año se firmó un acuerdo de paz para dar fin a la guerra civil que ya había durado treinta años y había causado la muerte de miles de habitantes.

La indígena maya-quiché Rigoberta Menchú Tum, quien recibió el premio Nobel de la Paz en 1992, dice que más de doscientas mil personas murieron o desaparecieron durante este período. Ahora ella se dedica a forjar un futuro mejor para los cinco millones y medio de indígenas guatemaltecos que han logrado conservar su cultura ancestral a pesar de tantos años de opresión. En 1997 el presidente Arzú y el líder de los guerrilleros Ricardo Morán recibieron el premio de la Paz Houphouet-Boigny de la UNESCO. En el año 2000 fue elegido presidente Alfonso Portillo, quien en marzo de 2002 propuso un foro nacional para conseguir una mejor comunicación entre gobierno y gobernados. Este reconocimiento público parece indicar que Guatemala se encamina hacia un futuro donde la posibilidad de paz y armonía pueda realizarse como merecida consecuencia después de siglos de pobreza y lucha.

¡A ver si comprendiste!

A. Hechos y acontecimientos. ¿Recuerdas los datos más importantes de la lectura? Para asegurarte, completa las siguientes oraciones.

1. Aunque las compañías extranjeras contribuyeron al desarrollo económico del país, los campesinos indígenas...
2. La contribución principal del presidente Juan José Arévalo, elegido en 1945, fue...
3. La oposición principal a la reforma agraria de 1952 vino de...
4. El resultado de esa oposición fue...
5. El resultado de la rebelión de 1954 fue que Guatemala entró en un largo período de...
6. La actitud de los gobiernos militares en Guatemala respecto a los derechos humanos entre 1966 y 1982 era...
7. La guerra civil en Guatemala duró...
8. Después de firmar el acuerdo de paz, el presidente guatemalteco y el líder de los guerrilleros recibieron...

B. A pensar y a analizar. Haz las siguientes actividades.

1. Anota tres hechos que has aprendido sobre Guatemala con respecto a cada uno de los siguientes temas. Luego compara lo que tú anotaste con lo que escribieron dos compañeros(as) de clase.
   a. los mayas
   b. el período colonial
   c. el papel de los extranjeros en el país
   d. la situación actual
2. En grupos de tres o cuatro compañeros(as), decidan quiénes son o qué es responsable por los muchos problemas económicos que tiene Guatemala. Expliquen su respuesta.

Cuaderno de actividades

Puedes practicar más y escribir una breve comparación de tu vida con la que te imaginas que llevaba Rigoberta Menchú cuando tenía tu edad en la composición de la *Unidad 3, Lección 4* en el **Cuaderno de actividades.**

C. Redacción colaborativa. En grupos de dos o tres, escriban una composición colaborativa de una página a una página y media sobre el tema que sigue. Sigan el proceso de escribir colaborativamente que aprendieron en la **Redacción colaborativa** de la *Unidad 1, Lección 1:* escriban una lista de ideas, organícenlas en un primer borrador, revisen las ideas, escriban un segundo borrador, revisen la acentuación y ortografía y escriban la versión final.

En 1950, el coronel Jacobo Arbenz fue elegido presidente e inició ambiciosas reformas agrarias, distribuyendo más de un millón y medio de hectáreas a más de cien mil familias campesinas. Arbenz fue derrocado en 1954 por un grupo de militares con la ayuda de EE.UU. A partir de entonces, Guatemala pasó por un largo período de violencia política que la llevó a una sangrienta guerra civil que duró treinta años y en la cual grupos paramilitares de la derecha asesinaron a más de treinta mil disidentes políticos y a un grupo más grande de indígenas. ¿Por qué será que gobiernos extranjeros apoyan este tipo de actividad en vez de defender los derechos civiles de los habitantes? ¿Es posible que simplemente no se pueda controlar a los gobernantes de estos países? ¿Tendrán otros intereses los gobiernos extranjeros?

Problemas de deletreo: la interferencia del inglés

El español y el inglés tienen muchas palabras parecidas en deletreo, la mayoría de origen en el latín.

A continuación vas a ver palabras parecidas que en inglés se escriben con doble consonante pero en español sólo llevan una consonante.

Español	Inglés		
aplicación	*application*	diferente	*different*
colectivo	*collective*	ocasión	*occasion*
comisión	*commission*	oportunidad	*opportunity*
comunidad	*community*	sesión	*session*

Las siguientes palabras también son similares aunque tienen distinto deletreo.

Español	Inglés		
armonía	*harmony*	consecuencia	*consequence*
demostrar	*to demonstrate*	habilidad	*ability*
dinámico	*dynamic*	lenguaje	*language*
especial	*special*	mecánico	*mechanic*
circunstancia	*circumstance*	objeto	*object*

Otra interferencia del inglés es la tendencia de escribir con mayúscula los nombres y adjetivos de nacionalidades.

Español	Inglés		
americano	*American*	hispano	*Hispanic*
francés	*French*		

Carta de Guatemala. Roberto es un hispanohablante, nativo de EE.UU. Acaba de llegar a la Ciudad de Guatemala para estudiar español. Como no tiene mucha experiencia escribiendo cartas en español, te pide ayuda para que revises su carta porque tiende a usar el deletreo en inglés de las palabras parecidas. Con un(a) compañero(a), identifiquen las once palabras con errores y en hoja aparte, corríjanlas.

Queridos padres:

Estas últimas semanas he estado muy occupado estudiando español. Los ejercicios grammaticales se me hacen cada vez más fáciles. La differencia principal es que ahora tengo más práctica, pues vivo en una communidad donde todos hablan Español. También he tenido la opportunidad de conocer muchos lugares fabulosos. La semana passada unos amigos Guatemaltecos me invitaron a visitar unas ruinas Mayas. El carro en el que íbamos se descompuso y tuvimos que conseguir a un mechánico para que lo arreglara. No regresamos a casa hasta después de medianoche.

Bueno, no escribo más porque pienso llamarlos por teléphono el domingo.

Su hijo que no se olvida de Uds.

Roberto

Y ahora, ¡a leer!

Anticipando la lectura. Haz las siguientes actividades. Luego comparte tus respuestas con dos compañeros(as).

1. ¿Cuál es la diferencia entre una biografía y una autobiografía? Algunos críticos insisten en que el libro de Rigoberta Menchú no es una autobiografía sino un testimonio. ¿Cuál es la diferencia entre una autobiografía y un testimonio?

2. Si tú decides escribir tu propia autobiografía, ¿qué eventos quieres incluir? Prepara una lista de esos eventos. ¿Qué papel tienen tus padres en tu autobiografía? ¿Qué importancia tiene la niñez de tus padres en tu autobiografía? ¿Por qué?

3. Lee la sección **Conozcamos a la autora** y luego lee la cita del *Popol Vuh* que Rigoberta Menchú seleccionó como introducción a su libro. ¿Por qué crees que seleccionó este trozo? ¿Cómo interpretas tú la cita?

Conozcamos a la autora

Rigoberta Menchú Tum, activista indígena quiché, nació en 1959 en un pueblo del norte de Guatemala. Ganó el premio Nobel de la Paz en 1992 por la defensa de los derechos de los indígenas de su país. A los veinte años, como sólo hablaba quiché, Rigoberta Menchú decidió aprender español para poder informar a otros de la opresión que sufre su pueblo. En 1981, tuvo que dejar Guatemala para huir de la violencia que dio muerte a sus padres y a un hermano. Tres años más tarde, le relató, en español, la historia de su vida a la escritora venezolana Elizabeth Burgos, quien la escribió. El libro *Me llamo Rigoberta Menchú y así me nació la conciencia*, publicado en 1983, hizo famosa a Rigoberta Menchú por todo el mundo. Con los recursos financieros que recibió del premio Nobel, estableció la Fundación Rigoberta Menchú Tum. La misión de la fundación es recuperar y enriquecer los valores humanos para poder establecer una paz global basada en la diversidad étnica, política y cultural.

El conmovedor y muy humano relato de Rigoberta Menchú representa un tipo de literatura llamado "testimonial". Es una narración muy íntima o, más precisamente, una conversación a través de la cual la persona relata hechos importantes de su vida a otra persona que transcribe la información. La escritora venezolana se esfuerza por duplicar el estilo de la narradora, que con frecuencia resulta ser un pensamiento tras otro, sin prestar demasiada atención ni a la gramática ni a la estilística tradicional. En el siguiente fragmento del primer capítulo del libro, se relata la juventud del padre de Rigoberta Menchú.

Me llamo Rigoberta Menchú y así me nació la conciencia

"Siempre hemos vivido aquí: es justo que continuemos viviendo donde nos place° y donde queremos morir. Sólo aquí podemos resucitar; en otras partes jamás volveríamos a encontrarnos completos y nuestro dolor sería eterno".

place°   gusta

Popol Vuh

Me llamo Rigoberta Menchú. Tengo veintitrés años. Quisiera dar este testimonio vivo que no he aprendido en un libro y que tampoco he aprendido sola ya que todo esto lo he aprendido con mi pueblo y es algo que yo quisiera enfocar. Me cuesta mucho recordarme toda una vida que

5 he vivido, pues muchas veces hay tiempos muy negros y hay tiempos que, sí, se goza también pero lo importante es, yo creo, que quiero hacer un enfoque que no soy la única, pues ha vivido mucha gente y es la vida de todos. La vida de todos los guatemaltecos pobres y trataré de dar un poco mi historia. Mi situación personal engloba° toda la realidad de un pueblo.   reúne, contiene

10   En primer lugar, a mí me cuesta mucho todavía hablar castellano° ya que   español
no tuve colegio, no tuve escuela. No tuve oportunidad de salir de mi mundo, dedicarme a mí misma y hace tres años que empecé a aprender el español y a hablarlo; es difícil cuando se aprende únicamente de memoria y no apren- diendo en un libro. Entonces, sí, me cuesta un poco. Quisiera narrar desde

15 cuando yo era niña o incluso desde cuando estaba en el seno° de mi madre,   pecho
pues, mi madre me contaba cómo nací porque nuestras costumbres nos dicen que el niño, desde el primer día del embarazo de la mamá ya es un niño.[...]
    Mi padre nació en Santa Rosa Chucuyub, es una aldea del Quiché. Pero cuando se murió su padre tenían un poco de milpa° y ese poco de milpa se   cosecha de maíz

20 acabó y mi abuela se quedó con tres hijos y esos tres hijos los llevó a Uspan- tán que es donde yo crecí ahora. Estuvieron con un señor que era el único rico del pueblo, de los Uspantanos y mi abuelita se quedó de sirvienta del señor y sus dos hijos se quedaron pastoreando° animales del señor, haciendo   cuidando
pequeños trabajos, como ir a acarrear leña, acarrear agua y todo eso.

25 Después, a medida que fueron creciendo, el señor decía que no podía dar co- mida a los hijos de mi abuelita ya que mi abuelita no trabajaba lo suficiente como para ganarles la comida de sus tres hijos. Mi abuelita buscó otro señor donde regalar a uno de sus hijos. Y el primer hijo era mi padre que tuvo que regalarle a otro señor. Ahí fue donde mi papá creció. Ya hacía grandes traba-

30 jos, pues hacía su leña, trabajaba ya en el campo. Pero no ganaba nada pues por ser regalado no le pagaban nada. Vivió con gentes... así... blancos, gentes ladinas.° Pero nunca aprendió el castellano ya que lo tenían aislado en un lu-   indígenas españolizados
gar donde nadie le hablaba y que sólo estaba para hacer mandados y para tra- bajar. Entonces, él aprendió muy muy poco el castellano, a pesar de los nueve

35 años que estuvo regalado con un rico. Casi no lo aprendió por ser muy aislado de la familia del rico. Estaba muy rechazado de parte de ellos e incluso no tenía ropa y estaba muy sucio, entonces les daba asco de verle. Hasta cuando mi padre tenía ya los catorce años, así es cuando él empezó a buscar qué hacer. Y sus hermanos también ya eran grandes pero no ganaban nada. Mi

40 abuela apenas ganaba la comida para los dos hermanos, entonces, era una condición bastante difícil. Así fue también como mi papá empezó a trabajar en las costas, en las fincas. Y ya era un hombre, y empezó a ganar dinero para mi abuelita. Y así es cuando pudo sacar a mi abuelita de la casa del rico, ya que casi era una amante del mismo señor donde estaba, pues, las puras

45 necesidades hacían que mi abuelita tenía que vivir allí y que no había cómo salir a otro lado. Él tenía su esposa, claro, pero, además de eso, por las condi- ciones, ella aguantaba o si no, se iba porque no había tanta necesidad de parte del rico ya que había más gentes que querían entrar ahí. Entonces por las puras necesidades mi abuela tenía que cumplir todas las órdenes. Ya salieron

50 mi abuela con sus hijos y ya se juntó con el hijo mayor en las fincas y así es cuando empezaron a trabajar.

En las fincas en donde crecieron mis padres, crecimos nosotros. Son todas las fincas ubicadas en la costa sur del país, o sea, parte de Escuintla, Suchitepequez, Retalhuleu, Santa Rosa, Jutiapa, todas las fincas ubicadas en la parte sur
55 del país, donde se cultiva, más que todo, el café, algodón, cardamomo° o caña de azúcar. Entonces, el trabajo de los hombres era más en el corte de caña, donde ganaban un poco mejor. Pero, ante las necesidades, había épocas del tiempo que todos, hombres y mujeres, entraban cortando caña de azúcar. Y claro de un principio tuvieron duras experiencias. Mi padre contaba que únicamente se ali-
60 mentaban de yerbas del campo, pues, que ni maíz tenían para comer. Pero, a medida que fueron haciendo grandes esfuerzos, lograron tener en el altiplano,° una casita. En un lugar que tuvieron que cultivarlo por primera vez. Y, mi padre a los dieciocho años era el brazo derecho de mi abuelita porque había tanta necesidad. Y era mucho el trabajo de mi padre para poder sostener a mi abuelita y a
65 sus hermanos... Desgraciadamente desde ese tiempo habían ya agarradas para el cuartel;° se llevan a mi padre al cuartel y se queda nuevamente mi abuela con sus dos hijos. Y, se fue mi padre al servicio. Allá es donde él aprendió muchas cosas malas y también aprendió a ser un hombre ya completo, porque dice que al llegar al servicio le trataban como cualquier objeto y le enseñaban a puros golpes,
70 aprendió más que todo el entrenamiento militar. Era una vida muy difícil, muy dura para él. Estuvo haciendo un año el servicio. Después, cuando regresa, encuentra a mi abuelita en plena agonía que había regresado de la finca. Le dio fiebre. Es la enfermedad más común después de la ida a las costas, donde hay mucho calor y después el altiplano, donde hay mucho frío, pues ese cambio es
75 bastante brusco para la gente. Mi abuela ya no tuvo remedio y tampoco había dinero para curarla y se tuvo que morir mi abuelita. Entonces quedan los tres huérfanos que es mi padre y sus dos hermanos. Aún ya eran grandes. Se tuvieron que dividir ellos ya que no tenían un tío ni tenían nada con quien apoyarse y todo. Se fueron a las costas, por diferentes lados. Así es cuando mi padre encon-
80 tró un trabajito en un convento parroquial y donde también casi no ganaba pues, en ese tiempo se ganaba al día treinta centavos, cuarenta centavos, para los trabajadores tanto en la finca como en otros lados.
Dice mi padre que tenían una casita hecha de paja, humilde. Pero, ¿qué iban a comer en la casa ya que no tenían mamá y que no tenían nada?
85 Entonces, se dispersaron.
Así es cuando mi padre encontró a mi mamá y se casaron. Y enfrentaron muy duras situaciones. Se encontraron en el altiplano, ya que mi mamá también era de una familia muy pobre. Sus papás también son muy pobres y también viajaban por diferentes lugares. Casi nunca estaban estables en la casa,
90 en el altiplano.
Así fue como se fueron a la montaña.
No había pueblo. No había nadie.
Fueron a fundar una aldea en ese lugar. Es larga la historia de mi aldea y es muy dolorosa muchas veces.

Fragmento de *Me llamo Rigoberta Menchú y así me nació la conciencia*

una especia

tierra alta

agarradas... servicio militar forzado

¿Comprendiste la lectura?

A. Hechos y acontecimientos. ¿Recuerdas los datos más importantes de la lectura? Para asegurarte, completa las siguientes oraciones.

1. Rigoberta Menchú escribió su autobiografía cuando tenía _____ años.
2. Rigoberta decidió colaborar con _____ en su autobiografía en vez de escribirla ella misma. Decidió hacer esto porque no _____ muy bien el español.
3. La abuela de Rigoberta tuvo que criar a sus tres hijos sola cuando _____ el abuelo. Para poder mantener a sus tres hijos la abuela trabajaba de _____. Para ayudar, los dos hijos _____.
4. La abuela tuvo que regalar a su hijo mayor a un señor rico porque _____. El resultado de eso para el padre de Rigoberta fue que _____.
5. Cuando tenía catorce años, el padre de Rigoberta se fue a trabajar a _____. Mientras su hijo mayor trabajaba allá, la abuela _____.
6. El dueño insistía en que su sirvienta, la abuela de Rigoberta, tuviera _____ con él. Ella lo permitía porque _____.
7. La abuela y sus tres hijos tenían una casita en el altiplano debido a los esfuerzos de _____. En ese entonces, el padre de Rigoberta tenía _____ años.
8. El padre de Rigoberta no pudo seguir manteniendo a su madre y a sus dos hermanos porque se lo llevaron al _____.
9. Pasó _____ antes que regresara el hijo mayor. Cuando regresó, encontró a su madre _____.
10. No se quedaron los tres hermanos en la casita de paja porque _____ la abuela. Cada uno se fue solo a buscar trabajo en _____.
11. El padre y la madre de Rigoberta se conocieron en _____. Se fueron a vivir a _____.

B. A pensar y a analizar. Haz estas actividades con un(a) compañero(a).

1. ¿Cómo interpretan el siguiente comentario de Rigoberta Menchú: "Mi situación personal engloba toda la realidad de un pueblo"? ¿Qué revela este fragmento de la vida diaria del indígena quiché en Guatemala?
2. ¿Qué revela esta historia de la personalidad de Rigoberta Menchú?
3. ¿Consideran este testimonio una visión realista o idealista de la vida de Rigoberta Menchú? ¿Por qué? Den ejemplos del texto que apoyen sus opiniones.

C. Debate. En grupos de cuatro, organicen un debate sobre el tema: "La vida del padre de Rigoberta Menchú fue muy parecida a la vida de los esclavos africanos en EE.UU." Dos deben presentar dos argumentos a favor y dos en contra. Informen a la clase quiénes presentaron el mejor argumento.

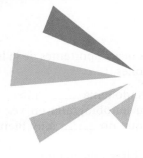

Introducción al análisis literario

El lenguaje y el estilo

El lenguaje nos permite utilizar palabras para expresar ideas. **Estilo** es el modo particular con que se expresa un autor o sus personajes. Este estilo puede ser poético, científico, complicado, natural o común y corriente. En todo caso, el habla caracteriza a los personajes. Es como un verdadero espejo personal que revela mucho sobre el carácter, la educación y el estado socioeconómico de los personajes. En la autobiografía de Rigoberta Menchú, la fuerza de sus palabras es poderosa y hace que el lector vea la tremenda pobreza y soledad de sus antepasados. La voz con que cuenta su testimonio es sincera y humana, y muchas de las expresiones que favorece —por ejemplo, la repetición de las palabras "me cuesta mucho" y "duro"— enfatizan lo difícil de su vida.

A. El estilo de expresarse. Una palabra que Rigoberta Menchú emplea repetidamente es la palabra "aprender". Busca en la lectura todos los usos de "aprender" y haz una lista de ellos y los contextos en que aparecen. Luego compara tu lista con la de dos compañeros(as) para asegurarte de que los encontraron todos. ¿Por qué creen que ella usa este verbo repetidamente?

B. Mi propio estilo. Cada individuo tiene su propio estilo de expresión. ¿Cuál es el tuyo? ¿Qué expresiones repites? Para descubrir tu modo de dialogar, dramatiza la siguiente situación con un(a) compañero(a) de clase. Uno(a) de Uds. acaba de ser galardonado(a) con el premio *(decidan Uds. cuál)*. El (La) compañero(a) lo (la) va a entrevistar diciendo algo como: "Buenos días, Sr. (Sra., Srta.)... Por favor, ¿podría contarle a nuestro público dónde nació, cómo fue su infancia, quiénes fueron sus padres y qué hizo para merecer este importante premio?"

Mientras Uds. hablan, graben la entrevista, luego escúchenla juntos(as) y hagan una lista de todas las palabras o expresiones que el (la) entrevistado(a) repite varias veces. ¿Qué revelan estas expresiones acerca del (de la) entrevistado(a)?

¡LUCES! ¡CÁMARA! ¡ACCIÓN!

Guatemala: influencia maya en el siglo XXI

Por casi dos mil años, la civilización maya prosperó en Guatemala con una avanzada agricultura y una vida intelectual muy evolucionada. En la actualidad, todo esto ha cambiado dramáticamente. El colonialismo, varias guerras, dictaduras y gobiernos militares han tenido un efecto muy negativo en los mayas. No obstante, la cultura ancestral de esta gente sigue viva.

La religión maya, por ejemplo, sigue practicándose, mezclada a veces con las creencias del cristianismo, pero siempre manteniendo sus propias características, como lo explica la guía espiritual maya, María Can. Además del altar

Sacerdote maya hace
ofrenda frente a iglesia
cristiana

maya cristiano que van a ver en este video, María Can tiene un altar puramente maya. Desafortunadamente, la religión maya no permite filmar sus altares.

Las tradiciones mayas también se preservan en los hermosos textiles que producen, ya que cada tejedor reproduce cuidadosamente los colores y diseños que por años y años han identificado a las personas de su pueblo. Como se ve en los hermosos huipiles de la tejedora Petrona Cúmez el arte de los textiles mayas sigue vigente aún en el siglo XXI.

Antes de empezar el video

Contesten las siguientes preguntas en parejas.

1. ¿Creen Uds. que la civilización maya todavía tiene alguna influencia en la vida diaria de los guatemaltecos hoy en día? Expliquen sus respuestas.
2. ¿Creen Uds. que es apropiado que una religión incorpore elementos de otra? ¿Qué gana o qué pierde esa religión cuando esto ocurre?
3. ¿Qué dice de Uds. la ropa que llevan puesta? ¿Es posible que se pueda identificar de qué país, estado, ciudad o pueblo son por la ropa que llevan Uds.? ¿Por qué sí o por qué no?

¡A ver si comprendiste!

A. Guatemala: influencia maya. Contesta las siguientes preguntas con un(a) compañero(a) de clase.

1. ¿Qué porcentaje de los guatemaltecos son de ascendencia maya?
2. ¿Por qué echan incienso los sacerdotes mayas frente a la iglesia cristiana en Chichicastenango?
3. Según la guía espiritual María Can, ¿cuántos dioses adoran los mayas hoy en día? ¿Quiénes son esos dioses? ¿Qué hicieron esos dioses?
4. ¿Qué importancia tienen las imágenes de ángeles en el altar de María Can? ¿Las veladoras?
5. ¿Qué es un huipil? Según Petrona Cúmez, ¿cuánto tiempo toma hacer un huipil? ¿Quiénes compran sus huipiles?

B. A pensar y a interpretar. Contesten las siguientes preguntas en parejas.

1. ¿Cómo se compara la presencia e influencia de las civilizaciones indígenas en EE.UU. con la presencia e influencia de los indígenas mayas en Guatemala?
2. ¿Por qué creen Uds. que los mayas han logrado mezclar su religión con el cristianismo?
3. ¿Cuánto creen que Petrona Cúmez recibe por un huipil? ¿Cuánto gana por hora, si trabaja ocho horas al día cinco días por semana?

EXPLOREMOS EL CIBERESPACIO

Explora distintos aspectos del mundo guatemalteco en las **Actividades para la Red** que corresponden a esta lección. Ve primero a **http://college.hmco.com** en la red, y de ahí a la página de *Mundo 21.*

Manual de gramática
Unidad 3 Lección 1

3.1 EL PRETÉRITO Y EL IMPERFECTO: ACCIONES ACABADAS Y ACCIONES QUE SIRVEN DE TRASFONDO

¡A que ya lo sabes!

Mira estos pares de oraciones y decide cuál de las dos dirías en cada par, la primera o la segunda.

1. a. Entré a la oficina de correos, *compré* estampillas y despaché la carta.
   b. Entré a la oficina de correos, *compraba* estampillas y despaché la carta.

2. a. La casa parecía vacía; todo *estuvo* quieto; no se escuchaba ningún ruido.
   b. La casa parecía vacía; todo *estaba* quieto; no se escuchaba ningún ruido.

¿Ya decidieron? A que la mayoría escogió las mismas, la primera en el primer par, la segunda en el segundo par. ¿Por qué? Porque Uds. ya han internalizado... ¡Ay, perdón! Porque Uds. tienen un conocimiento tácito del uso del pretérito y del imperfecto en acciones acabadas y acciones que sirven de trasfondo. Pero, sigan leyendo y ese conocimiento se va a hacer aun más firme.

■ En una narración, el imperfecto da información sobre el trasfondo de una acción pasada y el pretérito informa acerca de acciones o estados acabados.

Eran las ocho de la mañana. **Hacía** un sol hermoso. **Fui** al garaje, **encendí** el motor de mi vehículo todo terreno y **fui** a dar una vuelta.

■ El imperfecto se usa para describir estados o condiciones físicas, mentales o emocionales; el pretérito se usa para indicar un cambio en una condición física, mental o emocional.

Ayer, cuando tú me viste, **tenía** un dolor de cabeza terrible y **estaba** muy nervioso.
Ayer, cuando leí una noticia desagradable en el periódico, me **sentí** mal y me **puse** muy nervioso.

> **Nota para hispanohablantes** Hay una tendencia dentro de algunas comunidades de hispanohablantes a querer cambiar en el imperfecto la raíz de verbos que cambian en el pretérito. Por ejemplo, en vez de dejar regulares los verbos en el imperfecto (sentía, sentías, sentíamos sentían; podía, podías, podíamos, podían), tienden a decir *sintía, sintías, sintíamos, sintían* y *pudía, pudías, pudíamos, pudían*. Es importante evitar estos cambios en la raíz fuera de esas comunidades y en particular al escribir.

■ La siguiente es una lista de expresiones temporales que tienden a usarse ya sea con el pretérito o con el imperfecto.

Normalmente con el pretérito	Normalmente con el imperfecto
anoche	a menudo
ayer	cada día
durante	frecuentemente
el (verano) pasado	generalmente, por lo general
la (semana) pasada	mientras
hace (un mes)	muchas veces
	siempre
	todos los (días)

Hace dos días me **sentí** mal. **Durante** varias horas **estuve** con mareos. **Ayer noté** una cierta mejoría.

Todos los días compraba el diario local. **Generalmente** lo **leía** por la mañana **mientras tomaba** el desayuno.

Nota para hispanohablantes   Hay una tendencia dentro de algunas comunidades de hispanohablantes a variar las terminaciones del pretérito de la segunda persona singular ("tú"). De esta manera, en vez de usar las terminaciones más aceptadas de **-aste** para verbos en **-ar** (llamaste, llegaste, pasaste, regresaste) y de **-iste** para verbos en **-er/-ir** (decidiste, dormiste, saliste, sentiste), dicen *llamates, llegates, pasates, regresates* y *decidites, dormites, salites, sentites*. Es importante evitar estos usos fuera de esas comunidades y en particular al escribir.

Ahora, ¡a practicar!

A. De viaje. Tu amigo(a) te pide que le digas cómo te sentías la mañana de tu viaje a Nicaragua.

> MODELO   sentirse entusiasmado(a)
> **Me sentía muy entusiasmado(a).**

1. estar inquieto(a)
2. sentirse un poco nervioso(a)
3. caminar de un lado para otro en el aeropuerto
4. querer estar ya en Managua
5. no poder creer que salía hacia Nicaragua
6. poder usar mi español
7. tener miedo de perder mi cámara
8. no tener hambre

B. Sumario. Quieres saber si tu compañero(a) hizo lo siguiente durante su primer día en Managua. Selecciona la forma verbal más aceptada para completar la pregunta.

MODELO   ¿(Llegates / Llegaste) a Managua a las cuatro de la tarde?
¿Llegaste a Managua a las cuatro de la tarde?

1. ¿(Pasaste / Pasates) por la aduana?
2. ¿(Llamaste / Llamates) un taxi para ir al hotel?
3. ¿(Decidites / Decidiste) no deshacer las maletas de inmediato?
4. ¿(Saliste / Salites) a dar un paseo por el Parque Central?
5. ¿(Te sentites / Te sentiste) muy cansado(a) después de una hora?
6. ¿(Regresates / Regresaste) al hotel?
7. ¿(Dormiste / Dormites) hasta el día siguiente?

C. La historia de la princesita. Completa los siguientes verbos con la forma apropiada del verbo en el pasado para contar la historia que leíste en el poema de Rubén Darío.

Esta es una historia de un rey y de su hija. El rey __1__ (ser) muy poderoso, __2__ (vivir) en un palacio de diamantes y __3__ (tener), entre muchas otras cosas, un rebaño de elefantes. Su hija, la princesita, __4__ (ser) muy traviesa. Un día la princesita, __5__ (ver) una estrella en el cielo y __6__ (querer) ir a cogerla. Así, __7__ (abandonar) el palacio, __8__ (ir) más allá de la luna y finalmente __9__ (obtener) su estrella. Desgraciadamente, no __10__ (tener) permiso de su papá. Por eso, cuando ella __11__ (volver), el rey se __12__ (enfadar) muchísimo y le __13__ (pedir) a la princesita que regresara al cielo y devolviera la estrella. En ese momento, __14__ (aparecer) Jesús, quien __15__ (decir) que la princesita __16__ (poder) quedarse con la estrella, porque ese __17__ (ser) un regalo suyo. El rey, muy contento, __18__ (hacer) desfilar cuatrocientos elefantes para celebrar la ocasión. La princesita __19__ (llevar) la estrella en su prendedor, la cual __20__ (resplandecer) mucho.

Lección 2

3.2

EL PRETÉRITO Y EL IMPERFECTO: ACCIONES SIMULTÁNEAS Y RECURRENTES

¡A que ya lo sabes!

¿Cómo? ¿Tres pares de oraciones? A ver si toda la clase se pone de acuerdo en éstas.

1. a. Cuando llegamos al parque de estacionamiento, todos los espacios *estaban* ocupados.
   b. Cuando llegamos al parque de estacionamiento, todos los espacios *estuvieron* ocupados.

2. a. El semestre pasado por lo general no trabajaba y *dedicaba* los sábados a estudiar.
   b. El semestre pasado por lo general no trabajaba y *dediqué* los sábados a estudiar.

3. a. El semestre pasado no trabajé ningún sábado y los *dedicaba* todos a estudiar.
 b. El semestre pasado no trabajé ningún sábado y los *dediqué* todos a estudiar.

El primer par estuvo más fácil que los otros dos, ¿verdad? Pero seguramente todos escogieron la primera oración en los dos primeros pares y la segunda en el último par. ¿Sí? Ya ven que Uds. tienen un conocimiento tácito del uso de pretérito e imperfecto en acciones simultáneas y recurrentes. Si siguen leyendo, ese conocimiento se va a hacer aun más firme.

■ Cuando dos o más acciones o condiciones pasadas se consideran juntas, es común usar el imperfecto en una cláusula para describir el ambiente, las condiciones o las acciones que rodeaban la acción pasada; el pretérito se usa en la otra cláusula para expresar lo que pasó. Las cláusulas pueden aparecer en cualquier orden.

Cuando nuestro avión **aterrizó** en el aeropuerto de Tegucigalpa, **eran** las cuatro de la tarde y **estaba** un poco nublado.
Unos amigos nos **esperaban** cuando **salimos** del avión.

■ Cuando se describen acciones o condiciones recurrentes, el pretérito indica que las acciones o condiciones han tenido lugar y se consideran acabadas en el pasado; el imperfecto pone énfasis en acciones o condiciones habituales o repetidas.

El verano pasado **seguimos** un curso intensivo de español en Tegucigalpa. Por las tardes, **asistimos** a muchas conferencias y conciertos.
El verano pasado, **íbamos** a un curso intensivo de español en Tegucigalpa y por las tardes **asistíamos** a conferencias o conciertos.

■ "Conocer", "poder", "querer" y "saber" se refieren a estados mentales cuando se usan en el imperfecto y a acciones o intenciones específicas cuando se usan en el pretérito.

Yo no **conocía** a ningún hondureño, pero anoche **conocí** a una joven de San Pedro Sula.
Esta mañana yo **quería** comprar recuerdos, pero mi compañero de cuarto **no quiso** llevarme al mercado porque hacía mal tiempo. **Quise** ir a pie, pero abandoné la idea porque llovía demasiado.

Nota para bilingües **Como el inglés carece del contraste entre el pretérito y el imperfecto, en estos casos el inglés emplea verbos diferentes para dejar en claro la diferencia.**

Verbo	Imperfecto	Pretérito
conocer	*to know*	*to meet* (first time)
poder	*to be able to*	*to manage*
querer	*to want*	*to try* (affirmative); *to refuse* (negative)
saber	*to know*	*to find out*

Nota para hispanohablantes   Hay una tendencia dentro de algunas comunidades de hispanohablantes a variar la terminación de la primera persona plural (nosotros[as]) en el imperfecto. De esta manera, en vez de usar la forma más aceptada (conocíamos, queríamos, podíamos, sabíamos,...), tienden a decir: *conocíanos, queríanos, podíanos, sabíanos...* Es importante evitar estos usos fuera de esas comunidades y en particular al escribir.

Ahora, ¡a practicar!

A. Último día. Explica lo que hiciste el último día de tu estadía en Honduras.

MODELO   salir del hotel después del desayuno
Salí del hotel después del desayuno.

1. ir al mercado de artesanías
2. comprar regalos para mi familia y mis amigos
3. tomar mucho tiempo en encontrar algo apropiado
4. pasar tres horas en total haciendo compras
5. regresar al hotel
6. hacer las maletas rápidamente
7. llamar un taxi
8. ir al aeropuerto

B. Verano hondureño. Lee lo que ha escrito Lupe sobre sus estudios en Tegucigalpa el verano pasado. Corrige cualquier uso que no sea apropiado para la lengua escrita.

El verano pasado otros estudiantes extranjeros y yo estudiábanos en Tegucigalpa. Vivíanos en un dormitorio estudiantil donde también vivían estudiantes hondureños. Así, podíanos practicar nuestro español. Después de clases, íbanos de compras, paseábanos por el centro o platicábanos tomando un café. Los fines de semana salíanos fuera de la ciudad. Yo quiero volver y quedarme allí por más tiempo.

C. Visita a un museo. Completa la historia con el verbo más apropiado para saber lo que puedes ver en un museo de Tegucigalpa.

Hasta hace poco yo no __1__ (sabía/supe) nada de la cultura hondureña. Pero el mes pasado __2__ (aprendía/aprendí) mucho durante una corta visita que __3__ (hacía/hice) al Museo Nacional Villa Roy. Cuando alguien me __4__ (decía/dijo) que __5__ (era/fue) el mejor museo de Tegucigalpa, de inmediato __6__ (quería/quise) visitarlo. Afortunadamente, durante una tarde libre, __7__ (podía/pude) ir al museo. __8__ (Admiraba/Admiré) la arquitectura de esta casa de un antiguo presidente de Honduras. (Veía/Vi) artefactos que __9__ (contaban/contaron) la historia de la cultura indígena del país. __10__ (Sabía/Supe) entonces que la cultura indígena sigue viva en este país.

D. Sábado. Los miembros de la clase dicen lo que hacían el sábado por la tarde.

MODELO   estar en el centro comercial / ver a mi profesor de historia
Cuando (Mientras) estaba en el centro comercial, vi a mi profesor de historia.

1. mirar un partido de básquetbol en la televisión / llamar por teléfono mi abuela
2. preparar un informe sobre el premio Nobel / llegar unos amigos a visitarme
3. escuchar mi grupo de rock favorito / pedirme los vecinos que bajara el volumen
4. andar de compras en el supermercado / encontrarme con unos viejos amigos
5. caminar por la calle / ver un choque entre una motocicleta y un automóvil
6. estar en casa de unos tíos / ver unas fotografías de cuando yo era niño(a)
7. tomar refrescos en un café / presenciar una discusión entre dos novios

E. Segunda revisión. Cambia todos los verbos en este párrafo al pasado.

En 1899 los hermanos Vaccaro de Nueva Orleans fundan (1) una compañía de exportación. Más tarde esa compañía llega (2) a ser la *Standard Fruit Company*, que exporta (3) principalmente bananas. En ese mismo año, se funda (4) también la *United Fruit Company*, que tiene (5) su sede en Boston. En 1923 esta última compañía se une (6) con la compañía frutera Cuyamel, que controla (7) los mayores intereses fruteros en Honduras. A partir de entonces la *United Fruit Company*, a la cual llaman (8) El Pulpo (*Octopus*), se transforma (9) en la mayor influencia política en el país. Por esta fecha Honduras comienza (10) a ser conocida como la "República Bananera".

Lección 3

3.3 LAS PREPOSICIONES PARA Y POR

¡A que ya lo sabes!

Fernando acaba de hablar con un niño que se pasa las tardes en el Parque Cuscatlán cantando para los turistas. ¿Qué dice del niño? Mira los siguientes pares de oraciones y decide, en cada par, cuál de las dos te suena bien, la primera o la segunda.

1. a. *Para* ser tan joven, sabe mucho de la historia salvadoreña.
   b. *Por* ser tan joven, sabe mucho de la historia salvadoreña.

2. a. Me preguntó cuál era mi canción favorita *para* cantármela y me la cantó.
   b. Me preguntó cuál era mi canción favorita *por* cantármela y me la cantó.

Estoy seguro de que todos seleccionaron la primera oración en ambos casos. Qué fácil es cuando ya tienen un conocimiento tácito del uso de "por" y "para". Sigan leyendo y ese conocimiento será aun más firme.

"Para" se usa:

■ para expresar movimiento o dirección hacia un objetivo o destino.

Salgo **para** San Salvador el viernes próximo.

■ para indicar el tiempo en que se realizará una acción.

Ese mural ya estará terminado **para** Navidad.

UNIDAD 3

■ para expresar propósito, objetivo, uso o destino.

Queremos ir a El Salvador **para** participar en una conferencia sobre derechos humanos.
En esta pared hay espacio **para** un mural.
Esta tarjeta postal es **para** ti.

■ para expresar una comparación de desigualdad implícita.

El Salvador tiene muchos habitantes **para** un país tan pequeño.
Para ser tan joven, tú entiendes bastante de política internacional.

> **Nota para hispanohablantes**   Hay una tendencia dentro de algunas comunidades de hispanohablantes a hacer comparaciones de desigualdad con "por" en vez de "para". Es importante evitar ese uso fuera de esas comunidades y en particular al escribir.

■ para indicar la persona o personas que mantiene(n) una opinión o que hace(n) un juicio.

Para los salvadoreños, Óscar Arnulfo Romero es un héroe nacional. **Para** mí, es un héroe de la humanidad.

> **Nota para hispanohablantes**   Hay una tendencia dentro de algunas comunidades de hispanohablantes a abreviar la palabra "para" y decir *pa'*. Es importante evitar este uso fuera de esas comunidades y en particular al escribir.

"Por" se usa:

■ para expresar movimiento a lo largo o a través de un lugar.

A muchos salvadoreños les encanta caminar **por** la avenida Cuscatlán.

■ para indicar un período de tiempo. "Durante" también se puede usar en este caso o se puede omitir la preposición por completo.

El Salvador sufrió un período de violencia **por más de diez años** (**durante** más de diez años).

■ para indicar la causa, motivo o razón de una acción.

Rigoberta Menchú recibió el Premio Nobel **por** su infatigable labor en favor de su gente.
Muchos turistas visitan el volcán Izalco **por** curiosidad.

■ para expresar la persona o cosa a favor o en defensa de la cual se hace algo.

Los indígenas lucharon mucho **por** la paz en El Salvador.
Debemos hacer muchos sacrificios **por** el bienestar del país.
Según las encuestas, la mayoría va a votar **por** el candidato liberal.

> **Nota para hispanohablantes**   Hay una tendencia dentro de algunas comunidades de hispanohablantes a expresar "a favor de" o "en defensa de" con "para" en vez de "por". Es importante evitar ese uso fuera de esas comunidades y en particular al escribir.

■ para expresar el cambio o substitución de una cosa por otra.

¿Cuántos colones dan **por** un dólar?

- para expresar el agente de una acción en una oración pasiva. (Consúltese la *Unidad 4,* págs. 337–338, para el tratamiento de las construcciones pasivas.)

En el pasado El Salvador fue gobernado **por** muchos militares.
Esos poemas fueron escritos **por** Claribel Alegría.

- para indicar un medio de transporte o de comunicación.

Llamaré a Carlos **por** teléfono para decirle que vamos a viajar **por** tren, no **por** autobús.

- para indicar proporciones, frecuencia o una unidad de medida.

En El Salvador hay un médico **por** cada dos mil habitantes.
Rigoberta Menchú ganaba veinte céntimos **por** día.

- en las siguientes expresiones de uso común.

por ahora	por lo tanto
por cierto	por más (mucho) que
por consiguiente	por otra parte
por eso	por poco
por fin	por supuesto
por la mañana (tarde, noche)	por último
por lo menos	

Ahora, ¡a practicar!

A. Admiración. ¿Por qué los salvadoreños admiran al arzobispo Óscar Arnulfo Romero?

MODELO   infatigable labor
Lo admiran por su infatigable labor.

1. obra en favor de los indígenas
2. defensa de los derechos humanos
3. valentía
4. activismo político
5. espíritu de justicia social
6. lucha contra la discriminación

B. Planes. Menciona algunos planes generales del gobierno salvadoreño para resolver algunos de los problemas del país.

MODELO   planes: controlar la inflación
El gobierno ha propuesto nuevos planes para controlar la inflación.

1. programas: mejorar la economía
2. leyes: prevenir los abusos de los derechos humanos
3. resoluciones: combatir el tráfico de drogas
4. regulaciones: proteger el medio ambiente
5. negociaciones: reconciliar a la oposición

C. Cerro Verde. Completa la siguiente información acerca del centro turístico salvadoreño Cerro Verde, usando la preposición "para" o "por", según convenga.

1. Cerro Verde es un centro turístico famoso _____ su belleza natural.
2. _____ llegar hasta Cerro Verde, uno puede ir _____ auto, siguiendo una de dos carreteras.
3. Cerro Verde es visitado tanto _____ salvadoreños como _____ extranjeros.

4. _____ los amantes del ecoturismo, Cerro Verde es el principal atractivo de El Salvador.

5. A los amantes de las flores, Cerro Verde los atrae _____ sus muchas y variadas orquídeas.

6. Muchos animales andan libres _____ este parque nacional.

D. ¿Cuánto sabes de El Salvador? Hazle las siguientes preguntas a tu compañero(a) para ver cuánto recuerda de la historia de El Salvador. Selecciona entre "para" o "por" antes de hacer cada pregunta.

1. ¿Fue habitado _____ los mayas el país? ¿_____ qué otros grupos indígenas fue habitado?

2. ¿En qué año fue conquistado El Salvador? ¿_____ quién?

3. ¿_____ qué fenómeno natural fue destruida gran parte de San Salvador en 1986?

4. ¿Llaman al volcán Izalco el "faro del Pacífico" _____ estar junto al mar o por estar siempre en erupción?

5. _____ un país tan pequeño, ¿vive poca o mucha gente en El Salvador?

6. ¿Sabes cuántos colones te dan _____ un dólar actualmente?

7. ¿_____ cuándo crees que va a poder regresar la mayoría de los salvadoreños que salieron del país durante la guerra civil?

8. _____ ti, ¿cuál es el mayor atractivo de El Salvador?

E. Mi hermana. Completa las siguientes oraciones acerca de la hermana de Roberto con "por" o "para".

Mi hermana Nora es empleada de una firma de productos electrónicos. Trabaja __1__ esa firma desde hace tres años. Fue empleada __2__ el dueño de la firma, quien quedó impresionado __3__ la actitud de mi hermana durante la entrevista. __4__ su excelente rendimiento cada año ha recibido un aumento de sueldo. __5__ una empleada joven en la firma, le va muy bien. Nos dice que nos va a dar una sorpresa __6__ la próxima Navidad. ¿Qué será?

Lección 4

3.4 ## ADJETIVOS Y PRONOMBRES POSESIVOS

¡A que ya lo sabes!

Estás comparando clases con un amigo. ¿Qué le dices?

1. Este semestre *tus clases* son más difíciles que *mías*.
2. Este semestre *tus clases* son más difíciles que *las mías*.

Sin duda todos seleccionaron la oración número dos. ¿Cómo lo sé? Porque sé que todos tienen conocimiento tácito del uso de adjetivos y pronombres posesivos. Y si siguen leyendo van a aumentar ese conocimiento.

Forma breve: adjetivos		Forma larga: adjetivos/pronombres	
Singular	*Plural*	*Singular*	*Plural*
mi	mis	mío(a)	míos(as)
tu	tus	tuyo(a)	tuyos(as)
su	sus	suyo(a)	suyos(as)
nuestro(a)	nuestros(as)	nuestro(a)	nuestros(as)
vuestro(a)	vuestros(as)	vuestro(a)	vuestros(as)
su	sus	suyo(a)	suyos(as)

- Todas las formas posesivas concuerdan en género y número con el sustantivo al cual modifican —esto es, concuerdan con el objeto o persona que se posee, no con el poseedor.

  Tus abuelos son de la Ciudad de Guatemala. **Los míos** son de Quetzaltenango.
  Víctor Montejo recita **los poemas suyos**.
  Ana María Rodas recita **los poemas suyos**.

Nota para bilingües   **En inglés, las formas de la tercera persona singular *his* y *her* concuerdan con el poseedor: *his book* = su libro (de él); *her book* = su libro (de ella).**

Adjetivos posesivos

- Las formas cortas de los adjetivos posesivos se usan más frecuentemente que las formas largas. Preceden al sustantivo al cual modifican.

  Mi novela favorita es *El señor presidente*.

- Las formas largas se usan a menudo para poner énfasis o para indicar contraste o en construcciones con el artículo definido o indefinido: el/un (amigo) mío. Siguen al sustantivo al cual modifican y son precedidas por el artículo.

  La región **nuestra** produce arroz y maíz.
  Un sueño **mío** es visitar Tikal.

- Las formas "su", "sus", "suyo(a)", "suyos(as)" pueden ser ambiguas ya que tienen significados múltiples.

  ¿Dónde vive **su** hermano? (de él, de ella, de Ud., de Uds., de ellos, de ellas)

  En la mayoría de los casos, el contexto identifica el significado que se quiere expresar. Para evitar cualquier ambigüedad del adjetivo o pronombre posesivo, se pueden usar frases tales como "de él", "de ella", "de usted", etcétera, detrás del sustantivo. El artículo definido correspondiente precede al sustantivo.

  ¿Dónde trabaja **el** hermano **de él**?
  La familia **de ella** vive cerca de la capital.

- En español, se usa generalmente el artículo definido en vez de una forma posesiva cuando uno se refiere a las partes del cuerpo o a un artículo de ropa.

  Me duele **el** brazo.
  La gente se quita **el** sombrero cuando entra en la iglesia.

UNIDAD 3

Pronombres posesivos

■ Los pronombres posesivos, los cuales usan las formas posesivas largas, reemplazan a un adjetivo posesivo + un sustantivo: "mi casa" → "la mía". Se usan generalmente con un artículo definido.

—Mi familia vive en Antigua. ¿Y **la tuya**?
—**La mía** vive en la capital, en Guate.

■ El artículo generalmente se omite cuando el pronombre posesivo sigue inmediatamente al verbo **ser.**

Esas pinturas **son nuestras.**

Ahora, ¡a practicar!

A. ¿El peor? Compartes un apartamento con un amigo. Los dos son bastante desordenados. ¿Quién es el peor?

> **MODELO** libros (de él) / estar por el suelo
> **Sus libros están por el suelo.**

1. sillón (de él) / estar cubierto de manchas
2. calcetines (míos) / estar por todas partes
3. pantalones (de él) / aparecer en la cocina
4. álbum de fotografías (mío) / estar sobre su cama
5. zapatos (de él) / aparecer al lado de los míos

B. Gustos diferentes. Tú y tu compañero(a) no tienen las mismas preferencias. ¿Cómo varían?

> **MODELO** Su artista favorito es Carlos Mérida. (Roberto Cabrera)
> **El mío es Roberto Cabrera.**

1. Su ciudad favorita es Escuintla. (Antigua)
2. Mi período histórico favorito es el período precolombino. (la Colonia)
3. Su novelista favorito es Augusto Monterroso. (Miguel Ángel Asturias)
4. Mi autora favorita es Delia Quiñónez. (Cali Domitila Cane'k)
5. Su atracción turística favorita es Tikal. (el lago Atitlán)

C. Comparaciones. Completa la siguiente narración en que comparas tu modo de hablar con el de tu amigo guatemalteco Emilio Bustamante. **¡Ojo!** En el número 3, tienes que determinar si el posesivo se pone antes o después del sustantivo.

He notado varias diferencias entre ___1___ (tu / tus) modo de hablar y ___2___ (mío / el mío). He notado que ___3___ el acento ___3___ (tu / tuyo) no es igual ___4___ (a mío / al mío). En ___5___ (tu / tuyo) vocabulario hay palabras que ___6___ (el mío / mío) no tiene. Por ejemplo, cuando hablas de comidas, ___7___ (tus / tu) platos favoritos son platos que yo no conozco, mientras que las comidas favoritas ___8___ (mis / mías) no te entusiasman mucho. Además, se me hace un poco extraño ___9___ (tu / tuyo) uso de "vos". Es casi igual al uso ___10___ (mi / mío) de "tú", ¿verdad?

3.5   EL INFINITIVO

¡A que ya lo sabes!

Tú y un amigo acaban de regresar de su primer viaje a Guatemala. ¿Qué te dice cuando le preguntas si piensa regresar? Mira los siguientes pares de oraciones y decide, en cada par, cuál de las dos oraciones te suena bien, la primera o la segunda.

1. a. Es imposible no *regresar*.
   b. Es imposible no *regreso*.

2. a. *Insisto regresar* en el verano.
   b. *Insisto en regresar* en el verano.

Estoy seguro de que todos seleccionaron la primera oración en el primer par y la segunda en el segundo par. Eso es porque todos Uds. tienen un conocimiento tácito del uso del infinitivo. Sigan leyendo y van a precisar mejor ese conocimiento.

El infinitivo puede usarse:

■ como el sujeto de la oración. El artículo definido "el" puede preceder al infinitivo.

> **El leer** sobre la civilización maya fascina a todo el mundo. (A todo el mundo le fascina **leer** sobre la civilización maya.)
> Es difícil **reformar** los sistemas políticos. (**Reformar** los sistemas políticos es difícil.)

■ como el objeto de un verbo. En este caso, algunos verbos requieren una preposición delante del infinitivo.

Verbo + *a* + infinitivo	Verbo + *de* + infinitivo	Verbo + *con* + infinitivo	Verbo + *en* + infinitivo
aprender a	acabar de	contar con	insistir en
ayudar a	acordarse de	soñar con	pensar en
comenzar a	dejar de		
decidirse a	quejarse de		
empezar a	tratar de		
enseñar a	tratarse de		
volver a			

> El testimonio de Rigoberta Menchú me **ayudó a entender** mejor la situación de los indígenas en su país.
> Víctor **insiste en volver a organizar** una manifestación contra la segregación racial.
> **Sueño con visitar** las ruinas de Tikal.

Nota para hispanohablantes En algunas comunidades de hispanohablantes hay una tendencia a no usar o a intercambiar las preposiciones que acompañan estos verbos, frecuentemente por influencia del inglés. De esta manera, en vez de decir "soñar con *hacer algo* (soñé con comprar el anillo) o tratar de + *infinitivo* (tratamos de poner atención), dicen: *Yo soñé de ti anoche.* o *Tratamos (a) poner atención.* Es importante usar siempre las preposiciones apropiadas con estos verbos fuera de esas comunidades y en particular al escribir.

■ como el objeto de una preposición.

España usó el oro y la plata de América **para financiar** guerras **en vez de desarrollar** la economía.
Ayer, **después de cenar,** mis amigos y yo salimos a dar un paseo.

Nota para bilingües Tras una preposición, en inglés se usa la forma verbal terminada en *-ing,* no el infinitivo: *After eating, we went for a walk* = Después de comer, fuimos de paseo.

La construcción "al" + infinitivo indica que dos acciones ocurren al mismo tiempo. Equivale a *en el momento en que* o *cuando.*

Al llegar al ayuntamiento, descubrí que estaba cerrado. (En el momento en que llegué / Cuando llegué...)

Nota para bilingües Esta construcción equivale al inglés *upon/on* + verbo terminado en *-ing* o una oración introducida por *when: Upon/On reaching the town hall, . . . ; When I reached the town hall, . . .*

■ como un mandato impersonal. Esta construcción aparece frecuentemente en letreros.

No **fumar.**   No **estacionar.**

Ahora, ¡a practicar!

A. Valores. Tú y tus amigos mencionan valores que son importantes.

MODELO   importante / tener objetivos claros
          Es importante tener objetivos claros.

1. esencial / respetar a los amigos
2. necesario / seguir sus ideas
3. indispensable / tener una profesión
4. fundamental / luchar por sus ideales
5. bueno / saber divertirse
6. ... (*añade otros valores*)

B. Letreros. Trabajas en un museo y tu jefe te pide que prepares nuevos letreros, esta vez usando mandatos impersonales.

MODELO   No abra esta puerta.
          No abrir esta puerta.

1. No haga ruido.
2. Guarde silencio.
3. No toque los artefactos.
4. No fume.
5. No saque fotografías en la sala.

C. Opiniones. Tú y tus amigos expresan diversas opiniones acerca de la guerra.

> MODELO   todos nosotros / tratar / evitar las guerras
> **Todos nosotros tratamos de evitar las guerras.**

1. los pueblos / necesitar / entenderse mejor
2. el fanatismo / ayudar / prolongar las guerras
3. todo el mundo / desear / evitar las guerras
4. la gente / soñar / vivir en un mundo sin guerras
5. los diplomáticos / tratar / resolver los conflictos
6. los fanáticos / insistir / imponer un nuevo sistema político
7. la gente / aprender / convivir en situaciones difíciles durante una guerra

D. Viaje inolvidable. Completa la siguiente narración de Marisol, quien visita Guatemala, sobre un viaje accidentado hacia un pueblo guatemalteco. Cuando sea necesario, emplea una preposición apropiada.

De vez en cuando Isabel y yo tratamos ___1___ salir y conocer los pueblos pintorescos de la región. El domingo pasado decidimos ___2___ aceptar la invitación de unos amigos guatemaltecos. Acababan ___3___ comprar un auto usado —"como nuevo", nos aseguraron— y querían ___4___ mostrarnos un pueblo vecino. Isabel y yo soñábamos ___5___ gozar de un viaje interesante y descansado. A mitad de camino empezó ___6___ llover a cántaros. Por supuesto, no contábamos ___7___ tener un día de lluvia. Nosotros queríamos dejar ___8___ viajar, pero nuestros amigos nos aseguraron que el tiempo iba ___9___ cambiar. La situación cambió... para peor. Se pinchó un neumático. Con gusto habríamos ayudado ___10___ cambiar el neumático, pero no tenían neumático de repuesto. La historia es larga, pero el resultado final es que nunca pudimos ___11___ llegar al pueblo ese. Desde entonces, cuando esos amigos insisten ___12___ invitarnos a dar una vuelta en coche, siempre nos quejamos ___13___ tener mucho que hacer.

E. Robo. Hubo un robo en el Banco Guatemala ayer y tú fuiste uno de los testigos. Usa el dibujo para describir lo que pasó.

La modernidad en desafío:
Costa Rica, Panamá, Colombia y Venezuela

Paisaje montañoso costarricense ▶

LOS ORÍGENES

Las grandes civilizaciones antiguas

Distintos pueblos indígenas ocuparon, antes de la conquista española, el territorio que hoy comprende Costa Rica, Panamá, Venezuela y Colombia. Cuando Cristóbal Colón desembarcó en Costa Rica por primera vez en 1502, se calcula que sólo había unos treinta mil indígenas en el país, a los cuales se les añadían tres colonias militares aztecas que recogían tributos para Tenochtitlán. Al sur, se encontraban los cunas, los guaymíes y los chocoes. Los descendientes de estas tribus forman los tres grupos de indígenas más numerosos que continúan viviendo en la región de Panamá. En las tierras que hoy pertenecen a Venezuela no existieron grandes civilizaciones. Sin embargo, las costas del Caribe venezolanas fueron pobladas por los indígenas arawak que habían sido conquistados progresivamente por los caribes. En la región colombiana, la cultura conocida como la de San Agustín, desaparecida muchos siglos antes de la llegada de los europeos, todavía causa admiración por sus enormes ídolos de piedra. También en la región colombiana vivieron los pueblos chibchas, que ocupaban las tierras altas de esta área.

Exploración y conquista españolas

En su tercer viaje, Cristóbal Colón pisó tierra firme en Venezuela el primero de agosto de 1498. Un año después, Américo Vespucio denominó al país "Venezuela", o sea, "pequeña Venecia" al ver las casas sobre pilotes que habitaban los indígenas de las orillas del lago de Maracaibo. Durante su cuarto viaje, Cristóbal Colón fue el primer europeo que caminó por las playas de Costa Rica. Vasco Núñez de Balboa consiguió cruzar el istmo y en septiembre de 1513 llegó al océano Pacífico. En 1519 Pedrarias Dávila, gobernador del territorio que hoy es Panamá, fundó la Ciudad de Panamá. La colonización de la costa colombiana se inició en 1525. En sus cercanías fundaron la ciudad de Santa Fe de Bogotá en 1538, dándole a la región el nombre de "Nueva Granada". Pronto corrió la voz de la leyenda de El Dorado, que era un reino fabulosamente rico donde el jefe se bañaba en oro antes de sumergirse en un lago. Esto motivó la exploración y conquista de los territorios del interior de Colombia y Venezuela.

▲ La leyenda de El Dorado

La colonia

Con la conquista española, la población indígena que habitaba el territorio que hoy día es Costa Rica, Panamá, Colombia y Venezuela disminuyó considerablemente debido a enfermedades introducidas por los españoles y al hecho de que muchos fueron enviados a Perú a trabajar en las minas de oro. La disminución de la población indígena dio inicio a un mestizaje racial y permitió que el castellano y el catolicismo reemplazaran muchas de las lenguas y religiones nativas. Viéndose sin grandes números de indígenas para trabajar las grandes plantaciones de caña de azúcar y las minas de oro y plata, los españoles importaron esclavos africanos que instalaron en la costa del Caribe.

En 1574 Costa Rica se integró a la Capitanía General de Guatemala que en 1823 se convirtió en las Provincias Unidas de Centroamérica. En 1848 Costa Rica proclama su independencia absoluta. Cuando los colonos españoles se dieron cuenta de que no había riquezas minables en Costa Rica, la mayoría decidió abandonar la región en busca de riquezas en otras partes. En cambio, la Ciudad de Panamá, situada en la costa del océano Pacífico, experimentó un gran desarrollo gracias a la construcción del Camino Real que unía Nombre de Dios, ciudad caribeña, con Puerto Bello, ciudad en la costa atlántica. Este camino facilitaba mover el oro de Perú al Atlántico camino a España. El tráfico de mercancías por el istmo atrajo a piratas. En 1717, para enfrentarse con el problema de los piratas y para facilitar la búsqueda de oro, España instituyó el Virreinato de Nueva Granada, el cual incluía aproximadamente el territorio de las que hoy son las repúblicas de Venezuela, Colombia, Ecuador y Panamá. Éste fue suprimido en 1723 y reestablecido en 1739 cuando Panamá pasó a formar parte del virreinato.

▲ Indígenas cunas

¡A ver si comprendiste!

A. Hechos y acontecimientos. Contesta las siguientes preguntas. Luego, compara tus respuestas con las de un(a) compañero(a).

1. ¿Cuáles fueron algunos de los pueblos indígenas que ocuparon el territorio que ahora conocemos como Costa Rica, Panamá, Colombia y Venezuela?

2. ¿Cuál es el origen del nombre "Venezuela"?

3. ¿Quién fue el primer europeo que cruzó el istmo de Panamá y vio el océano Pacífico?

4. ¿En qué consiste la leyenda de El Dorado? ¿Qué importancia tiene esta leyenda en la historia de Colombia?

5. ¿Para qué se importaron esclavos africanos durante la época colonial?

6. ¿Por qué todo el comercio entre Perú y España pasaba por Panamá durante el período colonial?

7. ¿A qué virreinato pertenecía el territorio que hoy incluye las repúblicas de Venezuela, Colombia, Ecuador y Panamá?

B. A pensar y a analizar. Contesta las siguientes preguntas con dos o tres compañeros(as) de clase.

1. ¿Creen Uds. que la leyenda de El Dorado está basada en la realidad? ¿Por qué? ¿Por qué creen que los españoles la creían?

2. ¿Cómo empezó el fenómeno del mestizaje en América Latina? ¿Piensan Uds. que los indígenas y los esclavos negros aceptaron fácilmente la cultura impuesta por los conquistadores? Expliquen sus respuestas.

Costa Rica

Nombre oficial: *República de Costa Rica*

Población: *3.896.092 (estimación de 2003)*

Principales ciudades: *San José (capital), Alajuela, Cartago, Puntarenas*

Moneda: *Colón (C/)*

GENTE DEL MUNDO 21

Ana Istarú, poeta, actriz y dramaturga costarricense nacida en 1960, es autora de seis poemarios y cuatro obras de teatro. Su libro de poesía más conocido, *La estación de fiebre* (1983), ha sido traducido al francés, inglés, alemán, italiano y holandés. En 1990 recibió una beca de creación artística de la Fundación John Simon Guggenheim. Sus obras de teatro incluyen *Madre nuestra que estás en la tierra* (1988), *Baby boom en el paraíso* (1996), y *Hombres en escabeche* (2000). Esta última dibuja un ácido retrato de la moral sexual latina. En 2002 escribió el guión para la película *Caribe*, que fue dirigida por su co-autor Esteban Ramírez. En tres ocasiones ha sido galardonada con premios por su actuación en el teatro costarricense, el último siendo el Premio Ancora de Teatro 1999–2000.

Franklin Chang-Díaz, el primer astronauta hispanoamericano que viajó en el transbordador espacial, nació en San José, Costa Rica. Su abuelo paterno, José Chang, emigró de la China en busca de una vida mejor en Costa Rica. Franklin Chang-Díaz es hijo de Ramón Chang-Morales, jefe de construcción, y María Eugenia Díaz, ama de casa. A los dieciocho años, viajó a EE.UU. con sólo cincuenta dólares en el bolsillo para vivir con un pariente suyo en Hartford, Connecticut. Ahí se matriculó en la escuela pública para aprender inglés. Ganó una beca para estudiar en la Universidad de Connecticut y se doctoró en el Instituto de Tecnología de Massachusetts. En 1981, logró el sueño de su vida: ser astronauta. En 1993, llegó a ser el primer director latino del Laboratorio de Propulsión del Centro Espacial Johnson en Houston. Actualmente, según la NASA, continúa con sus investigaciones sobre

nuevos conceptos de propulsión de cohetes; además, enseña en la Universidad de Rice y en la Universidad de Houston. Su país de origen le concedió el título de "Ciudadano Honorario" en 1995. Franklin Chang-Díaz ha estado en órbita por más de mil horas. Más recientemente por ejemplo, fue parte de la tripulación espacial de la nave Endeavour en 2002. En este vuelo de catorce días, Chang-Díaz hizo tres cami-natas espaciales para ayudar a instalar el brazo robótico de la estación espacial.

Carmen Naranjo, nació en 1930 y es una distinguida escritora costarricense que también ha participado activamente en la vida cultural, social y política de su país. Fue embajadora de Costa Rica ante Israel (1972–1974) y Ministra de Cultura (1974–1976). Actualmente es directora de la Editorial Universitaria Centroamericana, desde donde dirige la publicación de importantes obras del profesorado. Autora de una amplia obra narrativa, ha incursionado también en el campo de la poesía destacándose dos colecciones tituladas *Mi guerrilla* (1977) y *Homenaje a don Nadie* (1981). Naranjo posee una prosa fresca e irreverente. No oculta su ironía escéptica ante el espectáculo social que presenta a través de interesantes novelas tales como *Otro rumbo para la rumba* (1989) y *En partes* (1994). En *Más allá del Parismina* (2001) denuncia las estructuras de poder que obedecen a un orden social creado por el hombre, pero que de ninguna manera representa protección y bienestar para todos. En esta obra se destaca su manejo espléndido del lenguaje a través de abundantes metáforas.

Otros costarricenses sobresalientes

Laureano Albán: poeta • **Fernando Carballo Jiménez:** pintor • **Alfonso Chase:** poeta • **Carlos Cortés:** poeta, cuentista, novelista y compilador de antologías • **Magda Gordienko:** pintora • **Xenia Gordienko:** pintora • **Julieta Pinto:** cuentista, novelista y catedrática • **Juan Carlos Robelo:** pintor • **Samuel Rovinski:** poeta, cuentista, novelista, dramaturgo y ensayista • **Victoria Urbano (1926–1984):** poeta, cuentista, novelista, dramaturga y catedrática • **Francisco Zúñiga (1912–1998):** pintor y escultor

Personalidades del Mundo 21

A. Gente que conozco. Contesta las siguientes preguntas. Luego, comparte tus respuestas con dos o tres compañeros(as) de clase.

1. ¿En qué campos ha tenido éxito Ana Istarú? ¿Qué tipo de persona crees que es? ¿Qué cualidades tiene?

2. ¿Cuál fue el sueño de Franklin Chang-Díaz? ¿Cómo lo logró? ¿Crees que tú podrías llegar a ser astronauta? Explica.

3. ¿En qué áreas ha tenido éxito Carmen Naranjo? ¿Cómo se comparan las carreras de Carmen Naranjo y Ana Istarú? ¿Qué crees que ha impulsado a estas dos mujeres a sobresalir en tantos campos distintos?

B. Diario. En tu diario, escribe por lo menos media página expresando tus pensamientos sobre uno de estos temas.

1. Para llegar a ser astronauta, Franklin Chang-Díaz tuvo que estudiar y trabajar mucho, ya que llegó a EE.UU. con solamente cincuenta dólares en el bolsillo. ¿Qué crees que le ayudó más a Chang-Díaz a realizar su sueño de ser astronauta: su familia, su educación u otro factor? ¿Qué te ayudaría más a ti a realizar tus sueños?

2. Ana Istarú es poeta, actriz y dramaturga. ¿Cómo crees que llegó a tener tanto talento en tres campos distintos? ¿En qué campos tienes talento tú? ¿Cuáles te gustaría desarrollar? ¿Qué probabilidad hay de que lo hagas?

PRONUNCIACIÓN Y ORTOGRAFÍA

Cuaderno de actividades

Puedes practicar más con los sonidos /ks/ y /s/ y con la letra **x** en las secciones de **Pronunciación y ortografía** y el **Dictado** de la *Unidad 4, Lección 1* en el *Cuaderno de actividades.*

Letras problemáticas: la *x*

La **x** representa varios sonidos según en qué lugar de la palabra ocurra. Normalmente representa el sonido /ks/ como en "exigir". Frente a ciertas consonantes se pierde la /k/ y se pronuncia simplemente /s/ (sibilante) como en "explorar". En otras palabras se pronuncia como la **j** del español: es el sonido fricativo /x/ como en "México" o "Oaxaca". Observa el deletreo de este sonido al escuchar a tu profesor(a) leer las siguientes palabras.

/ks/	/s/	/x/
anexión	excavación	Mexicali
exilio	exclusivo	mexicana
existencia	experiencia	oaxaqueño
éxodo	explosión	texanismo
máximo	exterminar	Texas
saxofón	pretexto	Xavier

Los sonidos de la letra x. Escucha mientras tu profesor(a) lee las siguientes palabras. Indica si tienen el sonido /ks/, /s/ o /x/.

		/ks/	/s/	/x/
1.	expansión	/ks/	/s/	/x/
2.	texana	/ks/	/s/	/x/
3.	existencia	/ks/	/s/	/x/
4.	extranjero	/ks/	/s/	/x/
5.	exuberante	/ks/	/s/	/x/
6.	expedición	/ks/	/s/	/x/
7.	hexágono	/ks/	/s/	/x/
8.	exterminio	/ks/	/s/	/x/
9.	conexión	/ks/	/s/	/x/
10.	mexicanismo	/ks/	/s/	/x/

Deletreo con la letra *x*

La **x** siempre se escribe en ciertos prefijos y terminaciones.

- Con el prefijo **ex-**:

  exceso   **ex**poner   **ex**presión   **ex**presiva

- Con el prefijo **extra-**:

  extralegal   **extra**ordinario   **extra**sensible   **extra**terrestre

- Con la terminación **-xión** en palabras derivadas de sustantivos o adjetivos terminados en **-je, -jo** o **-xo**:

  ane**xión** (de "anexo")   cone**xión** (de "conexo")
  comple**xión** (de "complejo")   refle**xión** (de "reflejo")

¡A practicar!

A. Práctica con la letra x. Escucha mientras tu profesor(a) lee las siguientes palabras. Escribe las letras que faltan en cada una.

1. ___ p u l s a r
2. ___ a g e r a r
3. ___ p l o s i ó n
4. c r u c i f i __ __ __ __
5. __ __ __ __ __ ñ o

6. r e f l __ __ __ __ __
7. ___ a m i n a r
8. __ __ __ __ __ __ n j e r o
9. ___ t e r i o r
10. ___ i l i a d o

B. ¡Ay, qué torpe! Marisol copió estos párrafos con algunos errores de acentuación en las palabras que llevan la letra **x.** Encuentra las diez palabras con errores y corrige los errores que encuentres en ellas.

La protección del medio ambiente invita a una maxima reflexion de los factores que han puesto en peligro el equilibrio de la naturaleza tanto en lugares exoticos como en otros muy desarrollados como Mexico. Estos factores son el crecimiento demográfico y la industrialización acelerada, que a su vez son una expresion de la explotacion desequilibrada de los recursos naturales y de la contaminación cada vez mayor del aire, la tierra y el agua.

Una expedicion a Costa Rica expondria que en toda la extension de las más de doce zonas climáticas de su territorio se han tomado medidas concretas para la preservación de los bosques tropicales cada vez más escasos. En 1969 se aprobó la Ley Forestal que estableció el Servicio de Parques Nacionales. Como extension a esa ley, ya para 1998 casi un millón de hectáreas se encontraban protegidas y se concentraban principalmente en los treinta parques nacionales, entre los que se encuentran, por orden de tamaño: la Amistad, Braulio Carrillo y Corcovado.

MEJOREMOS LA COMUNICACIÓN

Para hablar de la ecología

Al hablar de los problemas ambientales

— ¿Has escuchado la charla del **ecólogo** sobre el **medio ambiente** de nuestra ciudad?

— No. ¿Qué dijo?

— Dijo que la **lluvia ácida** ya ha **dañado** varios monumentos históricos en la ciudad. ¡Hasta mostró fotos del **daño!** Y dijo que la **capa de ozono** sigue disminuyendo. Se teme que esto nos ha puesto a todos en **peligro** de los **rayos ultravioleta** del sol.

— ¿Te imaginas? Pronto no vamos a poder **respirar** el aire. ¡Todos necesitaremos **máscaras de oxígeno!**

atmósfera
contaminación del aire, tierra y agua
dañar

derrame de petróleo
desecho de los desperdicios
efecto invernadero

equilibrio ecológico	quema de la selva
erosión	reciclaje
lago envenenado	tala

Al hablar de los parques nacionales

— Sin duda, lo que más me impresionó en mi viaje a Costa Rica fue todo lo que el gobierno ha hecho para **preservar** los **parques nacionales.**

— ¡Me parece genial! Así el gobierno **protege** sus **recursos naturales,** controlando a la vez la **contaminación.**

biodiversidad	ecosistema
bosque lluvioso	especies en vías de extinción
bosque nuboso	reserva biológica
bosque tropical	zona protegida

Al hablar de los desastres naturales

— Bueno, lo más importante es que, con el gobierno en control, se elimina también el peligro de **deforestación.** Las únicas **amenazas** que quedan son **peligros naturales** como **incendios** y **sequías.**

erupción	tempestad
huracán	terremoto
inundación	tornado
temblor	

¡A conversar!

A. Entrevista. Entrevista a un(a) compañero(a) de clase acerca de los esfuerzos para proteger el medio ambiente que ha hecho el gobierno de la ciudad donde vive. Pregúntale qué problemas han tenido con la lluvia ácida y qué han hecho para controlar la contaminación.

B. Una comparación. Con un(a) compañero(a) de clase, hagan una comparación entre los esfuerzos que se han hecho en Costa Rica para proteger los recursos naturales y los que se han hecho en EE.UU. Informen a la clase de sus conclusiones.

C. Extiende tu vocabulario: ambiente. Para ampliar tu vocabulario, trabaja con un(a) compañero(a) de clase para determinar el significado de estas palabras y frases relacionadas. Luego, contesten las preguntas. ¿Cuál es el significado de estas palabras en inglés, y cómo se relacionan a *environment* en inglés?

1. En la opinión de Uds., ¿cómo ha sido el **ambiente intelectual** de la universidad este año?
2. ¿Dónde en la universidad se ha usado un **ambientador?**
3. ¿Han sido adecuadas las leyes **ambientales** de la ciudad en donde viven Uds.?
4. ¿Van a **hacer buen ambiente** a favor de la candidatura de alguien?
5. ¿Cuánto tarda uno en **ambientarse** después de un vuelo a Europa o Asia?

D. Notas para hispanohablantes: práctica. ¿Qué dicen estos estudiantes que han hecho durante el día para proteger el medio ambiente?

1. Yo (escribir) varias cartas sobre el medio ambiente a mis amigos.
2. Vicente y Alfredo (ver) un programa de televisión sobre la tala en Brasil.
3. Teresa (poner) todas las botellas y latas en un basurero para el reciclaje.
4. Néstor y yo (resolver) plantar tres árboles para evitar la erosión.
5. Desafortunadamente tú y Gloria no (hacer) nada hoy día pero varias veces esta semana Uds. (devolver) botellas al supermercado.

DEL PASADO AL PRESENTE

Costa Rica: ¿utopía americana?

Plantación cafetalera

La independencia Costa Rica elaboró su propia constitución en 1823. Ese mismo año, la ciudad de San José venció a la ciudad rival de Cartago, y le quitó el control del gobierno convirtiéndose en la capital. Costa Rica formó parte de las Provincias Unidas de Centroamérica de 1823 a 1838, y proclamó su independencia absoluta el 31 de agosto de 1848. El primer presidente de la nueva república fue José María Castro Madroz.

Durante la segunda mitad del siglo XIX aumentaron considerablemente las exportaciones de café y se establecieron las primeras plantaciones bananeras. En 1878, el empresario estadounidense Minor C. Keith obtuvo del gobierno costarricense unas grandes concesiones territoriales para el cultivo del plátano con el compromiso de construir un ferrocarril entre San José y Puerto Limón. Debido a la unificación de *Tropical Trading*, la compañía de Minor C. Keith y *Boston Fruit Co.*, la compañía de Lorenzo Baker, nació la *United Fruit Company*, que los campesinos pronto nombraron "Mamita Yunai".

Niños costarricenses celebran el Día de la Independencia

Dos insurrecciones Sólo en dos ocasiones se interrumpió la legalidad constitucional en Costa Rica en el siglo XX. La primera correspondió al régimen del general Federico Tinoco Granados, cuyo gobierno autoritario (1917–1919) causó una insurrección popular. Con esto comenzó la marginación de los militares de la vida política del país.

La segunda ocasión fue la breve guerra civil que estalló cuando el gobierno anuló las elecciones presidenciales de 1948 y en la que José Figueres Ferrer derrotó a las fuerzas gubernamentales. El país retornó a la vida constitucional con el gobierno de Otilio Ulate (1949–1953), quien había ganado las elecciones. En

San José, Costa Rica

1949 se aprobó una nueva constitución que disolvió el ejército y dedicó el presupuesto militar a la educación. Costa Rica es el único país latinoamericano que no tiene ejército y con ello ha podido evitar los golpes de estado promovidos por militares ambiciosos.

Segunda mitad del siglo XX En 1953, José Figueres fue elegido presidente; su política moderadamente nacionalista consiguió renegociar los contratos con la *United Fruit Company* de forma beneficiosa para Costa Rica. La compañía debió invertir en el país el cuarenta y cinco por ciento de sus ganancias y perdió el monopolio sobre los ferrocarriles, las compañías eléctricas y las plantaciones de cacao y caña. Figueres fue elegido presidente otra vez en 1970.

En la década de los 80, las guerras civiles centroamericanas, en especial la de El Salvador y la de los contras de Nicaragua, presentaron un grave peligro al gobierno costarricense.

Óscar Arias Sánchez, elegido presidente en 1986, jugó un papel activo en la resolución de los conflictos centroamericanos a través de la negociación. Fue galardonado con el premio Nobel de la Paz en 1987. Las elecciones de 1990 fueron ganadas por Rafael Ángel Calderón Fournier y las de 1994 fueron ganadas por José María Figueres Olsen, quien acabó por llevar al país a serios problemas económicos. En febrero de 1998, Miguel Ángel Rodríguez fue elegido presidente y bajo su control, la economía del país volvió a estabilizarse. Abel Pacheco, del Partido Unidad Social Cristiana, fue nombrado presidente en abril de 2002.

La realidad actual Una relativa prosperidad económica y una cierta estabilidad política caracterizan a la pequeña república de Costa Rica. El ingreso nacional per cápita es el mayor de Centroamérica y los ingresos están distribuidos de manera relativamente justa. Esto les ha proporcionado a los costarricenses un alto nivel de vida con los índices más bajos de analfabetismo (personas que no pueden leer ni escribir)(5,2 por ciento) y de mortalidad infantil (11,18 por mil) en Latinoamérica.

Debido a la acelerada deforestación de las selvas que cubrían la mayor parte del territorio de Costa Rica, se ha establecido un sistema de zonas protegidas y parques nacionales. En proporción a su área, es ahora uno de los países que tiene más zonas protegidas —el veintiséis por ciento del territorio tiene algún tipo de protección, el ocho por ciento está dedicado a parques nacionales. En contraste, en EE.UU., por ejemplo, cerca del 3,2 por ciento de su superficie está dedicado a parques nacionales.

¡A ver si comprendiste!

A. Hechos y acontecimientos. ¿Recuerdas los datos más importantes de la lectura? Para asegurarte, trabaja con un(a) compañero(a) de clase para escribir una breve explicación en sus propias palabras del significado de las siguientes personas, lugares y acontecimientos en la historia de Costa Rica. Luego, comparen sus explicaciones con las de la clase.

1. José María Castro Madroz
2. la *United Fruit Company*
3. la constitución de 1949
4. Óscar Arias Sánchez
5. los parques nacionales y zonas protegidas
6. el índice de analfabetismo
7. la mortalidad infantil

B. A pensar y a analizar. En grupos de tres, expliquen cómo Costa Rica ha gozado de una relativa estabilidad política a lo largo del siglo XX y hasta el presente, mientras que sus vecinos han sufrido insurrecciones sangrientas y guerras civiles.

C. Redacción colaborativa. En grupos de dos o tres, escriban una composición colaborativa de una a una página y media, sobre el tema que sigue. Sigan el proceso de escribir colaborativamente que aprendieron en la **Redacción colaborativa** de la *Unidad 1, Lección 1:* escriban primero una lista de ideas, organícenlas en un primer borrador, revisen las ideas, escriban un segundo borrador, revisen la acentuación y ortografía, escriban la versión final.

Costa Rica es el único país latinoamericano que disolvió el ejército y dedicó el presupuesto militar a la educación. ¿Creen Uds. que sería beneficioso que EE.UU. hiciera igual?¿Podría el país deshacerse del ejército y dedicar el presupuesto a la educación? ¿Cuáles serían las consecuencias?

Cuaderno de actividades

Puedes practicar más y escribir argumentos a favor de la protección de las selvas tropicales en la sección **Composición: argumentos y propuestas** de la *Unidad 4, Lección 1* en el *Cuaderno de actividades.*

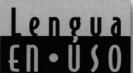

Vocabulario para hablar del medio ambiente

La preocupación por el medio ambiente ha llegado a ser uno de los temas más discutidos por todo el mundo. La contaminación del aire y el agua por intereses agrícolas e industriales sigue amenazando no únicamente la salud de la población humana sino también la supervivencia de muchas especies de animales y de plantas. Al leer el siguiente párrafo, subraya las palabras y expresiones nuevas que no conozcas que se utilizan para hablar de la ecología.

La ecología del mundo en peligro

Por todo el mundo han surgido grupos de ecólogos que hoy se preocupan por proteger el medio ambiente. La preservación de los recursos naturales del mundo se ha convertido en un importante asunto que involucra a toda la humanidad. Por ejemplo, las selvas tropicales con su rica flora y fauna están en peligro de desaparecer por completo. Cada año se acelera el proceso de destrucción de bosques vírgenes que se convierten en terrenos de cultivo o en pastos para la ganadería. Como resultado, muchas especies de animales y plantas se han extinguido o están en proceso de extinción. Además, según muchos científicos, la destrucción del medio ambiente afectará las condiciones climáticas del mundo. La contaminación del aire, por ejemplo, ha afectado negativamente la capa de ozono que protege al hombre de los rayos ultravioleta del sol. Por eso es importante que las naciones del mundo establezcan normas ecológicas que puedan ser aceptadas globalmente y que ayuden a la humanidad a controlar la explotación de los recursos naturales y preservar la ecología del mundo natural.

El medio ambiente. Después de leer la lectura, define brevemente las palabras que siguen. Si necesitas ayuda, búscalas en un diccionario.

> **Modelo:** *ecología*
>
> **La ecología es el conjunto de las interacciones y relaciones entre los organismos y el ambiente. Con frecuencia se usa la palabra para referirse a la protección y la preservación del medio ambiente.**

1. flora y fauna
2. medio ambiente
3. especie
4. contaminación
5. extinción
6. recursos naturales
7. ozono
8. efecto invernadero
9. tala
10. lluvia ácida

¡Y ahora, ¡a leer!

Anticipando la lectura. Imagínate que has sido galardonado con el premio Nobel de la Paz y tienes que preparar el discurso que vas a pronunciar al aceptar el premio. Como preparación para escribir ese discurso, contesta las siguientes preguntas.

1. ¿Cómo piensas empezar tu discurso? ¿Les vas a dar las gracias a las personas responsables? ¿A quiénes? ¿Qué vas a decir?
2. ¿Qué vas a decir sobre la importancia de este premio y el honor de haberlo recibido?
3. ¿Que piensas decir acerca de la paz mundial? ¿de la paz en general?
4. En tu opinión, ¿es apropiado criticar en esta ocasión a algunos gobernantes o países que parecen no respetar la paz? ¿Hay algunos que tú criticarías? ¿Cuáles? ¿Qué dirías de ellos?
5. ¿Qué otros asuntos crees que debes mencionar?
6. ¿Cómo puedes terminar tu discurso?

Conozcamos al autor

Óscar Arias Sánchez, político costarricense, fue galardonado con el premio Nobel de la Paz en 1987 mientras era presidente de su país. Nació en Heredia, Costa Rica, en 1941, en el seno de una acomodada familia dedicada a la exportación cafetalera. Estudió derecho y economía en la Universidad de Costa Rica. En 1974, completó su doctorado en la Universidad de Essex en Inglaterra y regresó a enseñar ciencias políticas en la Universidad de Costa Rica. En 1986, fue elegido presidente por un amplio margen. Tiene varias publicaciones sobre las ciencias políticas, que incluyen *Democracia, independencia y sociedad latinoamericana* (1977), *Horizontes de paz* (1994) y *Nuevas dimensiones de la educación* (1994). Arias Sánchez mereció el premio Nobel por su participación activa en las negociaciones por la paz en Centroamérica. Las negociaciones culminaron en la Ciudad de Guatemala el 7 de agosto de 1987, cuando se firmó un acuerdo de paz entre los diferentes países de la región. Usó el dinero de este premio para establecer la Fundación Arias para la Paz y el Progreso Humano.

A continuación se presenta el discurso pronunciado por el Dr. Óscar Arias Sánchez, Presidente de la República de Costa Rica, en el Gran Salón de la Universidad de Oslo, Noruega, el 10 de diciembre de 1987, al aceptar el premio Nobel de la Paz de 1987.

La paz no tiene fronteras

Cuando ustedes decidieron honrarme con este premio, decidieron honrar a un país de paz, decidieron honrar a Costa Rica. Cuando, este año, 1987, concretaron el deseo de Alfred E. Nobel de fortalecer los esfuerzos de paz en el mundo, decidieron fortalecer los esfuerzos para asegurar la
5 paz en América Central. Estoy agradecido por el reconocimiento de nuestra búsqueda de la paz. Todos estamos agradecidos en Centroamérica.

Nadie sabe mejor que los honorables miembros de este Comité que este premio es una señal para hacerle saber al mundo que ustedes quieren promover la iniciativa de paz centroamericana. Con su decisión, apoyan sus posi-
10 bilidades de éxito; declaran cuán bien conocen que la búsqueda de la paz no puede terminar nunca, y que es una causa permanente, siempre necesitada del apoyo verdadero de amigos verdaderos, de gente con coraje para promover el cambio en favor de la paz, a pesar de todos los obstáculos.

La paz no es un asunto de premios ni de trofeos. No es producto de una
15 victoria ni de un mandato. No tiene fronteras, no tiene plazos, no es inmutable en la definición de sus logros.

La paz es un proceso que nunca termina; es el resultado de innumerables decisiones tomadas por muchas personas en muchos países. Es una actitud, una forma de vida, una manera de solucionar problemas y de resolver con-
20 flictos. No se puede forzar en la nación más pequeña ni puede imponerla la nación más grande. No puede ignorar nuestras diferencias ni dejar pasar inadvertidos nuestros intereses comunes. Requiere que trabajemos y vivamos juntos.

La paz no es sólo un asunto de palabras nobles y de conferencias Nobel.
25 Ya tenemos abundantes palabras, gloriosas palabras, inscritas en las cartas de las Naciones Unidas, de la Corte Mundial, de la Organización de Los Estados Americanos y de una red° de tratados internacionales y leyes. Necesitamos hechos que respeten esas palabras, que honren los compromisos avalados° por esas leyes. Necesitamos fortalecer nuestras instituciones de paz como las Na-
30 ciones Unidas, cerciorándonos° de que se utilizan en favor del débil tanto como del fuerte.

conjunto
garantizados

asegurándonos

No presto atención a los que dudan ni a los detractores que no desean creer que la paz duradera puede ser sinceramente aceptada por quienes marchan bajo diferentes banderas ideológicas o por quienes están más acos-
35 tumbrados a los cañones de guerra que a los acuerdos de paz.

En América Central no buscamos la paz a solas, ni sólo la paz que será seguida algún día por el progreso político, sino la paz y la democracia juntas, indivisibles, el final del derramamiento° de sangre humana, que es inseparable del final de la represión de los derechos humanos. Nosotros no juzga-
40 mos, ni mucho menos condenamos, ningún sistema político ni ideológico de cualquiera otra nación, libremente escogido y no exportado. No podemos pretender que Estados soberanos° se conformen con patrones de gobierno no escogidos por ellos mismos. Pero podemos insistir en que todo gobierno respete los derechos universales del hombre, cuyo valor trasciende las fronteras na-
45 cionales y las etiquetas° ideológicas. Creemos que la justicia y la paz sólo pueden prosperar juntas, nunca separadas. Una nación que maltrata a sus propios ciudadanos es más propensa° a maltratar a sus vecinos.

correr

de autoridad suprema

clasificaciones

es... está más inclinada

Presentación del premio Nobel en Suecia

Recibir este premio Nobel el 10 de diciembre es para mí una maravillosa coincidencia. Mi hijo Óscar Felipe, aquí presente, cumple hoy ocho años. Le
50 digo a él, y por su intermedio a todos los niños de mi país, que nunca deberemos recurrir a la violencia, que nunca deberemos apoyar las soluciones militares para los problemas de Centroamérica. Por la nueva generación debemos comprender, hoy más que nunca, que la paz sólo puede alcanzarse por medio de sus propios instrumentos: el diálogo y el entendimiento, la toleran-
55 cia y el perdón, la libertad y la democracia.

Sé bien que ustedes comparten lo que les decimos a todos los miembros de la comunidad internacional, y particularmente a las naciones del Este y del Oeste, que tienen mucho más poder y muchos más recursos que los que mi pequeña nación esperaría poseer jamás. A ellos les digo con la mayor urgen-
60 cia: dejen que los centroamericanos decidamos el futuro de Centroamérica. Déjennos la interpretación y el cumplimiento de nuestro Plan de Paz a nosotros; apoyen los esfuerzos de paz y no las fuerzas de guerra en nuestra región; envíen a nuestros pueblos arados en lugar de espadas, azadones° en lugar de lanzas. Si, para sus propios fines, no pueden abstenerse de acumular
65 armas de guerra, entonces, en el nombre de Dios, por lo menos deberían dejarnos en paz.

Le digo aquí a su Alteza Real y a los honorables miembros del Comité Nobel de la Paz, al maravilloso pueblo de Noruega, que acepto este premio porque sé cuán apasionadamente comparten ustedes nuestra búsqueda de la
70 paz, nuestro anhelo de éxito. Si en los años venideros la paz prevalece° y se eliminan, entonces, la violencia y la guerra, gran parte de esa paz se deberá a la fe del pueblo noruego y será suya para siempre.

herramientas para trabajar la tierra

predomina

¿Comprendiste la lectura?

A. Hechos y acontecimientos. ¿Recuerdas los datos más importantes de la lectura? Para asegurarte, contesta las siguientes preguntas.

1. Según Óscar Arias, ¿a quiénes honró el Comité Nobel de la Paz al decidir darle el premio a él?
2. ¿Por qué dice que "este premio es una señal"? ¿Una señal para qué?
3. ¿Cómo define él la paz? Explica.
4. Además de dar discursos y organizar conferencias sobre la paz, ¿qué más necesitan hacer el Comité Nobel y los que reciben el premio Nobel de la Paz, según el orador?
5. Según Óscar Arias, ¿cómo se debe trabajar con los individuos que creen que la paz no es posible?
6. Además de la paz, ¿qué busca Centroamérica?
7. ¿Qué sistema político quiere imponer Óscar Arias en Centroamérica? Explica.
8. ¿Qué significado especial tiene el recibir el premio Nobel el 10 de diciembre para él? ¿Qué mensaje tiene para los niños de su país?
9. ¿Cómo deben ayudar las naciones más poderosas del mundo el movimiento de la paz en Centroamérica? ¿Qué deben hacer? ¿Qué no deben hacer?
10. ¿Por qué le da las gracias al pueblo noruego al final?

B. A pensar y a analizar. En grupos de tres, contesten las siguientes preguntas.

1. ¿Cuál es el tema de este discurso?
2. ¿Están Uds. de acuerdo con el título del discurso? ¿Es posible la paz mundial? Expliquen.
3. ¿Qué opinan Uds. del discurso de Óscar Arias? ¿Creen que Arias fue suficientemente diplomático, demasiado diplomático o no suficientemente diplomático? Den ejemplos para apoyar sus respuestas.
4. Algunos países se ofendieron por la crítica bastante directa que hizo Arias de EE.UU. y Rusia. ¿Qué opinan Uds.? ¿Tenía razón en lo que dijo? Expliquen.

C. Quiero agradecerles... Imagínate que tú y tu compañero(a) acaban de casarse y están ahora en la recepción. Los dos deciden expresar su gratitud a todas las personas que hicieron este momento posible: sus padres, familias, amigos. Preparen sus discursos de agradecimiento y preséntenlos en grupos de cuatro o seis personas.

Introducción al análisis literario

El discurso de agradecimiento

Hay muchas ocasiones en las cuales es necesario dar un discurso de agradecimiento, por ejemplo, al ser galardonado con un premio o al ser honrado en una fiesta de graduación o de jubilación. Los **discursos de agradecimiento** pueden variar bastante, pero todos tienden a incluir tres elementos básicos: el dar las gracias a las personas, al comité o a la organización responsable; el explicar el significado o la importancia del premio o de la ocasión a todos los interesados; y el compartir el honor de la ocasión con todos los merecidos. El discurso de Óscar Arias Sánchez exhibe todos estos aspectos a pesar de que dedica la mayor parte de su discurso a uno —el explicar el concepto de la paz y cómo lograrla.

A. Tres elementos de agradecimiento. Identifica con citas específicas sacadas de "La paz no tiene fronteras" los tres elementos de un discurso de agradecimiento. Compara tus citas con las de dos compañeros(as) de clase.

B. Quisiera dar las gracias primero a... Imagínate que acabas de graduarte y estás ahora en una recepción en tu honor que tu familia ha organizado. Frente a varios parientes y amigos que asistieron a tu graduación, decides expresar tu agradecimiento. Escribe ese discurso.

¡LUCES! ¡CÁMARA! ¡ACCIÓN!

Costa Rica: para amantes de la naturaleza

La exuberancia ecológica de Costa Rica

En 1502, durante su cuarto viaje a América, Cristóbal Colón llegó hasta Costa Rica. Hoy día es un diminuto país en el cual se encuentran maravillosos tesoros naturales, tales como el hermoso parque nacional Braulio Carrillo, de 450 hectáreas, localizado cerca de la capital. En esta selección del video, podrán observar este bosque lluvioso desde un teleférico que recorre una buena parte del parque.

A correr los rápidos de Costa Rica

En esta selección del video Uds. podrán hacer *rafting* en el río Pacuare, uno de los cinco ríos de flujo natural más bellos del mundo. Antes de empezar, Rafael Gallo, el guía de la expedición, los va a preparar para navegar los rápidos en balsas de hule inflable. Para asegurarse de que los participantes sobrevivan la aventura, el guía les enseñará a manipular la balsa, a usar los remos y, sobre todo, a llevar chaleco salvavidas en caso de que uno se caiga al agua.

Antes de empezar el video

Contesten las siguientes preguntas en parejas.

1. ¿Se han paseado en un teleférico alguna vez? ¿Dónde? ¿Con qué propósito?
2. ¿Qué habrán visto los primeros colonizadores en la costa de la región de Costa Rica que los motivó a nombrarla así?
3. ¿Han hecho Uds. *rafting* alguna vez? ¿Dónde? ¿Les gustó o no? ¿Por qué?

¡A ver si comprendiste!

A. La exuberancia ecológica de Costa Rica. Contesta las siguientes preguntas con un(a) compañero(a) de clase.

1. ¿Quién fue Braulio Carrillo? ¿A qué lugar le dieron su nombre?
2. ¿Por qué le habrá dado Cristóbal Colón el nombre de Costa Rica a esta región?
3. ¿Qué es un río de flujo natural?
4. Según Rafael Gallo, ¿qué es el *rafting*? ¿Qué es lo más importante del deporte del *rafting*?

B. A pensar y a interpretar. Contesta las siguientes preguntas.

1. ¿Por qué será de interés ver el bosque lluvioso desde un teleférico?
2. ¿Qué es lo irónico del nombre que Colón le dio a la región de Costa Rica? ¿Cuál es la verdadera riqueza del país?
3. ¿Qué atractivo tiene el río Pacuare para el *rafting*?
4. ¿Por qué es tan importante el chaleco salvavidas en el *rafting*?

EXPLOREMOS EL CIBERESPACIO

Explora distintos aspectos del mundo costarricense en las **Actividades para la Red** que corresponden a esta lección. Ve primero a **http://college.hmco.com** en la red, y de ahí a la página de *Mundo 21*.

Panamá

Nombre oficial: *República de Panamá*

Población: *2.960.784 (estimación de 2003)*

Principales ciudades: *Ciudad de Panamá (capital), San Miguelito, Colón, David*

Moneda: *Balboa (B) y dólar estadounidense (US$)*

GENTE DEL MUNDO 21

José Quintero (1924–1999), actor y director, nació en la Ciudad de Panamá en el seno de una familia de la clase alta panameña. En 1943 se fue a Los Ángeles donde pasó dos años siguiendo cursos de cine y actuación. En 1948 estudió arte dramático en Chicago; allí conoció a la actriz Geraldine Page, a quién dirigió años después en varias obras teatrales. En 1950 Quintero y algunos otros estudiantes consiguieron fundar un teatrito llamado *Circle in the Square*, que con el correr del tiempo se convirtió en uno de los escenarios más importantes de Nueva York. Quintero dirigió numerosas producciones que incluyeron *Los intereses creados* (1907) de Jacinto Benavente y *Yerma* (1934) de Federico García Lorca. De 1956 en adelante se especializó en la dirección de obras de Eugene O'Neill, las cuales le trajeron premios muy importantes como el "Variety" y el "Tony" en 1956, 1973 y 1974. En 1988 Quintero sufrió cáncer de la garganta, pero después de una operación exitosa continuó su incansable carrera como uno de los mejores directores teatrales del mundo. En 1998, un año antes de su muerte, se dedicó el Teatro José Quintero en Nueva York en honor a este muy respetado director y actor de teatro.

Mireya Moscoso tenía cincuenta y dos años cuando fue elegida presidenta de Panamá en 1999. Sus orígenes fueron humildes y difíciles, razón por la cual ha sido comparada con Evita Perón. A la muerte de su padre, Mireya tenía solamente diez años. Su madre, para mantener a la numerosa familia, vendía quesos y comidas. A los diecisiete años, recién graduada como secretaria comercial de un colegio de monjas, conoció al entonces tres veces presidente Arnulfo Arias, quien le llevaba cuarenta y seis años. Solamente después de una insistencia romántica y persistente, la joven Mireya aceptó salir a cenar con él y en 1968 se casó con él. Esposa leal y dedicada, lo acompañó al exilio en EE.UU. ese mismo año y no regresó a su patria hasta después de la muerte de su esposo en 1988. El partido de Arias la convenció de que aceptara la candidatura a la presidencia en las elecciones de 1994, las cuales perdió por un margen de menos de cinco por ciento del voto. En 1999 volvió a presentarse como candidata a la presidencia y esta vez ganó con cincuenta y ocho por ciento del voto. Su opositor fue Martín Torrijos, hijo de otro ex presidente, Omar Torrijos. La valentía y sinceridad de Moscoso y su don para la oratoria le atrajeron el apoyo y aprobación de sus compatriotas. Se aprecia su deseo de servir a los demás por los muchos programas que ha iniciado, como uno que otorga préstamos de bajo interés a agricultores, ganaderos y pequeños empresarios. Ha mostrado, también, un hábil manejo de las ganancias anuales del canal de Panamá. Es madre adoptiva de un niño joven.

Rubén Blades, nacido en 1948, es un brillante personaje multifacético panameño que ha triunfado como músico, compositor, actor y político. Blades se dio a conocer como salsero de primera plana en conciertos internacionales y sus discos han recibido premios tales como el "Grammy" en 1997 por *La rosa de los vientos* y otro "Grammy" en el año 2000 por *Tiempos*. Su éxito en el cine es igualmente notable, teniendo ya más de 30 películas y habiendo sido nominado en 1992 para el premio "Emmy" por su actuación en *Crazy from the Heart*. Entre sus filmes más recientes figuran *The Devil's Own*

(1997), *Seven Years in Tibet* (1997), *Chinese Box* (1997), *The Cradle Will Rock* (1999), *All the Pretty Horses* (2000) y *Empire* (2002). Por añadidura, Blades es un intelectual serio y dedicado, además de ser abogado —obtuvo una maestría en derecho internacional de la Universidad de Harvard. En 1991, fundó el partido político Madre Tierra en Panamá y en 1994 postuló a la presidencia. Aunque no salió elegido, Blades probó, una vez más, su tremendo talento en un campo nuevo. Casado con la actriz Lisa Lebenzon, residen cerca de Hollywood. La Organización de Naciones Unidas lo designó "Embajador Internacional Contra el Racismo" en el año 2000.

Otros panameños sobresalientes

Tatyana Alí: actriz y cantante • **Rosario Arias de Galindo:** editora y periodista • **Ricardo J. Bermúdez:** arquitecto, poeta y cuentista • **Rosa María Britton:** médica, novelista, cuentista y dramaturga • **Enrique Jaramillo Levi:** catedrático, editor de antologías, poeta y cuentista • **Raúl Leis:** sociólogo, periodista, catedrático y cuentista • **Sheila Lichacz:** pintora • **Dimas Lidio Pitty:** poeta, novelista y cuentista • **Danilo Pérez:** pianista y compositor • **Pedro Rivera:** poeta, cuentista y cineasta

Personalidades del Mundo 21

A. Gente que conozco. Contesta las siguientes preguntas. Luego, comparte tus respuestas con dos o tres compañeros(as) de clase.

1. ¿Qué es *Circle in the Square*? ¿Cuál es su importancia? ¿Crees que es difícil llegar a ser director de teatro en un país extranjero? ¿Qué dificultades crees que tuvo Quintero?

2. ¿Cuáles fueron los orígenes de Mireya Moscoso? ¿Por qué se la compara con Evita Perón? ¿Cómo crees que obtuvo la experiencia política que la ayudó a ganar las elecciones? Explica.

3. ¿En qué campos ha alcanzado éxito Rubén Blades? ¿Por qué crees que abandonó esos campos para meterse en la política? ¿Qué otros artistas han abandonado su arte para seguir una carrera política? ¿Lograron tener éxito?

B. Diario. En tu diario, escribe por lo menos media página expresando tus pensamientos sobre el siguiente tema.

Rubén Blades postuló a la presidencia en 1994 y Mireya Moscoso fue elegida presidenta de Panamá en 1999. ¿Te gustaría a ti seguir una carrera política? ¿En qué puestos te gustaría servir? ¿Qué harías para prepararte para esos puestos? ¿Qué papel tendría el voto hispano en tu campaña? ¿Como atraerías el voto de los hispanos?

PRONUNCIACIÓN Y ORTOGRAFÍA

Cuaderno de actividades

Puedes practicar más con los sonidos /g/ y /x/ y con las letras **g** y **j** en las secciones de **Acentuación y ortografía** y el **Dictado** de la *Unidad 4, Lección 2* en el *Cuaderno de actividades.*

Letras problemáticas: la *j*

La **j** tiene sólo un sonido, /x/, que es idéntico al sonido de la **g** en las combinaciones **ge** y **gi**. Observa el deletreo de este sonido al escuchar a tu profesor(a) leer las siguientes palabras.

/x/

jardines   ojo
mestizaje   judíos
dijiste

La letra *j*. Escucha mientras tu profesor(a) lee las siguientes palabras. Escribe las letras que faltan en cada una.

1. ___ n t a   6. h o m e n a ___ ___
2. f r a n ___ ___   7. p o r c e n t a ___ ___
3. e x t r a n ___ ___ r o 8. ___ ___ b ó n
4. l e n g u a ___ ___   9. t r a ___ ___
5. v i a ___ ___ r o   10. ___ ___ l i s c o

Deletreo con la letra *j*. La **j** siempre se escribe en ciertas terminaciones y formas del verbo.

- En las terminaciones **-aje, -jero** y **-jería**:

  aprendiz**aje**   ca**jero**   bru**jería**
  mestiz**aje**   extran**jero**   relo**jería**

- En el pretérito de los verbos irregulares terminados en **-cir,** el verbo "traer" y verbos relacionados (por ejemplo, "atraer", "contraer", "extraer") y de verbos regulares cuyo radical termina en **j**:

  produ**je** (de "produ**cir**")   di**je** (de "de**cir**")   fi**jé** (de "fi**jar**")
  redu**je** (de "redu**cir**")   tra**je** (de "**traer**")   trabaj**é** (de "traba**jar**")

¡A practicar!

A. Práctica con la letra *j*. Escucha mientras tu profesor(a) lee las siguientes palabras. Escribe las letras que faltan en cada una.

1. c o n s e ___ ___ ___ ___   6. c o n d u ___ ___ ___ ___ ___
2. r e d u ___ ___ ___ ___ ___ 7. p a i s a ___ ___
3. d i ___ ___   8. r e l o ___ ___ ___ ___ ___
4. r e l o ___ ___ ___ ___ ___ 9. t r a ___ ___ ___ ___ ___
5. m e n s a ___ ___   10. m a n e ___ ___ ___ ___ ___

B. ¡Ay, qué torpe! Gabriel escribió este párrafo con algunos errores de acentuación en las palabras que llevan la letra **j.** Encuentra las diez palabras con errores y corrige los errores que encuentres en ellas.

En la sociedad cuna las híjas son las dueñas y herederas de la tierra. Al casarse, el marido tiene que vivir en la casa de los padres de la novia y trabajar para su suegro. Por lo tanto, cada familia desea tener más hijas que hijos. Un caso típico fue el de María Juárez Mejía, hija de José Jesus Juárez y de Julieta Mejía. Casada con Joaquin Jímenez, trabajo tanto como él pero siempre se la consideró mejor que el esposo. Ella manejo el dinero y llevó a cabo mejorias en la casa y el járdin. Por su parte, él jamás se quejo, ya que ésa es la tradición ancestral y siempre ejecuto sus labores con entusiasmo.

MEJOREMOS LA COMUNICACIÓN

Para hablar de la artesanía

Al apreciar la artesanía

— Es difícil hallar **obras** tan **vistosas** y **llamativas** como las molas de los **artesanos** cunas; son muy hermosas y forman parte de su vestimenta diaria.

— No cabe duda que **la costura** de las molas es exquisita.

bordado	**ejecución**
cosido	**puntadas**
diseño	**tela**

— También es fascinante ver los **anillos de oro** que llevan en la nariz y en las orejas y **los collares de cuentas** que adornan los brazos y piernas. Pregúntale si puedo comprar **collares** como los que lleva.

— Me sorprende que su **artesanía** no haya incluido **la alfarería.**

cerámica	**soplado de vidrio**
cestería	**tallado en madera**
impresión	**tejeduría**
litografía	**vidriería**

Al distinguir entre los textiles

— Mi mamá ya no usa **la máquina de coser,** pero le gusta **bordar.** Es un pasatiempo ideal para ella y le resulta bastante barato. Sólo necesita **agujas, tijeras, hilo** y **tela.**

— Es sorprendente que tú no hayas aprendido a **bordar.** ¡A mí me encantaría aprender! Mira, si no te molesta, pídele que me enseñe.

acolchar	**tejer a ganchillo**
coser	**tejer a punto**
tejer	

Al interesarse en la alfarería

— Parece que mi hijo se ha interesado en la **alfarería vidriada.** Se pasa todo su tiempo libre haciendo objetos de **barro.** Ya tiene su propio **torno de alfarero** y **horno** en el garaje.

— Me parece fantástico que él haya aprendido tan rápido.

Al interesarse en el trabajo en piel

— ¿Te conté que mi nuevo pasatiempo es **labrar la piel fina?**

— ¡Qué bien! Puedes hacerme un **bolso de cuero** para mi cumpleaños.

billetera	maleta
cinturón	maletín
guante	tarjetero
llavero	

¡A conversar!

A. Encuesta. Entrevista a cuatro compañeros(as) para ver qué tipo de artesanía les gusta. Pregúntales también si hacen alguna artesanía ellos mismos. Luego, compila tus datos con los del resto de la clase para saber cuál es la artesanía favorita de la clase.

B. Dramatización. Dramatiza la siguiente escena con dos compañeros(as) de clase. Tres amigos(as) están pasando las vacaciones de primavera en Panamá. Como hoy es el último día de su visita, deciden ir de compras para llevarles alguna artesanía típica a sus parientes. En una tienda de regalos Uds. discuten qué van a comprar y por qué.

C. Extiende tu vocabulario: costura. Para ampliar tu vocabulario, combina las palabras y expresiones de la primera columna con las definiciones de la segunda columna. Luego, escribe una oración original con cada palabra o expresión. Compara tus oraciones con las de dos compañeros(as) de clase. ¿Cuál es el significado de estas palabras en inglés, y cómo se relacionan a *seam* en inglés?

_____ 1. costurera
_____ 2. costurar
_____ 3. costurón
_____ 4. costurero
_____ 5. alta costura

a. actividad de diseñar y hacer vestidos exclusivos
b. mujer que cose por oficio
c. caja o mueble para guardar utensilios para coser
d. coser
e. cicatriz

D. Notas para hispanohablantes: práctica. Completa el siguiente diálogo con la palabra más apropiada de las que están entre paréntesis para saber cómo reacciona esta madre al saber los planes de sus hijos gemelos.

Gemelo: Tal vez Pablo y yo ___1___ (dejemos/déjemos) nuestra clase de tallado de madera. Sí, probablemente ___2___ (selecciónemos/seleccionemos) una clase de cerámica.

Ella: ¡Cerámica! Ojalá sí ___3___ (hagan/haigan) eso. Así podrán hacerme el florero que siempre he querido.

Gemelo: ¡Florero! Olvídalo, mamá. Acaso __4__ (decidamos/decídanos) seguir en cerámica, será para aprender a hacer esculturas de cerámica. Nada de floreros.

Ella: Está bien. Con mi creatividad, quizá __5__ (encontre/encuentre) alguna manera de convertir su cerámica en floreros.

DEL PASADO AL PRESENTE

Panamá: el puente entre las Américas

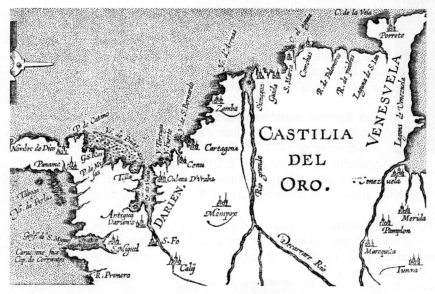

La independencia y la vinculación con Colombia

Panamá pasó a depender del Virreinato de Nueva Granada en 1739. Al principio, Panamá permaneció aislada de los movimientos independentistas. No fue hasta mediados de la segunda década del siglo XIX que se hizo parte del movimiento. Como resultado, el 28 de noviembre de 1821 una junta de notables declaró la independencia en la Ciudad de Panamá, fecha en que se conmemora oficialmente la independencia de Panamá. Pocos meses más tarde, Panamá se integró a la República de la Gran Colombia junto con Venezuela, Colombia y Ecuador.

En la Ciudad de Panamá se realizó el primer Congreso Interamericano, convocado por Simón Bolívar en 1826. Después de la desintegración de la Gran Colombia, Panamá siguió siendo parte de Colombia, aunque entre 1830 y 1840 hubo tres intentos fallidos de separar el istmo de ese país.

El istmo en el siglo XIX

El descubrimiento de oro en California en 1848 revitalizó el istmo, el cual se convirtió en la vía marítima obligada entre las costas oriental y occidental de EE.UU. En 1855, la Compañía Ferroviaria de Panamá completó, con capital norteamericano, la construcción del ferrocarril interoceánico por el istmo de Panamá. Entre 1848 y 1869, más de 375.000 personas cruzaron el istmo del Caribe al Pacífico y 225.000 cruzaron en dirección contraria. Este nuevo tráfico le trajo prosperidad a Panamá.

En 1880, se iniciaron las obras para la construcción de un canal bajo la dirección del constructor del canal de Suez, Ferdinand de Lesseps. La compañía encargada de las obras, de capital principalmente francés, no pudo resolver muchas de las dificultades que se presentaron y abandonó la obra en 1889. Poco después de este fracaso, el gobierno de EE.UU. y el de Colombia concluyeron un tratado para la construcción del canal, aunque el Senado colombiano se negó a ratificarlo.

La construcción del canal abandonada

La República de Panamá   Un movimiento separatista apoyado por EE.UU. proclamó la independencia de Panamá respecto a Colombia el 3 de noviembre de 1903. EE.UU. reconoció de inmediato al nuevo estado y envió fuerzas navales para impedir la llegada de tropas colombianas al istmo. Pocos días más tarde, el Secretario de Estado estadounidense, John Hay, firmó el Tratado Hay-Bunau Varilla. El representante diplomático de Panamá, el ciudadano francés Philippe Bunau-Varilla, también representaba los intereses de la compañía de Lesseps. Este tratado concedía a EE.UU. el uso, control y ocupación a perpetuidad de la Zona del Canal, una franja de dieciséis kilómetros de ancho a través del istmo panameño. No es sorprendente que este tratado fuera la causa de mucho resentimiento entre Panamá y EE.UU.

En 1904 se reanudó la construcción del canal, que fue abierto al tráfico el 15 de agosto de 1914. Panamá se convirtió de hecho en un protectorado de EE.UU., pues la constitución de 1904 autorizaba la intervención de las fuerzas armadas de EE.UU. en la república en caso de desórdenes públicos.

La época contemporánea   En 1968 un golpe de estado estableció una junta militar dirigida por Omar Torrijos. El 7 de septiembre de 1977 Torrijos y el presidente Carter firmaron dos tratados por los cuales EE.UU. cedía permanentemente el canal a Panamá el 31 de diciembre de 1999. Torrijos, como jefe de la Guardia Nacional, controló el gobierno hasta 1981, cuando murió en un accidente de aviación.

En 1983, Manuel Antonio Noriega tomó la jefatura de la Guardia Nacional que, bajo el nombre de Fuerzas de Defensa de Panamá (FDP), siguió siendo el verdadero poder político del país. En 1987 fue acusado de haber causado el asesinato del líder de la oposición y de la muerte del general Omar Torrijos en el accidente aéreo de 1981. Los panameños, indignados por la corrupción oficial y la crisis económica, se opusieron abiertamente a Noriega. El descontento aumentó cuando en 1988 Noriega fue acusado de ayudar a traficantes de drogas y de otros crímenes y culminó en las elecciones de 1989 en las cuales triunfó la

El presidente Carter y el Secretario General

oposición. Noriega inmediatamente anuló las elecciones y continuó gobernando hasta diciembre de 1989 cuando fue derrocado por una intervención militar estadounidense. En 1992, un tribunal de Miami sentenció a Noriega a cuarenta años de prisión.

Guillermo Endara fue presidente desde diciembre de 1989 hasta 1994. En septiembre de 1991 los panameños decidieron que no se permitiría que los presidentes fueran reelegidos para un segundo término. De esa manera esperaban evitar que la dictadura regresara a su país. En mayo de 1994 fue elegido Ernesto Pérez Balladares y en 1999, Mireya Moscoso Rodríguez fue proclamada presidenta de Panamá después de un récord de participación en las elecciones. Moscoso fue la primera mujer que llegó a la presidencia en Panamá.

El 2 de mayo de 2004, Martín Torrijos, hijo del famoso general que negoció con el Presidente Jimmy Carter el retorno del canal a Panamá, fue el primer presidente panameño elegido en el siglo XXI.

¡A ver si comprendiste!

Cuaderno de actividades

Puedes practicar más y escribir tus opiniones acerca de la decisión del presidente Jimmy Carter de devolver a Panamá el canal en la sección **Composición: opiniones** de la *Unidad 4, Lección 2* en el *Cuaderno de actividades*.

A. Hechos y acontecimientos. ¿Recuerdas los datos más importantes de la lectura? Para asegurarte, contesta las siguientes preguntas.

1. ¿Qué congreso tuvo lugar en la Ciudad de Panamá en 1826? ¿Quién lo organizó?
2. ¿Qué trajo prosperidad al istmo de Panamá en la segunda mitad del siglo XIX?
3. ¿Por qué ha causado resentimiento entre Panamá y EE.UU. el Tratado Hay-Bunau Varilla?
4. ¿Quiénes firmaron los dos tratados por los cuales EE.UU. le cedió el canal a Panamá el 31 de diciembre de 1999? ¿Cuándo fueron firmados esos tratados?
5. ¿Qué causó el descontento del pueblo panameño con el presidente Noriega en 1988? ¿Cuál fue el resultado de ese descontento?
6. ¿Qué fue lo impresionante de las elecciones de 1999? Nombra dos cosas.

B. A pensar y a analizar. Contesta las siguientes preguntas con dos o tres compañeros(as) de clase.

1. ¿Qué importancia ha tenido la posición geográfica de Panamá en su historia?
2. ¿Creen Uds. que los militares de EE.UU. actuaron legalmente en 1989 cuando entraron en la capital de Panamá y tomaron preso a Manuel Antonio Noriega, dirigente máximo del país? ¿Cómo creen que reaccionaron los panameños? Bajo circunstancias parecidas, ¿aprobarían Uds. que el ejército de otro país entrara en Washington, D.C. y tomara preso al presidente de EE.UU.? ¿Por qué sí o por qué no?

C. Redacción colaborativa. En grupos de dos o tres, escriban una composición colaborativa de una página a una página y media sobre el tema que sigue. Sigan el proceso de escribir colaborativamente que aprendieron en la **Redacción colaborativa** de la *Unidad 1, Lección 1:* escriban primero una lista de ideas, organícenlas en un primer borrador, revisen las ideas, escriban un segundo borrador, revisen la acentuación y ortografía y escriban la versión final.

> Cuando supo que había perdido, Manuel Antonio Noriega inmediatamente anuló las elecciones de 1988 en Panamá, y continuó gobernando hasta diciembre de 1989, cuando fue derrocado por una intervención militar estadounidense. En su opinión, ¿tiene EE.UU. el derecho de intervenir en el gobierno de cualquier país? Si dicen que sí, ¿bajo qué condiciones? Si dicen que no, ¿hay algunas situaciones donde se permitiría? Expliquen su respuesta.

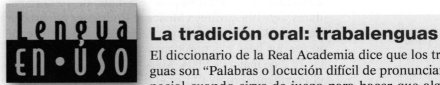

La tradición oral: trabalenguas

El diccionario de la Real Academia dice que los trabalenguas son "Palabras o locución difícil de pronunciar, en especial cuando sirve de juego para hacer que alguien se equivoque". Dentro de la tradición oral hispana, la práctica de pasar información —ya sea cuentos, poemas, leyendas, dichos, adivinanzas, chistes— oralmente de persona a persona es una parte muy importante de nuestra cultura.

Los trabalenguas son una parte muy importante de esa tradición. Sin duda todos recordamos como, cuando éramos niños, nuestros abuelos nos entretenían como los habían entretenido a ellos sus abuelos, con esos juegos de palabras que nos pasábamos horas y horas tratando de imitar. Nunca olvidaremos el...

R con R, cigarro
R con R, barril:
¡qué rápido corren los carros
llevando el azúcar
del ferrocarril!

que nos esforzamos por aprender a decir rápidamente y sin ningún error. Ése es el propósito de los trabalenguas, el aprender a decirlos con claridad y rapidez, aumentando la velocidad lo más posible sin dejar de pronunciar ninguna de las palabras... ¡y todo eso en forma de juego!

Prueben ahora su destreza oral y habilidad mental al aprenderse estos trabalenguas de memoria y recitarlos con toda rapidez y sin ningún error.

Yo tengo una perrita
piripinta, pirigorda, piripanzuda y sorda,
si esa perrita no fuera
piripinta, pirigorda, piripanzuda y sorda
no criaría esos perritos
piripintos, pirigordos, piripanzudos y sordos.

Me han dicho un dicho
que han dicho que he dicho yo.
Ese dicho está mal dicho,
pues si lo hubiera dicho yo,
estaría mejor dicho
que el dicho que han dicho
que he dicho yo.

El arzobispo de Constantinopla
se quiere desarzobispoconstantinopolizar.
El desarzobispoconstantinopolizador
que lo desarzobispoconstantinopolizare
buen desarzobispoconstantinopolizador será.

Pico tiene una pica de Peco
pues Peco está picado de pecas
y Pico pica a Peco con la pica,
para que las pecas de Peco se piquen;
si Pico pica con la pica de Peco,
Peco queda picado por Pico con la pica.

❧ Y ahora, ¡a leer!

Anticipando la lectura. Haz las siguientes actividades con un(a) compañero(a) de clase.

1. Lean los primeros tres o cuatro versos de "Pena tan grande" y decidan si se narra este poema en primera, segunda o tercera persona.
2. Ahora lean los primeros tres o cuatro versos de "La única mujer" e identifiquen la voz narrativa de ese poema.
3. Piensen en el título de cada poema y en los versos que leyeron. Luego, escriban dos o tres temas que Uds. creen que van a mencionarse en cada poema. Después de leer los poemas, vuelvan a sus predicciones para ver si acertaron o no.

Conozcamos a la autora

Bertalicia Peralta nació en la Ciudad de Panamá en 1939. Estudió música en el Instituto Nacional de Música y periodismo en la Universidad Nacional. Es una intelectual muy dedicada a la enseñanza de la juventud y a la propagación de todo tipo de evento cultural. Sus obras literarias son numerosas e incluyen una revista llamada *El pez original* dedicada a la publicación de trabajos de panameños jóvenes. También escribe una columna en el periódico *Crítica* y cada año organiza un concurso de literatura infantil. Entre sus escritos se cuentan siete volúmenes de poesía que le han traído importantes galardones internacionales y algunos de sus cuentos han sido adaptados a la televisión. Se destacan *En tu cuerpo cubierto de flores* (1985), *Zona de silencio* (1987), *Piel de gallina* (1990), *Invasión U.S.A.* (1989), y *Leit Motif* (1999). Además, escribió el guión para el ballet *El escondite del prófugo,* que forma parte del repertorio del Ballet Nacional de Panamá. En reconocimiento por sus valiosas actividades culturales, la Ciudad de Panamá la ha declarado "Hija Meritoria", y le ha otorgado las llaves de la ciudad.

En los poemas de Peralta que siguen sobresale su profunda simpatía por la mujer. En "Pena tan grande" se da cuenta de la pequeñez de sus preocupaciones, comparadas con las de una pobre madre que tiene que sustentar a sus cuatro niños. En "La única mujer" detalla las cualidades que elevan a la mujer al nivel de lo extraordinario. También expresa la opinión de que una mujer debe liberarse de la sumisión y tiene que aprender el verdadero valor de las cosas y de la vida.

Pena tan grande

Con mi pena tan grande
salí a buscar la compasión ajena

a mi paso tropecé con la vecina
del tercer piso que vive sola y
5 da de comer y de vestir a cuatro hijos
y fue despedida de su trabajo
porque no cumple el horario completo

su hijo mayor de nueve años
debe ser tratado por un especialista
10 para "niños excepcionales"
y a ella le cansan las caminatas por
las várices de sus piernas

casi me indigesto de vergüenza
por mi pena tan grande

llora / lanza pequeña

La única mujer

La única mujer que puede ser
es la que sabe que el sol para su vida empieza ahora
la que no derrama° lágrimas sino dardos° para
sembrar la alambrada de su territorio

5 la que no comete ruegos
la que opina y levanta su cabeza y agita su cuerpo
y es tierna, sin vergüenza y dura sin odios

la que desaprende° el alfabeto de la sumisión   olvida
y camina erguida°   recta
10 la que no le teme a la soledad porque siempre ha estado sola
la que deja pasar los alaridos grotescos de la violencia
y la ejecuta° con gracia   hace
la que se libera en el amor pleno
la que ama

15 la única mujer que puede ser la única
es la que dolorida y limpia decide por sí misma
salir de su prehistoria

¿Comprendiste la lectura?

A. Hechos y acontecimientos. ¿Recuerdas los datos más importantes de las lecturas? Para asegurarte, contesta las siguientes preguntas.

"Pena tan grande"

1. ¿Qué salió a buscar la narradora? ¿Por qué?
2. ¿A quién encontró la narradora? ¿Por qué no trabajaba? ¿Qué necesitaba?
3. ¿Cuántos hijos tenía? ¿Qué necesitaba el hijo mayor?
4. ¿Cómo se siente la narradora al final del poema? Explica.

"La única mujer"

5. Según la narradora, ¿cuáles de estos adjetivos describen a la única mujer? Cita el verso o versos que verifican tus selecciones.

amorosa	fuerte	independiente	orgullosa
atenta	humilde	optimista	sumisa

6. ¿Qué significa cuando la narradora dice que la única mujer tiene que "salir de su prehistoria"?

B. A pensar y a analizar. Haz las siguientes actividades con un(a) compañero(a).

1. ¿Cuál es el mensaje principal del poema "Pena tan grande"? ¿Cuáles son varios dichos (*sayings*) en inglés y en español que expresan el mismo mensaje? Hagan una lista y luego léansela a la clase para que todos puedan decidir cuál representa mejor el tema del poema.
2. *Para los hombres:* ¿Tendrías de novia a la mujer que se describe en "La única mujer"? ¿Por qué sí o por qué no?
   Para las mujeres: ¿Hasta qué punto te identificas con la única mujer? ¿Te gustaría ser más como ella? ¿Por qué sí o por qué no?
3. Miren el dibujo de la página 294. ¿Qué representa? Expliquen.

C. A personalizar. Piensa en un caso en tu pasado cuando tuviste una experiencia similar a la de la mujer en "Pena tan grande", cuando sentías que sufrías tanto hasta que viste a otra persona que sufría mucho más que tú. En grupos de tres o cuatro, túrnense para describir su situación. Informen a la clase de la más interesante.

Introducción al análisis literario
Versos libres

Los dos poemas de Bertalicia Peralta son un buen ejemplo de la poesía moderna que se destaca por el uso de **versos libres.** Esto quiere decir que los versos no tienen ni rima ni medida (el mismo número de sílabas). Este tipo de poesía libera al poeta y le permite expresarse con más facilidad, sin restricciones. Con frecuencia, la poesía moderna tampoco usa puntuación y no se agrupa en estrofas. Otras veces, cuando hay estrofas, no siempre tienen el mismo número de versos.

A. Estructura. Contesta las siguientes preguntas.

1. ¿Usa Bertalicia Peralta puntuación en sus poemas? ¿Usa letras mayúsculas al principio de cada oración?
2. ¿Cuántas oraciones hay en el primer poema? ¿en el segundo?
3. ¿Cuántas estrofas hay en cada poema? ¿Cómo varían las estrofas? ¿Tienen todas el mismo número de versos?

B. A escribir poesía moderna... Con un(a) compañero(a), escriban las primeras dos o tres estrofas de un poema similar a "La única mujer" pero sobre uno de estos temas: la única profesión, el único trabajo, el único hombre o el único hijo.

Escribamos ahora

 A generar ideas: escribir un poema moderno

Cuaderno de actividades

Puedes practicar más y escribir una carta de solicitud de empleo en la sección **Correspondencia práctica** de la *Unidad 4, Lección 1* en el *Cuaderno de actividades.*

1. La poesía moderna.   En la *Lección 2* de la *Unidad 3* leíste que la poesía moderna con frecuencia no tiene rima ni mantiene una estructura tradicional de estrofas con el mismo número de versos. Leíste también que la poesía moderna tiene una forma libre. Observa, por ejemplo, el poema de Bertalicia Peralta "Pena tan grande" y notarás que no tiene ninguna puntuación. Observa también que la agrupación de los catorce versos sigue un patrón muy irregular —dos versos en la primera estrofa, cinco en la segunda, cinco en la tercera y dos en la cuarta. Ahora mira el poema "La única mujer" y contesta las siguientes preguntas.

a. ¿Cuántas estrofas tiene el poema?
b. ¿Cuántos versos hay en cada estrofa?

2. Un incidente personal.   Prepárate para escribir un poema moderno, sin rima y con una forma suelta similar a "Pena tan grande". Piensa primero en tu propia vida y medita sobre tus penas tan grandes que merecen la simpatía y atención de muchas personas. Luego, imagina que sales a la calle y empiezas a ver a personas que parecen sufrir de otras penas mucho mayores que las tuyas, por ejemplo, un ciego o una familia sin hogar. Lo importante es que las penas mencionadas —las tuyas y las de otros(as)— sean personales y de interés para ti.

a. Anota tus penas y las de otras personas en un esquema como el siguiente.

Mi pena	Otras personas con penas	Sus penas
No soy rico(a).	un ciego	No ve nada. No puede trabajar. Depende de la generosidad de otros. ...
Mi novio(a) me dejó.	una familia sin hogar	No tienen donde dormir, comer, bañarse. Pasan frío. ...

b. Describe esa pena en las dos primeras líneas. Por ejemplo,

> Con mi pena tan grande por no ser rico(a)
> salí a buscar algo para comer

Pueden ser los mismos versos que usó Bertalicia Peralta o aún mejor, los tuyos propios.

B Primer borrador

1. ¡A organizar!   Vuelve ahora al esquema que preparaste en la sección anterior, "Un incidente personal", y selecciona una de tus penas y una de las penas de otra persona que consideras más desafortunada que tú. Luego, siguiendo la estructura de "Pena tan grande", describe esa pena en una estrofa de dos versos. Por ejemplo,

> Con mi pena tan grande por no ser rico(a)
> busqué la compasión de mis tías

2. Un poema moderno.   Describe ahora lo que pasó cuando saliste a buscar compasión en dos estrofas de cinco versos cada una. Menciona a quién(es) viste con penas más grandes que la tuya y describe sus penas. Luego, termina tu poema moderno con una estrofa de dos versos, comparando las penas de otros con las tuyas. Escribe tu primer borrador ahora. ¡Buena suerte!

C   **A corregir.**   Intercambia tu primer borrador con el de un(a) compañero(a). Revisa el poema de tu compañero(a), prestando atención a las siguientes preguntas.

1. ¿Entiendes bien la pena de tu compañero(a)?

2. ¿Entiende bien tu compañero(a) las penas de otros? ¿Es lógico el contraste entre la pena de tu compañero(a) y las de la(s) otra(s) persona(s)?

3. ¿Usó diminutivos o aumentativos para añadir afecto, sarcasmo, ironía o fastidio en el poema? Si no, ¿puedes sugerir dónde sería apropiado?

4. ¿Tienes otras sugerencias sobre cómo podría mejorar su poema?

D   **Segundo borrador.**   Prepara un segundo borrador de tu poema tomando en cuenta las sugerencias de tu compañero(a) y las que se te ocurran a ti.

E   **Sigues corrigiendo.**   Ahora dale una rápida ojeada a tu poema para asegurarte de que no hay falta de comunicación. Tal vez quieras pedirle a un(a) compañero(a) que te lo revise también. Haz todas las correcciones necesarias, prestando atención especial a la estructura —en particular que no haya ninguna interferencia del inglés en la ortografía, que se entiendan bien los verbos y sujetos que no se expresan y que los diminutivos o aumentativos logren la emoción que deseabas producir.

F   **Versión final.**   Considera las correcciones de la falta de comunicación y otras que tus compañeros(as) de clase te hayan indicado y revisa tu poema una vez más. Como tarea, escribe la copia final en la computadora. Antes de entregarla, dale un último vistazo a la acentuación, a la puntuación, a la concordancia y a las formas de los verbos.

G   **Concurso de poesía.**   Cuando tu profesor(a) te devuelva el poema, revísalo con cuidado. Después de incorporar todas las sugerencias que tu profesor(a) te haga, prepárate para leer el poema en un concurso de poesía. La clase se va a dividir en grupos de cuatro o cinco compañeros(as). Luego, cada persona de cada grupo leerá su poema en voz alta. Cada grupo seleccionará el poema que más le gustó y al final, los poetas leerán los poemas seleccionados a toda la clase. Después del concurso, devuelve tu poema al (a la) profesor(a) para que los incorpore todos en el libro de poesía de la clase.

EXPLOREMOS EL CIBERESPACIO

Explora distintos aspectos del mundo panameño en las **Actividades para la Red** que corresponden a esta lección. Ve primero a **http://college.hmco.com** en la red, y de ahí a la página de *Mundo 21.*

3

LECCIÓN 3

Colombia

Nombre oficial: *República de Colombia*

Población: *41.662.073 (estimación de 2003)*

Principales ciudades: *Santa Fe de Bogotá (capital), Cali, Medellín, Cartagena*

Moneda: *Peso (Col$)*

GENTE DEL MUNDO 21

Fanny Buitrago González, considerada una de las mejores escritoras colombianas del siglo XX, nació en Barranquilla en 1940. Comenzó a leer y a escribir desde muy temprano, bajo la influencia de su padre Luis Buitrago, y su abuelo materno Tomás González, de quienes heredó el deseo de escribir y la afición al teatro y al buen cine. Ha vivido en Suecia, Alemania, EE.UU. y por largo tiempo, en las islas de San Andrés en Colombia. Desde 1980 vive en Bogotá, que es el medio donde se desarrollan la mayoría de sus narraciones. Esta fascinante escritora autodidacta no deja de ser un personaje controvertido, ya que algunos críticos la alaban mientras otros no aprecian su interesante obra. Desde su primera novela, *El hostigante verano de los dioses (*1963), Buitrago experimenta con la técnica narrativa con el fin de hacer consciente al lector del papel del autor dentro de la novela. Su segunda novela, *Cola de zorro* (1968), fue finalista en el concurso Seix-Barral de 1968. Su tercera novela, *Los pañamanes* (1979) recoge en parte su experiencia en las islas de San Andrés y Providencia. En 1993 publicó la novela *Señora de la miel,* que ha sido traducida a varios idiomas, y en 2002 publicó *Bello animal.*

Su obra de teatro, *El hombre de paja* (1964), por la cual recibió el Premio Nacional de Teatro, trata de la violencia política y social que vivía el país. Su última obra de teatro es *Final del Ave María* (1991). Los niños no han sido olvidados y para ellos ha escrito varios libros, entre ellos *La casa del abuelo* (1981) y *Cartas del palomar* (1988). Como ella misma dice, "Tengo muchas historias para la literatura, la vida no me va a alcanzar y ese es mi único miedo".

Fernando Botero, pintor y escultor colombiano, nació en Medellín en 1932. Partidario de una corriente pictórica figurativa y realista, a partir de 1950 Fernando Botero exageró los volúmenes de la figura humana en sus composiciones. Posteriormente estas figuras adoptaron la forma de sátiras de tipo político y social. Realizó su primera exposición en la capital, Bogotá, en 1951, y al año siguiente inició un viaje a Europa. Estudió primero en España y entre 1953 y 1955 residió en París y Florencia.

En 1960, Botero estableció su residencia en Nueva York. Durante los años 70 empezó a hacer esculturas en mármol y bronce, conservando la monumentalidad en su expresión. Para entonces ya había sido reconocido como uno de los genios de la pintura contemporánea y para 1992, sus enormes esculturas de bronce fueron exhibidas a lo

300

largo de los Campos Elíseos de París y en la Avenida Park de Nueva York. Ese mismo año su cuadro *La casa de las mellizas Arias* se vendió por un millón y medio de dólares; sus esculturas se venden por medio millón de dólares y más. Este gran hombre no olvida a su patria y para ayudar al proceso de la paz en su país hizo una donación de más de 200 millones de dólares en pinturas —algunas propias y otras de famosos pintores como Monet, Pisarro, Renoir, Degas, Dalí y Picasso— con las cuales se fundó el Museo de Antioquia, en Medellín. Actualmente reside y enseña en México.

Rodrigo García Barcha, hijo del gran escritor Gabriel García Márquez, sigue las huellas creativas de su padre a través del cine y la fotografía. Este talentoso colombiano nació en La Habana, Cuba en 1960 y creció en Colombia, México y Europa. Confiesa juguetonamente que en su adolescencia se sentía indeciso en cuanto a elegir una profesión definitiva y cambiaba cada semana hasta que se decidió por la de director de cinematografía. Escogió esta carrera, porque habiendo crecido en un ambiente donde contar historias era una expresión artística, podía contar las que él creaba por medio de imágenes. Ha participado en la producción de más de veinte películas. Entre las más recientes se cuentan *Body Shots* (1999), *Twilight* (1998), *Great Expectations* (1998) y *The Birdcage* (1996). A los 40 años debutó con gran éxito como realizador de la afamada película *Things You Can Tell Just by Looking at Her / Con sólo mirarla* (1999), en la cual trabajó con Glenn Close, Cameron Díaz y otras famosas actrices. El filme fue premiado en el Festival de Cine Sundance y posteriormente recibió otro galardón en el Festival de Cannes del año 2000.

Otros colombianos sobresalientes

Arturo Alape: cuentista, novelista y pintor ● **Roberto Burgos Cantor:** cuentista y novelista ● **Santiago Cárdenas:** pintor, dibujante y catedrático ● **Andrea Echeverri:** cantante ● **Beatriz González:** pintora y grabadora ● **Ana Mercedes Hoyos:** pintora **Shakira Mebarak:** cantante ● **Marvel Moreno:** cuentista y novelista ● **Rafael Humberto Moreno Durán:** cuentista, novelista y ensayista ● **Edgar Negret:** escultor ● **Darío Ruiz Gómez:** cuentista, novelista, poeta y ensayista ● **Carlos Vives:** cantante y actor

Personalidades del Mundo 21

A. Gente que conozco. Contesta las siguientes preguntas. Luego, comparte tus respuestas con dos o tres compañeros(as) de clase.

1. ¿Qué tipo de literatura ha cultivado Fanny Buitrago? ¿Por qué será que algunos críticos la alaban y otros no? Explica. ¿Quiénes no han sido olvidados en la obra de esta autora?

2. ¿Qué se destaca en el arte de Fernando Botero? En tu opinión, ¿es ofensivo burlarse de la gente de esta manera o no? Explica.

3. ¿Quién es el famoso pariente de Rodrigo García Barcha? ¿Le fue difícil a García Barcha escoger una carrera? Explica. ¿Por qué escogió ser director de cinematografía?

B. Diario. En tu diario, escribe por lo menos media página expresando tus pensamientos sobre uno de estos temas.

1. Entre las muchas obras de la prolífica escritora Fanny Buitrago González se cuenta un libro para niños titulado *La casa del abuelo.* Si tú fueras un(a) escritor(a) de libros de niños y tuvieras un libro con el mismo título, ¿qué contarías en ese libro?

2. El famoso pintor y escultor Fernando Botero se ha destacado por su estilo único de presentar figuras muy voluminosas con caras aniñadas. Si tú fueras pintor(a) o escultor(a) ¿cómo representarías a la gente? ¿Por qué usarías ese estilo? ¿Serías realista o más bien crearías un estilo único y muy diferente?

Cuaderno de actividades

Puedes practicar más con los sonidos /g/ y /x/ y el deletreo con las letras **g** y **j** en las secciones de **Pronunciación y ortografía** y el **Dictado** de la *Unidad 4, Lección 3* en el *Cuaderno de actividades.*

Pronunciación y ortografía

Letras problemáticas: la *g*

El sonido de la **g** varía según donde ocurra en la palabra, la frase o la oración. Al principio de una frase u oración y después de la **n** tiene el sonido [g] (excepto en las combinaciones **ge** y **gi**) como en "grabadora" o "tengo". Este sonido es muy parecido al sonido de la g en inglés. En cualquier otro caso (excepto en las combinaciones **ge** y **gi**), tiene un sonido más suave, [ḡ], en "segunda" o "llegada".

Al escuchar las siguientes palabras con la letra **g,** observa la diferencia entre los sonidos [g] y [ḡ].

[g]	[ḡ]
pongo	algunos
tengo	lograr
gótico	programa
grande	la grande
ganadero	el ganadero

Pronunciación de *ge* y *gi*

El sonido de la **g** antes de las vocales **e** o **i** es idéntico al sonido /x/ de la **j** (como en **José** o **justo**). Escucha la pronunciación de **ge** y **gi** en las siguientes palabras.

/x/
gente
inteligente
sumergirse
fugitivo
gigante

La letra g. Escucha mientras tu profesor(a) lee las siguientes palabras con los tres sonidos de la letra **g.** Escribe las letras que faltan en cada una.

1. o b l i _ _ r
2. _ _ b i e r n o
3. _ _ e r r a
4. p r o t e _ _ r
5. s a _ _ a d o
6. n e _ _ c i a r
7. _ _ _ _ n t e s c o
8. p r e s t i _ _ o s o
9. _ _ a v e m e n t e
10. e x a _ _ r a r

Deletreo con la letra *g*

La **g** siempre se escribe en ciertas raíces y terminaciones y antes de la **u** con diéresis (**ü**).

• En las raíces **geo-, leg- legi(s)-** y **ges-:**

| apo**geo** | **legi**slatura | con**ges**tión |
| **geo**gráfico | **legi**ble | **ges**tación |

- En la raíz **gen-**:

  generación   **gen**erar   **gen**te

- En los verbos terminados en **-ger, -gir, -gerar** y **-gerir**:

  prote**ger**   corre**gir**   ali**gerar**   in**gerir**
  reco**ger**   diri**gir**   exa**gerar**   su**gerir**

- En palabras que se escriben con **güe** o **güi**:

  averi**güe**   **güe**ro   ar**güi**r
  bilin**güe**   ver**güe**nza   pin**güi**no

¡A practicar!

A. Práctica con *ge* y *gi*. Escucha mientras tu profesor(a) lee las siguientes palabras. Escribe las letras que faltan en cada una.

1. _ _ _ l o g í a
2. e n c o _ _ _ _
3. s u r _ _ _ _
4. _ _ _ é t i c a
5. e l e _ _ _ _
6. _ _ _ _ _ t i m o
7. _ _ _ _ r a
8. e x i _ _ _ _
9. _ _ _ _ g r a f í a
10. _ _ _ _ _ _ l a d o r

B. Deletreo del sonido /x/. Este sonido presenta dificultad al escribirlo cuando precede a las vocales **e** o **i**. Escucha mientras tu profesor(a) lee las siguientes palabras. Complétalas con **g** o **j**, según corresponda.

1. o r i _ _ e n
2. _ u _ a d o r
3. t r a d u _ e r o n
4. r e c o _ i m o s
5. l e _ í t i m o
6. t r a b a _ a d o r a
7. e _ é r c i t o
8. e x i _ e n
9. c o n _ e s t i ó n
10. e n c r u c i _ a d a

C. ¡Ay, qué torpe! Una compañera de clase tuya escribió esta lectura con algunos errores de acentuación en las palabras que llevan la letra **g**. Encuentra las diez palabras con errores y corrígelos.

Colombia es uno de los países más hermosos del mundo, tanto por su posición estrategica y clima agradable como por su gente alegre y bien parecida. Siempre gozo de fama mundial por sus artistas y escritores reconocidos universalmente. Durante los últimos años agrego una lista de músicos notables. Basta nombrar a la bella roquera Shakira, conocida tanto por sus canciones en español como en ingles. Su álbum "¿Dónde están los ladrones?" genero enorme interés y llego a platino en EE.UU. y multiplatino en América Latina. No se queda atrás el grupo Aterciopelados, que gano el Grammy en 1998. Cultivadores del rock alternativo, su última colección, *Caribe atómico*, fomenta el movimiento ecologico. Cuando Carlos Vives grabo *Caballo viejo* y *Cumbia americana* se convirtió en ídolo nacional porque su música gusto por la renovación de los ritmos colombianos.

MEJOREMOS LA COMUNICACIÓN

Para hablar de la música popular y tradicional

Al hablar de la música popular

— ¿Oíste las noticias? Es posible que la **roquera** Shakira dé un **concierto** en Medellín en marzo. ¡Te imaginas, un **concierto de rock** en Medellín!

blues	heavy metal	reggae
funk	jazz	rock
hard rock	música pop	rock clásico

Al hablar de artistas musicales

— ¡No lo puedo creer! ¿Medellín? ¿Por qué no Bogotá? Los **artistas de categoría** siempre vienen aquí, a Bogotá.

— Pues, parece que ella tiene parientes o amigos o no sé qué en Medellín y por eso escogió dar su **concierto** allá.

bailarín, bailarina	músico
baterista	orquesta
cantante	pianista
clarinetista	saxofonista
conjunto	trompetista
guitarrista	violinista

Al hablar de la música tradicional

— Pues, dudo que tenga mucho éxito. Ya sabes lo conservadores que son en Medellín. Ahora, no olvides el concierto de los Aterciopelados este fin de semana.

— No te preocupes. A propósito, ¿sabes que Charlie Zaa y Los Trí-O vienen al Teatro Bolívar el próximo mes?

— Olvídalo, a mí no me interesan los **ritmos tradicionales,** y esos chavos no salen de sus **boleros** y **música romántica.**

— Bueno, tienes razón. Pero también tocan ritmos típicos colombianos, como **bambucos, pasillos, porros,**... y claro, **cumbias.**

la música...
   clásica
   de mariachis
   folclórica
   tejana / ranchera

¡A conversar!

A. Discusión. Con dos compañeros(as), discutan sus preferencias en música popular: tipo de música, artistas favoritos, etcétera. Hablen también de su preferencia en la música tradicional. Informen a la clase de los gustos del grupo.

B. Dramatización. Dramatiza la siguiente situación con un(a) compañero(a) de clase. Tú acabas de oír que un(a) roquero(a) favorito(a) tuyo(a) va a dar un concierto en la universidad. Informas a tu mejor amigo(a) del concierto pero a él (ella) no le gusta ese tipo de música. Tratas de convencerlo(a) de que te acompañe.

C. Extiende tu vocabulario: música. Para ampliar tu vocabulario, combina las palabras de la primera columna con las definiciones de la segunda columna. Luego, escribe una oración original con cada palabra. ¿Cuál es el significado de estas palabras en inglés, y cómo se relacionan a *music* en inglés?

_____ 1. musicalidad   a. músico malo

_____ 2. musiquero   b. persona que escribe sobre música

_____ 3. musicastro   c. carácter musical

_____ 4. musicógrafo   d. estudio de la historia de la música

_____ 5. musicología   e. mueble para guardar música

D. Notas para hispanohablantes: práctica. Selecciona los verbos apropiados para saber qué opinan estos jóvenes de la posibilidad de que Shakira dé un concierto en su ciudad.

> **Modelo:** ser probable / Shakira (canta/cante) / mi canción favorita
> **Es probable que Shakira cante mi canción favorita.**

1. Lamento / Shakira no (trae/traiga) / todo su conjunto
2. Es curioso / Shakira (da/dé) un concierto / esta temporada
3. Roberto estar seguro / (se venden / se vendan) todas las entradas / primer día
4. Me sorprende / el concierto (es/sea) / la tarde y no / la noche
5. Yo temer / algo (pasa/pase) / ellos (tienen/tengan) / cancelar el concierto

DEL PASADO AL PRESENTE

Colombia: la esmeralda del continente

El proceso de independencia El 20 de julio de 1810, el último virrey español, Antonio Amar y Borbón, fue destituido de su cargo en el Virreinato de Nueva Granada y obligado a tomar un barco para España. Ésta es la fecha en que se conmemora la independencia de Colombia de España.

Los españoles no se dieron por vencidos e invadieron Nueva Granada en 1816. Simón Bolívar, líder de las fuerzas independentistas, derrotó a los españoles el 7 de agosto de 1819. Así, el 17 de diciembre de ese año se proclamó la República de la Gran Colombia, que llegó a incluir los territorios hoy llamados Venezuela, Colombia, Ecuador y Panamá, con Bolívar de presidente. En 1829, la República de la Gran Colombia, que poco antes había sido el Virreinato de la Nueva Granada, quedó dividida en tres estados independientes: Venezuela, Ecuador y la República de Nueva Granada, hoy Colombia y Panamá.

Cafetal en Caldas, Colombia

La violencia   Entre 1899 y 1903, tuvo lugar la más sangrienta de las guerras civiles colombianas, la Guerra de los Mil Días, que dejó al país exhausto. En noviembre de ese último año, Panamá declaró su independencia. El gobierno estadounidense apoyó esta acción pues facilitaba considerablemente su plan de abrir un canal a través del istmo centroamericano. En 1914, Colombia reconoció la independencia de Panamá y recibió una compensación de veinticinco millones de dólares por parte de EE.UU.

El café fue el producto que trajo una relativa prosperidad económica después de la Primera Guerra Mundial. Aunque la gran depresión de la década de los 30 ocasionó un colapso de la economía colombiana, paradójicamente impulsó la industrialización del país. Mu-

chos productos manufacturados que se importaban tuvieron que ser sustituidos por productos elaborados en el país.

El 9 de abril de 1948, Jorge Eliécer Gaitán, popular líder del Partido Liberal, fue asesinado. Este hecho resultó en una ola de violencia generalizada que se llama "el bogotazo" y que continuó por varios años culminando en un golpe de estado en junio de 1953 y un golpe militar en 1957. Desde

Arresto de narcotraficantes

1958 se han efectuado regularmente elecciones para presidente en Colombia. Los candidatos del Partido Liberal han resultado triunfadores en estas elecciones desde 1974.

Fines del siglo XX y comienzos del XXI   La década de los años 80 se caracterizó por la tremenda violencia causada por los ataques de grupos guerrilleros y también de grupos de narcotraficantes, principalmente en la ciudad de Medellín. En 1991 se proclamó una nueva constitución. En 1993, la muerte de Pablo Escobar, líder del cartel de drogas de esa ciudad, trajo la promesa de paz, por la cual los colombianos, con la cooperación del gobierno estadounidense, continúan luchando esforzadamente. En agosto de 2002 Álvaro Uribe Vélez fue elegido presidente por un pueblo convencido de que se necesita un líder con autoridad moral y capacidad de decisión. Álvaro Uribe Vélez durará en su cargo hasta el año 2006.

Campaña contra el narcotráfico

¡A ver si comprendiste!

A. Hechos y acontecimientos.   ¿Recuerdas los datos más importantes de la lectura? Para asegurarte, contesta las siguientes preguntas.

1. ¿Cuál es la importancia del 20 de julio de 1810 en la historia de Colombia? ¿Qué sucedió ese día?

2. ¿Quién fue elegido presidente de la República de la Gran Colombia? ¿Qué países formaron parte de la Gran Colombia?

3. ¿Qué producto agrícola trajo prosperidad a Colombia después de la Primera Guerra Mundial?
4. ¿Qué fue "el bogotazo" y qué resultado tuvo?
5. ¿Qué partido ha ganado las elecciones colombianas desde 1974?
6. ¿Quién fue Pablo Escobar y qué significa su muerte?

B. A pensar y analizar. ¿Cómo se caracteriza el siglo XX en Colombia? Contesten la pregunta trabajando en parejas. Citen hechos específicos para apoyar su respuesta. ¿Qué creen que tendrá que hacer el gobierno colombiano en el siglo XXI para mejorar la situación?

C. Redacción colaborativa. En grupos de dos o tres, escriban una composición colaborativa de una página a una página y media, sobre el tema que sigue. Sigan el proceso de escribir que usaron en la **Redacción colaborativa** de la *Unidad 1, Lección 1*: escriban primero una lista de ideas, organícenlas en un primer borrador, revisen las ideas, escriban un segundo borrador, revisen la acentuación y ortografía y escriban la versión final.

> Durante los años que han corrido entre 1980 hasta el presente ha habido actos violentos en Colombia causados por grupos guerrilleros y también por narcotraficantes. ¿Por qué no ha podido Colombia erradicar a esos grupos? ¿Tendrán los narcotraficantes más poder que el gobierno? ¿Podrán ser controlados? ¿Qué papel debe tener EE.UU. en esta lucha?

Cuaderno de actividades

Puedes practicar más y escribir una explicación de por qué EE.UU. se vio obligado a pagar compensación a Colombia por la independencia de Panamá en la sección **Composición: explicación** de la *Unidad 4, Lección 3* en el *Cuaderno de actividades*.

Variantes coloquiales

Cuando dos lenguas están en contacto por un largo período de tiempo, ya sea debido a conquista militar, a pueblos fronterizos o a cualquier otra razón, inevitablemente las dos lenguas acaban por tomar vocablos la una de la otra y viceversa. En esta lección van a ver un gran número de palabras derivadas del inglés.

Expresiones derivadas del inglés

En el español actual existe un gran número de palabras derivadas de otras lenguas con las que ha estado en contacto el español: el árabe, el náhuatl, el quechua y el francés, entre otras. La asimilación de palabras de otras lenguas es un proceso lingüístico natural. Debido a la proximidad de EE.UU. con Latinoamérica, el inglés ha asimilado muchas palabras del español: *adobe, alfalfa, bronco, burro, corral, coyote, sierra,...* El español igualmente ha asimilado un gran número de palabras del inglés: "champú", "béisbol", "bate", "inning", "hamburguesa", "jeans", "shorts",... Este proceso lingüístico tiende a ocurrir cuando no existe una palabra en español que exprese con exactitud lo que la palabra en inglés expresa o vice versa.

Debido al contacto diario con el inglés, muchos hispanohablantes residentes en EE.UU. han asimilado en su español un número de palabras del inglés ya sea por que no saben que esas palabras ya existen en español o simplemente porque les conviene usarlas. Estas "palabras prestadas" del inglés llegan a sonar algo exageradas y, en muchos casos, no son aceptadas fuera de las comunidades que las usan. Hay que estar consciente del uso de estas palabras prestadas —como las de la lista que sigue— que pueden ser un obstáculo en la comunicación con hablantes de otras regiones del mundo de habla hispana.

Fuera de las comunidades donde se usa este habla coloquial, es importante usar siempre la palabra del español más común al escribir tanto como al hablar.

Español coloquial	Español más común
armi	ejército
bil	cuenta
bloque	cuadra
breca	freno
chequear	revisar
choque	tiza
chusar	escoger
daime	diez centavos
dar para atrás	devolver
gasolín	gasolina
guachar	mirar
magazín	revista
mecha	fósforo
nicle	cinco centavos
peni	centavo
pichar	tirar
puchar	empujar
quechar	coger
sainear	firmar
taipiar	escribir a máquina

Expresiones coloquiales. Lee las siguientes oraciones y cambia las expresiones coloquiales a un español más común.

> **Modelo:** Mi profesor quiere que yo *aplique* a la universidad.
> **Mi profesor quiere que yo *solicite ingreso* a la universidad.**

1. Nuestra maestra nos *dio para atrás* la tarea corregida.
2. No tenemos dinero para pagar *el bil* del teléfono.
3. Llámame por teléfono, que yo te *llamo para atrás*.
4. Por muchos años mis tíos trabajaron en *el fil*.
5. Tengo que escribir *un papel* sobre el gran libertador Simón Bolívar.

Y ahora, ¡a leer!

Anticipando la lectura. Haz estas actividades.

1. ¿Con qué frecuencia vas a visitar a un(a) dentista? ¿Te gusta o no te gusta ir al (a la) dentista? ¿Por qué? ¿Cómo reaccionas cuando tienen que sacarte un diente o empastarte una muela? ¿Temes la fresa? ¿Insistes en el uso de anestesia?
2. Basándote en el dibujo que aparece al principio de la lectura, escribe dos o tres oraciones sobre lo que crees que va a ser el tema de este cuento. Com-

para tu predicción con las de dos compañeros(as) de clase. Después de leer el cuento, confirma si acertaste o no.
3. Lee el primer párrafo del cuento e identifica la voz narrativa y al protagonista. Luego, decide si va a ser un cuento realista, de horror, de fantasía o de misterio.

Conozcamos al autor

Gabriel García Márquez, escritor colombiano galardonado con el premio Nobel de Literatura en 1982, nació en Aracataca el 6 de marzo de 1928. Cursó estudios de derecho y periodismo en las universidades de Bogotá y Cartagena de Indias. En su primera novela, *La hojarasca* (1955), aparece por primera vez Macondo, un pueblo imaginario en que se sitúan la mayoría de sus narraciones. Su consagración como novelista se produjo con la publicación de *Cien años de soledad* (1967), con la que culmina la historia del pueblo de Macondo y de sus fundadores, la familia Buendía. En muchas de las narraciones de García Márquez convergen el humor y la crítica social con una visión fabulada de la realidad que se ha llamado "realismo mágico".

García Márquez continúa produciendo obras de primerísima calidad, tales como *Doce cuentos peregrinos* (1992), *Del amor y otros demonios* (1994) y *Noticia de un secuestro* (1996). Algunas de sus obras han sido llevadas exitosamente al cine y ahora hay toda una colección de sus obras en cinta video y DVD. Actualmente, Gabriel García Márquez es, sin duda alguna, uno de los escritores más famosos del mundo de letras. Sigue escribiendo, enseñando en la universidad y practicando su activismo político. Más recientemente se ha dedicado a reestablecer la revista colombiana *Cambio,* la cual compró y usa para expresar sus pensamientos políticos progresistas. En 2002, publicó *Vivir para contarla,* el primero de tres volúmenes de sus memorias.

El cuento "Un día de estos" es parte de la colección titulada *Los funerales de la Mamá Grande* (1962). El contexto histórico del cuento se sitúa en el período conocido como "La Violencia", una década de terror que comienza en 1948 y que dividió a Colombia en dos bandos y causó miles de muertos.

Un día de estos

El lunes amaneció tibio y sin lluvia. Don Aurelio Escovar, dentista sin título y buen madrugador, abrió su gabinete° a las seis. Sacó de la vidriera° una dentadura postiza montada aún en el molde de yeso y puso sobre la mesa un puñado de instrumentos que ordenó de mayor a menor, como en una exposición. Llevaba una camisa a rayas, sin cuello, cerrada arriba con un botón dorado, y los pantalones sostenidos con cargadores° elásticos. Era rígido, enjuto,° con una mirada que raras veces correspondía a la situación, como la mirada de los sordos.

Cuando tuvo las cosas dispuestas sobre la mesa rodó la fresa° hacia el sillón de resortes y se sentó a pulir la dentadura postiza. Parecía no pensar en lo que hacía, pero trabajaba con obstinación, pedaleando en la fresa incluso cuando no se servía de ella.

oficina
armario de cristales

tirantes
delgado

instrumento de dentistas

Después de las ocho hizo una pausa para mirar el cielo por la ventana y
vio dos gallinazos° pensativos que se secaban al sol en el caballete° de la casa   buitres / techo
vecina. Siguió trabajando con la idea de que antes del almuerzo volvía a
llover. La voz destemplada° de su hijo de once años lo sacó de su abstracción.   alta
20   —Papá.

—Qué.

—Dice el alcalde que si le sacas una muela.

—Dile que no estoy aquí.

Estaba puliendo un diente de oro. Lo retiró a la distancia del brazo y lo
25 examinó con los ojos a medio cerrar. En la salita de espera volvió a gritar su
hijo.

—Dice que sí estás porque te está oyendo.

El dentista siguió examinando el diente. Sólo cuando lo puso en la mesa
con los trabajos terminados, dijo:

30   —Mejor.

Volvió a operar la fresa. De una cajita de cartón donde guardaba las cosas
por hacer, sacó un puente de varias piezas y empezó a pulir el oro.

—Papá.

—Qué.

35 Aún no había cambiado de expresión.

—Dice que si no le sacas la muela te pega un tiro.

Sin apresurarse°, con un movimiento extremadamente tranquilo, dejó de   moverse rápidamente
pedalear en la fresa, la retiró del sillón y abrió por completo la gaveta° inferior   cajón
de la mesa. Allí estaba el revólver.

40   —Bueno —dijo—. Dile que venga a pegármelo.

Hizo girar° el sillón hasta quedar de frente a la puerta, la mano apoyada en   rotar
el borde de la gaveta. El alcalde apareció en el umbral.° Se había afeitado la   entrada
mejilla izquierda, pero en la otra, hinchada y dolorida, tenía una barba de

cinco días. El dentista vio en sus ojos marchitos muchas noches de deses-
peración. Cerró la gaveta con la punta de los dedos y dijo suavemente:

—Siéntese.

—Buenos días —dijo el alcalde.

Mientras hervían los instrumentos, el alcalde apoyó el cráneo en el cabezal
de la silla y se sintió mejor. Respiraba un olor glacial. Era un gabinete pobre:
una vieja silla de madera, la fresa de pedal, y una vidriera con pomos de loza.
Frente a la silla, una ventana con un cancel° de tela hasta la altura de un hom-   división
bre. Cuando sintió que el dentista se acercaba, el alcalde afirmó los talones° y   parte posterior del pie
abrió la boca.

Don Aurelio Escovar le movió la cara hacia la luz. Después de observar la
muela dañada, ajustó la mandíbula con una cautelosa presión de los dedos.

—Tiene que ser sin anestesia —dijo.

—¿Por qué?

—Porque tiene un absceso.

El alcalde lo miró en los ojos.

—Está bien —dijo, y trató de sonreír. El dentista no le correspondió.
Llevó a la mesa de trabajo la cacerola con los instrumentos hervidos y los
sacó del agua con unas pinzas frías, todavía sin apresurarse. Después rodó
la escupidera con la punta del zapato y fue a lavarse las manos en el agua-
manil.° Hizo todo sin mirar al alcalde. Pero el alcalde no lo perdió de vista.   lavamanos

Era una cordal° inferior. El dentista abrió las piernas y apretó la muela con   muela del juicio
el gatillo° caliente. El alcalde se aferró a las barras de la silla, descargó toda su   tipo de pinzas
fuerza en los pies y sintió un vacío helado en los riñones, pero no soltó un
suspiro. El dentista sólo movió la muñeca.° Sin rencor, más bien con una   parte inferior del brazo
amarga ternura, dijo:

—Aquí nos paga veinte muertos, teniente.

El alcalde sintió un crujido de huesos en la mandíbula y sus ojos se
llenaron de lágrimas. Pero no suspiró hasta que no sintió salir la muela. Entonces la vio a través de las lágrimas. Le pareció tan extraña a su dolor, que no
pudo entender la tortura de sus cinco noches anteriores. Inclinado sobre la escupidera, sudoroso, jadeante, se desabotonó la guerrera° y buscó a tientas el   chaqueta militar
pañuelo en el bolsillo del pantalón. El dentista le dio un trapo limpio.

—Séquese las lágrimas —dijo.

El alcalde lo hizo. Estaba temblando. Mientras el dentista se lavaba las
manos, vio el cielorraso desfondado° y una telaraña polvorienta con huevos   **cielorraso...** viejo cielo
de araña e insectos muertos. El dentista regresó secándose las manos.

—Acuéstese —dijo— y haga buches de agua de sal.

El alcalde se puso de pie, se despidió con un displicente° saludo militar y   indiferente
se dirigió a la puerta estirando las piernas, sin abotonarse la guerrera.

—Me pasa la cuenta —dijo.

—¿A usted o al municipio?

El alcalde no lo miró. Cerró la puerta, y dijo, a través de la red metálica:

—Es la misma vaina.°   cosa

"Un día de estos" from *Los funerales de la Mamá Grande* by Gabriel García Márquez.
© Gabriel García Márquez, 1962. Reprinted by permission of Agencia Literaria Carmen
Balcells, S. A.

¿Comprendiste la lectura?

A. Hechos y acontecimientos. ¿Recuerdas los datos más importantes de la lectura? Para asegurarte, decide si estás de acuerdo o no con los siguientes comentarios. Si no lo estás, explica por qué no.

1. Don Aurelio Escovar fue a trabajar a su oficina al anochecer.
2. Don Aurelio no pensaba en nada en particular cuando lo interrumpió la voz de su hijo.
3. Cuando su hijo le informó que el alcalde quería que le sacara una muela, don Aurelio inmediatamente salió a recibir al alcalde.
4. El alcalde dijo que iba a morir del dolor si el dentista no le sacaba la muela.
5. Para emergencias como ésta, el dentista guardaba un revólver en una gaveta de la mesa.
6. Era obvio que el alcalde llevaba varios días de intenso sufrimiento con el absceso.
7. El dentista le dijo al alcalde que ya no tenía anestesia.
8. El dentista dijo, "Aquí nos paga veinte muertos, teniente", porque el alcalde nunca pagaba por sus parientes, ni cuando se enfermaban ni cuando morían.
9. El dolor fue tan intenso que le salieron lágrimas al alcalde cuando el dentista le sacó la muela.
10. "Es la misma vaina" quiere decir que el municipio nunca paga los gastos personales del alcalde.

B. A pensar y a analizar. Contesta las siguientes preguntas con un(a) compañero(a). Luego, comparen sus respuestas con las de otros grupos.

1. ¿Cuál es el tema principal de este cuento? Expliquen.
2. ¿Creen Uds. que el alcalde representa o simboliza a todos los militares de Colombia de esta época? ¿Por qué sí o por qué no? ¿A quiénes representa o simboliza el dentista? Expliquen.
3. Comenten el diálogo en este cuento. ¿Creen Uds. que debería haber más? ¿menos? ¿Por qué? ¿Qué efecto tiene el diálogo tal como está?

C. Teatro para ser leído. En grupos de cinco, adapten el cuento de Gabriel García Márquez, "Un día de estos" a un guión de teatro para ser leído. Luego, ¡preséntenlo!

1. Escriban lo que ocurre en el cuento "Un día de estos" usando diálogos solamente.
2. Añadan un poco de narración para mantener transiciones lógicas entre los diálogos.
3. Preparen siete copias del guión: una para cada uno de los tres actores, una para los dos narradores, una para el (la) director(a) y una para el (la) profesor(a).
4. ¡Preséntenlo!

Introducción al análisis literario

El ambiente

La descripción del ambiente puede dividirse en las siguientes categorías.

- **El ambiente físico:** el lugar y la época en que sucede una historia.
- **El ambiente psicológico:** los estados emocionales o mentales de los personajes (tales como amor, odio, alegría, miedo o terror).
- **El ambiente sociológico:** las condiciones socioeconómicas de los personajes.
- **El ambiente simbólico:** el lugar o evento que representa un contexto histórico o universal más amplio que el de la narración.

El cuento de García Márquez desarrolla estos cuatro ambientes con gran maestría. Sus palabras son como pinceladas que dibujan todo el escenario para el lector: el paisaje, el consultorio del dentista y todos sus instrumentos. De la misma manera, el autor crea el ambiente psicológico y el sociológico. Por ejemplo, el lector puede sentir el terror que causa la presencia militar en el pueblo y casi puede tocar el disgusto que siente el dentista por el militar. El ambiente social se puede apreciar en la manera como el dentista trata al alcalde, cómo lo recibe, la falta de compasión por su sufrimiento y la manera como se despide de él. El ambiente simbólico se manifiesta en el conflicto entre el teniente y el dentista, que a la vez representa el conflicto entre los militares y el pueblo colombiano durante esa época.

A. Identificación de ambientes. Divide una hoja de papel en cuatro secciones como las indicadas. Bajo cada sección escribe citas del cuento "Un día de estos" que ejemplifiquen cada ambiente.

1. el ambiente físico	
2. el ambiente psicológico	
3. el ambiente sociológico	
4. el ambiente simbólico	

B. Visita al dentista. Haz estas actividades.

1. ¿Qué ambiente te afecta más cuando visitas al dentista, el físico, el psicológico o el sociológico? Escribe un relato sobre una visita imaginaria al dentista que ilustre el ambiente que seleccionaste. Pon énfasis en la descripción si escogiste un ambiente físico o en el diálogo si escogiste un ambiente psicológico o sociológico. Usa el cuento "Un día de estos" como modelo.

2. Piensa en un caso en que tu visita al dentista podría tener un significado simbólico y descríbelo brevemente por escrito. Luego, léele tu descripción a la clase.

¡LUCES! ¡CÁMARA! ¡ACCIÓN!

Medellín: el paraíso colombiano recuperado

Medellín, con más de tres millones de habitantes, es la segunda ciudad más grande de Colombia. Bendecida con un clima templado y agradable que favorece el crecimiento de bellísimas flores, Medellín produce unas de las orquídeas más hermosas del mundo. También tiene varias universidades, un comercio floreciente y mucha actividad deportiva y cultural. Por desgracia, en años recientes fue escenario del contrabando de drogas, lo cual tornó la ciudad en un lugar peligroso. Afortunadamente, esa etapa fue superada y una vez más parece reinar la paz y el progreso.

Una de las glorias de Medellín es el pintor Fernando Botero, quién nació y se crió allí. Sus pinturas y esculturas se destacan por su sentido del humor reflejado en las formas exageradamente voluminosas de sus personajes. Botero, conocido mundialmente, dice que Medellín es una fuente permanente de su inspiración. Hoy día podemos ver muchas de sus obras en el Museo de Antioquia, localizado en Medellín.

Antes de empezar el video

Contesten las siguientes preguntas en parejas.

1. ¿En qué piensan Uds. cuando oyen mencionar Colombia o la ciudad de Medellín? ¿Por qué hacen esas asociaciones? ¿Qué validez tienen?
2. ¿Qué asocian Uds. con las orquídeas? ¿De dónde vienen?
3. En la opinión de Uds., ¿cuál es el papel del arte? (¿representar la realidad? ¿sólo dar una impresión de la realidad? ¿divertir? ¿...?) ¿Qué es "el arte culto"? ¿Creen Uds. que el arte humorístico es arte culto? ¿Por qué?

¡A ver si comprendiste!

A. Medellín: el paraíso colombiano recuperado. Contesta las siguientes preguntas con un(a) compañero(a) de clase.

1. ¿Cuál es el origen del nombre de Medellín?
2. ¿Cuál es la población de la unidad urbana de Medellín? Describan la belleza natural de la ciudad.
3. ¿Con quién o con qué se identifica Medellín? ¿Por qué se hace esta asociación desafortunada?
4. Describan una obra de Fernando Botero.

B. A pensar y a interpretar. Contesta las siguientes preguntas.

1. ¿Por qué no es ni justa ni válida la imagen que el mundo tiene de Medellín? ¿Por qué es tan difícil cambiar una imagen negativa de ese tipo?

2. ¿Cómo describe el narrador a los medellinenses, mejor conocidos como "paisas"? ¿Por qué crees que son así?
3. ¿Te gusta el arte de Fernando Botero? ¿Por qué?
4. ¿Es aceptable en nuestra sociedad burlarse de la apariencia física de un individuo? ¿Por qué habrá llegado a ser tan popular el arte de Fernando Botero? ¿Se burla de la gente gorda?

EXPLOREMOS EL CIBERESPACIO

Explora distintos aspectos del mundo colombiano en las **Actividades para la Red** que corresponden a esta lección. Ve primero a **http://college.hmco.com** en la red, y de ahí a la página de *Mundo 21*.

LECCIÓN 4

Venezuela

Nombre oficial: *República de Venezuela*

Población: *24.654.694 (estimación de 2003)*

Principales ciudades: *Caracas (capital), Maracaibo, Valencia, Maracay, Barquisimeto*

Moneda: *Bolívar (Bs.)*

GENTE DEL MUNDO 21

Jesús Rafael Soto es uno de los escultores latinoamericanos más importantes de la escuela constructivista y cinética. Nació en Ciudad Bolívar en 1923 y desde muy pequeño "copiaba cualquier cosa que se le pusiera por delante". Estudió en la Escuela de Bellas Artes en Maracaibo y luego obtuvo una beca para estudiar en la Escuela de Artes Plásticas y Aplicadas de Caracas, donde se familiarizó con algunos movimientos modernos como el cubismo. En 1950 viajó becado a París, donde estudió la obra de artistas abstractos como Piet Mondrian y Kasimir Malevich, dirigiéndose así hacia el arte cinético. En 1955 participó en una exposición donde se dieron a conocer las bases del naciente "cinetismo". Para construir sus esculturas, Soto utiliza materiales novedosos como filamentos de plexiglás y acero para concretizar o lograr efectos visuales sorprendentes. Por ejemplo, su obra *Cubo Penetrable* (1996) consiste en una serie de tubos de aluminio suspendidos que cambian de color cuando la gente camina por ellos. En 1974 el Museo Guggenheim de Nueva York tuvo una exhibición de sus obras. Recientemente expuso en Madrid (2001) y Buenos Aires (1998). Soto continúa siendo uno de los mejores representantes de su género y no deja de trabajar con el mismo entusiasmo de sus primeros años.

Carolina Herrera es una modista venezolana que ha sabido interpretar los gustos y las necesidades de las mujeres amantes de la elegancia. Es una triple triunfadora, ya que como modista ha ganado muchos galardones, como empresaria ha construido una firma sólida que empieza a exportar a todo el mundo y como ama de casa y madre de familia es sencilla y dedicada. Nació en Caracas en una familia de la clase alta. En 1969 se casó con Reinaldo Herrera y su vida social le dio la oportunidad de lucir su exquisito buen gusto en el vestir, lo cual le ganó un puesto a perpetuidad en la "Lista de las Mejor Vestidas". Una vez que sus cuatro hijos crecieron, se dedicó al diseño de ropas que pronto le atrajeron una clientela fabulosa entre las que figuran reinas, princesas, duquesas, artistas de cine y millonarias. En 1980 presentó su primera colección de moda; en 1986, sus primeras creaciones para novia y en 1988, presentó su primer perfume —ya va por el sexto— tanto para mujer como para hombre. Atribuye su éxito en parte al hecho de que es latina, pues dice que su cultura enfatiza la importancia de estar bien presentado: "Nos enseñan a vestirnos bien porque es una manera de mostrar respeto por otros y por uno mismo". Entre sus triunfos principales se cuenta su entrada al "Fashion Hall of Fame" (1981).

Salvador Garmendia (1928–2001) nació en Barquisimeto donde vivió hasta los dieciocho años. Cuando tenía doce años sufrió una seria enfermedad que lo mantuvo en cama hasta los quince. Durante esa larga temporada de aislamiento se dedicó a la lectura de numerosos libros que le dieron una sólida base literaria. En 1948 se mudó a Caracas donde sufrió pobreza y privaciones. Formó parte del grupo literario renovador Sardio a través del cual publicó en 1959 *Los pequeños seres*, su primera novela. Trabajó para la Radio Tropical como locutor y también haciendo guiones para radio, televisión y cine. Entre sus guiones cinematográficos se destacan *La gata borracha* (1973), *Fiebre* (1975) y *Juan Topocho* (1977). En 1971 ganó una beca para ir a España a escribir y decidió trabajar en Barcelona. En 1989 Radio Francia Internacional y el Centro Mexicano de París le otorgaron el premio Literario Juan Rulfo por su cuento "Tan desnuda como una piedra". Su extensa obra novelística incluye siete novelas, varias colecciones de cuentos y obras de crítica literaria. Sus cuentos son de gran variedad, superficialmente simples pero dotados internamente de elementos de gran complejidad y profundidad.

Otros venezolanos sobresalientes

María Conchita Alonso: actriz y cantante ● **María Eugenia Barrios:** bailarina, coreógrafa ● **Adriano González León:** cuentista y novelista ● **Betty Kaplan:** directora de cine ● **Gerd Leufert:** diseñador gráfico y dibujante ● **Antonio López Ortega:** novelista y cuentista ● **Marisol:** escultora ● **José Luis Rodríguez ("El Puma"):** cantante ● **Franklin Tovar:** dramaturgo, actor, humorista, mimo y director ● **Slavko Zupcic:** médico y escritor

Personalidades del Mundo 21

A. Gente que conozco. Contesta las siguientes preguntas con un(a) compañero(a). Luego, compartan sus respuestas con el resto de la clase.

1. ¿A qué tipo de arte se ha dedicado Jesús Rafael Soto? ¿Creen Uds. que les gustaría el arte de Soto? ¿Por qué? Expliquen.

2. ¿Qué dice Herrera sobre el énfasis que la cultura latina pone en vestir bien? En tu opinión, ¿es verdad esto sólo para la cultura latina o para otras culturas también?

3. ¿Cómo se compara la vida de Salvador Garmendia con la de Carolina Herrera? ¿Cómo son los cuentos de Garmendia?

B. Diario. En tu diario, escribe por lo menos media página expresando tus pensamientos sobre uno de estos temas.

1. Entre los clientes de Carolina Herrera se encuentran estrellas de cine y aristócratas internacionales. Si tú fueras diseñador(a) de modas, ¿te gustaría diseñar sólo para gente rica? Si así es, explica por qué y qué diseñarías. Si no, ¿quiénes serían tus clientes? ¿Qué diseñarías para ellos?

2. Cuando tenía doce años, Salvador Garmendia sufrió una seria enfermedad que lo mantuvo en cama hasta los quince años. Si tú hubieras sufrido una seria enfermedad a los doce años y hubieras estado en cama hasta los quince, ¿qué habrías hecho para pasar el tiempo? ¿Cómo crees que el hacer tal actividad continuamente por tres años habría afectado tu vida? ¿Serías diferente ahora?

PRONUNCIACIÓN Y ORTOGRAFÍA

Letras problemáticas: la *h*

La **h** es muda, no tiene sonido. Sólo tiene valor ortográfico. Observa el deletreo de las siguientes palabras con la **h** mientras tu profesor(a) las lee.

ahora	exhausto
anhelo	hospital
cohete	humano

La letra *h*. Ahora, escucha a los narradores leer las siguientes palabras y escribe las letras que faltan en cada una.

1. _ _ r e d a r
2. p r o _ _ b i r
3. r e _ _ _ s a r
4. _ _ _ r r o
5. _ _ _ l g a
6. _ _ s t i l i d a d
7. v e _ _ m e n t e
8. _ _ r o e
9. e x _ _ l a r
10. _ _ r m i g a

Deletreo con la letra *h*

La **h** siempre se escribe en una variedad de prefijos griegos.

• Con los prefijos **hema-** y **hemo-,** que significan "sangre":

hematología	**hema**tosis	**hemo**globina
hematólogo	**hemo**filia	**hemo**rragia

• Con el prefijo **hect(o)-,** que significa "cien", y **hexa-,** que significa "seis":

hectárea	**hect**ómetro	**hexá**gono
hectolitro	**hexa**cordo	**hexa**sílabo

• Con el prefijo **hosp-,** que significa "huésped", y **host-,** que significa "extranjero":

hospedar	**hosp**ital	**host**ilizar
hospicio	**host**il	**host**ilidad

• Con el prefijo **hiper-,** que significa "exceso de", e **hipo-,** que significa "(de)bajo (de); insuficiencia o disminución de":

hipercrítico	**hiper**termia	**hipó**crita
hipersensible	**hipo**condrio	**hipo**dermis

• Con el prefijo **helio-,** que significa "sol", e **hidro-,** que significa "agua":

heliofísica	**helio**scopio	**hidro**plano
heliografía	**hidro**metría	**hidro**terapia

¡A practicar!

A. Práctica con la letra *h*. Escucha mientras tu profesor(a) lee las siguientes palabras. Escribe las letras que faltan en cada una.

1. _____g r a m o
2. _____t e r a p i a
3. _____s o l u b l e
4. _____e d a r
5. _____s t á t i c a

6. _____t e n s i ó n
7. _____g r a f o
8. _____i t a l i z a r
9. _____g o n a l
10. _____t e c a

B. ¡Ay, qué torpe! En este parrafito sobre los recursos naturales de Venezuela, que apareció en el periódico venezolano *El Nacional*, hay diez errores de acentuación en palabras que se deletrean con **h.** Encuéntralos y corrígelos.

En el historico momento en que Cristóbal Colón —a quién unos llaman heroe y otros hípocrita— pisó tierra americana, el resto del planeta heredo un nuevo y mejor futuro. Al mismo tiempo Colón honro a España con el descubrimiento de una infinidad de productos, que fueron el vehiculo que cambió el modo de vida y la economía mundial. Muchos de los habitos culinarios internacionales del siglo XXI no serían posibles si no fuera por ese gran descubrimiento. Es interesante que en Venezuela se encuentran todos los principales productos que Hispánoamerica dio al resto del mundo: el cacao, la papa, el maíz, los camotes, la calabaza, el aguacate, los chiles y los cacahuates. Todo esto a pesar de húracan tras húracan que han devastado la región a lo largo de su historia.

MEJOREMOS LA COMUNICACIÓN
Para hablar de los recursos naturales

Al nombrar los recursos naturales principales
— ¿Estás listo para el examen de la clase de **ecología?**
— ¡Claro que sí! ¿Y tú? ¿Puedes nombrar los seis **recursos naturales** principales?
— Eso es fácil: **aire**, **agua**, **tierra**, **minerales, flora** y **fauna.**

Al identificar la flora y fauna
— ¿Cuántos **árboles** del **bosque** y cuántas **flores** puedes nombrar?
— A ver... Hay **pinos,** claro, y los **árboles de madera dura** son **el abedul, el arce y el roble** con los que se hacen muebles. Entre las **flores** están las **orquídeas,** las cuales son muy caras.

clavel	**margarita**
crisantemo	**narciso**
girasol	**rosa**
lirio	**violeta**
cerezo	**olmo**
caoba	**picea**

— ¿Cuántos animales que habitan los bosques puedes nombrar?
— A ver, son el...

alce	pavo
la ardilla	puma
conejo	venado
oso	zorro

Al reconocer minerales y piedras preciosas

— Pasemos ahora a preguntas sobre nuestros **recursos naturales domésticos.** Además del **petróleo,** ¿cuáles son los principales?
— Pues, primero es importante señalar que la economía venezolana está totalmente basada en su riqueza de **minerales.** Contamos con **hierro, carbón, oro** y **diamantes.**

aluminio	plata
cinc	plomo
cobre	uranio
estaño	

— Finalmente, a ver cuántas **piedras preciosas** puedes nombrar.

diamante	rubí
esmeralda	turquesa
jade	zafiro
ópalo	

¡A conversar!

A. Encuesta. Entrevista a cuatro compañeros(as) de clase para saber cuál es su piedra preciosa favorita y su metal favorito. Luego, compila tus datos con los del resto de la clase para saber cuáles son las piedras preciosas y los metales favoritos de la clase.

B. Países en desarrollo. En grupos de tres o cuatro, discutan qué recursos naturales son los más importantes para un país en desarrollo y por qué. Tengan en cuenta el costo de extraer o desarrollar cualquier recurso natural. Luego, informen a la clase de sus conclusiones.

C. Extiende tu vocabulario: agua. Para ampliar tu vocabulario, lee cada pregunta que sigue y determina el significado de las expresiones en negrilla. Luego, contesta las preguntas. ¿Cuál es el significado de estas palabras en inglés, y cómo se relacionan a *water* en inglés?

1. ¿Cuándo te pones **agua de olor**?
2. ¿Prefieres **agua dulce** o **agua mineral**?
3. ¿Tienes **agua dura** en tu casa? ¿Cómo lo sabes?
4. ¿Por qué no se debe tomar el **agua muerta**?
5. ¿Te has bañado en **aguas termales** alguna vez? ¿Por qué toman algunas personas un baño termal?

D. Notas para hispanohablantes: práctica. Agapito es una persona muy informal, mientras su vecina doña Perfecta siempre es muy formal. ¿Qué dirían estas dos personas de los recursos naturales a su alcance?

Modelo: claveles / ser mi flor favorita / no verse en esta región

> *Agapito:* **Los claveles, que son mi flor favorita, no se ven en esta región.**
>
> *doña Perfecta:* **Los claveles, los cuales son mi flor favorita, no se ven en esta región.**

1. zafiro y diamante / ser unas piedras preciosas / combinar perfectamente
2. cobre / ser un metal rojizo / no poderse mantener limpio
3. alce y venado / verse con frecuencia en esta región / ser dos animales majestuosos
4. lirios / aparecer en la temporada de Pascua / siempre haberme encantado
5. arce y roble / usarse para hacer muebles / no encontrarse fácilmente por aquí

DEL PASADO AL PRESENTE

Venezuela: los límites de la prosperidad

La independencia
Venezuela fue el primer país en Latinoamérica en que una rebelión inició la larga lucha por la independencia. En 1806 Francisco de Miranda fracasó en su primer intento de rebelión. Pero el 5 de julio de 1811, un congreso en Caracas declaró la independencia de Venezuela y en diciembre promulgó la constitución de la primera república. Este gobierno duró sólo

Miranda y Bolívar declaran la independencia

once meses. Simón Bolívar, un criollo, es decir un español nacido en el nuevo mundo, continuó la lucha y consiguió tomar Caracas en agosto de 1813, lo que dio comienzo a la segunda república. En septiembre de 1814, tropas de llaneros mestizos leales a España obligaron a Bolívar a abandonar Caracas, lo que dio fin a la segunda república.

En 1816 Bolívar tomó control de la parte oriental de la colonia. Tres años más tarde se estableció la tercera república y Bolívar fue elegido presidente. En 1821 el congreso de Cúcuta promulgó la constitución de la República de la Gran Colombia (Colombia, Venezuela, Ecuador y Panamá) y reafirmó a Bolívar como presidente. El nacionalismo venezolano resentía este gobierno centrado en la lejana Bogotá y en 1829 el general José Antonio Páez consiguió la independencia de Venezuela. El año siguiente Bolívar murió desilusionado en Colombia.

Un siglo de caudillismo Después de su independencia, Venezuela fue gobernada durante más de un siglo por una sucesión de dictadores y por una aris-

Universidad Central de Venezuela, Caracas

tocracia de terratenientes. Los caudillos, o jefes que tomaban el poder a la fuerza, gobernaban de modo autoritario y represivo. De 1908 a 1935, Venezuela fue gobernada por el dictador más sanguinario de todos ellos, Juan Vicente Gómez. Durante su dictadura, con grandes inversiones europeas y estadounidenses en la región del lago Maracaibo, Venezuela llegó a ser el segundo productor de petróleo del mundo y el primer exportador. Una nueva clase media urbana comenzó a crecer alrededor de los servicios prestados a la industria petrolera.

En 1928 unos estudiantes de la Universidad Central de Venezuela en Caracas organizaron protestas contra el gobierno y fueron duramente reprimidos por el gobierno de Gómez. De esta llamada "Generación de 1928" salieron muchos de los líderes de los diferentes movimientos políticos posteriores, incluyendo Rómulo Betancourt, Rafael Caldera Rodríguez y Raúl Leoni. El dictador Gómez murió en 1935.

La consolidación de la democracia moderna
En 1947 se aprobó una nueva constitución de carácter marcadamente progresista. Ese mismo año el candidato del partido Acción Democrática (AD), el famoso novelista Rómulo Gallegos, fue elegido presidente y tomó el poder en febrero de 1948. Sin embargo, sus reformas radicales causaron mucha oposición y nueve meses después fue derrocado por el ejército. En el país se impuso una dictadura militar que duró diez años, hasta 1958, cuando, a su vez, fue derrocada.

Rómulo Betancourt fue elegido presidente en 1958. Su gobierno consolidó las instituciones democráticas a través de una alianza de su partido AD con el Comité de Organización

La industria petrolera en el lago de Maracaibo

Política Electoral Independiente (COPEI), el segundo partido político del país. En 1961 fue aprobada una nueva constitución para el país. Ésta dio comienzo a un período tranquilo, de orden constitucional y transmisiones pacíficas del poder presidencial en Venezuela, que duró casi hasta el final del siglo.

El desarrollo industrial En la década de los años 60 Venezuela alcanzó un gran desarrollo económico que atrajo a muchos inmigrantes de Europa y de otros países sudamericanos. En 1973 los precios del petróleo se cuadruplicaron como resultado de la guerra árabe-israelí y de la política de la Organización de Países Exportadores de Petróleo (OPEP), de la cual Venezuela era socio desde su fundación en 1960. En 1976 Carlos Andrés Pérez nacionalizó la industria petrolera, lo que dio al país mayores ingresos e impulsó el desarrollo industrial. Hacia 1993 el país estaba enfrentando una fuerte crisis económica debido a la baja de los precios del petróleo y a la recesión económica mundial. Esto, junto con el impacto negativo que dejó un fracasado golpe de estado dirigido por el Coronel Hugo Chávez en 1992, forzó a Andrés Pérez a renunciar a la presidencia en 1993.

En diciembre de 1998, sólo seis años después de haber dirigido un golpe de estado contra el gobierno, Hugo Chávez fue elegido presidente. Ganó por una mayoría de votos que no se había visto en los últimos cuarenta años. A pesar de eso, ha enfrentado graves problemas y marcada oposición política. A fines de 2002, la oposición empezó una huelga general que paralizó la producción de petróleo. No obstante, tres meses más tarde en marzo de 2003, la huelga empieza a disminuir y Chávez continúa en el poder con el apoyo del ejército. En abril de 2004, el Presidente Chávez acusó al Presidente Bush de financiar a su oposición en Venezuela, la llamada Coordinadora Democrática, tanto como a grupos de oposición en Colombia. Sin duda alguna, el resultado final de estas acusaciones, dada la importancia del petróleo venezolano, tendrá un fuerte impacto en el futuro cercano no sólo de los venezolanos sino del mundo entero.

¡A ver si comprendiste!

A. Hechos y acontecimientos. ¿Recuerdas los datos más importantes de la lectura? Para asegurarte, contesta las siguientes preguntas. Luego, compara tus respuestas con las de un(a) compañero(a).

1. ¿Quién fue Simón Bolívar? ¿Cómo reaccionó Bolívar cuando Venezuela decidió independizarse de la República de la Gran Colombia?
2. ¿A quiénes se conoce como "caudillos" en la historia de Venezuela? ¿Eran democráticos o autoritarios?
3. ¿Qué industria creó una nueva clase media urbana en Venezuela?
4. ¿Por qué es importante la llamada "Generación de 1928"?
5. ¿En qué año fue derrocado el último dictador venezolano?
6. ¿Qué presidente venezolano nacionalizó la industria petrolera? ¿En qué año? ¿Por qué es importante este hecho?
7. ¿Cuál es el dilema principal que enfrenta la sociedad venezolana contemporánea? ¿Cómo se podría mejorar esta situación?

B. A pensar y a analizar. Contesta las siguientes preguntas con dos o tres compañeros(as) de clase.

1. ¿Qué evento que ocurrió en la segunda mitad del siglo XX tuvo un impacto muy grande en el desarrollo industrial de Venezuela? ¿Cómo creen Uds. que esto afectó la vida diaria de un gran número de venezolanos?

2. ¿Qué otros países o qué estados de EE.UU. han tenido una experiencia muy similar? Expliquen.

C. Redacción colaborativa. En grupos de dos o tres, escriban una composición colaborativa de una página a una página y media, sobre el tema que sigue. Sigan el proceso de escribir que usaron en la **Redacción colaborativa** de la *Unidad 1, Lección 1:* escriban primero una lista de ideas, organícenlas en un primer borrador, revisen las ideas, escriban un segundo borrador, revisen la acentuación y la ortografía y escriban la versión final.

> En diciembre de 1998, sólo seis años después de haber dirigido un golpe de estado contra el gobierno, Hugo Chávez fue elegido presidente de Venezuela por una mayoría de votos que no se había visto en los últimos cuarenta años. Chávez mantiene una amistad con Fidel Castro mientras ignora a la oposición, ya sea dentro o fuera del país. ¿Por qué será que en varios países latinoamericanos los ciudadanos parecen favorecer a personas controvertidas como Hugo Chávez? ¿Creen Uds. que EE.UU. debe hacer lo posible para sacar a estas personas de la presidencia? Si así es, ¿qué recomiendan que haga? Si no lo creen, expliquen por qué no.

Cuaderno de actividades

Puedes practicar más y escribir una descripción de cómo sería EE.UU. sin los recursos naturales que actualmente existen en la sección **Composición: descripción** de la *Unidad 4, Lección 4* en el *Cuaderno de actividades.*

Lengua en·uso

Variantes coloquiales: los nombres de comidas y animales

Debido a su enorme extensión, que cubre las más variadas regiones climáticas, el mundo hispano tiene una gran variedad de nombres para muchas comidas y especies de animales. Los nombres de comidas varían mucho según la región. Por ejemplo, en México y Centroamérica dicen "ejotes", en el Cono Sur dicen "porotos verdes" y en España dicen "habichuelas verdes". Lo mismo ocurre con los nombres de muchos animales. Por ejemplo, en México y Centroamérica el "buitre" se conoce como "zopilote" y en Sudamérica como "urubú", y la enorme serpiente que vive a orillas de los ríos americanos es llamada "anaconda" en unas regiones y en otras "tragavenado".

A. Comidas. Selecciona de la segunda columna el nombre que corresponde a cada comida nombrada en la primera columna.

____ 1. aguacate   a. melocotón
____ 2. papa   b. maní
____ 3. durazno   c. choclo
____ 4. chile   d. chinas
____ 5. maíz   e. arvejas
____ 6. frijoles   f. ají
____ 7. cacahuate   g. palta
____ 8. chícharos   h. ananás
____ 9. piña   i. porotos
____ 10. naranjas   j. patata

B. Animales. Selecciona de la segunda columna el nombre que corresponde a cada animal nombrado en la primera columna.

____ 1. serpiente   a. cochino
____ 2. jaguar   b. caimán
____ 3. tecolote   c. pavo
____ 4. colibrí   d. mofeta
____ 5. venado   e. cabra
____ 6. guajolote   f. asno
____ 7. perico   g. culebra
____ 8. cocodrilo   h. búho
____ 9. cerdo   i. ciervo
____ 10. burro   j. tigre
____ 11. chiva   k. chupaflor
____ 12. zorrillo   l. loro

Y ahora, ¡a leer!

Anticipando la lectura. Lee el segundo párrafo de la lectura y haz las siguientes actividades con un(a) compañero(a).

1. ¿Es Ru-ruima un personaje real o sobrenatural? ¿Cómo lo saben?
2. El narrador dice que Ru-ruima es pura, con voz cantarina y tranquilizante. ¿A qué elementos de la naturaleza se les puede atribuir estas características?
3. ¿Cómo se describe el pelo de Ru-ruima? ¿Son características que Uds. atribuyen a los árboles, las flores, las rocas o el agua? ¿Por qué? Expliquen.
4. Muchas leyendas tratan de explicar la existencia de fenómenos naturales, como una montaña, un río, un bosque o un lago. ¿Cuál sería una explicación imaginativa que Uds. podrían dar para cada uno de estos elementos de la naturaleza?

Conozcamos la tradición oral venezolana

En la *Unidad 3* leíste que las leyendas se caracterizan por ser producto de la tradición oral. Surgen anónimamente y, con el transcurso del tiempo, cumplen la función de convertir en mito una realidad, explicándola con elementos maravillosos. "La Cascada de Salto de Angel" es un ejemplo de este proceso.

El Salto de Angel, una cascada venezolana más alta que las cataratas del Niágara, emerge de la majestuosa montaña llamada *Auyán Tepui* o Montaña del Diablo, y tiene una caída de 980 metros (3.212 pies). El explorador venezolano Ernesto Sánchez la Cruz fue el primero, en 1910, en informar al mundo sobre su existencia y más tarde, en 1937, un piloto estadounidense llamado Jimmy Angel, quien dio su nombre a las cataratas. En 1949 el ingeniero inglés Perry Lowrey midió la catarata y determinó que su altura era mayor a la de cualquier otra cascada del planeta. La siguiente leyenda explica de una manera poética su origen.

La cascada de Salto de Angel

Al principio del tiempo, la hechizadora región que hoy en día se conoce como Parque Nacional de Canaima, era una tierra maravillosa que mezclaba la jungla, la sabana° y treinta majestuosas montañas de cimas truncadas o *tepuis*.   llanura de gran extensión

5   Una de las diosas principales era la bondadosa Ru-ruima o Madre de las Aguas. La diosa era bella y pura. Sus labios tenían el vibrante color rojo del rubí y de ellos fluía una voz cantarina que tenía la virtud de tranquilizar a quienes la oían. Dos hermosos ojos castaños mansos y dulces, fiel reflejo de una suave naturaleza. En perfecta armonía con todos estos atributos físicos,
10 mágicos y espirituales, la cabellera era un espectáculo que pasmaba por su increíble belleza. Caía sobre los hombros de Ru-ruima como una nívea y larguísima cascada o como un manto hecho de un sinfín de hilos plateados que brillaban alegremente bajo los rayos del sol.

Cada día Ru-ruima paseaba por los campos y a su paso surgían exóticas
15 orquídeas en profusión de colores y formas: algunas blanquísimas, otras tímidamente rosas o amarillas; algunas tornasoladas,° otras atrevidamente rojas y   iridiscentes
hasta algunas más de color chocolate oscuro estriadas° de anaranjado. Los   con rayas
pies de la diosa despertaban la vida y sus pequeñas huellas° dejaban atrás una   señales que deja el pie
verde alfombra de exuberante vegetación y de exquisitas bromelias que
20 crecían directamente en el suelo. Gracias a ella, el árbol de chocolate se elevaba alto y orgulloso y producía las mazorcas llenas de delicioso néctar y de preciosas semillas con que se hace la bebida y la selva estaba llena de árboles beneficiosos y bellos, los animales no sufrían la mordedura de la sed que mata. Toda la naturaleza amaba a Ru-ruima.

25 Pero aún en el paraíso de los dioses hay seres malévolos° que envidian las   malos
fuerzas positivas del bien que dan vida y salud. El espíritu del mal era el diablo Auyán que no cesaba de buscar maneras para hacer daño a los habitantes

de la región. Mientras Ru-ruima traía vida, belleza y frescura, Auyán destruía y
creaba seres deformes, horribles y venenosos que causaban la muerte. Ru-
30 ruima daba flores tan alegres como el girasol; Auyán producía horribles plantas insectívoras de altura descomunal.°   monstruosa

Mientras más amor recibía Ru-ruima, más rabioso se sentía Auyán, al
punto que un día decidió que la destruiría definitivamente. Durante siete
noches, refugiado en su formidable *tepui*, se dedicó a revolver en un enorme
35 caldero un mejunje asqueroso° y oscuro. Noche tras noche, mientras pro-   **mejunje...** mezcla repugnante /
fería° horribles conjuros,° lo hirvió y revolvió hasta que el mejunje fue dis-   exclamaba / fórmulas mágicas
minuyendo y absorbiendo las maldiciones del diablo. A la séptima noche
quedó reducido a una cantidad pequeña y fangosa° que el diablo modeló en   como lodo
la forma de un sapo repulsivo y venenoso.

40 Temprano por la mañana, Auyán se escondió en el lugar por donde tran-
sitaba Ru-ruima y cuando la vio acercarse, le tiró la asquerosa criatura que se
pegó a una de sus piernas y la mordió salvajemente. Ru-ruima sufrió un espasmo de dolor y cayó desmayada. Auyán la cargó rudamente y estremeciéndose de gusto por su mala acción la llevó a su *tepui*. Cuando Ru-ruima des-
45 pertó, le dijo: —Finalmente te tengo a mis pies, mosquita muerta, que pasas
tus días estúpidamente, paseándote con ese aire de falsa dulzura, todo para
disfrazar° tu falta de poderes, porque la verdad es que no puedes hacer nada   falsear
que valga la pena.

—Si eso es lo que tú crees, allá tú —respondió Ru-Ruima— Ya que me lo
50 has dicho, déjame ir.

—Ni pensar. De aquí no saldrás jamás. Te quedarás conmigo y con mis
poderes mágicos te convertiré en mi aliada. Juntos destruiremos a la gente y
todas esas cosas feas que tú y los tuyos están creando constantemente.

Ru-ruima contestó con vehemencia.
55 —En tu ignorancia, tú confundes mi suavidad con debilidad, pero te equi-
vocas. Nunca jamás las fuerzas del mal podrán vencer las del bien y tú no
tienes el poder para retenerme.

Y así diciendo, la diosa se lanzó con velocidad y fuerza completamente in-
sospechada contra las rocas del *tepui* del diablo, abrió una brecha en la mon-
60 taña y saltó al abismo cayendo hacia abajo con el ruido ensordecedor de mil
campanas. Su larga cabellera se transformó en la bellísima e imponente cascada que hoy se conoce como Salto de Angel y el espíritu de la diosa se fue
volando en forma de un *corocoro*, un llamativo pájaro color rojo rubí que todavía vuela por el cielo azul de Venezuela.
65 Los nativos saben que Auyán todavía vive en su *tepui*, humillado por su
fracaso, amargado porque la maravillosa cascada se lo recuerda constantemente. Su furia estalla de vez en cuando en temblores de tierra y por eso,
cuando un indio tiene que acercarse a *Auyán Tepui* se cubre la cara con pintura tan roja como los labios de la bondadosa Ru-ruima que continúa prote-
70 giéndolos contra el espíritu del mal.

Maricarmen Ohara, "La cascada de Salto de Angel" de *Cuentos latinoamericanos*
(1999).

¿Comprendiste la lectura?

A. Hechos y acontecimientos. ¿Recuerdas los datos más importantes de la lectura? Para asegurarte, contesta las siguientes preguntas.

1. ¿Qué es un *tepui*? ¿Cuántos hay en la región del Salto de Angel? ¿Cómo se llama el *tepui* donde está el Salto de Angel?
2. ¿Quién era Ru-ruima? ¿Cómo era?
3. ¿Quién era Auyán?
4. ¿Qué opinaba Auyán de Ru-ruima y qué decidió hacerle?
5. ¿Qué usó Auyán para debilitar a Ru-ruima?
6. ¿Adónde llevó a Ru-ruima para tenerla prisionera?
7. ¿Qué hizo Ru-ruima para escapar? ¿Cuál fue el resultado de su acción?
8. ¿Por qué se pintan la cara roja los indígenas de la región cuando se acercan a la montaña *Auyán Tepui*?

B. A pensar y a analizar. Haz estas actividades con un(a) compañero(a).

1. ¿Qué simbolizan Ru-ruima y Auyán?
2. ¿Qué elementos de la naturaleza figuran en este cuento? Nómbrenlos.
3. ¿Quién triunfó al final —Ru-ruima o Auyán? ¿Cuál es el mensaje de esta leyenda?

C. Muchas posibilidades. Los mitos, como éste, con frecuencia tratan de explicar un fenómeno de la naturaleza. ¿Cuáles serían otras posibilidades para
explicar el Salto de Angel? En grupos de cuatro, traten de pensar en otras ideas
para mitos o leyendas que pudieran explicar el fenómeno del Salto de Angel.

Introducción al análisis literario

El mito

Un **mito** es un cuento anónimo basado en las creencias populares de un pueblo o una nación. Los mitos tienden a interpretar eventos naturales a base de episodios sobrenaturales para explicar o concretizar la percepción que el hombre tiene del mundo o del cosmos. Los mitos se distinguen de las leyendas por estar basados más en lo sobrenatural que en la historia. Un tema popular en la mitología, como es el caso en "La cascada de Salto de Angel", es el tratar de explicar fenómenos naturales.

A. Elementos físicos y mágicos. Con un(a) compañero(a), hagan una lista que determine qué elementos reales y qué elementos sobrenaturales se encuentran en "La cascada de Salto de Angel".

B. Transformación. En grupos de tres o cuatro, anoten varios atributos reales para los cuatro elementos naturales que siguen. Luego, transformen cada uno en algo con características sobrenaturales.

Elementos físicos	Atributos reales	Características sobrenaturales
la tierra		
el cielo		
el mar		
el viento		

¡LUCES! ¡CÁMARA! ¡ACCIÓN!

La abundante naturaleza venezolana

Venezuela es otro país latinoamericano bendecido por la naturaleza. Tiene una topografía muy especial y grandes riquezas naturales, minerales y petroleras. El Parque Nacional de Canaima con sus tres millones de hectáreas merece ser visitado. Se encuentra en la zona de Guayana. En este parque, rodeado por selvas abundantes en las cuales vive una fauna variadísima, se incluyen los hermosos *tepuis*, impresionantes formaciones naturales.

La zona de Guayana también es un emporio de riquezas naturales, tales como el petróleo, el hierro, el aluminio, la energía eléctrica, las maderas y los metales preciosos. Las crónicas de los exploradores españoles cuentan que había tanto oro en esta región que sólo había que recogerlo de las riberas del río. Ahora la riqueza minera más grande de la zona no es el oro, sino el hierro.

Antes de empezar el video

Indica en que países de la primera columna crees que se encuentran los fenómenos y especies naturales de la segunda columna.

____ 1. Arabia Saudita
____ 2. Brasil
____ 3. Colombia
____ 4. Costa Rica
____ 5. Egipto
____ 6. EE.UU.
____ 7. Filipinas
____ 8. Perú
____ 9. Venezuela

a. la formación rocosa más antigua del planeta
b. tucanes, guacamayos y cardenales
c. gigantescas anacondas
d. las serpientes más venenosas del continente
e. loros de siete colores
f. el origen de la leyenda de El Dorado
g. las más grandes reservas mundiales de petróleo bruto no explotadas
h. el más grande yacimiento de hierro de todo el mundo

¡A ver si comprendiste!

A. La abundante naturaleza venezolana. Contesta las siguientes preguntas con un(a) compañero(a) de clase.

1. ¿Qué es Auyantepuy y cuál es su importancia?
2. Describe la fauna del Parque Nacional de Canaima.
3. Nombra los minerales más importantes que se encuentran en Venezuela.
4. ¿Cuál es la principal riqueza minera de Venezuela?

B. A pensar y a interpretar. Contesta las siguientes preguntas.

1. ¿Cómo se explica que Auyantepuy sea la formación rocosa más antigua del planeta cuando los restos de los hombres más antiguos no se han encontrado en este continente sino en África y Australia?

2. ¿Cuál es la leyenda de El Dorado? Explica cómo empezó esta leyenda. ¿Existirá tal lugar? Si no, ¿por qué hay personas que todavía lo buscan?

3. Todos los fenómenos que aparecen en la segunda columna en **Antes de empezar el video** se encuentran en Venezuela. Con toda esa riqueza natural, ¿por qué no habrá llegado a ser uno de los países más ricos del mundo?

EXPLOREMOS EL CIBERESPACIO

Explora distintos aspectos del mundo venezolano en las **Actividades para la Red** que corresponden a esta lección. Ve primero a **http://college.hmco.com** en la red, y de ahí a la página de *Mundo 21*.

Manual de gramática
Unidad 4 Lección 1

4.1 **EL PARTICIPIO PASADO Y EL PRESENTE PERFECTO DE INDICATIVO**

El participio pasado

¡A que ya lo sabes!

¿Qué le dijo doña Elvira a su marido cuando él le preguntó si pudo resolver el problema con el vuelo a San José? Mira los siguientes pares de oraciones y decide, en cada par, cuál de las dos te suena bien, la primera o la segunda.

1. a. El problema fue *resolvido* por la agencia de viajes.
   b. El problema fue *resuelto* por la agencia de viajes.

2. a. Nuestro itinerario para Costa Rica ya está *planeada*.
   b. Nuestro itinerario para Costa Rica ya está *planeado*.

Estoy seguro de que la gran mayoría optó por la segunda oración de cada par. Fue fácil, ¿no? No es difícil cuando ya tienen un conocimiento tácito del participio pasado. Sigan leyendo y ese conocimiento se afirmará aun más.

El participio pasado es la forma del verbo que sigue al verbo "haber" en frases tales como "yo he terminado" y "tú has comido". El participio pasado de la mayoría de los verbos termina en **-ado** o **-ido**: contaminado (del verbo "contaminar"); temido (del verbo "temer"); recibido (del verbo "recibir").

> *Nota para bilingües* Tal como en español, en inglés el participio pasado es la forma del verbo que sigue al verbo *to have* en frases tales como *I have studied* and *you have learned*. En los verbos regulares del inglés, el participio pasado termina en *-ed: to study → studied; to fear → feared; to protect → protected.* Cuando estas formas en *-ed* no van acompañadas del verbo *to have*, son formas del tiempo pasado. Observe: *I traveled* (= viajé) frente a *I have traveled* (= he viajado).

Formas del participio pasado

Verbos en *-ar*	Verbos en *-er*	Verbos en *-ir*
terminar	*aprender*	*recibir*
termin**ado**	aprend**ido**	recib**ido**

■ Para formar el participio pasado de los verbos regulares, se agrega **-ado** a la raíz de los verbos terminados en **-ar** e **-ido** a la raíz de los verbos terminados en **-er** e **-ir**.

■ El participio pasado de los verbos que terminan en **-aer, -eer** e **-ír** lleva acento ortográfico.

caer: **caído**	creer: **creído**	oír: **oído**
traer: **traído**	leer: **leído**	reír (i): **reído**

> **Nota para hispanohablantes**   Hay una tendencia dentro de algunas comunidades de hispanohablantes a cambiar de lugar el acento fonético en el participio pasado de los verbos que terminan en -aer, -eer e -ír. En vez de acentuar la vocal "i", como indica la ortografía, acentúan la vocal anterior a la "i" y forman diptongo (*caido, traido, reido*). Es importante evitar este cambio de acento fonético fuera de esas comunidades.

■ Algunos verbos tienen participios pasados irregulares.

abrir: **abierto**	poner: **puesto**
cubrir: **cubierto**	resolver (ue): **resuelto**
decir: **dicho**	romper: **roto**
escribir: **escrito**	ver: **visto**
hacer: **hecho**	volver (ue): **vuelto**
morir (ue): **muerto**	

■ Los verbos que se derivan de los infinitivos anotados arriba también tienen participios pasados irregulares.

cubrir: descubrir → **descubierto**
escribir: describir → **descrito**; inscribir → **inscrito**
hacer: deshacer → **deshecho**; satisfacer → **satisfecho**
poner: componer → **compuesto**; imponer → **impuesto**; suponer → **supuesto**
volver (ue): devolver (ue) → **devuelto**; revolver (ue) → **revuelto**

> **Nota para hispanohablantes**   Hay una tendencia dentro de algunas comunidades de hispanohablantes a regularizar estos participios pasados y sus derivados. De esta manera, en vez de usar la forma apropiada del participio pasado, que es irregular (abierto, cubierto, compuesto, devuelto,...), usan una forma regularizada (*abrido, cubrido, componido, devolvido,...*). Es importante evitar este uso fuera de esas comunidades y en particular al escribir.

Usos del participio pasado

El participio pasado se usa:

■ con el verbo auxiliar "haber" para formar tiempos perfectos. En este caso, el participio pasado es invariable. (Consúltese la p. 335 de esta unidad.)

Yo no **he visitado** la reserva biológica de Monteverde todavía.
Mis hermanas no **han estado** nunca en Costa Rica.

■ con el verbo "ser" para formar la voz pasiva. En esta construcción, el participio pasado concuerda en género y número con el sujeto de la oración. (Consúltese las págs. 337–338 de esta unidad para la voz pasiva.)

La ciudad de Cartago **fue fundada** en 1564 por Juan Vázquez de Coronado.
El nombre "Bogotá" **fue creado** antes de la llegada de los españoles.

■ con el verbo "estar" para expresar una condición o estado que resulta de una acción previa. El participio pasado concuerda en género y número con el sujeto. (Consúltese la *Unidad 1,* págs. 91–92 para "ser" y "estar" + participio pasado.)

Abrieron esa tienda a las nueve. La tienda **está abierta** ahora.

■ como adjetivo para modificar sustantivos. En este caso, el participio pasado concuerda en género y número con el sustantivo al cual modifica.

Tocan una canción **interpretada** por niños costarricenses.

Ahora, ¡a practicar!

A. Breve historia de Costa Rica. Completa la siguiente información acerca de Costa Rica con el participio pasado del verbo indicado entre paréntesis.

Costa Rica es un país __1__ (conocer) hoy en día por su preocupación por la ecología. Está __2__ (situar) en Centroamérica al sur de Nicaragua y al norte de Panamá. Fue __3__ (descubrir) por Colón durante su cuarto viaje a principios del siglo XVI. El país fue __4__ (llamar) Costa Rica porque se pensaba que tenía mucho oro. Fue __5__ (colonizar) por Juan Vázquez de Coronado. Fue __6__ (declarar) república independiente en la primera mitad del siglo XIX. José María Castro Madroz fue __7__ (nombrar) su primer presidente. En 1949 el ejército fue __8__ (abolir). Una parte importante de su presupuesto es __9__ (dedicar) a la educación. Costa Rica es __10__ (calificar) como el país más democrático de la América hispana.

B. Trabajo de investigación. Un(a) compañero(a) te pregunta acerca de un trabajo de investigación sobre Costa Rica que tienes que presentar en tu clase de español.

MODELOS ¿Empezaste el trabajo sobre la historia de Costa Rica? (sí)
Sí, está empezado.

¿Terminaste la investigación? (todavía no)
No, todavía no está terminada.

1. ¿Hiciste las lecturas preliminares? (sí)
2. ¿Consultaste la bibliografía? (sí)
3. ¿Empezaste el bosquejo de tu trabajo? (no)
4. ¿Transcribiste tus notas? (todavía no)
5. ¿Decidiste cuál va a ser el título? (sí)
6. ¿Escribiste la introducción? (no)
7. ¿Devolviste los libros a la biblioteca? (no)
8. ¿Resolviste las dudas que tenías? (todavía no)

C. Problemas de adaptación. Lee lo que ha escrito Patricia acerca de unos amigos costarricenses y corrige los participios pasados que no son apropiados para la lengua escrita.

Ayer conocí a unos estudiantes costarricenses. Han vivido ya unos meses en EE.UU., pero todavía no han resolvido todos los problemas de adaptación. Han descubrido que no es tan fácil adaptarse al modo de vida de un país extranjero. Han leido sobre costumbres locales que les resultan extrañas. Han tenido que comer platos que no les saben bien. Algunas veces han cometido errores en inglés y han decidido cosas que resultan un poco inapropiadas en inglés. Algunos de sus amigos norteamericanos se han morido de la risa con esos errores. Pero están disponidos a adaptarse lo mejor posible.

El presente perfecto de indicativo

¡A que ya lo sabes!

¿Qué le dice Rogelio a Marieta, una joven costarricense que acaba de conocer, cuando ésta le pregunta si conoce a otros costarricenses? Mira los siguientes pares de oraciones y decide, en cada par, cuál de las dos te suena bien, la primera o la segunda.

1. a. Unos amigos míos *han visitado* Costa Rica recientemente.
   b. Unos amigos míos *han visitados* Costa Rica recientemente.

2. a. Yo *ha* conocido a muchos costarricenses.
   b. Yo *he* conocido a muchos costarricenses.

Apuesto a que la mayoría seleccionó la primera oración en el primer par y la segunda en el segundo par. Todo resulta más fácil cuando se tiene un conocimiento tácito del presente perfecto de indicativo. Sigan leyendo para hacer explícito ese conocimiento.

Verbos en *-ar*	Verbos en *-er*	Verbos en *-ir*
progresar	*aprender*	*vivir*
he progresado	**he** aprendido	**he** vivido
has progresado	**has** aprendido	**has** vivido
ha progresado	**ha** aprendido	**ha** vivido
hemos progresado	**hemos** aprendido	**hemos** vivido
habéis progresado	**habéis** aprendido	**habéis** vivido
han progresado	**han** aprendido	**han** vivido

Nota para hispanohablantes   Hay una tendencia dentro de algunas comunidades de hispanohablantes a formar la primera persona singular ("yo") del presente perfecto con la tercera persona singular ("él"/"ella") del verbo "haber". De esta manera, en vez de "yo he + *participio pasado*" (yo he progresado/aprendido/vivido) tienden a usar "yo ha + *participio pasado*" (*yo ha progresado/aprendido/vivido*). Es importante evitar este uso fuera de esas comunidades y en particular al escribir.

- Para formar el presente perfecto de indicativo se combina el verbo auxiliar "haber" en el presente de indicativo con el participio pasado de un verbo. En este tiempo verbal, el participio pasado es invariable; siempre termina en **-o.**

- Los pronombres reflexivos y los pronombres de objeto directo o indirecto preceden a las formas conjugadas del verbo **haber.**

  La reputación de Costa Rica como un país pacífico **se ha extendido** por todo el mundo.

Uso del presente perfecto de indicativo

- El presente perfecto de indicativo se usa para referirse a acciones o acontecimientos que comenzaron en el pasado y que continúan o se espera que continúen en el presente, o que tienen repercusiones en el presente.

  En los últimos años, Costa Rica **ha gozado** de una cierta prosperidad económica. Esto **ha proporcionado** a los costarricenses un alto nivel de vida.
  Te **he enviado** un mapa de San José. ¿Te **ha llegado** ya?

Ahora, ¡a practicar!

A. ¿Nuestro planeta en peligro? Un(a) compañero(a) y tú toman turnos para hacerse preguntas acerca de la preocupación por el medio ambiente.

> MODELO   visitar una reserva forestal
> **—¿Has visitado una reserva forestal?**
> **—No, nunca he visitado una reserva forestal. o**
> **—Sí, he visitado algunas reservas forestales de Costa Rica.**

1. leer acerca de la lluvia ácida
2. ayudar a proteger especies en vías de extinción
3. estudiar la importancia de la biodiversidad
4. pensar acerca de lo que debemos hacer con los desechos nucleares
5. ver pruebas del efecto invernadero
6. saber de lagos contaminados
7. practicar el reciclaje por largo tiempo
8. hacer caminatas por bosques nubosos
9. comparar Costa Rica y EE.UU. en relación con la protección ambiental
10. escribir algún trabajo de investigación acerca de los parques nacionales costarricenses

B. Situación en los últimos tiempos. Selecciona la forma apropiada para completar este párrafo acerca de la situación política, económica y educacional de Costa Rica en los últimos tiempos.

Últimamente una gran estabilidad política ___1___ (ha caracterizada / ha caracterizado) a Costa Rica. Esto se ___2___ (ha visto / ha veído) acompañado por una cierta estabilidad económica. Además, los gobernantes se ___3___ (han preocupado / ha preocupado) de que los ingresos de la población estén distribuidos de manera justa. Los costarricenses ___4___ (han gozado / han gozados) y gozan de un alto nivel de vida. También se ___5___ (ha prestado / ha prestada) atención a la educación, en la que se ___6___ (han conseguidos / han conseguido) muy buenos resultados: el índice de analfabetismo se ___7___ (ha mantenido / he mantenido) en un cinco por ciento.

C. Experiencias similares.   Describe cosas que tú y tus padres han hecho juntos últimamente.

> MODELOS   **Hemos visitado a mis abuelos.**
> **Hemos salido a comer a nuestro restaurante favorito.**

D. Experiencias diferentes.   Describe cinco cosas que tú has hecho, pero que tus padres nunca han hecho.

4.2   CONSTRUCCIONES PASIVAS

¡A que ya lo sabes!

Don Atilano está leyendo el periódico en un café frente al Teatro Nacional en San José. ¿Qué contesta cuando su buen amigo don Telésforo le pregunta qué hay de nuevo en las noticias? Mira los siguientes pares de oraciones y decide, en cada par, cuál de las dos te suena bien, la primera o la segunda.

1. a. Los contratos con la *United Fruit Company fueron renegociado* por el presidente José Figueres.
   b. Los contratos con la *United Fruit Company fueron renegociados* por el presidente José Figueres.

2. a. *Se ha creado* muchos parques nacionales en Costa Rica.
   b. *Se han creado* muchos parques nacionales en Costa Rica.

En ambos pares de oraciones la mayoría debe de haber elegido la segunda oración. Sin embargo, ¿verdad que la elección fue mucho más difícil en el segundo par? Presten atención a la lección que sigue para afianzar sus conocimientos de las estructuras pasivas.

Voz pasiva con ser

■ Las acciones pueden expresarse en la voz activa o en la voz pasiva. En las oraciones activas el sujeto ejecuta la acción. En las oraciones pasivas el sujeto recibe la acción. Nota cómo el objeto directo de las oraciones activas es el sujeto de las oraciones pasivas y cómo el sujeto de las oraciones activas aparece precedido por la preposición **por** en las oraciones pasivas.

Voz activa		
sujeto	verbo	objeto directo
Ana Istarú	**publicó**	*Palabra Nueva.*

Voz pasiva		
sujeto	**ser** + participio pasado	**por** + agente
Palabra nueva	**fue publicada**	**por** Ana Istarú.

■ En la voz pasiva, "ser" puede usarse en cualquier tiempo verbal y el participio pasado concuerda en género y número con el sujeto de la oración. El agente puede omitirse en una oración pasiva.

Costa Rica **fue colonizada** por Juan Vázquez de Coronado.
Costa Rica **es conocida** como una nación amante de la paz.

Substitutos de las construcciones pasivas

La voz pasiva con "ser" no se usa muy frecuentemente en el español escrito o hablado. En su lugar se prefiere la construcción pasiva con "se" o un verbo en la tercera persona del plural sin sujeto especificado.

■ Cuando se desconoce o no interesa mencionar a la persona que ejecuta una acción, se puede usar la construcción pasiva con "se". En este caso el verbo está siempre en la tercera persona del singular o del plural.

En Costa Rica **se abolió** el ejército en 1949.
Se escuchan ritmos africanos por todo el país.
Se han creado muchas reservas biológicas.

Nota para hispanohablantes   Es común entre muchos hispanohablantes no hacer concordancia en estas estructuras y utilizar siempre la tercera persona del singular. Así, en los ejemplos de arriba en vez de hacer concordancia entre el verbo y "ritmos africanos" o "muchas reservas biológicas", usan la forma singular del verbo: *Se escucha ritmos africanos; Se ha creado muchas reservas biológicas.* Es importante evitar este uso, en particular al escribir.

Nota para bilingües   La construcción con "se" tiene varios equivalentes en inglés. Ya sea a una oración pasiva o a una oración con sujetos impersonales indeterminados como *one, they, you* o *people.*

Se esperan grandes cambios.
{
Great changes are expected.
One expects great changes.
They expect great changes.
You expect great changes.
People expect great changes.
}

■ Un verbo conjugado en la tercera persona del plural sin pronombre sujeto también se puede usar como substituto de la voz pasiva con "ser" cuando no se expresa el agente.

Aprobaron la nueva constitución.
Aquí no **respetan** los derechos individuales.

Ahora, ¡a practicar!

A. ¿Qué sabes de Costa Rica? Usa la información siguiente para mencionar algunos datos importantes de Costa Rica.

MODELO   reconocer / por Colón en 1502
Fue reconocida por Colón en 1502.

1. poblar / por cunas, guaymíes y chocoes
2. colonizar / por Juan Vázquez de Coronado
3. anexar / a la Capitanía General de Guatemala durante la colonia
4. declarar / república independiente en el siglo XIX
5. transformar / enormemente después de la constitución de 1949

B. Político y pacifista. Completa la siguiente información acerca de Óscar Arias Sánchez usando "ser" + *el participio pasado* del verbo indicado.

Óscar Arias Sánchez nació en 1941 en Heredia, ciudad de ambiente colonial; la iglesia principal de la ciudad __1__ (construir) en 1797. Hijo de una acomodada familia de exportadores cafetaleros, __2__ (educar) en la Universidad de Costa Rica. Sus estudios __3__ (completar) en Inglaterra, donde obtuvo un doctorado en 1974. Luego volvió a su país y __4__ (contratar) por la Universidad de Costa Rica para enseñar ciencias políticas. En 1986 __5__ (elegir) presidente del país y al año siguiente __6__ (galardonar) con el premio Nobel de la Paz. El premio le __7__ (otorgar) por su activa participación en lograr la paz en Centroamérica. Debido en gran parte a su contribución, el conflicto entre varios países centroamericanos __8__ (resolver) y un acuerdo de paz __9__ (firmar) en 1987. Gracias al dinero del premio Nobel, __10__ (establecer) la Fundación Arias para la Paz y el Progreso Humano.

C. La economía costarricense. Víctor ha escrito un párrafo acerca de la economía costarricense. Presta atención a las construcciones con "se" y haz cualquier corrección que sea necesaria para la lengua escrita.

En Costa Rica, como en otros países centroamericanos, se cultiva café. También se extrae de la tierra varios minerales y se refina petróleo. Se procesa alimentos en muchas plantas. La economía se basa en parte en la agricultura ya que se dedica grandes extensiones de tierra al pastoreo. También se obtiene divisas de la exportación de productos.

D. Noticias. En grupos de tres o cuatro, hablen de las noticias que han leído en el periódico recientemente.

MODELO   **Anuncian una gran tormenta de nieve en Nueva York.**

Vocabulario útil

aconsejar	creer	denunciar	pronosticar
anunciar	decir	informar	tener

UNIDAD 4

Lección 2

4.3 **LAS FORMAS DEL PRESENTE DE SUBJUNTIVO Y EL USO DEL SUBJUNTIVO EN LAS CLÁUSULAS PRINCIPALES**

¡A que ya lo sabes!

Según tu amigo Epi, ¿qué consejos les dio la profesora de español al terminar la clase hoy y qué dijo cuando le preguntaron si hay estudiantes panameños en la universidad? Mira los siguientes pares de oraciones y decide, en cada par, cuál de las dos te suena bien, la primera o la segunda.

1. a. Es necesario que nosotros *aprendamos* bien las formas del subjuntivo.
   b. Es necesario que nosotros *apréndamos* bien las formas del subjuntivo.

2. a. Es importante que nosotros *durmamos* siete u ocho horas cada noche.
   b. Es importante que nosotros *duérmanos* siete u ocho horas cada noche.

3. a. Es posible que *haya* estudiantes panameños en nuestra universidad.
   b. Es posible que *haiga* estudiantes panameños en nuestra universidad.

¿Todos acertaron y escogieron la primera oración de cada par? Bueno si no todos, la mayoría debe de haber seleccionado esas oraciones. ¿Ven como la tarea se facilita cuando se han internalizado las formas del presente de subjuntivo? Pero sigan leyendo y ese conocimiento tácito será aun más sólido.

■ Los dos modos verbales principales del español son el *indicativo* y el *subjuntivo*. El modo indicativo narra o describe algo que se considera definido, objetivo o real. El modo subjuntivo expresa emociones, dudas, juicios de valor o incertidumbre acerca de una acción.

La Ciudad de Panamá **es** una ciudad moderna. *(Indicativo)*
Quizás la parte más interesante de la Ciudad de Panamá **sea** la parte antigua de la ciudad. *(Subjuntivo)*

■ El subjuntivo, de uso frecuente en español, aparece generalmente en cláusulas subordinadas introducidas por "que".

Dudo **que** tus amigos **sepan** quién es Mireya Moscoso.

Formas

Verbos en -*ar*	Verbos en -*er*	Verbos en -*ir*
progresar	*aprender*	*vivir*
progres**e**	aprend**a**	viv**a**
progres**es**	aprend**as**	viv**as**
progres**e**	aprend**a**	viv**a**
progres**emos**	aprend**amos**	viv**amos**
progres**éis**	aprend**áis**	viv**áis**
progres**en**	aprend**an**	viv**an**

Nota para hispanohablantes   Hay una tendencia dentro de algunas comunidades de hispanohablantes a acentuar la última sílaba de la raíz en la primera persona plural del presente de subjuntivo. Por ejemplo, en vez de decir "progresemos" y "aprendamos", dicen *progrésemos* y *apréndamos* o *progrésenos* y *apréndanos.* Es importante evitar este uso fuera de esas comunidades y en particular al escribir.

■ Para formar el presente de subjuntivo de todos los verbos regulares y de la mayoría de los verbos irregulares, se quita la terminación **-o** de la primera persona del singular del presente de indicativo y se agregan las terminaciones apropiadas. Nota que todas las terminaciones de los verbos terminados en **-ar** tienen en común la vocal **-e,** mientras que todas las terminaciones de los verbos terminados en **-er** e **-ir** tienen en común la vocal **-a.**

■ La mayoría de los verbos que tienen una raíz irregular en la primera persona del singular del presente de indicativo mantienen la misma irregularidad en todas las formas del presente de subjuntivo. Los siguientes son algunos ejemplos.

conocer (**conozcø**): conozca, conozcas, conozca, conozcamos, conozcáis, conozcan
decir (**digø**): diga, digas, diga, digamos, digáis, digan
hacer (**hagø**): haga, hagas, haga, hagamos, hagáis, hagan
influir (**influyø**): influya, influyas, influya, influyamos, influyáis, influyan
proteger (**protejø**): proteja, protejas, proteja, protejamos, protejáis, protejan
tener (**tengø**): tenga, tengas, tenga, tengamos, tengáis, tengan

Nota para hispanohablantes   Hay una tendencia dentro de algunas comunidades de hispanohablantes a acentuar la última sílaba de la raíz en la primera persona plural del presente de subjuntivo de los verbos que tienen una raíz irregular también. Por ejemplo, en vez de decir "hagamos", "influyamos" y "tengamos", dicen *hágamos, inflúyamos* y *téngamos* o *háganos, inflúyanos* y *ténganos.* Es importante evitar este uso fuera de esas comunidades y en particular al escribir.

Verbos con cambios ortográficos

Algunos verbos requieren un cambio ortográfico para mantener la pronunciación de la raíz. Los verbos que terminan en **-car, -gar, -guar** y **-zar** tienen un cambio ortográfico en todas las personas.

c → **qu**	sacar: saque, saques, saque, saquemos, saquéis, saquen
g → **gu**	pagar: pague, pagues, pague, paguemos, paguéis, paguen
u → **ü**	averiguar: averigüe, averigües, averigüe, averigüemos, averigüéis, averigüen
z → **c**	alcanzar: alcance, alcances, alcance, alcancemos, alcancéis, alcancen

Otros verbos en estas categorías:

atacar	entregar	atestiguar	comenzar (ie)
indicar	jugar (ue)		empezar (ie)
tocar	llegar		almorzar (ue)

Nota para hispanohablantes   Hay una tendencia dentro de algunas comunidades de hispanohablantes a acentuar la última sílaba de la raíz en la primera persona plural del presente de subjuntivo de los verbos con cambios ortográficos también. Por ejemplo, en vez de usar las formas "saquemos", "paguemos" y "averigüemos", usan *sáquemos*, *páguemos* y *averígüemos* o *sáquenos*, *páguenos* y *averígüenos.* Es importante evitar este uso fuera de esas comunidades y en particular al escribir.

Verbos con cambios en la raíz

■ Los verbos con cambios en la raíz que terminan en **-ar** y en **-er** tienen los mismos cambios en la raíz en el presente de subjuntivo que en el presente de indicativo. Recuerda que todas las formas cambian, excepto "nosotros" y "vosotros". (Consúltese la *Unidad 1*, págs. 80–81 para una lista de verbos con cambios en la raíz.)

pensar	**volver**
e → *ie*	*o* → *ue*
pionse	vuelva
pienses	vuelvas
piense	vuelva
pensemos	volvamos
penséis	volváis
piensen	vuelvan

Nota para hispanohablantes   Hay una tendencia dentro de algunas comunidades de hispanohablantes a acentuar la última sílaba y cambiar la raíz de la primera persona plural del presente de subjuntivo de los verbos con cambios en la raíz. Por ejemplo, en vez de usar las formas "pensemos" y "volvamos", usan *piénsemos* y *vuélvamos* o *piénsenos* y *vuélvanos*. Es importante evitar este uso fuera de esas comunidades y en particular al escribir.

■ Los verbos con cambios en la raíz terminados en **-ir** tienen los mismos cambios en la raíz que en el presente de indicativo, excepto que las formas correspondientes a "nosotros" y a "vosotros" tienen un cambio adicional de **e** a **i** y de **o** a **u.**

mentir	dormir	pedir
e → ei, i	*o → ue, u*	*e → i, i*
mienta	duerma	pida
mientas	duermas	pidas
mienta	duerma	pida
mintamos	durmamos	pidamos
mintáis	durmáis	pidáis
mientan	duerman	pidan

Nota para hispanohablantes   Hay una tendencia dentro de algunas comunidades de hispanohablantes a acentuar la última sílaba de la raíz, a hacer un cambio en la raíz y también a veces en la terminación de las formas correspondientes a la primera persona del plural ("nosotros") del presente de subjuntivo de los verbos terminados en **-ir** que tienen cambios en la raíz. De esta manera, en vez de usar las formas más apropiadas (mintamos, durmamos, pidamos), usan *miéntamos, duérmamos, pídamos* o *miéntanos, duérmanos, pídanos.* Es importante evitar este uso fuera de esas comunidades y en particular al escribir.

Verbos irregulares

■ Los siguientes seis verbos, que no terminan en **-o** en la primera persona del singular del presente de indicativo, son irregulares en el presente de subjuntivo. Nota los acentos escritos en algunas formas de "dar" y "estar".

haber	ir	saber	ser	dar	estar
haya	vaya	sepa	sea	dé	esté
hayas	vayas	sepas	seas	des	estés
haya*	vaya	sepa	sea	dé	esté
hayamos	vayamos	sepamos	seamos	demos	estemos
hayáis	vayáis	sepáis	seáis	deis	estéis
hayan	vayan	sepan	sean	den	estén

*Advierte que "haya" es la forma del presente de subjuntivo que corresponde a la forma "hay" del presente de indicativo: Sé que **hay** una tienda en esa esquina. Dudo que **haya** una tienda en esa esquina.

> **Nota para hispanohablantes** Hay una tendencia dentro de algunas comunidades de hispanohablantes a acentuar la última sílaba de la raíz y también a veces en la terminación de las formas correspondientes a la primera persona plural ("nosotros") del presente de subjuntivo de los verbos irregulares. De esta manera, en vez de usar las formas hayamos, vayamos, sepamos, seamos, usan *háyamos, váyamos, sépamos, séamos* o *háyanos, váyanos, sépanos, séanos.* Algunas comunidades también cambian la raíz del verbo "haber" en el presente de subjuntivo. De esta manera, en vez de usar las formas haya, hayas, hayamos, hayan, usan *haiga, haigas, haigamos* (o *háigamos*). Es importante evitar este uso fuera de esas comunidades y en particular al escribir.

Ahora, ¡a practicar!

A. Visita a las islas San Blas. Menciona las sugerencias que les haces a unos compañeros que desean visitar las islas San Blas.

MODELO   no viajar el domingo
        Les sugiero que no viajen el domingo.

1. tomar un avión, no un barco
2. conversar con algunos indios cunas
3. sacar muchas fotografías
4. observar la vestimenta de las mujeres
5. ver a una cuna hacer una mola
6. adquirir una mola por lo menos
7. obtener una mola con diseños tradicionales
8. levantarse temprano para el viaje de regreso

B. Opiniones contrarias. Tú y tu compañero(a) expresan opiniones opuestas sobre lo que es bueno para los países del Caribe.

MODELO   probar otros modelos de gobierno
        Tú: **Es bueno que prueben otros modelos de gobierno.**
        Compañero(a): **Es malo que prueben otros modelos de gobierno.**

1. exportar más productos
2. mejorar los sistemas educativos
3. defender su independencia política y económica
4. cerrar sus fronteras
5. tener elecciones libres
6. convertirse en democracias representativas
7. resolver sus problemas internos pronto

C. Recomendaciones. Di lo que tus padres les recomiendan a tu hermana y a ti, ya que les gustaría ser astronautas. Selecciona la forma que consideras más apropiada.

Nos recomiendan que __1__ (estúdiemos/estudiemos) todos los días y que __2__ (sacemos/saquemos) buenas notas y que __3__ (escuchemos/escúchenos) los consejos de nuestros profesores. También nos recomiendan que __4__ (prestemos/préstemos) atención a nuestro estado físico y que __5__ (hagamos/hágamos) ejercicio. También nos dicen que __6__ (ponemos/pongamos) atención a los vuelos espaciales de la NASA y que __7__ (vemos/veamos) películas de vuelos espaciales. Y sobre todo, que __8__ (seamos/séanos) responsables y que __9__ (tengamos/ténganos) paciencia. Ya llegará nuestro momento.

El subjuntivo en las cláusulas principales

¡A que ya lo sabes!

Paquito y Robertito están platicando mientras observan las estrellas una noche de verano. ¿Qué estarán diciendo? Mira los siguientes pares de oraciones y decide, en cada par, cuál de las dos te suena bien, la primera o la segunda.

1. a. Tengo muchas dudas, pero quizá en el futuro *encuentran* vida en otros planetas.
b. Tengo muchas dudas, pero quizá en el futuro *encuentren* vida en otros planetas.

2. a. Ojalá *sea* vida inteligente y humana.
b. Ojalá *es* vida inteligente y humana.

Estoy seguro de que escogieron la segunda oración en el primer par y la primera en el segundo par. Es fácil cuando existe un conocimiento tácito del uso del subjuntivo en las cláusulas principales. Pero sigan leyendo para que ese conocimiento sea aun más firme.

- El subjuntivo se usa siempre después de "ojalá (que)" porque significa "espero que". El uso de "que" después de "ojalá" es optativo.

  Ojalá (que) yo **pueda** visitar la Ciudad de Panamá algún día.
  Ojalá (que) recuerdes comprarme una mola.

> **Nota para hispanohablantes**   Hay una tendencia dentro de algunas comunidades de hispanohablantes a cambiar de lugar el acento fonético de la palabra "ojalá" y decir *ójala.* Es importante evitar este uso fuera de esas comunidades y en particular al escribir.

- El subjuntivo se usa después de las expresiones "probablemente" y "a lo mejor", "acaso", "quizá(s)" y "tal vez" para indicar que algo es dudoso o incierto. El uso del indicativo después de estas expresiones indica que la idea expresada es definida, cierta o muy probable.

  Probablemente hable de la sociedad cuna en la próxima clase. *(menos seguro)*
  Probablemente hablaré de la sociedad cuna en la próxima clase. *(más seguro)*

  Tal vez mi hermano **viaje** a Panamá pronto. *(menos seguro)*
  Tal vez mi hermano **viaja** a Panamá pronto. *(más seguro)*

Ahora, ¡a practicar!

A. Preparativos apresurados. Eres periodista y tu jefe(a) te ha pedido que hagas un reportaje sobre Panamá. Tienes que salir para allá lo más pronto posible.

MODELO   el pasaporte estar al día
          Ojalá que el pasaporte esté al día.

1. (yo) encontrar un vuelo para el sábado próximo
2. (yo) conseguir visa pronto

3. haber cuartos en un hotel de Panamá Viejo
4. (yo) tener tiempo para visitar el canal de Panamá
5. la computadora portátil funcionar sin problemas
6. (yo) poder entrevistar a muchas figuras políticas importantes
7. el reportaje resultar todo un éxito

B. Planes. Escoge la forma verbal que consideras más apropiada para indicar lo que tú y tus amigos esperan que ocurra durante las vacaciones de primavera.

1. Ojalá que Jaime, Carlos y Paco _____ (encuentran/encuentren) un apartamento en la playa.
2. Ojalá que Andrea _____ (vaya/va) a visitar a sus padres en Maine.
3. Ojalá Marcos y yo _____ (podamos/puédanos) pasar una semana en la playa.
4. Ojalá Natalia y tú no _____ (tienen/tengan) que estudiar.
5. Ojalá que mi novio(a) _____ (puede/pueda) ir a Fort Lauderdale también.
6. Ojalá las muchachas _____ (elijan/eligen) un hotel con muchas comodidades.
7. Ojalá que Susana y su hermana _____ (piden/pidan) sus vacaciones con tiempo esta vez.

C. Indecisión. Un(a) compañero(a) de clase te pregunta lo que vas a hacer el próximo fin de semana. Como no estás seguro(a), no puedes darle una respuesta definitiva. Por eso, le mencionas cuatro o cinco posibilidades.

MODELO **Quizás (Tal vez, Probablemente) vaya al cine.**

4.4 MANDATOS FORMALES Y MANDATOS FAMILIARES

Mandatos formales con Ud./Uds.

¡A que ya lo sabes!

Aquí tienen dos pares de oraciones para que seleccionen el mandato que uno escucharía en una oficina pública.

1. a. *Llene* Ud. estos formularios, por favor.
   b. *Llena* Ud. estos formularios, por favor.

2. a. *Se pongan* en la cola para que los podamos atender.
   b. *Pónganse* en la cola para que los podamos atender.

Qué fácil es cuando uno tiene un conocimiento tácito del uso de los mandatos formales (con "Ud." y "Uds."). Estoy seguro de que eligieron el primer mandato en el primer par y el segundo en el segundo par. Sigan leyendo y ese conocimiento tácito se hará explícito.

	Verbos en *-ar*		Verbos en *-er*		Verbos en *-ir*	
	usar		***correr***		***sufrir***	
Ud.	use	no use	corra	no corra	sufra	no sufra
Uds.	usen	no usen	corran	no corran	sufran	no sufran

■ Los mandatos afirmativos y negativos con "usted" y "ustedes" tienen las mismas formas que el presente de subjuntivo.

■ En español, normalmente se omite el pronombre sujeto en los mandatos. Se puede incluir para poner énfasis, para establecer un contraste o para indicar cortesía.

Espere unos minutos, por favor.
Quédense Uds. aquí; **vaya Ud.** sola a la oficina del director. *(contraste)*
Llene Ud. este formulario, por favor. *(cortesía)*

■ En los mandatos afirmativos, los pronombres de objeto directo e indirecto y los pronombres reflexivos se colocan al final del verbo, formando con éste una sola palabra. Se necesita un acento escrito si el mandato lleva el acento fonético en la antepenúltima sílaba.

Este parque nacional es suyo. **Úselo, cuídelo, manténgalo** limpio.
Niños, por favor, **lávense** las manos y **siéntense** a la mesa en seguida.

Nota para hispanohablantes   Hay una tendencia dentro de algunas comunidades de hispanohablantes a añadir una **n** al pronombre de objeto directo "se" en mandatos formales plurales o a mover la **n** del mandato al final del pronombre. Por ejemplo, en vez de decir "lávense" y "siéntense", dicen *lávensen* y *siéntensen* o *lávesen* y *siéntesen*. Es importante evitar este uso fuera de esas comunidades y en particular al escribir.

■ En los mandatos negativos, los pronombres de objeto y los pronombres reflexivos preceden al verbo.

Guarde ese maletín; no **me lo pase** todavía.

Ahora, ¡a practicar!

A. **Atracciones turísticas.** Eres agente de viaje y un(a) cliente tuyo(a) te consulta sobre los lugares que debe ver durante su próximo viaje a Panamá. ¿Qué recomendaciones le haces?

> MODELO   caminar por la avenida Balboa
> **Camine por la avenida Balboa.**

1. no dejar de pasar por el Instituto Panameño de Turismo
2. ver el canal de Panamá
3. visitar las islas San Blas; admirar la artesanía cuna
4. ir al Parque Nacional Soberanía; hacer una caminata
5. pasearse por Panamá Viejo
6. entrar en el Museo de Arte Afro-Antillano
7. asistir a un concierto en el Teatro Nacional; hacer reservaciones con tiempo

B. **Recomendaciones del guía.** Escoge el mandato formal que usa el guía para darles consejos a los turistas que tiene a su cargo.

1. Regla número uno: _____ (no se separen / no sepárense) del grupo sin avisarme.
2. Si tienen cualquier pregunta, _____ (háganla / la hagan).
3. Si están cansados, _____ (quédesen / quédense) en el autobús.

4. En los museos que lo prohíban, _____ (no saquen / no sacan) fotografías.
5. Cuando termine la visita, _____ (asegúrensen / asegúrense) de que tienen consigo todos sus efectos personales.

C. ¡Escúchenme! Tú eres el(la) profesor(a) de la clase de español por un día. Tienes que decirles a los estudiantes lo que deben hacer o no hacer. ¿Qué les vas a decir?

MODELO **Abran sus libros en la página 54, por favor.** o
No hablen en inglés, solamente en español.

D. En la tienda de artesanías. Tus amigos van a entrar en una tienda de artesanías. ¿Qué consejos les vas a dar?

MODELO **Tengan cuidado de no romper los objetos de vidrio.** o
No compren sin mirar bien los objetos.

Mandatos familiares con tú

Verbos en *-ar*		Verbos en *-er*		Verbos en *-ir*	
usar		*correr*		*sufrir*	
usa	no uses	corre	no corras	sufre	no sufras

■ Los mandatos afirmativos con "tú" tienen la misma forma que la tercera persona del singular del presente de indicativo. Los mandatos negativos con "tú" tienen la misma forma que el presente de subjuntivo.

Conserva tus tradiciones. **No olvides** tus orígenes.
¡Insiste en tus derechos! ¡No **temas** defenderlos!

■ Sólo los siguientes verbos tienen mandatos afirmativos irregulares con "tú". Los mandatos negativos correspondientes son regulares.

decir	**di**	salir	**sal**
hacer	**haz**	ser	**sé**
ir	**ve**	tener	**ten**
poner	**pon**	venir	**ven**

Hazme un favor. **Ven** a pasear por la zona colonial conmigo. Pero **pon**te un suéter porque hace frío.

Ahora, ¡a practicar!

A. Receta de cocina. Un(a) amigo(a) te llama por teléfono para pedirte una receta de un plato caribeño que tú tienes. La receta aparece del modo siguiente en tu libro de cocina.

Instrucciones:
1. Cortar las vainitas verdes a lo largo; cocinarlas en un poco de agua.
2. Pelar los plátanos; cortarlos a lo largo; freírlos en aceite hasta que estén tiernos; secarlos en toallas de papel.
3. Mezclar la sopa con las vainitas; tener cuidado: no romper las vainitas.
4. En una cacerola, colocar los plátanos.
5. Sobre los plátanos, poner la mezcla de sopa y vainitas; echar queso rallado encima.
6. Repetir hasta que la cacerola esté llena.
7. Hornear a 350° hasta que todo esté bien cocido.
8. Cortar en cuadritos para servir; tener cuidado; no quemarse.

Ahora dale instrucciones a tu amigo(a) para preparar el plato.

MODELO   **Corta las vainitas verdes a lo largo; cocínalas en un poco de agua.**

B. Consejos contradictorios. Gloria y Mario acaban de regresar de Panamá. Como tú piensas visitar Panamá algún día, hablas con ellos, pero ellos te dan consejos muy contradictorios. ¿Qué te dicen?

MODELO   dejar propina
         Gloria: **Deja propina en los restaurantes.**
         Mario: **No dejes propina en los restaurantes.**

1. leer acerca de la historia y las costumbres
2. esforzarse por hablar español
3. pedir información en la oficina de turismo
4. tener el pasaporte siempre contigo
5. cambiar dinero en los hoteles
6. comer en los puestos que veas en la calle
7. salir solo(a) de noche
8. visitar los museos históricos
9. regatear los precios en las tiendas

C. Compañera regañona. Elena ha escrito un párrafo acerca de su compañera de cuarto. Corrige los mandatos que no son apropiados para la lengua escrita.

Parece que Melisa, mi compañera de cuarto, es una persona a quien le gustan que las cosas se hagan a su modo, y me lo dice a cada instante. "No dejes tus cosas por el suelo. Recógeslas. No me interrumpes cuando yo estoy hablando por teléfono. Pon tus discos compactos en tu cuarto, no los olvidas en el mío. Hace tus tareas sin preguntarme a mí. No vuelve demasiado tarde por la noche. No haga ruido cuando te levantas por la mañana." Ya estoy acostumbrada a ella. La escucho porque tiene buenas intenciones, pero yo hago las cosas como yo quiero.

D. Depresión. Tu compañero(a) de cuarto está muy deprimido(a) porque recibió malas notas en el último examen en dos de sus clases. Piensa abandonar la universidad y buscar trabajo. ¿Qué consejos le das tú?

MODELO **Habla con los profesores. Ellos te pueden ayudar. No decidas nada hasta después de hablar con ellos.**

Lección 3

4.5 ## EL SUBJUNTIVO EN LAS CLÁUSULAS NOMINALES

Deseos, recomendaciones, sugerencias y mandatos

¡A que ya lo sabes!

A ver cómo les va con estos pares de oraciones. En cada par, selecciona lo que dice tu amiga Laura, quien siempre tiene problemas y pide ayuda.

1. a. Te pido que me *ayudas* a resolver un problema.
   b. Te pido que me *ayudes* a resolver un problema.

2. a. Creo que no *vas* a tener inconveniente en ayudarme.
   b. Creo que no *vayas* a tener inconveniente en ayudarme.

3. a. Es bueno que uno *ayuda* a sus amigos.
   b. Es bueno que uno *ayude* a sus amigos.

¿Fue demasiado fácil esta vez? Aun así, creo que la mayoría seleccionó la segunda oración en el primer par, la primera en el segundo y la segunda oración en el último par. No es difícil cuando uno ha internalizado las reglas para el uso del subjuntivo o del indicativo en las cláusulas nominales. Y si siguen leyendo ese conocimiento será aun más firme.

■ El subjuntivo se usa en una cláusula subordinada cuando el verbo o la expresión impersonal de la cláusula principal indica deseo, recomendación, sugerencia o mandato y hay cambio de sujeto en la cláusula subordinada. Si no hay cambio de sujeto, se usa el infinitivo.

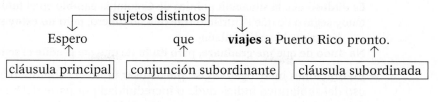

Verbos y expresiones de uso común en esta categoría:

aconsejar	exigir	prohibir
decir (i)	mandar	querer (ie)
dejar	pedir (i)	recomendar (ie)
desear	permitir	rogar (ue)
esperar	preferir (ie)	sugerir (ie)
ser esencial	ser mejor	ser preciso
ser importante	ser necesario	ser urgente

Prefiero que **pases** dos semanas en Colombia.
Te recomiendo que **vayas** a la Casa Museo Quinta de Bolívar.
Es importante **visitar** el Museo del Oro.

Duda, incertidumbre, incredulidad y desmentido

■ Se usa el subjuntivo en una cláusula subordinada después de verbos o expresiones que indican duda, incertidumbre, incredulidad o desmentido. Cuando se usa el opuesto de estos verbos y expresiones, van seguidos del indicativo porque indican certeza.

Verbos y expresiones de uso común en esta categoría:

Subjuntivo: incredulidad/duda	Indicativo: creencia/certidumbre
no creer	creer
dudar	no dudar
no estar seguro(a) (de)	estar seguro(a) (de)
negar (ie)	no negar (ie)
no pensar (ie)	pensar (ie)
no ser cierto	ser cierto
ser dudoso	no ser dudoso
no ser evidente	ser evidente
no ser seguro	ser seguro
no ser verdad	ser verdad

Es dudoso que la situación política de Colombia **cambie** en el futuro.
Estoy seguro de que el turismo **trae** mucho dinero, pero **no estoy seguro** de que no **traiga** problemas también.
No dudo de que **me graduaré**, pero **dudo** de que **me gradúe** el semestre próximo.

■ En oraciones interrogativas, se puede usar tanto el subjuntivo como el indicativo. El uso del subjuntivo indica duda o incredulidad por parte del hablante o escritor. El uso del indicativo señala que la persona que habla o escribe desea simplemente información y no sabe la respuesta a su pregunta.

¿Piensas que el turismo **es** beneficioso para el país? *(la persona solicita información y no sabe la respuesta)*
¿Piensas que el turismo **sea** beneficioso para el país? *(la persona duda que el turismo sea beneficioso)*

Emociones, opiniones y juicios de valor

■ El subjuntivo se usa en una cláusula subordinada después de verbos y expresiones que indican emociones, opiniones y juicios de valor cuando hay cambio de sujeto. Si no hay cambio de sujeto, se usa el infinitivo.

Verbos y expresiones de uso común en esta categoría:

alegrarse	lamentar	sorprenderse
enojarse	sentir (ie)	temer
estar contento(a) de	ser extraño	ser raro
ser agradable	ser increíble	ser sorprendente
ser bueno	ser malo	ser (una) lástima
ser curioso	ser natural	ser vergonzoso
ser estupendo	ser normal	

Me alegro de que **vayas** al concierto de Shakira.
Es increíble que todavía la gente **admire** tanto a Bolívar.
Es bueno **tener** preocupaciones sociales.

Nota para hispanohablantes Hay una tendencia dentro de algunas comunidades de hispanohablantes a usar el indicativo con algunas de estas expresiones que indican emociones, opiniones y juicios. Por ejemplo, en vez de usar el subjuntivo con tales expresiones y decir "Es bueno que no esté enfermo" o "Me sorprende que no llame", usan el indicativo (*Es bueno que no está enfermo. Me sorprende que no llama.*) Es importante evitar este uso fuera de esas comunidades y en particular al escribir.

Ahora, ¡a practicar!

A. Los deberes del dentista. Di lo que es necesario que haga el dentista del cuento de García Márquez.

MODELO   abrir el gabinete a las seis de la mañana
Es necesario que abra el gabinete a las seis de la mañana.

1. sacar una dentadura postiza de la vidriera
2. poner los instrumentos sobre la mesa
3. ordenarlos de mayor a menor
4. rodar la fresa hacia el sillón
5. sentarse
6. pulir la dentadura
7. trabajar con determinación
8. pedalear en la fresa
9. trabajar por unas horas
10. hacer una pausa

B. Datos sorprendentes. Tú les cuentas a tus amigos las cosas que te sorprenden de Colombia, lugar que visitas por primera vez.

MODELO Colombia / tener tantos monumentos coloniales
Me sorprende (Es sorprendente) que Colombia tenga tantos monumentos coloniales.

1. el país / ofrecer tantos sitios de interés turístico
2. Bogotá / estar a casi tres mil metros de altura
3. los colombianos / preocuparse por la pureza del español
4. en Bogotá / haber tantos museos interesantes
5. el territorio colombiano / extenderse desde el Caribe hasta el Pacífico
6. en Zipaquirá / existir una catedral de sal
7. las esmeraldas / ser carísimas
8. los colombianos / recordar la memoria de Jorge Eliécer Gaitán con un museo

C. Opiniones. Tú y tus compañeros dan opiniones acerca de Colombia.

MODELOS ser verdad / Colombia es un país variado
Es verdad que Colombia es un país variado.
no estar seguro(a) / los colombianos apoyan a su presidente
No estoy seguro(a) (de) que los colombianos apoyen a su presidente.

1. ser evidente / Colombia tiene escritores sobresalientes
2. pensar / el café domina las exportaciones de Colombia
3. no creer / Colombia va a modificar su constitución
4. no dudar / la cumbia va a pasar de moda
5. ser cierto / los colombianos están orgullosos de su modo de hablar
6. negar / todos los colombianos viven en el pasado

D. Un mundo mejor. Felipe ha escrito un párrafo acerca de un amigo de él y quiere que tú le eches un vistazo para corregir cualquier uso del subjuntivo o del indicativo en las cláusulas nominales que no sea apropiado para la lengua escrita.

Tengo un compañero que es muy idealista y que querría cambiar el mundo. Afirma que tengamos que vivir en armonía y que es importante que prevenimos las guerras. Duda que las guerras se acabarán un día, pero desea que evitamos muchas de ellas. Está seguro de que podamos mejorar las condiciones de vida de muchos y es necesario que hacemos esfuerzos en ese sentido. Sabe que haya problemas insolubles, pero piensa que debamos tratar de vivir en un mundo mejor.

E. Consejos para los teleadictos. ¿Qué consejos puedes darle a un(a) amigo(a) que está en peligro de convertirse en un(a) teleadicto(a)? Menciona cinco por lo menos.

MODELO **Te aconsejo que seas más activo(a).**
Te recomiendo que vayas a un gimnasio.

Lección 4

4.6   ## PRONOMBRES RELATIVOS

¡A que ya lo sabes!

Mira los siguientes pares de oraciones y decide, en cada par, cuál de las dos te suena bien, la primera o la segunda.

1. a. Rosaura y Vicky son las amigas con *quienes* contamos para el domingo próximo.
   b. Rosaura y Vicky son las amigas con *quien* contamos para el domingo próximo.

2. a. Tú has leído las mismas novelas de Rómulo Gallegos *yo he leído*.
   b. Tú has leído las mismas novelas de Rómulo Gallegos *que yo he leído*.

3. a. Tengo varios amigos *que* han visitado Venezuela.
   b. Tengo varios amigos *quienes* han visitado Venezuela.

La primera fue fácil y la última quizá un poco más difícil. Pero creo que la mayoría seleccionó la primera oración en el primer par, la segunda en el segundo par y la primera en el tercer par. Como ven, es bueno tener un conocimiento tácito de los pronombres relativos. Si siguen leyendo, podrán consolidar ese conocimiento.

Los pronombres relativos unen una cláusula subordinada a la cláusula principal. En tanto pronombres remiten a un antecedente, o sea, a un sustantivo mencionado previamente en la cláusula principal, sirven para hacer transiciones de una idea a otra y para eliminar la repetición de un sustantivo. El pronombre relativo no se omite nunca.

> *Nota para bilingües* **En inglés es común omitir el pronombre relativo:** *Have you seen the house I bought?* **= ¿Has visto la casa que compré?**

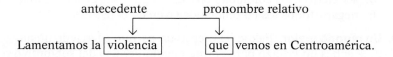

Lamentamos la [violencia]   [que] vemos en Centroamérica.

antecedente — pronombre relativo

Los pronombres relativos principales son: que, quien(es), el (la, los, las) cual(es), el (la, los, las) que, cuyo.

Usos de que

■ "Que" es el pronombre relativo de mayor uso. Se puede referir a personas, lugares, cosas o ideas abstractas.

Carolina Herrera es una modista venezolana **que** tiene renombre mundial.

El producto **que** cambió la economía venezolana fue el petróleo.

Había un mercado muy interesante en el pueblo **que** visitamos.

■ "Que" se usa después de las preposiciones simples "a", "con", "de" y "en" cuando se refiere a lugares, objetos o ideas abstractas, no a personas.

Paraguay fue el país **en que** se asiló el dictador Anastasio Somoza.

Muchos piensan que la educación es el arma **con que** se debe combatir el subdesarrollo económico.

Usos de quien(es)

■ "Quien(es)" se usa después de las preposiciones simples como "a", "con", "de", "en" y "por" para referirse a personas. Nota que concuerda en número con su antecedente.

Las personas **a quienes** entrevistaron son miembros de la Asamblea Nacional.

■ "Quien(es)" también puede usarse en una cláusula separada por comas cuando se refiere a personas.

No conozco al cantante venezolano **con quien (de quien)** hablas.

Rómulo Gallegos, **quien (que)** es un gran novelista venezolano, fue también presidente de la república.

Muchos amigos venezolanos, **quienes** estudian en EE.UU., echan de menos a su país.

Ahora, ¡a practicar!

A. Estilo más complejo. Estás revisando la composición de un(a) compañero(a), en la cual aparecen demasiadas oraciones simples. Le sugieres que combine dos oraciones en una.

MODELO   Rómulo Gallegos es un importante escritor hispanoamericano. Fue elegido presidente de Venezuela en 1947.
Rómulo Gallegos, quien (que) fue elegido presidente de Venezuela en 1947, es un importante escritor hispanoamericano.

1. Jesús Rafael Soto es un escultor constructivista. Nació en Ciudad Bolívar en 1923.
2. Jesús Rafael Soto utiliza el plexiglás en sus esculturas. Ha sido muy influenciado por el pintor abstracto Piet Mondrian.
3. Carolina Herrera fue nombrada al "Fashion Hall of Fame" en 1981. Es una modista venezolana de fama internacional.
4. Salvador Garmendia es un destacado escritor venezolano. Nació en 1928 en Barquisimeto.
5. Salvador Garmendia ha escrito guiones para el cine y la televisión. Ha sido locutor de radio.

B. Conozcamos Venezuela. Para aprender más sobre Venezuela, identifica los siguientes lugares y cosas usando la información dada entre paréntesis.

MODELO   (deporte / practicarse tanto como el fútbol en Venezuela) El béisbol
El deporte que se practica tanto como el fútbol en Venezuela es el béisbol.

UNIDAD 4

1. (ciudad / ser la capital de Venezuela) Caracas
2. (monumento / guardar los restos de Bolívar) El Panteón Nacional
3. (unidad monetaria / usarse en Venezuela) El bolívar
4. (lago / tener innumerables pozos petroleros) El lago Maracaibo
5. (cascada / más alta que las cataratas del Niágara) El Salto de Angel
6. (parque / ser el sexto en el mundo en extensión) El Parque Nacional Canaima

C. Identificaciones. Repasa **Del pasado al presente** de la *Unidad 4, Lección 4* (págs. 321–323), e identifica a las personas que aparecen a continuación.

MODELOS   Francisco de Miranda
Fue un héroe venezolano que quería la independencia de su país. o
Fue un patriota que fue amigo de Bolívar. o
Fue un caraqueño que luchó contra los españoles.

1. Simón Bolívar
2. Rómulo Betancourt
3. Rómulo Gallegos
4. Carlos Andrés Pérez
5. Hugo Chávez

D. Modista de fama mundial. Selecciona la palabra o frase apropiada para completar el siguiente párrafo acerca de Carolina Herrera.

Carolina Herrera es una modista venezolana __1__ (que / quien) es conocida en todo el mundo. Es una modista __2__ (quien / que) ha obtenido muchos premios. Esta latina, __3__ (quien / quienes) ama el bien vestir y la elegancia, tiene reinas entre sus clientes. Las ropas __4__ (quienes / que) diseña son apreciadas por todas las mujeres __5__ (a quien / a quienes) les gusta vestir bien. Tiene también una línea de perfumes __6__ (que / quien) las mujeres y los hombres aprecian. La compañía __7__ (ha fundado / que ha fundado) exporta sus creaciones a todo el mundo.

Usos de el cual y el que

Formas de *el cual*		Formas de *el que*	
el cual	los cuales	el que	los que
la cual	las cuales	la que	las que

- Estas formas son más frecuentes en estilos formales. Se usan para referirse a personas, objetos e ideas y concuerdan en género y número con su antecedente. Aparecen comúnmente después de una preposición.

El petróleo, **con el cual (con el que)** comenzó el desarrollo económico de Venezuela, es explotado en la zona de Maracaibo.
Según ese anciano, los presidentes **bajo los cuales** ha vivido no han mejorado bastante las condiciones de vida.
Visité un pueblo **cerca del cual** hay un parque nacional.

- En cláusulas adjetivales separadas por comas, se puede usar "el cual" en lugar de "que" o "quien", aunque se prefieren estos dos últimos. Se usa de preferencia "el cual" cuando hay más de un antecedente posible y es importante evitar ambigüedades.

Rómulo Betancourt, **quien (el cual)** fundó el partido Acción Democrática (AD), fue presidente de Venezuela de 1945 a 1948.

El producto principal de esta granja, **el cual** (=producto) genera bastante dinero, es el café.
El producto principal de esta granja, **la cual** (=finca) genera bastante dinero, es el café.

> **Nota para hispanohablantes**   Hay una tendencia dentro de algunas comunidades de hispanohablantes a evitar el uso de "el cual" y sus variantes. Es importante acostumbrarse a usar estos pronombres relativos y no evitarlos en el futuro, en particular al verse obligado a hablar o escribir formalmente.

■ Las formas de "el que" se usan a menudo para referirse a un antecedente no expreso cuando este antecedente ha sido mencionado previamente o cuando el contexto deja en claro a qué sustantivo se refiere.

—¿Te gustan las leyendas de los países latinoamericanos?
—¿Cuáles? ¿**Las que** explican fenómenos naturales de modo hermoso?

■ Las formas de "el que" y "quien(es)" se usan para expresar *la persona/las personas que*.

Quien (El que) adelante no mira, atrás se queda.
Quienes (Los que) se esfuerzan triunfarán.

Ahora, ¡a practicar!

A. Necesito explicaciones. Tu profesor(a) te ha dicho que el último ensayo que entregaste no es apropiado. Le haces preguntas para saber exactamente por qué no es apropiado.

MODELO   el tema / escribir sobre
¿El tema sobre el que escribí no es apropiado?

1. la bibliografía / basarse en
2. el esquema / guiarse por
3. la tesis central / presentar argumentación para
4. ideas / escribir acerca de
5. las opiniones / protestar contra
6. temas / interesarse por

B. El mito de la cascada. Para contar la historia narrada en el mito "La cascada de Salto de Angel" usando oraciones complejas, combina las dos oraciones en una usando la forma apropiada de "el cual".

MODELO   Los *tepuis* son majestuosas montañas de cimas truncadas. Se encuentran en la jungla de Canaima.
Los *tepuis*, los cuales se encuentran en la jungla de Canaima, son majestuosas montañas de cimas truncadas.

1. La diosa Ru-ruima vivía en esa zona. Era la Madre de las Aguas.
2. La cabellera de Ru-ruima era de increíble belleza. Era blanca y larga como una cascada.
3. La naturaleza crecía verde y frondosa. Recibía el don del agua de la diosa.
4. El diablo Auyán vivía también en ese paraíso. Era el espíritu del mal.
5. Auyán capturó a la Madre de las Aguas. Deseaba dañar a los habitantes de la región.
6. Ru-ruima se escapó abriendo una brecha en la montaña. Estaba encerrada en el *tepui* del diablo Auyán.
7. Una cascada se formó de la cabellera de la diosa. Se conoce hoy como Salto de Angel.

C. Definiciones. Explica el significado de los siguientes términos que aparecen en la lección.

MODELOS   la fauna
La fauna es el conjunto de animales que viven en una región. o
La fauna es la palabra con que (con la cual) designamos a los animales de una zona.

1. un mito
2. el petróleo
3. la flora
4. una piedra preciosa

5. un oso
6. una orquídea
7. una cascada

Usos de lo cual y lo que

■ Las formas neutras "lo cual" y "lo que" se usan en cláusulas adjetivales, separadas por comas, para referirse a una situación o a una idea mencionada previamente.

En 1973, los precios del petróleo se cuadruplicaron, **lo cual (lo que)** impulsó el desarrollo industrial del país.
Venezuela tiene una multitud de variados y bellos paisajes, **lo cual (lo que)** sorprende a los extranjeros.

■ "Lo que" también se usa para algo indefinido que va a ser mencionado.

Me gustaría saber **lo que** piensas de la situación política de Venezuela.
Diversificar la economía es **lo que** intentan hacer muchos gobiernos.

Uso de cuyo

"Cuyo(a, os, as)" es un pronombre relativo que indica posesión. Precede al sustantivo al cual modifica y concuerda en género y número con tal sustantivo.

No conozco a ese escultor venezolano **cuyas** obras me gustan tanto.
Los pueblos indígenas cultivaban el cacao, **cuya** semilla sirve para hacer chocolate.

> **Nota para hispanohablantes**   Hay una tendencia dentro de algunas comunidades de hispanohablantes a evitar el uso de "cuyo" y sus variantes. Es importante aprender a usar este pronombre relativo y no evitarlo en el futuro, en particular al verse obligado a hablar o escribir formalmente.

Ahora, ¡a practicar!

A. ¡Impresionante! Un grupo de viajeros de regreso de Caracas dice qué es lo que más les impresionó.

MODELO   ver en las calles
Me impresionó lo que vi en las calles.

1. descubrir en mis paseos
2. leer en los periódicos
3. escuchar en la radio
4. aprender en el Museo de Arte Contemporáneo
5. ver en la televisión
6. contarme algunos amigos venezolanos

B. Reacciones. Usa la información dada para indicar tu reacción al leer diversos datos acerca de Venezuela. Puedes utilizar el verbo que aparece al final de cada oración u otro que prefieras.

MODELO   Venezuela tiene treinta y cinco parques nacionales / sorprender
Venezuela tiene treinta y cinco parques nacionales, lo cual (lo que) me sorprendió mucho.

1. Venezuela fue el primer país en que tuvo lugar una rebelión para lograr la independencia de España / extrañar
2. el noventa y uno por ciento de la población de Venezuela vive en ciudades / asombrar
3. en Mérida está el teleférico más largo del mundo / impresionar
4. es difícil visitar los pozos petroleros del lago Maracaibo / decepcionar
5. Más del cinco por ciento de la población no sabe leer ni escribir / deprimir
6. El lugar preferido de los venezolanos para sus vacaciones es la isla de Margarita, en el Caribe / interesar
7. la población indígena del país es de uno por ciento / sorprender

C. ¿Cuánto recuerdas? Hazle preguntas a un(a) compañero(a) a ver si recuerda la información acerca de Venezuela presentada en esta lección.

MODELO   el escultor / las obras se exhibieron en el Museo Guggenheim de Nueva York
¿Cuál es el escultor cuyas obras se exhibieron en el Museo Guggenheim de Nueva York?

1. el presidente / el período comenzó en 1998
2. la planta / la semilla se usa para elaborar chocolate
3. el héroe / el apellido es el nombre de la moneda nacional
4. el escritor / la primera obra se llama *Los pequeños seres*
5. la modista / las clientes son reinas y princesas
6. la cascada / el nombre se atribuye a un piloto estadounidense

D. Impresiones de viaje. Selecciona las formas apropiadas en la siguiente narración de tu amiga Irma, quien acaba de regresar de Venezuela.

Todos me aconsejaban que no viajara a Venezuela, __1__ (lo cual / el cual) yo no entendía. Creo que __2__ (lo que / lo cual) les preocupaba era la inestabilidad política del país. Afortunadamente la visita __3__ (la cual / que) tuve fue sin incidentes desagradables. Quedé fascinada con el viaje. Tuve la oportunidad de visitar lugares para mí exóticos, __4__ (el cual / los cuales) me encantaron. Los jóvenes con __5__ (que / quienes) conversé me mostraron otros modos de pensar. Imagínense que hasta pude hablar con un dirigente político, __6__ (el cual / cuyo) nombre no recuerdo ahora, __7__ (quien / lo cual) me conversó con detalles de la situación política de Venezuela. En fin, quiero volver a ese país __8__ (que / el cual) me cautivó.

Camino al sol:
Perú, Ecuador y Bolivia

Vendedora en el mercado de Otavalo, Ecuador ▶

LOS ORÍGENES

Las grandes civilizaciones antiguas

Miles de años antes de la conquista española, las tierras que hoy forman las repúblicas independientes de Perú, Ecuador y Bolivia estaban habitadas por sociedades complejas y refinadas. En el área peruana se destacaron grandes civilizaciones como la de Chavín de Huantar con sus inmensos templos; la mochica con las impresionantes pirámides Huaca del Sol y Huaca de la Luna y las finas cerámicas que muestran una extraordinaria habilidad artística; la chimú con su enorme capital en Chanchán y sus magníficas obras en oro; la nazca, la huari, sicán y tantas, tantas más. En la zona ecuatoriana sobresalieron los chibchas, los colorados, los capayas, los jíbaros y los shiris y en el actual territorio boliviano se destacó la cultura andina de Tiahuanaco, cuyos habitantes eran conocidos como aymaras.

Los incas

Menos de un siglo antes de la llegada de los españoles, la gran civilización de los incas alcanzó un formidable apogeo que se manifestó en todos los aspectos de su vida cultural y política. Un gran deseo incontrolable de conquista dominó a los incas, quienes, en un período relativamente corto, subyugaron la mayor parte de los reinos precolombinos e instituyeron un fantástico imperio que se extendía por las actuales repúblicas de Perú, Ecuador, Bolivia y el norte de Argentina y de Chile. A la llegada de los españoles, este fabuloso imperio se llamaba "Tahuantinsuyu" que quiere decir "imperio que se extiende por las cuatro direcciones".

La capital del imperio inca estaba localizada en Cuzco, y desde allí los soberanos gobernaban sus dominios a través de un sofisticado y efectivo medio de comunicación basado en una extensa red de puentes, caminos y corredores veloces, lo que les garantizaba un rápido intercambio de noticias. Tan sólida y estable fue la arquitectura de los incas que muchos de los grandes hoteles y edificios públicos de Cuzco actualmente están construidos sobre los antiguos cimientos de la ciudad. Basta con ver la inmensa fortaleza de Sacsahuamán y la misteriosa y hermosa ciudad de Machu Picchu para apreciar de veras la habilidad arquitectónica de los incas. Para 1525, el imperio incaico se encontraba en una situación vulnerable debido a que el inca Huayna Cápac decidió dividir el reino entre su hijo Atahualpa, heredero shiri por parte de su madre, y Huáscar, nacido de una princesa inca. A su muerte, estalló una guerra entre los dos hermanos.

La conquista

Es en este escenario de guerra y división que en 1531 se presenta Francisco Pizarro acompañado por 180 hombres y unos treinta caballos. Los conquistadores llamaron Perú al nuevo país y sin pérdida de tiempo se dieron cuenta de la situación política favorable y capturaron a Atahualpa en una batalla que dio muerte a unos cinco mil incas y sólo cinco españoles. Este gobernante trágico, desde su cautiverio, mandó asesinar a su medio hermano Huáscar y luego ofreció una enorme cantidad de oro por su propia libertad, oferta que Pizarro aceptó inmediatamente. Sin embargo, una vez en posesión de toneladas de oro y plata, el capitán español condenó a muerte a Atahualpa en 1533. De esta manera, se inició el poderío de los españoles, quienes se dedicaron inmediatamente a conquistar todos los rincones del imperio derrotado.

▲ **Vaso Mochica con imagen de un noble**

La fortaleza de Sacsahuamán en Cuzco, Perú ▶

¡A ver si comprendiste!

A. Hechos y acontecimientos. ¿Recuerdas los datos más importantes de la lectura? Para asegurarte, contesta las siguientes preguntas. Luego, compara tus respuestas con las de un(a) compañero(a).

1. ¿Dónde se desarrollaron las civilizaciones de Chavín de Huantar, la mochica y la chimú y en qué se destacaron?
2. ¿De dónde eran los chibchas? ¿y los aymaras?
3. ¿Estaba la civilización inca en su apogeo cuando llegaron los españoles? Expliquen.
4. ¿Cuál es el significado de "Tahuantinsuyu"? ¿Por qué se le dio este nombre al imperio inca?
5. ¿Cómo se llamaba la capital del imperio inca? ¿Qué evidencia existe hoy de lo sólido de su construcción?
6. ¿En qué consistía el sofisticado y efectivo medio de comunicación inca?

7. ¿Quiénes son Atahualpa y Huáscar? ¿Qué les pasó cuando se enfrentaron con los españoles?
8. ¿Cuánto tiempo tardaron los españoles en conquistar a los incas?

B. A pensar y a analizar. Contesta las siguientes preguntas con dos o tres compañeros(as) de clase.

1. ¿Por qué creen Uds. que tantas grandes civilizaciones se desarrollaron en Perú? ¿Cuál fue la más grande? ¿Por qué creen eso?
2. ¿Cómo es posible que menos de cien españoles pudieron conquistar el imperio inca en tan poco tiempo? ¿Por qué creen Uds. que los españoles no se esforzaron en preservar el imperio inca? ¿Cómo creen Uds. que serían Perú, Bolivia y Ecuador hoy en día si los incas hubieran derrotado a los españoles? Expliquen sus respuestas.

Perú

Nombre oficial: *República del Perú*

Población: *28.109.897 (estimación de 2003)*

Principales ciudades: *Lima (capital), Arequipa, El Callao, Trujillo*

Moneda: *Nuevo sol (S/.)*

GENTE DEL MUNDO 21

Mario Vargas Llosa, novelista y cuentista peruano, nació en Arequipa en 1936. En 1950 se estableció en Lima, donde pasó dos años en una academia militar e hizo estudios en la Universidad de San Marcos. Se doctoró en la Universidad de Madrid. Su primera novela, *La ciudad y los perros* (1963), basada en experiencias personales en una escuela militar, lo consagró como novelista. Desde entonces ha sido considerado uno de los escritores más representativos del llamado *boom* de la novela latinoamericana. Entre sus obras más recientes se encuentran *La guerra del fin del mundo* (1981), *El pez en el agua: memorias* (1993) y *La fiesta del Chivo* (2000). Su obra literaria presenta distintos aspectos de la vida peruana con un realismo intenso y una técnica narrativa compleja. Fue candidato del partido conservador Frente Democrático (FREDEMO) en las elecciones presidenciales de 1990 en las que triunfó el ingeniero Alberto Fujimori. Actualmente se dedica a escribir artículos que publica en periódicos y revistas internacionales como *El País* (Madrid), *La Nación* (Buenos Aires), *Le Monde* (París) y *The New York Times.*

Tania Libertad, cantante peruana, es representante del canto nuevo latinoamericano en el que el lirismo musical se une al compromiso social. Nació en Chiclayo, donde inició su carrera artística. Ya de niña tenía sus propios programas de televisión y radio y grabó más de una docena de discos. A principios de los años 80, se fue a México donde grabó *Alfonsina y el mar,* su primer disco fuera de su país natal. Hasta ahora, ha grabado más de veinte discos. Entre sus últimas grabaciones están *Amar amando* (1997), *Tómate esta botella conmigo* (1998) y *Lo mejor de Tania Libertad* (2000). Sus canciones surgen de su vida y sus experiencias. El ritmo de muchas de sus composiciones no es bailable, pero es muy popular. La cantante explica: "A la música que yo canto le han puesto muchas etiquetas, pero yo propongo que se le llame simplemente música popular latinoamericana". Ahora vive en la Ciudad de México con su esposo e hijo.

Gian Marco Zignago, cantante peruano de fama internacional, nació en Lima en 1970. De sus padres, artistas de teatro, cine y música, heredó un gran talento que se manifestó tempranamente. A los dos años cantó por primera vez en televisión en Buenos

Aires y a los tres en Caracas. A los seis ya dominaba la guitarra y grabó un disco con su padre titulado *Navidad Es*. A los once años, actuó al lado de su madre en la obra musical *Papito Piernas Largas*. En 1990 salió al mercado discográfico nacional su primera producción titulada *Gian Marco*, que incluye nueve temas con letra y música de su autoría, entre ellos "Mírame".

El primer país que le abrió las puertas a la internacionalización fue Venezuela, donde "Mírame" se consideró una de las mejores canciones del año. Incursionó en el teatro y de allí fue invitado a interpretar un rol principal en la telenovela "Velo Negro, Velo Blanco". Entre 1992 y 1997 sacó cuatro discos: *Personal, Entre la arena y la luna, Señora cuéntame* y *Al quinto día.*

Su consagración definitiva resulta de su colaboración con Gloria Estefan y Jon Secada en la canción "El último adiós" en un programa conmemorativo el 12 de octubre de 2001 en la Casa Blanca de EE.UU.

Otros peruanos sobresalientes

Ciro Alegría (1909–1967): novelista, cuentista, poeta y periodista • **Alberto Benavides de la Quintana:** empresario minero • **Alfredo Bryce Echenique:** catedrático, cuentista y novelista • **Moisés Escriba:** pintor • **María Eugenia González:** poeta • **Ana María Gordillo:** pintora • **Miguel Harth-Bedoya:** conductor • **Ciro Hurtado:** compositor y guitarrista • **Wilfredo Palacios-Díaz:** pintor • **Javier Pérez de Cuéllar:** catedrático, diplomático y ex secretario general de la Organización de las Naciones Unidas • **Fernando de Szyszlo:** pintor y grabador

Personalidades del Mundo 21

A. Gente que conozco. Contesta las siguientes preguntas con un(a) compañero(a) de clase.

1. ¿Cuál fue la primera novela de Mario Vargas Llosa? ¿En qué se basó esta novela? ¿Qué experiencias en tu vida y la de tu compañero(a) podrían servir como base de una novela? Expliquen.

2. ¿De qué tipo de música es representante Tania Libertad? ¿Creen Uds. que ella tiene razón en llamar su música simplemente "música popular latinoamericana"? Expliquen. ¿Cuáles son otros artistas que producen música no bailable?

3. ¿Cómo creen Uds. que fue la infancia de Gian Marco? En su opinión, ¿es muy importante que los padres sean muy talentosos para garantizar el triunfo de un(a) hijo(a)? ¿Qué opinan Uds. de los títulos de los álbumes de Gian Marco? ¿Qué les dicen de su música?

B. Diario. En tu diario, escribe por lo menos media página expresando tus pensamientos sobre este tema.

Mario Vargas Llosa pasó dos años en una academia militar y luego escribió sobre sus experiencias en esa escuela. Si tú decidieras escribir sobre tus años de experiencia en una escuela, ¿qué escuela escogerías? ¿Cuáles son algunas de las experiencias que mencionarías? ¿Por qué son importantes esas experiencias para ti?

PRONUNCIACIÓN Y ORTOGRAFÍA

Cuaderno de actividades

Puedes practicar más con los sonidos [i] [y] y el deletreo con la letra **y** en las secciones de **Pronunciación y ortografía** y el **Dictado** de la *Unidad 5, Lección 1* en el *Cuaderno de actividades.*

Letras problemáticas: la y

La **y** tiene varios sonidos. Cuando ocurre al final de una palabra, tiene el sonido semivocálico [i̯], como en "fray" y "estoy". Este sonido es idéntico al sonido de la vocal **i**. En otros casos tiene el sonido consonántico [y], como en "ayudante" y "yo". (Este sonido puede variar, acercándose en algunas regiones al sonido *sh* y en otras a la *j* del inglés "*jar*".) Observa el deletreo de estos sonidos al escuchar a tu profesor(a) leer las siguientes palabras.*

[i̯]	[y]
muy	apoyar
soy	ayuda
Uruguay	ensayo
virrey	leyes

La letra y. Escucha mientras tu profesor(a) lee algunas palabras con los dos sonidos de la letra **y**. Indica si el sonido que escuchas en cada una es [i̯] o [y].

1. [i̯] [y]   6. [i̯] [y]
2. [i̯] [y]   7. [i̯] [y]
3. [i̯] [y]   8. [i̯] [y]
4. [i̯] [y]   9. [i̯] [y]
5. [i̯] [y]   10. [i̯] [y]

*Se llama "yeísmo" a la pronunciación [y] de las letras "y" y "ll" (haya=halla); se llama "lleísmo" o "diferenciación" cuando esta pronunciación varía.

Deletreo con la letra y

La **y** siempre se escribe en ciertas palabras y formas verbales y en ciertas combinaciones.

- En ciertas palabras que empiezan con **a**:

ayer	**ay**udante	**ay**uno
ayuda	**ay**unar	**ay**untar

- En formas verbales cuando la letra **i** ocurriría entre dos vocales y no se acentuaría:

cayó (de "caer")	**ley**endo (de "leer")
haya (de "haber")	**oy**en (de "oír")

- Cuando el sonido [i] ocurre al final de una palabra y no se acentúa. El plural de sustantivos en esta categoría también se escribe con **y**.

esto**y**	mame**y**, mame**y**es	virre**y**, virre**y**es
le**y**, le**y**es	re**y**, re**y**es	vo**y**

¡A practicar!

A. Práctica con la letra y. Escucha mientras tu profesor(a) lee las siguientes palabras. Escribe las letras que faltan en cada una.

1. _ _ u n a s
2. h _ _ _
3. c a _ _ n d o
4. b u e _ _ _ s
5. h u _ _ n

6. P a r a g u _ _
7. r e _ _ s
8. _ _ a c u c h a n o
9. v a _ _ _ n
10. _ _ u d a n t e

B. ¡Ay, qué torpe! Ciro acaba de escribir este párrafo, sobre los medios de comunicación en el imperio incaico, como tarea para la clase. Te pide que lo revises y corrijas cualquier error. Encuentra las diez palabras con errores y corrige los errores que encuentres en ellas.

El gran imperio inca instituyo sistemas ingeniosos de arquitectura e ingenieria. Ensayo nuevos metodos y construyo monumentos, fortalezas, caminos, puentes y ciudades. Con ellos trato de desafiar el tiempo y los efectos de terremotos e inundaciones. El sistema de caminos así como también los corredores o chasquis ayudaron a mejorar la comunicacion y apoyaron el poderio íncaico.

MEJOREMOS LA COMUNICACIÓN

Para hablar de mantenerse en forma

Al hablar de hacer ejercicio

— Dime. ¿Todavía **corres** tanto como cuando competías en **carreras y saltos** en la secundaria?
— ¡Ojalá! El tiempo simplemente no me lo permite. Ya no soy el **corredor** que era. Trato de **correr** dos o tres veces a la semana. Nada más.
— ¡Qué pena! Mi **equipo** necesita un **corredor** que pueda ayudarnos en el próximo **campeonato**.

carrera
carrera de maratón
carrera ciclista
combate de boxeo
competencia de levantamiento de pesas
partido
torneo

caminar, andar
hacer deportes
hacer ejercicio
hacer ejercicio aeróbico
hacer footing, hacer jogging, correr
levantar pesas
nadar

los ojos — la cabeza
la oreja — la nariz
los labios — la boca
el mentón — el cuello
el brazo — el hombro
el pecho — la espalda
el codo — el estómago
la muñeca — la cintura
la mano — la cadera
los dedos — el muslo
la rodilla — la pierna
la pantorrilla
el tobillo — el pie

El cuerpo humano

Al hablar de dónde hacer ejercicio

— ¿Dónde corres? Nunca te veo en el **estadio.**
— Es porque prefiero correr en la **pista** de la secundaria. Allí puedo revivir los buenos tiempos que pasábamos **compitiendo** en carreras todos los sábados.

> **camino**
> **campo**
> **gimnasio**
> **piscina**
> **piscina cubierta**

Al hablar de estiramiento

— Bueno, muchachos, recuerden que siempre hay que empezar con un poco de **estiramiento.** Hasta los mejores corredores **estiran** los **músculos.** Hoy vamos a **hacer flexiones de brazos y de piernas** para **tonificar** los **músculos.**
— Buena idea. Siempre me gusta hacer ejercicio que me ayude a **estirarme.**

Al asistir a una clase de ejercicio aeróbico

Primero quiero que **respiren** profundamente. Uno, dos, tres, cuatro. Bien. Ahora, **levanten los brazos** y **den vuelta a la muñeca,** así... uno, dos, tres, cuatro. Estírenlos lo más alto posible. Bueno, ahora **levanten las piernas** y **doblen las rodillas. Sigan el ritmo** de la música.

Al hablar de caminatas

— Me fascinan nuestras **caminatas.** Me encanta esta oportunidad de charlar contigo **a solas.**

— A mí también. Y pensar que hace menos de un mes que empezamos a caminar regularmente. Yo ni sabía respirar ni **exhalar** correctamente.

— Tienes razón. Y mírate ahora, con la **cabeza erguida,** el **abdomen contraído** y moviendo los brazos **con soltura,** como los expertos.

— Pues, ¿qué quieres que diga? ¡No hay nadie que pueda decir que no hago suficiente ejercicio!

¡A conversar!

A. Estar en forma. En grupos de cuatro, hablen de lo que hacen para mantenerse en forma. Si a una persona no le gusta hacer ejercicio, sugieran otras actividades que puede hacer para estar en forma. Informen a la clase de las actividades más populares de su grupo.

B. Dramatización. Dramatiza la siguiente situación con tres compañeros(as) de clase. El (La) director(a) de una nueva escuela secundaria está en una reunión con el Comité de Personal de la escuela. Tienen que decidir qué tipo de personal necesitan contratar para establecer un buen departamento de gimnasia. Desafortunadamente, el (la) director(a) y el comité no están de acuerdo sobre varios aspectos de la decisión.

C. Extiende tu vocabulario: ejercicio. Para ampliar tu vocabulario, trabaja con un(a) compañero(a) de clase para determinar el significado de las palabras en negrilla. Luego, contesten las preguntas. ¿Cuál es el significado de estas palabras en inglés, y cómo se relacionan a *exercise* en inglés?

1. ¿Haces **ejercicios** todas las mañanas?
2. ¿Ya hiciste los **ejercicios** de gramática de esta unidad?
3. ¿Dónde ha establecido tu abogado el **ejercicio** de su profesión?
4. ¿Dónde **ejerce** su profesión?
5. ¿Sabes dónde van a hacer el **ejercicio** las tropas para el cuatro de julio?

D. Notas para hispanohablantes: práctica. En parejas, completen este diálogo para saber qué tipo de empleo busca esta joven.

Amiga 1: ¿Supiste que el Club Inca busca una entrenadora de ejercicios aeróbicos? Dicen que no encuentran a __1__(naide/nadie) que __2__(tiene/tenga) por lo menos dos años de experiencia.

Amiga 2: Sí, vi el anuncio.

Amiga 1: Bueno... ¿y vas a solicitar ese puesto? Tú eres una persona que __3__(tiene/tenga) más de cinco años de experiencia y andas buscando trabajo, ¿no?

Amiga 2: Sí, pero quiero un puesto que __4__(paga/pague) bien. Éste no paga nada.

Amiga 1: ¡No lo puedo creer! Mi impresión es que tú no quieres __5__ (ningún/ninguno) puesto donde __6__(tienes/tengas) que trabajar.

Amiga 2: ¡No es verdad! Lo que quiero es un jefe que me __7__(respeta/respete), que no __8__(se aprovecha / se aproveche) de mí y que me __9__(paga/pague) bien. Nada más.

DEL PASADO AL PRESENTE

Perú: piedra angular de los Andes

La colonia Cerca de la costa central, Pizarro fundó la ciudad de Lima el 6 de enero de 1535, el día de los Reyes Magos; por eso Lima se conoce como "la Ciudad de los Reyes". Es posible que su nombre se derive del río Rímac, en cuya desembocadura se encuentra el puerto marítimo de El Callao. Más tarde Lima se convertiría en la capital del Virreinato del Perú que se estableció en 1543 y llegó a ser una de las ciudades principales del imperio español. En Lima se estableció en 1553 la Universidad de San Marcos, una de las primeras universidades del continente.

Catedral, Plaza de Armas, Lima

En 1776, el establecimiento del Virreinato del Río de la Plata, con capital en Buenos Aires, disminuyó el territorio gobernado desde Lima. En 1780 estalló una gran revuelta indígena en la cual murió el líder Túpac Amaru II. Tres años más tarde fue suprimida violentamente por las autoridades españolas.

La independencia Después de lograr la liberación de Argentina y Chile, el general argentino José de San Martín decidió atacar el poder español en Perú. San Martín tomó Lima en 1821 y regresó a Chile después de entrevistarse con Simón Bolívar en el puerto de Guayaquil el año siguiente. Bolívar acababa de liberar el Virreinato de Nueva Granada y tomó la iniciativa contra los españoles. En diciembre de 1822 se proclamó la República del Perú, y tras las batallas de Junín y Ayacucho en 1824, las fuerzas españolas fueron derrotadas definitivamente.

La joven república Los primeros años de vida independiente fueron difíciles para Perú. Las principales figuras del movimiento independentista no fueron peruanos y por lo tanto no había una figura central que uniera al país. En 1826, el Alto Perú se declaró independiente con el nombre de República Bolívar, hoy la República de Bolivia, y con José Antonio de Sucre como presidente. Conflictos fronterizos causaron varias guerras con Colombia, Bolivia y Chile.

A mediados del siglo XIX, Perú logró cierta estabilidad política durante la presidencia del

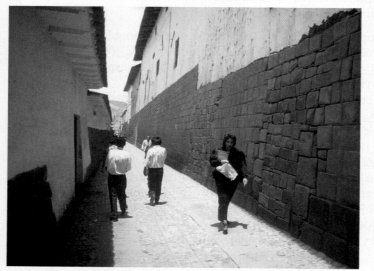
En Cuzco, edificios construidos sobre cimientos incas

general Ramón Castilla que tuvo dos períodos: de 1845 a 1851 y de 1855 a 1862. El país gozó de una expansión económica debido a la explotación del guano, excremento dejado por los pájaros en las islas de la costa del Pacífico que se usa como fertilizante.

Vaso precolombino hecho de oro incrustado con turquesa

La Guerra del Pacífico   La importancia de los depósitos minerales de nitrato localizados en el desierto de Atacama provocó conflictos entre Chile y Bolivia, pues ambos tenían interés en ellos. Perú había firmado un tratado secreto de defensa mutua con Bolivia que Chile interpretó como un acto hostil. Al fracasar las negociaciones, Chile les declaró la guerra a Perú y a Bolivia el 5 de abril de 1879. En esta guerra, que se conoce como la Guerra del Pacífico, el ejército chileno derrotó rápidamente a los de Perú y Bolivia y ocupó durante dos años la capital peruana.

El Tratado de Ancón, firmado en 1883, indicó el fin de la Guerra del Pacífico. Por este tratado, Perú le cedió a Chile la provincia de Tarapacá y dejó bajo administración chilena durante diez años las de Tacna y Arica. Este asunto finalmente se resolvió con la mediación de EE.UU. en 1929. Por el Tratado de Tacna-Arica, Chile le devolvió la provincia de Tacna a Perú y conservó la de Arica.

La época contemporánea   Desde la década de los 20, un partido izquierdista conocido como APRA (Alianza Popular Revolucionaria Americana) ha sido un factor importante en la política peruana. Con el apoyo del APRA, Fernando Belaúnde Terry fue elegido presidente en 1963 e impulsó reformas sociales. Un golpe militar en 1968 derrocó al gobierno de Belaúnde Terry y marcó el inicio de una década de gobiernos militares de tipo nacionalista y populista. Después de aprobarse una nueva constitución, Fernando Belaúnde Terry fue elegido presidente una vez más en 1980.

A finales de la década de los 80, la crisis económica, la penetración del narcotráfico y el terrorismo del grupo guerrillero Sendero Luminoso agobiaban cada vez más a Perú. Alberto Fujimori, un ingeniero y político peruano de origen japonés, triunfó en las elecciones de 1990. El nuevo presidente empezó un programa de reformas económicas y políticas. Durante su segundo período presidencial pasó momentos críticos cuando un grupo de terroristas se apoderó de la Embajada Japonesa durante la fiesta de fin de año de 1996 y más de 300 diplomáticos fueron tomados como rehenes. El rescate dramático se efectuó tres meses después con una pérdida mínima de rehenes. Cuando se cumplió la presidencia de Fujimori, la economía del país había decaído bastante y él había sido acusado de tendencias autocráticas. En junio de 2001 se llevaron a cabo elecciones presidenciales que elevaron al economista Alejandro Toledo a la presidencia. Su ascenso dio grandes esperanzas al pueblo peruano. Desafortunadamente, Toledo ha hecho poco para reestablecer la confianza en el gobierno. En 2003, se descubrió que 69.000 personas fueron asesinadas por guerrilleros (54%) y militares peruanos (30%) en guerras entre los guerrilleros y el gobierno. A pesar de estos retrasos, Perú se acoge a sus gobernantes con esperanzas de solucionar sus problemas sociales y económicos.

¡A ver si comprendiste!

A. Hechos y acontecimientos. ¿Recuerdas los datos más importantes de la lectura? Para asegurarte, completa las siguientes frases.

1. Lima se conoce como "la Ciudad de los Reyes" porque...
2. El producto que le permitió a Perú una expansión económica a mediados del siglo XIX es... Este producto se usa para...
3. La Guerra del Pacífico resultó en...
4. Fernando Belaúnde Terry fue elegido presidente en... y otra vez en...
5. El presidente Fujimori pasó momentos críticos en 1996 cuando... El resultado de este incidente fue...
6. Alejandro Toledo ha prometido...

B. A pensar y a analizar. En grupos de cuatro, tengan un debate sobre uno de los siguientes temas. Dos personas en su grupo deben argüir a favor y dos en contra.

1. Los españoles son/no son responsables por todos los problemas de Perú hoy día.
2. Si los españoles no hubieran llegado al Nuevo Mundo, toda Sudamérica probablemente sería un solo país gobernado por emperadores incas y estaría muy atrasado/avanzado.

> **Cuaderno de actividades**
>
> Puedes practicar más y escribir una descripción del Imperio Inca en el siglo XXI en la sección **Composición: hipotetizar** de la *Unidad 5, Lección 1* en el *Cuaderno de actividades.*

C. Redacción colaborativa. En grupos de dos o tres, escriban una composición colaborativa de una página a una página y media, sobre el tema que sigue. Sigan el proceso de escribir colaborativamente que aprendieron en la **Redacción colaborativa** de la *Unidad 1, Lección 1:* escriban primero una lista de ideas, organícenlas en un primer borrador, revisen las ideas, escriban un segundo borrador, revisen la acentuación y ortografía y escriban la versión final.

Alberto Fujimori, un político peruano-japonés consiguió triunfar en las elecciones de 1990 y combatió a terroristas y narcotraficantes con mano fuerte. También consiguió rescatar con un mínimo de derrame de sangre a 300 diplomáticos que fueron tomados como rehenes. ¿Cuáles son los límites del uso de una "mano fuerte" con terroristas a quienes un gobierno como el de Fujimori en Perú o el de George Bush en EE.UU. debe sobreponerse? ¿Debe controlarse el gobierno en estos casos o, al contrario, tiene licencia para hacer lo necesario a pesar de leyes sobre derechos civiles y derechos humanos? ¿A qué leyes se atienen los terroristas?

La jerga

Cada generación de hispanohablantes tiene su propia jerga para distinguirse de otras generaciones. La jerga convierte el español en algo pintoresco y vivo, dándole un sabor muy regional a la lengua. Igualmente, existen maneras coloquiales muy particulares que distinguen a los hablantes de cada región. Por ejemplo, la palabra "chévere", que se dice en aprobación de algo, es muy común entre los venezolanos. La repetición de la palabra "che" caracteriza el habla de muchos argentinos y el uso de la palabra "vato" es muy común entre muchos méxicoamericanos.

Por regional que sea la jerga, ciertas expresiones llegan a ser tan populares que acaban o por ser aceptadas en la lengua formal o por hacerse parte de una jerga internacional.

A. La jerga internacional. A continuación aparece una lista de palabras sacadas de la jerga conocida y usada en varios países hispanohablantes. Encuentra en la segunda columna el significado de cada palabra de la primera columna.

Jerga internacional

_____ 1. chamba
_____ 2. fregar
_____ 3. hablar pipa
_____ 4. jodido
_____ 5. milico
_____ 6. cana

Significado

a. molestar
b. prisión
c. trabajo
d. arruinado
e. soldado, militar
f. decir trivialidades

B. La jerga peruana. En estos comentarios típicos de jóvenes peruanos, trata de encontrar, en la lista que sigue, el significado de la jerga peruana que aparece en negrilla en cada oración.

Significados:

amigo(a)	cabeza	diccionario	dormida	Internet
borracho(a)	ceso	dinero	hacerle(s) caso	pariente

1. ¿Cuántas veces te he dicho que no debes **darles bola** a esos niños?
2. Dice que no nos puede acompañar porque le duele la **tutuma** de tanto estudiar.
3. ¿Es verdad? ¿Tú eres **pata** de Graciela?
4. Cuando llegamos a casa ya estaba bien **choborra**.
5. Búscalos en el **mataburro**, sólo así vas a aprender.

C. Mi jerga. ¿Cuáles son algunos ejemplos de la jerga que se usa en tu comunidad? Prepara una lista de tres a cinco ejemplos y escribe una oración con cada uno de ellos. Luego, léeselas a un compañero(a) de clase para ver si puede adivinar el significado.

☸ Y ahora, ¡a leer!

Anticipando la lectura. Haz estas actividades.

1. ¿Cuál de los cinco sentidos usamos más: la vista, el oído, el olfato, el gusto o el tacto? Explica.
2. Lee la primera estrofa del siguiente poema. ¿Qué sentido se ha usado más? Explica.
3. Describe la foto que acompaña esta lectura. Luego, relaciónala con lo que el poeta dice en la primera estrofa. ¿Es la foto una buena representación de las palabras del poeta? ¿Por qué?
4. Compara el lugar de la foto con el lugar donde tú vives. ¿Cuáles son las diferencias? ¿las semejanzas?

Conozcamos al autor

Hernán Velarde (1866–1935) fue un cultísimo poeta y escritor limeño. Pertenece al grupo de los escritores costumbristas peruanos, llamados así porque su poesía, como el arte costumbrista, pinta hermosos cuadros de la vida, el ambiente o las costumbres de tiempos pasados. Hernán Velarde es autor de *Lima colonial (Relato de mi abuela),* en el que describe la vivaz y enérgica vida de la Lima colonial, tanto desde el punto de vista arquitectónico como también social. Aunque Velarde viajó y vivió largamente en Europa, sus raíces siempre fueron netamente peruanas.

En su poesía, Velarde usa el lenguaje de una manera apasionante, vívida y hasta musical. En el poema que aparece a continuación, el poeta depende en gran parte del sonido de ciertas palabras que se combinan para producir un efecto que intensifica las imágenes que presenta en la obra. Éste es, sin duda, un poema que debe ser leído en voz alta para apreciar mejor su musicalidad.

Visión de antaño°

de... de tiempos antiguos

En mi tierra
todo chilla, todo canta.
Las paredes
de los templos y las casas,
5 de colores
diferentes son pintadas;
casas verdes,
casas rojas, casas blancas
y amarillas
10 y celestes y rosadas.

En Lima, casas pintadas de diferentes colores

Las iglesias
en sus torres y fachadas
mil colores
combinados desparraman.
15 En los trajes
ya de seda,
ya de lana,
ya de lino,
mil matices se destacan,
20 ya en los chales,
ya en los mantos, ya en las sayas°   faldas
con reflejos
de violentas llamaradas,
ya en los ponchos
25 con sus listas° y sus franjas,°   rayas de color / bordes
ya en las grandes
ondulosas y plegadas
capas negras
con sus vueltas encarnadas.°   rojas
30 Grita el suelo
con el roce de las llantas
de carretas
que se cruzan encumbradas°   altas

35 con los tallos
    sacarinos de la chala°   hoja que envuelve el maíz
    o los brotes
    perfumados de la alfalfa.

    Vibra el aire
40 con el ruido de campanas
    de cien torres
    que repican o que llaman
    y pregones°   vendedores
    que renuevan sus cantatas°   canciones
45 con cien voces
    unas graves, otras altas;
    unas breves
    como gritos de llamada,
    largas otras
50 cual lamentos y plegarias;°   oraciones
    todas ellas
    se confunden, todas cantan
    y se mezclan,
    produciendo con sus raras
55 vibraciones
    un enjambre° de sonatas.   abundancia

    A pie enjuto,°   delgado
    en sus carros, a horcajadas°   montados
    en sus asnos,
60 en sus mulas o sus jacas°   caballos pequeños
    vendedores
    que se cruzan y que pasan,
    cantan fruta
    cantan leche, cantan agua,
65 y turrones°   dulces
    y melcochas° y empanadas   miel cocida correosa
    y refrescos
    y tamales y fritangas°   comida frita
    y alfileres
70 y botones y percalas.°   telas de algodón fino
    En los muros
    y en las calles asoleadas
    los colores
    y los ruidos se entrelazan.

75 Es mi tierra
    pintoresca y casquivana°   alegre
    que se viste
    de colores y que canta.

¿Comprendiste la lectura?

A. Hechos y acontecimientos. ¿Recuerdas los datos más importantes de la lectura? Para asegurarte, contesta las siguientes preguntas.

1. ¿De qué tierra habla el poeta? ¿Es un lugar muy tranquilo? Explica tu respuesta.
2. ¿Cómo son las casas y los barrios? ¿Son muy uniformes o variados?
3. ¿Cómo se viste la gente de esa tierra? ¿Qué tipo de ropa llevan? ¿Siempre es de algodón?
4. ¿Qué hace gritar al suelo?
5. ¿Qué llevan en las carretas?
6. ¿Cómo son las voces de los pregones?
7. ¿Cómo transportan los vendedores su mercancía? ¿En qué consiste esa mercancía?

B. A pensar y a analizar. Haz estas actividades con un(a) compañero(a) de clase.

1. ¿Cuál es el tema principal de este poema? Expliquen.
2. ¿Cómo se puede describir el tono de este poema: poético, lírico, científico, sentimental, complicado, natural o común y corriente? Expliquen.
3. En la opinión de Uds., ¿es la visión de Lima realista o idealista? Expliquen.
4. Dibujen la tierra del poeta, según la descripción que aparece en el poema. Tal vez quieran hacerlo como tarea en casa. Luego, la clase puede decidir quiénes dibujaron con más exactitud la visión de Velarde.

C. Lectura dramatizada. En grupos de cuatro, dramaticen este poema y preséntenselo a la clase.

1. Decidan el número de lectores, de dos a cuatro.
2. Practíquenlo en voz alta hasta que lo puedan leer con un ritmo acelerado que haga resaltar la musicalidad de este poema.
3. Coreografíen movimientos apropiados, que comuniquen el significado y la emoción del poema al ser leído.
4. Presenten su lectura dramatizada leyendo sus respectivas partes con la coreografía que diseñaron.

Introducción al análisis literario
La poesía sensorial

A veces el poeta toma como tema de su poesía una persona, un animal, un objeto o algo que pertenece a la naturaleza. Para hacer destacar este tema o hacer la imagen más vívida, el escritor usa palabras intensamente descriptivas que se dirigen a los cinco sentidos —la vista, el oído, el olfato, el gusto y el tacto. Por eso, esta clase de poesía se llama **sensorial**. Por ejemplo, en "Visión de antaño" Velarde le atribuye a la tierra la capacidad de chillar y cantar —sentido del oído. Este aspecto sensorial es aparente en cada estrofa de este magnífico poema.

A. Los cinco sentidos. Lee en voz alta el poema "Visión de antaño" con dos o tres compañeros(as) y escriban las palabras o frases que describen los siguientes objetos. Luego, identifiquen a qué sentido está dirigida cada descripción.

> MODELO: mi tierra
> **todo chilla, todo canta: sentido del oído**

1. las casas
2. los trajes
3. el suelo
4. las carretas
5. el aire
6. los vendedores

B. Poesía sensorial. En grupos de tres, escriban una descripción o un poema en el cual se usan imágenes sensoriales para objetos, animales o cosas de la naturaleza. Algunas posibilidades para el tema podrían ser: mi perro, un juguete de mi niñez, mi abuelo(a), mi universidad, mi coche, mi novio(a).

¡LUCES! ¡CÁMARA! ¡ACCIÓN!

Cuzco y Pisac: formidables legados incas

Cuzco, la capital del fabuloso imperio incaico, fue el centro indiscutible de la vida económica y política del imperio. Esta bella ciudad estaba protegida por varias fortalezas, la más impresionante de las cuales es Sacsahuamán, con sus gigantescas rocas que pesan hasta 125 toneladas y algunas que miden hasta nueve metros de altura. Hoy día Cuzco conserva en muchos aspectos las huellas de su pasado glorioso. Éstas se pueden ver no sólo en los restos arqueológicos, sino también en los muros y cimientos de muchos edificios de la ciudad, y en las costumbres, el lenguaje y las vestimentas de su gente.

Otras ciudades, como Pisac, se distinguen por su belleza arquitectónica e importancia comercial. Pisac es un pintoresco pueblo colonial que fue establecido por los españoles a unos treinta y dos kilómetros de Cuzco. En Pisac abunda la artesanía inca actual, en la cual están presente el espíritu y el ingenio indígena.

En este fragmento podrán caminar por las calles del Cuzco moderno y escalar las formidables paredes de Sacsahuamán. También podrán examinar la extraordinaria artesanía de Pisac.

Antes de empezar el video

Contesten las siguientes preguntas en parejas.

1. ¿En qué consiste el legado indígena de EE.UU.? ¿Qué hay en ese legado que se considera formidable? Den ejemplos específicos.

2. ¿Existe una artesanía indígena actual en EE.UU.? Si la hay, ¿qué tipo de artesanía es? ¿de textiles, de barro, de cuero, de metales o piedras preciosas o de otros materiales? Den algunos ejemplos de los productos que hacen.

3. ¿Se producen en EE.UU. réplicas de la artesanía indígena antigua? ¿Quiénes la producen? ¿En qué consiste?

¡A ver si comprendiste!

A. Cuzco y Pisac: formidables legados incas. Contesta las siguientes preguntas con un(a) compañero(a).

1. ¿Qué hace que Cuzco sea hoy, igual que en el pasado, una ciudad de belleza excepcional?
2. ¿Cómo viste la gente más humilde de Cuzco?
3. ¿Qué es Sacsahuamán? ¿Qué propósito tenía?
4. ¿Por qué se dice que en los productos de Pisac están presente el espíritu y el ingenio indígena?

B. A pensar y a interpretar. Contesta las siguientes preguntas.

1. ¿Qué significa que la mayoría de los edificios coloniales de Cuzco estén construidos sobre los cimientos de la antigua ciudad incaica?
2. En tu opinión, ¿cómo se construyó Sacsahuamán? ¿Cómo fue posible que los indígenas de esa época movieran rocas de 125 toneladas de peso? Explica. ¿Qué otros ejemplos conoces de civilizaciones que construyeron monumentos o fortificaciones similares?
3. Explica el título de esta sección del video. ¿Qué hace que Cuzco y Pisac sean formidables legados incas? ¿Cómo se comparan con los legados de los indígenas de este país?

EXPLOREMOS EL CIBERESPACIO

Explora distintos aspectos del mundo peruano en las **Actividades para la Red** que corresponden a esta lección. Ve primero a **http://college.hmco.com** en la red, y de ahí a la página de *Mundo 21.*

Ecuador

Nombre oficial: *República del Ecuador*

Población: *13.710.234 (estimación de 2003)*

Principales ciudades: *Quito (capital), Guayaquil, Cuenca, Machala*

Moneda: *Sucre (S/.) y dólar (US$)*

G E N T E   D E L   M U N D O   2 1

Oswaldo Guayasamín (1919–1999), pintor, muralista y escultor de fama mundial, nació en Quito de padre indígena y madre mestiza. Prefirió ser conocido solamente como Guayasamín. Su obra, al igual que su vida personal, es altamente controvertida y fascinante. Su arte avergüenza al mundo porque retrata los crímenes humanos, dibuja la injusticia del hombre hacia sus semejantes y denuncia las injusticias que sufren los débiles a manos de los poderosos. Guayasamín es considerado por muchos el creador del expresionismo kinético. En los años 60 pintó una serie de cuadros titulada *La edad de la ira,* la cual sacudió la conciencia del público, desde Roma hasta Santiago de Chile, desde Praga hasta México, desde Madrid hasta San Francisco. Sus cuadros se avalúan hasta en un millón de dólares. A través de la Fundación Guayasamín el artista construyó un museo, un taller artesanal y una casa, donde residió con su familia. Todo es propiedad del pueblo ecuatoriano por medio de la Fundación Guayasamín.

Beatriz Parra Durango es una distinguida cantante de ópera nacida en Guayaquil en 1939. Desde su infancia mostró su talento operático. Graduada con honores en el Conservatorio Tchaikovski de Moscú, su amplia y destacada trayectoria artística le ha valido importantes y numerosos premios nacionales e internacionales que muestran la valiosa labor cultural y humana de esta mujer extraordinaria. Se ha destacado en festivales del bello canto en Europa y las Américas. En 1978 recibió la Condecoración Nacional en el Grado de Oficial al Mérito Artístico conferida por el Consejo Supremo del Gobierno Ecuatoriano. Ese mismo año también fue declarada Mujer del Año por su trayectoria internacional y su aporte a la cultura del país. En EE.UU., fue destacada como ciudadana de honor y Miami le confirió la Llave de la Ciudad. En 1985 recibió el premio al Valor Humano en la ciudad de Nueva York. Ha realizado numerosas giras internacionales en las que ha dejado muy en alto el nombre de su país, no solamente como solista operática sino también como enviada cultural.

Abdón Ubidia es un escritor nacido en Quito en 1944. Ha dedicado su vida a las letras y a la actividad intelectual, la cual incluye su participación en múltiples simposios y seminarios en muchas partes del mundo, así como también investigaciones de campo como recopilador de leyendas y tradiciones orales. Esta labor ha resultado en *La poesía popular* (1982) y *El cuento popular* (1997), entre otros. Es director literario de la Editorial

El Conejo y de la revista cultural *Palabra Suelta.* Dirige talleres literarios y ha dictado clases y conferencias en colegios y universidades. También escribe en varias revistas del país y del exterior y ha escrito y adaptado obras de teatro. Su libro de relatos *Bajo el mismo extraño cielo* (1979), mereció el Premio Nacional de Literatura de ese año. Su novela *Sueño de lobos* (1986), también ganó ese premio y fue declarada el mejor libro del año de Ecuador. Algunos de sus relatos han sido traducidos al inglés, francés, alemán, ruso y próximamente al italiano. Su novela *Ciudad de invierno* (1984) ya ha alcanzado diez ediciones. En 1989 publicó *Divertinventos o libro de fantasías y utopías.* En 1996, publicó *El palacio de los espejos.* En el año 2000 publicó el libro *Referentes,* en 2001 *Antología del cuento ecuatoriano contemporáneo* y en 2002 *Adiós siglo XX.*

Otros ecuatorianos sobresalientes

Jorge Enrique Adoum: poeta, dramaturgo, novelista, ensayista • **Marcelo Aguirre:** pintor • **César Dávila Andrade:** poeta, cuentista, ensayista • **María Luisa González:** bailarina, coreógrafa, maestra • **Jaime Efraín Guevara:** compositor y cantante de música popular • **Viera Kléver:** coreógrafo, bailarín, maestro, director • **Camilo Luzuriaga:** director de cine • **Marcos Restrepo:** pintor • **Enrique Tábara:** pintor • **Alicia Yáñez Cosío:** novelista • **Patricio Ycaza Cortés (1952–1997):** historiador, profesor, político

Personalidades del Mundo 21

A. Gente que conozco. Contesta las siguientes preguntas con un(a) compañero(a) de clase.

1. ¿Por qué es alarmante y controvertida la obra de Guayasamín? ¿Qué creen que lo motivó a tratar el tema indigenista? ¿Por qué es tan popular el tema indigenista en Latinoamérica? ¿Qué interés hay en este país por este tema?

2. ¿Creen Uds. que la cantante de ópera Beatriz Parra Durango tiene una vida común y corriente? ¿Por qué piensan que su país la considera hija predilecta?

3. ¿A qué ha dedicado su vida Abdón Ubidia? ¿Qué actividades intelectuales realiza? ¿Qué opinan Uds. del título de su novela *Sueño de lobos*? ¿De qué creen que se trata? ¿Por qué creen eso?

B. Diario. En tu diario, escribe por lo menos media página expresando tus pensamientos sobre uno de estos temas.

1. La cantante de ópera Beatriz Parra Durango ha recibido numerosísimos honores tanto en su país como en otros. Su trayectoria artística le ha permitido dejar muy en alto el nombre de su país, Ecuador. ¿Qué podría hacer uno de tus hijos, para llegar a ser conocido(a) y premiado(a) internacionalmente? ¿Cuál sería un talento especial? ¿Qué habría logrado para dejar en alto el nombre de este país?

2. El célebre pintor Guayasamín sacudió la conciencia del público con sus pinturas, especialmente la colección *La edad de la ira*. Evidentemente, este gran hombre canalizó su furia a través de la pintura. Cuando tú necesitas canalizar tu frustración, enojo o rabia, ¿por qué medio lo haces: arte, escritura, silencio, violencia,...? ¿Estás satisfecho(a) con el medio que usas o te gustaría cambiar a otro? (¿A cuál cambiarías? ¿Por qué?)

PRONUNCIACIÓN Y ORTOGRAFÍA

Letras problemáticas: la letra doble *ll*

Para la mayoría de hispanohablantes, la **ll** tiene el mismo sonido que la **y.** Compara, por ejemplo, la pronunciación de las palabras "cayó" (de caer) y "calló" (de callar). Observa la pronunciación de la **ll** al escuchar a tu profesor(a) leer las siguientes palabras.

/y/
bata**ll**a
caudi**ll**o
llaneros
llaves
llegada

Deletreo con la letra doble *ll*

La **ll** siempre se escribe con ciertos sufijos y terminaciones.

• Con las terminaciones **-ella** y **-ello:**

be**lla**	cue**llo**	estre**lla**
cabe**llo**	donce**lla**	se**llo**

• Con los diminutivos **-illo, -illa, -cillo** y **-cilla:**

calzon**cillo**	Juan**illo**	raton**cillo**
chiqu**illa**	picad**illo**	rincon**cillo**

¡A practicar!

A. Práctica con la letra doble *ll*. Escucha mientras tu profesor(a) lee las siguientes palabras. Escribe las letras que faltan en cada una.

1. r a b _ _ _ _ _
2. t o r r e _ _ _ _ _ _
3. p i l o n _ _ _ _ _ _
4. t o r t _ _ _ _ _
5. r a s t r _ _ _ _ _

6. c o n e j _ _ _ _ _
7. m a r t _ _ _ _ _
8. l a d r _ _ _ _ _
9. p a j a r _ _ _ _ _
10. p i e c e c _ _ _ _ _

B. Práctica con la letra doble *ll* y la letra *y*. Debido a que tienen el mismo sonido para la mayoría de hispanohablantes, la **ll** y la **y** con frecuencia presentan dificultades ortográficas. Escucha mientras tu profesor(a) lee las siguientes palabras con el sonido /y/. Complétalas con **y** o con **ll,** según corresponda.

1. o r i _ _ _ _ a
2. _ _ _ _ e r n o
3. m a _ _ _ _ o r í a
4. b a t a _ _ _ _ a
5. l e _ _ _ _ e s

6. c a u d i _ _ _ _ o
7. s e m i _ _ _ _ a
8. e n s a _ _ _ _ o
9. p e s a d i _ _ _ _ a
10. g u a _ _ _ _ a b e r a

C. ¡Ay, qué torpe! Mario encontró esta información en Internet pero la anotó con tanta rapidez que cometió varios errores, la mayoría en las palabras que llevan la letra doble **ll**. Encuentra las diez palabras con errores y corrígelos.

En las profundidades de las selvas amazónicas, un millon de tonos verdes y marrones colorean un mundo misterioso y lleno de tradiciones. Alli pareciera que se estrello una nave espacial que tal vez llégo en tiempos prehistóricos. En una choza primitiva, la esposa de José Guillen, indígena de la tribu Huaorani, se queja lastimeramente. José llámo a Mengatoi, el shamán, quien llevo alla una poción oscura que desarrólló de una planta medicinal. Sentado al lado de la enferma, el shamán medita y a través de un canto que el mismo repite, cae en una especie de trance que lo conduce a una jornada mística para encontrar el remedio que le devolverá la salud a la joven.

Mejoremos la comunicación

Para hablar de enfermedades y medicamentos

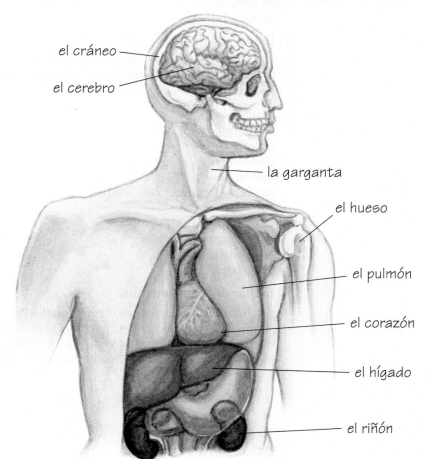

el cráneo

el cerebro

la garganta

el hueso

el pulmón

el corazón

el hígado

el riñón

Al hablar de enfermedades

— ¡Hombre! Hace más de un mes que no te veo. ¿Dónde has estado?

— ¿No lo sabías? **Sufrí** un **infarto** y estuve **a punto de morir.**

alergia	paperas
amigdalitis	pulmonía
apendicitis	sarampión
artritis	tensión arterial
ataque cardiaco / al corazón	tos
cáncer	tumor
catarro, resfriado	benigno
diabetes	maligno
fiebre	varicela
gripe	

— Estuve **internado** más de dos semanas.

— ¿Y **cómo te sientes** ahora? ¿Ya estás bien?

— Bueno, **me estoy recuperando** poco a poco y con tal que **me cuide,** el médico dice que me podré **recuperar** completamente.

aliviado(a)
adolorido(a)
débil
en terapia
mejorando

Al hablar de médicos

— ¿Quién es tu **médico?** ¿Estás satisfecho de cómo te trataron?

— Mi **cardióloga** es maravillosa. No creo que haya una mejor, a menos que sea en otro país.

cirujano(a)
dermatólogo(a)
especialista
ginecólogo(a)
internista
médico(a) general / de familia
obstetra
oftalmólogo(a)
oncólogo(a)
ortopedista
psiquiatra

Al hablar de medicamentos

— ¿Tienes que tomar muchos **medicamentos?**

— ¡Qué va! ¡Es ridículo! Tengo **pastillas** para **bajar la presión,** para **subir la presión,** para evitar **infecciones,** para dormir, para la **inflamación,** para la **fiebre,** para todo. Aun cuando me siento bien, tengo pastillas que tomar.

acupuntura
antibiótico
antidepresivo
antihistamínico
aspirina
atomizador
bálsamo
descongestionante
hierbas medicinales
jarabe (para la tos)
penicilina
píldora, pastilla
vaporizador, pulverizador

¡A conversar!

A. Enfermedades. En grupos de tres o cuatro túrnense para hablar de la enfermedad más seria que han sufrido. ¿Cuál fue? ¿Cómo se sintieron? ¿Qué medicamentos tuvieron que tomar? ¿Quién los atendió?

B. Dramatización. Dramatiza la siguiente escena con un(a) compañero(a) de clase. Un(a) paciente está en la clínica hablando con el (la) médico(a) después de un examen médico. El (La) médico(a) tiene malas noticias para el (la) paciente. El (La) paciente, en cambio, tiene muchas preguntas.

C. Extiende tu vocabulario: enfermedad. Para ampliar tu vocabulario, trabaja con un(a) compañero(a) para definir en español estas palabras relacionadas. Luego, escriban una oración original con cada palabra. ¿Cuál es el significado de estas palabras en inglés, y cómo se relacionan a *sick* en inglés?

1. enfermo(a)
2. enfermero(a)
3. enfermizo(a)
4. enfermería
5. enfermarse

D. Notas para hispanohablantes: práctica. ¿Cómo reacciona esta persona al saber que tiene un tumor maligno? Completa cada oración con la palabra más apropiada de las que están entre paréntesis.

1. No me operaré a menos que los médicos (pueden/puedan) sacar todo el tumor.
2. Prefiero hacer quimioterapia ya que los médicos no (recomiendan/recomienden) otra solución.
3. También haré los tratamientos de radiación a menos que mi oncólogo me (dice/diga) que no es necesario.
4. Reconozco que tengo que decidir qué tratamiento voy a seguir ya que el cáncer (se extiende/se extienda) por el cuerpo.
5. Pero antes de que (tomo/tome) cualquier decisión, quiero irme a la costa a pasar un fin de semana solo.

DEL PASADO AL PRESENTE

Ecuador: corazón de América

Proceso independentista Entre 1794 y 1812 hubo varias rebeliones independentistas que fueron suprimidas por las autoridades españolas. El 9 de octubre de 1820 una revolución militar proclamó la independencia en Guayaquil. La victoria de Antonio José de Sucre el 24 de mayo de 1822 en Pichincha terminó con el poder español en el territorio ecuatoriano, el cual pasó a ser una provincia de la Gran Colombia. También en 1822 tuvo lugar en Guayaquil la famosa reunión entre Simón Bolívar y José de San

Interior de la iglesia de la Compañía de Jesús

Martín que resultó en la liberación de toda la región andina. El 13 de mayo de 1830, poco después de la renuncia de Bolívar como presidente de la Gran Colombia, una asamblea de notables proclamó en Quito la independencia ecuatoriana y promulgó una constitución de carácter conservador.

Guayaquil, Ecuador

Ecuador independiente En el siglo XIX, Ecuador pasó por un largo período de lucha entre liberales y conservadores. Los conservadores dominaban en la sierra; los liberales en la costa. La rivalidad entre ambos partidos reflejaba la diferencia entre la sierra y la costa, representadas por las dos principales ciudades, Quito en la sierra y Guayaquil en la costa. Quito era el centro conservador de los grandes hacendados que se beneficiaban con el trabajo de los indígenas y que se oponían a los cambios sociales. Por otro lado, Guayaquil se convirtió en un puerto cosmopolita, controlado principalmente por comerciantes y nuevos industriales interesados en la libre empresa e ideas liberales. A finales del siglo XIX, el gobierno fue ejercido por los liberales. Durante esta época se construyó el ferrocarril entre Quito y Guayaquil, el cual ayudó a la integración del país.

Después de un período de desarrollo económico que coincidió con la Primera Guerra Mundial, se produjo una fuerte crisis en la década de los 20 que llevó a la intervención del ejército en 1925. Éste fue el comienzo de un período que duró hasta 1948 y fue uno de los más violentos en la historia del país. Durante este período ocurrió la guerra de 1941 con Perú, el cual se apoderó de la mayor parte de la región amazónica de Ecuador. Una conferencia de paz celebrada en Río de Janeiro en 1942 ratificó la pérdida del territorio, pero Ecuador no cesó de reclamar estas tierras.

Época más reciente A partir de 1972, cuando se inició la explotación de sus reservas petroleras, se vio en Ecuador un acelerado desarrollo industrial, el cual modificó substancialmente las estructuras económicas tradicionales basadas en la agricultura. Desafortunadamente, ya para 1982 los ingresos del petróleo empezaron a disminuir, causando grandes problemas económicos en el país. En 1987 un terremoto destruyó parte de la línea principal de petróleo, lo cual afectó aún más la economía y dio origen a una serie de enfrentamientos políticos. En febrero de 1997 el Congreso le pidió

Refinería petrolera en la provincia de Napo, Ecuador

al presidente Bucaram que renunciara al puesto. A pesar de la objeción de la vicepresidenta Rosalía Arteaga, el Congreso nombró presidente interino a Fabián Alarcón. En mayo del mismo año, Alarcón fue nombrado presidente en elecciones nacionales. En enero de 2000, un golpe de estado dirigido por elementos militares e indígenas depuso al presidente y entregó el poder a Gustavo Noboa, un académico de carácter tranquilo y moderado convertido en honesto servidor público. En el campo económico, Ecuador, al igual que El Salvador y Panamá, cambió el sucre por el dólar en marzo de 2000. A pesar de los grandes problemas que enfrenta en el siglo XXI, Ecuador, el corazón de América, sigue palpitando.

¡A ver si comprendiste!

A. Hechos y acontecimientos. ¿Recuerdas los datos más importantes de la lectura? Para asegurarte, completa las siguientes oraciones con información que leíste sobre la historia de Ecuador.

1. El poder español terminó en el territorio ecuatoriano con...
2. Quito y Guayaquil, las dos ciudades rivales en el siglo XIX, se diferenciaban en...
3. La rivalidad entre Quito y Guayaquil reflejaba la diferencia entre...
4. El resultado de la guerra de 1941 con Perú fue...
5. El acelerado desarrollo económico que empezó en 1972 solamente duró...
6. Fabián Alarcón llegó a ser presidente de Ecuador sólo después de que...
7. En marzo de 2000, Ecuador cambió el sucre por...

B. A pensar y a analizar. Contesta las siguientes preguntas con dos o tres compañeros(as) de clase.

1. En la opinión de Uds., ¿por qué Ecuador se llama así y por qué se le llama también el "corazón de América"?
2. ¿Está basada la economía ecuatoriana en un producto principalmente? Si dicen que sí, ¿cuál es y qué peligro existe para la economía nacional el tener un solo producto? Si dicen que no, ¿en que producto(s) está basada y no sería mejor concentrarse en un solo producto? Expliquen su respuesta.

Cuaderno de actividades

Puedes practicar más y escribir tus impresiones de las islas Galápagos en la sección **Composición: narración descriptiva** de la *Unidad 5, Lección 2* en el *Cuaderno de actividades.*

C. Redacción colaborativa. En grupos de dos o tres, escriban una composición colaborativa de una página a una página y media, sobre el tema que sigue. Sigan el proceso de escribir colaborativamente que aprendieron en la **Redacción colaborativa** de la *Unidad 1, Lección 1:* escriban primero una lista de ideas, organícenlas en un primer borrador, revisen las ideas, escriban un segundo borrador, revisen la acentuación y ortografía y escriban la versión final.

En el año 2000 Ecuador cambió su moneda, el sucre, por el dólar estadounidense. ¿Qué opinan Uds. de esta medida? ¿Por qué querrá cualquier país cambiar su moneda a la de otro país? ¿Qué ventajas y desventajas ha traído este cambio para Ecuador? ¿Sería ventajoso para EE.UU. cambiar su moneda? ¿Por qué sí o por qué no?

Lengua EN·USO

Los sobrenombres

En el mundo hispano es muy común el uso de sobrenombres o nombres informales con amigos y parientes. En general, los sobrenombres se derivan de los nombres de pila, como "Lupe" de "Guadalupe" y "Toño" de "Antonio". Otros sobrenombres se alejan bastante de los nombres de pila, como "Yoya" por "Elodia" y "Fito" por "Adolfo".

A. Sobrenombres masculinos. ¿Cuántos de estos sobrenombres reconoces? De la segunda columna selecciona los nombres de pila que corresponden a los sobrenombres de la primera columna.

____ 1. Pepe	a. Francisco
____ 2. Beto	b. Guillermo
____ 3. Chuy	c. Salvador
____ 4. Nacho	d. Rafael
____ 5. Memo	e. José
____ 6. Pancho	f. Manuel
____ 7. Quico	g. Roberto
____ 8. Rafa	h. Ignacio
____ 9. Chava	i. Jesús
____10. Manolo	j. Enrique

B. Sobrenombres femeninos. Ahora a ver cuántos de los sobrenombres femeninos reconoces. De la segunda columna selecciona los nombres de pila que corresponden a los sobrenombres de la primera columna.

____ 1. Chelo	a. Rosario
____ 2. Chavela	b. Concepción
____ 3. Pepa	c. Teresa
____ 4. Lola	d. María Luisa
____ 5. Concha	e. Cristina
____ 6. Tina	f. Consuelo
____ 7. Meche	g. Dolores
____ 8. Chayo	h. Isabel
____ 9. Marilú	i. Josefa
____10. Tere	j. Mercedes

C. Sobrenombres de compañeros. ¿Cuántos de tus amigos(as) y familiares tienen sobrenombres distintos a los que aparecen en las actividades A y B? En grupos de tres, preparen una lista de otros sobrenombres masculinos y femeninos y de los nombres de pila de los cuales se originaron.

Ꙩ *Y ahora, ¡a leer!*

Anticipando la lectura. Hagan esta actividad en grupos de ocho o diez personas. Luego contesten las preguntas en los mismos grupos. Una persona en cada grupo debe escribir un mensaje de no más de media página. Esa persona luego le va a leer el mensaje en privado a otra persona del grupo. Esa persona se lo va a contar a otra, ésa a otra y así sucesivamente, hasta que todos en el grupo hayan escuchado el mensaje. La última persona en escuchar el mensaje debe escribirlo y luego deben comparar la versión original con la última versión.

1. ¿Qué hacen si no recuerdan el mensaje exacto que le deben pasar a otra persona? ¿Le dicen a esa persona que tenían un mensaje pero que se les olvidó? ¿O no le dicen nada e inventan algo para decirle?
2. ¿Conocen a personas que exageran la verdad sólo para impresionar a la persona con quien hablan? ¿Lo han hecho ustedes alguna vez? Si así es, ¿qué pasó?
3. ¿Creen que algunas personas exageran la verdad para impresionar a sus jefes? ¿Conocen a alguien que lo haya hecho y que haya tenido muchos problemas a causa de esto? Expliquen.

Conozcamos al autor

José Antonio Campos (1868–1939) nació y se educó en Guayaquil. En 1887 se inició en el periodismo con *El maravilloso,* semanario humorístico y de actualidad política. En años siguientes escribió en la columna diaria de varios periódicos ecuatorianos. Fundador de *El cóndor* y la *Revista del Banco del Ecuador*, fue profesor de literatura, y en 1915 publicó un libro de lectura llamado *El lector ecuatoriano*. Alcanzó fama por toda América Latina gracias a sus cuentos llenos de humor y perspicacia. Mejor conocido bajo su seudónimo, "Jack el Destripador", un tema favorito de Campos fue la sátira política y la burla contra las instituciones burocráticas que ridiculizó con gran picardía. En sus artículos de costumbres retrata las gentes, usos, costumbres y recuerdos de su ciudad en forma muy amena y acertada al punto que en muchos aspectos siguen tan vigentes hoy como en el día en que los escribió. Los seis libros publicados por él son: *Dos amores* (1889); *Los crímenes de Galápagos* (1904); *Rayos catódicos y fuegos fatuos* (1906); *Cintas alegres* (1919); *América libre* (1920) y *Cosas de mi tierra* (1929), el más conocido y gustado de su amplia producción.

El cuento aquí transcrito requiere mucha atención de parte del lector porque está compuesto de muchos diálogos. El narrador tiene solamente una brevísima línea poco antes del desenlace final.

Los tres cuervos

—¡MI GENERAL!

—¡Coronel!

—Es mi deber comunicarle que ocurren cosas muy particulares en el campamento.

5 —¡Diga usted, coronel!

—Se sabe, de una manera positiva, que uno de nuestros soldados se sintió al principio un poco enfermo; luego creció su enfermedad; más tarde sintió un terrible dolor en el estómago y por fin vomitó tres cuervos vivos.

—¿Vomitó qué?

10 —Tres cuervos, mi general.

—¡Cáspita!

—¿No le parece a mi general que éste es un caso muy particular?

—¡Particular, en efecto!

—¿Y qué piensa usted de ello?

15 —¡Coronel, no sé qué pensar! Voy a comunicarlo en seguida al Ministerio...

—Tres cuervos, mi general.

—¡Habrá algún error!

—No, mi general; son tres cuervos.

—¿Usted los ha visto?

20 —No, mi general; pero son tres cuervos.

—Bueno, lo creo, pero no me lo explico. ¿Quién le informó a usted?

—El comandante Epaminondas.

—Hágale usted venir en seguida, mientras yo transmito la noticia.

—Al momento, mi general.

25 —¡Comandante Epaminondas!

—¡Presente, mi general!

—¿Qué historia es aquélla de los tres cuervos que ha vomitado uno de nuestros soldados enfermos?

30 —¿Tres cuervos?

—Sí, comandante.

—Yo sé de dos, nada más, mi general; pero no de tres.

—Bueno, dos o tres, poco importa. La

35 cuestión está en descubrir si en realidad había verdaderos cuervos en este caso.

—Claro que había, mi general.

—¿Dos cuervos?

40 —Sí, mi general.

—¿Y cómo ha sido eso?

—Pues la cosa más sencilla, mi general. El soldado Pantaleón dejó una novia en su pueblo que, según la

45 fama, es una muchacha morena, linda y muy viva.

—¡Comandante!

—¡Presente, mi general!

—Sea usted breve y omita todo detalle innecesario.

—¡A la orden, mi general!

50 —Y al fin, ¿qué hubo de los cuervos?

—Pues bien, el muchacho estaba triste... y no quería comer nada, hasta que cayó enfermo del estómago y... de pronto ¡puf!... dos cuervos.

—¿Usted tuvo ocasión de verlos?

—No, mi general, pero oí la noticia.

55 —¿Y quién se la dijo a usted?

—El capitán Aristófanes.

—Pues dígale usted al capitán que venga inmediatamente.

—¡En seguida, mi general!

—¡Capitán Aristófanes!

60 —¡Presente, mi general!

—¿Cuántos cuervos ha vomitado el soldado Pantaleón?

—Uno, mi general.

—Acabo de saber que son dos, y antes me habían dicho que eran tres.

—No, mi general, no es más que uno, afortunadamente; pero sin embargo me

65 parece que basta uno para considerar el caso como extraordinario...

—Pienso lo mismo, capitán.

—Un cuervo, mi general, no tiene nada de particular, si lo consideramos desde el punto de vista zoológico. ¿Qué es el cuervo? No lo confundamos con el cuervo europeo, mi general,... La especie que aquí conocemos es muy

70 distinta...

—¡Capitán!

—¡Presente, mi general!

—¿Estamos en la clase de Historia Natural?

—No, mi general.

75 —Entonces, vamos al caso. ¿Qué hubo del cuervo que vomitó el soldado Pantaleón?

—Es positivo, mi general.

—¿Usted lo vio?...

—No, mi general; pero lo supe por el teniente Pitágoras, que fue testigo del

80 hecho.

—Está bien. Quiero ver en seguida al teniente Pitágoras...

—¡Teniente Pitágoras!

—¡Presente, mi general!

—¿Qué sabe usted del cuervo?

85 —Pues, mi general, el caso es raro en verdad; pero ha sido muy exagerado.

—¿Cómo así?

—Porque no fue un cuervo entero, sino parte de un cuervo, nada más. Fue un ala de cuervo, mi general. Yo, como es natural, me sorprendí mucho y corrí a informar a mi capitán Aristófanes; pero parece que él no oyó la pala-

90 bra *ala* y creyó que era un cuervo entero; a su vez fue a informar a mi comandante Epaminondas, quien entendió que eran dos cuervos y él se lo dijo al coronel, quien creyó que eran tres.

—Pero... ¿y esa ala o lo que sea?

—Yo no la he visto, mi general, sino el sargento Esopo. A él se le debe la

95 noticia.

—¡Ah diablos! ¡Que venga ahora mismo el sargento Esopo!

—¡Vendrá al instante, mi general!

100 —¡Sargento Esopo!

—¡Presente, mi general!

—¿Qué tiene el soldado Pantaleón?

—Está enfermo, mi general.

—Pero ¿qué tiene?

105 —Está muy enfermo.

—¿Desde cuándo?

—Desde anoche, mi general.

—¿A qué hora vomitó el ala del cuervo que dicen?

—No ha vomitado ninguna ala, mi general.

110 —Entonces, imbécil, ¿cómo has relatado la noticia de que el soldado Pantaleón había vomitado un ala de cuervo?

—Con perdón, mi general. Yo desde chico sé un versito que dice:

"Yo tengo una muchachita
Que tiene los ojos negros
115 Y negra la cabellera
Como las alas del cuervo.
Yo tengo una muchachita..."

—¡Basta, idiota!

—Bueno, mi general, lo que pasó fue que cuando vi a mi compañero que es-
120 taba tan triste por la ausencia de su novia, me acordé del versito y me puse a
cantar...

—¡Ah diablos!

—Eso fue todo, mi general, y de ahí ha corrido la historia.

—¡Retírate al instante, imbécil!

125 Luego se dio el jefe un golpe en la frente y dijo:

—¡Pero qué calamidad! ¡Creo que puse cinco o seis cuervos en mi información, como suceso extraordinario de campaña!

¿Comprendiste la lectura?

A. Hechos y acontecimientos. ¿Recuerdas los datos más importantes de la lectura? Para asegurarte, contesta las siguientes preguntas.

1. ¿Qué noticias le dio el coronel al general? ¿Cómo se dio cuenta el coronel
de estas noticias?

2. ¿Quién decidió verificar las noticias con el comandante: el coronel o el
general?

3. ¿Coincidieron las noticias del comandante con las del coronel? ¿Qué dijo
el comandante?

4. ¿Aceptó el general la nueva versión de las noticias según el comandante?
¿Con quién las verificó?

5. ¿Cuál fue la versión de las noticias del teniente? ¿del sargento?

6. Según el sargento, ¿cómo empezó el rumor de alas y cuervos?

7. ¿Puso fin al rumor el general al final? Explica tu respuesta.

B. A pensar y a analizar. Contesta las siguientes preguntas.

1. ¿De quién crees que se está burlando el autor de este cuento: de la gente en general, de los militares o de alguien más? ¿Por qué crees eso?
2. En tu opinión, ¿cuál fue la causa de la confusión al comunicar el mensaje? ¿Se podría haber evitado esta confusión? ¿Cómo?
3. ¿Crees que el general cumplió con su deber? ¿Por qué?

C. Presentación teatral. Preparen una presentación teatral de este cuento. Nombren a un(a) director(a) y decidan quiénes harán qué papeles. Memoricen sus partes fuera de clase antes de ensayar su presentación con su director. Cuando ya estén preparados, hagan un video de su presentación y compártanlo con otras clases de español.

Introducción al análisis literario
La narración humorística

En este tipo de narración el autor utiliza el humor para contar los hechos y las situaciones que relata. Toda obra humorística se caracteriza por contener situaciones que provocan la risa del lector. El humor puede darse en las cosas que les suceden a los personajes o en lo que éstos dicen. A veces puede ser un disparate, algo absurdo, una exageración o algo inesperado. La clave del humor es la sorpresa que causa y que salta de una caja imaginaria, como un resorte, cuando menos lo espera el lector.

A. Información humorística. Para conseguir un efecto cómico el autor de "Los tres cuervos" usa varios personajes que van pasando la información de uno a otro. Con un(a) compañero(a) de clase, determinen quiénes son estos personajes y en qué orden aparecen. ¿Cuál es el significado de sus nombres y del orden en que aparecen?

B. Narración humorística. En grupos de cuatro, van a escribir un cuento humorístico al estilo de "Los tres cuervos". Para hacerlo, creen un mensaje y repítanlo varias veces, cambiándolo un poco cada vez. Es importante que el mensaje incluya información que se preste fácilmente a la mala interpretación. Luego preséntenlo a la clase.

Escribamos ahora

 A generar ideas: escribir un cuento humorístico

1. **Un mensaje.** El humor en "Los tres cuervos" se basa principalmente en la falta de comunicación y exageración de un mensaje que los personajes secundarios se pasaron del uno al otro. A continuación hay un mensaje que podría usarse en un cuento humorístico porque sería fácil interpretarlo incorrectamente. Lee el mensaje con cuidado y con dos compañeros(as) decidan qué partes del mensaje se prestan a una mala interpretación.

> —Me complace contarte que la Srta. Hortensia Buenasuerte acaba de ganar diez millones de dólares en la lotería y los cobrará mañana con su amigo el Sr. Napoleón Aprovechado en la ciudad de Lima, Idaho.

2. **Un mensaje interpretado incorrectamente.** Con dos compañeros(as), decidan en tres interpretaciones incorrectas que podrían ocurrir al pasar este mensaje de una persona a otra. Informen a la clase de lo que decidieron.

3. **A generar ideas.** Decide ahora si vas a escribir tu cuento humorístico basándote en el mensaje que usaste en la actividad "Un mensaje", o si prefieres usar el mensaje que tu grupo desarrolló en la Actividad B de la sección **Introducción al análisis literario**. Al hacer tu selección, decide qué personajes va a tener tu cuento y la manera en que el mensaje se va a transmitir.

B **El primer borrador**

1. **¡A organizar!** Vuelve ahora a la lista de personajes que preparaste en la sección anterior, **A generar ideas,** y organiza tus personajes en el orden en que van a aparecer en tu cuento. Al lado de cada personaje, anota también la versión del mensaje que él (ella) va a comunicar.

2. **Mi cuento humorístico.** Imagínate que el periódico de tu comunidad publica una sección en español cada miércoles. Recientemente anunciaron que quieren que los miembros de la comunidad contribuyan cuentos humorísticos originales. Como tú piensas escribir uno para tu clase de español, decides mandárselo al periódico también. Usa lo que desarrollaste en las secciones anteriores para escribir ahora el primer borrador de tu cuento humorístico. Recuerda que tu cuento debe provocar risa. Usa el cuento de "Los tres cuervos" como modelo. ¡Buena suerte!

C **A corregir.** Intercambia tu primer borrador con el de un(a) compañero(a). Revisa el cuento de tu compañero(a), prestando atención a las siguientes preguntas.

1. ¿Entiendes bien el cuento de tu compañero(a)?
2. ¿Entiendes el humor del cuento? ¿Es divertido el humor?
3. ¿Usó algo del caló, el habla caribeña, el voseo, el habla campesina o hasta la jerga en la falta de comunicación entre sus personajes? Si no, ¿puedes recomendar dónde sería apropiado hacerlo?
4. ¿Tienes otras sugerencias sobre cómo podría mejorar su cuento?

D **Segundo borrador.** Prepara un segundo borrador de tu cuento tomando en cuenta las sugerencias de tu compañero(a) e ideas nuevas que se te ocurran a ti.

E **Sigues corrigiendo.** Antes de que revises el segundo borrador y para ayudarte a practicar el uso del subjuntivo, haz la siguiente actividad con un(a) compañero(a). Completa el siguiente párrafo con la forma correcta de los verbos que están entre paréntesis. Usa el presente de indicativo o el presente de subjuntivo, según sea necesario.

> El general quiere que sus soldados le (decir) la verdad. Él (buscar) a una persona que (haber) visto al soldado vomitar los cuervos. El general (saber) que no lo (ir) a encontrar, a menos que (hablar) con todas las personas que comunicaron el relato. En realidad, el general (dudar) que un soldado (poder) vomitar tres cuervos pero, en caso de que (ser) verdad, (decidir) investigar el asunto él mismo.

Ahora lee tu cuento una vez más, fijándote en el uso del subjuntivo. Ten mucho cuidado de no permitir la interferencia del inglés y de evitar a todo costo el uso de palabras inapropiadas derivadas del inglés. Tal vez quieras pedirle a un(a) compañero(a) que te lo revise también. Si usaste algo del caló, el habla caribeña, el voseo, el habla campesina o hasta la jerga en la falta de comunicación entre tus personajes, puedes pedirle a tu compañero(a) que te diga si tiene el efecto deseado. Haz todas las correcciones necesarias, prestando atención especial no sólo al uso del subjuntivo, sino también a los verbos en el pasado y el presente, a la concordancia y, por supuesto, a la acentuación.

F **Versión final.** Considera las correcciones del uso del subjuntivo y otras que tus compañeros(as) te hayan indicado y revisa tu cuento una vez más. Como tarea, escribe la copia final en la computadora. Antes de entregarla, dale un último vistazo a la acentuación, a la puntuación y a las formas de los verbos.

G **Cuento humorístico sobresaliente.** Cuando tu profesor(a) te devuelva el cuento, revísalo con cuidado e incorpora las sugerencias de tu profesor(a). Luego devuélveselo a tu profesor(a), que leerá algunos en voz alta.

EXPLOREMOS EL CIBERESPACIO

Explora distintos aspectos del mundo ecuatoriano en las **Actividades para la Red** que corresponden a esta lección. Ve primero a **http://college.hmco.com** en la red, y de ahí a la página de *Mundo 21.*

Bolivia

Nombre oficial: *República de Bolivia*

Población: *8.586.443 (estimación de 2003)*

Principales ciudades: *La Paz (capital administrativa), Sucre (capital judicial), Santa Cruz, Cochabamba*

Moneda: *Boliviano ($b)*

Jaime Escalante, nacido en 1931, ingeniero y profesor de física, matemáticas e informática, es natural de La Paz. En 1964 emigró a Los Ángeles con su esposa e hijo para realizar su sueño de ser maestro en los EE.UU. Al llegar, aprendió inglés y obtuvo un título, primero en electrónica y luego en matemáticas. En 1976 consiguió empleo de maestro de informática y matemáticas en la escuela secundaria Garfield. Se destacó a nivel nacional e internacional por sus métodos ingeniosos de enseñanza que trajeron un éxito resonante a los estudiantes hispanos de esa escuela. Sus esfuerzos, tribulaciones y lucha por sacar adelante a sus alumnos fueron presentados en la película *Stand and Deliver,* en la que Edward James Olmos hace el papel de Escalante. Bolivia le confirió la máxima condecoración de la patria, el Cóndor de Los Andes, en 1990. Escalante se mudó a Sacramento, California, en 1991, donde enseñó en la escuela secundaria Hiram Johnson hasta 1998, año en que se jubiló y regresó a su país natal. Ese mismo año, el gobierno de EE.UU. le otorgó el "United States Presidential Medal for Excellence" y la Organización de Estados Americanos le dio el Premio Andrés Bello.

Gaby Vallejo nació en Cochabamba en 1941. Es una escritora y activista dedicada que se ha destacado por su defensa del niño y de la mujer. Es responsable por la publicación de diversas revistas culturales y ha sido presidenta durante varias gestiones de la Unión Nacional de Poetas y Escritores, filial Cochabamba. Es actualmente presidenta del *IBBY* (*International Board of Books for Young People*) de Bolivia, fundadora del Comité de Literatura Infantil y Juvenil de Cochabamba y Académica de Número de la Academia Boliviana de la Lengua. También es presidenta del *PEN* o Asociación Mundial de Escritores, filial Bolivia. Como novelista ha desarrollado la temática social boliviana de los últimos tiempos en sus obras como *Hijo de opa* (1977), que recibió el Premio Nacional "Erich Guttentag". En 1985, esta novela fue llevada al cine con el título de *Los Hermanos Cartagena* y en 2002 fue traducida al inglés por Alice Weldon. En el campo de la literatura infantil, Gaby Vallejo ha publicado textos tan valiosos como *Palabras y palabritas* (1996) y *La llave misteriosa* (2002). Muchos de sus cuentos para adultos han sido recogidos en antologías latinoamericanas. Tiene también libros para estimular la lectura como *Leer: un placer escondido* (1994). Por su vasta labor cultural y literaria, fue galardonada con el primer Premio al Pensamiento y a la Cultura "Antonio José de Sucre" en 2001.

Alfonso Gumucio Dagrón nació en 1950. Es un prolífico escritor, cineasta, fotógrafo, incansable viajero y especialista en comunicación para el desarrollo. Estudió en Francia y luego viajó extensamente por Europa, América, Asia, África y Oceanía. Ha vivido en España, Francia, Nicaragua, México, Burkina Faso, Nigeria, Haití y Guatemala. Ha dirigido más de diez películas documentales y ha publicado dieciséis libros de ensayos, cuentos y poesía. Su obra de tipo testimonio *La máscara del gorila* (1982) obtuvo el mismo año el Premio Nacional de Literatura del Instituto Nacional de Bellas Artes de México. Siempre interesado en el arte cinematográfico, ha escrito la primera *Historia del cine boliviano* (1983) y un estudio biográfico sobre un importante crítico, *Luis Espinal y el cine* (1986). Varias de sus obras han sido publicadas en francés y en inglés. Su obra poética incluye libros como *Sentímetros* (1990) y *Memoria de caracoles* (2000).

Otros bolivianos sobresalientes

Héctor Borda Leaño: poeta, político • **Matilde Casazola:** poeta y compositora • **Agnes de Franck:** artista • **Gil Imaná:** pintor • **Roberto Mamani Mamani:** artista, fotógrafo, dibujante • **Renato Oropeza Prada:** escritor • **Jorge Sanjinés Aramayo:** cineasta • **Pedro Shimose:** escritor, poeta y músico • **Blanca Wiethüchter:** poeta, ensayista

Personalidades del Mundo 21

A. Gente que conozco. Contesta las siguientes preguntas con un(a) compañero(a) de clase.

1. En su opinión, ¿quiénes podrán comunicarse mejor con estudiantes hispanos de este país: maestros anglos o hispanos? ¿Quiénes podrán comunicarse mejor con estudiantes masculinos: maestros que son hombres o mujeres? ¿Por qué creen Uds. que el boliviano Jaime Escalante alcanzó a tener tanto éxito con los estudiantes de Garfield High en Los Ángeles?

2. ¿Qué actividades preocupan a Gaby Vallejo? ¿Qué clase de obras piensan Uds. que ella escribe? ¿Qué premios importantes ha recibido?

3. ¿Qué carreras tiene Alfonso Gumucio Dagrón y en qué países ha vivido? ¿Cómo creen que dispone de tiempo para hacer tantas cosas diferentes? ¿Podrían Uds. distribuir su tiempo para combinar sus estudios con una vida activa de viajes y producción cultural? Expliquen su respuesta.

B. Diario. En tu diario, escribe por lo menos media página expresando tus pensamientos sobre este tema.

La vida y sistema de enseñanza de Jaime Escalante fue llevada al cine en el film *Stand and Deliver*. Si tu vida fuera inmortalizada en la pantalla, ¿qué hechos deberían ser destacados y por qué? ¿Hay algo en tu vida que preferirías que no se mencionara en un film? ¿Por qué?

PRONUNCIACIÓN Y ORTOGRAFÍA

Letras problemáticas: la *r* y la letra doble *rr*

La **r** tiene dos sonidos, uno simple /ř/, como en "cero", "güera" y "prevención", y otro múltiple /r̄/, como en "rico", "enredada" y en la segunda sílaba de "alrededor". La letra doble **rr** siempre se pronuncia con el sonido múltiple /r̄/, como en "carro". Ahora, al escuchar a tu profesor(a) leer las siguientes palabras, observa que el deletreo del sonido /ř/ siempre se representa con la **r** mientras que el sonido /r̄/ se representa tanto con la **rr** como con la **r**.

/ř/	/r̄/
corazón	reunión
abstracto	revuelta
heredero	barrio
empresa	desarrollo
florecer	enrojezco

La letra *r*. Escucha mientras tu profesor(a) lee algunas palabras, unas con **r**, otras con la letra doble **rr**. Indica si el sonido que escuchas es /ř/ o /r̄/.

1. /ř/ /r̄/
2. /ř/ /r̄/
3. /ř/ /r̄/
4. /ř/ /r̄/
5. /ř/ /r̄/
6. /ř/ /r̄/
7. /ř/ /r̄/
8. /ř/ /r̄/
9. /ř/ /r̄/
10. /ř/ /r̄/

Deletreo con las letras *r* y *rr*

Las siguientes reglas de ortografía determinan cuándo se debe usar una **r** o la letra doble **rr**.

- La letra **r** tiene el sonido /ř/ cuando ocurre entre vocales, antes de una vocal o después de una consonante excepto **l, n** o **s**.

ante**r**ior	c**r**uzar	o**r**iente
b**r**once	nit**r**ato	pe**r**iodismo

- La letra **r** tiene el sonido /r̄/ cuando ocurre al principio de una palabra.

ratifica	**r**eloj	**r**esidir	**r**ostro

- La letra **r** también tiene el sonido /r̄/ cuando ocurre después de la **l, n** o **s**.

al**r**ededor	des**r**atizar	en**r**iquecer	hon**r**ar

- La letra doble **rr** siempre tiene el sonido /r̄/.

de**rr**ota	ente**rr**ado	hie**rr**o	terremoto

• Cuando una palabra que empieza con **r** se combina con un prefijo o con otra palabra para formar una palabra compuesta, la **r** inicial se duplica para conservar el sonido /r̄/ original.

racial → multi**rr**acial   rey → vi**rr**ey
rica → costa**rr**icense   rojo → infra**rr**ojo

¡A practicar!

A. Práctica con los sonidos /ř/ y /r̄/. Escucha mientras tu profesor(a) lee las siguientes palabras. Escribe las letras que faltan en cada una.

1. t _ _ _ _ t _ _ _ _ o   6. _ _ _ o l u c i ó n
2. E _ _ _ _ q u e t a   7. i n t _ _ _ _ _ m p i _
3. _ _ _ _ _ v _ _ _ _ n t e   8. f u _ _ _ _ a
4. _ _ _ s p e _ _ _   9. s _ _ _ _ i e n t e
5. f _ _ _ _ _ c _ _ _ _ l   10. e _ _ _ q u e c _ _ s e

B. Práctica con palabras parónimas. Dado que tanto la **r** como la **rr** ocurren entre vocales, existen varios pares de palabras parónimas, o sea palabras parecidas (por ejemplo, **coro** y **corro**). Escucha mientras tu profesor(a) lee las siguientes palabras parónimas. Escribe las letras que faltan en cada una.

1. pe _____ o   pe _____ o
2. co _____ al   co _____ al
3. aho _____ a   aho _____ a
4. pa _____ a   pa _____ a
5. ce _____ o   ce _____ o
6. hie _____ o   hie _____ o
7. ca _____ o   ca _____ o
8. fo _____ o   fo _____ o

C. ¡Ay, qué torpe! Una compañera de clase, a quien le gustaría ser modista, acaba de preparar un informe sobre la vestimenta de las indígenas bolivianas. Te pide que corrijas cualquier error. Encuentra las diez palabras con errores, la mayoría en las palabras que llevan la letra **r** o la letra doble **rr**.

En Bolivia, Peru y Ecuador, en el corazon de America, la trádicion de vestimentas indígenas derroto influencias exteriores, oriénto la moda local, corrio de generación en generación y florecio de tal manera que aun hoy en día se han conservado los trajes tradicionales con una fidelidad sorprendente. Las llamativas ropas de muchas de las mujeres indígenas —o cholas— atraeran tu atención inmediatamente ya que ellas llevan un sinnuméro de faldas, o polleras, de colores diferentes, superpuestas de tal manera que parecen crinolinas. Un sombrero, blusas bordadas, un mantón de lana para uso diario y uno de seda lujosamente bordada para domingos o días de fiesta completan este interesante vestuario.

MEJOREMOS LA COMUNICACIÓN

Para hablar de la vestimenta en un almacén

Al buscar en la sección de damas

— ¡Ay, me encanta esta **blusa de seda!** ¿La tendrán en mi **talla?**

— No sé. Éstas son todas de **tallas pequeñas.** Tú llevas una **mediana,** ¿no?

— ¡Ojalá! Ya hace más de un año que tengo que llevar **grande**... y no veo ni una sola grande.

— ¿No te interesarían estas blusas de **satén?** Son muy bonitas.

— No. Si no son de **seda,** no me interesan.

algodón	**mezclilla**
encaje	**nilón**
lana	**terciopelo**
lino	

— Pero mira estos **vestidos.** Son lindos. Tengo que **probarme** uno.
  [Unos minutos después...]

— ¿Qué opinas? ¿Estoy hermosa o qué?

— Bueno, si te voy a ser sincera, tengo que decirte que esa moda no va con tu **figura.** Además, las **lentejuelas** ya **están pasadas de moda.**

1. la blusa a rayas
2. la falda con tablas
3. el camisón
4. la zapatilla
5. la blusa con lunares
6. el traje
7. el sostén
8. el calzón
9. las pantimedias
10. las medias
11. el vestido
12. la enagua
13. la blusa bordada
14. la falda con volantes plegados
15. los lentes
16. el abrigo
17. la corbata
18. la camisa
19. los pantalones
20. la bata
21. la bufanda de lana
22. el impermeable
23. los overoles
24. las gafas de sol
25. el suéter de algodón
26. el traje de baño
27. la chaqueta de piel
28. el chaleco
29. los jeans
30. la bota
31. la sandalia
32. los zapatos
33. el calzoncillo
34. el sombrero
35. la camiseta
36. los shorts
37. el calcetín
38. los tenis

Al buscar en la sección de caballeros

— ¿Buscas algo en particular o sólo andas curioseando?

— Necesito comprar un **par** de **zapatos de vestir.** ¿Los tendrán aquí?

bota de trabajo	**pantuflas (zapatillas)**
chanclo de goma	**zapato**
mocasín	**de calle**

— En ese caso, voy a buscar un **suéter** para Lorenzo en el **Departamento de Moda Joven.** Mañana es su cumpleaños, sabes, y pienso que un suéter sería el regalo perfecto.

Departamento de...

Caballeros	**Hogar**
Complementos de Moda	**Infantil**
Deportes	**Señoras**

— Sí, lo sé. ¿Por qué no me esperas? Yo quiero comprarle unos **vaqueros.**

Algunas variaciones en la vestimenta

Español general	Español regional
abrigo	**tapado** (Cono Sur)
cachucha	**chullo** (zona andina)
camiseta	**playera** (Méx. y zona costal)
falda	**pollera** (zona andina y Cono Sur)
pantalones	**vaqueros** (Méx. y Cent. Am.)
sombrero	**bombín** (zona andina)
sostén	**corpiño** (zona andina)
suéter	**chompa** (zona andina)
zapatillas	**chanclas** (Méx. y Cent. Am.)
zapatos	**calzado** (zona andina)

¡A conversar!

A. Dramatización. Dramatiza la siguiente situación con un(a) compañero(a) de clase. Dos amigos(as) están en el almacén porque mañana es la fiesta de cumpleaños de otro(a) amigo(a) y tienen que comprarle algo. Los (Las) amigos(as) han decidido comprarle una prenda de ropa en serio, y otras prendas de ropa en broma y discuten las posibilidades.

B. Desfile de modelos. Prepárate para participar en un desfile de modelos. Un(a) estudiante será el (la) locutor(a) y va a describir toda la vestimenta de su compañero(a) cuando él (o ella) pase frente a la clase. Luego, cambien de papel. Tal vez quieras ponerte un traje especial para esta ocasión, ya sea muy formal o exageradamente informal.

C. Extiende tu vocabulario: vestir. Para ampliar tu vocabulario, trabaja con un(a) compañero(a) de clase para determinar el significado de las palabras en negrilla. Luego, contesten las preguntas. ¿Cuál es el significado de estas palabras en inglés, y cómo se relacionan a *dress* en inglés?

1. Si tengo que cambiar de traje en el segundo acto, ¿a qué distancia del escenario está el **vestuario**?
2. ¿Cómo es posible que no pueda oficiar sin su **vestidura** sagrada?
3. Me encanta tu **vestido**. ¿Es nuevo?
4. ¿Dónde vamos a **vestirnos**? ¿En casa de Marta o en casa de Alicia?
5. Sin duda tiene la mejor **vestimenta** de todas mis amigas. ¿Sabes dónde la consigue?

D. Notas para hispanohablantes: práctica. Completa este párrafo con la forma apropiada del futuro o condicional de los verbos que están entre paréntesis para saber por qué están tan molestas estas dos chicas.

¿Qué les __1__ (haberá/habrá) pasado a Toño y Jaime? Dijeron que __2__ (estadrían/estarían) aquí a las seis y cuarto a más tardar. Nosotras __3__ (poderíamos/podríamos) ir a buscarlos pero si vienen y no nos encuentran se van a molestar. Cuando lleguen yo __4__ (tenaré/tendré) que decirles lo que pienso. Ellos __5__ (deberían/debedrían) ser más responsables y no dejarnos plantadas así.

DEL PASADO AL PRESENTE

Una mina de Potosí

Bolivia: desde las alturas de América

Colonia y maldición de las minas En 1545 se descubrieron grandes depósitos de plata en el cerro de Potosí, al pie del cual, el siguiente año, se fundó la ciudad del mismo nombre. Potosí llegaría a rivalizar con Lima gracias a la gran riqueza minera. A mediados del siglo XVII era la mayor ciudad de América. Se fundaron otras ciudades en las zonas mineras: La Paz (1548) y Cochabamba (1570). Las minas de plata del Alto Perú, nombre dado por los españoles a la región que ahora llamamos Bolivia, fueron el principal tesoro de los españoles durante la colonia. Pero para los indígenas de la región andina estas mismas minas eran lugares donde se les explotaba inhumanamente bajo el sistema de trabajo forzado llamado "mita", que también se aplicaba a la agricultura y al comercio.

La independencia y el siglo XIX En 1809 hubo rebeliones en contra de las autoridades españolas en las ciudades de Chuquisaca y La Paz que fueron rápidamente controladas por tropas enviadas por los virreyes del Río de la Plata y de Perú. El Alto Perú fue la última región importante que se liberó del dominio español. La independencia se declaró el 6 de agosto de 1825 y se eligió el nombre de República Bolívar, en honor de Simón Bolívar, aunque después prevaleció el nombre de Bolivia. El general Antonio José de Sucre, vencedor de los españoles en la decisiva batalla de Ayacucho (1824), ocupó la presidencia de 1826 a 1828. La ciudad de Chuquisaca cambió su nombre a Sucre en 1839 en honor a este héroe de la independencia, quien murió asesinado en 1830.

La independencia trajo pocos beneficios para la mayoría de los habitantes de Bolivia. El control del país pasó de una minoría española a una minoría criolla, muchas veces en conflicto entre sí debido a intereses personales. A finales del siglo XIX, las ciudades de Sucre y La Paz se disputaron la sede de la capital de la nación. Ante la amenaza de una guerra civil, se optó por una solución de compromiso. La sede del gobierno y el poder legislativo se trasladaron a La Paz, mientras que la capitalidad oficial y el Tribunal Supremo permanecieron en Sucre.

Pérdida de territorios

■ Chile
■ Argentina
■ Paraguay
□ Brasil

Bolivia

Océano Pacífico

Guerras territoriales Durante su vida independiente, Bolivia ha perdido una cuarta parte de su territorio original a causa de disputas fronterizas con países vecinos. Como resultado de la Guerra del Pacífico (1879–1883), Bolivia tuvo que cederle a Chile la provincia de Atacama, rica en nitratos y su única salida al Pacífico. Para compensar la pérdida, Chile construyó un ferrocarril de La Paz al puerto chileno de Arica. Cuando Argentina se anexó una parte de la región del Chaco, también construyó un ferrocarril que comunicaba a los dos países. Coincidiendo con el auge del caucho, Bolivia le otorgó a Brasil en 1903 la rica región amazónica de Acre. Finalmente, la Guerra del Chaco con Paraguay (1933–1935) provocó enormes pérdidas humanas y territoriales para Bolivia. La derrota del ejército boliviano en la Guerra del Chaco causó un profundo malestar y descontento.

De la Revolución de 1952 al presente En abril de 1952, se inició la llamada Revolución Nacional Boliviana bajo la dirección del partido político Movimiento Nacionalista Revolucionario. Su líder, Víctor Paz Estenssoro, impulsó una ambiciosa reforma agraria que benefició a los campesinos indígenas, nacionalizó las principales empresas mineras y, en general, abrió las puertas para el avance social del grupo formado por los mestizos.

Muestra de solidaridad con el gobierno en La Paz

Durante casi tres décadas Víctor Paz Estenssoro y Hernán Siles Suazo fueron las figuras políticas más importantes de Bolivia y ocuparon la presidencia alternativamente por un total de cinco períodos. En la última década del siglo XX aparecieron nuevas figuras políticas, e incluso una mujer, Lydia Gueiler Tejada, ocupó brevemente la presidencia. De 1993 a 1997 gobernó Gonzalo Sánchez de Lozada, un político progresista que impulsó reformas económicas novedosas. Sin embargo, el siglo XX terminó con el retorno del envejecido general Hugo Bánzer Suárez, quien ocupó la presidencia en la década de los 70 y fue aparentemente la única figura unificante en un panorama político demasiado diversificado. La mala salud lo forzó a dejar la presidencia en 2001 (falleció en mayo de 2002). El Vice Presidente Jorge Quiroga

Ramírez lo reemplazó hasta las elecciones de junio 2002, las cuales volvió a ganar. Con su nombramiento, es evidente que el valeroso pueblo boliviano sigue pasando por una crisis de liderazgo que posiblemente se solucionará con la aportación de una nueva ola de intelectuales que han regresado a su país para trabajar por su progreso.

¡A ver si comprendiste!

A. Hechos y acontecimientos. ¿Recuerdas los datos más importantes de la lectura? Para asegurarte, contesta las siguientes preguntas con un(a) compañero(a) de clase.

1. ¿Qué se descubrió en el cerro de Potosí en 1545? ¿Cuál fue el resultado de este hallazgo?
2. ¿Qué nombres tuvo Bolivia durante la colonia española?
3. ¿Quién fue Antonio José de Sucre? ¿Cuál es su importancia en la historia de Bolivia?
4. ¿Por qué tiene Bolivia actualmente dos capitales?
5. ¿Qué territorios perdió Bolivia en conflictos fronterizos con sus países vecinos?
6. ¿Cuáles son algunos de los efectos de la Revolución de 1952?
7. ¿Quiénes fueron las dos personas que ocuparon la presidencia del país alternativamente por cinco períodos?
8. ¿Qué implicaciones para el comienzo del siglo XXI representa el retorno de un militar a la presidencia?

B. A pensar y a analizar. Contesta las siguientes preguntas con dos o tres compañeros(as) de clase.

1. ¿Cómo es posible que Bolivia haya acabado por ser un país pobre, con toda la riqueza minera que ha existido en la región desde antes del siglo XVI?
2. En la opinión de Uds., ¿a qué se debe la falta de estabilidad política de Bolivia que permitió que sus vecinos anexaran una cuarta parte de su territorio a fines del siglo pasado?
3. ¿Por qué siguieron siendo elegidos los mismos individuos a la presidencia a lo largo de la segunda mitad del siglo XX?
4. ¿Qué necesita este país para asegurarse un futuro positivo?

C. Redacción colaborativa. En grupos de dos o tres, escriban una composición colaborativa de una página a una página y media, sobre el tema que sigue. Sigan el proceso de escribir que usaron en la **Redacción colaborativa** de la *Unidad 1, Lección 1*: escriban primero una lista de ideas, organícenlas en un primer borrador, revisen las ideas, escriban un segundo borrador, revisen la acentuación y ortografía y escriban la versión final.

> La economía boliviana sufre de falta de diversificación y depende en gran parte de la minería. Para explotar las minas, los mineros tienen que llevar vidas muy sacrificadas y normalmente de corta duración. ¿Qué podría hacer Bolivia para ayudar a estos trabajadores? ¿Existe un problema similar en este país, en que trabajadores mueran regularmente debido a las condiciones de trabajo? Si así es, ¿quiénes son esos trabajadores y qué ha hecho el gobierno para ayudarlos? ¿Cómo se podrán evitar estas situaciones en el futuro?

Cuaderno de actividades

Puedes practicar más y escribir tu opinión sobre si es deseable asimilar a los indígenas a las culturas dominantes en la sección **Composición: explicación** de la *Unidad 5, Lección 3* en el *Cuaderno de actividades.*

Lengua en·Uso

Variantes coloquiales: presencia del quechua en el habla de Bolivia

El quechua o *runa simi* (que quiere decir "lenguaje humano") fue la lengua oficial del imperio inca y en la actualidad se sigue hablando en una gran región andina que abarca cinco países sudamericanos: Colombia, Ecuador, Perú, Bolivia y Argentina. Este continuo contacto, por más de 500 años, entre el español y el quechua ha hecho que ambas lenguas se hayan influido mutuamente. Muchas palabras quechuas han pasado a enriquecer la lengua española tanto como muchas palabras del español han sido y siguen siendo adaptadas al quechua. Sin duda Uds. ya conocen éstas que no sólo pasaron del quechua al español, sino del español al inglés: *coca, cóndor, inca* y *papa*. Tampoco tendrán problema en reconocer estas adaptaciones del español al quechua: *chamisa, dewda, escribiy*.

A. Influencia del quechua en el español. A ver cuántas de las palabras que pasaron al español del quechua ya conoces. Selecciona la palabra o frase de la segunda columna que define cada palabra quechua de la primera columna.

_____ 1. quena
_____ 2. alpaca
_____ 3. puma
_____ 4. boa
_____ 5. choclo
_____ 6. pampa
_____ 7. chacra
_____ 8. cuy
_____ 9. vicuña
_____ 10. soroche

a. pequeña finca rústica
b. mazorca de maíz
c. mal de los Andes
d. flauta hecha de cañas
e. conejo de las Indias
f. llano
g. animal parecido a la llama cuya lana es muy apreciada
h. una especie de tigre
i. una serpiente enorme
j. bestia de carga de pelo largo, fino y rojizo

B. Influencia del español en el quechua. Ahora, a ver cuántas de estas palabras que vinieron al quechua del español puedes reconocer. Escribe la palabra española de la cual se derivó la palabra quechua correspondiente.

1. delikaw
2. dansaq
3. bawtisay
4. moso
5. algudón

6. alkól
7. eskwela
8. kaballu
9. kasachidor
10. agradesey

C. ¿Eres buen lingüista? ¿A qué conclusión puedes llegar con respecto a las terminaciones de verbos en quechua? ¿Cuántos verbos hay en la lista de la actividad anterior? ¿Qué forma del verbo tienen? ¿Cuál dirías es el equivalente de **-ar, -er, -ir** en quechua?

ᴥ *Y ahora, ¡a leer!*

Anticipando la lectura. ¿Has pensado alguna vez en lo que significa ser miembro de un grupo minoritario? Las siguientes preguntas te ayudarán a considerar el tema.

1. ¿Hasta qué punto crees que un niño minoritario está consciente de ser "diferente"? ¿A qué edad se hace consciente de eso? ¿Normalmente, qué o quién(es) crees que hacen nacer esa conciencia: sus padres, hermanos, amigos, maestros,...?

2. ¿Cómo crees que reacciona un(a) joven minoritario(a) al darse cuenta de que es diferente de la mayoría?¿Se sentirá orgulloso(a) de no ser como la mayoría? ¿avergonzado(a)? Explica tu respuesta.

3. ¿Es diferente la vida de las personas minoritarias? ¿Tienen más o menos problemas para conseguir un buen empleo? ¿Son aceptados de manera diferente en lugares públicos tales como los restaurantes, los bares, los bailes, los clubes y las vecindades?

4. ¿Hasta qué punto crees que los miembros de grupos minoritarios se identifican con el país de origen del grupo? ¿Crees que a la mayoría de los chicanos de EE.UU. les gustaría irse a vivir a México, o a los japonés-americanos a Japón? ¿Por qué?

5. ¿Cómo crees que sería la vida de un chicano en México, de un afroamericano en África o de un chino-americano en China? ¿Sería más fácil o más difícil que en EE.UU.? ¿Por qué crees eso?

Conozcamos a la autora

Maricarmen Ohara nació en Trinidad, Bolivia, de padre japonés y madre boliviana. Es autora de más de veinticinco libros bilingües para niños y adultos que incluyen *Tesoro de refranes populares / A Treasure of Popular Proverbs* (1990), *Cuentos de muchos mundos / Stories of Many Worlds* (1993), *Cuentos para todos / Tales for Everybody* (1994) y *Tesoro de lenguaje popular: adivinanzas, trabalenguas, canciones y fábulas / Spanish Riddles, Tongue Twisters, Songs, and Fables* (1997). En Bolivia fue premiada por varios cuentos, una novela y una obra de teatro. Además de enseñar español en Ventura, California, es también conferencista y fundadora de la editorial Alegría Hispana Publications. Como catedrática en California, en 1996 fue nombrada Educadora del Año y en 1997 recibió el premio de Diversidad Multicultural.

A continuación, Ohara nos presenta un relato sobre la discriminación dirigida hacia un grupo minoritario poco conocido en América Latina, los asiáticos.

Chino-japonés

Fernando Hidehito Takei Mier estaba harto de su vida en La Paz. No era
que no le gustara esta ciudad donde había nacido hacía veintiún años.
Al contrario, amaba la belleza helada del majestuoso Illimani° y el azul
prístino e intenso del cielo paceño;° el clima seco y caliente durante el día,
5 frío y hasta gélido° por las noches; las calles empinadas y resbalosas del centro; los viejos edificios de las tortuosas° calles coloniales; los olores a comidas
picantes y frutas maduras de los mercados públicos; los partidos de fútbol ju-
gados a muerte los domingos por la tarde en el estadio de Miraflores. Amaba
los carnavales, los desfiles del Seis de Agosto, los bailongos° que acababan
10 con cueca y huayno,° las parrilladas domingueras y mirar a las chicas bonitas
en El Prado. Amaba las deliciosas y picantes comidas paceñas, desde el
chicharrón, el chuño, la sopa de quinua a las salteñas de pollo. Amaba lo
humilde y lo grande de esta ciudad que era tan suya como también suya era
la patria boliviana.
15   Y sin embargo, Fernando Hidehito Takei Mier estaba harto. Harto y do-
lorido casi hasta el resentimiento. El dolor había comenzado muy temprano,
en la escuela primaria adonde lo llevaba cada día su madre, Rosario Mier de
Takei. Poco sabía la buena señora que su niñito de carita redonda y blanca-
nacarada,° pelo cortito y negro, ojos pequeños y rasgados rodeados por pes-
20 tañas cortas y lacias, nariz ancha y aplastada y boca de labios llenos y son-
rosados pasaba momentos de confusión y dolor infantil durante las horas
escolares. Los otros niños lo miraban como si fuera un marciano° recién ate-
rrizado y durante las horas de clase, si sus miradas se encontraban, le sacaban
la lengua silenciosamente y ponían las manos en sus ojos estirándolos hasta
25 hacerlos parecer un par de rasgaduras° en sus caritas burlonas. Fernando

volcán en Bolivia
de La Paz
helado
zigzagueantes

bailes
cueca... bailes populares de
Bolivia, Perú y Chile

color de perla

del planeta Marte

ojos orientales

Hidehito no podía comprender la razón de esos gestos agresivos y bajaba los ojitos pretendiendo concentrarse en dibujar las letras del alfabeto castellano.

Esa noche, por primera vez, el niño observó la cara morena de su madre concentrándose en sus ojos grandes y oscuros sombreados por pestañas ondu-
30 ladas. Luego miró a su padre, eternamente silencioso, que como todas las noches, leía un libro lleno de palitos arreglados en columnas. Percibió que su padre parecía mucho mayor que su madre y notó que los ojos del Sr. Takei, que se divisaban° detrás de sus pesados lentes de carey,° no eran grandes sino   *se veían / concha de tortuga* más bien parecidos a la abertura de un ojal; eran ojos débiles, aguados° y sin   *lagrimosos*
35 aparente vitalidad.

Desde entonces Fernando Hidehito supo que había en él algo diferente que causaba que sus compañeritos le cantaran cancioncitas burlonas durante los recreos, que empezaron a convertirse en largos períodos de martirio.

—*Uno, dos, tres, chino japonés.*
40   —*Uno, dos, tres, chino cochino.*

Por las noches, cuando su madre lo acostaba, la abrazaba y tragándose las lágrimas preguntaba:

—Mamita, ¿por qué los otros niños no me quieren? ¿Por qué me cantan una canción que dice "Uno, dos, tres, chino japonés"?
45   Ella lo miraba con pena impotente reflejada en sus grandes ojos oscuros:

—Tesoro, te cantan esas tonterías porque son burros. No comprenden nada.

—¿Pero por qué me dicen chino japonés? ¿Acaso no soy boliviano?

—Ay mi amorcito, es que son ignorantes. Tu papi es japonés, no chino.
50 Son dos cosas diferentes. Y tú eres boliviano, nacido en Bolivia, criado en esta tu ciudad, La Paz. Claro que eres boliviano, bien boliviano, requeteboliviano.

—¿Pero por qué me dicen chino japonés? —insistía el niño.

—Por tontos. Mira, a mí por ejemplo, mis amigas me dicen "camba", porque nací en Trinidad, en el oriente boliviano. Así nos llaman a los be-
55 nianos° y a los cruceños,° porque somos descendientes de la raza camba. En   *personas de Beni, Bolivia /* cambio a los de La Paz, Cochabamba, Sucre, Oruro y Potosí les decimos "co-   *personas de Santa Cruz* llas". Tu abuelito era "colla" y tu abuelita "camba".

—Pero ¿"cambas" y "collas" son bolivianos?

—Claro que sí, sólo que viven en regiones diferentes.
60   —¿Y se insultan llamándose "cambas" y "collas"?

—Sí, a veces, por tontos, por regionalistas...

—Mamita, dime, ¿es verdad que parezco japonés?

—A mí me pareces la cosa más linda del mundo.

Fernando Hidehito pegó un buen estirón en la escuela secundaria. Era
65 alto, sólido, de movimientos un poco lentos como los de un oso amistoso y algo torpe. Su cara redonda había perdido la palidez nacarada de la infancia y se había tostado hasta adquirir el color bronce y las mejillas color manzana roja que tipifica a los habitantes de los pueblos altiplánicos.° Sus compañeros   *de las montañas* continuaban sus cantinelas° a las que habían añadido connotaciones insul-   *repeticiones*
70 tantes derivadas de su apellido materno.

—*Fernando / Idehito / Takei / Mier, / chino / de / mier°...*   *mierda, excremento*
—*Chino / de / mier...*

Ya no lloraba en los brazos amantes de su madre. Había aprendido el código del hombre macho y por varios meses la señora de Takei había presen-
75 ciado una sucesión de magulladuras,° narices sangrantes, cojeos, ropas ras-   *golpes* gadas y silencio total. Para cuando el joven se graduó de la secundaria era

evidente que la tiendita de su padre ya no daba más porque las constantes devaluaciones del peso boliviano habían carcomido° el capital penosamente ganado. Gentes de sangre joven y agresiva habían desbancado° al viejo
80 japonés que cerró derrotado las puertas del destartalado° almacén. Era evidente que el joven universitario tenía que hacer algo, pero él, como incontables más, se encontraba en una especie de callejón sin salida.

    Los reveses del mundo a veces causan situaciones que parecen milagrosas. A mediados de los 80, el gobierno japonés, que había reconstruido su
85 economía de una manera pujante° y mundialmente reconocida, se acordó que en la lejana América Latina vivían japoneses que durante la época de tremenda pobreza del Japón habían tenido que emigrar a tierras extrañas. Esos hijos del País del Sol Naciente tenían *niseis*, o sea, hijos que seguramente merecían la oportunidad de trabajar en la tierra de sus padres. Así, el
90 gobierno japonés empezó a conceder permisos especiales de trabajo a esos *niseis*. Corrió la voz de que en el Japón los sueldos eran altísimos, que era posible ahorrar y regresar en relativamente poco tiempo con un capitalito;° en fin, que ésta era una oportunidad fabulosa.

    ¡Cómo cambió el panorama de mucha gente en situación similar a la de
95 Fernando Hidehito! Súbitamente el horizonte se abría con la promesa de un viaje a una tierra lejana que prometía empleo pagado en miles de dólares. De pronto era motivo de orgullo tener los ojos de ojal; Fernando Hidehito presenció entre sorprendido e indignado el brusco cambio de actitud hacia la raza de su padre. Era común que gente desesperada por la situación
100 económica tratara de irse al Japón haciéndose pasar por *niseis*. ¡La de gente que compró apellidos japoneses para conseguir ese pasaporte a la prosperidad!

    El joven partió lleno de esperanzas. En Osaka ya no sería "Chino / de / mier...", allí no sería diferente a nadie, por fin se sentiría como los demás.
105 Muy pronto se vino abajo esa esperanza. Trabajo había, con buen sueldo, pero ¡la de sufrimientos que tuvo que pasar! El tratamiento era humillante, puesto que un *nisei* es peor que un "Chino / de / mier...". No había comunicación sino a través de gestos, pues él no hablaba japonés; el trabajo era durísimo; el alojamiento y la comida carísimos; el clima insano, la ciudad fea
110 y hostil. Una verdadera pesadilla.° A medida que empezó a descifrar° los sonidos de la lengua japonesa, escuchaba que los japoneses lo miraban con desprecio° y le decían, como escupiendo:

    —¡*Gaijín*!

    Gaijín. Extranjero. Conque aquí tampoco encajaba. Bueno, estaba bien.
115 Después de todo, era cierto. Él era *boliviano, nisei, gaijín*. Estaba aquí, no por amor al Japón, sino para conseguir la platita que le garantizara los *money orders* que aseguraban la subsistencia de sus viejitos. Lo aguantó todo, ahorró hasta el último yen, y se concentró en sobrevivir con la ilusión de volver a su patria, a Bolivia donde no era un *gaijín* sino un boliviano he-
120 cho y derecho.

    Finalmente llegó ese día largamente soñado, saboreado, casi masticado. El vuelo de Osaka a San Pablo se le hizo interminable. Apenas durmió un par de horas en el incómodo asiento de la clase económica. En San Pablo cambió a una aerolínea boliviana que hizo escala° en Santa Cruz, la ciudad
125 camba más pujante° del oriente boliviano, famosa por sus muchos encantos tropicales. Su avión a La Paz partiría al día siguiente y eran solamente las cuatro de una tarde que invitaba a la exploración de esta interesante ciudad.

Glosses (right margin):
destruido
substituido
deteriorado
enérgica
un... poco de dinero
delirio, sueño malo / interpretar
arrogancia
hizo... paró
progresista

Fernando Hidehito se dirigió a la plaza principal. Respiró con fruición° el   gusto
aire caliente, regocijado,° feliz de estar otra vez en suelo boliviano. La melan-   contento
130   colía causada por el largo tiempo fuera de la patria empezó a disiparse.° Se   desaparecer
sentó en un banco, bajo un árbol inmenso de flores intensamente perfumadas
y contempló con sus ojos rasgados el cielo azul. Se perdió en una ensoñación
mitad modorra° placentera de la que lo despertó bruscamente el griterío de   sueño pesado e incómodo
unos muchachones que empezaron a cantar:
135   —¡Chino colla, chino colla!
—¡Chino colla, chino colla, pata de olla!
Fernando Hidehito estalló° en sonoras carcajadas que resonaron° por   explotó / se oyeron
toda la plaza pública de Santa Cruz, Bolivia.

¿Comprendiste la lectura?

A. Hechos y acontecimientos. ¿Recuerdas los datos más importantes de la lectura? Para asegurarte, contesta las siguientes preguntas.

1. ¿Dónde nació y se crió Fernando Hidehito Takei Mier? ¿Quiénes fueron sus padres?
2. ¿Qué le gustaba a Fernando Hidehito de La Paz?
3. A pesar de todo lo que le gustaba, ¿por qué estaba harto de la vida en La Paz?
4. ¿Qué le decían sus compañeros cuando era niño? ¿Por qué decían esto? ¿Dejaron de decirle esto en la secundaria? Explica tu respuesta.
5. ¿Qué decisión del gobierno japonés le dio nueva esperanza?
6. ¿Cuál fue el resultado cuando Fernando Hidehito aceptó la oferta del gobierno japonés? ¿Encontró la vida que buscaba? Explica tu respuesta.
7. ¿Qué decidió hacer?
8. ¿Qué le pasó a Fernando cuando su vuelo hizo escala en Santa Cruz? ¿Cuál fue su reacción? ¿Por qué crees que reaccionó así?

B. A pensar y a analizar. ¿Hasta qué punto crees que el ser japonés-boliviano como Fernando Hidehito es diferente al de ser japonés-americano, afroamericano o chicano en EE.UU.? ¿Sufren los mismos prejuicios? ¿Se irían los japoneses-americanos, afroamericanos y chicanos a vivir al país de origen de sus padres o abuelos si pudieran? Explica tu respuesta.

Introducción al análisis literario
Ambiente narrativo en detalle

En la *Lección 3* de la *Unidad 4* se aclara que una historia ocurre dentro de un ambiente. La descripción de ese ambiente indica el lugar donde actúan los personajes. Este entorno puede ser físico, psicológico o social.

■ **El ambiente físico:** el medio natural dentro del cual sucede el relato. Tiene un doble aspecto: local y temporal. El local se refiere al sitio en que se desarrolla la obra (por ejemplo, Bolivia). El temporal es la época en que transcurre la acción (por ejemplo, la niñez del protagonista).

■ **El ambiente psicológico:** el clima íntimo que impregna a la obra y que resulta de los problemas psíquicos que se plantean (por ejemplo, el amor, el odio o el suspenso).

■ **El ambiente social:** las condiciones sociales en que se desenvuelve la acción (por ejemplo, la pobreza, la vida cotidiana o la herencia cultural).

Tanto el ambiente psicológico como el social se desarrollan a través de elementos que el narrador expresa indirectamente o que sugiere mediante las acciones de sus personajes en el ambiente físico.

A. **Ambiente físico, psicológico y social.** La clase debe dividirse en seis grupos de cuatro o cinco personas. Cada grupo examina la manera en que se desarrollan los ambientes que la autora usa en "Chino-japonés". Por ejemplo: dos grupos analizan el ambiente físico; dos grupos analizan el ambiente psicológico; y dos grupos analizan el ambiente social. Al final, cada grupo hablará del ambiente asignado y mostrará ejemplos específicos de cómo aparece en la historia.

B. **Lugar narrativo.** En la primera parte del relato la autora describe la variedad de cosas que le gustaban a Fernando Hidehito. En grupos de tres, imiten esa sección del relato escribiendo una sección parecida. Describan lo que les gusta de su ciudad o universidad y de su vida en ella.

¡LUCES! ¡CÁMARA! ¡ACCIÓN!

La maravillosa geografía musical boliviana

Bolivia tiene una geografía extremadamente variada. Montañas altísimas de picos cubiertos eternamente por la nieve contrastan con selvas subtropicales de clima caluroso y valles donde los extremos de frío y calor están suavizados por un clima benigno. A casi cuatro mil metros sobre el nivel del mar encontramos el altiplano, una meseta árida sujeta a las inclemencias de vientos fuertísimos. Allí los indígenas aymaras todavía usan su lengua nativa y conservan celosamente la música y canciones del pasado.

En este fragmento van a escuchar la música típica del altiplano boliviano. También tendrán la oportunidad de conocer a Micasio Quispe, un artesano que hace instrumentos musicales como tarkas, flautas y quenas. Desde niño él aprendió a fabricar los instrumentos sagrados que acompañan a los aymaras en cada momento de su vida. Finalmente, escucharán a Ernesto Cavour, un famoso charanguista que es autor de muchas canciones compuestas especialmente para este singular instrumento.

Antes de empezar el video

Contesten las siguientes preguntas en parejas.

1. ¿Cómo se imaginan Uds. que será vivir en un altiplano a más de doce mil pies sobre el nivel del mar? ¿Será difícil o agradable? ¿Por qué? Den algunos ejemplos específicos.
2. ¿Han escuchado alguna vez música andina? ¿Dónde? ¿Qué les pareció? ¿Cómo la describirían: alegre, dramática, triste, melancólica,...?

¡A ver si comprendiste!

A. La maravillosa geografía musical boliviana. Contesta las siguientes preguntas con un(a) compañero(a) de clase.

1. ¿Cuál es la capital más alta del planeta?
2. ¿Cómo es el altiplano boliviano?
3. ¿Cuál es la lengua indígena más antigua de Sudamérica? ¿Dónde sigue hablándose?
4. ¿Se puede decir que el hacer instrumentos es para Micasio Quispe sólo una manera de ganarse la vida? ¿Tiene para él una importancia más profunda?

B. A pensar y a interpretar. Contesta las siguientes preguntas.

1. ¿Qué impresión tienes de Bolivia después de ver este video? ¿De su geografía? ¿De la música aymara?
2. ¿Por qué crees que Micasio Quispe se refiere a los instrumentos nativos como "sagrados"? Explica por qué dice que los instrumentos nativos están en contacto con la naturaleza. ¿Qué ejemplo da?
3. Bolivia, así nombrada en honor de Simón Bolívar, fue la república preferida del gran libertador. ¿Por qué crees que de los cinco países que liberó, Bolivia fue el preferido?

EXPLOREMOS EL CIBERESPACIO

Explora distintos aspectos del mundo boliviano en las **Actividades para la Red** que corresponden a esta lección. Ve primero a **http://college.hmco.com** en la red, y de ahí a la página de *Mundo 21.*

Manual de gramática
Unidad 5 Lección 1

5.1 EL PRESENTE DE SUBJUNTIVO EN LAS CLÁUSULAS ADJETIVALES

¡A que ya lo sabes!

¿Qué dice tu amigo Rubén, que no tiene una muy buena opinión de la política ni de la economía peruana? Mira los siguientes pares de oraciones y decide, en cada par, cuál de las dos te suena mejor, la primera o la segunda.

1. a. Necesitamos líderes políticos que *tengan* energía.
   b. Necesitamos líderes políticos que *tienen* energía.

2. a. No conozco ninguna plataforma económica que *resuelve* los problemas de los trabajadores.
   b. No conozco ninguna plataforma económica que *resuelva* los problemas de los trabajadores.

Con toda seguridad, la mayoría de la clase escogió la primera oración del primer par y la segunda del último par, aun sin saber qué es una cláusula adjetival. Con respecto al primer par, en un contexto diferente, la segunda oración podría ser la apropiada. Fíjate, por ejemplo, en la oración en el siguiente contexto: Los señores Rodríguez y Toledo son políticos dinámicos. Necesitamos líderes políticos que *tienen* energía, como ellos.

Sin embargo, en el contexto dado del primer par, la primera oración es la más apropiada. Resulta fácil decidir cuando ya se tiene un conocimiento tácito del uso del presente de subjuntivo en las cláusulas adjetivales. Sigan leyendo para aumentar su conocimiento.

■ Las cláusulas adjetivales se usan para describir un sustantivo o pronombre anterior (el cual se llama el antecedente) en la cláusula principal de la oración. En español, se usa el subjuntivo en la cláusula adjetival cuando describe algo cuya existencia es desconocida o incierta.

Quiero visitar **una ciudad peruana**   que **esté** situada junto al mar.

antecedente desconocido		cláusula adjetival en subjuntivo

Los peruanos buscan líderes que **resuelvan** los problemas del país.
Perú necesita más industrias que **ayuden** a mejorar su economía.

Nota para hispanohablantes   Hay una tendencia dentro de algunas comunidades de hispanohablantes a usar el indicativo en la cláusula adjetival a pesar de tener un antecedente desconocido. De esta manera, en vez de usar el subjuntivo en la cláusula adjetival cuando describen algo cuya existencia es incierta o desconocida (*Perú necesita un presidente que ayude a los indígenas*), usan el indicativo: *Perú necesita un presidente que ayuda a los indígenas.* Es importante evitar este uso fuera de esas comunidades y en particular al escribir.

■ Cuando la cláusula adjetival describe una situación real (alguien o algo que se sabe existe), se usa el indicativo.

Hace poco visité **una ciudad peruana**   que **está** situada junto a un lago.

antecedente conocido		cláusula adjetival en indicativo

Lima es una ciudad peruana que **está** situada junto al mar.
Perú tiene industrias que **ayudan** a diversificar su economía.

■ Cuando las palabras negativas tales como "nadie", "nada" y "ninguno" indican no existencia en una cláusula subordinada, la cláusula adjetival que sigue está siempre en subjuntivo.

Aquí no hay **nadie** que no **sepa** dónde está Machu Picchu.
No hay **ningún** país sudamericano que **tenga** una herencia indígena tan rica como Perú.

Nota para hispanohablantes   Hay una tendencia dentro de algunas comunidades de hispanohablantes a usar *naide* y "ninguno" + sustantivo masculino en vez de "nadie" y "ningún" + sustantivo masculino: *Aquí no hay naide que no sepa dónde está Machu Picchu. No hay ninguno país sudamericano que tenga una herencia indígena tan rica como Perú.* Es importante evitar este uso fuera de esas comunidades y en particular al escribir.

■ La "a" personal se omite delante del objeto directo de la cláusula principal cuando la existencia de la persona es desconocida o incierta. Sin embargo, se usa delante de "nadie", "alguien" y formas de "alguno" y "ninguno" cuando se refieren a personas.

Busco **una persona** que conozca bien la cultura peruana.
No conozco **a nadie** que viva en Arequipa.

Ahora, ¡a practicar!

A. Información, por favor. Para prepararte para un viaje a Perú, escribe algunas de las preguntas que le vas a hacer a tu guía turístico.

MODELO   museos / exhibir la historia precolombina del país
¿Hay museos que exhiban la historia precolombina del país?

1. agencias turísticas / ofrecer excursiones a las ruinas incaicas de Pisac
2. tiendas de artesanía / vender artículos típicos
3. escuela de idiomas / enseñar español

4. Oficina de Turismo / dar mapas de la ciudad
5. libro / describir los descubrimientos arqueológicos recientes
6. bancos / cambiar dólares los sábados
7. lugares / ofrecer cursos de español para extranjeros
8. autobuses modernos / viajar de la capital a la región amazónica

B. Comentarios. Completa cada frase con el presente de indicativo o de subjuntivo del verbo entre paréntesis. Luego, combina las frases de la primera columna con las de la segunda para saber los diversos comentarios u opiniones que expresaron algunos estudiantes acerca de Perú.

_____ 1. Es un país que (producir)
_____ 2. Es un país que (exportar)
_____ 3. Los peruanos quieren un gobierno que (mejorar)
_____ 4. El Callao es un puerto que (encontrarse)
_____ 5. Lima es una ciudad que (poseer)
_____ 6. Pisac es un pueblo que (estar)
_____ 7. Necesitan tener medidas que (combatir)
_____ 8. Deben seguir teniendo elecciones que (ser)
_____ 9. Deben promover medidas que (garantizar)
_____ 10. El gobierno peruano necesita realizar reformas sociales que (beneficiar)

a. a los indígenas.
b. interesantes edificios coloniales.
c. pacíficas y democráticas.
d. la estabilidad política.
e. minerales como el cobre y la plata.
f. cerca de Lima.
g. algodón y arroz.
h. el terrorismo.
i. a treinta y dos kilómetros de Cuzco.
j. la economía.

C. Pueblo ideal. Te encuentras en Perú y deseas visitar un pueblo interesante. Descríbele a tu compañero(a) el pueblo que te gustaría visitar, usando la información dada.

MODELO   tener edificios coloniales
          Deseo visitar un pueblo que tenga edificios coloniales.

1. quedar cerca de un parque nacional
2. tener playas tranquilas
3. ser pintoresco
4. no estar en las montañas
5. no encontrarse muy lejos de la capital

D. Mi lugar favorito. Tu amigo Héctor te pide que le eches un vistazo a lo que ha escrito acerca de un pueblo de Perú para corregir cualquier uso inapropiado del indicativo y del subjuntivo en las cláusulas adjetivales.

Cuando mis amigos me preguntan cuál es el pueblo de Perú que yo prefiera les digo que es Pisac. No conozco otro pueblito que es tan pintoresco. Hay pueblos que estén cerca de la capital o del océano Pacífico. Pisac es un pueblo que está en las montañas y que quede lejos de la capital. Aun así, no hay lugar que ofrece una feria artesanal más variada y de mejor calidad, en mi opinión. Es un lugar que no deje de visitar durante mis visitas a Perú.

Lección 2

5.2 **EL PRESENTE DE SUBJUNTIVO EN LAS CLÁUSULAS ADVERBIALES**

¡A que ya lo sabes!

Beto sale para Ecuador en una semana. Te dice lo que piensa hacer en ese país, que visita por primera vez. Mira los siguientes pares de oraciones y decide, en cada par, cuál de las dos oraciones te suena mejor, la primera o la segunda.

1. a. Estaré en Ecuador antes de que *termina* este mes. ¿Qué te parece?
   b. Estaré en Ecuador antes de que *termine* este mes. ¿Qué te parece?

2. a. Voy a visitar Ecuador porque *tenga* unos muy buenos amigos allí.
   b. Voy a visitar Ecuador porque *tengo* unos muy buenos amigos allí.

3. a. Cuando *esté* en Ecuador iré a las islas Galápagos.
   b. Cuando *estaré* en Ecuador iré a las islas Galápagos.

Fue un poco difícil decidir, ¿no? ¿Qué oraciones eligió la mayoría? ¿La segunda oración en los dos primeros pares y la primera en el último par? ¡Qué bien! No es difícil cuando se tiene un conocimiento tácito del uso del indicativo y del subjuntivo en las cláusulas adverbiales. Lean lo que sigue para aumentar ese conocimiento.

Conjunciones que requieren el subjuntivo

■ Como los adverbios, las cláusulas adverbiales responden a las preguntas "¿Cómo?", "¿Por qué?", "¿Dónde?", "¿Cuándo?" y son introducidas siempre por una conjunción. Las siguientes conjunciones introducen siempre cláusulas adverbiales que usan el subjuntivo porque indican que la acción principal depende del resultado de otra acción o condición incierta.

a fin (de) que   en caso (de) que
a menos (de) que   para que
antes (de) que   sin que
con tal (de) que

Salimos para Quito el próximo jueves, **a menos que tengamos** inconvenientes de última hora.
Quiero pasar un semestre en Ecuador **antes de que termine** mis estudios universitarios.
Algunos diputados han escrito una petición **para que** el gobierno **aumente** las inversiones extranjeras.

Conjunciones que requieren el indicativo

■ Las siguientes conjunciones introducen cláusulas adverbiales que usan el indicativo porque aseveran la razón de una situación o acción, o porque declaran un hecho.

como	puesto que
porque	ya que

La gente de Ecuador está contenta **porque** el gobierno **protege** el medio ambiente de las islas Galápagos.

Ya que mi padre **tiene** problemas con la tensión arterial, ve regularmente a un cardiólogo muy bueno.

> **Nota para hispanohablantes** Hay una tendencia dentro de algunas comunidades de hispanohablantes a usar el subjuntivo después de la conjunción "ya que". Por ejemplo, en vez de decir "Yo estudio mucho ya que quiero sacar buenas notas", dicen: *Yo estudio mucho ya que quiera sacar buenas notas.* Es importante evitar este uso fuera de esas comunidades y en particular al escribir.

Ahora, ¡a practicar!

A. Opiniones. Los miembros de la clase expresan diversas opiniones acerca de Ecuador. Usa las conjunciones de la lista siguiente para completar las oraciones.

a fin (de) que	con tal (de) que
a menos (de) que	porque
como	

1. Los ecuatorianos no van a estar contentos _____ mejore la situación económica.
2. A muchos ecuatorianos no les importa quién sea el presidente _____ pueda resolver los problemas del país.
3. Se han dictado nuevas leyes _____ los comerciantes creen nuevas industrias.
4. Cuando están enfermos, muchos indígenas van a ver al shamán _____ creen que él los va a curar.
5. _____ mi padre tiene problemas cardíacos, visita regularmente a una especialista.

B. Propósitos. Tú eres un(a) negociante que acaba de formar una empresa. Utilizando las sugerencias dadas o tus propias ideas, explica por qué has decidido crear tu propia compañía.

> MODELO   el talento de nuestro país / tener seguridad de empleo
> **He formado una empresa para que el talento de nuestro país tenga seguridad de empleo.** o
> **He formado una empresa a fin (de) que el talento de nuestro país tenga seguridad de empleo.**

1. los accionistas / ganar dinero
2. los consumidores / gozar de buenos productos
3. nuestra gente / conseguir mejores empleos
4. nuestro país / competir con las empresas extranjeras
5. el desempleo / disminuir
6. mis empleados / poder tener una vida mejor
7. ... (añade otras razones)

C. Excursión dudosa. Faltan pocos días para que termine tu corta visita a Ecuador y el recepcionista del hotel te pregunta si todavía tienes intenciones de visitar las islas Galápagos. Tú le aseguras que quieres ir, pero que hay obstáculos. ¿Bajo qué condiciones irás o no irás?

MODELO   tener dinero para el viaje
          Iré con tal de que tenga dinero para el viaje.

1. terminar el mal tiempo
2. no tener demasiado que hacer
3. conseguir una excursión organizada que me interese
4. encontrar una excursión de pocos días
5. poder posponer mi salida del país
6. la empresa de viajes confirmar mis reservaciones
7. ... (añade otros obstáculos)

D. Pros y contras. Lee lo que ha escrito tu amiga Yolanda acerca de las compañías multinacionales y corrige cualquier uso del subjuntivo que no sea apropiado.

Tengo algunos amigos que apoyan a las compañías multinacionales y otros que las atacan. Algunos las defienden porque reduzcan el desempleo. Como estas compañías ofrezcan empleos a la comunidad local, muchos también las defienden. A otros les gustan ya que construyan nuevos caminos y carreteras. Pero otros amigos las atacan porque deterioren el medio ambiente e influyan negativamente en la cultura local. Como estas compañías se interesen principalmente en sus ganancias, también son criticadas por muchos. Yo no sé qué pensar, ya que vea que hay puntos a favor y puntos en contra.

Conjunciones temporales

■ Tanto el subjuntivo como el indicativo se pueden usar con las siguientes conjunciones temporales.

cuando	hasta que
después (de) que	mientras que
en cuanto	tan pronto como

■ Se usa el subjuntivo en una cláusula adverbial de tiempo si lo que se dice en la cláusula adverbial contiene duda o incertidumbre acerca de una acción o si se refiere a una acción futura.

Cuando **vaya** a Quito, visitaré a unos amigos de la familia.
Tan pronto como **llegue** a Ecuador, voy a probar las frutas tropicales.

Nota para bilingües **En este uso, el inglés emplea el presente de indicativo:**
As soon as Jaime arrives in Quito, he'll visit some friends of the family.

UNIDAD 5

> **Nota para hispanohablantes**   Hay una tendencia dentro de algunas comunidades de hispanohablantes a usar el indicativo en vez del subjuntivo en las cláusulas adverbiales temporales que se refieren al futuro. Por ejemplo, en vez de usar el subjuntivo y decir, "Visitaré a unos amigos de la familia cuando vaya a Guayaquil", usan el indicativo (*Visitaré a unos amigos de la familia cuando voy a Guayaquil*). Es importante evitar este uso fuera de esas comunidades y en particular al escribir.

- Se usa el indicativo en una cláusula adverbial de tiempo si la cláusula adverbial describe una acción acabada, una acción habitual o una declaración de hecho.

  Cuando **fuimos** a Quito, vimos hermosas cerámicas precolombinas en el Museo Arqueológico.
  Después de que **visitaba** un museo, siempre compraba algún regalo en la tienda del museo.
  Cuando **voy** a Guayaquil, visito a unos amigos de la familia.

Aunque

- Cuando "aunque" introduce una cláusula que expresa posibilidad o conjetura, va seguida de subjuntivo.

  Aunque llueva mañana, iremos a un parque nacional.
  Aunque no me **creas**, te contaré que vi los pinzones de Darwin durante mi visita.

- Cuando **aunque** introduce una declaración o una situación de hecho, va seguida de indicativo.

  Aunque Ecuador no **es** un país grande, es un país con una gran variedad de paisajes.

Como, donde y según

- Cuando las conjunciones "como", "donde" y "según" se refieren a una idea, objeto o lugar desconocido o no específico, van seguidas de subjuntivo. Cuando se refieren a una idea, objeto o lugar conocido o específico, van seguidas de indicativo.

  En esta ciudad la gente es más bien conservadora y no puedes vestirte **como quieras**.
  Para comprar objetos de cuero, puedes ir **donde** te **indiqué** ayer.

Ahora, ¡a practicar!

A. Flexibilidad. Tú y un(a) amigo(a) tratan de decidir lo que van a hacer. Tú quieres ser muy flexible y se lo muestras cuando te hace las siguientes preguntas.

MODELO   ¿Vamos al cine hoy por la tarde o el próximo viernes?
(cuando / [tú] querer)
Pues, cuando tú quieras.

1. ¿Nos encontramos frente al café o frente al cine? (donde / convenirte)
2. ¿Te llamo por teléfono a las tres o a las cinco? (como / [tú] desear)
3. ¿Te espero en casa o en el parque cercano? (donde / [tú] decir)
4. ¿Te devuelvo el dinero hoy o mañana? (según / convenirte)
5. ¿Te dejo aquí o en la próxima esquina? (como / serte más cómodo)
6. ¿Te paso a buscar a las dos o a las tres? (cuando / [tú] poder)

B. Intenciones. Di lo que piensas hacer en Quito, a pesar de que puedes tener problemas.

MODELO   tardar algunas horas / buscar artículos de artesanía en las tiendas
Aunque tarde algunas horas, voy a buscar artículos de artesanía en las tiendas.

1. quedar lejos de mi hotel / visitar el Museo Antropológico
2. tener poco tiempo / admirar el arte barroco quiteño de la Iglesia de La Compañía
3. estar cansado(a) / dar un paseo por el Quito Antiguo
4. no interesarme la pintura / pasar unos momentos en la Fundación Guayasamín
5. estar en las afueras de Quito / llegar al monumento Mitad del Mundo
6. no entender mucho de fútbol / asistir a un partido en el Estadio Atahualpa

C. Mundo ideal. Explica lo que la gente tendrá que hacer para que los ecólogos estén satisfechos. Puedes utilizar las sugerencias dadas a continuación o dar tus propias opiniones.

MODELO   haber un medio ambiente limpio en todas partes
Estarán más contentos cuando haya un medio ambiente limpio en todas partes. o
Se sentirán más satisfechos en cuanto (tan pronto como) haya un medio ambiente limpio en todas partes. o
No quedarán contentos hasta que haya un medio ambiente limpio en todas partes.

1. haber menos contaminación del aire
2. eliminarse la destrucción de bosques tropicales
3. establecerse más reservas biológicas protegidas
4. no seguir disminuyendo la capa de ozono
5. los vehículos utilizar menos gasolina
6. los medios de transporte no contaminar la atmósfera
7. haber menos lluvia ácida
8. todo el mundo reciclar más
9. los gobiernos proteger las especies animales en vías de extinción
10. controlarse el tráfico de contaminantes

D. Parques nacionales y reservas naturales. Completa la siguiente información acerca de estos lugares de Ecuador.

Cuando __1__ (querer [tú]) admirar la variedad y riqueza de los diferentes ecosistemas ecuatorianos, puedes visitar algunos de los diez parques nacionales o algunas de las catorce reservas naturales. Como el gobierno __2__ (gastar) mucho dinero en estos parques, están bastante bien mantenidos. Aunque estas reservas __3__ (constituir) un gran atractivo turístico, muchas están situadas en lugares alejados y de difícil acceso. Antes de que __4__ (viajar [tú]) a un parque, es buena idea pasar por las oficinas de la Corporación Ecuatoriana de Turismo en Quito para obtener mapas e informaciones y permisos, en caso de que __5__ (ser) necesarios. Aunque __6__ (haber) muchos lugares donde practicar ecoturismo, el lugar más visitado es el Parque Nacional Galápagos. Mientras que los visitantes __7__ (tener) prácticamente libre acceso a los otros parques, el gobierno controla el número de turistas que visitan las islas Galápagos. Es buena idea que, antes de que tú __8__ (ir), leas uno de los muchos libros sobre estas islas para que __9__ (poder) gozar más de tu visita.

Lección 3

5.3 EL FUTURO: VERBOS REGULARES E IRREGULARES

¡A que ya lo sabes!

Tu amiga Marisol, cuya madre tiene parientes en Bolivia, te da una noticia. ¿Qué te dice tu amiga? Mira los siguientes pares de oraciones y decide, en cada par, cuál oración dirías tú, la primera o la segunda.

1. a. El próximo mes nos *visitarán* unos parientes bolivianos.
   b. El próximo mes nos *visitan* unos parientes bolivianos.

2. a. Te *manteneré* informado porque quiero que los conozcas.
   b. Te *mantendré* informado porque quiero que los conozcas.

Ay, qué tramposos somos, ¿verdad? Imagino que muchos seleccionaron la primera oración en el primer par y el resto de Uds. seleccionó la segunda oración. Ambos grupos tienen razón, porque ¡las dos oraciones son correctas y significan básicamente lo mismo! Sin duda toda la clase seleccionó la segunda oración en el segundo par. No es difícil cuando existe un conocimiento tácito de las formas y del uso del futuro. Sigan leyendo y ese conocimiento será aun más firme.

Formas

Verbos en -*ar*	Verbos en -*er*	Verbos en -*ir*
regresar	*vender*	*recibir*
regresar**é**	vender**é**	recibir**é**
regresar**ás**	vender**ás**	recibir**ás**
regresar**á**	vender**á**	recibir**á**
regresar**emos**	vender**emos**	recibir**emos**
regresar**éis**	vender**éis**	recibir**éis**
regresar**án**	vender**án**	recibir**án**

■ Para formar el futuro de la mayoría de los verbos españoles, se toma el infinitivo y se le agregan las terminaciones apropiadas, que son las mismas para todos los verbos: **-é, -ás, -á, -emos, -éis** y **-án.** Sólo los siguientes verbos tienen raíces irregulares, pero usan terminaciones regulares.

> **Nota para hispanohablantes**   Hay una tendencia dentro de algunas comunidades de hispanohablantes a agregarle una **d** a verbos en **-aer** cuando forman el futuro o cambiar la **-e-** del infinitivo por **-i-** para reducir la **-ae-** de dos sílabas a una (**-ai-**). De esta manera, en vez de usar las formas más aceptadas del futuro de "traer" y "caer" (traeré, traerás, traerá, traeremos, traerán; caeré, caerás, caerá, caeremos, caerán), usan las siguientes formas: *traedré/trairé, traedrás/trairás, traedrá/trairá, traedremos/trairemos, traedrán/trairán* y *caedré/cairé, caedrás/cairás, caedrá/cairá, caedremos/cairemos, caedrán/cairán.* Es importante evitar estos usos fuera de esas comunidades y en particular al escribir.

- Se elimina la **-e-** del infinitivo:

  caber (**cabr-**): **cabr**é, **cabr**ás, **cabr**á, **cabr**emos, **cabr**éis, **cabr**án
  haber (**habr-**): **habr**é, **habr**ás, **habr**á, **habr**emos, **habr**éis, **habr**án
  poder (**podr-**): **podr**é, **podr**ás, **podr**á, **podr**emos, **podr**éis, **podr**án
  querer (**querr-**): **querr**é, **querr**ás, **querr**á, **querr**emos, **querr**éis, **querr**án
  saber (**sabr-**): **sabr**é, **sabr**ás, **sabr**á, **sabr**emos, **sabr**éis, **sabr**án

> **Nota para hispanohablantes**   Hay una tendencia dentro de algunas comunidades de hispanohablantes a regularizar la raíz de los verbos que tienen raíces irregulares en el futuro. Por ejemplo, en vez de usar las formas del futuro de "poder" (podré, podrás, podrá, podremos, podrán), usan: *poderé, poderás, poderá, poderemos, poderán.* Es importante evitar este uso fuera de esas comunidades y en particular al escribir.
>
> También hay una tendencia dentro de algunas comunidades de hispanohablantes a agregarle una **d** al verbo "querer" en el futuro. De esta manera, en vez de usar las formas del futuro de "querer" (querré, querrás, querrá, querremos, querrán), usan: *quedré, quedrás, quedrá, quedremos, quedrán.* Es importante evitar este uso fuera de esas comunidades y en particular al escribir.

- Se reemplaza la vocal del infinitivo por una **-d-**:

  poner (**pondr-**): **pondr**é, **pondr**ás, **pondr**á, **pondr**emos, **pondr**éis, **pondr**án
  salir (**saldr-**): **saldr**é, **saldr**ás, **saldr**á, **saldr**emos, **saldr**éis, **saldr**án
  tener (**tendr-**): **tendr**é, **tendr**ás, **tendr**á, **tendr**emos, **tendr**éis, **tendr**án
  valer (**valdr-**): **valdr**é, **valdr**ás, **valdr**á, **valdr**emos, **valdr**éis, **valdr**án
  venir (**vendr-**): **vendr**é, **vendr**ás, **vendr**á, **vendr**emos, **vendr**éis, **vendr**án

- **Decir** y **hacer** tienen raíces irregulares:

  decir (**dir-**): **dir**é, **dir**ás, **dir**á, **dir**emos, **dir**éis, **dir**án
  hacer (**har-**): **har**é, **har**ás, **har**á, **har**emos, **har**éis, **har**án

- Verbos derivados de **hacer, poner, tener** y **venir** tienen las mismas irregularidades. **Satisfacer** sigue el modelo de **hacer.**

deshacer	componer	contener	convenir
rehacer	imponer	detener	intervenir
satisfacer	proponer	mantener	prevenir
	suponer	retener	

UNIDAD 5

> **Nota para hispanohablantes** Hay una tendencia dentro de algunas comunidades de hispanohablantes a regularizar también la raíz de algunos de estos verbos derivados. Por ejemplo, en vez de usar las formas del futuro de "mantener" (mantendré, mantendrás, mantendrá,...) y "detener" (detendré, detendrás, detendrá,...), usan: *mantineré, mantenerás, mantenerá,...* y *deteneré, detenerás, detenerá,...* Es importante evitar este uso fuera de esas comunidades y en particular al escribir.

Usos

- El futuro, como lo indica su nombre, se usa principalmente para referirse a acciones futuras.

  Llegaremos a La Paz el sábado por la noche.
  El próximo domingo **habrá** un concierto de música andina.

- El futuro puede también expresar probabilidad en el presente.

  —¿Sabes? Roberto no está en clase hoy.
  —**Estará** enfermo. No falta a clases casi nunca.

Sustitutos del futuro

- La construcción "ir + a" seguida de infinitivo puede usarse para referirse a acciones futuras. Esta construcción es más común que el futuro en la lengua hablada.

  —¿Dónde **vas a pasar** las vacaciones este verano?
  —**Voy a viajar** por el altiplano boliviano durante dos semanas.

- El presente de indicativo puede usarse para expresar acciones que tendrán lugar en el futuro próximo. (Consúltese la *Unidad 1*, p. 77.)

  Un estudiante de Cochabamba **viene** a vernos la próxima semana.
  Mañana **hago** una presentación acerca de las dos capitales de Bolivia en mi clase de español.

> *Nota para bilingües* En este uso, en inglés se emplea el presente progresivo, no el presente simple: *A student from Cochabamba is coming to see us next week.*

Ahora, ¡a practicar!

A. Viaje a Bolivia. Selecciona la forma apropiada para averiguar lo que harán algunos amigos tuyos que viajarán pronto a La Paz.

Nosotros ___1___ (llegaremos/lleguemos) al aeropuerto El Alto un miércoles por la mañana. ___2___ (Quedremos/Querremos) visitar la ciudad de inmediato, pero ___3___ (será/seré) mejor descansar el primer día; ya ___4___ (habré/habrá) tiempo para visitar la ciudad. Un día ___5___ (veremos/vedremos) la colección de objetos de oro en el

Museo de Metales Preciosos, nos ___6___ (detendremos/deteneremos) en el Mercado Central y, después de un descanso, ___7___ (subirán/subiremos) al Parque Mirador Laykacota. Otra noche ___8___ (podremos/poderemos) escuchar música andina en una peña folklórica. Si hay tiempo, ___9___ (haremos/hadremos) una excursión al lago Titicaca. Al regresar ___10___ (saberemos/sabremos) mucho más sobre Bolivia.

B. **¿Qué harán?** Di lo que harán las personas indicadas el próximo fin de semana.

MODELO **Iremos a una fiesta.**

1. tú

2. yo

3. Catalina y Verónica

4. nosotros

5. ustedes

6. Jaime y sus amigos

7. tú

C. **Promesas de una amiga.** Completa con el futuro de los verbos indicados para saber lo que te promete una amiga antes de salir hacia La Paz.

Cuando te escriba, te ___1___ (decir) qué aprendí y también cómo me divertí durante mi estadía en La Paz. ___2___ (Tener) muchas cosas que contarte. Sé que tu ___3___ (querer) informarte de todo lo que vi e hice. No ___4___ (poder [yo]) salir de la ciudad frecuentemente, pero ___5___ (salir) varias veces hacia otros lugares. ___6___ (Poder [nosotros]) hablar largas horas cuando nos veamos.

D. Planes para el verano. En grupos de tres o cuatro, hablen de sus planes para el verano inmediatamente después de su graduación. Hablen hasta encontrar algo que cada individuo en el grupo hará que nadie más en el grupo hará y una actividad que todos harán menos tú. Luego, informen a la clase de los planes más interesantes de su grupo.

E. Posibles explicaciones. Tu fiesta de cumpleaños ha comenzado y tu amiga Gloria no ha llegado todavía, aunque ella es muy puntual. En grupos de tres, digan qué explicación se les ocurre.

MODELO   **Tendrá problemas con su auto.**

5.4   EL CONDICIONAL: VERBOS REGULARES E IRREGULARES

¡A que ya lo sabes!

Marcos admira mucho al maestro Jaime Escalante. ¿Qué dice de él? Mira los siguientes pares de oraciones y decide, en cada par, cuál de las dos oraciones te suena mejor, la primera o la segunda.

1. a. Con maestros como Jaime Escalante, muchos estudiantes *querrían* superarse en sus estudios.
   b. Con maestros como Jaime Escalante, muchos estudiantes *quedrían* superarse en sus estudios.

2. a. Antes de venir a EE.UU., Jaime Escalante nunca pensó que *harían* una película sobre su vida.
   b. Antes de venir a EE.UU., Jaime Escalante nunca pensó que *hadrían* una película sobre su vida.

¿Escogieron la primera oración en ambos pares? Sí, en la primera oración del primer par el condicional indica bajo qué condición habría estudiantes que desearían triunfar en sus estudios; en la segunda, el condicional se refiere a una situación futura pero vista desde el pasado. ¿Ven qué fácil es cuando ya han internalizado las formas y el uso del condicional? Pero sigan leyendo para reforzar ese conocimiento.

Formas

Verbos en *-ar*	Verbos en *-er*	Verbos en *-ir*
regresar	*vender*	*recibir*
regresar**ía**	vender**ía**	recibir**ía**
regresar**ías**	vender**ías**	recibir**ías**
regresar**ía**	vender**ía**	recibir**ía**
regresar**íamos**	vender**íamos**	recibir**íamos**
regresar**íais**	vender**íais**	recibir**íais**
regresar**ían**	vender**ían**	recibir**ían**

■ Para formar el condicional, se toma el infinitivo y se le agregan las terminaciones apropiadas, que son las mismas para todos los verbos: **-ía, -ías, -ía -íamos, -íais** e **-ían.** Nota que las terminaciones del condicional son las mismas del imperfecto en los verbos terminados en **-er** e **-ir.**

> **Nota para hispanohablantes**   Hay una tendencia dentro de algunas comunidades de hispanohablantes a agregarle una **d** a los verbos en **-aer** cuando forman el condicional o cambiar la **-e-** del infinitivo por **-i-** para reducir la **-ae-** de dos sílabas a una **(-ai-).** De esta manera, en vez de usar las formas del condicional de "traer" y "caer" (traería, traerías, traería, traeríamos, traerían; caería, caerías, caería, caeríamos, caerían) usan las siguientes formas: *traedría/trairía, traedrías/trairías, traedríamos/trairíamos, traedrían/trairían* y *caedría/cairía, caedrías/cairías, caedríamos/cairíamos, caedrían/cairían.* Es importante evitar estos usos fuera de esas comunidades y en particular al escribir.

■ Los verbos que tienen raíz irregular en el futuro tienen la misma raíz irregular en el condicional.

-e- eliminada	**vocal → d**	**raíz irregular**
caber → **cabr-**	poner → **pondr-**	decir → **dir-**
haber → **habr-**	salir → **saldr-**	hacer → **har-**
poder → **podr-**	tener → **tendr-**	
querer → **querr-**	valer → **valdr-**	
saber → **sabr-**	venir → **vendr-**	

> **Nota para hispanohablantes**   Hay una tendencia dentro de algunas comunidades de hispanohablantes a regularizar la raíz de los verbos que tienen raíces irregulares en el condicional. Por ejemplo, en vez de usar las formas del condicional de "poder" (podría, podrías, podría, podríamos, podrían), usan: *podería, poderías, podería, poderíamos, poderían.* Es importante evitar este uso fuera de esas comunidades y en particular al escribir.
>
> También hay una tendencia dentro de algunas comunidades de hispanohablantes a agregarle una **d** al verbo "querer" en el condicional. De esta manera, en vez de usar las formas del condicional de "querer" (querría, querrías, querría, querríamos, querrían), usan: *quedría, quedrías, quedríamos, quedrían.* Es importante evitar este uso fuera de esas comunidades y en particular al escribir.

Usos

■ El condicional se usa para expresar lo que se haría bajo ciertas condiciones, las cuales podrían ser hipotéticas o sumamente improbables. También puede indicar situaciones contrarias a la realidad. El condicional puede aparecer en una oración por sí solo o en una oración que tiene una cláusula con "si" explícita. (Consúltese la página 493 de la *Unidad 6*.)

Con más tiempo, yo **visitaría** Potosí y **admiraría** la arquitectura colonial de la ciudad.
Si el estaño y la plata aportaran mucho dinero a la economía boliviana, Potosí **sería** una ciudad muy importante hoy.

■ El condicional se refiere a acciones o condiciones futuras consideradas desde un punto de vista situado en el pasado.

Antes de viajar a Japón, Fernando Hidehito pensaba que en Osaka todo **sería** diferente.
Al iniciar su carrera como maestro en EE.UU. en 1964, Jaime Escalante nunca se imaginó que más tarde él y sus estudiantes **llegarían** a ser famosos.

■ El condicional de verbos tales como "deber", "poder", "querer", "preferir", "desear" y "gustar" se usa para solicitar algo de modo cortés o para suavizar el impacto de sugerencias y aseveraciones.

—¿**Podría** decirnos qué piensa del presidente actual de Bolivia?
—**Preferiría** no hacer comentarios.

■ El condicional puede expresar probabilidad o conjetura acerca de acciones o condiciones pasadas.

—¿Por qué hacia fines del siglo XX fue elegido presidente de Bolivia el envejecido general Hugo Bánzer Suárez?
—No sé; **sería** por falta de líderes políticos con experiencia.

Ahora, ¡a practicar!

A. Entrevista. Eres periodista y la escritora Gaby Vallejo te ha concedido una entrevista. ¿Qué preguntas le vas a hacer?

MODELO   qué tipo de obra / escribir para la televisión
¿Qué tipo de obra escribiría Ud. para la televisión?

1. qué / hacer para una difusión más amplia de la literatura infantil
2. cuánto apoyo / deber dar el gobierno a las artes
3. qué cambios / sugerir para mejorar la educación
4. cómo / darles más estímulos a los artistas jóvenes
5. cuántos nuevos concursos infantiles / organizar

B. Consejos. Una amiga y tú hablan con un boliviano a quien conocen. Completa el siguiente diálogo para saber qué consejos les da acerca de posibles lugares que podrían visitar en Bolivia.

Tú: —¿Nos __1__ (poder [tú]) decir qué lugares deberíamos visitar?
Boliviano: — __2__ (Deber [Uds.]) visitar los edificios coloniales de la Plaza Murillo. Y no __3__ (querer) dejar de entrar al Mercado Camacho.
Amiga: —Nos __4__ (gustar) visitar algunas ruinas antiguas.
Boliviano: —Pues, entonces, __5__ (poder [Uds.]) ir a las ruinas de Tiahuanaco.
Tú: —¿Está cerca de La Paz? __6__ (Preferir [nosotros]) no viajar demasiado lejos.
Boliviano: —No está muy cerca, pero el viaje vale la pena.

C. **¿El fin de la discriminación?** Selecciona la forma que consideras apropiada para completar el siguiente texto acerca de las esperanzas que tenía Fernando Hidehito, el protagonista del cuento "Chino-japonés", antes de partir para Japón, la tierra de su padre.

Fernando Hidehito pensaba que, una vez en Japón, su vida __1__ (cambiaría/cambiaba) y __2__ (sería/fue) diferente. Creía que en Japón, todos lo __3__ (querrían/quedrían) y que nadie lo __4__ (llamará/llamaría) "Chino / de / mier...". Estaba seguro de que él se __5__ (sentirá/sentiría) como los demás. Se imaginaba que __6__ (trabajara/trabajaría) mucho, que __7__ (ganaría/ganaba) mucho dinero que él __8__ (traería/traedría) a Bolivia al regresar. Pensaba firmemente que __9__ (viviría/vivía) en un país sin discriminación. Desgraciadamente, estaba equivocado.

D. **¿Qué pasaría?** Hoy todos los estudiantes hablan de por qué el (la) profesor(a) no vino a clase el día anterior. En grupos de tres, especulen sobre lo que habrá pasado.

MODELO **Tendría una emergencia de último momento.**

Aspiraciones y contrastes:
Argentina, Uruguay, Paraguay y Chile

Buenos Aires, Argentina ▶

LOS ORÍGENES

Colonización del Cono Sur

En la época del descubrimiento, el territorio de Argentina actual estaba poblado por grupos indígenas de diversos niveles culturales. En las sierras del interior y en los valles de los ríos Paraná y Paraguay se hallaban los indígenas guaraníes, que vivían en aldeas fortificadas llamadas *tavas* y conocían la agricultura. Estas tierras, que actualmente forman Paraguay y partes de Argentina, fueron colonizadas por medio de "reducciones", o misiones de jesuitas. La región de la Pampa, o gran llanura, la Patagonia en el sur y las zonas costeras estaban habitadas por tribus de cazadores que resistieron a los colonizadores y fueron en su mayoría exterminadas.

La región que Uruguay ocupa hoy se llamó la Banda Oriental, ya que se sitúa al este de Buenos Aires y al otro lado del Río de la Plata. La poblaban diversas tribus, en su mayoría nómadas charrúas, que resistieron la penetración europea. Esto dificultó la colonización española de la región. El territorio chileno estaba habitado por unos 500.000 indígenas. El norte estaba ocupado por pueblos incorporados al Imperio Inca, como los atacameños y los diaguitas. En la zona central y al sur del río Bío-Bío vivían los mapuches —llamados araucanos por los españoles— que resistieron durante siglos la colonización.

▲ **Indígena guaraní en el siglo XXI**

Fundación de las ciudades de Asunción y Buenos Aires

Los primeros europeos en la región que conocemos como Paraguay fueron, en 1524, los hombres de una expedición portuguesa. En 1526, las naves de Sebastiano Caboto exploraron los ríos Paraná y Paraguay. En agosto de 1537, Juan Salazar de Espinosa fundó el fuerte de Nuestra Señora de la Asunción, que en pocos años se convirtió en un núcleo de exploración de la región. Allí mismo los españoles encontraron una población guaraní amistosa con la que comenzó de inmediato un proceso de mestizaje.

Pedro de Mendoza fundó en 1536 el fuerte de Nuestra Señora Santa María del Buen Aire, la futura ciudad de Buenos Aires, el cual fue abandonado cinco años después como consecuencia de los ataques de los indígenas guaraníes. En 1580, el gobernador de Asunción le encargó a Juan de Garay el restablecimiento de la ciudad de Buenos Aires que se edificó siguiendo un diseño cuadricular.

Fundación de las ciudades de Montevideo y Santiago

En 1603 el gobernador de Paraguay, Hernando Arias de Saavedra, exploró la Banda Oriental y se dio cuenta del gran potencial ganadero del país. Mientras tanto, los franciscanos y los jesuitas comenzaron la labor de evangelización. Aunque hacían una gran labor en sus reducciones, estuvieron expuestos continuamente a ataques de los portugueses del Brasil. Para impedir el avance de los portugueses y para consolidar el dominio español sobre el territorio, el gobernador de Buenos Aires, Bruno Mauricio de Zabala, fundó en 1726 el fuerte de San Felipe de Montevideo. En 1777 la Banda Oriental quedó incorporada al Virreinato del Río de la Plata, que recientemente había sido establecido con capital en Buenos Aires.

En 1540, Pedro de Valdivia, teniente gobernador de Pizarro, inició la colonización de la región que ahora se conoce como Chile y al siguiente año fundó Santiago. La nueva colonia se vio atacada con frecuencia por indígenas, que no estaban dispuestos a permitir que los extranjeros blancos esclavizaran o mataran a los suyos y se asentaran en su territorio. En 1553, el cacique auracano Lautaro logró capturar y matar a Valdivia en la zona sur del país. Esto fue el comienzo de una feroz resistencia de los araucanos a ser asimilados, la cual duró hasta finales del siglo XIX. A pesar de formar parte del Virreinato del Perú, la colonia permaneció muy aislada y pobre en comparación con otras colonias del imperio español debido a la falta de metales preciosos y al aislamiento del terreno.

¡A ver si comprendiste!

A. Hechos y acontecimientos. Completa las siguientes oraciones.

1. Los dos ríos principales de Paraguay son...
2. Las reducciones eran...
3. La región que Uruguay ocupa hoy se llamó...
4. Los mapuches, llamados araucanos por los españoles, resistieron...
5. Los indígenas que habitaban la región que hoy día llamamos Paraguay eran...
6. En 1536 Pedro de Mendoza fundó...
7. Las reducciones jesuitas en Paraguay y Uruguay continuamente estuvieron expuestas a...

8. La colonia en Chile permaneció muy aislada y pobre en comparación con otras colonias del imperio español debido a...

B. A pensar y a analizar. Contesta las siguientes preguntas con dos o tres compañeros(as) de clase.

1. ¿Por qué creen Uds. que fueron tan importantes las reducciones jesuitas en esta región? ¿Qué labor hacían? ¿Con quiénes trabajaban?
2. ¿Qué pasó con los grandes números de indígenas que habitaban el Cono Sur? Expliquen sus respuestas.

Argentina

Nombre oficial: *República Argentina*

Población: *38.740.807 (estimación de 2003)*

Principales ciudades: *Buenos Aires (capital), Córdoba, La Plata, Rosario, Mendoza*

Moneda: *Peso ($)*

GENTE DEL MUNDO 21

Rodolfo "Fito" Páez, distinguido compositor, cantante y director de cine, nació en Rosario en 1963. Músico precoz, a los trece años fundó su primera banda y para 1983, a los diecinueve, ya se había ganado un lugar respetable en el competitivo mundo musical argentino. En 1984 salió su primer disco como solista, *Del '63* y al año siguiente, *Giros*. Su popularidad creciente lo llevó a viajar por países de todo el mundo, siempre actuando con otros músicos de primera plana, tales como Sting. Nunca olvidó las tragedias políticas y sociales que causaron el asesinato de su tía y de su abuela, a quienes dedicó el álbum *Ciudad de pobres corazones* (1987), elegido como el "Mejor del Año" por el diario *Clarín. ¡Ey!* (1988), que se grabó en Nueva York y La Habana, desplegó nuevas facetas de su creatividad. *Tercer mundo* (1990), de fuerte contenido social, fue seguido por su exitoso álbum *El amor después del amor* (1992), el disco más vendido en la historia del rock nacional argentino. Sus talentos se extienden al mundo del cine, donde ha dirigido a su esposa Cecilia Roth, con quien lleva una vida en la que tratan de integrar su interés por la música y la actuación con su preocupación por los problemas que afectan a su país y al Tercer Mundo.

Cecilia Roth, una de las luminarias del cine argentino y latinoamericano, nació en Buenos Aires en 1958. Es hija de ilustres intelectuales que salieron al exilio cuando ella tenía diecisiete años. Después de pasar diez años muy movidos en Madrid, regresó a su país para recuperar la salud física y espiritual. En Argentina conoció a Fito Páez, con quien se casó en 1999. La carrera artística de la actriz comienza con películas como *El curso en que amamos a Kim Novak* (1979) y otras. Pedro Almodóvar la contrató en 1980 para actuar en *Pepi, Luci, Bom y otras chicas del montón* y en 1982 en *Laberinto de pasiones* con Antonio Banderas. Con él también participó en *El señor Galíndez* en 1983. En 1992, en Argentina, el famoso director de cine Adolfo Aristarain la dirigió en la conmovedora película *Un lugar en el mundo,* con Federico Luppi. Volvió a trabajar con Federico Luppi en *Martín* (Hache) (1997), película con la que ganó un premio Goya a la mejor actriz. En 1997 rodó *Cenizas del paraíso* y en 1999 volvió a ser dirigida por Almodóvar en *Todo sobre mi madre,* que ganó el Óscar a la mejor película extranjera. Entre sus últimos filmes sobresalen *Una noche con Sabrina Love* (2000) de Alejandro

Agresti; *Antigua vida mía* (2000) y *Vidas privadas* (2001). Además de su trabajo en el cine, también hace teatro y telenovelas. Con tales credenciales, Cecilia Roth se ha consagrado como una artista internacional de gran vuelo y de primera categoría.

Jorge Luis Borges (1899–1986), escritor argentino, nació en Buenos Aires y en 1914 se mudó a Ginebra, Suiza. Allá estudió el bachillerato y aprendió francés y alemán; desde pequeño dominaba el inglés. De vuelta a Buenos Aires en 1921, trabajó de bibliotecario y fundó revistas literarias. Publicó varios libros de poesía y de ensayos literarios a partir de 1923. Su fama mundial se debe a las colecciones de cuentos como *Ficciones* (1944), *El Aleph* (1949) y *El hacedor* (1960), donde el autor cuestiona con ironía y gran inteligencia el concepto habitual de la realidad. Durante la década de los 70 siguió publicando volúmenes de poesía y cuentos. Hacia 1955 una enfermedad lo dejó ciego y lo obligó a dictar sus obras a partir de entonces. En 1985, publicó *Los conjurados,* su último libro de poemas. Sus obras han sido traducidas a muchas lenguas extranjeras y son reconocidas entre las más importantes del siglo XX. Murió en Ginebra, donde reposan sus restos.

Otros argentinos sobresalientes

Adolfo Aristarain: director de cine ● **Marcos-Ricardo Barnatán:** poeta, crítico ● **Héctor Bianciotti:** escritor ● **Joaquín Lavado (Quino):** dibujante y caricaturista, creador de "Mafalda" ● **Jorge Marona:** compositor, escritor ● **Astor Piazzolla (1921–1992):** bandoneonista y compositor ● **Enrique Pinti:** autor de teatro y musical, coreógrafo ● **Gabriela Sabatini:** tenista ● **Ernesto Sábato:** físico, periodista, ensayista y novelista

Personalidades del Mundo 21

A. Gente que conozco. Contesta las siguientes preguntas con un(a) compañero(a) de clase.

1. ¿A qué edad empezó su carrera musical Fito Páez? ¿A quiénes recuerda en algunas de sus composiciones? ¿Cuáles de sus discos han alcanzado mayor popularidad?

2. ¿A qué edad regresó Cecilia Roth a Buenos Aires? ¿Quién la ha dirigido en algunas de sus mejores películas? ¿Creen Uds. que ella y su esposo Fito Páez tienen mucho en común? ¿Por qué?

3. ¿Qué concepto de la realidad cuestiona Jorge Luis Borges en sus cuentos? ¿Habrá más de una realidad? ¿Cómo cambió la realidad de Borges en 1955?

B. Diario. En tu diario, escribe por lo menos media página expresando tus pensamientos sobre este tema.

Los esposos Cecilia Roth y Fito Páez tienen muchas cosas en común; ambos tienen mucho talento artístico y experiencias políticas y psicológicas similares. Parecen ser una pareja ideal. En tu opinión, ¿cuáles son las cualidades de una pareja ideal? ¿Qué deseas encontrar en tu pareja ideal? ¿Qué experiencias te gustaría compartir con esa persona? ¿Deseas que sea muy similar a ti o diametralmente opuesta? ¿Qué harías para superar las diferencias que pudieran tener?

PRONUNCIACIÓN Y ORTOGRAFÍA

Cuaderno de actividades

Puedes practicar más con las palabras parónimas "ay" y "hay" en la sección de **Pronunciación y ortografía** de la *Unidad 6, Lección 1* en el *Cuaderno de actividades.*

Palabras parónimas: *ay* y *hay*

Palabras parónimas son palabras parecidas que se deletrean de una manera distinta pero se pronuncian de la misma manera o casi iguales y siempre tienen significados distintos. Uds. ya conocen algunas palabras parónimas: mi/mí, de/dé, el/él,...

Las palabras parónimas "ay" y "hay" son parecidas y se pronuncian de la misma manera, pero tienen distintos significados.

- La palabra "ay" es una exclamación que puede indicar sorpresa o dolor.

  ¡Ay! ¡Qué sorpresa!
  ¡Ay, ay, ay! Me duele mucho, mamá.
  ¡Ay! Acaban de avisarme que Inés tuvo un accidente.

- La palabra "hay" es una forma del verbo impersonal "haber" que significa *there is* o *there are*. La expresión "hay que" significa "es preciso", "es necesario".

  Hay mucha gente aquí, ¿qué pasa?
  Dice que **hay** leche pero que no **hay** tortillas.
  ¡Hay que llamar este número en seguida!

¡A practicar!

A. Práctica con *ay, hay* y *hay que*. Escucha mientras tu profesor(a) lee algunas oraciones. Indica con una **X** si lo que oyes es la exclamación "ay", el verbo "hay" o la expresión "hay que".

	ay	hay	hay que
1.	☐	☐	☐
2.	☐	☐	☐
3.	☐	☐	☐
4.	☐	☐	☐
5.	☐	☐	☐

B. Deletreo. Escuchar mientras tu profesor(a) lee las siguientes oraciones. Escribe "ay" o "hay", según corresponda.

1. ¡_____ que hacerlo, y se acabó! ¡Ya no quiero oír más protestas!
2. _____ Ya no aguanto este dolor de muelas.
3. No sé cuántas personas _____. ¡El teatro está lleno!
4. _____ ¡Estoy tan nerviosa! ¿Qué hora es?
5. No _____ más remedio. Tenemos que venderlo.

C. ¡Ay, qué torpe! Jorge acaba de escribir este parrafito para la clase de español para hispanohablantes. Antes de entregarlo te pide que lo revises y corrijas cualquier error. Encuentra las diez palabras con faltas y corrige los errores que encuentres en ellas.

En América Latina hay una pasion desmesurada por el futbol. ¡Hay millones de millones de hinchas y ay de quien no comparta el fanatismo por este deporte, también conocido como balompie! Hay muchas versiones de los origenes de este deporte. Hay quienes dicen que los mayas ya lo jugaban y hay otros que sostienen que fueron los incas los primeros jugadores. Hay expertos que aseguran que fueron los chinos los inventores del juego y tambien hay gente que jura que en el Japon se jugaba hace mas de dos mil años. ¡Sea como fuere, ay de quien se atreva a decir que hay otro deporte superior a este!

MEJOREMOS LA COMUNICACIÓN
Para hablar del fútbol
Al hablar de un partido de fútbol

(Diálogo refleja el voseo *típico de los porteños)*

— Ya conseguí las entradas, che. A propósito, ¿vos sabés si Batistuta va a jugar esta noche? **Se lesionó el pie izquierdo** en el partido con Paraguay. Dudaban que estuviera listo para el el partido de esta noche.

— Vale más que esté listo; es el mejor jugador que tenemos. **Anotó dos goles** la semana pasada.

— ¿Recordás el **gol de tiro libre** que hizo contra Chile?
— ¡Como si uno pudiera olvidarse!

se fracturó el tobillo derecho
se le acalambró la pierna
se le dislocó la rodilla
se torció la rodilla
sufrió un tirón
gol de cabeza

gol de córner
golpe de cabeza
tiro
   ...de esquina
   ...directo
   ...indirecto
   ...penal

— ¡Es bárbaro! Lo que no comprendo es por qué no le contaron una falta por la patada que le dio a Villarreal. ¡Deberían haber cobrado un penal o expulsarlo!
— Gracias a Dios que no, porque si él hubiera salido, ¡la selección uruguaya **nos habría derrotado** rotundamente!

nos habría(n) aniquilado
   ...dado una paliza
   ...demolido
   ...humillado
   ...vapuleado

¡A conversar!

A. Si fueras al partido conmigo, verías... Prepara una descripción oral de cómo se juega al fútbol para una persona que no sabe nada del juego. Luego, cuéntasela a un(a) compañero(a) de clase. Tu compañero(a) va a hacerte preguntas cuando tu explicación no sea clara y va a explicar lo que tú tal vez no puedas.

B. Dramatización. Dramatiza la siguiente situación con un(a) compañero(a) de clase. Dos amigos(as) están comparando el fútbol con el fútbol americano. Un(a) amigo(a) favorece uno, su compañero(a) favorece el otro.

C. Extiende tu vocabulario: árbitro. Para ampliar tu vocabulario, trabaja con un(a) compañero(a) de clase para determinar el significado de las palabras relacionadas. Luego, contesten las preguntas. ¿Cuál es el significado de estas palabras en inglés, y cómo se relacionan a *arbitrate* en inglés?

1. ¿Has **arbitrado** un juego de fútbol alguna vez?
2. ¿Tomaste la decisión de asistir a esta universidad **arbitrariamente?**
3. ¿Tienes amigos **arbitristas?** ¿Es verdad que Ramírez es un político **arbitrista?**
4. ¿Quién toma las decisiones **arbitrables** en tu familia? ¿Tienes cuestiones **arbitrables** pendientes?
5. ¿Sientes a veces que tus profesores deciden tus notas **con arbitrariedad?**

D. Notas para hispanohablantes: práctica. Completen este diálogo en parejas para saber qué opinan estos dos porteños del partido de fútbol con la selección uruguaya.

Amigo 1: ¡Es increíble! Si __1__ (estara/estuviera) en cualquier otro país esto no habría pasado. Estoy convencido(a) que el árbitro quería que la selección uruguaya __2__ (ganara/ganaba) desde el principio y por eso ganaron. Yo estaba listo para matarlo yo mismo si __3__ (dijera/dijiera) "¡Falta!" una vez más.

Amigo 2: Tenés razón, che. Ese hombre es un árbitro que no tiene ningún sentido de honestidad, de honor. Si __4__ (trayeran/trajeran) a ese árbitro a Buenos Aires, lo matarían.

Amigo 1: Me gustaría tener árbitros que no __5__ (anduvieran/andaran) metidos en trámites ilegales, que siempre __6__ (dijieran/dijeran) la verdad y que __7__ (nos dejaban/nos dejaran) ganar de vez en cuando, ¿no?

DEL PASADO AL PRESENTE

Argentina: gran país en crisis

La independencia y el siglo XIX A principios de 1806, una pequeña fuerza expedicionaria británica ocupó Buenos Aires, que fue reconquistada por sus propios habitantes, sin ayuda de las tropas españolas. El próximo año, el virrey del Virreinato del Río de la Plata, Rafael Sobremonte, fue reemplazado por el jefe de los militares bonaerenses que habían defendido la ciudad. El 9 de julio de 1816, el congreso de Tucumán proclamó la independencia de España de las Provincias Unidas del Río de la Plata.

Las cataratas de Iguazú en la provincia de Misiones

Una guerra con Brasil, que se había anexado la Banda Oriental (Uruguay), concluyó con un acuerdo entre Argentina y Brasil, el cual reconoció la independencia de Uruguay en 1828. El año siguiente Juan Manuel de Rosas tomó el poder, lo cual dio comienzo a una opresiva dictadura que duró hasta 1853. En 1865, la Triple Alianza formada por Argentina, Brasil y Uruguay tuvo una guerra sangrienta contra Paraguay. Los aliados vencieron y Argentina adquirió el territorio de Misiones.

Las provincias y Buenos Aires se disputaron durante muchas décadas la supremacía política. El conflicto entre los que pretendían centralizar el poder en

Gauchos del siglo XXI

Buenos Aires (unitarios) y los que defendían los intereses de las provincias (federalistas) se resolvió en 1880 con la creación del territorio federal de Buenos Aires. La ciudad de La Plata pasó a ser la capital de la provincia de Buenos Aires, una de las más grandes del país.

El "granero del mundo" A finales del siglo XIX y a comienzos del XX se incrementó notablemente la llegada de inmigrantes europeos, principalmente españoles e italianos, que convirtieron a Buenos Aires en una gran ciudad que recordaba a las capitales europeas. Una extensa red ferroviaria unió las provincias con el gran puerto de Buenos Aires facilitando la exportación de carne congelada y cereales. Argentina pasó a ser el "granero del mundo" y parecía tener asegurada su prosperidad económica.

La crisis económica mundial de 1929 tuvo graves consecuencias sociales en Argentina, lo cual forzó al gobierno argentino a firmar un acuerdo de preferencia comercial con los países de la Comunidad Británica de Naciones. En 1930 una rebelión militar derrocó al régimen constitucional que se había mantenido durante casi setenta años. Sin embargo, los conflictos sociales y políticos no fueron resueltos por los varios gobiernos militares y civiles que siguieron.

La era de Perón Como ministro de trabajo, el coronel Juan Domingo Perón se hizo muy popular. De hecho, cuando fue encarcelado en 1945, las masas obreras consiguieron que fuera liberado. En 1946, tras una campaña en la que participó muy activamente su segunda esposa María Eva Duarte de Perón (Evita), Perón fue elegido presidente con el cincuenta y cinco por ciento de los votos. Durante los nueve años que estuvo en el poder, desarrolló un programa político denominado "justicialismo", el cual incluía medidas en las que se mezclaba el populismo (política que busca apoyo en las masas con acciones muchas veces demagógicas) y el autoritarismo (imposición de decisiones antidemocráticas).

En 1951 Perón fue reelegido, pero la muerte de su esposa en 1952 lo privó del apoyo de una de las figuras más populares de Argentina. El deterioro progresivo de la economía a partir de 1950 y un enfrentamiento con la Iglesia Católica como consecuencia de la abolición de la enseñanza religiosa obligatoria y la legalización del divorcio, causaron una sublevación militar que obligó la salida de Perón del país en 1955. Siguió un período de inestabilidad política, durante el cual ningún presidente pudo terminar su mandato.

Juan Domingo Perón y su esposa María Eva Duarte

En 1972, Perón pudo regresar a su país donde tuvo un gran recibimiento popular. En 1973, fueron elegidos por una gran mayoría Perón y su tercera esposa María Estela Martínez (conocida como Isabel Perón) como presidente y vicepresidenta de la república, respectivamente. Perón murió en 1974 y así su esposa se convirtió en la primera mujer latinoamericana en ascender al cargo de presidente.

Las últimas décadas   Los conflictos sociales, la acentuación de la crisis económica y una ola de terrorismo urbano condujeron a un golpe militar en 1976. Con esto se inició un período de siete años de gobiernos militares en los que la deuda externa aumentó drásticamente, el aparato productivo del país se arruinó y se estima que entre nueve mil y treinta mil personas "desaparecieron".

En 1983, después de la derrota argentina en la guerra por la recuperación de las islas Malvinas (en poder de los británicos), subió al poder Raúl Alfonsín, líder de la Unión Cívica Radical, ganador de las elecciones presidenciales. Durante su gobierno diversos miembros de los regímenes militares acusados de abusos de poder fueron procesados penalmente. Con la inflación sin control, la Unión Cívica Radical fue derrotada por los peronistas en las elecciones de 1989. Carlos Saúl Menem asumió la presidencia ese año y de inmediato promovió una reforma económica con recortes en el gasto público y privatización de empresas estatales. Fue reelegido en 1995. Bajo su dirección, se redujo la inflación y se reactivó la economía, pero el desempleo siguió aumentando. Fernando de la Rúa, elegido presidente en octubre de 1999, fue depuesto violentamente en diciembre de 2001. Lo sucedieron cinco presidentes en menos de quince días. Este fue un período plagado por problemas causados por una de las mayores crisis económicas y políticas por las cuales ha pasado Argentina. En enero de 2002 el congreso eligió al senador Eduardo Duhalde, y en 2003 Néstor Kirchner fue elegido. Él tendrá que enfrentar la difícil situación de la que Argentina espera salir adelante.

¡A ver si comprendiste!

A. Hechos y acontecimientos.   ¿Recuerdas los datos más importantes de la lectura? Para asegurarte, contesta las siguientes preguntas.

1. ¿Cómo adquirió Argentina el territorio de Misiones?
2. ¿Por qué Argentina pasó a ser conocida como el "granero del mundo" a finales del siglo XIX y a comienzos del XX?
3. ¿Quién fue Juan Domingo Perón?
4. ¿Quién fue la primera presidenta latinoamericana?
5. ¿Qué tipo de gobierno tuvo Argentina entre 1976 y 1983?
6. ¿Qué sucedió con la inflación y la economía durante el gobierno de Carlos Saúl Menem?
7. ¿Qué pasó a fines de 2001?
8. ¿Por qué, a principios de este siglo, tuvo Argentina cinco presidentes en menos de quince días?

B. A pensar y a analizar.   A pesar de ser un gran país con excelentes recursos naturales y un alto nivel de alfabetización, durante la segunda mitad del siglo XX Argentina sufrió gobiernos autoritarios y gobiernos militares que empleaban el terrorismo. ¿Qué permitió tanta corrupción en el gobierno? ¿Puede un gobierno democrático, como el que hoy existe en Argentina, garantizar los derechos humanos para que no se repitan los casos de desaparecidos? Explica.

Cuaderno de actividades

Puedes practicar más al comparar la parte de una familia italiana que inmigró a EE.UU. con la otra parte que inmigró a Argentina en la sección **Composición: hipotetizar** de la *Unidad 6, Lección 1* en el *Cuaderno de actividades.*

C. Redacción colaborativa. En grupos de dos o tres, escriban una composición colaborativa de una página a una página y media, sobre el tema que sigue. Empiecen por escribir una lista de ideas, luego incorpórenlas en un primer borrador. Revísenlo, asegurándose de que las ideas tengan sentido. Escriban un segundo borrador y revísenlo con mucho cuidado, fijándose en la acentuación y ortografía. Escriban la versión final en la computadora y entréguenla.

Se ha dicho que el éxito de Juan Domingo Perón como presidente se debió en gran parte a la colaboración de su carismática esposa Evita. Luego, para repetir ese éxito, se casó con Isabel (María Estela Martínez), quien primero fue vicepresidenta y luego presidenta de Argentina. ¿Hay figuras políticas en este país cuyo éxito se debe principalmente a sus esposas? ¿Alguna ha llegado a un puesto alto en el gobierno del país? ¿Cuándo piensan Uds. que EE.UU. elegirá a una mujer como presidenta? ¿Por qué no habrá ocurrido todavía?

Lengua en uso

La tradición oral: adivinanzas

En la *Unidad 4* vimos algunos de esos impronunciables trabalenguas que nuestros abuelos usaban para entretenernos de niños. Otra forma de entretenernos, en particular cuando ya éramos un poquito mayores, era con adivinanzas. El diccionario dice que las adivinanzas son "cosas que se dan a acertar describiéndolas en terminos obscuros". Estos juegos de adultos tienen su origen en tiempos muy antiguos. En Egipto la Esfinge inició el juego de los enigmas y las adivinanzas. Más tarde los griegos nos enseñaron el valor de resolver una adivinanza con el ingenio de Edipo.

Las adivinanzas de nuestros abuelos no tenían ni fines trágicos ni pretendían salvar la vida de nadie. Sus adivinanzas tenían el solo propósito de entretener. Siguen dos adivinanzas típicas de las de nuestros abuelos.

Lana sube,
lana baja.

Una vieja con un solo diente
llama a toda la gente.

La respuesta a la primera está en la pronunciación, en particular si uno la dice con rapidez: lana baja = *la navaja*. La respuesta a la segunda es más simbólica: *la campana de una iglesia.*

¡A practicar!

A. ¡A adivinar! Vean en grupos de tres o cuatro cuántas de estas adivinanzas pueden resolver.

1. Ya ves, que claro es y el que no lo adivina, bien tonto es.

2. Rueda de la leche, duro, blando o apestoso, ¿qué será?

3. Tú allá, yo aquí.

4. Tengo hojas y no soy árbol, tengo barbas y no soy chivo.

5. Agua pasa por mi casa, cate de mi corazón.

6. Dicen que soy rey y no tengo reino; dicen que soy rubio y no tengo pelo; dicen que ando y no me meneo; arreglo los relojes sin ser relojero.

B. ¡A investigar! Habla con tus abuelos u otros parientes y pregúntales si recuerdan algunas adivinanzas de su niñez. Si así es, anótalas y compártelas con la clase.

Y ahora, ¡a leer!

Anticipando la lectura. Contesta las siguientes preguntas.

1. ¿Has tenido la sensación alguna vez, mientras lees un cuento o una novela de misterio, o ves un programa de terror en la televisión, de que tú mismo(a) estás en la escena? ¿Has sentido que el peligro de lo que lees o el terror de lo que ves está presente en el mismo cuarto contigo? Si así es, describe el incidente.
2. ¿Qué causa que a veces nos imaginemos que somos parte de lo que leemos o vemos en la televisión? Explica tu respuesta.
3. ¿En qué tipo de cuento —realista, de horror, de fantasía, de ciencia ficción, de misterio, de amor o algún otro— es más probable cambiar, distorsionar o ignorar la realidad? Da algunos ejemplos y explica cómo se modificó la realidad en cada caso.

Conozcamos al autor

Julio Cortázar (1914–1984) es uno de los escritores argentinos más reconocidos de la segunda mitad del siglo XX. Nació en Bruselas, Bélgica, de padres argentinos, pero se crió en las afueras de Buenos Aires.

En 1951 publicó su primer libro de relatos, *Bestiario,* para poco después trasladarse a París, donde residió desde entonces. En 1963 apareció *Rayuela,* novela experimental ambientada en París y Buenos Aires, y considerada su obra maestra. En este libro el autor invita al lector a tomar parte activa sugiriéndole alternativas diferentes en el orden de la lectura. Cortázar murió en 1984 en París tras haber contribuido decisivamente a la difusión de la literatura latinoamericana en el mundo.

"Continuidad de los parques" está tomado de su segundo libro de cuentos, *Final del juego* (1956). Este cuento, como muchas obras de Cortázar, se desarrolla alrededor de una contraposición entre lo real y lo ficticio; cómo el mundo "inventado" de la literatura puede afectar el mundo "real" de los lectores. Es uno de los mejores paradigmas de la corriente literaria conocida como "realismo mágico".

Continuidad de los parques

Había empezado a leer la novela unos días antes. La abandonó por negocios urgentes, volvió a abrirla cuando regresaba en tren a la finca;
se dejaba interesar lentamente por la trama, por el dibujo de los
personajes. Esa tarde, después de escribir una carta a su apoderado° y discutir
5 con su mayordomo una cuestión de aparcerías,° volvió al libro en la tranquilidad del estudio que miraba hacia el parque de los robles.

    Arrellanado° en su sillón favorito, de espaldas a la puerta que lo hubiera
molestado como una irritante posibilidad de intrusiones, dejó que su mano
izquierda acariciara una y otra vez el terciopelo verde y se puso a leer los últi-
10 mos capítulos. Su memoria retenía sin esfuerzo los nombres y las imágenes de
los protagonistas; la ilusión novelesca lo ganó casi en seguida. Gozaba del
placer casi perverso de irse desgajando° línea a línea de lo que lo rodeaba, y
sentir a la vez que su cabeza descansaba cómodamente en el terciopelo del
alto respaldo, que los cigarrillos seguían al alcance de la mano, que más allá
15 de los ventanales danzaba el aire del atardecer bajo los robles. Palabra a palabra, absorbido por la sórdida disyuntiva° de los héroes, dejándose ir hacia las
imágenes que se concertaban y adquirían color y movimiento, fue testigo del
último encuentro en la cabaña del monte. Primero entraba la mujer, recelosa,
ahora llegaba el amante, lastimada la cara por el chicotazo de la rama. Ad-
20 mirablemente estañaba° ella la sangre con sus besos, pero él rechazaba sus
caricias, no había venido para repetir la ceremonia de una pasión secreta,
protegida por un mundo de hojas secas y senderos furtivos. El puñal se enti-
biaba contra su pecho y debajo latía la libertad agazapada.° Un diálogo
anhelante° corría por las páginas como un arroyo de serpientes, y se sentía que
25 todo estaba decidido desde siempre. Hasta esas caricias que enredaban el
cuerpo del amante como queriendo retenerlo y disuadirlo, dibujaban abo-
minablemente la figura de otro cuerpo que era necesario destruir. Nada había

administrador
contratos laborales

Extendido cómodamente

separando

opción

detenía

escondida
expectante

sido olvidado: coartadas,° azares,° posibles errores. A partir de esa hora cada instante tenía su empleo minuciosamente atribuido. El doble repaso despiadado se interrumpía apenas para que una mano acariciara una mejilla. Empezaba a anochecer. Sin mirarse ya, atados rígidamente a la tarea que los esperaba, se separaron en la puerta de la cabaña. Ella debía seguir por la senda que iba al norte. Desde la senda opuesta él se volvió un instante para verla correr con el pelo suelto. Corrió a su vez, parapetándose° en los árboles y los setos,° hasta distinguir en la bruma malva° del crepúsculo° la alameda que llevaba a la casa. Los perros no debían ladrar, y no ladraron. El mayordomo no estaría a esa hora, y no estaba. Subió los tres peldaños del porch y entró. Desde la sangre galopando en sus oídos le llegaban las palabras de la mujer: primero una sala azul, después una galería, una escalera alfombrada. En lo alto, dos puertas. Nadie en la primera habitación, nadie en la segunda. La puerta del salón, y entonces el puñal en la mano, la luz de los ventanales, el alto respaldo de un sillón de terciopelo verde, la cabeza del hombre en el sillón leyendo una novela.

excusas / circunstancias

protegiéndose
*arbustos / **bruma...** neblina / anochecer*

"Continuidad de los parques" de *Final del juego* por Julio Cortázar. © Julio Cortázar, 1956, y herederos de Julio Cortázar. Reimpreso con permiso de la Agencia Literaria Carmen Balcells, S. A.

¿Comprendiste la lectura?

A. Hechos y acontecimientos. ¿Recuerdas los datos más importantes de la lectura? Para asegurarte, contesta las siguientes preguntas.

1. ¿Cuándo comenzó el protagonista a leer la novela?
2. ¿Por qué abandonó la lectura de la novela?
3. ¿Qué hizo después de ver a su mayordomo?
4. ¿Qué tipo de novela era la que leía? ¿de misterio? ¿de amor? Explica.
5. ¿Qué relación tenían la mujer y el hombre de la novela?
6. ¿Adónde se dirigió el hombre después de que la pareja se separó?

7. ¿Por qué no estaba el mayordomo a esa hora?
8. ¿A quién encontró el amante al final del cuento?
9. ¿En qué momento del cuento lo "ficticio" se convierte en lo "real"?
10. ¿Qué sugiere el título del cuento: "Continuidad de los parques"?

B. A pensar y a analizar. Haz estas actividades con un(a) compañero(a) de clase. Luego comparen sus resultados con los de otros grupos.

1. Expliquen la relación entre los tres personajes del cuento —el señor que leía la novela, el hombre del puñal y la mujer. ¿Se conocían o sólo el señor que leía era un personaje verdadero y los otros dos eran ficticios?
2. ¿Es posible que la realidad ficticia literaria se convierta en la realidad verdadera? Expliquen.
3. ¿Qué opinan Uds. de la falta de diálogo en este cuento? ¿Creen que sería mejor si hubiera diálogo? ¿Por qué? ¿Por qué habrá decidido el autor no usar diálogo?

C. Teatro para ser leído. En grupos de seis, adapten el cuento de Julio Cortázar, "Continuidad de los parques" a un guión de teatro para ser leído. Luego, ¡preséntenlo!

1. Conviertan la parte narrativa del cuento, "Continuidad de los parques", a sólo diálogo, dentro de lo posible.
2. Añadan un poco de narración para mantener transiciones lógicas entre los diálogos.
3. Preparen siete copias del guión: una para cada uno de los tres actores, una para los dos narradores, una para el (la) director(a) y una para el (la) profesor(a).
4. ¡Preséntenlo!

Introducción al análisis literario

El realismo mágico

En la *Unidad 5* se introduce el concepto de ambiente: físico, psicológico y social. Este ambiente se desarrolla en el tiempo real; es decir, es realidad. La técnica literaria conocida como **realismo mágico** extiende este concepto y se caracteriza por el uso simultáneo de dos ambientes: el *real* y el *ficticio*. El mezclar los dos ambientes resulta en una segunda realidad, la cual en el realismo mágico es tan válida como la primera. Generalmente, la historia comienza con la descripción de un día "normal" *(primera realidad)* que consigue fascinar al protagonista en cierto momento, como en el cuento de Cortázar: "la ilusión novelesca lo ganó casi en seguida". En ese momento el personaje pasa del *ambiente real* al *ficticio*, y el autor, con la habilidad de un mago, conduce los eventos de tal modo que al final el *ambiente ficticio* toma el lugar del *real*, fusionándose ambos en un círculo en que los dos ambientes se funden y confunden, creando así la segunda realidad.

A. Evidencia de dos realidades. Con dos compañeros(as) de clase, busquen evidencia en el cuento de Cortázar de las dos realidades y hagan lo siguiente.

1. Preparen una lista de dos columnas, una con evidencia del ambiente real, la otra con evidencia del ambiente ficticio.
2. Identifiquen el momento exacto cuando el ambiente real se une al ficticio para crear la segunda realidad.

B. La película. Haz la siguiente actividad con un(a) compañero(a) de clase.

1. Imaginen que Uds. y dos compañeros(as) están en la clase de español. Describan por escrito el ambiente que los rodea con muchos detalles.
2. Imaginen que ahora la clase mira una película fascinante que comienza a absorberlos. Describan lo que está pasando en la película y cómo de repente los (las) cuatro compañeros(as) terminan siendo parte de la película.

¡LUCES! ¡CÁMARA! ¡ACCIÓN!

Buenos Aires: la tumultuosa capital de Argentina

La gran nación argentina tiene una de las capitales más vibrantes del continente latinoamericano. Buenos Aires fue fundada en 1536 a orillas del río de la Plata, el río más ancho del mundo. A los porteños les gusta resaltar este hecho, diciendo que el río de la Plata tiene una sola orilla ya que la otra no se ve.

En el siglo XIX llegaron a Buenos Aires inmigrantes de todas partes de Europa. Gracias a esto, la ciudad tiene un ambiente particularmente europeo. La cosmopolita capital tiene avenidas anchas y edificios que recuerdan a París, y tiendas elegantes con vitrinas que muestran la última moda italiana. Es también famosa por sus variados restaurantes, muchos al aire libre, que tientan con su despliegue de deliciosas comidas nacionales e internacionales.

En el campo cultural, Buenos Aires ofrece de todo: de ópera a conciertos de música popular, de ballet a exposiciones de arte y escultura. Por supuesto, la capital ofrece el imprescindible tango. Para los aficionados al deporte hay carreras de caballo en el hipódromo de Palermo, y los hinchas —o sea, grandes aficionados— del fútbol pueden presenciar emocionantes partidos en la famosa Boca. Siempre hay también la posibilidad de pasearse por los hermosos parques y barrios capitalinos, cada uno con su propia esencia y espíritu. No cabe duda: ¡no hay modo de aburrirse en Buenos Aires!

Antes de empezar el video

Contesten las siguientes preguntas en parejas.

1. ¿Hay más ventajas o desventajas de vivir en la ciudad más importante del país? Expliquen sus respuestas.
2. ¿Qué tipo de actividades culturales y deportivas hay en las ciudades principales que con frecuencia no hay en ciudades menores?
3. ¿Dónde preferirían vivir Uds., en una gran metrópolis o en una ciudad pequeña? ¿Por qué?

¡A ver si comprendiste!

A. Buenos Aires. Contesta las siguientes preguntas con un(a) compañero(a) de clase.

1. ¿Cuál fue el nombre original de Buenos Aires?
2. ¿Cómo es posible que sólo se vea una orilla del río de la Plata?
3. ¿En qué consiste el "paseo obligado" de los porteños?
4. ¿Cuál es un hábito británico de cierta parte de la sociedad bonaerense?
5. ¿Cuál es uno de los deportes más representativos de los porteños?
6. ¿Qué adjetivo describe mejor la melodía del tango y la manera de ser de los porteños?

B. A pensar y a interpretar. Contesta las siguientes preguntas.

1. ¿Por qué crees que tantos europeos emigraron a Buenos Aires? ¿Cuándo ocurrió esto?
2. ¿Crees que Buenos Aires sea de veras una ciudad tan europea como París? Explica.
3. ¿Cómo se compara Buenos Aires con otras ciudades principales de Latinoamérica, como por ejemplo, la Ciudad de México, San Salvador y Bogotá?
4. ¿Por qué crees que el tango es tan representativo de Buenos Aires en particular y de Argentina en general?

EXPLOREMOS EL CIBERESPACIO

Explora distintos aspectos del mundo argentino en las Actividades para la Red que corresponden a esta lección. Ve primero a **http://college.hmco.com,** y de ahí a la página de *Mundo 21*.

2 Uruguay

LECCIÓN 2

Nombre oficial: *República Oriental del Uruguay*

Población: *3.413.329 (estimación de 2003)*

Principales ciudades: *Montevideo (capital), Salto, Paysandú, Las Piedras*

Moneda: *Nuevo peso uruguayo (U$)*

GENTE DEL MUNDO 21

Mario Benedetti, uno de los escritores más importantes de Latinoamérica, nació en Paso de los Toros en 1920. Es un autor profundamente compenetrado con la realidad política y social de su país. Ha trabajado en diversos empleos; entre otros ha sido contador, taquígrafo, traductor, periodista y director del prestigioso semanario *Marcha*. Entre 1938 y 1945 residió en Buenos Aires, pero en 1945 regresó a Uruguay. En 1949 publicó *Esta mañana*, su primer libro de cuentos y, un año más tarde, los poemas de *Sólo mientras tanto*. En 1960, su novela *La tregua* le ganó trascendencia internacional, ya que ha tenido más de un centenar de ediciones; fue traducida a diecinueve idiomas y fue llevada al teatro, la radio, la televisión y el cine. De 1967 a 1971 residió en Cuba. A su regreso a Uruguay fue exiliado por el gobierno militar en 1973; esta vez se fue a Argentina, luego a Perú y España. Sus extensas publicaciones suman más de sesenta obras que abarcan todos los géneros, incluyendo sus más famosas letras de canciones. Se destacan la novela *Gracias por el fuego* (1965), el ensayo *El escritor latinoamericano y la revolución posible* (1974), los cuentos de *Con y sin nostalgia* (1977) y los poemas de *Vientos de exilio* (1981). Sus libros más recientes son: *Andamios* (1996), *La vida ese paréntesis* (1998), *Buzón de tiempo* (1999) y *Rincón de haikus* (1999). Actualmente vive en Montevideo, donde goza del respeto y la admiración de todo el Cono Sur y del mundo en general.

Beatriz Flores Silva es una realizadora cinematográfica nacida en Montevideo en 1956 que habla español, francés e inglés. En 1982 se radicó en Bélgica, donde estudió Dirección de Cine, diplomándose en 1989 y perfeccionándose en dirección de actores bajo la guía de famosos profesores internacionales. Realizó varios guiones y trabajos de dirección. Se destacan los cortometrajes *El pozo* y *Las lagartijas* (1990) —que recibió el premio a la Mejor Ficción del Festival de Cine de Algarve, Portugal. También sobresale *Los siete pecados capitales*, un largometraje colectivo donde intervino como productora, directora y guionista.

Fue fundadora de la sociedad productora cooperativa *AA. Les Films Belges*, y trabajó en técnicas de guión en Budapest y Los Ángeles. Ha dictado cursos de dirección de actores en la Academia de Arte Dramático de Lovaina y también en Uruguay, adonde regresó en 1992 para trabajar en el campo de la Cooperación al Desarrollo. De 1995 a 1996 fue Fundadora y Directora de la Escuela de Cinematografía de Uruguay. Al mismo tiempo realizó el telefilm *La historia casi verdadera de Pepita la Pistolera,* que obtuvo importantes premios en los festivales de cine de Chile y México en 1993, Argentina en 1994 y en el Festival de Cine Latino en Chicago de 1994. Su largometraje *En la puta vida*, basado en la obra *El huevo de la serpiente* de la prestigiosa periodista María Urruzola, fue recibido calurosamente por la prensa internacional.

Hugo "Foca" Machado es un prestigioso compositor y músico que promueve el candombe como expresión músico-cultural de Uruguay y del Río de la Plata. Su incansable actividad musical y cultural comenzó en 1969 en Montevideo, su ciudad natal, tocando en la comparsa Fuego para la Lonja y luego en la comparsa Acuarela de Candombe. Entre sus principales actuaciones se distinguen su integración en 1975 como Jefe de la Cuerda de Tambores a Kanela y su Baracutanga, con el compositor Eduardo Da Luz y su participación en las comparsas Central y Senegal. Ha realizado innumerables conciertos junto a destacados músicos, como Ricardo Nolé, Ricardo Lew, Rubén Rada y Pablo Enríquez y en el Candombazo en Buenos Aires. Con su Cuerda de Tambores hizo giras por Argentina y recibió una invitación especial para participar en los conciertos de las cantantes Soledad y Natalia Oreiro en el Teatro Gran Rex.

Entre sus numerosas grabaciones se destacan los discos *Empalme* y *Ey Bo Road* con la agrupación Raíces; *Para los indios Tobas* junto a Mercedes Sosa y *Opus Cuatro* con Nora Sarmoria y otros músicos distinguidos. Además, enseña clases sobre candombe y dirige talleres musicales en Buenos Aires.

Otros uruguayos sobresalientes

Miguel de Águila: compositor ● **Julio Alpuy:** pintor, dibujante y escultor ● **Germán Cabrera:** escultor ● **José Gamarra:** pintor, dibujante y grabador ● **Gabriel Inchauspe:** modisto ● **Sylvia Lago:** escritora ● **Juan Carlos Onetti (1909-1995):** periodista, bibliotecario, cuentista y novelista ● **Cristina Peri Rossi:** poeta, novelista, traductora y ensayista ● **Hermenegildo Sabat:** pintor y caricaturista ● **María Urruzola:** educadora, escritora y periodista

Personalidades del Mundo 21

A. Gente que conozco. Contesta las siguientes preguntas con un(a) compañero(a) de clase. Luego, compartan sus respuestas con el resto de la clase.

1. ¿Cuál es la temática principal de la narrativa de Mario Benedetti? ¿Qué lo preparó para escribir sobre esta temática? ¿Dirían Uds. que ha llevado una vida ordinaria? ¿Por qué sí o por qué no?

2. ¿Dónde y qué estudió Beatriz Flores Silva? ¿Cuántas lenguas habla? ¿Qué contribución a su país se le puede atribuir? ¿Cómo se llama el libro de María Urruzola y cómo se titula la película basada en esta obra? ¿De qué creen Uds. que se trata?

3. ¿Qué significa "foca"? ¿Por qué creen Uds. que el Sr. Machado es conocido como Hugo "Foca" Machado? ¿Cuál es su contribución a la vida cultural de Uruguay? ¿Cómo podrían compararlo con Mario Benedetti?

B. Diario. En tu diario, escribe por lo menos media página expresando tus pensamientos sobre este tema.

La realizadora cinematográfica Beatriz Flores Silva y el compositor y músico Hugo "Foca" Machado han enseñado materias poco usuales. Ella ha dictado cursos de dirección de actores y él ha enseñado clases sobre candombe. Si tú decidieras seguir la profesión de maestro(a), ¿qué enseñarías? ¿Qué metas específicas tendrías para tus alumnos? ¿Qué cosas específicas harías para convertirte en experto en tu área?

PRONUNCIACIÓN Y ORTOGRAFÍA

Palabras parónimas: *aun/aún, de/dé, el/él,...*

Hay palabras parónimas que se pronuncian igual o casi igual y, con la excepción del acento ortográfico, se escriben igual, pero tienen diferente significado y función en la oración. Estudia esta lista de palabras parecidas mientras tu profesor(a) las pronuncia.

aun	*even*	aún	*still, yet*
como	*as*	cómo	*how*
de	*of*	dé	*give*
el	*the*	él	*he*
mas	*but*	más	*more*
mi	*my*	mí	*me*
que	*that*	qué	*what*
se	*himself, herself, etc.*	sé	*I know; be*
si	*if*	sí	*yes*
solo	*alone*	sólo	*only*
te	*you*	té	*tea*
tu	*your*	tú	*you*

¡A practicar!

A. Práctica con palabras parónimas. Escucha mientras tu profesor(a) lee algunas palabras. Escríbelas de dos maneras distintas al lado de la función gramatical apropiada.

> **Modelo:**   Escuchas: *[tu]*
> Escribes: **tú** pronombre sujeto: *you*
> **tu** adjetivo posesivo: *your*

1. _____ artículo definido: *the* — _____ pronombre sujeto: *he*
2. _____ pronombre personal: *me* — _____ adjetivo posesivo: *my*
3. _____ preposición: *of* — _____ forma verbal: *give*
4. _____ pronombre reflexivo: *himself, herself, itself, themselves* — _____ forma verbal: *I know; be*
5. _____ conjunción: *but* — _____ adverbio de cantidad: *more*
6. _____ sustantivo: *tea* — _____ pronombre personal: *you*
7. _____ conjunción: *if* — _____ adverbio afirmativo: *yes*
8. _____ adjetivo: *even* — _____ adverbio de tiempo: *still, yet*
9. _____ adverbio de modo: *only* — _____ adjetivo: *alone*
10. _____ conjunción: *that* — _____ interrogativo: *what*

B. ¿Cuál corresponde? Escucha mientras tu profesor(a) lee las siguientes oraciones. Complétalas con las palabras apropiadas.

1. Éste es _____ material que traje para _____.
2. ¿ _____ compraste un regalo para _____ prima?
3. _____ amigo trajo este libro para _____.

4. Quiere que le _____ café _____ México.
5. No _____ si él _____ puede quedar a comer.
6. _____ llama, dile que _____ lo acompañamos.

C. ¡Ay, qué torpe! Ahora les han pedido que escriban un párrafo con palabras parónimas de una larga lista que estudiaron en la clase para hispanohablantes. Uno de tus compañeros escribió el siguiente y, como eres uno(a) de los (las) mejores estudiantes de la clase, te pide que lo corrijas. Encuentra las diez palabras parónimas con errores y corrígelos.

En caso de que te de por asistir a un candombe, te conviene saber que es un festival de música afro-uruguaya que aun forma parte del alma uruguaya, de una manera similar a su gusto por la yerba mate, una bebida parecida al te. A mi y a mi hermana nos gustó saber que la música del candombe es la música nacional de Uruguay. Aun en la fiestas de carnaval, el uruguayo responde a su llamado; así, el participa, baila y se divierte toda la noche y con frecuencia continúa bailando por varios días, ya sea solo o con otros. Solo el cansancio lo hace parar; mas al día siguiente pide mas. Yo se que el instrumento del candombe es el tamboril, que es la versión afroamericana del tradicional tambor africano y hoy en día aun se oye el sonido de este maravilloso instrumento. Estoy segura de que tu y tu familia, al igual que todo Uruguay, empezarían a moverse y a bailar con un gusto y una soltura contagiosos al son del candombe.

MEJOREMOS LA COMUNICACIÓN
Para hablar de los festivales

Al hablar de días feriados patrióticos

— ¿**Celebran** el 4 de julio en Uruguay?
— No, porque el **Día de la Independencia** de Uruguay es el 25 de agosto. Ese día nos **divertimos** mucho y tenemos **fuegos artificiales.**

asado	Día de la Bandera
bandera	himno nacional
barbacoa	parrillada
desfile	

Al hablar de días feriados civiles

— Nosotros no celebramos el **Día de Acción de Gracias** pero lo celebraríamos si Uds. estuvieran visitándonos.

Día de los Enamorados	Día de los Padres
Día de los Inocentes	Día del Trabajador
Día de las Madres	Nochevieja

— En Uruguay también celebramos los **días feriados civiles** pero no necesaria-
mente el mismo día que Uds. Por ejemplo, tanto nosotros como Uds. celebramos el **Día de las Madres** el segundo domingo de mayo. Pero en Argentina
lo celebran en octubre, en Costa Rica en agosto y en Panamá no es hasta diciembre.

— ¿Cómo celebran Uds. el **Día de las Madres** y **el de los Padres?**

— Siempre nos divertimos mucho. Como Uds., tenemos **fiestas familiares** con
mucha comida y regalos. Pero no nos divertiríamos a menos que toda la familia estuviera presente.

Al hablar de Carnaval

— ¿Cómo celebran **Carnaval?**

— ¡Ay, Carnaval! Ese **festival** lo celebramos los tres días antes de empezar la
Cuaresma, el **Miércoles de Ceniza.** En Uruguay, como en la mayoría de los
países latinoamericanos y en EE.UU., lo celebramos como en Río de Janeiro
con muchos bailes de **disfraces** y **desfiles.** Con la excepción de que en
Uruguay también tenemos ¡**candombe!**

alegría	**espectador(a)**
ambiente festivo	**mascarada**
danzante	**tamborilero(a)**

Al hablar de festivales religiosos

— ¿Celebran Uds. **festivales religiosos** también?

— ¡Sí, claro! Ojalá no tuviéramos tantos festivales religiosos. Como has de saber,
nosotros celebramos el **Día del Santo** además del **cumpleaños.** Todos los
pueblos también celebran el de sus **santos patrones.** El **Día de los Reyes
Magos** es muy especial para los niños de toda Latinoamérica porque en ese
día reciben **regalos.** Creo que Uds. no lo celebran, ¿verdad?

— No. Pero lo celebraríamos tan pronto como supiéramos que íbamos a recibir
más regalos.

Día de los Muertos	**Navidad**
Nochebuena	**Pascua Florida**

Biblia	**reunión de fieles**
Corán	**rezar/orar**
dios	**sacerdote/cura**
iglesia	**sinagoga**
mezquita	**templo**
oración	**tora**
pastor	**venerar**
predicar	

¡A conversar!

A. Festivales favoritos. Contesta las siguientes preguntas. Luego, compara tus
respuestas con las de tres o cuatro compañeros(as). Finalmente, díganle a la
clase quién de los compañeros(as) es el (la) que sabe celebrar mejor los días feriados.

1. ¿Cuál es tu festival favorito?
2. ¿Qué hiciste para celebrarlo la última vez?
3. ¿Cómo lo celebrarías si estuvieras en Montevideo?

B. Debate. En EE.UU. frecuentemente hay conflictos entre personas religiosas: algunos quieren rezar en lugares y funciones públicas, mientras que otros insisten en que nuestra constitución no lo permite. ¿Qué opina la clase? Tengan un debate —la mitad de la clase está a favor, la otra mitad en contra. Su instructor(a) puede dirigir la discusión.

C. Extiende tu vocabulario: religioso. Para ampliar tu vocabulario, trabaja con un(a) compañero(a) para definir en español estas palabras relacionadas. Luego, escriban una oración original con cada palabra. ¿Cuál es el significado de estas palabras en inglés, y cómo se relacionan a *religious* en inglés?

1. religión
2. religioso
3. religiosamente
4. religiosidad

D. Notas para hispanohablantes: práctica. Completa cada oración con la palabra más apropiada de las que están entre paréntesis para saber qué opinan estos uruguayos del candombe.

1. Ojalá (participe/participara) toda la comunidad afro-uruguaya.
2. La policía no (debiera/debedría) permitir tráfico en la calle principal.
3. Ojalá yo (tenga/tuviera) la oportunidad de escuchar a Foca Machado en persona.
4. Todo el mundo (debedría/debería) poder escucharlo.
5. Ojalá todo el mundo (se ponga/se pusiera) a bailar.

DEL PASADO AL PRESENTE

Uruguay: la "Suiza de América" en recuperación

El proceso de la independencia

En 1777, la Banda Oriental quedó incorporada al Virreinato del Río de la Plata, con capital en Buenos Aires. José Gervasio Artigas dirigió una rebelión en 1811, que puso fin al dominio de los españoles en 1814, cuando éstos entregaron la ciudad de Montevideo. Por su parte, Artigas no reconoció la autoridad de Buenos Aires, que todavía pretendía dominar la Banda Oriental. En 1816, fuerzas venidas desde Buenos Aires derrotaron a las de Artigas,

Plaza de independencia, Montevideo, Uruguay

pero fueron incapaces de conseguir controlar todo el país. Los portugueses se aprovecharon de esta circunstancia y tomaron Montevideo en 1817. Cuatro años más tarde, en 1821, anexaron la provincia a Brasil.

En 1825 se produjo la expedición de los "33 orientales" procedentes de Buenos Aires, donde estaban exiliados. Estos "uruguayos" iniciaron una rebelión antibrasileña bajo la dirección de Juan Antonio Lavalleja. El 25 de agosto del mismo año Juan Antonio Lavalleja proclamó la independencia de la Banda Oriental. Por fin, en 1828, Argentina y Brasil firmaron un tratado en que reconocieron la independencia de Uruguay. El general Fructuoso Rivera fue elegido presidente ese mismo año y pronto tuvo que enfrentarse a rebeliones dirigidas por Lavalleja.

Palacio legislativo de Montevideo, Uruguay

Los blancos y los colorados   Las hostilidades entre los riveristas, integrados por las clases medias urbanas, y los lavallejistas, defensores de los intereses de los grandes propietarios, dieron origen a las dos fuerzas políticas que iban a dominar la historia de Uruguay: el Partido Colorado y el Partido Nacional, éste popularmente conocido como el de los blancos.

En 1903 fue elegido presidente el colorado José Batlle y Ordóñez, quien dominó la política uruguaya hasta su muerte en 1929. Impresionado por el consejo ejecutivo de Suiza, Batlle y Ordóñez estableció un consejo nacional modificado y desarrolló un estado de bienestar social que cubría a los ciudadanos desde la cuna a la tumba.

"Suiza de América"   A finales del siglo XIX y comienzos del XX, el país se benefició con la inmigración de europeos, principalmente italianos y españoles. La población pasó de 450.000 habitantes en 1875 a un millón al finalizar el siglo. Montevideo se convirtió en una gran ciudad. En la década de los 20, el país conoció un período de gran prosperidad económica y de estabilidad institucional. Uruguay comenzó a ser llamado la "Suiza de América". Pero la crisis económica mundial de 1929 provocó en Uruguay bancarrotas, desempleo y paralización de la actividad productiva.

Un golpe de estado en 1933 inició un período de represión política. Sin embargo, la "Suiza de América" y los ideales optimistas del batllismo resurgieron entre los años 1947 y 1958 con la presidencia de Luis Batlle Berres, sobrino de Batlle y Ordóñez. Las elecciones de 1958 llevaron al poder, por primera vez en noventa y tres años, al Partido Nacional, o el de los blancos. Sin embargo, dos gobiernos de los blancos no consiguieron contener el malestar económico y social que existía en el país.

La marina de Punta del Este

Avances y retrocesos   En 1972, el presidente Juan María Bordaberry declaró un "estado de guerra interna" para contener a la guerrilla urbana conocida como los tupamaros. En 1973 Bordaberry fue sustituido por una junta de militares y civiles que reprimió toda forma de oposición representada por la prensa, los partidos políticos o los sindicatos. Los once años de gobierno militar devastaron la economía, y más de 300.000 uruguayos salieron del país por razones económicas o políticas. La normalidad constitucional retornó en 1984 con la elección de Julio Sanguinetti Cairolo, el candidato propuesto por el Partido Colorado; fue reelegido en 1995.

En noviembre de 1999 la dinastía Batlle volvió al poder cuando el candidato del Partido Colorado, Jorge Batlle, resultó elegido presidente en una segunda vuelta y por un margen estrecho que no incluyó la mayoría de votos en Montevideo. Hoy día, a principios del siglo XXI, la economía uruguaya está siendo castigada por el contagio de la crisis en Argentina, que ha hecho caer los ingresos por turismo y comercio y ha obligado a acelerar el ritmo de la devaluación controlada de la moneda uruguaya.

¿A ver si comprendiste?

A. Hechos y acontecimientos. ¿Recuerdas los datos más importantes de la lectura? Para asegurarte, completa las siguientes oraciones.

1. José Gervasio Artigas es conocido por...
2. Los dos países que firmaron el tratado de 1828 que reconoció la independencia de Uruguay fueron...
3. Los orígenes e intereses específicos del Partido Colorado y del Partido Blanco son: ...
4. El presidente José Batlle y Ordóñez desarrolló un bienestar social que cubría a los ciudadanos desde...
5. En la década de los 20, Uruguay comenzó a ser llamado...
6. El efecto que el gobierno militar tuvo en la economía de Uruguay de 1973 a 1984 fue...
7. El candidato elegido a la presidencia en 1984 y otra vez en 1995, que ha traído el retorno a la normalidad constitucional a Uruguay, es...
8. A principios del siglo XXI, la economía de Uruguay ha...

B. A pensar y a analizar. Se puede decir que Uruguay es una ciudad-estado. ¿Qué significa esto? ¿Por qué también se le ha llamado la "Suiza de América"? Desde 1929 Uruguay no ha podido recuperar su imagen de la "Suiza de América". ¿Por qué?

C. Redacción colaborativa. En grupos de dos o tres, escriban una composición colaborativa de una página a una página y media, sobre el tema que sigue. Empiecen por escribir una lista de ideas, luego incorpórenlas en un primer borrador. Revísenlo, asegurándose de que las ideas hagan sentido. Escriban un segundo borrador y revísenlo con mucho cuidado, fijándose en la acentuación y ortografía. Escriban la versión final en la computadora y entréguenla.

> Durante muchos años Uruguay fue conocido como la "Suiza de América" pero para 1972 reveses económicos y políticos plagaron de problemas a esta nación. Para peor, surgió el grupo guerrillero urbano de los tupamaros. Grupos guerrilleros han aparecido a lo largo de la historia de Latinoamérica. ¿Existen grupos similares en este país? ¿Pueden nombrar algunos? ¿Qué han querido y cómo han sido controlados?

Cuaderno de actividades

Puedes practicar más y explicar el dicho uruguayo, "Si Argentina estornuda, Uruguay se resfría" en la sección **Composición: explicar** de la *Unidad 6, Lección 2* en el ***Cuaderno de actividades.***

Lengua en Uso

La tradición oral:
versos de la niñez

En la *Unidad 4* aprendiste que los trabalenguas son una parte importante de la tradición oral hispana y en la primera lección de esta unidad aprendiste que las adivinanzas también lo son. Ahora vas a ver si recuerdas o reconoces otra parte de la tradición oral hispana, los versos de la niñez. Éstos son los versos que nuestros abuelos nos contaban cuando éramos muy niños, para distraernos si nos habíamos lastimado y estábamos llorando o simplemente para entretenernos. ¿Quién no recuerda este versito popular que nos recitaban y terminaban siempre con un besito en el dedo o la rodilla o donde fuera que nos dolía?

> Sana, sana,
> colita de rana,
> si no sanas hoy,
> sanarás mañana.

Estos versos caprichosos se mantienen vivos en la tradición oral por su ritmo, musicalidad, encanto y capacidad para de veras entretener. Con frecuencia ni sentido tienen, simplemente entretienen tanto a quien los recita como a quien los escucha. A ver cuántos de estos recuerdas. Si son nuevos para ti, apréndetelos para que se los puedas recitar a tus hijos y hasta a los hijos de tus hijos.

> A la rurru niño,
> a la rurru ya,
> duérmase mi niño,
> duérmase ya,
> si no, viene el coco
> y se lo comerá.

> Patito, patito,
> color de café,
> si Ud. no me quiere,
> yo no sé por qué.
> Me gusta la leche,
> me gusta el café,
> pero más me gustan
> los ojos de Ud.

> Aserrín aserrán,
> los maderos de San Juan
> piden pan y no les dan
> riqui riqui riquirrán.

> Riquerán, riquerán,
> los maderos de San Juan,
> piden pan y no les dan,
> piden queso y les dan un hueso,
> para que se rasquen el pescuezo.

> Niño, niño, niño,
> patas de cochino,
> nano, nano, nano,
> patas de marrano.

> Adiós, adiós,
> que te vaya bien,
> que te trampe el tren,
> que te machuque bien.

¡A practicar!

A. ¿Los mejores padres? Tengan un concurso para ver quiénes van a ser los mejores padres porque podrán recitarles versos a sus hijos. Su profesor(a) va a llamar a una persona de la clase. Esa persona debe recitar inmediatamente uno de estos versos, u otro que recuerde de su niñez. Al terminar, esa persona llamará a otra que recite inmediatamente otro verso. Esta persona llamará a otro(a) estudiante y continuarán así hasta que todos en la clase hayan sido llamados para recitar. Sólo se permite repetir versos cuando todos hayan sido recitados.

B. ¡A investigar! Habla con tus familiares para ver si hay una tradición oral de versos para niños en tu familia. Recítales algunos de estos versos a tus abuelos u otros parientes y pregúntales si los reconocen y si saben otros parecidos. Si así es, anótalos y compártelos con la clase.

✆ Y ahora, ¡a leer!

Anticipando la lectura. Contesta las siguientes preguntas con dos compañeros(as) de clase. Luego, comparen sus respuestas con las de otros grupos.

1. ¿Qué es el milenio? ¿Cuándo ocurrió el último? ¿Cómo se determina cuándo va a ocurrir? ¿Ocurre al mismo tiempo para todas las culturas del mundo? Expliquen.

2. ¿Se han preguntado alguna vez qué pasaría si todo fuera lo opuesto de lo que es —por ejemplo, si los animales fueran al zoológico a ver a los humanos? ¿O si los pájaros caminaran por la tierra y los hombres volaran por el aire?

3. ¿Han leído Uds. una historia o han visto una película en que el mundo parezca ser al revés o en que exista un universo paralelo? ¿Cómo se llamaba? Descríbanla brevemente.

Conozcamos al autor

Eduardo Galeano nació en Montevideo en 1940. Fue jefe de redacción del semanario *Marcha* y director del diario *Época*. Estuvo exiliado en Argentina y España de 1973 hasta 1985. En Buenos Aires fundó y dirigió la revista *Crisis*. Es autor de más de una docena de libros y de una gran cantidad de artículos periodísticos. Entre sus libros más conocidos está la trilogía *Memoria del fuego (I) Los nacimientos* (1982), *Memoria del fuego (II)* (1984), *Memoria del fuego (III)* (1986), serie que en 1989 recibió el premio del Ministerio de Cultura de Uruguay y el "American Book Award". Galeano también recibió dos veces el premio Casa de las Américas, en 1975 y 1978, y el premio "Aloa" de los editores daneses, en 1993. Es uno de los maestros más destacados del arte del ensayo en Latinoamérica.

Esta selección viene de uno de sus últimos libros, *Patas arriba* (1998). En esta obra, Galeano insiste en que para el segundo milenio el mundo está en proceso de convertirse en un lugar totalmente absurdo: donde la izquierda se convierte en la derecha, el ombligo aparece en la espalda y los pies se transforman en la cabeza.

El derecho al delirio

Ya está naciendo el nuevo milenio. No da para tomarse el asunto demasiado en serio: al fin y al cabo, el año 2001 de los cristianos es el año
1379 de los musulmanes, el 5114 de los mayas y el 5762 de los judíos.
El nuevo milenio nace un primero de enero por obra y gracia de un capricho
5   de los senadores del imperio romano, que un buen día decidieron romper la
tradición que mandaba celebrar el año nuevo en el comienzo de la primavera.
Y la cuenta de los años de la era cristiana proviene de otro capricho: un buen
día, el papa de Roma decidió poner fecha al nacimiento de Jesús, aunque
nadie sabe cuándo nació.
10   El tiempo se burla de los límites que le inventamos para creernos el cuento
de que él nos obedece; pero el mundo entero celebra y teme esta frontera.

Una invitación al vuelo

Milenio va, milenio viene, la ocasión es propicia° para que los oradores de   favorable
inflamada verba peroren° sobre el destino de la humanidad, y para que los vo-   hablen
15   ceros° de la ira de Dios anuncien el fin del mundo y la reventazón° general,   profetas / caos
mientras el tiempo continúa, calladito la boca, su caminata a lo largo de la
eternidad y del misterio.
La verdad sea dicha, no hay quien resista: en una fecha así, por arbitraria
que sea, cualquiera siente la tentación de preguntarse cómo será el tiempo que
20   será. Y vaya uno a saber cómo será. Tenemos una única certeza: en el siglo
veintiuno, si todavía estamos aquí, todos nosotros seremos gente del siglo
pasado y, peor todavía, seremos gente del pasado milenio.

Aunque no podemos adivinar el tiempo que será, sí que tenemos, al menos, el derecho de imaginar el que queremos que sea. En 1948 y en 1976,
25 las Naciones Unidas proclamaron extensas listas de derechos humanos; pero la inmensa mayoría de la humanidad no tiene más que el derecho de ver, oír y callar. ¿Qué tal si empezamos a ejercer el jamás proclamado derecho de soñar? ¿Qué tal si deliramos, por un ratito? Vamos a clavar los ojos más allá de la infamia, para adivinar otro mundo posible:
30   el aire estará limpio de todo veneno que no venga de los miedos humanos y de las humanas pasiones;
    en las calles, los automóviles serán aplastados por los perros;
    la gente no será manejada por el automóvil, ni será programada por la computadora, ni será comprada por el supermercado, ni será mirada por el
35 televisor;
    el televisor dejará de ser el miembro más importante de la familia, y será tratado como la plancha o el lavarropas;
    la gente trabajará para vivir, en lugar de vivir para trabajar;
    se incorporará a los códigos penales el delito de estupidez, que cometen
40 quienes viven por tener o por ganar, en vez de vivir por vivir nomás, como canta el pájaro sin saber que canta y como juega el niño sin saber que juega;
    en ningún país irán presos los muchachos que se nieguen a cumplir el servicio militar, sino los que quieran cumplirlo;
    los economistas no llamarán *nivel de vida* al nivel de consumo, ni
45 llamarán *calidad de vida* a la cantidad de cosas;
    los cocineros no creerán que a las langostas les encanta que las hiervan vivas;
    los historiadores no creerán que a los países les encanta ser invadidos;
    los políticos no creerán que a los pobres les encanta comer promesas;
50   la solemnidad se dejará de creer que es una virtud, y nadie tomará en serio a nadie que no sea capaz de tomarse el pelo;
    la muerte y el dinero perderán sus mágicos poderes, y ni por defunción ni por fortuna se convertirá el canalla° en virtuoso caballero;   sinvergüenza
    nadie será considerado héroe ni tonto por hacer lo que cree justo en lugar
55 de hacer lo que más le conviene;
    el mundo ya no estará en guerra contra los pobres, sino contra la pobreza, y la industria militar no tendrá más remedio que declararse en quiebra;
    la comida no será una mercancía, ni la comunicación un negocio, porque la comida y la comunicación son derechos humanos;
60   nadie morirá de hambre, porque nadie morirá de indigestión;
    los niños de la calle no serán tratados como si fueran basura, porque no habrá niños de la calle;
    los niños ricos no serán tratados como si fueran dinero, porque no habrá niños ricos;
65   la educación no será el privilegio de quienes puedan pagarla;
    la policía no será la maldición de quienes no puedan comprarla;
    la justicia y la libertad, hermanas siamesas condenadas a vivir separadas, volverán a juntarse, bien pegaditas, espalda contra espalda;
    una mujer, negra, será presidenta de Brasil y otra mujer, negra, será presi-
70 denta de los Estados Unidos de América; una mujer india gobernará Guatemala y otra, Perú;
    en Argentina, las *locas* de Plaza de Mayo serán un ejemplo de salud mental, porque ellas se negaron a olvidar en los tiempos de la amnesia obligatoria;

la Santa Madre Iglesia corregirá las erratas de las tablas de Moisés, y el

75 sexto mandamiento ordenará festejar el cuerpo;

la Iglesia también dictará otro mandamiento, que se le había olvidado a Dios: «Amarás a la naturaleza, de la que formas parte»;

serán reforestados los desiertos del mundo y los desiertos del alma;

los desesperados serán esperados y los perdidos serán encontrados, porque

80 ellos son los que se desesperaron de tanto esperar y los que se perdieron de tanto buscar;

seremos compatriotas y contemporáneos de todos los que tengan voluntad de justicia y voluntad de belleza, hayan nacido donde hayan nacido y hayan vivido cuando hayan vivido, sin que importen ni un poquito las fronteras del

85 mapa o del tiempo;

la perfección seguirá siendo el aburrido privilegio de los dioses: pero en este mundo chambón° y jodido, cada noche será vivida como si fuera la úl-   torpe
tima y cada día como si fuera el primero.

"El derecho al delirio", de *Patas arriba* por Eduardo Galeano.

¿Comprendiste la lectura?

A. Hechos y acontecimientos. ¿Recuerdas los datos más importantes de la lectura? Para asegurarte, contesta las siguientes preguntas.

1. Según el autor, ¿cómo se estableció el calendario cristiano? ¿Está basado en conocimientos científicos?
2. A pesar de los derechos humanos declarados por las Naciones Unidas, ¿qué derechos tiene la gran mayoría de la gente del mundo?
3. ¿Qué visión tiene Eduardo Galeano con respecto a los siguientes elementos?

el automóvil	la mujer negra en la política
los desiertos del mundo	los niños de la calle
la educación	los pobres
la Iglesia Católica	el servicio militar obligatorio
las langostas	el televisor

B. A pensar y a analizar. Contesta las siguientes preguntas con un(a) compañero(a) de clase. Luego, comparen sus respuestas con las de otras parejas.

1. ¿Tuvo el milenio algún significado especial para Uds.? Si contestan que sí, ¿cuál fue? Si contestan que no, ¿por qué no?
2. ¿Están Uds. de acuerdo con el autor cuando dice que la inmensa mayoría de la humanidad no tiene más que tres derechos humanos? ¿Por qué?
3. ¿Hay algunas visiones del mundo que no coinciden con las del autor? ¿Cuáles son? ¿Por qué no están Uds. de acuerdo con el autor?
4. ¿Con qué propósito comunica el autor esta visión del mundo? Expliquen.

Introducción al análisis literario
El ensayo

El **ensayo** es una obra literaria en prosa que intenta convencer, informar, hacer pensar y también divertir al lector. Normalmente el ensayo es una composición relativamente breve. Su lenguaje puede ser formal; su tono, serio y reflexivo; su intención, comentar un hecho importante y también convencer al público de la opinión del (de la) autor(a).

Hay también otro tipo de ensayo: el humorístico. Éste usa la sátira y el humor para comentar acerca de una situación seria.

■ **Sátira:** Es el uso de burla, sarcasmo o ironía para ridiculizar, atacar o desenmascarar los vicios, malas costumbres, defectos, corrupción y, en general, todo lo negativo que existe en la sociedad.

■ **Humor:** Es la habilidad del escritor de hacer reír a su público. Generalmente, el ensayo humorístico disfruta de mucha aceptación y popularidad porque el autor hace reír al mismo tiempo que pone de relieve lo absurdo, lo acertado o lo falso de la situación presentada. Debido a su brevedad y a la importancia social de discutir eventos y situaciones contemporáneas, los ensayos son una parte importantísima de los periódicos o revistas serios.

A. Ensayo. ¿Qué tipo de ensayo es "El derecho al delirio"? ¿Usa la sátira o el humor? Si así es, da algunos ejemplos.

B. La sátira y el humor. Eduardo Galeano utiliza el sarcasmo y el humor para tratar temas serios como la pobreza, la educación y la Iglesia Católica. Con un(a) compañero(a) de clase, piensen en comentarios sarcásticos o humorísticos que podrían incluir en un ensayo sobre los siguientes temas. Si necesitan ayuda, vuelvan a estudiar los ejemplos que aparecen en la lectura de Galeano.

1. El abuso de las drogas
2. La falta de respeto y consideración por los ancianos
3. La lucha por la igualdad económica entre los sexos

Escribamos ahora

Ⓐ **A generar ideas: la realidad y la imaginación**

1. **El realismo mágico.** En la *Lección 1* el cuento de Julio Cortázar "Continuidad de los parques" combina la realidad y la imaginación para crear una nueva realidad en la que el lector de una novela en la primera escena se convierte en la víctima en la escena final.

Vas a redactar un cuento que combine la realidad y la imaginación. Piensa en algunas experiencias personales y prepara una lista de "realidades". Luego, en una segunda columna, usa tu imaginación e interpreta las "realidades" de una manera diferente y creativa.

Realidad	Imaginación
Estás en casa, cenando con la familia.	Estás en otro planeta. Eres el (la) invitado(a) de honor en un banquete.
Estás en tu clase de literatura.	Hay un titiritero *(puppeteer)* tirando las cuerdas y controlándolos a todos en la clase. Profesor(a) y estudiantes, todos son títeres.
...	...

Comparte tus ideas para el cuento con un(a) compañero(a). Explica lo que piensas desarrollar y escucha sus ideas y sugerencias. Haz comentarios también acerca del cuento que él (ella) piensa desarrollar y ofrece ideas para ayudarle a elaborar sus ideas.

2. Organización antes de escribir. Ahora selecciona una de las ideas que desarrollaste en la sección anterior y empieza a organizar tu cuento. Haz primero un esquema o diagrama que te ayude a ordenar los elementos principales y los detalles de tu cuento.

B **Primer borrador.** Siguiendo el esquema o diagrama que desarrollaste en la sección anterior, prepara un primer borrador de tu cuento. No olvides de incluir suficientes detalles descriptivos y de seleccionar palabras que le den colorido a lo que quieras comunicar. Tal vez quieras incluir algo del caló, el habla caribeña, el voseo, el habla campensina o la jerga para darle más colorido a tus personajes. Escribe sobre el tema por unos diez minutos sin preocuparte por los errores. Lo importante es incluir todas las ideas que tú consideras importantes.

C **A corregir.** Intercambia tu primer borrador con el de un(a) compañero(a). Revisa el cuento de tu compañero(a), prestando atención a las siguientes preguntas.

1. ¿Es clara y comprensible la primera situación (real)? ¿Parece estar completa o te gustaría tener más información?

2. ¿Puedes sugerir algunas palabras descriptivas que le den más colorido a la primera situación?

3. ¿Es fácil seguir la transición de la primera situación (real) a la segunda (imaginativa)?

4. ¿Ha incluido algo del caló, el habla caribeña, el voseo, el habla campesina o la jerga en el habla de uno de sus personajes? Si así es, ¿es apropiado? Si no, ¿puedes sugerir dónde podría hacerlo?

5. ¿Puedes sugerir más detalles o información para hacer más interesante la situación resultante?

Menciona lo que te gusta del cuento de tu compañero(a) tanto como lo que sugieres que haga para mejorarlo.

D **Segundo borrador.** Prepara un segundo borrador de tu cuento, tomando en cuenta las sugerencias de tu compañero(a) e ideas nuevas que se te ocurran a ti.

E **Sigues corrigiendo.** Prepárate para revisar tu cuento con las siguientes actividades.

1. Hojea el cuento de Julio Cortázar e indica cuáles de los siguientes tiempos verbales usa en "Continuidad de los parques".

presente de indicativo	pretérito
futuro	imperfecto*
presente de subjuntivo	condicional
presente progresivo	presente perfecto*
mandatos	pluscuamperfecto*

   En el texto hay oraciones complejas que contienen más de un tiempo verbal. ¿Puedes encontrar unos ejemplos? ¿Qué tiempos verbales tienden a aparecer juntos?

2. Ahora indica qué tiempos verbales usa el escritor uruguayo, Eduardo Galeano, en la última parte (de la línea 76 hasta el final) de su ensayo "El derecho al delirio". ¿Usa sólo tiempos verbales en el presente o usa otros tiempos también? ¿Qué determina su uso de los tiempos verbales?

3. Ahora dale una ojeada rápida a tu composición para asegurarte de que no haya errores en el uso de los tiempos verbales. Mira también que no haya errores de acentuación, de interferencia del inglés en la ortografía o de confusión con las palabras parecidas, tales como ay/hay, aun/aún, de/dé, el/él etcétera. Luego, intercambia composiciones con otro(a) compañero(a) y revisa su uso de los tiempos verbales, de interferencia del inglés y de confusión en el uso de palabras parecidas.

F **Versión final.** Considera los comentarios de tu compañero(a) sobre el uso de los tiempos verbales y revisa tu cuento por última vez. Como tarea, escribe la versión final en la computadora. Antes de entregarla, dale un último vistazo a la acentuación, la puntuación y la concordancia.

G **Publicación.** Cuando tu profesor(a) te devuelva la composición corregida, revísala con cuidado y luego prepara una versión para publicar. Incluye dos ilustraciones, una que represente la situación inicial y la otra la situación imaginativa. Tal vez encuentres unas fotos o dibujos que puedas usar o quizás quieras dibujar las situaciones.

*Pueden ser de indicativo o de subjuntivo; añadir "de indicativo" o "de subjuntivo" según corresponda.

EXPLOREMOS EL CIBERESPACIO

Explora distintos aspectos del mundo uruguayo en **las Actividades para la Red** que corresponden a esta lección. Ve primero a **http://college.hmco.com** y de ahí a la página de *Mundo 21*.

LECCIÓN 3

Paraguay

Nombre oficial: *República del Paraguay*

Población: *6.036.900 (estimación de 2003)*

Principales ciudades: *Asunción (capital), Ciudad del Este, Encarnación*

Moneda: *Guaraní (G/)*

GENTE DEL MUNDO 21

Augusto Roa Bastos, escritor paraguayo, nació en Asunción en 1917, hijo de padre brasileño de ascendencia francesa y de madre guaraní. Presenció la revolución de 1928 y la guerra del Chaco (1932–1935). En 1947 amenazado por la represión, se estableció en Buenos Aires donde dio a conocer buena parte de su obra. En 1970 regresó a su país pero otra vez fue expulsado; en 1976 una dictadura lo obligó a abandonar Argentina para trasladarse a Francia. Su producción narrativa se origina en el exilio y tiene como tema principal la historia de la violencia política de su país. En 1974 apareció *Yo, el supremo,* la novela paraguaya más traducida del siglo pasado. Entre sus publicaciones más recientes están las novelas *Madama Sui* (1995) y *La tierra sin mal* (1998). Roa Bastos fue galardonado en Brasil con el premio de Letras del Memorial de América Latina (1988), en España con el prestigioso premio Miguel de Cervantes (1989) y en Paraguay con la Condecoración de la Orden Nacional del Mérito (1990). Además ha realizado varias recopilaciones de cuentos y ha escrito guiones cinematográficos. Actualmente, sigue viviendo en el exilio.

Luis Bordón Este sobresaliente músico paraguayo ha elevado el arte del arpa paraguaya a alturas pocas veces igualadas. Nació en Guarambaré el 19 de agosto de 1926. A la temprana edad de catorce años ya era miembro de un destacado conjunto y en 1950 salió en gira con el conjunto folklórico de Julián Rejala.

Durante cuarenta años residió en Brasil, donde se le abrieron las puertas para lanzar las grabaciones de su música. Con el correr del tiempo, consiguió grabar treinta y cuatro discos de larga duración que le han ganado fama universal. Es importante mencionar que cuenta con ocho discos de oro; su éxito máximo es el disco "El arpa y la cristiandad" que consta de doce canciones navideñas de todo el mundo y del cual hasta el presente ya se han vendido más de veinte millones de copias. Además de Brasil, sus discos también se han lanzado en EE.UU., Alemania, Francia, España, Portugal, Holanda, Japón, Venezuela, Argentina, México, Colombia y otros países. Ha recibido numerosos galardones nacionales e internacionales que celebran la belleza de su música, la cual refleja tan acertadamente la armonía del alma paraguaya. Entre los premios que ha recibido podemos mencionar el Diploma y Homenaje a Luis Bordón en su cincuenta aniversario como solista del Arpa por la Asociación de Arpistas del Paraguay (1999);

Diploma de Honor otorgado por la Colectividad Paraguaya de Iquique, Chile (2000); Medalla Orbis Guaraniticus concedido por la UNESCO a personalidades de la cultura y el arte (2001).

Actualmente continúa su exitosa carrera juntamente con su hijo Luis Bordón Jr. (Luisinho), destacado guitarrista con quien forma un dúo de exquisita armonía.

Carlos Martínez Gamba es un poeta y escritor paraguayo que se distingue porque escribe solamente en guaraní, que juntamente con el español, es la lengua nacional del país. Nació en Villarrica en 1942 y como muchos otros escritores de su generación, está en el exilio. Aunque reside desde hace años en la Argentina, en la provincia de Misiones, sólo usa el guaraní —"el francés de América", como lo llamaban los jesuitas— para comunicar su poesía. Parte de sus numerosas composiciones poéticas han sido traducidas al español por el Dr. Ramiro Domínguez, entre las cuales se destaca *Pychãichí* (1970). De esta obra dice que es una pequeña obra maestra, "producto de la picaresca criolla y popular". Martínez Gamba también tradujo al guaraní un poemario de Rodrigo Díaz-Pérez, con el título de *Yvoty aty poravo pyre* (1973). Es indudable que este escritor merece ser citado por su talento, su obra creativa y el orgullo que siente por sus orígenes guaraníes.

Otros paraguayos sobresalientes

Delfina Acosta: poeta, narradora y periodista • **Margot Ayala:** novelista (guaraní) **Susy Delgado:** novelista (guaraní) • **Modesto Escobar Aquino:** poeta y compositor (guaraní) • **Renée Ferrer:** poeta, narradora y ensayista • **Nila López:** periodista, actriz, catedrática y poeta • **Félix Pérez Cardoso:** arpista • **Josefina Plá (1909–1999):** poeta, dramaturga, narradora, ensayista, ceramista, crítica de arte y periodista • **José María Rivarola Matto:** dramaturgo • **Héctor Rodríguez Alcalá:** ensayista • **Ramón R. Silva:** poeta y compositor (guaraní)

Personalidades del Mundo 21

A. Gente que conozco. Contesta las siguientes preguntas con un(a) compañero(a) de clase. Luego, compartan sus respuestas con el resto de la clase.

1. ¿Cuándo salieron exiliados de Paraguay Augusto Roa Bastos y Carlos Martínez Gamba? ¿Cuánto tiempo han tenido que vivir en el exilio? ¿Por qué habrán tenido que salir de sus países? ¿Qué peligro para su país pueden presentar escritores como ellos?

2. ¿Cuántos discos ha grabado Luis Bordón? ¿Qué evidencia hay de que su producción musical es apreciada en el extranjero? ¿Por qué habrá pasado cuarenta años en Brasil? ¿Quién es Luisinho?

3. ¿Qué distingue a Carlos Martínez Gamba? En su opinión, ¿por qué es su obra tan única? ¿Creen Uds. que él tiene razón en escribir como lo hace?

B. Diario. En tu diario, escribe por lo menos media página expresando tus pensamientos sobre uno de estos temas.

1. El laureado escritor Augusto Roa Bastos y el sobresaliente arpista Luis Bordón han pasado la mayor parte de su vida en el exilio. ¿Cómo te sentirías tú si tuvieras que dejar el país y te vieras obligado(a) a pedir asilo a un gobierno extranjero? ¿En qué país crees que querrías vivir? ¿Cómo te las arreglarías para sobrevivir en esa nueva cultura?

2. El escritor guaraní Carlos Martínez Gamba escribe exclusivamente en la lengua guaraní, de la cual se siente muy orgulloso. Si fueras escritor(a), ¿escribirías tú tus obras literarias en español, en inglés o en otra lengua? ¿Usarías alguna variante como el caló, el habla caribeña o el voseo? Si así es, ¿qué usarías y cómo la usarías? ¿Piensas que tu trabajo sería aceptado en este país? ¿Qué obstáculos tendrías que afrontar?

Cuaderno de actividades

Puedes practicar más con estas palabras en la sección de **Pronunciación y ortografía** de la *Unidad 6, Lección 3* en el *Cuaderno de actividades.*

PRONUNCIACIÓN Y ORTOGRAFÍA

Palabras parónimas: *a, ah* y *ha*

Las palabras parónimas "a", "ah" y "ha" son parecidas y se pronuncian de la misma manera, pero tienen distintos significados.

- La preposición "a" tiene muchos significados. Algunos de los más comunes son:

    Dirección: Vamos **a** Nuevo México este verano.
    Movimiento: Camino **a** la escuela todos los días.
    Hora: Tenemos que llamar **a** las doce.
    Situación: Dobla **a** la izquierda.
    Espacio de tiempo: Abrimos de ocho **a** seis.

- La palabra "ah" es una exclamación de admiración, sorpresa o pena.

    ¡Ah, me encanta! ¿Dónde lo conseguiste?
    ¡Ah, eres tú! No te conocí la voz.
    ¡Ah, qué aburrimiento! No hay nada que hacer.

- La palabra "ha" es una forma del verbo auxiliar "haber". Este verbo, seguido de la preposición "de", significa "deber", "ser necesario".

    ¿No te **ha** contestado todavía?
    Ha estado llamando cada quince minutos.
    Ella **ha de** escribirle la próxima semana.

¡A practicar!

A. Práctica con las palabras parónimas *a, ah* y *ha*. Escucha mientras tu profesor(a) lee algunas oraciones. Indica si lo que oyes es la preposición "a", la exclamación "ah" o el verbo "ha".

	a	ah	ha
1.	☐	☐	☐
2.	☐	☐	☐
3.	☐	☐	☐
4.	☐	☐	☐
5.	☐	☐	☐
6.	☐	☐	☐

B. Deletreo. Escucha mientras tu profesor(a) lee las siguientes oraciones. Escribe "ha", "ah" o "a", según corresponda.

1. ¿Nadie _____ hablado con papá todavía?
2. Vienen _____ averiguar lo del accidente.
3. Creo que salen _____ Mazatlán la próxima semana.
4. ¿Es para Ernesto? ¡_____, yo pensé que era para ti!
5. No _____ habido mucho tráfico, gracias a Dios.

C. ¡Ay, qué torpe! La tarea en la clase para hispanohablantes esta vez fue escribir un parrafito con las palabras parónimas "a", "ah" y "ha". Éste es el párrafo que un alumno en la clase escribió. Encuentra las diez palabras con errores y corrígelos.

Paraguay siempre se ha distinguido como la nácion latinoamericana que preservo la cultura guarani mezclada a la hispaníca. La familia lingüistica tupí-guaraní incluye a muchos grupos indigenas que habitaban grandes extensiones de Sudamerica. Esta lengua se ha mantenido a traves de los siglos y les ha dado un sentido de identidad nacional a los paraguayos. La mayoria de la poblácion actual de Paraguay es mestiza y ha mantenido el guaraní como lenguaje familiar. ¿Y el español? ¡Ah! Pues se habla en la vida comercial.

MEJOREMOS LA COMUNICACIÓN

Para hablar de culturas indígenas

Al hablar de culturas precolombinas

— Me fascina mi clase de **civilizaciones indígenas.** Estoy aprendiendo tanto.
— ¿Ah, sí? ¿Qué has aprendido?
— ¡Fíjate que en Perú había varias y en México y **Mesoamérica** aún más! Por ejemplo, los **mayas** habitaban en el área del Yucatán y los **aztecas** en la meseta central de México. Si los españoles no hubieran llegado al Nuevo Mundo es probable que muchas otras civilizaciones hubieran **sobrevivido.**

Al hablar de razas

— ¿No hubo una **mezcla de razas?**
— Las mezclas más importantes históricamente ocurrieron después de la llegada de los españoles. Fue entonces que surgió la **raza** más grande actualmente — los **mestizos,** o sea, hijos de blancos e indígenas. Pero ha habido otras mezclas.

mulatos (hijos de blancos y negros)
zambos (hijos de indígenas y negros)

— Y los **criollos** también, ¿no?
— Pues, no. Los **criollos** en Latinoamérica no eran una raza nueva sino hijos nacidos en las Américas de padres españoles o con **sangre** europea pura. Históricamente, son los criollos los que más poder político y económico han tenido. Los mestizos generalmente han formado la **clase media,** mientras que los indígenas y negros de sangre pura han estado **al margen** y componen el grupo más pobre de las Américas.

Al hablar de lenguas indígenas

— Me imagino que habrán hablado una cantidad de lenguas. ¿Cómo se comunicaban el uno con el otro?

— Bueno, con frecuencia no se comunicaban. Pero en algunas regiones predominaban ciertas lenguas. Por ejemplo, en México los aztecas hablaban **náhuatl.**

Lugar	Raza	Lengua
Caribe	caribes	taíno
México	aztecas	náhuatl
Mesoamérica	mayas	quiché, cakchiquel,...
selva brasilera	tupí-guaraníes	guaraní
zona andina	incas	quechua

—¿Ha habido alguna influencia de las lenguas indígenas en el español?

—¡Por supuesto! Una tremenda cantidad de palabras que usamos diariamente han venido directamente de lenguas indígenas. Mira aquí. Acabo de preparar esta breve lista de ejemplos de sólo el **taíno,** el **náhuatl** y el **quechua,** lengua de los incas. ¡Imagina cuántas más habrá!

Palabras indígenas comunes en español		
taíno	**náhuatl**	**quechua**
cacique	chicle	alpaca
caníbal	chocolate	cóndor
canoa	coyote	guano
hamaca	cuate	llama
huracán	guajolote	pampa
maíz	petate	papa
tabaco	tomate	quinina

¡A conversar!

A. Culturas y lenguas indígenas. En grupos de tres o cuatro, hablen de los tres grupos de indígenas que hablaban taíno, náhuatl y quechua. Tal vez quieran dar un vistazo a lo que leyeron de estos grupos en las lecciones sobre México, el Caribe, Perú y Bolivia. Decidan a cuál de los tres le fue mejor/peor con los españoles. En su opinión, ¿qué diferencias habría en la vida de estos tres grupos si los españoles no hubieran interferido? ¿Habrían alcanzado mejores niveles de vida? Expliquen.

B. ¿Taíno? ¿Náhuatl? ¿Quechua? Con un(a) compañero(a) de clase reorganicen estas palabras en tres columnas diferentes para mostrar cuáles han venido al español del taíno, del náhuatl y del quechua. Después de terminar esta actividad verifiquen su trabajo consultando las listas que aparecen bajo el subtítulo **Al hablar de lenguas indígenas.**

alpaca	coyote	maíz
cacique	cuate	pampa
caníbal	guajolote	petate
canoa	guano	pampa
chocolate	hamaca	quinina
chicle	huracán	tabaco
cóndor	llama	tomate

C. Extiende tu vocabulario: cultura. Para ampliar tu vocabulario, trabaja con un(a) compañero(a) para decidir en el significado de las palabras relacionadas. Luego, contesten las preguntas. ¿Cuál es el significado de estas palabras en inglés, y cómo se relacionan a *culture* en inglés?

1. En tu opinión, ¿quiénes son las dos personas más **cultas** de Paraguay?
2. ¿Qué recursos **culturales** hay en el Internet?
3. ¿A quiénes debes tu **culturización**?
4. ¿Qué importancia tiene la **aculturación** de los indígenas en Paraguay ahora?
5. ¿Hasta qué punto **culturizaron** los jesuitas a los guaraníes?

D. Notas para hispanohablantes: práctica. Completa este párrafo con la forma más aceptada del participio pasado de las que están entre paréntesis para formar el condicional perfecto y el pluscuamperfecto de subjuntivo. Entonces sabrás qué opina este joven de la llegada de los españoles.

> Si miles y miles de indígenas no hubieran (morido/muerto) a manos de los europeos, qué maravillas tendríamos hoy día. Si los españoles no hubieran (hacido/hecho) lo que hicieron, ¿cómo serían actualmente las grandes ciudades de Tenochtitlán y Cuzco? La historia se habría (escrito/escribido) de una manera muy distinta. Si los líderes españoles y los indígenas sólo hubieran (resolvido/resuelto) sus diferencias, habrían (abierto/abrido) las puertas a un Nuevo Mundo muy diferente del que conocemos ahora.

DEL PASADO AL PRESENTE

Paraguay: la nación guaraní se moderniza

Las reducciones jesuitas Desde el siglo XVII, los jesuitas llevaron a cabo una intensa labor de evangelización y colonización. Organizaron un total de treinta y dos reducciones, o misiones, que llegaron a tener más de cien mil indígenas. Las reducciones jesuitas llegaron a constituir un verdadero estado prácticamente independiente. La riqueza de las reducciones se basaba en una próspera producción agrícola y artesanal.

Varios enfrentamientos ocurrieron entre los terratenientes de Asunción que querían apoderarse de las reducciones y los jesuitas que las administraban. En 1750, España y Portugal decidieron repartirse las reducciones. Esto resultó en una guerra que duró once años. Los jesuitas se oponían a este reparto, y así, con la intención de apoderarse de la riqueza de las reducciones, el rey Carlos III de España decretó en 1767 la expulsión de los jesuitas de todo el Imperio Español. Debido a esto, en unas pocas décadas la mayoría de las reducciones perdieron su esplendor y se convirtieron en ruinas.

Restos de una reducción jesuita en Paraguay

La independencia y las dictaduras del siglo XIX La independencia de Paraguay de la autoridad española se declaró formalmente el 12 de octubre de 1813. Fue el primer país latinoamericano en proclamarse como república. El abogado José Gaspar Rodríguez de Francia fue el primero en gobernar Paraguay; fue cónsul junto con el capitán Fulgencio Bautista durante un año. En 1814 Rodríguez de Francia fue declarado dictador supremo y en 1816, dictador perpetuo, cargo que ocupó hasta su muerte en 1840.

El prolongado gobierno de Francia, llamado "el Supremo", cerró casi completamente el país a la influencia extranjera y estableció el modelo autoritario que seguiría el gobierno de Paraguay en el siglo XIX. El dictador Carlos Antonio López gobernó como primer cónsul a partir de 1841 y como presidente de la república de 1844 hasta su muerte en 1862. López abrió Paraguay al exterior y favoreció el desarrollo de intercambios comerciales. Su hijo Francisco Solano López gobernó de 1862 hasta su muerte en 1870.

La Guerra de la Triple Alianza En 1864, el gobierno de Solano López se enfrentó a Brasil y causó un conflicto conocido como la Guerra de la Triple Alianza en la que Brasil, Argentina y Uruguay unieron sus fuerzas contra Paraguay. La guerra fue un desastre para Paraguay. El propio Solano López murió en una batalla en 1870 y el ejército paraguayo fue destruido. La población, calculada en medio millón a mediados del siglo XIX, fue reducida a menos de 200.000 en la década de 1870. Grandes porciones de territorio paraguayo fueron anexadas por Brasil y por Argentina, y tropas brasileñas ocuparon el país durante seis años.

Los colorados y los liberales   Después de la salida de las fuerzas brasileñas de ocupación, comenzó la lenta reconstrucción del país. Los grandes partidos políticos se formaron en ese tiempo: el Colorado y el Liberal. Los colorados, que se proclamaban herederos del patriotismo de Solano López, gobernaron desde 1887 hasta 1904. En este año, los liberales tomaron el poder a través de una revuelta y lo conservaron durante tres décadas.

La Guerra del Chaco   Un conflicto fronterizo entre Bolivia y Paraguay resultó en la Guerra del Chaco entre 1932 y 1935, en la que murieron más de cien mil paraguayos. Según un tratado de paz firmado tres años más tarde, Paraguay quedó en posesión de tres cuartas partes del Chaco.

Alfredo Stroessner

Época contemporánea   Una rebelión militar en 1936 seguida por una revuelta de los liberales en 1947 acabaron por establecer un clima político que ayudaría a que el general Alfredo Stroessner fuera nombrado presidente en 1954. Stroessner dominó el país hasta su derrocamiento en 1989. Fue sucedido por el general Andrés Rodríguez, que continuó su alianza con el ex dictador a través del matrimonio de su hija con el hijo de Stroessner. En 1993 se llevó a cabo la primera elección democrática y salió elegido Juan Carlos Wasmosy, que prometió "construir un nuevo Paraguay", promesa que nunca cumplió. En 1996 el gobierno de Wasmosy, con ayuda de EE.UU., logró evitar un levantamiento militar. En 1998 el candidato del Partido Colorado, Raúl Cubas Grau ganó las elecciones presidenciales y prometió mejorar la economía del país y reducir los gastos militares. Sin embargo, su presidencia fue de corta duración, ya que debió exiliarse a causa de su participación en el asesinato de su vicepresidente. Desde marzo de 1999 ejerce la presidencia Luis González Macchi. En 2000 fracasó un golpe de estado dirigido por un grupo de militares contra el presidente González Macchi. A fines de 2002 hubo protestas civiles en contra de la corrupción del gobierno y de la implementación de nuevas medidas de austeridad.

En la actualidad el país se moderniza rápidamente gracias a convenios con Brasil, con el que construyó la gigantesca represa hidroeléctrica de Itaipú. Como Paraguay sólo puede utilizar una fracción de la electricidad, le vende el resto al Brasil. En el futuro hará algo similar con el proyecto hidroeléctrico de Yacyretá, que comparte con Argentina.

La represa de Itaipú: la más grande del mundo

¡A ver si comprendiste!

A. Hechos y acontecimientos. ¿Recuerdas los datos más importantes de la lectura? Para asegurarte, completa las siguientes oraciones.

1. Las reducciones jesuitas llegaron a ser...
2. José Gaspar Rodríguez de Francia gobernó Paraguay por tanto tiempo que lo llamaban...
3. El resultado de la Guerra de la Triple Alianza para Paraguay fue...
4. En la Guerra del Chaco con Bolivia, Paraguay...
5. Alfredo Stroessner estuvo en el poder desde... hasta...
6. Itaipú es...

B. A pensar y a analizar. Paraguay tiene una tradición de gobernantes que ocupan el cargo por largos períodos de tiempo. ¿Por qué será? ¿Qué efecto tiene esto en la economía y en las distintas ramas de gobierno del país? En varias ocasiones Paraguay ha tenido conflictos militares con sus vecinos. ¿Cuál será la causa de tantas dificultades con sus vecinos? ¿Por qué no habrá podido defenderse mejor en estos casos?

C. Redacción colaborativa. En grupos de dos o tres, escriban una composición colaborativa de una página a una página y media, sobre el tema que sigue. Empiecen por escribir una lista de ideas, luego incorpórenlas en un primer borrador. Revísenlo, asegurándose de que las ideas tengan sentido. Escriban un segundo borrador y revísenlo con mucho cuidado, fijándose en la acentuación y ortografía. Escriban la versión final en la computadora y entréguenla.

> Dos dictadores monopolizaron el poder en Paraguay durante décadas: Carlos Antonio López (1841–1862) y Alfredo Stroessner (1954–1989). ¿Por qué habrá sido la dictadura un sistema frecuente en América Latina? ¿Existe este tipo de gobierno en la historia de este país? ¿Por qué sí o por qué no?

Cuaderno de actividades

Puedes practicar más y comparar Paraguay con Uruguay en la sección **Composición: comparación** de la *Unidad 6, Lección 3* en el *Cuaderno de actividades.*

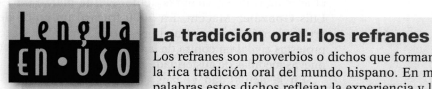

La tradición oral: los refranes

Los refranes son proverbios o dichos que forman parte de la rica tradición oral del mundo hispano. En muy pocas palabras estos dichos reflejan la experiencia y la sabiduría de todo un pueblo. A través de los siglos los refranes han pasado a formar pequeños compendios del comportamiento humano y guías para la vida cotidiana.

En el mundo hispanohablante los adultos, en particular los abuelos, tienden con frecuencia a educar a los niños usando estos dichos sabios de la tradición oral. Así, cuando una jovencita empieza a poner demasiado énfasis en las últimas modas, es muy probable que alguien le diga: "Aunque la mona se vista de seda, mona se queda". O cuando se le quiere enseñar a un niño que es importante ser generoso con todo el mundo, lo más normal es decirle: "Haz bien y no mires a quién".

A. Refranes. Escoge las definiciones de la segunda columna que corresponden a los refranes de la primera columna.

_____ 1. No todo lo que brilla es oro.

_____ 2. El que anda con lobos a aullar se enseña.

_____ 3. Del dicho al hecho hay un gran trecho.

_____ 4. Al que parte y reparte le toca la mayor parte.

_____ 5. Perro que ladra no muerde.

_____ 6. Haz el bien y no mires a quién.

_____ 7. De la cuchara a la boca se cae la sopa.

_____ 8. Aunque la mona se vista de seda, mona se queda.

_____ 9. Al buen entendedor pocas palabras.

_____ 10. Cada cabeza es un mundo.

_____ 11. Más vale prevenir que lamentar.

_____ 12. Pájaro en mano vale por cien volando.

a. No importa cómo se vistan las personas porque siguen siendo igual.

b. Cada persona tiene sus propias ideas.

c. Es preferible tener algo concreto que sólo un sueño.

d. Las apariencias engañan.

e. Es preferible pensar primero en las consecuencias que después quejarse.

f. A la persona que sabe le sobran las explicaciones.

g. Hay personas que gritan pero no actúan.

h. El que tiene control obtiene los mayores beneficios.

i. Hay una gran diferencia entre lo que se dice y se hace.

j. Hay que tratar a todo el mundo con cariño y amor.

k. Uno aprende los hábitos de los amigos.

l. Muchas veces los planes ya decididos no resultan.

B. Tradición oral en mi familia. ¿Quiénes en tu familia se esfuerzan por mantener viva la tradición oral con respecto a los refranes? Pregúntales a tus familiares si saben algunos refranes que sus padres o sus abuelos usaban. Si así es, anótalos y compártelos con la clase.

Y ahora, ¡a leer!

Anticipando la lectura. Contesta las siguientes preguntas con dos compañeros(as) de clase. Luego, comparen sus respuestas con las de otros grupos.

1. Piensen en alguna persona que conocen que fue adoptada. ¿Vive todavía con sus padres adoptivos?

2. ¿Conoce esa persona a sus padres biológicos? Si no, ¿por qué no? Si sí los conoce, ¿qué opina de ellos?

3. ¿Creen Uds. que sería difícil ser hijo(a) adoptivo(a)? ¿Por qué? Si Uds. lo fueran, ¿les gustaría saber quiénes son sus padres biológicos? ¿Estarían dispuestos(as) a conocerlos si ellos se presentaran? ¿Por qué?
4. ¿Qué opinan Uds. de los hijos adoptivos que rehúsan conocer a sus padres biológicos? ¿Tendrán razón o no? Expliquen sus respuestas.
5. ¿Qué opinan Uds. de las personas adoptadas que se pasan toda la vida buscando a sus padres biológicos? ¿Lo harían Uds.? ¿Por qué sí o por qué no?

Conozcamos a la autora

Milia Gayoso es cuentista, periodista y poeta. Nació en 1962 en Villa Hayes y forma parte de una joven generación de mujeres paraguayas nacidas después de 1955 que comenzaron a publicar sus obras en la década de los 90. Estudió periodismo en la Universidad Nacional de Asunción (1985) y colabora regularmente para el periódico *Hoy*. La problemática de sus cuentos está tratada con una especial sensibilidad propia de la mujer que pretende denunciar la injusticia humana desde el espacio interior y cerrado de las intimidades de un hogar. Sus protagonistas son antihéroes que se mueven en ambientes urbanos —los relatos tienen lugar generalmente en la ciudad de Asunción o de Villa Hayes.

Ha publicado ya cuatro libros de cuentos: *Ronda en las olas* (1990), *Un sueño en la ventana* (1991), *El peldaño gris* (1995) y *Cuentos para tres mariposas* (1996).

Elisa

Quise salir corriendo, sin rumbo, quise morir, que me tragara la tierra. Quise no haber existido nunca cuando lo supe. Ella me tiró, me sacó de su vida, me dejó y luego desapareció. Y ahora vuelve y me busca, quiere tratar de explicar lo inexplicable; yo no la quiero oír, quiero que se
5 marche.

Ya me lo habían dicho varias veces en la escuela, o sea, me lo habían insinuado suavemente algunas compañeras, y con maldad otras, pero papá decía que no tenía que darle importancia a las habladurías. «Te envidian», susurraba,° mientras me apretaba contra su pecho.   decía en voz baja
10 Una vez le planteé seriamente a mamá: «dicen que no soy hija de ustedes, que soy adoptada; por favor contame la verdad», y ella se estremeció, preguntó quién me lo había dicho y cuando se lo conté dijo que era una tontería. «Claro que sos nuestra hija; de lo contrario, ¿cómo te explicás que te querramos tanto?» Y salió de la habitación, pero a mí me quedó una sensación
15 de vacío que no supe explicarme, quizás porque ella no es tan cariñosa como papá. Sí, me quiere, eso lo sé bien.

Mis amigas suelen decir siempre que tengo una familia hermosa: mis padres están en buena posición económica, son alegres y afectuosos; papá mucho más que mamá pero, a cambio de las demostraciones, ella suele sen-
20 tarse a conversar conmigo sobre mis amigas, el colegio, las cosas nuevas que quiero y planeamos juntas mi fiesta de quince años, que va a ser el próximo año. Es una buena mamá, pero él es especial, sé que me adora.

Pero mi vida rosa cambió. Un sábado no me dejaron salir a la tarde porque según dijeron «venía una visita», que se presentó a las cuatro de la tarde. La

25 visita era una mujer morena, un poco gorda y no muy bien vestida. Fueron
rápidos, sin rodeos; sin demoras me tiraron la verdad a la cara. Que no soy
hija de ellos sino de la mujer y de vaya a saber quién, que yo no soy Delicia
Saravia, sino... quizás ni siquiera había tenido tiempo de ponerme nombre.
Dijo que me había dado porque no podía criarme porque... no quise oír más y
30 salí corriendo hacia mi habitación, a hundir mi cara contra el colchón,
aunque hubiera querido continuar hasta quedar extenuada, lejos.

    Ella me dejó una carta, escrita con letra desigual e infantil. Ella se llama
Elisa y, ¡hablaba de tanto amor!, pero no le creí. Durante los días siguientes,
seguí recibiendo cartas; en ellas me explicaba una y otra vez que estaba sola,
35 sin trabajo, sin familia, que no quiso abortar y optó por darme a una buena familia. Mis padres, ¿mis padres?, estaban callados; trataron de explicar pero
no quise oírles. Estaba furiosa, no sé con quién pero furiosa.

    Continuaron llegando cartas que decían lo mismo: que estuvo sola, que es-
tuvo tan triste, sola, triste, sola, triste... Papá me habló ayer y dijo que el amor
40 de ellos está intacto, que yo soy el verdadero amor en esta casa, que me aco-
gieron con afecto, que eligieron que fuera su hija.

    Recibí otra carta de Elisa. «No quise perturbarte, ni llevarte de allí, tenía
una inmensa necesidad de verte y darte un abrazo y que por una vez en la
vida me digas mamá, sólo eso mi bebé y después me iría, y resulta que me voy
45 sin abrazo, sin esa palabra que hace años quiero oír y con tu odio».

    No terminé la carta; lo llamé a papá al trabajo y le pedí que me llevara a
despedirme de ella.

"Elisa" de *El peldaño gris* (1995) por Milia Gayoso

¿Comprendiste la lectura?

A. Hechos y acontecimientos. ¿Recuerdas los datos más importantes de la lectura? Para asegurarte, contesta las siguientes preguntas. Luego, compara tus
respuestas con las de un(a) compañero(a) de clase.

1. ¿Sobre qué problemática versa el cuento de Milia Gayoso?
2. ¿En qué persona y en qué tiempo verbal está narrado el relato?
3. ¿Por qué algunas frases aparecen entre comillas en el texto?
4. ¿Aparece el nombre de la narradora-protagonista en el relato?
5. ¿Cómo son los padres adoptivos de Delicia? ¿Con cuál de los dos se siente
   mejor y por qué?
6. ¿Cómo es su madre biológica? ¿Qué siente Delicia hacia ella?
7. ¿Cómo se siente la joven cada vez que recibe una carta de Elisa?
8. ¿Por qué llama a su padre al final?

B. A pensar y a analizar. Contesta las siguientes preguntas con un(a) com-
pañero(a) de clase. Luego, comparen sus respuestas con las de otras parejas.

1. ¿Creen Uds. que los nombres Delicia y Elisa tienen algo en común ¿Qué y
   por qué?
2. ¿Por qué creen Uds. que Delicia se siente avergonzada de ser hija de Elisa?
3. ¿Habrá en América Latina un cierto menosprecio por una persona adoptada? ¿Por qué creen eso? ¿Lo hay en EE.UU.? Expliquen.

Introducción al análisis literario
El elemento emocional

Las obras de ficción son el vehículo para expresar las numerosas emociones experimentadas por los diferentes personajes y sin ellas, no tendríamos una obra literaria. La gama emocional humana es enorme, ya que tenemos la capacidad de experimentar alegría, dolor, júbilo, pena, enojo, ira, esperanza, celos y muchas otras emociones. Una edad en la cual las emociones parecen desatarse furiosamente y casi sin control son los años de la adolescencia, cuando el (la) joven experimenta toda clase de encontrados sentimientos. Éstos van con frecuencia acompañados de inseguridad y otras emociones, algunas muy positivas que pueden ayudar a encontrar un sinnúmero de soluciones y otras altamente negativas que pueden ocasionar problemas graves.

A. La emociones de Delicia. En grupos de cuatro o cinco compañeros(as), examinen cuidadosamente las emociones experimentadas por Delicia Saravia. Hagan una lista de estas emociones y traten de comprender por qué se siente de esa manera y qué puede hacer para superar las crisis emocionales que la asaltan.

B. Las emociones personales. Siguiendo con el trabajo en grupos, cada persona dentro del grupo cuenta un momento muy emocional, real o imaginado, que vivió personalmente o que vivió un(a) amigo(a). Los demás escuchan atentamente y cada uno propone una opinión que pueda ayudar a enfrentarse a situaciones similares con madurez.

¡LUCES! ¡CÁMARA! ¡ACCIÓN!
Paraguay: al son del arpa paraguaya

Paraguay es un país bilingüe y bicultural. La vida en Paraguay refleja siglos de coexistencia de la cultura española con la cultura guaraní. En las escuelas, los niños paraguayos estudian tanto el español como el guaraní y en las calles se escuchan ambas lenguas por todas partes. Tal vez nada exprese mejor el alma paraguaya que los sonidos del arpa paraguaya —sonidos que influyen la cultura, lengua y la manera de ser de esta gente tan original.

En esta selección van a hacer un recorrido por Asunción, la capital. También visitarán un mercado donde conocerán a una marchanta que vende remedios guaraníes y escucharán a algunas marchantas vender sus productos. Luego visitarán a un artesano paraguayo que construye arpas. Finalmente, escucharán a Luis Bordón, arpista extraordinario, tocar el arpa y hablar de los orígenes de este instrumento en Paraguay.

Antes de empezar el video

Contesten las siguientes preguntas en parejas.

1. ¿Qué significa el arpa para Uds.? ¿Qué tipo de música se toca en el arpa? ¿Dónde tiende a escucharse la música del arpa?
2. ¿Les gustaría vivir en un país bilingüe? ¿Por qué? ¿Les gustaría ser bilingües? ¿Por qué sí o por qué no?

¡A ver si comprendiste!

A. Al son del arpa paraguaya. Contesta las siguientes preguntas con un(a) compañero(a) de clase.

1. ¿A qué comparan muchos paraguayos los sonidos del arpa?
2. ¿Qué lenguas se hablan en Paraguay?
3. ¿En qué consiste la dualidad de la vida paraguaya?
4. ¿Qué relación hay entre los jesuitas y los indígenas guaraníes?
5. ¿Qué importancia tiene la "puntera" de un arpa?

B. A pensar y a interpretar. Contesta las siguientes preguntas.

1. ¿Por qué crees que es tan importante para los paraguayos preservar las tradiciones guaraníes?
2. En tu opinión, ¿por qué sigue siendo tan popular en el país la música del arpa paraguaya?

EXPLOREMOS EL CIBERESPACIO

Explora distintos aspectos del mundo paraguayo en las **Actividades para la Red** que corresponden a esta lección. Ve primero a **http://college.hmco.com** en la red, y de ahí a la página de *Mundo 21*.

LECCIÓN 4 Chile

Nombre oficial: *República de Chile*

Población: *15.665.216 (estimación de 2003)*

Principales ciudades: *Santiago (capital), Concepción, Valparaíso, Viña del Mar*

Moneda: *Peso (Ch$)*

G E N T E   D E L   M U N D O   2 1

Roberto Matta (1911–2002), artista chileno de ascendencia vasca, nació en Santiago. Finalizó la carrera de arquitectura en la Universidad Católica de Chile y de 1934 a 1935 trabajó en Francia con el famoso arquitecto Le Corbusier. En París conoció a Pablo Neruda, Federico García Lorca y Salvador Dalí. En 1938 se unió al movimiento surrealista centrado en París, tornándose en uno de los precursores principales del automatismo. Durante la Segunda Guerra Mundial emigró a Nueva York. En 1940 presentó una exposición en la Galería Julian Levy y poco después se asoció con Max Ernst, el gran representante del surrealismo. Roberto Matta tuvo un gran impacto en el desarrollo del movimiento expresionista abstracto en EE.UU. En sus pinturas, que muestran su formación arquitectónica, existe una verdadera explosión de colores que sirven para crear una visión de la complejidad del cosmos tal como lo percibe Matta. Es considerado como el exponente máximo del surrealismo latinoamericano.

Inti Illimani es el nombre adoptado por este grupo musical de singular talento que ha tocado música chilena y latinoamericana desde 1967, cuando los seis integrantes eran todavía estudiantes de ingeniería en la Universidad Técnica de Santiago, Chile. Estos seis jóvenes tenían una enorme pasión por la música indígena de América y se lanzaron a explorarla. El resultado de sus viajes y talento colectivo se in-

corporó a un nuevo estilo de música, la Nueva Canción, que tomó por asalto a toda América Latina. Los seis músicos poseen voces maravillosas, gran talento poético y singulares dotes personales. Otro miembro fundador, José Seves, acaba de reintegrarse al grupo. A causa de la dictadura de Pinochet, desde 1973 estuvieron en el exilio por catorce años. Su obra musical, en la cual predominan los ritmos andinos, se destaca por el uso de más de treinta instrumentos. Han dado conciertos en el mundo entero y han grabado más de treinta álbumes. El grupo retornó a Chile en 1990, una vez que se restituyó la democracia.

Isabel Allende, escritora chilena, nació en 1942. Salió exiliada de Chile en 1973, cuando su tío, Salvador Allende, murió en un golpe militar. No pudo regresar a su país hasta 1990, cuando se restituyó la democracia en Chile. Al regresar, recibió el premio Gabriela Mistral de manos del presidente Patricio Aylwin. Está entre la primera generación de escritores latinoamericanos que se crearon leyendo las obras de otros autores latinoamericanos. Comenzó a escribir intensamente en 1981, cuando se encontraba exiliada en Venezuela. Se dio a conocer con su primera novela, *La casa de los espíritus* (1982), que constituye un resumen de la agitación política y económica en Chile durante el siglo XX. Continuó desarrollando estos temas en varias de sus obras. En *Paula* (1995), cuenta en detalle las experiencias personales de su familia, en particular de su hija Paula. Sus últimas obras, *Retrato en sepia* (2000), *La ciudad de las bestias* (2002), *El reino del dragón de oro* (2003) y *Mi país inventado: un paseo nostalgico por Chile* (2004) se publicaron en EE.UU., donde también se filmó una película basada en su primera novela. En 1988 se casó con el abogado Willie Gordon. Residen en San Rafael, California, donde lleva una activa vida literaria y cultural.

Otros chilenos sobresalientes

Miguel Arteche: poeta, novelista, cuentista y ensayista ● **Alejandra Basualto:** poeta y cuentista ● **Gustavo Becerra-Schmidt:** compositor ● **Tito Beltrán:** cantante de ópera ● **Eduardo Carrasco:** compositor, escritor y catedrático ● **Marta Colvin Andrade:** escultora y catedrática ● **Andrea Labarca:** cantante de música popular ● **Ricardo Latchman:** crítico literario, ensayista, diplomático y catedrático ● **Guillermo Núñez:** pintor

Personalidades del Mundo 21

A. Gente que conozco. Contesta las siguientes preguntas con un(a) compañero(a) de clase. Luego, compartan sus respuestas con el resto de la clase.

1. ¿A qué movimiento se unió Roberto Matta cuando empezó a pintar? Ahora es considerado el exponente máximo del surrealismo latinoamericano. ¿Qué significa esto? ¿Qué es el surrealismo? ¿Qué será el surrealismo latinoamericano? ¿Pueden nombrar a otros artistas surrealistas?

2. ¿Por qué creen Uds. que el grupo Inti Illimani estuvo en exilio de Chile por más de diez años? ¿Qué tipo de ritmos predominan en su música? ¿Qué tipo de instrumentos usan?

3. ¿En qué país estaba Isabel Allende cuando comenzó a escribir? ¿Por qué estaba allí? ¿Por qué salió? ¿Qué le habría pasado si se hubiera quedado en Chile? Expliquen su respuesta.

B. Diario. En tu diario, escribe por lo menos media página expresando tus pensamientos sobre este tema.

Inti Illimani es un grupo de seis músicos chilenos que se juntaron en 1967 durante sus años como estudiantes universitarios. Examina quiénes son tus amigos. ¿Cuántos de ellos consideras amigos íntimos? ¿Hay unos con quienes te gustaría formar un grupo y estudiar, trabajar y vivir juntos por unos diez o más años? Si así es, ¿qué estudiarían? ¿Qué tipo de trabajo harían? ¿Dónde vivirían? ¿Piensas que seguirían siendo amigos fieles por el resto de su vida? ¿Qué problemas podrían tener?

PRONUNCIACIÓN Y ORTOGRAFÍA

Palabras parónimas: *esta, ésta, y está*

Otras tres palabras parónimas que se pronuncian casi igual y, con la excepción del acento ortográfico, se escriben igual, pero tienen diferente significado y función en la oración son "esta", "ésta" y "está".

• La palabra "esta" es un adjetivo demostrativo que se usa para designar a una persona o cosa cercana.

¡No me digas que **esta** niña es tu hija!
Prefiero **esta** blusa. La otra es más cara y de calidad inferior.

• La palabra "ésta" es un pronombre demostrativo. Reemplaza al adjetivo demostrativo cuando no aparece el sustantivo que se refiere a una persona o cosa cercana.*

Voy a comprar la otra falda; **ésta** no me gusta.
La de Miguel es bonita, pero **ésta** es hermosísima.

• La palabra "está" es una forma del verbo "estar".

¿Dónde **está** todo el mundo?
Por fin, la comida **está** lista.

*El uso del acento escrito en los pronimbres demostrativos es optativo.

¡A practicar!

A. Práctica con *esta, ésta* y *está*. Escucha mientras tu profesor(a) lee algunas oraciones. Indica si lo que oyes es el adjetivo demostrativo "esta", el pronombre demostrativo "ésta" o el verbo "está".

	esta	ésta	está
1.	☐	☐	☐
2.	☐	☐	☐
3.	☐	☐	☐
4.	☐	☐	☐
5.	☐	☐	☐
6.	☐	☐	☐

B. Deletreo. Escucha mientras tu profesor(a) lee las siguientes oraciones. Escribe el adjetivo demostrativo "esta", el pronombre demostrativo "ésta" o el verbo "está", según corresponda.

1. Sabemos que _____ persona vive en San Antonio, pero no sabemos en qué calle.
2. El disco compacto _____ en el estante junto con las revistas.
3. Ven, mira. Quiero presentarte a _____ amiga mía.
4. ¡Dios mío! ¡Vengan pronto! El avión _____ por salir.
5. Decidieron que _____ es mejor porque pesa más.
6. No creo que les interese _____ porque no estará lista hasta el año próximo.

C. ¡Ay, qué torpe! Ésta es la respuesta que una alumna en la clase para hispanohablantes escribió a una pregunta en un examen sobre el rol de la mujer en la literatura latinoamericana. Su profesor(a) le dio una "A", a pesar de los diez errores que cometió. Encuéntralos y corrígelos.

En el siglo veinte, solo dos mujeres hispanas recibieron el premio Nobel. En Guatemala, esta Rigoberta Menchú Tum con el premio Nobel de la Paz (1992). Esta indígena maya-quiché se convirtió en simbolo universal del sufrimiento de su pueblo. Ella dio a saber al mundo entero el problema de los indígenas en Guatemala en su biografía *Me llamo Rigoberta Menchú y así me nació la conciencia.* En Chile, el premio Nobel de Literatura (1945) fue otorgado a Gabriela Mistral. No solo fue esta la primera mujer hispana seleccionada para este honor sino tambien la primera persona de Latinoamérica que recibio este premio tan codiciado. Esta chilena fue una humilde maestra rural cuya poesia esta considerada como la expresión de un gran amor a todos los seres vivos y esta es una cualidad pocas veces alcanzada por otros poetas.

MEJOREMOS LA COMUNICACIÓN

Para hablar del mercado internacional latinoamericano

Al hablar del libre comercio

— Parece mentira, pero con la formación de **MERCOSUR** el sueño de Simón Bolívar de una sola nación latinoamericana empieza a convertirse en realidad, ¿no crees?

— Bueno, es un comienzo por lo menos.

— ¡Y qué comienzo! Con Bolivia entre **los Estados Asociados** al MERCOSUR que participan en el **consejo** del **Mercado Común**, ya un setenta por ciento de la superficie de Latinoamérica se ha unificado. Eso incluye a más del cincuenta por ciento de la población. Más importante aún es que el **Producto Interno Bruto (PIB)** de los seis **miembros** se acerca a un **billón** de dólares. Eso ya es más que los 750 **mil millones** de dólares del PIB de Canadá. Eso también implica un **valor de exportaciones** de más de setenta y cinco mil millones de dólares y otros setenta mil millones de dólares en el **valor de importaciones**.

— Y ten presente que antes de **unirse** a MERCOSUR, el PIB de Chile era solamente unos 115 mil millones de dólares. El de Paraguay estaba aún peor, con un PIB de menos de veinte mil millones de dólares. Pero todavía falta que toda Latinoamérica se una económicamente para lograr un PIB que se compare con los nueve billones de dólares de EE.UU.

mil	**billón**
millón	**trillón**
mil millones	

— Bueno, todas esas **cifras** no tienen mucho significado para mí. ¿Puedes decirme en español cotidiano qué beneficios hay para un hombre **común y corriente** en todo esto?

— Es bastante obvio. Podemos esperar ver una **aceleración** en los **procesos de desarrollo económico** a través de esta **unión**. También vamos a ver una **amplificación** de los **mercados nacionales**. Además, como resultado de este **tratado** veremos un fuerte énfasis en el **desarrollo científico y tecnológico** de los países **integrantes**. Pero para mí, lo más importante es ver **fortalecerse los lazos culturales** entre los **Estados Partes** y los Asociados.

Al hablar del resto de Latinoamérica

— ¿De veras **benefician** estos **tratados** a toda Latinoamérica?

— Hasta ahora, casi todos los países hispanohablantes y Brasil son parte de un **convenio comercial** u otro. Desafortunadamente, Belice y Guayana siempre parecen **estar al margen**. Cuba y Haití en el Caribe también siempre quedan **excluidos**. Lo bueno es que la República Dominicana sea parte del **Tratado de Libre Comercio Centroamericano**.

¡A conversar!

A. Tratados de libre comercio. Fuera de NAFTA y los países latinoamericanos, ¿hay tratados de libre comercio entre otros países? ¿Cuáles serán algunos ejemplos? ¿Qué ventajas hay en estos tratados? ¿Cuáles son las desventajas?

B. MERCOSUR. En tu opinión, ¿crees que Colombia, Venezuela, Ecuador y Perú deberían unirse a MERCOSUR? Explica.

C. Debate. Con tres compañeros(as) de clase, preparen un debate sobre el papel que EE.UU. debe jugar en el mercado latinoamericano. Dos deben argüir que EE.UU. debe participar más activamente y dos que no. Informen a la clase cuáles fueron los mejores argumentos.

D. Extiende tu vocabulario: comercio. Para ampliar tu vocabulario, explica el significado de las siguientes palabras. Luego, usa cada palabra en una oración original. ¿Cuál es el significado de estas palabras en inglés, y cómo se relacionan a *commerce* en inglés?

1. comercial	3. comerciante	5. comercialización
2. comerciar	4. comercializar	6. comerciable

E. Notas para hispanohablantes: práctica. Completa estas opiniones que tienen algunos jóvenes del Cono Sur. Usa los tiempos verbales apropiados y ten presente siempre la secuencia de tiempos.

1. Yo (esperaba/esperé) que MERCOSUR (tenga/tuviera) éxito y (sirva/sirviera) de modelo para Centroamérica también.
2. (Es/Fue) obvio que ya (estamos/estuviéramos) viendo una amplificación de los mercados nacionales en el Cono Sur.
3. (Es/Era) interesante que más del cincuenta por ciento de Sudamérica ya (se haya unido/se unió) a MERCOSUR.
4. (Era/Sería) más interesante si Cuba y Haití también (fueron/fueran) miembros.
5. Yo (pensaba/pensé) que Ecuador (iba/fue) a firmar el convenio, pero (decidió/decidiera) no hacerlo.

DEL PASADO AL PRESENTE

Chile: un largo y variado desafío al futuro

La independencia   En 1810, Bernardo O'Higgins estableció en Santiago la independencia de Chile con un gobierno provisional que realizó importantes reformas como la proclamación de la libertad económica y la promoción de la educación. Pero cuatro años más tarde, en 1814, Chile volvió a quedar bajo el dominio español. El general argentino José de San Martín y el chileno Bernardo O'Higgins comandaron un ejército que atravesó los Andes y derrotó a los españoles en 1817. O'Higgins tomó Santiago y pasó a gobernar el país con el título de director supremo. El 5 de abril de 1818, tras la batalla de Maipú, los españoles abandonaron la región y

El comandante Bernardo O'Higgins dirige al ejército chileno contra los españoles

Chile se convirtió en una república. En 1822, O'Higgins promulgó la primera constitución, pero ante una oposición creciente abandonó el poder el siguiente año.

El siglo XIX   Entre 1823 y 1830 existió un caos político; en sólo siete años hubo treinta gobiernos. La crisis terminó cuando Diego Portales tomó control del país en 1830 y promulgó, tres años más tarde, una nueva constitución con un sistema político centralizado. De 1830 a 1973 la historia política de Chile se distingue de otras naciones latinoamericanas por tener gobiernos constitucionales democráticos y civiles interrumpidos únicamente por dos interludios de gobiernos militares.

La necesidad de equilibrar la balanza de pagos llevó al gobierno chileno a interesarse por las minas de nitrato o salitre de la frontera norte, de la provincia boliviana de Antofagasta, y las provincias peruanas de Arica y Tarapacá. Chile inició la Guerra del Pacífico (1879–1883), y la victoria sobre la coalición peruano-boliviana le permitió la anexión de estos territorios.

Los gobiernos radicales   A partir de 1924 se inició un período de caos político causado por una crisis económica; entre 1924 y 1932 se sucedieron veintiún gabinetes. En 1938, tomó el poder una coalición de izquierda que incluía a los partidos radical, socialista y comunista. Durante los catorce años de gobierno radical se produjo un claro desarrollo industrial y aumentó el porcentaje de población urbana, que alcanzó el sesenta por ciento en 1952.

En 1957, se fundó el Partido Demócrata Cristiano, que era un partido reformista de centro. Su candidato, Eduardo Frei Montalva, ganó las elecciones de

Asalto al palacio presidencial de la Moneda

1964 e impulsó una reforma agraria que limitaba las propiedades agrícolas a ochenta hectáreas.

Salvador Allende y Augusto Pinochet

El socialista Salvador Allende triunfó en las elecciones de 1970. Proponía una transición pacífica al socialismo que incluía mejoras sociales para el beneficio de las clases más desfavorecidas. Pero la hiperinflación, la paralización de la producción y el boicoteo del capital extranjero, principalmente estadounidense, aumentaron la oposición al gobierno por parte de las clases medias y altas.

El 11 de septiembre de 1973, las fuerzas armadas tomaron el poder. Allende murió durante el asalto al palacio presidencial de la Moneda. Una junta militar, presidida por Augusto Pinochet, jefe del ejército, revocó las decisiones políticas de Allende. El congreso fue disuelto, acción sin precedente en la historia de Chile como país independiente. Todos los partidos políticos fueron prohibidos y miles de intelectuales y artistas salieron al exilio. Además, se calcula que cerca de cuatro mil personas "desaparecieron".

El regreso de la democracia

A fines de la década de los 80, el país gozaba de una evidente recuperación económica. En 1988 el gobierno propuso un referéndum que habría mantenido a Pinochet en el poder hasta 1997. Perdió el referéndum y así, en 1990 asumió el poder un nuevo presidente elegido democráticamente, el demócratacristiano Patricio Aylwin. Mantuvo la estrategia económica exitosa del régimen anterior, pero buscó liberalizar la vida política. En diciembre de 1993, fue elegido presidente con un alto porcentaje de la votación el candidato del Partido Demócrata Cristiano Eduardo Frei Ruiz-Tagle, hijo del ex presidente Eduardo Frei Montalva. En enero del año 2000 resultó elegido presidente, en una segunda vuelta y por un margen estrecho, el candidato socialista Ricardo Lagos Escobar. Chile se ha constituido en un ejemplo latinoamericano donde florecen el progreso económico y la democratización creciente del país. Los grupos políticos se han revitalizado al

El pueblo chileno vota en elecciones democráticas

igual que los movimientos estudiantiles universitarios. Todo este clima de libertad democrática prepara al país para las siguientes elecciones que se llevarán a cabo en diciembre de 2005.

¡A ver si comprendiste!

A. Hechos y acontecimientos. ¿Recuerdas los datos más importantes de la lectura? Para asegurarte, contesta las siguientes preguntas.

1. ¿Quién fue Bernardo O'Higgins?
2. ¿En qué consistió la Guerra del Pacífico? ¿Qué territorios adquirió Chile como resultado de esta guerra?
3. ¿Qué proponía Salvador Allende?
4. ¿Qué ocurrió el 11 de septiembre de 1973? ¿Qué consecuencias tuvo este evento para la historia de Chile?
5. ¿Qué propuso en 1988 el gobierno del general Pinochet para extender su poder hasta 1997?
6. ¿Qué partido político ha ocupado el poder en Chile a lo largo de la última década del siglo pasado? ¿Qué cambios ha logrado?

B. A pensar y a analizar. ¿Por qué crees que Chile ha vacilado entre el socialismo y la democracia a lo largo de su historia? ¿Qué efecto tuvo el boicoteo del capital estadounidense en la presidencia socialista de Salvador Allende? ¿Qué tipo de gobierno fue el de Augusto Pinochet? En tu opinión, ¿quiénes son los cuatro mil que "desaparecieron" durante su presidencia?

C. Redacción colaborativa. En grupos de dos o tres, escriban una composición colaborativa de una página a una página y media, sobre el tema que sigue. Empiecen por escribir una lista de ideas, luego incorpórenlas en un primer borrador. Revísenlo asegurándose de que las ideas tienen sentido. Escriban un segundo borrador y revísenlo con mucho cuidado, fijándose en la acentuación y ortografía. Escriban la versión final en la computadora y entréguenla.

> En 1973, con el apoyo del gobierno estadounidense, Augusto Pinochet, jefe del ejército chileno, revocó las decisiones políticas del presidente Allende, disolvió el congreso y prohibió todos los partidos políticos. ¿Podría ocurrir eso en este país? ¿Por qué sí o por qué no? ¿Por qué creen Uds. que el gobierno de un país democrático, como lo es EE.UU., apoya a políticos como Pinochet? ¿Cómo creen que reaccionó el pueblo chileno? ¿el pueblo latinoamericano? ¿el mundo democrático?

Cuaderno de actividades

Puedes practicar más y expresar tu opinión sobre la participación de Chile en MERCOSUR en la sección **Composición: expresar opiniones** de la *Unidad 6, Lección 4* en el *Cuaderno de actividades.*

Palabras homófonas

Hay palabras o expresiones que suenan igual pero que se escriben de manera diferente. Estas palabras o expresiones se conocen como homófonas y con frecuencia causan confusión tanto en la lengua hablada como en la escrita. Para evitar problemas en la escritura, repasa la siguiente lista de homófonos.

1. **a** (*preposición*)	Llegamos **a** la escuela.
ha (de "haber", *verbo auxiliar*)	Mario **ha** terminado la tarea.
2. **has** (de "haber", *verbo auxiliar*)	¿**Has** leído a Gabriela Mistral?
haz (de "hacer", *imperativo*)	**Haz** todos lo ejercicios.
haz (manojo, conjunto)	Un símbolo de la prosperidad es un **haz** de trigo.

3. **a ser** ("a" + *infinitivo*) Algún día voy **a ser** maestro.
   hacer (realizar) Necesitamos **hacer** la tarea.
4. **a ver** ("a" + *infinitivo*) María va **a ver** a su mamá.
   haber (*infinitivo*) Dicen que va a **haber** premios.
5. **rebelarse** (sublevar) Los araucanos **se rebelaron** contra los españoles.

   revelar (descubrir) Las tumbas clandestinas **revelaron** la muerte de muchos inocentes.
6. **tubo** (pieza cilíndrica hueca) Cambié el **tubo** oxidado.
   tuvo (de "tener") Pinochet **tuvo** que dejar la presidencia.
7. **cocer** (cocinar) Es necesario **cocer** el arroz.
   coser (usar aguja e hilo) ¿Sabes **coser**?
8. **ves** (de "ver") ¿**Ves** televisión todos los días?
   vez (ocasión, tiempo) ¿Alguna **vez** has comido choclo?
9. **habría** (de "haber", *verbo auxiliar*) Lo **habría** comprado, si hubiera tenido dinero.

   abría (de "abrir") Miguel siempre **abría** la tienda a tiempo.
10. **rehusar** (rechazar) Salvador Allende **rehusó** rendirse.
    reusar (volver a usar) Mamá **reusó** las bolsas de papel.

¡A practicar!

A. Visita a Isla Negra. Completa el párrafo con la palabra más apropiada de las que están entre paréntesis.

El año pasado mi padre me llevó (1. a / ha) visitar la casa donde vivió el poeta Pablo Neruda. En esa ocasión la puerta principal estaba iluminada por un (2. has / haz) de luz. Yo oía que el viento del mar (3. abría / habría) y cerraba la puerta de la casa de par en par. Para mí, el interior de la casa (4. rebeló / reveló) la sensibilidad y los gustos del poeta chileno. Por ejemplo, Neruda (5. rehusó / reusó) muchos objetos cotidianos que en sus manos llegaron (6. a ser / hacer) verdaderas obras de arte. Así, un simple (7. tubo / tuvo) de cobre forma un martillo y una hoz, símbolos del Partido Comunista. En la cocina pasamos (8. a ver / haber) unas ollas donde mi papá dijo en broma que al poeta le gustaba (9. cocer / coser) los mariscos que atrapaba en la playa cercana. ¡Cómo me gustaría volver otra (10. ves / vez) a visitar ese lugar de maravillas!

B. ¡Ahora tú! En hoja aparte, escribe una oración original con cada una de las siguientes palabras o expresiones.

1. ves / vez
2. a / ha
3. cocer / coser
4. a ser / hacer
5. habría / abría
6. a ver / haber

✺ y ahora, ¡a leer!

Anticipando la lectura. A veces los poetas enfatizan sus mensajes con el uso de la sátira, crítica que ridiculiza a personas o cosas. La sátira aparece a lo largo del poema "La United Fruit Co." Trata de identificarla al leerlo. Para practicar, lee ahora los primeros nueve versos y contesta las siguientes preguntas.

1. ¿Quién es "Jehová"? ¿Por qué se menciona? ¿Qué poderes se asocian con Jehová? ¿A qué gran libro de las religiones cristianas hacen alusión estos versos?

2. ¿Habla en serio el poeta aquí o se está burlando de algo? Si se está burlando, ¿de qué se burla? ¿A qué grandes empresas menciona? ¿Qué tienen en común?

3. ¿Qué critica? En tu opinión, ¿por qué critica?

4. ¿Te has burlado alguna vez de una empresa o institución? ¿Por qué lo hiciste? ¿Qué lograste?

Conozcamos al autor

Pablo Neruda (1904–1973), cuyo verdadero nombre era Neftalí Ricardo Reyes Basoalto, escribió obras que sorprenden por su gran variedad, la cual refleja los cambios espirituales y políticos del autor. Comenzó con poemarios de forma tradicional y contenido muy lírico: *Crepusculario* (1923) y *Veinte poemas de amor y una canción desesperada* (1924). Continuó con dos tomos, ambos titulados *Residencia en la Tierra* (1945), caracterizados por su estilo hermético y surrealista. Luego siguió con *España en el corazón* (1937), *Tercera Residencia* (1947) y *Canto General* (1950). En éstos contemplamos el despertar de una conciencia política a favor de los oprimidos y el esfuerzo por alcanzar una expresión que pueda ser comprendida por el pueblo. Esta nueva visión culmina con *Odas elementales* y *Nuevas odas elementales* (ambas de 1956), que son conmovedoras colecciones caracterizadas por un lenguaje llano, sencillo y completamente comprensible. Debido a sus convicciones políticas, no fue hasta 1971 que por fin recibió el premio Nobel de Literatura. Neruda consiguió convertirse en el poeta del pueblo, amado por los oprimidos mineros de su país y por todos los que sufren y pelean por la justicia social en el mundo. Falleció a los doce días después de que su gran amigo, Salvador Allende, murió durante el asalto al palacio presidencial de la Moneda. Póstumamente se publicaron sus memorias, *Confieso que he vivido,* en 1974.

"La United Fruit Co." proviene del *Canto General.* Habla de varios dictadores despóticos y de sus alianzas con compañías internacionales que se dedicaron a explotar al pueblo hispanoamericano y los recursos naturales de cada país.

La United Fruit Co.

Cuando sonó la trompeta, estuvo
todo preparado en la tierra
y Jehová repartió el mundo
a Coca Cola Inc., Anaconda,
5   Ford Motors, y otras entidades:°   corporaciones
la Compañía Frutera Inc.
se reservó lo más jugoso,
la costa central de mi tierra,
la dulce cintura de América.
10   Bautizó de nuevo sus tierras
como Repúblicas Bananas,
y sobre los muertos dormidos,
sobre los héroes inquietos
que conquistaron la grandeza,
15   la libertad y las banderas,
estableció la ópera bufa:
enajenó los albedríos,°   la voluntad
regaló coronas de César,
desenvainó la envidia,° atrajo   **desenvainó...** soltó los celos

20 la dictadura de las moscas,
   moscas Trujillos, moscas Tachos,
   moscas Carías, moscas Martínez,
   moscas Ubico,° moscas húmedas
   de sangre humilde y mermelada,

Trujillos... dictadores de países latinos

25 moscas borrachas que zumban
   sobre las tumbas populares,
   moscas de circo, sabias moscas
   entendidas en tiranía.
   Entre las moscas sanguinarias°

que comen sangre

30 la Frutera desembarca,
   arrasando° el café y las frutas,
   en sus barcos que deslizaron°
   como bandejas el tesoro
   de nuestras tierras sumergidas.

llevándose
transportaron

35 Mientras tanto, por los abismos
   azucarados de los puertos,
   caían indios sepultados
   en el vapor de la mañana:
   un cuerpo rueda, una cosa
40 sin nombre, un número caído,
   un racimo° de fruta muerta
   derramada en el pudridero.°

conjunto
derramada... tirada en la basura

"La United Fruit Co." por Pablo Neruda. © Pablo Neruda, 1950 y la Fundación Pablo Neruda. Reimpresa con permiso de la Agencia Literaria Carmen Balcells, S.A.

¿Comprendiste la lectura?

A. Hechos y acontecimientos. ¿Recuerdas los datos más importantes de la lectura? Para asegurarte, contesta las siguientes preguntas.

1. Cuando se dividieron las tierras del mundo, ¿quién recibió la tierra preferida del poeta?
2. ¿Qué nombre le dio el nuevo dueño a las repúblicas americanas? ¿Qué opina el poeta de ese nombre?
3. ¿Qué relación hay entre la "ópera bufa" y los muertos, los héroes, la libertad y las banderas?
4. ¿Cuál fue el resultado de haber establecido una "ópera bufa"?
5. ¿A quiénes llama "moscas"?
6. Según el poeta, ¿para qué usó las moscas el nuevo dueño?
7. ¿Qué efecto tuvo el negocio del azúcar y de las frutas en los "indios"?
8. ¿A qué se refiere el poeta cuando habla de los "indios" —a los indígenas, a la gente pobre o a ambos?

B. A pensar y a analizar. ¿Reconoce el poeta algún aspecto positivo de la *United Fruit Co.* o sólo ve aspectos negativos? ¿Por qué crees que ha reaccionado así? ¿Estás de acuerdo con el poeta? ¿Por qué? Explica en detalle.

C. Debate. En grupos de cuatro, tengan un debate sobre el tema: Pablo Neruda tiene razón en su representación de Latinoamérica en el poema "La United Fruit Co.". Dos deben argüir que sí tiene razón el poeta, dos que no. Informen a la clase de los mejores argumentos que se presentaron.

Introducción al análisis literario
Lenguaje literario: el sonido

El lenguaje literario requiere el uso de ciertas técnicas para enfatizar un mensaje. Una de éstas es el sonido, que incluye varios conceptos, dos de los cuales presentamos aquí:

■ **Aliteración:** es la repetición de un sonido o de sonidos semejantes en una serie de palabras. En el siguiente ejemplo se consigue aliteración usando la consonante **l: L**ola vio llover **la l**írica **l**uz del **l**impio **l**irio.

■ **Onomatopeya:** es el sonido articulado que imita el sonido real designado por la palabra. El siguiente ejemplo utiliza la onomatopeya para representar el sonido del trueno: Al mismo tiempo **retumbó** un **trueno.**

A. Onomatopeya. Encuentra en la segunda columna el sonido imitado por cada palabra de la primera columna.

____ 1. pato	a. quiquiriquí
____ 2. un choque	b. miau miau
____ 3. gallo	c. buu buu
____ 4. grillo	d. zumba zumba zumba
____ 5. pollito	e. páquete
____ 6. buho	f. chu chu
____ 7. gato	g. pío pío pío
____ 8. mosquito	h. guau guau
____ 9. tren	i. cuac cuac
____ 10. perro	j. cri cri

B. Aliteración y onomatopeya. Con dos compañeros(as), prepara una lista en dos columnas de todos los ejemplos de aliteración y onomatopeya que se encuentran en "La United Fruit Co." Comparen su lista con las otras de la clase.

¡LUCES! ¡CÁMARA! ¡ACCIÓN!

Chile: tierra de arena, agua y vino

Una viña chilena

Chile es el país más largo y angosto de Sudamérica, y posiblemente del mundo. Su geografía incluye desiertos solitarios, cordilleras de picos elevadísimos, regiones cambiantes de especial encanto y valles de clima perfecto para el cultivo de frutas.

En esta selección, viajarán al desierto de Atacama, que tiene fama de ser el más árido del mundo. Allí descansarán en el oasis que se encuentra en San Pedro de Atacama, un pueblecito de menos de dos mil personas. Luego irán a Antofagasta, ciudad situada en la costa del Pacífico donde se vive de la pesca y de los ingresos de su puerto aduanero internacional. De allí viajarán por el centro de Chile, donde producen y exportan el mejor vino de Sudamérica. Un ejemplo especial son las bodegas de Santa Carolina, fundadas en 1875. Santa Carolina es una exportadora de vinos de primera calidad.

Antes de empezar el video

Contesten las siguientes preguntas en parejas.

1. ¿Qué significa "desierto" para Uds.? Expliquen en detalle.
2. ¿Les gustaría vivir en un pueblo donde no haya tiendas, ni bares, ni avenidas, ni tráfico? ¿Qué hará que la gente quiera vivir en tal lugar? ¿Cómo pasarán el tiempo allí?
3. ¿Qué tipo de terreno y clima es necesario para cultivar la uva de la que se hace el vino? ¿Dónde se produce el vino en EE.UU.? ¿Son lugares atractivos? Expliquen.

¡A ver si comprendiste!

A. Chile: tierra de arena, agua y vino. Contesta las siguientes preguntas con un(a) compañero(a) de clase.

1. ¿De qué tiene fama el desierto de Atacama? ¿Cuál es su magia y magnificencia?
2. ¿Qué es el salar de Atacama? ¿Por qué es de interés turístico internacional?
3. Compara el pueblo de San Pedro de Atacama con Antofagasta. ¿En qué se parecen? ¿En qué se diferencian?
4. ¿Adónde exporta Chile su vino? ¿Qué lugar ocupa Chile entre los grandes exportadores de vino en las Américas?

B. A pensar y a interpretar. Contesta las siguientes preguntas.

1. Después de ver el video, ¿qué puedes decir de la geografía chilena?
2. ¿Por qué crees que un terreno tan largo y angosto resultó ser un país?
3. ¿En qué parte del país crees que vive la mayoría de los habitantes de Chile? ¿Por qué?
4. ¿Por qué será que las exportaciones chilenas de vino, fruta y verdura son tan populares en EE.UU.?

EXPLOREMOS EL CIBERESPACIO

Explora distintos aspectos del mundo chileno en las **Actividades para la Red** que corresponden a esta lección. Ve primero a **http://college.hmco.com** en la red, y de ahí a la página de *Mundo 21.*

Manual de gramática
Unidad 6 Lección 1

6.1 ## EL IMPERFECTO DE SUBJUNTIVO:
FORMAS Y CLÁUSULAS CON SI

¡A que ya lo sabes!

Una amiga tuya que estudia español y ciencias políticas ha estado leyendo acerca de la situación actual en Argentina. ¿Qué dice ella?

1. a. Si yo *viviera* un tiempo en Argentina aprendería a usar el voseo muy bien.
   b. Si yo *vivía* un tiempo en Argentina aprendería a usar el voseo muy bien.

2. a. Yo haría fuertes críticas al gobierno si yo *fuera* ciudadana argentina.
   b. Yo haría fuertes críticas al gobierno si yo *sea* ciudadana argentina.

¡Ay! Esto estuvo más difícil. Sin embargo, el conocimento tácito que ya tienen de los usos del imperfecto de subjuntivo probablemente llevó a la mayoría de la clase a escoger la primera oración en ambos pares. Ahora, si siguen leyendo toda la clase va a tener ese conocimiento.

Formas

Verbos en -*ar*	Verbos en -*er*	Verbos en -*ir*
tomar	**prometer**	**insistir**
toma**ra**	prometie**ra**	insistie**ra**
toma**ras**	prometie**ras**	insistie**ras**
toma**ra**	prometie**ra**	insistie**ra**
tomá**ramos**	prometié**ramos**	insistié**ramos**
toma**rais**	prometie**rais**	insistie**rais**
toma**ran**	prometie**ran**	insistie**ran**

■ Para formar la raíz del imperfecto de subjuntivo de todos los verbos se elimina **-ron** de la tercera persona del plural ("ellos") del pretérito y se agregan las terminaciones apropiadas, que son las mismas para todos los verbos: **-ra, -ras, -ra, -ramos, -rais, -ran.** Advierte que las formas de la primera persona del plural ("nosotros") llevan acento escrito.

toma~~ron~~ → tomara
prometie~~ron~~ → prometiera
insistie~~ron~~ → insistiera

■ Todos los verbos que tienen cambios ortográficos o cambios en la raíz o que tienen raíces irregulares en la tercera persona del plural del pretérito mantienen esas mismas irregularidades en el imperfecto de subjuntivo. (Consúltese *Unidad 2, págs. 177–179.*)

leer:
leyeron   →   leyera, leyeras, leyera, leyéramos, leyerais, leyeran

dormir:
durmieron   →   durmiera, durmieras, durmiera, durmiéramos, durmierais, durmieran

estar:
estuvieron   →   estuviera, estuvieras, estuviera, estuviéramos, estuvierais, estuvieran

Otros verbos que siguen estos modelos:

Cambios ortográficos

creer: creyeron → creyera
oír: oyeron → oyera

Cambios en la raíz

mentir: mintieron → mintiera
pedir: pidieron → pidiera

Verbos irregulares

andar: **anduvie**ron → **anduvie**ra
caber: **cupie**ron → **cupie**ra
decir: **dije**ron → **dije**ra
haber: **hubie**ron → **hubie**ra
hacer: **hicie**ron → **hicie**ra
ir/ser: **fue**ron → **fue**ra
poder: **pudie**ron → **pudie**ra
poner: **pusie**ron → **pusie**ra
querer: **quisie**ron → **quisie**ra
saber: **supie**ron → **supie**ra
tener: **tuvie**ron → **tuvie**ra
traer: **traje**ron → **traje**ra
venir: **vinie**ron → **vinie**ra

Nota para hispanohablantes   Hay una tendencia dentro de algunas comunidades de hispanohablantes a regularizar algunos de estos verbos irregulares. De esta manera, en vez de usar las formas del imperfecto de subjuntivo (anduviera, anduvieras, anduviéramos, anduvieran; cupiera, cupieras, cupiéramos, cupieran), usan las siguientes formas: *andara, andaras, andáramos, andaran; cabiera, cabieras, cabiéramos, cabieran.*

Algunas comunidades sustituyen la **j** con la **y** en el verbo "traer". De esta manera, en vez de usar las formas (trajera, trajeras, trajéramos, trajeran), usan: *trayera, trayeras, trayéramos, trayeran.*

Algunas comunidades les añaden una **i** a las terminaciones del verbo "decir"; en vez de usar las formas (dijera, dijeras, dijéramos, dijeran), usan: *dijiera, dijiera, dijiéramos, dijieran.* Es importante evitar estos usos fuera de esas comunidades y en particular al escribir.

UNIDAD 6

■ El imperfecto de subjuntivo tiene dos grupos de terminaciones: en **-ra** y en **-se.** Las terminaciones en **-ra,** que se han presentado, son las más comunes a través de todo el mundo hispanohablante. Las terminaciones en **-se (-se, -ses, -se, -semos, -seis, -sen)** se usan con relativa frecuencia en España y con menor frecuencia en Hispanoamérica.

El imperfecto de subjuntivo en las cláusulas con si

■ Un uso importante del imperfecto de subjuntivo es en oraciones que expresan situaciones que son hipotéticas, improbables o completamente contrarias a la realidad. En estos casos, la cláusula con "si" en imperfecto de subjuntivo expresa la condición y la cláusula principal en condicional expresa el resultado de la condición. Tanto la cláusula principal en condicional como la cláusula con "si" en imperfecto de subjuntivo pueden comenzar la oración.

Si yo **fuera** a Buenos Aires, no dejaría de visitar la Plaza de Mayo.
Muchos más estadounidenses visitarían Argentina si no **estuviera** tan lejos.

Ahora, ¡a practicar!

A. Deseos.   Tus amigos(as) porteños(as) te dicen que les gustaría más Buenos Aires si tuviera las siguientes cualidades. Di lo que te dicen ellos.

> MODELO   aumentar las líneas del metro
> **Nos gustaría más Buenos Aires si aumentaran las líneas del metro.**

1. controlar mejor el crecimiento de la ciudad
2. solucionar los embotellamientos del tráfico
3. proponer medidas para disminuir la contaminación
4. mantener mejor la red de caminos y carreteras
5. permitir menos vehículos en las calles
6. crear más áreas verdes en la ciudad

B. Recomendaciones.   Di lo que les recomendarías a tus compañeros que hicieran o no hicieran.

MODELO   **Les recomendaría que estudiaran más.**

C. Planes remotos. Di lo que a ti te gustaría hacer si pudieras visitar Argentina.

> MODELO   ir a Argentina / visitar las pampas
> **Si fuera a Argentina, visitaría las pampas.**

1. estar en Buenos Aires / ver una ópera en el teatro Colón
2. querer comprar algo en Buenos Aires / ir a las tiendas de la calle Florida
3. hacer buen tiempo / tomar sol en las playas de Mar del Plata
4. estar en la provincia de Misiones / admirar las cataratas del Iguazú
5. viajar al sur de Argentina / pasear por Bariloche y la región de los lagos
6. llegar hasta Córdoba / hacer caminatas en los alrededores de la ciudad
7. poder / pasearme por Mendoza, la ciudad de los árboles y viñedos
8. tener tiempo / llegar hasta los bellos paisajes de la Patagonia

D. Poniendo condiciones. Di bajo qué condiciones harías lo siguiente.

> MODELO   visitar Sudamérica
> **Visitaría Sudamérica si tuviera dinero.**

1. llamar a mis abuelos
2. comprar un carro nuevo
3. hacer un viaje a Europa
4. sacar una "A" en todas mis clases
5. correr un maratón
6. trabajar durante el verano

6.2 EL IMPERFECTO DE SUBJUNTIVO: CLÁUSULAS NOMINALES Y ADJETIVALES

¡A que ya lo sabes!

Coya acaba de regresar de Argentina y ahora les está contando a sus amigos algo de la situación económica del país. ¿Qué les dice?

1. a. Los argentinos querían que el gobierno *controlaba* la inflación.
   b. Los argentinos querían que el gobierno *controlara* la inflación.

2. a. La gente pedía un gobierno que *bajara* el desempleo inmediatamente.
   b. La gente pedía un gobierno que *bajaría* el desempleo inmediatamente.

Seguramente la mayoría escogió la segunda oración en el primer par y la primera en el segundo par. ¡Qué fácil es cuando ya tienen un conocimiento tácito del uso del imperfecto de subjuntivo en cláusulas nominales y adjetivales! Sigan leyendo y ese conocimiento será aun más uniforme.

■ El imperfecto de subjuntivo se usa en cláusulas nominales y adjetivales cuando el verbo de la cláusula principal está en un tiempo verbal del pasado o en el condicional y cuando se dan las mismas circunstancias que requieren el uso del presente de subjuntivo.

Usos en las cláusulas nominales

El imperfecto de subjuntivo se usa en una cláusula nominal cuando:

■ el verbo o la expresión impersonal de la cláusula principal indica deseo, recomendación, sugerencia o mandato y el sujeto de la cláusula nominal es diferente del sujeto de la oración principal. Se usa un infinitivo en la cláusula subordinada si no hay cambio de sujeto.

El pueblo **quería** que el gobierno **cumpliera** sus promesas.
Me **recomendaron** que **hiciera** ejercicio para perder peso.
Desearíamos que **leyeras** ese libro sobre la inmigración en Argentina.
Desearíamos leer ese libro sobre la inmigración en Argentina.

Nota para hispanohablantes Hay una tendencia dentro de algunas comunidades de hispanohablantes a evitar el uso del imperfecto de subjuntivo en construcciones de este tipo en que el verbo de la oración principal está en pasado o condicional. De esta manera, en vez de usar el imperfecto de subjuntivo en la oración subordinada (quería que cumpliera, recomendaron que hiciera, desearíamos que leyeras,...) usan el presente de subjuntivo: *quería que cumpla, recomendaron que haga, desearíamos que leas,...* Es importante evitar estos usos fuera de esas comunidades y en particular al escribir.

- el verbo o la expresión impersonal de la cláusula principal indica duda, incertidumbre, incredulidad o negación. Cuando se usa el opuesto de estos verbos y expresiones, el verbo de la cláusula subordinada va en indicativo porque indica certeza.

Mis amigos **dudaban** que, hace más de dos mil años, los chinos **jugaran** al fútbol.

En 1973, **parecía imposible** que Juan e Isabel Perón **ganaran** las próximas elecciones y **fueran** elegidos presidente y vicepresidenta de la república.

Los expertos **no dudaban** que la crisis política del año 2001 **fue** un momento sombrío de la historia de Argentina.

> **Nota para hispanohablantes** Hay una tendencia dentro de algunas comunidades de hispanohablantes a usar el subjuntivo después de expresiones de duda en que niegan la existencia de algo o expresan incertidumbre. Por ejemplo, en vez de usar el indicativo después de "no dudar" (no dudaban que fue), tienden a decir: *no dudaban que fuera*. Es importante evitar estos usos fuera de esas comunidades y en particular al escribir.

- el verbo o la expresión impersonal de la cláusula principal se refiere a emociones, opiniones y juicios de valor y hay cambio de sujeto. Si no hay cambio de sujeto, se usa el infinitivo.

Los argentinos **estaban sorprendidos** de que Fito Páez, a la edad de trece años, **tuviera** su propia banda.

Fito Páez **temía** que a la gente no le **gustaran** sus canciones.

Fito Páez **temía fracasar** en el competitivo mundo musical argentino.

> **Nota para hispanohablante** Hay una tendencia dentro de algunas comunidades de hispanohablantes a evitar el uso del subjuntivo cuando la cláusula principal se refiere a emociones, opiniones o juicios. De esta manera, en vez de usar el imperfecto de subjuntivo en la cláusula subordinada (estaban sorprendidos de que tuviera...; temía que le gustaran...), usan un tiempo del pasado en indicativo: *estaban sorprendidos de que tenía..., temía que no le gustaban...* Es importante evitar estos usos fuera de esas comunidades y en particular al escribir.

Usos en las cláusulas adjetivales

- Se usa el subjuntivo en una cláusula adjetival (cláusula subordinada) cuando describe a alguien o algo en la cláusula principal cuya existencia es desconocida o incierta.

Necesitábamos un guía que **conociera** bien los alrededores de Buenos Aires.

La gente pedía un gobierno que **impulsara** reformas sociales.

> **Nota para hispanohablantes** Hay una tendencia dentro de algunas comunidades de hispanohablantes a evitar el uso del subjuntivo cuando se describe a alguien o algo desconocido o incierto. De esta manera, en vez de usar el imperfecto de subjuntivo en la cláusula subordinada (Necesitábamos un guía que conociera...; pedía un gobierno que impulsara...), usan el imperfecto de indicativo: *Necesitábamos un guía que conocía...; pedía un gobierno que impulsaba...* Es importante evitar estos usos fuera de esas comunidades y en particular al escribir.

■ Cuando la cláusula adjetival se refiere a alguien o algo que sí existe, se usa el indicativo.

Encontré un guía que **conocía** muy bien la arquitectura colonial.
Jorge Luis Borges escribió cuentos que **tuvieron** gran éxito.

Ahora, ¡a practicar!

A. ¿El crimen perfecto? Di lo que quería la mujer del cuento "Continuidad de los parques".

MODELO   la noche / llegar pronto
    La mujer quería (deseaba, pedía) que la noche llegara pronto.

1. nadie / descubrir su amor prohibido
2. el amante / venir a la cabaña del monte
3. el amante / reunirse con ella pronto
4. el amante / acariciar su mejilla
5. los perros / no ladrar
6. su marido / estar solo en la casa
7. el amante / destruir a su marido
8. ... *(añade otros deseos)*

B. El pasado reciente. ¿De qué se lamentaban algunos argentinos al recordar tiempos de un pasado reciente?

MODELO   cenar al aire libre / ya no estar muy de moda
    Algunos argentinos se lamentaban de que el cenar al aire libre ya no estuviera muy de moda.

1. el país / tener tantos problemas económicos
2. la moneda nacional / no valer mucho
3. la capital / estar superpoblada
4. el presidente / no hacer nada para mejorar la economía
5. el gobierno / permitir tales desastres en la economía
6. los ciudadanos / no poder hacer nada
7. los bancos / ser cerrados por el gobierno

C. Deseos y realidad. Di primeramente qué tipo de gobernante pedía la gente durante las últimas elecciones presidenciales de Argentina. Luego, di si, en tu opinión, la gente obtuvo o no ese tipo de gobernante.

MODELO   crear empleos
    La gente pedía (quería) un gobernante que creara empleos.
    La gente eligió (votó por) un gobernante que (no) creó empleos.

1. mejorar los sueldos de todo el mundo
2. estabilizar la nación
3. reducir la inflación
4. dar más recursos para la educación
5. hacer reformas económicas
6. desarrollar la industria nacional
7. atender a la clase trabajadora
8. construir más carreteras

D. Pasatiempos en la secundaria. Usa el dibujo que aparece a continuación para decir lo que tú y tus amigos consideraban importante hacer y no hacer cuando estaban en la escuela secundaria.

MODELO **Era importante (necesario, esencial) que durmiéramos lo suficiente.**
Era obvio (seguro, verdad) que mi amigo dormía demasiado.

Lección 2

UNIDAD 6

6.3

EL IMPERFECTO DE SUBJUNTIVO: CLÁUSULAS ADVERBIALES

¡A que ya lo sabes!

Cuando terminaron sus vacaciones en Uruguay y Susana y Alicia tuvieron que regresar a los EE.UU., toda la familia Méndez las acompañó al aeropuerto para despedirse de ellas y darles un recuerdo. ¿Qué dicen las chicas que les dieron los Méndez? Mira el siguiente par de oraciones y decide cuál de las dos oraciones te suena mejor, la primera o la segunda.

1. Los Méndez nos regalaron esta copa y bombilla para que *teníamos* algo típico de Uruguay.

2. Los Méndez nos regalaron esta copa y bombilla para que *tuviéramos* algo típico de Uruguay.

¿Elegiste la segunda oración? ¡Qué fácil es cuando ya tienes un conocimiento tácito del uso del imperfecto de subjuntivo en cláusulas adverbiales! Sigue leyendo y ese conocimiento será aun más uniforme.

El imperfecto de subjuntivo se usa en cláusulas adverbiales cuando el verbo de la cláusula principal está en un tiempo del pasado o en el condicional y cuando existen las mismas condiciones que requieren el uso del presente de subjuntivo.

■ Las cláusulas adverbiales siempre usan el subjuntivo cuando son introducidas por las siguientes conjunciones:

a fin (de) que	**con tal (de) que**	**para que**
a menos (de) que	**en caso (de) que**	**sin que**
antes (de) que		

Mis padres visitaron Uruguay **antes de que** Jorge Batlle **ganara** la presidencia.
Nuestro agente de viajes nos dijo que no veríamos los mejores candomberos **a menos que visitáramos** Uruguay durante Carnaval.

Nota para hispanohablantes   Hay una tendencia dentro de algunas comunidades de hispanohablantes a usar el subjuntivo después de la conjunción "ya que". Por ejemplo, en vez de decir, "Vimos los mejores candomberos ya que visitamos Uruguay durante Carnaval", dicen: *Vimos los mejores candomberos ya que visitáramos Uruguay durante Carnaval.* Es importante evitar este uso fuera de esas comunidades y en particular al escribir.

■ Las cláusulas adverbiales siempre usan el indicativo cuando son introducidas por conjunciones tales como "como", "porque", "ya que" y "puesto que".

Los uruguayos tienen grandes fiestas el 25 de agosto **porque** en esa fecha en 1825, el país se **independizó.**

■ Las cláusulas adverbiales pueden estar en el subjuntivo o el indicativo cuando son introducidas por conjunciones de tiempo: "cuando", "después (de) que", "en cuanto", "hasta que", "mientras que" y "tan pronto como". Se usa el subjuntivo cuando la cláusula adverbial se refiere a un acontecimiento anticipado que no ha tenido lugar todavía. Se usa el indicativo cuando la cláusula adverbial se refiere a una acción pasada acabada o habitual o a la afirmación de un hecho.

Una amiga mía me dijo que visitaría Uruguay tan pronto como **terminara** sus estudios.
Mis padres asistieron a un festival de candombe cuando **visitaron** Uruguay.
Cuando **iba** a Montevideo, siempre me paseaba por la Plaza de la Independencia.

■ Una cláusula adverbial introducida por "aunque" puede estar en el subjuntivo o el indicativo. Se usa el subjuntivo cuando la cláusula adverbial expresa posibilidad o conjetura. Si la cláusula adverbial expresa un hecho, el verbo está en el indicativo.

UNIDAD 6

Aunque **tuviera** tiempo y dinero, no visitaría los casinos de Montevideo.
Aunque **pasé** varias semanas en Uruguay, nunca pude ir a la ciudad de Paysandú.

> **Nota para hispanohablantes** Hay una tendencia dentro de algunas comunidades de hispanohablantes a usar el condicional o el imperfecto de indicativo en cláusulas adverbiales que expresan posibilidad o conjetura. Por ejemplo, en vez de usar el imperfecto de subjuntivo y decir, "Aunque tuviera tiempo, no visitaría...", dicen: *Aunque tendría/tenía tiempo, no visitaría...* Es importante evitar este uso fuera de esas comunidades y en particular al escribir.

Ahora, ¡a practicar!

A. Comunicación musical. Completa la siguiente narración acerca de la comunicación entre esclavos.

Los españoles decidieron importar esclavos africanos cuando __1__ (notar) que faltaba mano de obra. A fin de que los esclavos __2__ (hacer) trabajos agrícolas y mineros, los españoles importaron unos tres millones de esclavos entre 1518 y 1800. Mientras que una región como el Caribe __3__ (tener) una alta proporción de esclavos, hubo menos en lo que hoy es Uruguay: unos treinta mil. Era difícil que los esclavos se comunicaran en caso de que __4__ (tratar) de hacerlo. Un problema era las diferentes lenguas que hablaban: en cuanto __5__ (comenzar) a hablar se daban cuenta de que el otro no entendía. Así, comenzaron a usar el tamboril, un instrumento musical, a fin de que las diferentes lenguas no __6__ (impedir) la comunicación y para que los amos no __7__ (darse) cuenta de que se estaban comunicando. Pero, tan pronto como los amos __8__ (descubrir) que el tamboril era un medio de comunicación, prohibieron que lo tocaran, a menos que lo __9__ (usar) en ceremonias religiosas o en fiestas especiales.

B. Los planes de tu amigo. Un amigo te habló de sus planes de pasar un semestre en Montevideo. ¿Qué te dijo?

MODELO   a menos que / no reunir el dinero necesario
Me dijo que pasaría el próximo semestre en Montevideo a menos que no reuniera el dinero necesario.

1. con tal que / encontrar una buena escuela donde estudiar
2. siempre que / aprobar todos los cursos que tiene este semestre
3. a menos que / tener problemas económicos
4. a fin de que / su español mejorar
5. en caso de que / poder vivir con una familia

C. Primer día. Tu amigo imagina cómo sería su primer día en la capital uruguaya.

MODELO   llegar al aeropuerto / tomar un taxi al hotel
Tan pronto como (Cuando / En cuanto) yo llegara al aeropuerto internacional en Montevideo, tomaría un taxi al hotel.

1. entrar en mi cuarto de hotel / ponerse ropas y zapatos cómodos
2. estar listo(a) / ir a la Ciudad Vieja
3. llegar a la Ciudad Vieja / pasear por la Plaza Constitución
4. terminar de pasear por la plaza / entrar en la Catedral
5. salir de la Catedral / mirar los edificios antiguos

6. cansarse de mirar edificios / caminar hacia la Plaza de la Independencia
7. alcanzar la Plaza de la Independencia / admirar el monumento a Artigas, en medio de la plaza
8. acabar la visita a la plaza / sentarse en uno de los cafés cercanos
9. terminar de tomar un refresco / volver al hotel, seguramente cansadísimo(a)

D. ¡Qué fastidioso(a)! Tú eres una persona muy fastidiosa. Pensabas ir de vacaciones a Punta del Este pero decidiste que no irías a menos que se cumplieran ciertas condiciones. Di cuáles serían esas condiciones.

MODELO a menos que
No iría a menos que pudiera quedarme tres semanas completas.

1. con tal de que
2. sin que
3. antes de que
4. para que
5. en caso de que
6. aunque

6.4   EL IMPERFECTO DE SUBJUNTIVO EN LAS CLÁUSULAS PRINCIPALES

¡A que ya lo sabes!

La familia Méndez acompañó a Susana y Alicia al aeropuerto cuando terminaron las vacaciones de las chicas y tuvieron que regresar a los EE.UU. ¿Qué recomendación les dio la familia Méndez a las chicas? ¿Y qué deseo, por imposible que fuera, expresaron ellas? Mira los siguientes pares de oraciones y decide, en cada par, cuál de las dos oraciones te suena mejor, la primera o la segunda.

1. a. *Debieran* regresar en marzo para el festival de Candombe.
   b. *Deberían* regresar en marzo para el festival de Candombe.

2. a. Ojalá *pudiéramos* quedarnos hasta el festival.
   b. Ojalá *podamos* quedarnos hasta el festival.

Qué tramposos somos, ¿no? La razón por la cual no pudieron ponerse de acuerdo en el primer par es porque ambas oraciones son correctas. Sin duda escogieron la primera en el segundo par para porque Uds. ya tienen un conocimiento tácito del uso del imperfecto de subjuntivo en cláusulas principales. Sigan leyendo y ese conocimiento será aun más uniforme.

■ El imperfecto de subjuntivo y el condicional de los verbos "poder", "querer" y "deber" se usan para hacer recomendaciones o aseveraciones que muestran cortesía. Con otros verbos, el condicional se usa más frecuentemente para este propósito.

—**Debieras (Deberías)** visitar Uruguay en febrero, cuando hace calor.
—No me gusta el calor. **Quisiera (Querría)** ir en octubre.

Nota para hispanohablantes   Hay una tendencia dentro de algunas comunidades de hispanohablantes a usar el presente de indicativo para hacer recomendaciones o aseveraciones de cortesía. De esta manera, en vez de usar o el imperfecto de subjuntivo o el condicional para mostrar cortesía (Debieras [Deberías] visitar...; Quisiera [Querría] ir en...), hacen las recomendaciones y aseveraciones de una manera que se podría interpretar como descortés: *Debes visitar...; Quiero ir en...* Es importante evitar este uso fuera de esas comunidades y en particular al escribir.

■ El imperfecto de subjuntivo se usa detrás de "ojalá (que)" para expresar deseos hipotéticos que seguramente no se cumplirán o que no pueden cumplirse.

¡Ojalá que me **sacara** la lotería y **pudiera** viajar por toda Sudamérica!
¡Ojalá **estuviera** tomando el sol en una de las playas de Montevideo en este momento!

Nota para hispanohablantes   Hay una tendencia dentro de algunas comunidades de hispanohablantes a usar el presente de subjuntivo detrás de "ojalá (que)" para expresar deseos hipotéticos que no se pueden cumplir. De esta manera, en vez de usar el imperfecto de subjuntivo en esta situación (Ojalá que me sacara la lotería y pudiera...; Ojalá estuviera tomando el sol...), dicen: *Ojalá que me saque la lotería y pueda...; Ojalá esté tomando el sol...* Es importante evitar este uso fuera de esas comunidades y en particular al escribir.

Ahora, ¡a practicar!

A. Recomendaciones. Un amigo te hace recomendaciones amables acerca de tu próximo viaje a Uruguay.

MODELO   consultar a un agente de viajes
Pudieras (Podrías) consultar a un agente de viajes.

1. leer una guía turística
2. comprar tu billete de avión con anticipación
3. viajar durante los meses calurosos de verano
4. llevar dólares en vez de nuevos pesos uruguayos
5. pasar más de cinco días en Montevideo
6. ver las playas de Punta del Este

B. Soñando. Tú y tus compañeros expresan deseos que seguramente no se cumplirán.

MODELO   no tener que estudiar para el examen de mañana
Ojalá no tuviera que estudiar para el examen de mañana.

1. aprobar todos mis cursos sin asistir a clase
2. poder jugar al tenis más a menudo
3. tener un empleo interesante
4. estar tomando el sol en una playa en estos momentos
5. ganar un viaje a Montevideo
6. andar de viaje por Uruguay

Lección 3

6.5 OTROS TIEMPOS PERFECTOS

Los tiempos perfectos se forman combinando el tiempo apropiado del verbo auxiliar "haber" con el participio pasado de un verbo. En la *Unidad 4, Lección 1* aprendiste a combinar el presente de indicativo de "haber" con el participio pasado para formar el presente perfecto de indicativo. En esta lección, vas a aprender cómo se combinan los tiempos de los dos modos de "haber" (indicativo y subjuntivo) con el participio pasado para formar los demás tiempos perfectos. El presente de subjuntivo de "haber" seguido del participio pasado se usa para formar el presente perfecto de subjuntivo; el imperfecto de indicativo y de subjuntivo de "haber" seguidos del participio pasado se usan para formar el pluscuamperfecto de indicativo y de subjuntivo; el futuro y el condicional de "haber" seguidos del participio pasado se usan para formar el futuro perfecto y el condicional perfecto.

El presente perfecto de subjuntivo

¡A que ya lo sabes!

¿Qué te dice un joven paraguayo cuando le mencionas que has estado una semana en su país y qué le dices tú? Mira los siguientes pares de oraciones y decide, en cada par, cuál de las dos oraciones te suena mejor, la primera o la segunda.

1. a. Espero que *has visitado* Itaipú y las reducciones jesuitas.
   b. Espero que *hayas visitado* Itaipú y las reducciones jesuitas.

2. a. No he conocido a nadie que *ha estudiado* el arpa con Luis Bordón.
   b. No he conocido a nadie que *haya estudiado* el arpa con Luis Bordón.

¿Seleccionaron la segunda oración en ambos pares? Qué fácil es cuando no sólo tienen un conocimiento tácito del uso de subjuntivo en cláusulas nominales y adjetivales sino también un conocimiento formal de esos conceptos. Sigan leyendo y ese conocimiento se extenderá a los tiempos perfectos.

Formas

Verbos en *-ar*	Verbos en *-er*	Verbos en *-ir*
haya terminado	**haya** aprendido	**haya** recibido
hayas terminado	**hayas** aprendido	**hayas** recibido
haya terminado	**haya** aprendido	**haya** recibido
hayamos terminado	**hayamos** aprendido	**hayamos** recibido
hayáis terminado	**hayáis** aprendido	**hayáis** recibido
hayan terminado	**hayan** aprendido	**hayan** recibido

■ Para formar el presente perfecto de subjuntivo se combinan el verbo auxiliar "haber" en el presente de subjuntivo y el participio pasado de un verbo.

Nota para hispanohablantes Como se mencionó en la *Unidad 4,* hay una tendencia dentro de algunas comunidades de hispanohablantes a cambiar la raíz del verbo "haber" en el presente de subjuntivo. De esta manera, en vez de usar las formas haya, hayas, hayamos, hayan, usan: *haiga, haigas, haigamos* (o *háigamos*), *haigan*. Es importante evitar este uso fuera de esas comunidades y en particular al escribir.

■ Los pronombres de objeto directo e indirecto y los pronombres reflexivos deben preceder la forma conjugada del verbo "haber".

Para muchos es extraordinario que las vestimentas indígenas tradicionales **se hayan conservado** hasta nuestros días.

■ Como se mencionó en la *Unidad 4,* el participio pasado se forma agregando **-ado** a la raíz de los verbos terminados en **-ar,** e **-ido** a la raíz de los verbos terminados en **-er** e **-ir**: terminar → **terminado,** aprender → **aprendido,** recibir → **recibido.** El participio pasado es invariable; siempre termina en **-o.**

■ La siguiente es una lista de participios pasados irregulares de uso frecuente:

abierto	escrito	puesto	visto
cubierto	hecho	resuelto	vuelto
dicho	muerto	roto	

Notas para hispanohablantes Como se mencionó en la *Unidad 4,* hay una tendencia dentro de algunas comunidades de hispanohablantes a regularizar estos participios pasados y sus derivados. De esta manera, en vez de usar la forma del participio pasado que es irregular (abierto, cubierto, compuesto, devuelto,...), usan una forma regular: *abrido, cubrido, componido, devolvido,...* Es importante evitar este uso fuera de esas comunidades y en particular al escribir.

Uso

■ El presente perfecto de subjuntivo se usa en cláusulas subordinadas que requieren el subjuntivo y que se refieren a acciones o acontecimientos pasados que comenzaron en el pasado y que continúan en el presente. El verbo de la cláusula principal puede estar en el presente o en el presente perfecto de indicativo, en el futuro o puede ser un mandato.

Mis padres no han regresado todavía. Es posible que **hayan decidido** pasar más días en Paraguay.

Hasta ahora no he conocido a nadie que **haya estado** en la región del Chaco.

Espero que mis padres **hayan tenido** la oportunidad de asistir a un concierto de música guaraní.

Preguntaré cómo ir a Ciudad del Este tan pronto como **haya llegado** a mi hotel en Asunción.

En tu próxima visita, ve a un lugar donde no **hayas estado** antes.

Ahora, ¡a practicar!

A. Cambios recientes. Menciona algunos cambios que probablemente han ocurrido en Paraguay últimamente.

MODELO introducir reformas agrarias
Es probable que se hayan introducido reformas agrarias.

1. mejorar el nivel de vida de los indígenas
2. repartirles tierras a los campesinos
3. tratar de estabilizar la economía
4. promover el desarrollo de la zona oriental
5. nacionalizar algunas empresas
6. crear más presas hidroeléctricas

B. Razones. Tú y tus compañeros(as) especulan acerca de los personajes del cuento de Milia Gayoso. ¿Por qué no crió Elisa a su hija Delicia?

MODELO no estar preparada para ser madre
Es probable que Elisa no haya estado preparada para ser madre.

1. no tener suficiente dinero
2. estar sin trabajo
3. desear una familia acomodada para su hija
4. no querer responsabilidades
5. sentir vergüenza de ser madre soltera
6. ... *(añade otras suposiciones)*

C. Quejas. Los padres de unos(as) amigos(as) que hicieron una excursión a Asunción lamentan que sus hijos(as) no hayan podido hacer todas las cosas que habían planeado.

MODELO ir al Centro de Artes Visuales
Sentimos (Lamentamos, Es triste, Es una lástima) que no hayan ido al Centro de Artes Visuales.

1. visitar el Panteón Nacional de los Héroes
2. entrar al Palacio de Gobierno

3. subir al Hotel Guaraní para tener una buena vista de la ciudad
4. ver las hermosas casas de Villa Morra
5. probar la sopa paraguaya, que es un tipo de pan
6. asistir a un concierto de arpa paraguaya
7. hacer una excursión al lago Ypacaraí
8. ... *(añade otros planes que no se realizaron)*

D. ¿Buen o mal gusto? ¿Qué opinas de la ropa que llevaban las personas en las siguientes situaciones?

MODELO   En su entrevista para gerente de una boutique que se especializa en ropa súper elegante para mujeres de negocios, Estela Quispe llevaba jeans y una blusa de lunares negros y amarillos.
Es bueno (interesante, maravilloso, una lástima, horroroso) que haya llevado jeans y una blusa de lunares.

1. El primer día de clases Mario Méndez llevaba shorts y zapatos sin calcetines.
2. La noche de su *senior prom* Marianela Ávalos llevaba un vestido largo de seda negra y un collar de perlas.
3. El acompañante de Marianela llevaba overoles, una camisa roja y botas negras.
4. Para su entrevista para un programa de graduación en la Universidad de Stanford, Ernesto Trujillo llevaba un traje azul marino, camisa blanca, corbata roja y un par de tenis blancos.
5. Para la boda de su prima, Maricarmen Rodríguez llevaba una falda negra con volantes blancos y una blusa blanca de rayas negras.
6. El esposo de Maricarmen llevaba pantalones negros, camisa blanca, corbata negra y zapatos blancos.

El pluscuamperfecto de indicativo y el pluscuamperfecto de subjuntivo

El pluscuamperfecto de indicativo	El pluscuamperfecto de subjuntivo
había aceptado	**hubiera** aceptado
habías aceptado	**hubieras** aceptado
había aceptado	**hubiera** aceptado
habíamos aceptado	**hubiéramos** aceptado
habíais aceptado	**hubierais** aceptado
habían aceptado	**hubieran** aceptado

■ El pluscuamperfecto de indicativo se usa para mostrar que una acción pasada tuvo lugar antes de otra acción pasada o antes de un tiempo específico en el pasado.

Antes de octubre de 1813, ningún país latinoamericano **había declarado** su independencia. Cuando el abogado José Gaspar Rodríguez de Francia fue declarado dictador perpetuo en 1816, ya **había gobernado** el país antes como dictador.

■ El pluscuamperfecto de subjuntivo se usa cuando se cumplen las condiciones para el uso del subjuntivo y una acción pasada tiene lugar antes de un punto anterior en el tiempo. El verbo principal de la oración puede estar en el pasado (pretérito, imperfecto, pluscuamperfecto), en el condicional o en el condicional perfecto.

Cuando visitamos Paraguay hace unos años, todos se quejaban de que el gobierno no **hubiera podido** controlar la inflación.

A la corona española no le gustaba que los jesuitas **hubiesen adquirido** tantas riquezas.

> **Nota para hispanohablantes** Hay una tendencia dentro de algunas comunidades de hispanohablantes a evitar el uso del pluscuamperfecto de subjuntivo. Por ejemplo, en vez de usar el pluscuamperfecto de subjuntivo y decir "se quejaban de que el gobierno no hubiera podido..." o "no le gustaba que los jesuitas hubiesen adquirido...", usan el indicativo: *se quejaban de que el gobierno no había podido...* o *no le gustaba que los jesuitas habían adquirido...* Es importante evitar este uso fuera de esas comunidades y en particular al escribir.

Futuro perfecto y condicional perfecto

Futuro perfecto	Condicional perfecto
habré comprendido	**habría** comprendido
habrás comprendido	**habrías** comprendido
habrá comprendido	**habría** comprendido
habremos comprendido	**habríamos** comprendido
habréis comprendido	**habríais** comprendido
habrán comprendido	**habrían** comprendido

■ El futuro perfecto se usa para mostrar que una acción futura se habrá completado antes del comienzo de otra acción futura o antes de un tiempo específico en el futuro.

La próxima semana ya **habremos terminado** nuestra visita a Paraguay.
Cuando tú llegues a las Cataratas del Iguazú, yo ya **habré salido** de Paraguay.

■ El condicional perfecto expresa conjetura o lo que habría o podría haber ocurrido en el pasado. Aparece a menudo en oraciones que tienen una cláusula con la conjunción "si".

No sé qué **habrían hecho** ellos en esa situación.
Si hubieras ido al pueblito de Trinidad cerca de Encarnación, **habrías visto** la reducción jesuita mejor preservada del país.

Ahora, ¡a practicar!

A. Preguntas difíciles. La mejor amiga de Delicia quería saber qué reacción había tenido Delicia al descubrir que era una hija adoptiva. ¿Qué le preguntó?

MODELO alegrarse con la noticia
Le preguntó si se había alegrado con la noticia.

1. querer abandonar a sus padres adoptivos
2. escuchar las explicaciones de Elisa
3. leer todas las cartas de Elisa
4. sentir curiosidad por saber qué hacía Elisa
5. perder la confianza en sus padres adoptivos
6. perdonar las mentiras de sus padres adoptivos

B. Quejas. Hacia el fin del siglo XX algunos paraguayos se quejaban de muchas cosas que habían ocurrido un poco antes. ¿Qué lamentaba la gente?

MODELO   la deuda externa / aumentar drásticamente
La gente lamentaba que en los años anteriores la deuda externa hubiera aumentado drásticamente.

1. la productividad del país / disminuir
2. los precios de la ropa y de los comestibles / subir mucho
3. la inflación / no controlarse
4. el estándar de vida / declinar
5. muchos intelectuales / emigrar
6. la cultura guaraní / no promoverse mucho
7. . . . (añade otras quejas)

C. Predicciones. Tu amigo(a) paraguayo(a) es muy optimista. ¿Qué opiniones expresa acerca de lo que cree que habrá ocurrido dentro de veinte años?

MODELO   el país / modernizarse completamente
Dentro de veinte años, el país ya se habrá modernizado completamente.

1. el desempleo / bajar
2. la economía / estabilizarse
3. la deuda externa / pagarse
4. el país / convertirse en una potencia agrícola
5. la energía hidroeléctrica / desarrollarse
6. el guaraní / convertirse en una lengua oficial de todo el Cono Sur
7. el país / llegar a ser una nación industrializada

D. Vacaciones muy cortas. Después de una corta estadía en Paraguay, les dices a tus amigos(as) lo que habrías hecho en caso de que hubieras podido quedarte más tiempo.

MODELO   conversar más tiempo con estudiantes paraguayos
Habría conversado más tiempo con estudiantes paraguayos.

1. ir a un restaurante donde tocaran música folklórica paraguaya
2. obtener boletos para ver una obra en el Teatro Municipal
3. comprar discos compactos de música de arpa
4. ver un partido de fútbol
5. adquirir más artesanías paraguayas
6. pasear en barco por el río Paraguay
7. bañarse en el lago Ypacaraí
8. visitar algunas reducciones jesuitas

Lección 4

6.6   SECUENCIA DE TIEMPOS

¡A que ya lo sabes!

¿Qué dijo Andrea cuando la profesora le pidió que mencionara dos hechos importantes sobre la autora chilena Isabel Allende? Mira los siguientes pares de oraciones y decide, en cada par, cuál de las dos oraciones te suena mejor, la primera o la segunda.

1. a. Isabel Allende *quería* que su país vuelva a la democracia.
   b. Isabel Allende *quiere* que su país vuelva a la democracia.

2. a. Ella quería que la muerte de su tío *sirva* como ejemplo de las atrocidades de los militares.
   b. Ella quería que la muerte de su tío *sirviera* como ejemplo de las atrocidades de los militares.

Si seleccionaron la segunda en ambos pares, se habrán dado cuenta de lo lógico que es cuando ya tienen un conocimiento tácito de las reglas que gobiernan la secuencia de tiempos. Sigan leyendo y ese conocimiento se hará aun más uniforme.

- La secuencia de tiempos se refiere al hecho de que en una oración con una cláusula subordinada tiene que haber correlación entre el tiempo del verbo principal y el tiempo del verbo subordinado. Los siguientes tiempos pueden usarse cuando tanto la cláusula principal como la subordinada están en indicativo.

Verbos en indicativo			
Tiempos simples		**Tiempos perfectos**	
Presente	acepto	**Presente perfecto**	he aceptado
Futuro	aceptaré	**Futuro perfecto**	habré aceptado
Imperfecto	aceptaba	**Pluscuamperfecto**	había aceptado
Pretérito	acepté	**Pretérito anterior**	hube aceptado*
Condicional	aceptaría	**Condicional perfecto**	habría aceptado

- Cuando los verbos de la cláusula principal y de la cláusula subordinada están en el indicativo, no hay restricciones en la manera como se pueden combinar los tiempos verbales con tal de que la oración tenga sentido.

  Los mapuches de Chile **son** miembros de una familia lingüística que **incluye** a muchos grupos indígenas que **habitaban** grandes extensiones de Sudamérica.

*El pretérito anterior no se usa en la lengua hablada y actualmente se usa raramente en la lengua escrita.

UNIDAD 6

Unos amigos míos me **contaron** que se **habían divertido** inmensamente cuando **visitaron** Santiago.

Cuando **viajaron** a un pueblecito donde **hacen** guitarras, todos **querían** comprar una.

■ La misma regla se aplica cuando el verbo principal es un mandato.

Dime qué **quieres** hacer hoy; no me **digas** lo que **querías** hacer ayer.
Pregúntame adónde **iré** esta tarde.
Explíquenme lo que **habrían hecho** Uds. en esa situación.

Ahora, ¡a practicar!

A. Lecturas. Menciona algunos de los datos que recuerdas de tus lecturas sobre Chile.

MODELO   Bernardo O'Higgins / participar en las guerras de la independencia
Recuerdo que Bernardo O'Higgins participó en las guerras de la independencia.

1. Diego Portales / promulgar una constitución en 1833
2. Chile / tener gobiernos democráticos entre 1830 y 1933
3. La Guerra del Pacífico / durar de 1879 a 1883
4. Eduardo Frei Montalva, demócrata-cristiano / ganar las elecciones de 1964
5. Salvador Allende / ser presidente entre 1970 y 1973
6. Allende / morir durante el golpe militar de 1973
7. El dictador Augusto Pinochet / gobernar el país por más de quince años
8. el país / tener un presidente democrático en 1990
9. Eduardo Frei Ruiz-Tagle, hijo de Eduardo Frei Montalva / resultar elegido presidente en 1993
10. Ricardo Lagos / ganar las elecciones presidenciales en la segunda vuelta en el año 2000

B. Recuerdos. Un señor chileno te cuenta cómo era su vida cuando supo del golpe de estado que llevó al poder al general Pinochet en 1973.

MODELO   tener quince años
Cuando ocurrió el golpe militar, yo tenía quince años.

1. vivir en Santiago con mi familia
2. ser estudiante de secundaria
3. no entender mucho de política
4. llevar una vida muy tranquila
5. pensar que Allende terminaría su período constitucional
6. creer que los militares no intervendrían en la política

C. Futuro inmediato. ¿Cómo ves la situación en Chile en los próximos veinte años?

MODELO   haber estabilidad política
Opino (Pienso, Imagino) que habrá estabilidad política todavía. o
Opino (Pienso, Imagino) que no habrá estabilidad política.

1. existir un sistema político democrático
2. aumentar la población de modo significativo
3. desarrollarse proyectos económicos con países vecinos

4. disminuir la importancia de la minería
5. desarrollarse aún más la industria del turismo
6. exportarse frutas y vino
7. construirse carreteras
8. ... (*añade otras predicciones*)

D. ¿Qué pasará? ¿Habrá cambios en Chile antes del año 2015?

MODELO   la constitución / cambiar
Me imagino (Supongo, Sin duda) que antes del año 2015 la constitución (no) habrá cambiado.

1. la población / alcanzar veinte millones
2. el gobierno chileno / hacer acuerdos con EE.UU.
3. los chilenos / poblar el extremo sur del país
4. la gente / destruir muchos bosques nativos
5. la lengua mapuche / desaparecer
6. la falta de carreteras / ser superado
7. las exportaciones hacia Europa y EE.UU. / aumentar significativamente
8. los estudiantes universitarios / conseguir importancia política
9. la moneda nacional / perder su valor
10. ... (*añade otras predicciones*)

E. ¡Ahora sé más! Di lo que pensabas acerca de Chile antes de leer la lección y después de leerla.

MODELOS   (no) ser un país muy pequeño/grande
Pensaba que Chile era un país muy pequeño, pero ahora sé que hay otros países más pequeños. o
Pensaba que Chile era un país muy grande, pero ahora sé que aunque es largo, es bastante angosto.

1. (no) tener un gobierno militar/democrático
2. (no) estar al norte/sur/este de Perú
3. (no) tener influencia indígena/africana
4. (no) ser un país próspero/pobre
5. (no) tener variedad geográfica
6. (no) tener industria minera/agrícola
7. (no) tener escritores/artistas famosos
8. (no) estar al lado de Uruguay/Argentina
9. ... (*añade otras impresiones*)

Verbos en indicativo y subjuntivo

■ Si el verbo principal de una oración está en presente, presente perfecto, futuro, futuro perfecto o es un mandato, el verbo de la cláusula subordinada aparece normalmente en presente o presente perfecto del subjuntivo.

Verbo principal (indicativo)	Verbo subordinado (subjuntivo)
Presente	
Presente perfecto	
Futuro	Presente
Futuro perfecto	Presente perfecto
Mandato	

La gente **espera** que el nuevo presidente les **resuelva** todos sus problemas.
Sé que el profesor me **aconsejará** que **lea** los poemas de Pablo Neruda.
Queremos conversar con alguien que **haya estado** en Chile recientemente.

■ La cláusula subordinada también puede estar en el imperfecto o pluscuamperfecto de subjuntivo cuando la acción a que se refiere la cláusula subordinada ha ocurrido antes de la acción a que se refiere la cláusula principal.

Siento que tu viaje a la Patagonia no se **realizara.**
No creo que Chile **hubiera declarado** su independencia antes de 1800.

■ Si el verbo principal está en cualquiera de los tiempos del pasado, en el condicional o en el condicional perfecto, el verbo de la cláusula subordinada debe estar ya sea en imperfecto o en pluscuamperfecto de subjuntivo. El pluscuamperfecto de subjuntivo indica que la acción de la cláusula subordinada es anterior a la de la cláusula principal.

Verbo principal (indicativo)	Verbo subordinado (subjuntivo)
Pretérito	
Imperfecto	
Pluscuamperfecto	Imperfecto
Condicional	Pluscuamperfecto
Condicional perfecto	

¿**Deseabas** visitar un pueblo que **tuviera** un buen mercado de artesanías?
Al no verte en el aeropuerto, todos **temimos** que **hubieras perdido** el vuelo.
Sería bueno que **aumentaran** el presupuesto para la educación.
Le dije a mi compañera que me **había molestado** que nadie **hubiera querido** acompañarme al Museo de Arte Precolombino.

Nota para hispanohablantes   Hay una tendencia dentro de algunas comunidades de hispanohablantes a evitar el uso del imperfecto y del pluscuamperfecto de subjuntivo. De esta manera, en vez de usar el imperfecto o el pluscuamperfecto de subjuntivo (temimos que hubieras perdido...; Sería bueno que aumentaran...; me había molestado que nadie hubiera querido...), usan sólo verbos en indicativo: *temíamos que habías perdido..., Sería bueno que aumenten...; me había molestado que nadie había querido...* Es importante evitar este uso fuera de esas comunidades y en particular al escribir.

Ahora, ¡a practicar!

A. Cosas sorprendentes. Les mencionas a tus amigos(as) datos de Chile que te han sorprendido.

MODELO   ser país largo y estrecho
Me ha sorprendido que Chile sea un país tan largo y estrecho.

1. poseer una parte de la Antártida
2. tener posesiones en el océano Pacífico, como la Isla de Pascua
3. concentrar la población en la parte central de su territorio
4. gozar, en la zona central, de un clima y paisaje semejantes a los de California
5. disponer de canchas de esquí de renombre mundial
6. producir vinos famosos en el mundo entero
7. (*¿otras cosas sorprendentes?*)

B. Posible visita. Tú y tus amigos(as) dicen cuándo o bajo qué condiciones visitarán Chile.

MODELO   antes de que / terminar el año escolar
Visitaré Chile antes de que termine el año escolar.

1. tan pronto como / reunir dinero
2. con tal (de) que / poder quedarme allí tres meses por lo menos
3. después (de) que / graduarme
4. cuando / estar en mi tercer año de la universidad
5. en cuanto / aprobar mi curso superior de español

C. Cosas buenas. Éstas son algunas de las respuestas que te dan tus amigos chilenos cuando les preguntas qué cambios desean en el país.

MODELO   la economía / no depender de los precios del cobre
Preferiría (Me gustaría, Sería bueno) que la economía no dependiera de los precios del cobre.

1. el país / tener otros centros económicos importantes, además de Santiago
2. el gobierno / proteger la industria nacional
3. la carretera panamericana / estar mejor mantenida
4. el gobierno / preocuparse más de la preservación de las riquezas naturales
5. nosotros / explotar más los recursos minerales del desierto de Atacama
6. el presidente / (no) poder ser reelegido

D. Recuerdos de años difíciles. Algunos(as) amigos(as) chilenos(as) te hablan de lo que le gustaba y no le gustaba a la gente durante la década de los 80.

MODELO   las libertades individuales / desaparecer
A la gente no le gustaba que las libertades individuales hubieran desaparecido.

1. la exportación de fruta / aumentar
2. el orden público / restablecerse
3. la economía / mejorar un poco
4. los latifundios / no eliminarse
5. el costo de la educación / subir mucho
6. muchos profesionales / abandonar el país
7. ... (*añade otras preferencias*)

UNIDAD 6

Cláusulas condicionales con si

La secuencia de tiempos en las cláusulas condicionales con "si" no se ajusta totalmente a las reglas dadas en la sección anterior. Las siguientes son las estructuras usadas más frecuentemente.

- Con acciones que seguramente tendrán lugar en el presente o en el futuro, la cláusula que contiene "si" se usa en el presente de indicativo y la cláusula que contiene el resultado está en el presente de indicativo o en el futuro, o es un mandato.

Cláusula que contiene si	Cláusula que contiene el resultado
si + presente de indicativo	presente de indicativo futuro mandato

Si **podemos, queremos** ver el nuevo edificio del Congreso Nacional en Valparaíso.
Si **voy** a Viña del Mar, **tomaré** el sol en una de las playas.
Si **estás** en Valparaíso, no **dejes** de subir a uno de los cerros en ascensor.

- Con acciones o situaciones inciertas o contrarias a la realidad en el presente o en el futuro, la cláusula que contiene "si" está en el imperfecto de subjuntivo y la cláusula que contiene el resultado está en el condicional.

Cláusula que contiene si	Cláusula que contiene el resultado
si + imperfecto de subjuntivo	condicional

Si mis padres **fueran** a la Isla de Pascua, **sacarían** muchas fotografías de los *moais*.

- Con acciones que no se realizaron en el pasado, y que por lo tanto son contrarias a la realidad, la cláusula que contiene "si" está en el pluscuamperfecto de subjuntivo y la cláusula que contiene el resultado está en el condicional perfecto.

Cláusula que contiene si	Cláusula que contiene el resultado
si + pluscuamperfecto de subjuntivo	condicional perfecto

Si hubiera ido a Chile, **habría visto** los cuadros del artista Roberta Matta. Escuela México.

Nota para hispanohablantes Hay una tendencia dentro de algunas comunidades de hispanohablantes a mezclar estos tiempos de distintas maneras. Por ejemplo, en vez de decir "si hubiera ido, habría visto los cuadros", dicen: *si hubiera ido, hubiera visto los cuadros; si habría ido, habría visto los cuadros*; o *si habría ido, hubiera visto los cuadros.* Es importante evitar este uso fuera de esas comunidades y en particular al escribir.

Ahora, ¡a practicar!

A. En el sur. Si pudieras ir, ¿qué harías en el sur de Chile?

MODELO   visitar el mercado de artesanías de Angelmó
Si pudiera ir al sur de Chile, visitaría el mercado de artesanías de Angelmó.

1. navegar en el río Bío-Bío
2. recorrer algunos pueblos mapuches cerca de Temuco
3. ver los fuertes españoles del siglo XVII cerca de Valdivia
4. pasearme por los densos bosques del Parque Nacional Puyehue cerca de Osorno
5. alquilar un bote en el lago Llanquihue

B. Planes. ¿Qué planes tienes para los días que vas a pasar en Santiago?

MODELO   tener tiempo / ir al parque de atracciones de Fantasilandia
Si tengo tiempo, iré al parque de atracciones Fantasilandia.

1. alguien acompañarme / subir al cerro San Cristóbal
2. estar abierta / entrar en La Chascona, una de las casas de Pablo Neruda en Santiago
3. no hacer demasiado frío / esquiar en Farellones
4. despertarme temprano / salir para el pueblo de Pomaire para ver trabajar a los artesanos
5. no haber neblina / ver el glaciar del Parque Nacional El Morado
6. todavía tener dinero / ir a los nuevos centros comerciales
7. darme hambre / comprar fruta en el mercado central

C. ¡Qué lástima! Chile es un país tan largo que no pudiste visitar todo lo que querías. Di lo que habrías hecho si hubieras tenido tiempo.

MODELO   visitar el desierto de Atacama
Si hubiera tenido tiempo, habría visitado el desierto de Atacama.

1. pasar unos días en Arica, cerca de la frontera con Perú
2. ver los edificios coloniales de La Serena
3. entrar en iglesias del siglo XVIII en la isla de Chiloé
4. volar a Punta Arenas, la ciudad más austral del mundo
5. hacer una visita a la Isla de Pascua

Materias de consulta

Tablas cronológicas de *El mundo 21 hispano**
Tabla cronológica de la Unidad 1

Hispanos en EE.UU.	Siglo XIX	El mundo
	1823	**EE.UU.** proclama la Doctrina de Monroe.
	1837	**Inglaterra:** Victoria es coronada reina de la Gran Bretaña.
	1846	**EE.UU.** declara guerra contra México.
México: Tratado de Guadalupe Hidalgo. México cede casi la mitad de su territorio a EE.UU.	1848	**Alemania:** Karl Marx y Federico Engels publican *Manifiesto comunista.* **Francia:** Revolución obrera, abdicación de Luis Felipe. Napoleón Bonaparte es elegido presidente.
México: La Compra de Gadsden da a EE.UU. partes de Arizona y Nuevo México.	1851	
	1860	**EE.UU.:** Abraham Lincoln es elegido presidente. **China:** Pierde la guerra contra Francia e Inglaterra.
	1861–1865	**EE.UU.:** Guerra Civil.
	1866	**Suecia:** Alfred Nobel inventa la dinamita.
Cuba: Guerra de los 10 años contra España. Empieza la primera guerra de la independencia cubana y la primera ola de refugiados cubanos a EE.UU.	1868	
	1877	**EE.UU.:** Los indígenas siux son forzados a abandonar sus intereses en Nebraska.
México: El General Porfirio Díaz domina el país.	1877–1910	
Cuba: Fin de la guerra de los 10 años.	1878	
	1882	**Europa:** Triple Alianza entre Alemania, Austria-Hungría e Italia.
Cuba: Guerra de Independencia.	1895	**Alemania:** El científico alemán Wilhelm Roentgen descubre los rayos X.
Cuba: A causa de la explosión del *Maine* en la bahía de La Habana EE.UU. le declara guerra a España; ésta es derrotada y le cede a EE.UU. Cuba, Puerto Rico, Guam y las Filipinas.	1898	
	Siglo XX	
Cuba: Se establece la República de Cuba cuando termina la ocupación estadounidense.	1902	
Cuba: Fin de la intervención de EE.UU.	1909	
México: Se inicia la Revolución Mexicana y más de 1 millón de mexicanos emigran a EE.UU.	1910–1920	
	1911	Se crea la República de China.
	1912	Se hunde el *R.M.S. Titanic.* Más de 1.500 personas mueren.
	1914–1918	Primera Guerra Mundial.
República Dominicana: Ocupación militar del país por parte de EE.UU.	1916–1924	
Puerto Rico: Puertorriqueños reciben ciudadanía estadounidense.	1917	
	1929	**EE.UU.:** Cae la bolsa en Nueva York y empieza la Gran Depresión.
México: 400.000 mexicanos en EE.UU. son repatriados a México.	1929–1935	
República Dominicana: Dictadura de Rafael Leónidas Trujillo.	1930–1961	
	1939–1945	Segunda Guerra Mundial.
	1941	**EE.UU.:** Japoneses atacan Pearl Harbor.
Puerto Rico: Empieza la inmigración de puertorriqueños a EE.UU.	1942	
México: Se establece con EE.UU. el programa de braceros.	1942–1964	
	1946	**Mundo:** Se crean las Naciones Unidas.
Guatemala: Empieza el largo período de inestabilidad y violencia que inicia la inmigración guatemalteca.	1957	

*Algunas fechas en estas tablas son aproximadas ya que faltan datos exactos.

Hispanos en EE.UU.	Siglo XX	El mundo
Cuba: Fidel Castro toma control.	1959	
Cuba: Empieza la segunda gran inmigración de cubanos a EE.UU.	1960	
Cuba: Fracasa la invasión de Bahía de Cochinos.		
República Dominicana: Asesinato de Rafael Leónidas Trujillo.	1961	
República Dominicana: Primera gran inmigración de dominicanos a EE.UU.	1962	
	1963	**EE.UU.:** Asesinato del Presidente Kennedy.
	1964	**EE.UU.:** No se renueva el programa de braceros, lo cual causa un continuo aumento hasta el presente en el número de trabajadores indocumentados de México.
Cuba: Llegan más de 260.000 refugiados cubanos a EE.UU.	1965–1973	
Cuba: Tercera gran inmigración de cubanos (Marielitos).	1980	
República Dominicana: Segunda gran inmigración de dominicanos a EE.UU.		

Tabla cronológica de la Unidad 2

España, México, Cuba, la República Dominicana y Puerto Rico	a.C	El mundo
Mesoamérica: Primera fecha del calendario maya.	3372	
	3000	**Egipto:** Empiezan las dinastías de los faraones.
España: Pinturas en las Cuevas de Altamira.	1700–1400	
México: Empieza la civilización olmeca.	1200	**Turquía:** Destrucción de Troya por los griegos.
España: Llegada de los fenicios.	1100	
	1000	**Israel:** Salomón sucede al rey David y hace construir el Templo de Jerusalén.
	753	**Italia:** Fundación de Roma.
México: Los zapotecas establecen un gran centro ceremonial en Monte Albán. **México:** Los olmecas construyen la pirámide de Cuicuilco.	600	
	586	**Babilonia:** El rey Nabucodonosor II establece su imperio y destruye Jerusalén.
España: Aparecen varias colonias griegas.	500	
	490	**Grecia:** Los griegos derrotan a los persas en las batallas de Maratón.
España: Los celtas introducen el uso del hierro.	450	
	399	**Grecia:** Sócrates es condenado a muerte.
España: Península Ibérica pasa a ser parte del Imperio Romano.	218	
	44	**Roma:** Asesinato de Julio César.
	4	**Cristianismo:** Fecha probable del nacimiento de Jesucristo.
	d.C	
Mesoamérica: La civilización maya desarrolla la escritura, la astronomía y las matemáticas.	250–900	
	306–314	**Italia:** Roma se convierte al cristianismo bajo el emperador Constantino.
México: Se desarrollla Teotihuacán.	326–350	
España: Inicio de varias invasiones por pueblos "bárbaros".	409	
	410	**Italia:** Los visigodos saquean Roma y termina el Imperio Romano.
	541–544	**Europa:** La peste bubónica elimina la mitad de la población europea.
España: El rey Recaredo y toda la península se convierte al catolicismo.	587	
	598	**Inglaterra:** Se establece la primera escuela en Canterbury.
España: Los árabes invaden y controlan grandes partes de la Península Ibérica.	711–1492	
	750–850	**Arabia:** La cultura árabe tiene su Siglo de Oro.
	771	**Europa:** Carlomagno es coronado emperador del Sacro Imperio Romano Germánico, uniendo así a Europa.

España, México, Cuba, la República Dominicana y Puerto Rico	d.C	El mundo
México: Los olmecas levantan la primera pirámide del Nuevo Mundo. Se pintan los primeros frescos en Bonampak.	800	**Europa:** Se construyen los primeros castillos europeos.
México: Esplendor de la cultura tolteca.	900–1200	
España: Córdoba llega a ser el centro máximo de la cultura del occidente.	912–961	
	1050	**EE.UU.:** Cahokia, en lo que hoy es Illinois, se convierte en el pueblo más grande de Norteamérica.
México: Florecimiento de la cultura azteca.	1200–1519	
	1215	**Inglaterra:** Se firma la *Magna Carta.*
España: Fundación de la Universidad de Salamanca.	1242	
	1271	**China:** Marco Polo viaja a Beijing.
	1339	**Rusia:** Empieza la construcción del Kremlin.
México: Los aztecas fundan Tenochtitlán.	1345	
	1347–1352	**Europa:** La segunda gran peste bubónica mata un tercio de los habitantes.
México: El imperio azteca entra en un período de expansión.	1400	
	1431	**Francia:** Muere Juana de Arco.
España: Los Reyes Católicos logran la unidad política y territorial de España, la expulsión de los judíos y la llegada a América.	1492	
Puerto Rico: Llegada de los españoles.	1493	
	1497–1503	**Italia:** Amerigo Vespucci descubre que las costas americanas están separadas de Asia. En su honor, el nuevo territorio se llama América.
	1501	**Italia:** Miguel Ángel esculpe el *David* en Florencia.
Cuba: Colonización por los españoles.	1511	
México: Llegada de la expedición española de Hernán Cortés.	1519	
	1520	**Europa:** Se introduce el chocolate.
México: El emperador azteca Cuauhtémoc es capturado por los españoles señalando la caída de Tenochtitlán.	1521	
España: Siglo de Oro	1550–1660	
España: Felipe II recibe España, los Países Bajos, posesiones en las Américas e Italia.	1556	**Europa:** Carlos V abdica.
España: Fracaso de la Armada Invencible marca el comienzo de la decadencia.	1588	
Puerto Rico: El pirata inglés Sir Francis Drake fracasa en su asalto a la ciudad de San Juan.	1595	
España: Los Borbones toman posesión de la monarquía.	1714	
	1803	**Francia:** Napoleón firma el *Louisiana Purchase.*
España: Invasión de tropas francesas.	1807	
España: Reinado de Isabel II.	1833–1868	
	1845–1846	**Irlanda:** Una enfermedad destruye la cosecha de papas y un millón muere de hambre.
	1846–1848	**EE.UU.:** Guerra contra México.
México: Al perder la Guerra Mexicano-Estadounidense, con el Tratado de Guadalupe-Hidalgo México cede la mitad de su territorio a EE.UU.	1848	
México: Benito Juárez es elegido presidente.	1858	
	1860	**EE.UU.:** Abraham Lincoln asume la presidencia.
México: Los franceses son derrotados en la Batalla del 5 de Mayo en Puebla.	1862	
México: El francés Maximiliano de Habsburgo es Emperador de México.	1864–1867	
	1865	**EE.UU.:** Termina la Guerra Civil cuando el General Lee se rinde ante el General Grant.
México: El general Porfirio Díaz domina al país.	1877–1910	
España, Cuba, Puerto Rico: Estalla la Guerra Hispano-Estadounidense y España pierde. Le cede a EE.UU. Puerto Rico, Guam, las Filipinas y renuncia a su control sobre Cuba.	1898	
	1901	**Inglaterra:** Muere la reina Victoria; su hijo Eduardo VII se convierte en rey.
Cuba: Se establece la República de Cuba.	1902	
México: Estalla la Revolución Mexicana.	1910	

España, México, Cuba, la República Dominicana y Puerto Rico	d.C	El mundo
	1910–1930	**EE.UU.:** Más de un millón de mexicanos emigran a EE.UU.
Puerto Rico: Como resultado de la ley Jones, los puertorriqueños reciben la ciudadanía estadounidense.	1917	
	1929	**EE.UU.:** Cae la bolsa en Nueva York y empieza la Gran Depresión que llega a afectar a todo el mundo.
México: El Partido Revolucionario Institucional (PRI) se mantiene en control del gobierno.	1929–1997	
España: La Guerra Civil Española.	1936–1939	
España: El Generalísimo Francisco Franco gobierna el país.	1939–1975	
Puerto Rico: Una nueva constitución establece el Estado Libre Asociado (ELA) de Puerto Rico. Luis Muñoz Marín es elegido primer gobernador.	1952	**Inglaterra:** Elizabeth II sube al trono tras la muerte de su padre George VI.
Cuba: El militar Fulgencio Batista se mantiene en el poder.	1952–1958	
Cuba: Fidel Castro y sus hombres derrocan a Fulgencio Batista y toman el poder en diciembre.	1958	
	1959	**EE.UU.:** Alaska y Hawai se convierten en los estados 49 y 50 del país.
Cuba: Crisis con EE.UU. por los sitios de misiles nucleares rusos en este país.	1962	
	1974	**EE.UU.:** El presidente Richard Nixon se ve obligado a renunciar después de *Watergate*.
España: Juan Carlos I de Borbón gobierna.	1975–presente	
España: Nueva constitución establece un Estado de Autonomías.	1978	
España: Se hace miembro de la Comunidad Económica Europea.	1986	
	1989	**Alemania:** Se desmantela el Muro de Berlín, erigido en 1961.
España: Sitio de la Expo de Sevilla y de los Juegos Olímpicos de Barcelona.	1992	
México: Rebelión de indígenas en Chiapas cuestiona la política del gobierno hacia los más pobres.	1994	
	1995	**EE.UU.:** La cantante chicana Selena es asesinada en Tejas.
Cuba: Más de dos millones de turistas al año visitan la isla.	2002	

Tabla cronológica de la Unidad 3

Nicaragua, Honduras, El Salvador y Guatemala	a.C	El mundo
	4236	**Egipto:** Primera fecha del calendario egipcio.
Nicaragua: Huellas de Acahualinca.	4000	
Mesoamérica: Aparecen los primeros pueblos en la región.	2000–1500	
	1600	**Fenicia:** Los fenicios desarrollan su alfabeto.
Mesoamérica: Aparecen varios pueblos de los mayas y de los olmecas.	1200	
	1354–1346	**Egipto:** Dinastía de Tutankamón.
Mesoamérica: Empieza a sentirse la influencia cultural, comercial y artística de los olmecas.	900	
	776	**Grecia:** Primeros juegos olímpicos.
Mesoamérica: Florece la cultura zapoteca en Monte Albán.	500	**EE.UU.:** La civilización adena florece en lo que hoy es Ohio.
Mesoamérica: Empieza la caída de la civilización olmeca.	400	
	399	**Grecia:** Sócrates es condenado a muerte.
	336	**Macedonia:** Es asesinado Felipe II, y su hijo Alejandro Magno es coronado rey.
Mesoamérica: Monte Albán se convierte en un extenso y complejo centro urbano.	100–250 d.C.	
	30	**Roma:** Suicidio de Marco Antonio y Cleopatra. Anexión de Egipto a Roma.
	4	**Cristianismo:** Fecha probable del nacimiento de Jesucristo.

Nicaragua, Honduras, El Salvador y Guatemala	d.C	El mundo
Guatemala: En Tikal, la fecha más antigua de la escritura maya.	292	
Mesoamérica: Apogeo de la cultura maya. Desarrollo de su escritura, astronomía y matemáticas.	300–800	
	500	**EE.UU.:** El pueblo thule llega a Alaska.
	771	**China:** Se inventa la imprenta.
Mesoamérica: Los toltecas se apoderan de las ciudades mayas de Yucatán.	900	
Mesoamérica: Los toltecas y mixtecas de México dominan grandes partes de la región.	970	
	1050	**EE.UU.:** Cahokia, en lo que hoy es Illinois, se convierte en el pueblo más grande de Norteamérica.
	1215	**Inglaterra:** Se firma la *Magna Carta*.
	1227	**Imperio Mongol:** Muere Gengis Kan.
Mesoamérica: Chichén Itzá es conquistada por los toltecas.	1250	
	1501	**África, América:** Son llevados a América los primeros esclavos africanos.
Nicaragua: Cristobal Colón llega a la costa oriental de la región.	1502	
	1517	**Alemania:** Martín Lutero publica su tesis, origen de la Reforma.
El Salvador: Se funda la ciudad de San Salvador.	1525	
	1533	**Rusia:** Iván el Terrible es nombrado rey.
Guatemala: Se transcribe el *Popol Vuh* al alfabeto latino.	1550	
	1558	**Inglaterra:** Isabel I es coronada.
	1565	**EE.UU.:** La fundación de San Agustín, la primera ciudad en EE.UU.
Honduras: Fundación de Tegucigalpa.	1569	
	1588	**España:** Derrota de la Armada Española.
Guatemala: Formación de la Capitanía General de Guatemala.	1821	
	1823	**EE.UU.** Proclamación de la Doctrina de Monroe contra la intervención de Europa en América.
Centroamérica: Se establecen las Provincias Unidas de Centroamérica.	1838	
Nicaragua y Honduras: Declaran su independencia.		
	1839–1842	**China y la Gran Bretaña:** Primera Guerra del Opio.
El Salvador: Declara su independencia. Manuel José Arce es el primer presidente.	1841	
Nicaragua: Sufre invasiones extranjeras de los salvadoreños en 1843, los británicos en 1847, los EE.UU. en 1909 y 1933.	1843–1933	
	1846–1848	**EE.UU.:** Guerra con México. México tiene que ceder casi la mitad de su territorio a EE.UU.
Guatemala: Declara su independencia.	1847	
	1848	**Francia:** Revolución obrera, abdicación de Luis Felipe. Napoleón Bonaparte III es nombrado presidente.
Honduras: Disturbios políticos preocupan a inversionistas de EE.UU. y el presidente Taft envía a la marina varias veces a restaurar el orden.	1907–1912	
El Salvador: Más de treinta mil personas mueren en una insurrección popular. Agustín Farabundo Martí, el líder de la insurrección, es ejecutado.	1932	
	1936–1939	**Arabia Saudita:** Se descubre petróleo.
Nicaragua: Anastasio Somoza García, jefe de la Guardia Nacional, ordena la muerte del líder guerrillero César Augusto Sandino y se declara presidente.	1937	
Nicaragua: Período de gobierno oligárquico de la familia Somoza.	1937–1979	
	1939–1945	**Mundo:** Segunda Guerra Mundial.
Guatemala: Juan José Arévalo es elegido presidente. Promulga una nueva constitución progresista.	1945	
Guatemala: Jacobo Arbenz es elegido presidente e inicia ambiciosas reformas sociales y económicas.	1950	
	1955	**EE.UU.:** Rosa Parks es arrestada en Montgomery, Alabama y así llama la atención sobre los derechos civiles en todo el país.
Guatemala: Sangrienta Guerra Civil causa la muerte de miles y miles de disidentes políticos e indígenas.	1966–1996	

Nicaragua, Honduras, El Salvador y Guatemala	d.C	El mundo
	1968	**EE.UU.:** Robert F. Kennedy y Martin Luther King, Jr. son asesinados.
Honduras y El Salvador: Tiene lugar la Guerra del Fútbol	1969	
Nicaragua: Los líderes del Frente Sandinista de la Liberación Nacional controlan el país.	1979	
El Salvador: El arzobispo de San Salvador, Óscar Arnulfo Romero, es asesinado. Se forma el Frente Farabundo Martí para la Liberación Nacional (FMLN), que reúne a todos los grupos guerrilleros.	1980	**EE.UU.:** Llegan los "marielitos" a Miami, sumando unas 125.000 personas.
Honduras: Se aprueba una nueva constitución.	1982	
Nicaragua: Daniel Ortega, líder del Frente Sandinista, es elegido presidente.	1984	
El Salvador: Un fuerte terremoto destruye gran parte del centro de la capital, ocasionando más de mil víctimas.	1986	**EE.UU.:** Explosión del trasbordador *Challenger*. Los siete tripulantes mueren.
Nicaragua: Violeta Barrios de Chamorro derrota a Daniel Ortega en las elecciones presidenciales.	1990	
El Salvador: Se firma un acuerdo de paz con el FMLN.	1992	**EE.UU.:** Bill Clinton es elegido presidente.
Guatemala: La indígena maya quiché Rigoberta Menchú Tum recibe el premio Nobel de la Paz.		
Guatemala: El presidente Álvaro Arzú y Ricardo Morán, líder de los guerrilleros, reciben el premio de la Paz Houphouet-Boigny de la UNESCO.	1997	
Nicaragua, Honduras: Son devastados por el huracán Mitch.	1998	
Honduras: Divisas que entran en el país enviadas por hondureños en EE.UU. alcanzan 600 millones de dólares.	2000	
	2001	**EE.UU.:** George W. Bush es nombrado presidente a pesar de no recibir una mayoría de los votos del pueblo.
Nicaragua: Enrique Bolanos del Partido Constitucionalista Liberal es elegido presidente.	2002	

Tabla cronológica de la Unidad 4

Costa Rica, Panamá, Colombia y Venezuela	a.C	El mundo
Centroamérica: Llegan los primeros grupos de nómadas.	10.000	
	5000	**Norteamérica:** Puntas de flechas de cobre aparecen cerca de los Grandes Lagos.
Centroamérica: Tribus de nómadas empiezan a vivir en pueblos y a dedicarse a la agricultura.	4000	
Costa Rica: Empieza a verse la influencia de culturas ajenas —la mesoamericana y las de Sudamérica.	3000	**Creta:** Período de florecimiento de la civilización minoica.
	2565–2440	**Egipto:** Construcción de las grandes pirámides de Giza.
Colombia: Empiezan a llegar los mesoamericanos a la región.	1200	
Costa Rica: Florecimiento de la cultura Guyabo.	800	**México:** Los olmecas levantan la primera pirámide del Nuevo Mundo en La Venta.
Colombia: Comienzo de la cultura San Agustín.		
	563	**Nepal:** Nace Siddharta Gautama (Buda), fundador del budismo.
Costa Rica: Se establecen tres grupos principales —los chorotegas en el norte, los huetares en el valle central y la zona Atlántica y los brunca en el sur.	500	**España:** Aparecen en el territorio varias colonias griegas y cartaginesas.
Colombia: Florecimiento de la cultura San Agustín.	500–500 d.C.	
Colombia: Los chibchas viajan a la región de Mesoamérica.	400-300	
	230-221	**China:** China conquista a todos sus rivales. Edad de Oro de la filosofía china.
	218	**Península Ibérica:** Pasa a ser parte del Imperio Romano.
	200–500 d.C.	**EE.UU.:** Período Hopewell en el noreste.
Venezuela: Los arawaks llegan a Colombia desde Venezuela.	200	
Colombia: La cultura San Agustín construye enormes ídolos de piedra.	100	
	73–71	**Roma:** Rebelión de los esclavos encabezados por Espartaco.
	4	**Cristianismo:** Fecha probable del nacimiento de Jesucristo.

Costa Rica, Panamá, Colombia y Venezuela	d.C	El mundo
	79	**Italia:** Destrucción de Pompeya y Herculano por una erupción del Vesubio.
Colombia: Empieza el florecimiento de la civilización chibcha.	275	**España:** Los visigodos invaden la península y permanecen hasta 711.
Venezuela: Llegada de los caribes.	500	
Colombia: Los taironas construyen grandes ciudades.		
	598	**Inglaterra:** Fundación de la primera escuela en Canterbury.
Panamá: Cerámica y oro tallado de la cultura coclé.	600	
Colombia: Inicio de la cultura muisca o chibcha en la cordillera oriental.	700	
	771	**Europa:** Carlomagno es coronado emperador del Sacro Imperio Romano Germánico.
Venezuela: Los indígenas arawak de Venezuela habitan las islas del Caribe.	1000	
	1050	**EE.UU.:** Cahokia, en Illinois, se convierte en el pueblo más grande de Norteamérica.
Colombia: Se construye la ciudad perdida de la civilización tairona.	1200	
Venezuela: Amerigo Vespucci da el nombre de "Venezuela" a la región.	1499	
Panamá: Rodrigo de Bastidas es el primer explorador del istmo.		
	1501	**África:** Los primeros esclavos africanos son llevados a América.
Costa Rica: Cristóbal Colón encuentra en la región a unos 30.000 habitantes.	1502	
	1504	**Italia:** Leonardo de Vinci pinta *La Gioconda* (*Mona Lisa*).
Panamá: Se funda la Ciudad de Panamá.	1519	
Colombia: Se inicia la colonización de la región.	1525	
Venezuela: Se funda la ciudad de Santiago de León de Caracas.	1528	
	1534	**Inglaterra:** Enrique VIII separa la iglesia inglesa de la obediencia a Roma.
Colombia: Se funda la ciudad de Santa Fe de Bogotá.	1538	
	1558	**Inglaterra:** Isabel I es coronada.
	1565	**EE.UU.:** La fundación de San Agustín, la primera ciudad en EE.UU.
Costa Rica: Costa Rica se integra a la Capitanía General de Guatemala.	1574	
Panamá: La Ciudad de Panamá es saqueada por el pirata Henry Morgan.	1671	
Venezuela: Nace Simón Bolívar en Caracas.	1783	
Colombia: Proclama su independencia cuando el último virrey español abandona el país.	1810	
Venezuela: Un congreso en Caracas declara la independencia de España.	1811	
	1812	**Rusia:** El ejército de Napoleón invade el país.
Colombia: Formación de la República de la Gran Colombia que incluye Colombia, Venezuela, Ecuador y Panamá con Bolívar como presidente.	1821	
Panamá: Simón Bolívar convoca el primer Congreso Interamericano en la Ciudad de Panamá.	1826	
Venezuela: Se proclama la independencia de la Gran Colombia.	1830	**EE.UU.:** Joseph Smith establece la religión mormona.
	1839–1842	**China:** Guerra del Opio provocada por Inglaterra.
Costa Rica: Proclama su independencia absoluta.	1848	**Europa:** Carlos Marx y Federico Engels publican el *Manifiesto Comunista*. **EE.UU.:** Se descubre oro en California.
Panamá: Se completa el primer ferrocarril interoceánico con capital estadounidense.	1855	
Costa Rica: Con la unión de *Tropical Trading* y *Boston Fruit Co.*, nace la *United Fruit Company*, que los campesinos pronto nombraron "Mamita Yunai".	1878	
Panamá: El francés Ferdinand de Lesseps trata de construir un canal con capital francés.	1880–1889	
Colombia: Sangrienta Guerra Civil llamada la "guerra de los mil días".	1899–1903	
Panamá: Declara su independencia de Colombia apoyado por EE.UU.	1903	**EE.UU.:** Los hermanos Wright hacen su primer viaje en un avión con motor.
Panamá: Se firma el Tratado Hay-Bunau Varilla que consede a EE.UU. el uso, control y ocupación a perpetuidad de la Zona del Canal.		
	1912	**Océano Atlántico:** El *R.M.S. Titanic* se hunde durante su primer viaje; unas 1.500 personas mueren.
Venezuela: Gobierno del dictador más sanguinario de todos, Juan Vicente Gómez.	1908–1935	

Costa Rica, Panamá, Colombia y Venezuela	d.C	El mundo
Colombia: Reconoce la independencia de Panamá al recibir 25 millones de dólares de EE.UU. **Panamá:** Se completa la construcción del Canal de Panamá.	1914	
Costa Rica: El gobierno autoritario del general Federico Tinoco Granados causa una insurrección popular.	1917–1919	**Rusia:** Los bolcheviques ganan la revolución bajo el mando de Vladimir Lenin; la familia real Romanov es ejecutada.
Venezuela: El famoso novelista Rómulo Gallegos es elegido presidente.	1948	
Colombia: Período de violencia generalizada que se llama "el bogotazo".	1948–1953	
Costa Rica: Se aprueba una nueva constitución que disuelve el ejército y dedica su presupuesto a la educación.	1949	**Alemania:** Se proclama la República Federal de Alemania en el occidente; la República Democrática Alemana se crea en la zona soviética.
Costa Rica: José Figueres es elegido presidente. Convence a la *United Fruit Company* a invertir el 45 por ciento de sus ganancias en el país.	1953	
Venezuela: Se hace socio de la Organización de Países Exportadores de Petróleo (OPEP).	1960	**EE.UU.:** Empieza la segunda gran inmigración de cubanos a EE.UU.
	1961–1975	**EE.UU.:** Guerra de Vietnam.
Venezuela: Se nacionaliza la industria petrolera.	1976	
Panamá: El presidente Omar Torrijos y el presidente Carter firman dos tratados que ceden permanentemente el canal a Panamá.	1977	
Panamá: Manuel Antonio Noriega, jefe de la Guardia Nacional, se convierte en el verdadero poder político del país.	1983	**EE.UU.:** Sally Ride se convierte en la primera mujer astronauta que viaja al espacio.
Costa Rica: El presidente Óscar Arias recibe el premio Nobel de la Paz por su papel en resolver los conflictos centroamericanos.	1987	
	1989	**EE.UU.:** Manuel Antonio Noriega, presidente de Panamá, es tomado preso por una intervención militar estadounidense.
	1992	**EE.UU.:** Un tribunal de Miami sentencia a Noriega a cuarenta años de prisión.
Colombia: Muere Pablo Escobar, líder del cartel de drogas de Medellín.	1993	**EE.UU.:** NAFTA es ratificado por EE.UU., Canadá y México.
Venezuela: Hugo Chávez es elegido presidente por una mayoría de votos que no se había visto en los últimos cuarenta años.	1998	**Inglaterra:** El ex dictador chileno, Augusto Pinochet, es tomado preso en Londres.
Panamá: Mireya Moscoso Rodríguez es proclamada primera mujer presidenta del país.	1999	
Costa Rica: Abel Pacheco, del Partido Unidad Social Cristiana, es nombrado presidente.	2002	**Europa:** El euro empieza a usarse en doce países europeos.

Tabla cronológica de la Unidad 5

Perú, Ecuador y Bolivia	a.C	El mundo
Zona andina: Llegan los primeros grupos de nómadas.	12.000	
	5000	**México:** Se cultiva el maíz.
Ecuador: Inicio de la civilización Valdivia, primera en las Américas en usar alfarería.	3200	
Bolivia: Primeros agricultores en la región.	3000	
	2000	**China:** Aparecen los primeros mapas.
Perú: Florece la civilización de Chavín.	900–200	
Ecuador: Indígenas de la región empiezan a negociar con indígenas de México y Chile.	600	
	551	**China:** Nace Confucio.
Ecuador: Indígenas de la región empiezan a producir aleaciones de oro y platino.	300	**Alejandría:** Construcción del Faro de Alejandría, una de las siete maravillas del mundo antiguo.
Bolivia: Inicio y florecimiento de la civilización de tiahuanaco, de la cual se originan los quechuas (incas) y los aymaras.	300–1100 d.C.	
Perú: Florece la civilización mochica.	200–700 d.C.	
	270	**Grecia:** Se afirma que la tierra se mueve alrededor del sol.
Perú: Florece la civilización nazca.	200–600 d.C.	

Perú, Ecuador y Bolivia	a.C	El mundo
	20	**Roma:** El poeta latino Virgilio termina *La Eneida*.
	4	**Cristianismo:** Fecha probable del nacimiento de Jesucristo.

Perú, Ecuador y Bolivia	d.C	El mundo
	455	**Italia:** Los vándalos, pueblo germánico, invaden Italia y saquean Roma.
	476	**Italia:** Termina el Imperio Romano de Occidente.
Perú: Florece la civilización huari.	600–1000	
	643–732	**Islam:** Expansión árabe por el Medio Oriente, el África del Norte, la Península Ibérica y Francia.
Ecuador: Inicio de la civilización chibcha.	700	
Perú: Florece la civilización chimú.	900–1470	
	912–961	**España:** Córdoba es el centro máximo de la cultura de Occidente.
Bolivia: Comienzo de la civilización aymara y construcción de chulpas-torres fúnebres de los aymara. **Perú:** Fundación de Cuzco por Manco Cápac.	1200	
	1382	**Inglaterra:** Aparece la primera traducción de la Biblia al idioma inglés.
Perú: Florece la civilización inca.	1400–1532	
Perú: Construcción de Machu Picchu por los incas.	1450	
Ecuador/Perú: Los incas derrotan a los quitus, indígenas ecuatorianos que dan su nombre a la ciudad de Quito.	1463	
Ecuador: Huayna Cápac nombra a Quito la segunda capital de los incas.	1487	
	1492	**España:** Los reyes Católicos capturan Granada, último reino musulmán, y termina la Reconquista cristiana.
Ecuador: Toda la región es incorporada al imperio inca.	1500	
Perú/Ecuador: Muere el inca Huayna Cápac y el imperio inca queda dividido entre sus dos hijos —Atahualpa y Huáscar.	1525	
Perú: Los españoles asesinan al inca Huáscar y se apoderan del Imperio Inca.	1533	
Perú: Pizarro funda la ciudad de Lima.	1535	
	1536	**Suiza:** Ginebra acepta la Reforma calvinista.
Perú: Se establece el Virreinato de Perú con capital en Lima.	1543	
Bolivia: Se descubren grandes depósitos de plata en el cerro de Potosí, los cuales llegan a ser el principal tesoro de los españoles.	1545	
Perú: Proclama su independencia de España.	1822	
Ecuador: En la batalla de Pichincha, Antonio José de Sucre termina con el poder español en el territorio ecuatoriano.		
	1824	**México:** Iturbide, emperador de México, es depuesto y fusilado.
Perú y Bolivia: El Alto Perú se declara independiente con el nombre de República de Bolívar (Bolivia).	1825	
Ecuador: Proclama su independencia de España. Comienzo de un conflicto, que dura hasta fines del siglo, entre los conservadores de Quito y los liberales de Guayaquil.	1830	
Perú, Bolivia y Chile: La Guerra del Pacífico entre Chile, Perú y Bolivia.	1879	
Bolivia y Paraguay: La Guerra del Chaco provoca enormes pérdidas humanas y territoriales para Bolivia.	1933–1935	
Ecuador y Perú: Guerra en que Perú se apodera de la mayor parte de la región amazónica de Ecuador.	1941	
Bolivia: Inicio de la Revolución Nacional Boliviana bajo Víctor Paz Estenssoro. Ésta impulsa la reforma agraria, nacionaliza las principales empresas mineras y abre las puertas para el avance social de los mestizos.	1953	
Perú: Fernando Belaúnde Terry es elegido presidente e impulsa reformas sociales.	1963	
Ecuador: Inicia la explotación de sus reservas petroleras.	1972	
Ecuador: Un terremoto destruye parte de la línea principal de petróleo.	1987	
Perú: La crisis económica, la penetración del narcotráfico y el terrorismo del grupo guerrillero Sendero Luminoso agobian a Perú.	1986–1990	

Perú, Ecuador y Bolivia	d.C	El mundo
Perú: Alberto Fujimori es elegido presidente.	1990	
Perú: Rescate dramático de más de 300 diplomáticos en la Embajada Japonesa.	1996	
Ecuador: El Congreso le pide al presidente Bucaram que renuncie y Fabián Alarcón es nombrado presidente en elecciones nacionales.	1997	
Bolivia: Hugo Bánzer Suárez es nombrado presidente del país.	1998	
Ecuador: Un golpe de estado dirigido por elementos militares e indígenas depone al presidente.	2000	
Ecuador: Cambia el sucre por el dólar.		

Tabla cronológica de la Unidad 6

Argentina, Uruguay, Paraguay y Chile	a.C	El mundo
Cono Sur: Llegan los primeros grupos de nómadas.	12.000	
Uruguay: Fueguidos, láguidos y pámpidos en la región. Los pámpidos son los ancestros de los charrúas.	9000	
Argentina: Primeros pobladores en el norte de Córdoba, antepasados de los comechingones.	8000	
Chile: Primeros pobladores.	6000	
	4281	**Egipto:** Invención del calendario solar.
Paraguay: Llegada de tres corrientes migratorias de cazadores y recolectores. Éstos son los antepasados de los guaraníes.	3000	
Uruguay: Poblados de tribus nómadas en la región en búsqueda de alimentos.	2000	**China:** Aparecen los primeros mapas.
	1500	
	1450	**Grecia:** Los griegos capturan Knossos y llevan la cultura minoica a la península.
Argentina: Florece la cultura de los saravirones cerca de Córdoba.	600	
Argentina: Florece la cultura de los comechingones cerca de Córdoba.	500	
Chile: Florece la civilización arica.		
Paraguay: Los tupi-guaraníes llegan a la región.		
	375–371	**África:** La Edad de Hierro surge al sur del Sahara.
	4	**Cristianismo:** Fecha probable del nacimiento de Jesucristo.

Argentina, Uruguay, Paraguay y Chile	d.C	El mundo
	64	**Roma:** Incendio de Roma; primera persecución de los cristianos por Nerón.
Chile: Florece la civilización picunche.	400	
Chile: Florece la civilización mapuche.	500	
	604	**India:** Los matemáticos hindúes usan la posición decimal.
Argentina: Florece la civilización diaguita.	900	
	981	**Escandinavia:** El vikingo Eric el Rojo descubre y coloniza Groenlandia.
Uruguay: Más de mil charrúas sostienen una guerra de resistencia contra el invasor español.	1527–1831	
Argentina: Fundación del fuerte de Nuestra Señora Santa María del Buen Aire.	1534	**Inglaterra:** Enrique VIII designa canciller a Tomás Moro, el autor de *Utopía*.
Paraguay: Fundación del fuerte de Nuestra Señora de la Asunción.	1536	
Chile: Fundación de la ciudad de Santiago.	1537	
	1541	
	1602	**Inglaterra:** Shakespeare estrena varias de sus obras, entre ellas, *Hamlet*.
Paraguay: Reducciones jesuitas.	1607–1767	
Paraguay: Expulsión de los jesuitas de todo el imperio español.	1767	
Uruguay: Fundación del fuerte de San Felipe de Montevideo.	1776	**EE.UU.:** Se ratifica la Declaración de la Independencia.
Uruguay: La Banda Oriental queda incorporada al Virreinato del Río de la Plata, con capital en Buenos Aires.	1777	

Argentina, Uruguay, Paraguay y Chile	d.C	El mundo
	1804	**EE.UU.:** Lewis y Clark empiezan a explorar el noreste del país.
Paraguay: Proclama su independencia de España.	1813	
Paraguay: José Gaspar Rodríguez de Francia gobierna como dictador perpetuo del país.	1814–1840	
	1815	**Francia:** Derrota definitiva de Napoleón en Waterloo.
Argentina: Proclama su independencia de España.	1816	
Chile: Bernardo O'Higgins toma Santiago y pasa a gobernar el país con el título de director supremo.	1817	
Chile: Proclama su independencia de España.	1818	
	1823	**EE.UU.:** Proclamación de la Doctrina Monroe contra la intervención de Europa en América.
Uruguay: Proclama su independencia de España.	1828	
Chile: Se distingue por tener gobiernos constitucionales democráticos interrumpidos únicamente por dos gobiernos militares.	1830–1973	
	1848	**Alemania:** Karl Marx y Federico Engels publican el *Manifiesto comunista*.
Argentina, Uruguay, Paraguay: La Triple Alianza formada por Argentina, Brasil y Uruguay tiene una guerra sangrienta contra Paraguay, el que pierde grandes porciones de territorio y la mitad de su población.	1865–1870	
Chile: Inicia la Guerra del Pacífico contra Bolivia y Perú.	1879–1883	
Argentina: Incremento notable de inmigrantes españoles e italianos a Buenos Aires.	1890–1899	
	1903	**EE.UU.:** Henry Ford crea la *Ford Motor Company*.
Uruguay: José Batlle y Ordóñez domina la política uruguaya. Establece un estado de bienestar social que cubre a los ciudadanos desde la cuna a la tumba.	1903–1929	
Uruguay: Período de gran prosperidad económica y de estabilidad institucional en la "Suiza de América".	1920–1929	
Chile: Período de caos político causado por una crisis económica; se suceden veintiún gabinetes.	1924–1932	
	1927	**EE.UU.:** Charles Lindbergh atraviesa el Atlántico en una sola jornada en el *Spirit of St. Louis*.
Paraguay: La Guerra del Chaco contra Bolivia. Mueren más de 100.000 paraguayos.	1932–1935	
Argentina: Juan Domingo Perón es elegido presidente.	1946	**Mundo:** Se crean la Naciones Unidas con sede en Nueva York.
Paraguay: El general Alfredo Stroessner domina el país.	1954–1989	
Argentina: Una sublevación militar obliga la salida de Perón del país.	1955	
Chile: El presidente Eduardo Frei Montalva impulsa una reforma agraria que limita las propiedades agrícolas a ochenta hectáreas.	1957	
	1965	**EE.UU.:** Martin Luther King, Jr. recibe el premio Nobel de la Paz.
Chile: El socialista Salvador Allende triunfa en las elecciones presidenciales.	1970	
Argentina: Perón regresa a su país y el año siguiente él y su esposa son elegidos presidente y vicepresidenta. **Uruguay:** El presidente Juan María Bordaberry declara un "estado de guerra interna" contra los Tupamaros.	1972	**Alemania:** Ocho terroristas árabes atacan la Villa Olímpica y matan a once atletas israelíes.
Chile: Allende muere durante el asalto al palacio presidencial y una junta militar, presidida por Augusto Pinochet, jefe del ejército, gobierna el país.	1973	
Uruguay: Una junta de militares y civiles reprime toda forma de oposición y devasta la economía. Más de 300.000 uruguayos salen del país.	1973–1983	
Argentina: Perón muere y su esposa se convierte en la primera mujer latinoamericana en ascender al cargo de presidente.	1974	**Grecia:** Un referéndum decide la abolición de la monarquía.
Argentina: Inicio de un período de siete años de gobiernos militares en los que se estima que entre 9.000 y 30.000 personas "desaparecieron".	1976	**EE.UU.:** Celebra sus 200 años de independencia.
	1983	**Inglaterra:** Guerra de las Malvinas contra Argentina.
Chile: Patricio Aylwin es nombrado presidente cuando un referéndum que proponía mantener a Pinochet como presidente hasta 1997 fracasa.	1990	
Paraguay: Se lleva a cabo la primera elección democrática y sale elegido Juan Carlos Wasmosy.	1993	

Argentina, Uruguay, Paraguay y Chile	d.C	El mundo
Paraguay: Luis González Macchi es nombrado presidente.	1999	**EE.UU.:** Un incidente internacional ocurre con Cuba sobre la custodia del niño refugiado Elián González.
Chile: El candidato socialista Ricardo Lagos Escobar es elegido presidente.	2000	
Argentina: Sufre una enorme crisis económica y política; se nombran cinco presidentes en menos de quince días.	2001	**EE.UU.:** El miedo al ántrax predomina cuando varios periodistas y oficiales del gobierno lo reciben por correo.
Uruguay: La economía uruguaya sufre por el contagio de la crisis en Argentina.		

Tablas verbales

Conjugaciones de los verbos

VERBOS REGULARES	verbos en -ar	verbos en -er	verbos en -ir
Infinitivo	**hablar**	**comer**	**vivir**
Gerundio	**hablando**	**comiendo**	**viviendo**
Participio pasado	**hablado**	**comido**	**vivido**
TIEMPOS SIMPLES			
Presente de indicativo	hablo	como	vivo
	hablas	comes	vives
	habla	come	vive
	hablamos	comemos	vivimos
	habláis	coméis	vivís
	hablan	comen	viven
Imperfecto	hablaba	comía	vivía
	hablabas	comías	vivías
	hablaba	comía	vivía
	hablábamos	comíamos	vivíamos
	hablabais	comíais	vivíais
	hablaban	comían	vivían
Pretérito	hablé	comí	viví
	hablaste	comiste	viviste
	habló	comió	vivió
	hablamos	comimos	vivimos
	hablasteis	comisteis	vivisteis
	hablaron	comieron	vivieron
Futuro	hablaré	comeré	viviré
	hablarás	comerás	vivirás
	hablará	comerá	vivirá
	hablaremos	comeremos	viviremos
	hablaréis	comeréis	viviréis
	hablarán	comerán	vivirán
Condicional	hablaría	comería	viviría
	hablarías	comerías	vivirías
	hablaría	comería	viviría
	hablaríamos	comeríamos	viviríamos
	hablaríais	comeríais	viviríais
	hablarían	comerían	vivirían

Presente de subjuntivo		hable	coma	viva
		hables	comas	vivas
		hable	coma	viva
		hablemos	comamos	vivamos
		habléis	comáis	viváis
		hablen	coman	vivan
Imperfecto de subjuntivo		hablara	comiera	viviera
(-ra)		hablaras	comieras	vivieras
		hablara	comiera	viviera
		habláramos	comiéramos	viviéramos
		hablarais	comierais	vivierais
		hablaran	comieran	vivieran
Mandatos	**(tú)**	habla, no hables	come, no comas	vive, no vivas
	(vosotros)	hablad, no habléis	comed, no comáis	vivid, no viváis
	(Ud.)	hable, no hable	coma, no coma	viva, no viva
	(Uds.)	hablen, no hablen	coman, no coman	vivan, no vivan

TIEMPOS PERFECTOS

Presente perfecto de indicativo	he hablado	he comido	he vivido
	has hablado	has comido	has vivido
	ha hablado	ha comido	ha vivido
	hemos hablado	hemos comido	hemos vivido
	habéis hablado	habéis comido	habéis vivido
	han hablado	han comido	han vivido
Pluscuamperfecto de indicativo	había hablado	había comido	había vivido
	habías hablado	habías comido	habías vivido
	había hablado	había comido	había vivido
	habíamos hablado	habíamos comido	habíamos vivido
	habíais hablado	habíais comido	habíais vivido
	habían hablado	habían comido	habían vivido
Futuro perfecto	habré hablado	habré comido	habré vivido
	habrás hablado	habrás comido	habrás vivido
	habrá hablado	habrá comido	habrá vivido
	habremos hablado	habremos comido	habremos vivido
	habréis hablado	habréis comido	habréis vivido
	habrán hablado	habrán comido	habrán vivido
Condicional perfecto	habría hablado	habría comido	habría vivido
	habrías hablado	habrías comido	habrías vivido
	habría hablado	habría comido	habría vivido
	habríamos hablado	habríamos comido	habríamos vivido
	habríais hablado	habríais comido	habríais vivido
	habrían hablado	habrían comido	habrían vivido
Presente perfecto de subjuntivo	haya hablado	haya comido	haya vivido
	hayas hablado	hayas comido	hayas vivido
	haya hablado	haya comido	haya vivido
	hayamos hablado	hayamos comido	hayamos vivido
	hayáis hablado	hayáis comido	hayáis vivido
	hayan hablado	hayan comido	hayan vivido

	verbos en -*ar*	verbos en -*er*	verbos en -*ir*
Pluscuamperfecto de subjuntivo	hubiera hablado	hubiera comido	hubiera vivido
	hubieras hablado	hubieras comido	hubieras vivido
	hubiera hablado	hubiera comido	hubiera vivido
	hubiéramos hablado	hubiéramos comido	hubiéramos vivido
	hubierais hablado	hubierais comido	hubierais vivido
	hubieran hablado	hubieran comido	hubieran vivido

Verbos con cambios en la raíz

1   Verbos con cambios en la raíz que terminan en -*ar* y -*er*

e → ie: pensar

Presente de indicativo	p**ie**nso, p**ie**nsas, p**ie**nsa, pensamos, pensáis, p**ie**nsan
Presente de subjuntivo	p**ie**nse, p**ie**nses, p**ie**nse, pensemos, penséis, p**ie**nsen
Mandatos	p**ie**nsa, no p**ie**nses (tú) pensad, no penséis (vosotros)
	p**ie**nse, no p**ie**nse (Ud.) p**ie**nsen, no p**ie**nsen (Uds.)

Verbos adicionales	cerrar	empezar	perder
	comenzar	entender	sentarse

o → ue: volver

Presente de indicativo	v**ue**lvo, v**ue**lves, v**ue**lve, volvemos, volvéis, v**ue**lven
Presente de subjuntivo	v**ue**lva, v**ue**lvas, v**ue**lva, volvamos, volváis, v**ue**lvan
Mandatos	v**ue**lve, no v**ue**lvas (tú) volved, no volváis (vosotros)
	v**ue**lva, no v**ue**lva (Ud.) v**ue**lvan, no v**ue**lvan (Uds.)

Verbos adicionales	acordarse	demostrar	llover
	acostarse	encontrar	mover
	colgar	jugar (**u → ue**)	oler (**o → hue**)
	costar		

2   Verbos con cambios en la raíz que terminan en -*ir*

e → ie, i: sentir

Gerundio	s**i**ntiendo
Presente de indicativo	s**ie**nto, s**ie**ntes, s**ie**nte, sentimos, sentís, s**ie**nten
Presente de subjuntivo	s**ie**nta, s**ie**ntas, s**ie**nta, s**i**ntamos, s**i**ntáis, s**ie**ntan
Pretérito	sentí, sentiste, s**i**ntió, sentimos, sentisteis, s**i**ntieron
Imperfecto de subjuntivo	s**i**ntiera, s**i**ntieras, s**i**ntiera, s**i**ntiéramos, s**i**ntierais, s**i**ntieran
Mandatos	s**ie**nte, no s**ie**ntas (tú) sentid, no s**i**ntáis (vosotros)
	s**ie**nta, no s**ie**nta (Ud.) s**ie**ntan, no s**ie**ntan (Uds.)

Verbos adicionales	adquirir (**i → ie, i**)	convertir	herir	preferir
	consentir	divertir(se)	mentir	sugerir

e → i, i: servir

Gerundio	sirviendo
Presente de indicativo	sirvo, sirves, sirve, servimos, servís, sirven
Presente de subjuntivo	sirva, sirvas, sirva, sirvamos, sirváis, sirvan
Pretérito	serví, serviste, sirvió, servimos, servisteis, sirvieron
Imperfecto de subjuntivo	sirviera, sirvieras, sirviera, sirviéramos, sirvierais, sirvieran
Mandatos	sirve, no sirvas (tú) servid, no sirváis (vosotros)
	sirva, no sirva (Ud.) sirvan, no sirvan (Uds.)

Verbos adicionales	concebir	elegir	reír	seguir
	despedir(se)	pedir	repetir	vestir(se)

o → ue, u: dormir

Gerundio	durmiendo
Presente de indicativo	duermo, duermes, duerme, dormimos, dormís, duermen
Presente de subjuntivo	duerma, duermas, duerma, durmamos, durmáis, duerman
Pretérito	dormí, dormiste, durmió, dormimos, dormisteis, durmieron
Imperfecto de subjuntivo	durmiera, durmieras, durmiera, durmiéramos, durmierais, durmieran
Mandatos	duerme, no duermas (tú) dormid, no durmáis (vosotros)
	duerma, no duerma (Ud.) duerman, no duerman (Uds.)

Verbos adicionales	morir(se)

Verbos con cambios ortográficos

1   Verbos que terminan en *-ger* o *-gir*

g → j antes de o, a: escoger

Presente de indicativo	escojo, escoges, escoge, escogemos, escogéis, escogen
Presente de subjuntivo	escoja, escojas, escoja, escojamos, escojáis, escojan
Mandatos	escoge, no escojas (tú) escoged, no escojáis (vosotros)
	escoja, no escoja (Ud.) escojan, no escojan (Uds.)

Verbos adicionales	coger	dirigir	escoger	proteger
	corregir (i)	elegir (i)	exigir	recoger

2   Verbos que terminan en *-gar*

g → gu antes de e: pagar

Pretérito	pagué, pagaste, pagó, pagamos, pagasteis, pagaron
Presente de subjuntivo	pague, pagues, pague, paguemos, paguéis paguen
Mandatos	paga, no pagues (tú) pagad, no paguéis (vosotros)
	pague, no pague (Ud.) paguen, no paguen (Uds.)

Verbos adicionales	entregar	jugar (ue)	llegar	obligar

3   Verbos que terminan en *-car*

c → qu antes de e: buscar

Pretérito	busqué, buscaste, buscó, buscamos, buscasteis, buscaron
Presente de subjuntivo	busque, busques, busque, busquemos, busquéis, busquen
Mandatos	busca, no busques (tú) buscad, no busquéis (vosotros)
	busque, no busque (Ud.) busquen, no busquen (Uds.)

Verbos adicionales	acercar	indicar	tocar
	explicar	sacar	

4   Verbos que terminan en *-zar*

z → c antes de e: empezar (ie)

Pretérito	empecé, empezaste, empezó, empezamos, empezasteis, empezaron
Presente de subjuntivo	empiece, empieces, empiece, empecemos, empecéis, empiecen
Mandatos	empieza, no empieces (tú) empezad, no empecéis (vosotros)
	empiece, no empiece (Ud.) empiecen, no empiecen (Uds.)

Verbos adicionales	almorzar (ue)	comenzar (ie)	cruzar	organizar

5   Verbos que terminan en una consonante + *-cer* o *-cir*

c → z antes de o, a: convencer

Present Indicative	convenzo, convences, convence, convencemos, convencéis, convencen
Present Subjunctive	convenza, convenzas, convenza, convenzamos, convenzáis, convenzan
Commands	convence, no convenzas (tú) convenced, no convenzáis (vosotros)
	convenza, no convenza (Ud.) convenzan, no convenzan (Uds.)

Verbos adicionales	ejercer	esparcir	vencer

6   Verbos que terminan en una vocal + *-cer* or *-cir*

c → zc antes de o, a: conocer

Presente de indicativo	conozco, conoces, conoce, conocemos, conocéis, conocen
Presente de subjuntivo	conozca, conozcas, conozca, conozcamos, conozcáis, conozcan
Mandatos	conoce, no conozcas (tú) conoced, no conozcáis (vosotros)
	conozca, no conozca (Ud.) conozcan, no conozcan (Uds.)

Verbos adicionales	agradecer	obedecer	pertenecer
	conducir[1]	ofrecer	producir
	desconocer	parecer	reducir
	establecer	permanecer	traducir

---

[1]Ver **conducir** en la sección de verbos irregulares (p. 536) para otras irregularidades de los verbos que terminan en **-ducir**.

7 · Verbos que terminan en -*guir*

gu → g antes de **o, a:**   seguir (i)

Present Indicative	si**g**o, sigues, sigue, seguimos, seguís, siguen
Present Subjunctive	si**g**a, si**g**as, si**g**a, si**g**amos, si**g**áis, si**g**an
Commands	sigue, no si**g**as (tú) seguid, no si**g**áis (vosotros)
	si**g**a, no si**g**a (Ud.) si**g**an, no si**g**an (Uds.)
Verbos adicionales	conseguir distinguir perseguir proseguir

8 · Verbos que terminan en -*guar*

gu → gü antes de **e:**   averiguar

Pretérito	averi**gü**é, averiguaste, averiguó, averiguamos, averiguasteis, averiguaron
Presente de subjuntivo	averi**gü**e, averi**gü**es, averi**gü**e, averi**gü**emos, averi**gü**éis, averi**gü**en
Mandatos	averigua, no averi**gü**es (tú) averiguad, no averi**gü**éis (vosotros)
	averi**gü**e, no averi**gü**e (Ud.) averi**gü**en, no averi**gü**en (Uds.)
Verbos adicionales	apaciguar atestiguar

9 · Verbos que terminan en -*uir*

i inacentuada → y entre **vocales:**   construir

Gerundio	constru**y**endo
Presente de indicativo	constru**y**o, constru**y**es, constru**y**e, construimos, construís, constru**y**en
Pretérito	construí, construiste, constru**y**ó, construimos, construisteis, constru**y**eron
Presente de subjuntivo	constru**y**a, constru**y**as, constru**y**a, constru**y**amos, constru**y**áis, constru**y**an
Imperfecto de subjuntivo	constru**y**era, constru**y**eras, constru**y**era, constru**y**éramos, constru**y**erais, constru**y**eran
Mandatos	constru**y**e, no constru**y**as (tú) construid, no constru**y**áis (vosotros)
	constru**y**a, no constru**y**a (Ud.) constru**y**an, no constru**y**an (Uds.)
Verbos adicionales	concluir destruir instruir
	contribuir huir sustituir

10 · Verbos que terminan en -*eer*

i inacentuada → y entre **vocales:**   creer

Gerundio	cre**y**endo
Pretérito	creí, creíste, cre**y**ó, creímos, creísteis, cre**y**eron
Imperfecto de subjuntivo	cre**y**era, cre**y**eras, cre**y**era, cre**y**éramos, cre**y**erais, cre**y**eran
Verbos adicionales	leer poseer

11 Algunos verbos que terminan en *-iar* y *-uar*

i → í cuando va acentuada: **enviar**

Presente de indicativo	envío, envías, envía, enviamos, enviáis, envían
Presente de subjuntivo	envíe, envíes, envíe, enviemos, enviéis, envíen
Mandatos	envía, no envíes (tú) enviad, no enviéis (vosotros)
	envíe, no envíe (Ud.) envíen, no envíen (Uds.)
Verbos adicionales	ampliar enfriar variar
	confiar guiar

u → ú cuando va acentuada: **continuar**

Presente de indicativo	continúo, continúas, continúa, continuamos, continuáis, continúan
Presente de subjuntivo	continúe, continúes, continúe, continuemos, continuéis, continúen
Mandatos	continúa, no continúes (tú) continuad, no continuéis (vosotros)
	continúe, no continúe (Ud.) continúen, no continúen (Uds.)
Verbos adicionales	acentuar efectuar graduar(se) situar

Verbos irregulares

1 abrir

Participio pasado	abierto
Verbos adicionales	cubrir descubrir

2 andar

Pretérito	anduve, anduviste, anduvo, anduvimos, anduvisteis, anduvieron
Imperfecto de subjuntivo	anduviera, anduvieras, anduviera, anduviéramos, anduvierais, anduvieran

3 caer

Gerundio	cayendo
Participio pasado	caído
Presente de indicativo	caigo, caes, cae, caemos, caéis, caen
Pretérito	caí, caíste, cayó, caímos, caísteis, cayeron
Presente de subjuntivo	caiga, caigas, caiga, caigamos, caigáis, caigan
Imperfecto de subjuntivo	cayera, cayeras, cayera, cayéramos, cayerais, cayeran

4 conducir[1]

Presente de indicativo	conduzco, conduces, conduce, conducimos, conducís, conducen
Pretérito	conduje, condujiste, condujo, condujimos, condujisteis, condujeron
Presente de subjuntivo	conduzca, conduzcas, conduzca, conduzcamos, conduzcáis, conduzcan
Imperfecto de subjuntivo	condujera, condujeras, condujera, condujéramos, condujerais, condujeran
Verbos adicionales	introducir producir reducir traducir

[1]Todos los verbos que terminan en **-ducir** siguen este patrón.

5   dar

Presente de indicativo	doy, das, da, damos, dais, dan
Pretérito	di, diste, dio, dimos, disteis, dieron
Presente de subjuntivo	dé, des, dé, demos, deis, den
Imperfecto de subjuntivo	diera, dieras, diera, diéramos, dierais, dieran

6   decir

Gerundio	diciendo	
Participio pasado	dicho	
Presente de indicativo	digo, dices, dice, decimos, decís, dicen	
Pretérito	dije, dijiste, dijo, dijimos, dijisteis, dijeron	
Futuro	diré, dirás, dirá, diremos, diréis, dirán	
Condicional	diría, dirías, diría, diríamos, diríais, dirían	
Presente de subjuntivo	diga, digas, diga, digamos, digáis, digan	
Imperfecto de subjuntivo	dijera, dijeras, dijera, dijéramos, dijerais, dijeran	
Mandato afirmativo familiar[2]	di	
Verbos adicionales	desdecir	predecir

7   escribir

Participio pasado	escrito		
Verbos adicionales	inscribir	proscribir	transcribir
	prescribir	subscribir	

8   estar

Presente de indicativo	estoy, estás, está, estamos, estáis, están
Pretérito	estuve, estuviste, estuvo, estuvimos, estuvisteis, estuvieron
Presente de subjuntivo	esté, estés, esté, estemos, estéis, estén
Imperfecto de subjuntivo	estuviera, estuvieras, estuviera, estuviéramos, estuvierais, estuvieran

9   haber

Presente de indicativo	he, has, ha, hemos, habéis, han
Pretérito	hube, hubiste, hubo, hubimos, hubisteis, hubieron
Futuro	habré, habrás, habrá, habremos, habréis, habrán
Condicional	habría, habrías, habría, habríamos, habríais, habrían
Presente de subjuntivo	haya, hayas, haya, hayamos, hayáis, hayan
Imperfecto de subjuntivo	hubiera, hubieras, hubiera, hubiéramos, hubierais, hubieran

[2]Única forma irregular cuando aparece en un verbo de estas tablas; el resto de los mandatos se forma según las normas que usan todos los verbos. (Véase Unidad 4, sección 4.4.)

10 hacer

Participio pasado	hecho
Presente de indicativo	hago, haces, hace, hacemos, hacéis, hacen
Pretérito	hice, hiciste, hizo, hicimos, hicisteis, hicieron
Futuro	haré, harás, hará, haremos, haréis, harán
Condicional	haría, harías, haría, haríamos, haríais, harían
Presente de subjuntivo	haga, hagas, haga, hagamos, hagáis, hagan
Imperfecto de subjuntivo	hiciera, hicieras, hiciera, hiciéramos, hicierais, hicieran
Mandato afirmativo familiar	haz
Verbos adicionales	deshacer rehacer satisfacer

11 ir

Gerundio	yendo
Presente de indicativo	voy, vas, va, vamos, vais, van
Imperfecto de indicativo	iba, ibas, iba, íbamos, ibais, iban
Pretérito	fui, fuiste, fue, fuimos, fuisteis, fueron
Presente de subjuntivo	vaya, vayas, vaya, vayamos, vayáis, vayan
Imperfecto de subjuntivo	fuera, fueras, fuera, fuéramos, fuerais, fueran
Mandato afirmativo familiar	ve

12 morir (ue)

Participio pasado	muerto

13 oír

Gerundio	oyendo
Participio pasado	oído
Presente de indicativo	oigo, oyes, oye, oímos, oís, oyen
Pretérito	oí, oíste, oyó, oímos, oísteis, oyeron
Presente de subjuntivo	oiga, oigas, oiga, oigamos, oigáis, oigan
Imperfecto de subjuntivo	oyera, oyeras, oyera, oyéramos, oyerais, oyeran

14 poder

Gerundio	pudiendo
Presente de indicativo	puedo, puedes, puede, podemos, podéis, pueden
Pretérito	pude, pudiste, pudo, pudimos, pudisteis, pudieron
Futuro	podré, podrás, podrá, podremos, podréis, podrán
Condicional	podría, podrías, podría, podríamos, podríais, podrían
Presente de subjuntivo	pueda, puedas, pueda, podamos, podáis, puedan
Imperfecto de subjuntivo	pudiera, pudieras, pudiera, pudiéramos, pudierais, pudieran

15 poner

Participio pasado	puesto
Presente de indicativo	pongo, pones, pone, ponemos, ponéis, ponen
Pretérito	puse, pusiste, puso, pusimos, pusisteis, pusieron
Futuro	pondré, pondrás, pondrá, pondremos, pondréis, pondrán
Condicional	pondría, pondrías, pondría, pondríamos, pondríais, pondrían
Presente de subjuntivo	ponga, pongas, ponga, pongamos, pongáis, pongan
Imperfecto de subjuntivo	pusiera, pusieras, pusiera, pusiéramos, pusierais, pusieran
Mandato afirmativo familiar	pon

Verbos adicionales			
	componer	proponer	sobreponer
	descomponer	reponer	suponer
	oponer		

16 querer

Presente de indicativo	quiero, quieres, quiere, queremos, queréis, quieren
Pretérito	quise, quisiste, quiso, quisimos, quisisteis, quisieron
Futuro	querré, querrás, querrá, querremos, querréis, querrán
Condicional	querría, querrías, querría, querríamos, querríais, querrían
Presente de subjuntivo	quiera, quieras, quiera, queramos, queráis, quieran
Imperfecto de subjuntivo	quisiera, quisieras, quisiera, quisiéramos, quisierais, quisieran

17 reír (i)

Gerundio	riendo
Pretérito	reí, reíste, rió, reímos, reísteis, rieron
Imperfecto de subjuntivo	riera, rieras, riera, riéramos, rierais, rieran

Verbos adicionales		
	freír	reírse	sonreír(se)

18 romper

Participio pasado	roto

19 saber

Presente de indicativo	sé, sabes, sabe, sabemos, sabéis, saben
Pretérito	supe, supiste, supo, supimos, supisteis, supieron
Futuro	sabré, sabrás, sabrá, sabremos, sabréis, sabrán
Condicional	sabría, sabrías, sabría, sabríamos, sabríais, sabrían
Presente de subjuntivo	sepa, sepas, sepa, sepamos, sepáis, sepan
Imperfecto de subjuntivo	supiera, supieras, supiera, supiéramos, supierais, supieran

20 salir

Presente de indicativo	salgo, sales, sale, salimos, salís, salen
Futuro	saldré, saldrás, saldrá, saldremos, saldréis, saldrán
Condicional	saldría, saldrías, saldría, saldríamos, saldríais, saldrían
Presente de subjuntivo	salga, salgas, salga, salgamos, salgáis, salgan
Mandato afirmativo familiar	sal

21 ser

Presente de indicativo	soy, eres, es, somos, sois, son
Imperfecto de indicativo	era, eras, era, éramos, erais, eran
Pretérito	fui, fuiste, fue, fuimos, fuisteis, fueron
Presente de subjuntivo	sea, seas, sea, seamos, seais, sean
Imperfecto de subjuntivo	fuera, fueras, fuera, fuéramos, fuerais, fueran
Mandato afirmativo familiar	sé

22 tener

Presente de indicativo	tengo, tienes, tiene, tenemos, tenéis, tienen
Pretérito	tuve, tuviste, tuvo, tuvimos, tuvisteis, tuvieron
Futuro	tendré, tendrás, tendrá, tendremos, tendréis, tendrán
Condicional	tendría, tendrías, tendría, tendríamos, tendríais, tendrían
Presente de subjuntivo	tenga, tengas, tenga, tengamos, tengáis, tengan
Imperfecto de subjuntivo	tuviera, tuvieras, tuviera, tuviéramos, tuvierais, tuvieran
Mandato afirmativo familiar	ten
Verbos adicionales	contener detener retener

23 traer

Gerundio	trayendo
Participio pasado	traído
Presente de indicativo	traigo, traes, trae, traemos, traéis, traen
Pretérito	traje, trajiste, trajo, trajimos, trajisteis, trajeron
Presente de subjuntivo	traiga, traigas, traiga, traigamos, traigáis, traigan
Imperfecto de subjuntivo	trajera, trajeras, trajera, trajéramos, trajerais, trajeran
Verbos adicionales	contraer distraer

24 valer

Presente de indicativo	valgo, vales, vale, valemos, valéis, valen
Futuro	valdré, valdrás, valdrá, valdremos, valdréis, valdrán
Condicional	valdría, valdrías, valdría, valdríamos, valdríais, valdrían
Presente de subjuntivo	valga, valgas, valga, valgamos, valgáis, valgan
Mandato afirmativo familiar	val

25 venir

Gerundio	viniendo
Presente de indicativo	vengo, vienes, viene, venimos, venís, vienen
Pretérito	vine, viniste, vino, vinimos, vinisteis, vinieron
Futuro	vendré, vendrás, vendrá, vendremos, vendréis, vendrán
Condicional	vendría, vendrías, vendría, vendríamos, vendríais, vendrían
Presente de subjuntivo	venga, vengas, venga, vengamos, vengáis, vengan
Imperfecto de subjuntivo	viniera, vinieras, viniera, viniéramos, vinierais, vinieran
Mandato afirmativo familiar	ven

Verbos adicionales	convenir	intervenir

26 ver

Participio pasado	visto
Presente de indicativo	veo, ves, ve, vemos, veis, ven
Imperfecto de indicativo	veía, veías, veía, veíamos, veíais, veían
Pretérito	vi, viste, vio, vimos, visteis, vieron
Presente de subjuntivo	vea, veas, vea, veamos, veáis, vean

27 volver (ue)

Participio pasado	vuelto

Verbos adicionales	devolver	envolver	resolver

Vocabulario español–inglés

Este **Vocabulario** incluye palabras y expresiones que se presentan en *El mundo 21 hispano.* Se mantiene en español-inglés ya que el bilingüismo se considera una meta de suma importancia para hispanohablantes. El cono-cimiento del inglés enriquece la experiencia del hispanohablante que vive en EE.UU., ayudándole a desarrollar no sólo dos idiomas, sino coexistir en ambas culturas.

El vocabulario activo tiene un número entre paréntesis que indica la unidad y lección en donde se introduce. El número **(3.1)**, por ejemplo, se refiere a **Unidad 3, Lección 1.** El género de los sustantivos se indica como *m.* (masculino) o *f.* (femenino), o se dan las dos formas cuando el sustantivo señala a una persona, por ejemplo **abuelo, abuela.** Los adjetivos que terminan en **-o** se dan en la forma masculina singular con la terminación femenina **(a)** entre paréntesis. Los verbos se dan en la forma infinitiva. Se usan las siguientes abreviaturas:

adj.	adjetivo	*s.*	sustantivo
adv.	adverbio	*v.*	verbo
aprox.	aproximadamente	*Arg.*	Argentina
f.	femenino	*El Salv.*	El Salvador
fig.	figurativo	*Esp.*	España
inf.	infinitivo	*Guat.*	Guatemala
int.	interjección	*Méx.*	México
irreg.	irregular	*Parag.*	Paraguay
m.	masculino	*Urug.*	Uruguay
pl.	plural		

A

a:
a cámara lenta in slow motion
a cambio de in exchange for
a finales de at the end of
a la orden at your command
a la vez at the same time
a lo largo de throughout
a lo largo y ancho everywhere
a mediados de at the middle of
a medida que as, at the same time as
a menudo frequently
a orillas de by, beside
a partir de starting from, as of
a paso acelerado at a fast rate
a pesar de in spite of, despite
a pie on foot
a posta on purpose
a principios de at the beginning of
a propósito by the way
a punto de morir close to dying (5.2)
¿a qué hora? at what time (1.1)
a rayas striped (5.3)
a solas alone (5.1)
a su vez in turn
a toda plana full page

a través de through
a un peso cada uno one peso each (2.2)
a ver let's see (4.4)
abad *m.* abbot
abadesa *f.* abbess
abajo *adv.* below
abandonado(a) abandoned
abanicarse (qu) to fan oneself
abanico *m.* fan
abarcar (qu) to contain, include
abdicar (qu) to abdicate; to renounce, to give up
abdomen *m.* abdomen (5.1)
abdominales *m. pl.* abdominal stretching (5.1)
abedul *m.* birch (tree) (4.4)
abismo *m.* abyss
abogado(a) *m./f.* lawyer
aborigen aboriginal, indigenous
abrazar (c) to embrace
abrazo *m.* embrace, hug
abrigo *m.* overcoat (5.3); *véase también* **tapado**
absceso *m.* abscess
absorber to absorb, soak up
abundar to be plentiful, to abound
aburridísimo(a) extremely boring (1.2)
aburrido(a) bored; boring (1.1)
abusado(a) abused

abuso *m.* abuse
acabar to finish, to end
academia *f.* academy
acalambrarse to get cramps (6.1)
acaparar to monopolize; to stockpile
acariciar to caress
acarrear to carry, to transport
acaso *adv.* perhaps, maybe
acceder to agree, to consent
acción *f.* action, adventure; (*finanzas*) stock, share (3.2)
    Día (*m.*) **de Acción de Gracias** Thanksgiving Day (6.2)
    película (*f.*) **de acción** adventure movie (1.1)
accionista *m./f.* shareholder, stockholder (3.2)
acechar to lie in wait
aceleración *f.* acceleration (6.4)
acelerado(a) fast, accelerated; intense, impassioned (2.4)
    a paso acelerado at a fast rate
acelga *f.* chard
acercarse (qu) to approach, to draw near
acero *m.* steel
ácido(a) acid, acidic
    lluvia (*f.*) **ácida** acid rain (4.1)
acierto *m.* good judgment
aclamar to applaud, to acclaim
aclarar to clarify

aclimatarse to become acclimated
acolchar to quilt (4.2)
acomodado(a) well-to-do, well-off
  clase (*f.*) **acomodada** upper class
  clase (*f.*) **menos acomodada** lower
    class
acomodador(a) *m./f.* usher (1.1)
acomodarse to get comfortable
acompañar to accompany
  ¿Me acompañas? Will you accom-
    pany me? (2.4)
acontecimiento *m.* event, happening
acordar (ue) to agree
  acordarse (ue) to remember
acordeonista *m./f.* accordion player
acostumbrar to be accustomed
  acostumbrarse a to become accus-
    tomed to, to get used to
acreedor(a) *m./f.* creditor
actitud *f.* attitude, position
actividad *f.* activity (3.1)
  actividad acuática aquatic activity
    (3.1)
actor *m.* actor (1.1)
actriz *f.* actress (1.1)
actuación *f.* performance
actual *adj.* current, present
actualidad *f.* present (time)
  en la actualidad at the present time,
    currently
actualmente at the moment, nowadays
actuar (ú) to act
acuarela *f.* watercolor (2.1)
acuático(a) aquatic (3.1)
  actividad (*f.*) **acuática** aquatic activity
    (3.1)
acueducto *m.* aqueduct
acuerdo *m.* agreement, understanding
  (6.4)
  de acuerdo con according to
  estar (*irreg.*) **de acuerdo** to agree (3.2)
acuitar to grieve, to be grieved
acupuntura *f.* acupuncture (5.2)
acusado(a) *m./f.* accused, defendant
acusar to accuse
adaptarse to adapt oneself, to become
  accustomed
adecuado(a) adequate
adelante *adv.* in front of; beyond
  desde hoy en adelante from now on
  sacar (qu) adelante to make prosper
además de besides, in addition to
adivinar to guess
adolescencia *f.* adolescence
adolorido(a) sore (3.1, 5.2)
adorado(a) adored
adornar to adorn (4.2)
adquirir (ie, i) to acquire
aduana *f.* customs
adueñarse de to take possession of
advertir (ie, i) to warn; to advise; to
  draw (someone's) attention
aeronave *f.* airplane
aeropuerto *m.* airport (3.1)

afán *m.* eagerness, zeal
afecto *m.* affection, fondness
afiliación *f.* affiliation (3.3)
afirmar to confirm, to state; to secure, to
  make firm
afonía *f.* hoarseness
afortunado(a) fortunate
afrontar to face (up to), confront
agarrada *f.* (*Guat.*) forced military
  roundup
agarrar to catch, to grab (2.3)
ágil agile
agitación *f.* agitation
agitado(a) agitated
agitar to shake; to excite
agobiar to burden, to overwhelm
agonía *f.* agony
agotador(a) tiring (3.1)
agradar to please, to like
  Me agradó muchísimo. It pleased me
    very much. (1.2)
agradecido(a) appreciative
agrario(a) agrarian, agricultural
agravio *m.* offense, insult
agresivo(a) aggressive
agriamente bitterly
agrícola agricultural
agricultura *f.* agriculture
agrupación *f.* cluster
agruparse to form a group, to cluster together
agua *f.* (*pero* **el agua**) water (4.4)
  agua mineral con gas carbonated wa-
    ter
  agua mineral sin gas mineral water
  contaminación del agua *f.* water pol-
    lution (4.1)
  salto (*m.*) **de agua** waterfall
aguacate *m.* avocado (1.4)
aguado(a) watered down
aguador(a) *m./f.* water vendor
aguantar to endure, to tolerate
  aguantarse to keep quiet; to resign
    oneself
aguardar to wait for, to await
águila *f.* (*pero* **el águila**) eagle
aguja *f.* needle (4.2)
agujero *m.* hole (4.1)
ahí *adv.* there, over there
ahora: por ahora for the time being
ahorrar to save
airado(a) angry, irate
aire *m.* air (4.1)
  bomba (*f.*) **de aire** tire pump
    (3.1)
  contaminación (*f.*) **del aire** air
    pollution (4.1)
aislado(a) isolated
aislamiento *m.* isolation
aislar to isolate
ajeno(a) another's, someone else's; de-
  tached, foreign
ají *m.* (*pl.* **ajíes**) (*Cono Sur*) hot pepper,
  chili pepper (2.2); *véase también* **chile**

ajo *m.* garlic (2.2)
al:
  al borde de on the edge of
  al contrario on the contrary (2.4)
  al día up to date
  al fin at last
  al fin y al cabo after all
  al fondo at the rear/back
  al lado de beside, next to
  al mando de under the command of
  al margen on the fringe (6.3)
  al pie de at the bottom of
  al ratito in a little while
ala *f.* (*pero* **el ala**) wing
alambrada *f.* wire fence; barbed wire
  barrier
alambre *m.* wire
  alambre de púas barbed wire
alarde *m.* show, display
alargado(a) elongated
alarido *m.* howl, shriek
albahaca *f.* basil (1.4)
albergue (*m.*) **juvenil** youth hostel
alborotado(a) excited, agitated
alcachofa *f.* artichoke (2.2)
alcalde *m.* mayor (3.3)
alcaldesa *f.* mayor, mayoress (3.3)
alcance *m.* reach
alcanzado(a) reached, achieved, ob-
  tained
alcanzar (c) to reach, to attain
  alcanzarse to be attainable
alcapurria *f. empanadas de carne
  puertorriqueñas*
alcázar *m.* castle, fortress
alce *m.* elk (4.4), moose
alcohol *m.* alcohol; alcoholic beverages
  (3.3)
  control (*m.*) **del alcohol** control of
    alcoholic beverages (3.3)
aldea *f.* village
alegrarse to be happy
alegre happy (1.3)
alegría *f.* cheerfulness, joy (6.2)
alejado(a) distanced
alejar to estrange, to alienate
alergia *f.* allergy (5.2)
alfarería *f.* pottery (4.2)
  alfarería vidriada glazed pottery (4.2)
alfiler *m.* straight pin
  alfiler imperdible safety pin (4.2)
alfombra *f.* carpet
alfombrado(a) carpeted
algodón *m.* cotton (5.3)
aliado(a) *m./f.* ally; *adj.* allied
alianza *f.* alliance
aliento *m.* breath
alimentar to feed
  alimentarse to live on
alimenticio(a) nourishing
alimento *m.* food, nourishment
alistarse to enlist, to sign up
aliviado(a) lessened, alleviated; recov-
  ered (5.2)

allá tú that's your business
alma *f.* (*pero* **el alma**) soul
almacén *m.* department store (5.3)
almeja *f.* clam (1.4)
almendrado *m.* candy made of almond paste
almohada *f.* pillow
alojamiento *m.* housing
alojarse to stay, to lodge
alondra *f.* lark
alpaca *f.* alpaca (*animal similar a la llama*)
alpargata *f.* sandal
alquilar to rent (3.1)
alrededor de around
alrededores *m. pl.* surrounding area
alterar to alter, to change
alternar to alternate
altibajos *m. pl.* ups and downs
altiplano *m.* high plateau, high plain
alto(a) high; tall; alto (*mús.*) (1.3)
   en voz alta out loud
altura *f.* height
alucinógeno *m.* hallucinogen (6.1)
aluminio *m.* aluminum (4.4)
alzar (c) to raise, lift up; to gather up, put away
ama de casa *f.* (*pero* **el ama**) housekeeper
amabilidad *f.* amiability, affability
amable nice, pleasant, kind
amado(a) *adj.* loved
amanecer (zc) *m.* to dawn, to be at dawn
amante *s. m./f.* lover; *adj.* fond
amar to love
amargado(a) bitter, embittered
amargo(a) bitter
ambicioso(a) ambitious
ambientado(a) accustomed to the ambience
ambiental of or pertaining to the environment (4.1)
ambiente *m.* ambience; atmosphere
   ambiente festivo festive atmosphere (6.2)
   medio ambiente environment (4.1)
ámbito *m.* field (6.3)
ambos(as) *adj. pl.* both
amenaza *f.* threat (4.1)
amenazar (c) to threaten
americano(a) *s. m./f.* U.S. citizen; *adj.* of or pertaining to the Americas
   fútbol (*m.*) **americano** football (2.3)
amigdalitis *f.* tonsilitis (5.2)
amistad *f.* friendship
amistoso(a) friendly
amo *m.* master
amor *m.* love
   música (*f.*) **de amor** romantic music
amparo *m.* shelter; protection
ampliado(a) enlarged, made bigger
ampliar to enlarge
amplificación *f.* growth (6.4)
amplio(a) ample
amplitud *f.* amplitude, fullness
analfabetismo *m.* illiteracy

analogía *f.* analogy
ancho(a) wide
   a lo largo y ancho everywhere
anchura *f.* width
anciano(a) *m./f.* elderly person
andar (*irreg.*) to walk (5.1); *véase también* **caminar;** to go
andino(a) *adj.* Andean
anexión *f.* annexation
anfetamina *f.* amphetamine (6.1)
anfiteatro *m.* amphitheater
anfitrión *s. m., adj.* host (3.2)
anfitriona *s. f., adj.* hostess (3.2)
anglosajón *m.* Anglo-Saxon male
anglosajona *f.* Anglo-Saxon female
angustia *f.* anguish
anhelo *m.* yearning, longing, desire
anillo *m.* ring (4.2)
animado(a) lively (2.4)
   película (*f.*) **de dibujos animados** animated film (1.1)
animador(a) *m./f.* entertainer
animar to stimulate, to animate
ánimo: estado (*m.*) **de ánimo** state of mind, mood
aniquilado(a) annihilated (6.1)
anónimo(a) anonymous
anotar to jot down
   anotar puntos to score (6.1)
   anotar un gol to score a goal (6.1)
antaño *adv.* long ago, in days gone by
ante todo above all
anteojos *m. pl.* eyeglasses
antepasado(a) *m./f.* ancestor
antibiótico *m.* antibiotic (5.2)
antidepresivo *m.* antidepressant (5.2)
antiguamente formerly, once
antiguo(a) old (3.1)
antihistamínico *m.* antihistamine (5.2)
Antillas *f. pl.* Antilles (*islas del Caribe*)
antorcha *f.* torch
anular to annul, to nullify
anunciar to announce (6.3)
añadir to add
añil *m.* indigo
apacible calm, gentle
apaciguar (güe) to appease, pacify
apagar to turn off
aparecer to appear
apariencia *f.* appearance
apartar to separate
apasionado(a) passionate (1.3); intense, exciting (2.4)
apasionante exciting, thrilling
apearse to dismount
apellido *m.* last name
apenas *adv.* barely, hardly
apendicitis *f.* appendicitis (5.2)
apeñuzcado(a) crammed together
apertura *f.* opening
apio *m.* celery (2.2)
aplastado(a) flattened
aplastante *adj.* crushing
aplastar to crush, to squash
aplicar to apply, to wipe on

apoderarse to seize, to take possession
apogeo *m.* apogee, height
apolítico(a) apolitical, nonpolitical
aporrear to hit, to thump
aportar to bring in (3.2)
aporte *m.* contribution, donation, support (3.2)
apoyar to support (3.3)
apoyo *m.* support, help (3.2)
apreciado(a) appreciated
apreciar to appreciate
aprendiz(a) apprentice
apresurarse to hurry
apretar to squeeze, squash
apretón (*m.*) **de manos** handshake
aprobar (ue) to approve of, to agree with
   aprobarse (ue) to be approved
aprovechar to take advantage
   aprovecharse (de) to take advantage (of) (3.2)
aproximar to approximate, to bring near
apuntarse to attain
árabe *m./f.* Arab
arado *m.* plow
arancel *m.* tariff, duty
araña *f.* spider
arbitrario(a) arbitrary
árbitro *m.* umpire, referee (2.3)
árbol *m.* tree (4.4)
   capa (*f.*) **de árboles** tree canopy (4.1)
arcaísmo *m.* archaism, antiquated style
arce *m.* maple (tree) (4.4)
arco *m.* goal (6.1); arch; bow
   tiro (*m.*) **al arco** archery (2.3)
arder to burn
ardiente *adj.* burning
ardilla *f.* squirrel (4.4)
ardor *m.* zeal, eagerness
área *f.* (*pero* **el área**) area, region
arena *f.* sand (6.3)
Argelia Algeria
argumento *m.* plot (1.2)
arma *f.* (*pero* **el arma**) arm, weapon
   control (*m.*) **de las armas de fuego** gun control (3.3)
armada *f.* navy, fleet
armado(a) armed
   fuerzas (*f. pl.*) **armadas** armed forces
armoniosamente harmoniously
armonioso(a) harmonious
aromatizado(a) flavored
arpa *f.* harp
arquero(a) *m./f.* goalie, goalkeeper (6.1); *véase también* **portero(a)**
arquitectónico(a) architectonic, architectural
arrancar to originate; pull away, to snatch (6.3)
arreglar to arrange
arreglista *m./f.* arranger
arremeter to charge, to attack
arrestar to arrest (6.1)
arriba: hacia arriba upward

arribo *m.* arrival
arroz *m.* rice (2.2)
arruinarse to be ruined
arte *f.* (*pero* **el arte**) art
   artes (*f. pl.*) **plásticas** sculpture, clay modeling
   bellas (*f. pl.*) **artes** fine arts
artesanal *adj.* artisan, pertaining to craftsmen
artesanía *f.* handicrafts; craftsmanship (4.2)
artesano(a) *m./f.* artisan (4.2)
artificial artificial
   fuegos (*m. pl.*) **artificiales** fireworks (6.2)
artista *m./f.* artist (2.1); performer (4.3)
   artista de categoría quality performer (4.3)
   artista de retratos portrait artist (2.1)
   artista musical musician, musical performer/artist (4.3)
artritis *f.* arthritis (5.2)
arveja *f.* (*Cono Sur*) pea (2.2); *véase también* **chícharo** *y* **guisante**
arzobispo *m.* archbishop
asado *m.* barbecue, cookout (6.2); *véase también* **parrillada**
asalto *m.* attack, assault
ascendencia *f.* ancestry (6.3), origin
ascenso *m.* ascent, rise
asco *m.* disgust, repulsion
asegurar to secure; to insure, to assure
   asegurarse to make sure
asentado(a) set, written
asentar to establish
asesinado(a) murdered
asesinato *m.* murder, assassination
   asesinato político political assassination (3.4)
asesino(a) *m./f.* killer, murderer, assassin
asiento *m.* seat (1.1)
asilo *m.* asylum (1.4)
   asilo de huérfanos orphanage
asimismo likewise, in the same manner
asistencia *f.* assistance
asistir a to attend
asno *m.* ass, donkey
asociación *f.* association (3.4)
   libertad de reunión y asociación *f.* freedom of assembly and association (3.4)
asociado(a) associated
   Estados (*m. pl.*) **Asociados** Associated States (6.4)
asoleado(a) sunny
asomar to appear; to come out
asombrado(a) amazed, astonished
aspa *f.* arm of a windmill
aspirado(a) aspirated
aspirina *f.* aspirin (5.2)
asqueroso(a) revolting, sickening, vile
astro *m.* star

astronauta *m./f.* astronaut
asumir el poder to take control
asunto *m.* matter, topic
asustado(a) scared, alarmed
atacar to attack
ataque *m.* attack
   ataque al corazón heart attack (5.2)
   ataque cardiaco heart attack (5.2)
   ataque de nervios nervous breakdown
atardecer *m.* late afternoon, dusk
atención *f.* attention
   prestar atención to pay attention
atentamente attentively
aterrizado(a) landed
aterrizar to land (3.1)
atletismo *m.* track (2.3)
atmósfera *f.* atmosphere (4.1)
atomizador *m.* atomizer, sprayer (5.2)
atracción *f.* amusement
   parque (*m.*) **de atracciones** amusement park
atractivo(a) attractive (1.3)
atraer (*como* **traer**) to attract
atraído(a) attracted
atrás *adv.* behind
atravesando crossing
atravesar (*ie*) to cross, to go across
atreverse a to dare to
atrevidamente daringly, boldly
atrevido(a) daring, bold
atribuir attribute
atributo *m.* attribute
atroz atrocious
audaz audacious, bold (6.3)
audiencia *f.* audience
   Real Audiencia high court
auge *m.* boom, peak
aula *f.* (*pero* **el aula**) schoolroom
aullar to howl
aumentado(a) increased
aumentar to augment, to increase (3.2)
aumento *m.* increase
aurora *f.* dawn
ausente absent
auspiciado(a) sponsored
austero(a) austere
auto *m.* auto, car (3.1)
autobús *m.* bus (3.1); *véase también* **bus** *y* **guagua**
autocensura *f.* self-censure
autóctono(a) native, indigenous
autonomía *f.* autonomy, self-government
autónomo(a) autonomous
autopista *f.* highway (3.1)
autor(a) author (1.2)
autoría *f.* authorship
autoridad *f.* authority
autoritario(a) authoritarian
autorretrato *m.* self-portrait
avalado(a) endorsed, guaranteed
avance *m.* advance
ave *f.* (*pero* **el ave**) fowl (1.4), bird
avenida *f.* avenue (3.1)

aventura *f.* adventure
   película (*f.*) **de aventuras** adventure movie (1.1)
avergonzar (**güe**) to embarrass
avión *m.* airplane, plane (3.1)
   avión sin motor *m.* glider (3.1)
avioneta *f.* light aircraft (3.1)
¡ay de mí! woe is me!
ayuda *f.* help, aid
   ayuda médica health care (3.4)
ayudar to help
azadón *m.* large hoe
azahar *m.* orange blossom
azúcar: caña (*f.*) **de azúcar** sugar cane
azucarado(a) sweetened; of or pertaining to sugar

bacalao *m.* cod (1.4)
bahía *f.* bay
bailable danceable (1.3)
bailar to dance (2.4)
   ¿Bailamos? Shall we dance? (2.4)
   Lo siento pero no bailo... I'm sorry, but I don't dance . . . (2.4)
   ¿Quieres bailar? Do you want to dance? (2.4)
   ¿Te gustaría bailar conmigo? Would you like to dance with me? (2.4)
   ¿Vamos a bailar? Shall we (go) dance? (2.4)
bailarín *m.* dancer (4.3)
bailarina *f.* dancer (4.3)
baile *m.* dance (6.2)
   baile de disfraces costume ball (6.2)
   ¿Me permites este baile? Would you allow me this dance? (2.4)
bajar to lower (5.2)
   bajar la presión to lower one's blood pressure (5.2)
bajo under
   Países (*m. pl.*) **Bajos** Netherlands
bajo(a) low; short; soft, faint
   en voz baja quietly, in a whisper
bala *f.* bullet
baladista *m./f.* singer of ballads
balanza (*f.*) **de pagos** balance of payments
balcón *m.* balcony
ballenero(a) *m./f.* whale hunter
ballet *m.* ballet
balneario *m.* seaside resort; spa
baloncesto *m.* basketball (2.3); *véase también* **básquetbol**
bálsamo *m.* balm, ointment (5.2)
bambuco *m.* bambuco (*baile colombiano y tipo de música*) (4.3)
bancarrota bankrupt
banco(a) bench; bank
banda *f.* band (1.3)
bandera *f.* flag (6.2)
   Día (*m.*) **de la Bandera** Flag Day (6.2)
bando *m.* faction, party

banquero(a) *m./f.* banker
baño *m.* bath; bathing
    traje (*m.*) **de baño** bathing suit (5.3)
bar *m.* bar
barato(a) *adj.* inexpensive, cheap
barba *f.* beard
barbacoa *f.* barbecue (6.2)
bárbaro *int.* cool (6.1)
bárbaro(a) *adj.* barbaric, barbarian
barbitúrico *m.* barbiturate (6.1)
barco *m.* boat, ship (3.1)
    barco de recreo pleasure boat (3.1)
    barco de vela sailboat (3.1); *véase también* **bote de vela**
    barco transbordador ferry boat (3.1)
barítono *m.* baritone (1.3)
barra *f.* bar
barrer to sweep
barrera *f.* barrier
barrio *m.* neighborhood
barro *m.* clay, earthenware (4.2)
barroco(a) baroque (2.1)
base *f.* base (2.3)
    primera/segunda/tercera base first/second/third base (2.3)
básquetbol *m.* basketball (2.3); *véase también* **baloncesto**
basta (it's) enough
bastante *adv.* enough
basura *f.* garbage, trash
bata *f.* robe (5.3)
batalla *f.* battle
batata *f.* (*Esp. y Cono Sur*) sweet potato (2.2); *véase también* **camote**
batazo: hacer (*irreg.*) **un batazo** to make a hit (*béisbol*) (2.3)
bate *m.* (*béisbol*) bat (2.3)
bateador(a) *m./f.* batter (2.3)
    bateador(a) designado(a) designated hitter (2.3)
batear to bat (2.3)
batería *f.* drums (1.3)
baterista *m./f.* drummer (4.3)
batir to beat
baúl *m.* trunk
beca *f.* scholarship
becario(a) *m./f.* scholarship recipient
becerro *m.* bull calf
béisbol: campo (*m.*) **de béisbol** baseball field (2.3)
béisbol (*m.*) **de pelota blanda** softball (2.3)
belleza *f.* beauty
bello(a) beautiful
beneficiar to benefit (6.4)
beneficio *m.* profit, gain; benefit (3.2)
beneficioso(a) beneficial, advantageous
berenjena *f.* eggplant (2.2)
berro *m.* watercress
betabel *m.* (*Méx.*) beet (2.2); *véase también* **remolacha**
betún *m.* tar, pitch
bibliotecario(a) librarian
bicicleta *f.* bicycle (3.1)

bien *adv.* good; well
    bienes *m. pl.* goods (3.2)
    bienes (*m. pl.*) **de consumo** consumer goods (3.2)
    pasarlo bien to have a good time
    portarse bien to behave
bienestar *m.* well-being (3.2)
    Bienestar Social Welfare
bienvenido(a) welcome
bilingüe bilingual
bilingüismo *m.* bilingualism
billetera *f.* billfold, wallet (4.2)
billón *m.* trillion (6.4)
biodiversidad *f.* biodiversity (4.1)
biológico(a) biological (4.1)
    reserva (*f.*) **biológica** biological reserve (4.1)
bizcochito *m.* little cookie, little sponge cake
blanqueador *m.* bleach, whitener
bloqueado(a) blocked
bloqueo *m.* blockade
blues *m. pl.* blues (*música*) (4.3)
blusa *f.* blouse (5.3)
    blusa a rayas striped blouse (5.3)
    blusa bordada embroidered blouse (5.3)
    blusa de lunares polka dot blouse (5.3)
boca *f.* mouth (5.1)
bocarriba *adv.* face up
boda *f.* wedding
bodega *f.* warehouse (1.4)
bodegón *m.* tavern, bar
bohío *m.* hut
boicoteo *m.* boycott
bolero *m.* bolero (*baile español y tipo de música*)
boletería *f.* box office (1.1)
boleto *m.* ticket (1.1)
bolsa *f.* stock market
    bolsa nacional national stock market (3.2)
bolsillo *m.* pocket
bolso *m.* handbag, purse, shoulder bag (4.2)
bomba (*f.*) **de aire** tire pump (3.1)
bombachas *f. pl.* (*Cono Sur*) panties (5.3); *véase también* **calzón** *y* **pantis**
bombardeo *m.* bombardment, shelling, bombing
bombín *m.* hat (5.3)
bombón *m.* candy (6.2)
bonaerense *m./f.* person from Buenos Aires
bondadoso(a) good, kind
bongó *m.* bongo drum (*instrumento cubano*) (2.4)
bordado *m.* embroidery (4.2)
bordado(a) embroidered (5.3)
    blusa (*f.*) **bordada** embroidered blouse (5.3)
bordar to embroider (4.2)

borde *m.* border; edge
    al borde de on the edge of
boricua *m./f.* Puerto Rican
borracho(a) *adj.* drunk
borrador *m.* draft
borroso(a) blurred, fuzzy (2.1)
bosque *m.* forest (4.1)
    bosque lluvioso rain forest (4.1)
    bosque nuboso cloud forest (4.1)
    bosque tropical tropical forest (4.1)
bota *f.* boot (5.3)
    bota de trabajo heavy-duty boot (5.3)
botánico(a) *adj.* botanical
    jardín (*m.*) **botánico** botanical garden
bote *m.* small boat (3.1)
    bote de remo rowboat (3.1)
    bote de vela sailboat (3.1); *véase también* **barco de vela**
botón *m.* button
brasilero(a) *adj.* Brazilian (6.3)
brazo *m.* arm (5.1)
    mover (ue) **los brazos con soltura** to move one's arms loosely (5.1)
brecha *f.* opening, gap
brécol *m.* broccoli (2.2); *véase también* **bróculi**
breve *adj.* brief
brillante brilliant, bright (2.1)
brillar to shine; to blaze
brincar (qu) to jump
británico(a) *adj.* British
brocado *m.* brocade
broche (*m.*) **de oro** crowning glory
bróculi *m.* broccoli (2.2); *véase también* **brécol**
broma *f.* joke
    hacer (*irreg.*) **broma** to play a joke (6.2)
bromeliácea *f.* bromeliad
bronce *m.* bronze
brote *m.* bud, shoot
brusco(a) brusque, abrupt, sudden
Bruselas: col (*m.*) **de Bruselas** Brussels sprout (2.2)
bruto *m.* brute
    Producto (*m.*) **Interno Bruto (PIB)** Gross Domestic Product (GDP) (6.4)
bucear con tubo de respiración to snorkel (2.3)
buceo *m.* diving
    buceo con tubo de respirar snorkeling
bueno(a): Noche (*f.*) **Buena** Christmas Eve (6.2)
bufanda *f.* scarf (5.3)
bulevar *m.* boulevard (3.1)
bulto *m.* bulk, package, bundle
buque *m.* ship
    buque de carga cargo boat (3.1)
    buque de guerra warship
burla *f.* joke, jest
bus *m.* bus ; *véase también* **autobús** *y* **guagua**
buscador(a) (*m./f.*) **de talento** talent scout

buscar (qu) to look for
  pasar a buscar to come by (for someone) (1.1)
búsqueda *f.* search, quest
butaca *f.* orchestra/box seat (1.1)

C

cabalgando riding horseback
cabalgar (gu) to ride horseback
caballeriza *f.* horse stable
caballero *m.* gentleman; knight
caballete *m.* roof
caballo *m.* horse (2.3)
  montar a caballo to ride a horse (2.3)
cabaña *f.* cabin; shack, hut
cabellera *f.* hair, head of hair
cabello *m.* hair
caber (*irreg.*) to fit
  no cabe duda there is no doubt
cabeza *f.* head (5.1)
  golpe (*m.*) **de cabeza** (*fútbol*) head kick (6.1)
cabezal *m.* headrest
cable *m.* cable
  cable del freno brake cable (3.1)
cabo *m.* cape
cacahuate *m.* peanut (2.2); *escrito también* **cacahuete**; *véase también* **maní**
cacao *m.* cacao (*árbol o vaina*)
cacerola *f.* basin
cachucha *f.* knitted cap (5.3); *véase también* **chullo**
cacique *m.* Indian chief
cadejo *m.* (*El Salv.*) *perro mítico*
cadena *f.* chain
  cadena de transmisión drive chain (3.1)
cadencia *f.* cadence (2.4)
cadera *f.* hip (5.1)
caer (*irreg.*) to fall
  caerse to fall down
café *m.* cafe; coffee
cafetería *f.* cafeteria
caída *f.* fall, downfall, collapse
calabacita *f.* zucchini (2.2); squash (2.2)
calabaza *f.* pumpkin (2.2); *véase también* **zapallo**
calcetín *m.* sock (5.3)
caldero *m.* cauldron
calidad *f.* quality
cálido(a) hot
calificación *f.* qualification
calificar (qu) to grade
callado(a) silent, quiet
callarse to keep quiet, to shut up
calle *f.* street (3.1)
  niños (*m. pl.*) **de la calle** street children
callejón (*m.*) **sin salida** dead-end alley (3.1)
calmante (*m.*) **de nervios** tranquilizer (6.1)

calzado *m.* shoe (5.3); *véase también* **zapato**
calzón *m.* panties (5.3); *véase también* **bombachas** *y* **pantis**
calzoncillo *m.* man's underwear (5.3)
cámara *f.* chamber; camera
  a cámara lenta in slow motion
  Cámara de Representantes House of Representatives
camarón *m.* shrimp (1.4)
cambiar to change; to exchange
cambio *m.* change
  a cambio de in exchange for
  en cambio on the other hand
  palanca (*f.*) **del cambio de velocidades** gear lever (3.1)
caminar to walk (5.1); *véase también* **andar**
caminata *f.* (long) walk (5.1)
camino *m.* road (3.1)
camión *m.* big truck (3.1); (*Méx.*) bus (3.1)
camioneta *f.* van; light/small truck (3.1)
  camioneta cubierta minivan (3.1)
camisa *f.* shirt (5.3)
camiseta *f.* undershirt (5.3); T-shirt (5.3); *véase también* **playera**
camisón *m.* nightgown (5.3)
camote *m.* sweet potato (2.2); *véase también* **batata**
campamento *m.* camp
campana *f.* bell
campanario *m.* bell tower
campanita *f.* little bell
campánula *f.* (*flor*) morning glory
campaña *f.* campaign (3.3)
  hacer (*irreg.*) **campaña** to campaign (3.3)
  tienda (*f.*) **de campaña** tent
campeonato *m.* championship (5.1)
campesino(a) *m./f.* peasant, country person
campiña *f.* large field
campo *m.* countryside (3.1); field (2.3)
  campo de béisbol baseball field (2.3)
cana *f.* gray hair
canal *m.* channel
canalizar (c) to channel
canario(a) *m./f.* canary
canasto *m.* basket
cancel *m.* screen partition
cáncer m. cancer (5.2)
  cáncer de la garganta throat cancer (5.2)
  cáncer de los pulmones lung cancer (5.2)
  cáncer de los riñones kidney cancer (5.2)
  cáncer del cerebro brain cancer (5.2)
  cáncer del hígado liver cancer (5.2)
candidato(a) *m./f.* candidate (3.3)
candombe *m.* candombe (*festival afro-uruguayo de música*) (6.2)
cangrejo *m.* crab
caníbal *m./f.* cannibal

canoa *f.* canoe (3.1)
cansado(a) tired (2.4)
cansarse to get tired
cantante *m./f.* singer (1.3)
cantarín *m.*, **cantarina** *f.* singer; *adj.* sing-song
cantidad *f.* quantity, large number (6.3)
cantimplora *f.* canteen
cantina *f.* tavern, saloon
cantinela *f.* same old song
canto *m.* song, chant (6.3)
cantor(a) *m./f.* singer (1.3)
caña *f.* cane
  caña de azúcar sugar cane
cañón *m.* cannon
caoba *f.* mahogany (4.4)
capa *f.* coat (of paint); cape, cloak
  capa de árboles tree canopy (4.1)
  capa de ozono ozone cover (4.1)
capacidad *f.* capacity, ability
capaz capable
capital *m.* capital, money (3.2)
capitalino(a) of the capital
capitán *m.*, **capitana** *f.* captain (6.1)
capitolio *m.* capitol building
capricho *m.* caprice, whim
capturado(a) captured, seized
cara *f.* face (5.1)
característica *f.* characteristic
carbón *m.* coal (4.4)
carbonizado(a) burned
carcajada *m.* loud laughter, cackle
cárcel *f.* jail
carcomido(a) eaten away
cardamomo *m.* cardamom (*planta de las Indias Occidentales*)
cardiaco: ataque (*m.*) **cardiaco** heart attack
cardiólogo(a) cardiologist (5.2)
carey *m.* tortoise shell
carga *f.* cargo
  buque (*m.*) **de carga** cargo boat (3.1)
  tren (*m.*) **de carga** freight train (3.1)
cargadores *m. pl.* suspenders
cargar (gu) to carry
  cargarse to charge
cargo *m.* post, position
Caribe *m.* Caribbean (Sea)
caribeño(a) *adj.* Caribbean (2.4)
caricia *f.* caress
cariñoso(a) loving
caritativo(a) charitable
carmín *m.* carmine, crimson
carnal *m.* blood releative
Carnaval *m.* Carnival (*festival que se celebra los tres días anteriores a la Cuaresma*) (6.1)
carne *f.* meat, flesh (1.4)
  carne asada roasted/barbecued meat (1.4)
  carne de puerco pork (1.4)
  carne de res beef (1.4)
  carne en adobo marinated meat (1.4)
  carne molida ground beef (1.4)
carnicería *f.* butcher shop

carrera *f.* career; race (*competencia*) (5.1)
  carrera ciclista bicycle race (5.1)
  carrera de maratón marathon (5.1)
  carreras (*f. pl.*) **y saltos** track and field (5.1)
carreta *f.* carriage; cart (3.1)
carretera *f.* highway, road (3.1)
carretero *m.* cartwright, cart maker
carro *m.* car; cart
carruaje *m.* carriage
cartón *m.* cardboard (2.1)
casa *f.* house
  casa rodante camper (*vehículo*) (3.1)
casado(a) *m./f.* married person
casarse con to get married to
cascada *f.* cascade; waterfall
casco *m.* helmet (3.1)
casi almost
caso case, event; occasion
  vamos al caso let's get to the point
casona *f.* large house, mansion
cáspita *int.* holy cow, wow
casquivano(a) lively; impetuous
castaño(a) chestnut, brown
castellano *m.* Spanish (*idioma*)
castigo *m.* punishment
castillo *m.* castle
catarro *m.* cold (*enfermedad*) (5.2); *véase también* **resfriado**
catástrofe *f.* catastrophe, disaster
cátedra *f.* professorship
catedral *f.* cathedral
catedrático(a) *m./f.* university professor
catolicismo *m.* Catholicism
caucho *m.* rubber
caudillo *m.* boss; chief, leader, commander
causado(a) caused
cautelosamente cautiously
cauteloso(a) cautious, wary
cautivante captivating (2.4)
cautiverio *m.* captivity
caza *f.* hunting, hunt; game
cazador(a) *m./f.* hunter
cazar (c) to hunt
cebolla *f.* onion (2.2)
ceder to give up, to hand over
celebrar to celebrate (6.2)
célebre famous, celebrated
celeste *adj.* sky blue
celos *m. pl.* jealousy, envy
celta *m./f.* Celt
cencerro *m.* small bell (2.4)
Cenicienta *f.* Cinderella
ceniza *f.* ash
  Miércoles (*m.*) **de Ceniza** Ash Wednesday (6.2)
censura *f.* censorship
  autocensura *f.* self-censure
centelleante *adj.* sparkling, flashing
centenar *m.* one hundred
centrado(a) centered; balanced
centralizado(a) centralized

centro *m.* center (1.1)
  centro comercial shopping center
cerámica *f.* ceramics (4.2)
ceramista *m./f.* ceramics maker
cerca: volarse (ue) la cerca to go out of the park (over the fence) (2.3)
cercanía *f.* nearness, proximity; *pl.* outskirts
cercano(a) *adj.* nearby, close
cercar (qu) to fence in, to enclose
cerciorarse to make sure
cerebro *m.* brain (5.2)
  cáncer (*m.*) **del cerebro** brain cancer (5.2)
cerezo *m.* cherry tree (4.4)
cero *m.* zero
cerrar (ie) to close (3.2)
cerro *m.* hill
certeza *f.* certainty
certidumbre *f.* certainty
cervecería *f.* brewery, bar, pub
cerveza *f.* beer
cesar to cease, to stop
César *m.* Caesar
cesión *f.* cession, transfer
cestería *f.* basket making (4.2)
chachachá *m.* cha-cha (*baile cubano rítmico*) (2.4)
chal *m.* shawl
chala *f.* corn husk
challa *f.* challa (*planta*) (1.4)
chaleco *m.* vest (5.3)
champiñón *m.* mushroom (2.2); *véase también* **hongo** *y* **seta**
chancla *f.* (*Méx.*) slipper; *véase también* **zapatilla**
chanclo (*m.*) **de goma** rubber boot (5.3)
chaqueta *f.* jacket (5.3)
  chaqueta de piel leather jacket (5.3)
charco *m.* puddle of water
  cruzar (c) el charco to cross the water
charla *f.* talk
charlar to talk (5.1)
charretera *f.* epaulet, military ornament worn on the shoulder
chavo(a) *m./f.* guy/gal (4.3)
chayote *m.* chayote (*fruta comestible en forma de pera*) (2.2)
chequere *m.* *instrumento hecho de una calabaza cubierta de cuentas que vibran al moverse el instrumento* (2.4)
chicano(a) *m./f.* Mexican American
chícharo *m.* (*Méx.*) pea (2.2); *véase también* **guisante** *y* **arveja**
chicharrón *m.* crisp pork rind (1.4)
chicle *m.* gum
chilacayote *m.* bottle gourd (2.2)
chile *m.* (*Méx., Esp.*) hot pepper, chili pepper (2.2); *véase también* **ají**
chillar to scream, to shriek
chillón *m.*, **chillona** *f.* crybaby; *adj.* loud, gaudy
chiquita *f.* little girl
chiquito *m.* little boy

chirimoya *f.* cherimoya, custard apple (2.2)
chirivía *f.* parsnip
chirriar to sizzle
chiste *m.* joke
chocolate *m.* chocolate
choclo *m.* (*Cono Sur*) corn (2.2); *véase también* **maíz**
cholo(a) *persona nacida de mezcla de padres blanco(a) e indio(a)*; *véase también* **mestizo**
chompa *f.* sweater (5.3); *véase también* **suéter**
chullo *m.* knitted cap (5.3); *véase también* **cachucha**
chuño *m.* type of dehydrated potato
cicatriz *f.* scar
ciclismo *m.* bicycling (2.3)
ciego(a) *n.* blind person; *adj.* blind
cielo *m.* sky
ciencia ficción *f.* science fiction
  película (*f.*) **de ciencia ficción** science fiction movie (1.1)
científico(a) *adj.* scientific (6.4)
ciento: por ciento percent
cierto(a): por cierto of course
ciervo *m.* deer
cifra *f.* figure (6.4)
cilantro *m.* coriander (1.4)
cima *f.* top (of a mountain)
cinc *m.* zinc (4.4)
cine *m.* movie theater
  estrella (*f.*) **de cine** movie star
cineasta *m./f.* director
cinematográfico(a) *adj.* film
cintura *f.* waist (5.1)
cinturón *m.* belt (4.2)
cipote *m./f.* (*El Salv.*) youngster, child
circo *m.* circus
cirujano(a) *m./f.* surgeon (5.2)
ciudad *f.* city (3.1)
ciudadanía *f.* citizenship (3.4)
ciudadano(a) *m./f.* citizen (3.4)
civil civil
  derecho (*m.*) **civil** civil right (3.4)
civilización *f.* civilization (6.3)
clamar to cry out
clarinete *m.* clarinet (1.3)
clarinetista *m./f.* clarinet player (1.3, 4.3)
claro(a) clear
clase *f.* class
  clase acomodada upper class
  clase media middle class (6.3)
  clase menos acomodada lower class (6.3)
clásico(a) classic (2.1, 4.3)
clave *f.* key; *pl.* clave (*instrumento que consiste en dos trozos de palo que se golpean uno contra el otro para llevar el ritmo*) (2.4)
clavel *m.* carnation (4.4)
clientela *f.* customers, clientele
club (*m.*) **(nocturno)** (night)club
coalición *f.* coalition
cobarde *m./f.* coward

cobrar to collect; to charge
  cobrar un penal to penalize (6.1)
cobre *m.* copper (4.4)
cocaína *f.* cocaine (6.1)
coche *m.* car (3.1); coach (*tren*)
cochinito *m.* suckling pig (1.4)
cochino *m.* pig
cociente (*m.*) **de inteligencia (CI)** intelligence quotient (IQ)
cocinero(a) *m./f.* cook
cocotazo *m.* knuckle blow to the head
codiciado(a) coveted, desired
código *m.* code
codo *m.* elbow (5.1)
codorniz *f.* quail (1.4)
coger (**j**) to catch, to get hold of (2.3)
cohete *m.* rocket
cohitre *f. planta puertorriqueña de flores blancas y azules*
coincidir to coincide
cojeo *m.* limping
col *f.* cabbage
  col de Bruselas Brussels sprout (2.2)
  col morada red cabbage (2.2)
cola *f.* tail
  hacer (*irreg.*) **cola** to stand in line (1.1)
colaborar to collaborate
colaborativo(a) collaborative, working together
colapso *m.* collapse
colectivo(a) *adj.* collective
  transporte (*m.*) **colectivo** public transportation (3.1)
colega *m./f.* colleague
colegio *m.* school
cólera *f.* anger, fury
colesterol *m.* cholesterol (2.2)
colgado(a) *adj.* hanging
colgar (**ue**) (**gu**) to hang (up)
coliflor *f.* cauliflower (2.2)
colina *f.* hill
colla *m./f. habitante del altiplano andino*
collar *m.* necklace (4.2)
colonia *f.* colony
colonizador(a) colonizing
colono *m.* colonist, settler
coloquial *adj.* (*lengua*) colloquial, informal
color *m.* color
  color de la piel color of the skin (3.4)
  color oscuro dark color (2.1)
  color vivo bright color (2.1)
  lápices (*m. pl.*) **de colores** colored pencils (2.1)
colorado(a) red
comandante *m./f.* commander
combate (*m.*) **de boxeo** boxing match (5.1)
combatiente *m./f.* combatant
combatir to combat, fight
comedia *f.* comedy (1.2), play

comentado(a) commented, talked about
comercial commercial
  centro (*m.*) **comercial** shopping center
  convenio (*m.*) **comercial** trade agreement (6.4)
comerciante *m./f.* merchant
comercio *m.* commerce
  libre comercio free trade (6.4)
cometer to make
cómico(a) comical, funny (1.1)
  película (*f.*) **cómica** comedy (*film*) (1.1)
comienzo *m.* beginning, start (6.4)
comisionado(a) committee or board member
cómo: ¡Cómo no! Of course (1.1)
como si as if
comodidad *f.* convenience
cómodo(a) comfortable
compañía *f.* company (3.2)
comparación *f.* comparison
comparar to compare (6.4)
comparsa *f.* accompanying entourage
compartir to share
compás *m.* compass; rhythm (2.4)
compasión *f.* compassion, pity
compenetrado(a) with mutual understanding
competencia *f.* competition (5.1)
competir (**i, i**) to compete (5.1)
complejidad *f.* complexity
componer (*como* **poner**) to fix; to compose, to make up (6.3)
compositor(a) *m./f.* composer
compras purchase
  ir (*irreg.*) **de compras** to go shopping
comprender to comprehend, to understand; to include
comprensible comprehensible, understandable
comprobar (**ue**) to prove
comprometido(a) committed
compromiso *m.* obligation, commitment
compuerta *f.* floodgate
compuesto (de) composed, made up (of)
computadora *f.* computer
común *adj.* common
  Mercado *m.* **Común** Common Market (6.4)
comunicar (**qu**) to communicate (6.3)
comunidad *f.* community
comunista *m./f.* communist (3.3)
con:
  con fascinación fascinated (2.4)
  con lo cual with which
  con lunares polka dotted (5.3)
  Con mucho gusto, gracias. Gladly, thank you. (2.4)
  con tablas pleated (5.3)
  con tal que as long as, provided
conceder to concede; to admit
concentrarse to be concentrated
concertar (**ie**) to arrange, to agree on
concha *f.* shell

conciencia *f.* conscience; awareness
  conciencia social social conscience (3.4)
concierto *m.* concert (1.3)
  dar (*irreg.*) **un concierto** to give a concert (1.3)
  hacer (*irreg.*) **una gira de concierto** to do a concert tour (1.3)
concilio *m.* council
concordar (**ue**) to agree
concretar to specify, to state explicitly
concurso *m.* contest
condado *m.* county
condecoración *f.* award
condecorar to decorate, to award
condenado(a) condemned
condenar to condemn
condición *f.* condition (3.4)
  condición social social condition (3.4)
condimento *m.* condiment
cóndor *m.* condor (*ave de gran tamaño parecida al buitre*)
conducir (*irreg.*) to guide, to lead; to drive
conejo(a) *m./f.* rabbit (4.4)
confeccionado(a) made, put together
conferencia *f.* conference; lecture, discussion
conferencista *m./f.* lecturer, speaker
conferir (**ie, i**) to confer, bestow
confianza *f.* confidence
confiar (**í**) to be confident of, to trust
confundir to confuse, to mistake
  confundirse to blend; to mingle
conga *f.* conga (*tambor en forma de barril* [2.4] *o baile y tipo de música brasilera* [2.4])
congelado(a) frozen
congojoso(a) distressed, sad
conjunto *m.* group, musical group (1.3), ensemble; (*música*) band (1.3); (*ropa*) suit; outfit
conjuro *m.* incantation, spell
conmemorar to commemorate
conmocionar to shock
conmovedor(a) moving, touching (1.1)
conmovido(a) moved, touched
Cono (*m.*) **Sur** Southern Cone (Argentina, Chile, Uruguay)
conocido(a) *adj.* known
conocimiento *m.* knowledge
conpatriota *m./f.* compatriot, fellow countryman
conquista *f.* conquest
conquistar to conquer
consagración *f.* consecration
consagrar to consecrate
consciente conscious; aware
conseguir (**i, i**) (**g**) to obtain, to get
consejo *m.* council (6.4)
  consejo ejecutivo *m.* executive council
consenso *m.* consensus
conserje *m./f.* superintendent; receptionist

conservador(a) *m./f.* conservative
(*en principios y creencias*) (3.3); *adj.*
conservative
conservar to conserve
consigna *f.* slogan
consiguiente *adj.* consequent; resulting
por consiguiente consequently
consigo with himself/herself/itself
consolidar to consolidate
consonancia *f.* harmony
consonante *f.* consonant
constatar to verify, confirm
constitución *f.* constitution
constituir to constitute
construir (y) to construct
consumado(a) consummate, perfect
consumidor(a) *m./f.* consumer
consumir to consume (6.1)
consumo *m.* consumption
bienes (*m. pl.*) **de consumo** consumer
goods
consumo de drogas drug abuse (6.1)
contabilidad *f.* accounting
contador(a) *m./f.* counter; accountant
contagioso(a) contagious
contaminación *f.* pollution (4.1)
**contaminación del aire / de la tierra /
del agua** air, land/ground, water
pollution (4.1)
contaminado(a) contaminated, polluted
contaminante *m.* contaminant (4.1)
contar (ue) to tell, to talk about
contar con to count on, to rely on
contar una falta to penalize (6.1)
Mis días estaban contados. My days
were numbered.
contemplar to contemplate
contemporáneo(a) contemporaneous
contener (*como* **tener**) to contain
contenido *m.* content
contigo with you
continuamente continuously (6.1)
contra against (3.4)
en contra against
contrario(a) contrary, opposing
al contrario on the contrary (2.4)
contradecir (*como* **decir**) to contradict
contraído(a) tightened, contracted (5.1)
contraste *m.* contrast
contratar a nuestras empresas to contract our companies (3.2)
control:
control de la natalidad *m.* birth control (3.3)
control de las armas de fuego *m.* gun
control (3.3)
control del alcohol *m.* control of alcoholic beverages (3.3)
control del narcotráfico *m.* control of
drug traffic (3.3)
en control in charge
controlar to control
convencer (z) to convince
convencido(a) convinced (6.1)
convenio *m.* agreement (6.4)

convenir (*como* **venir**) to agree, to con-
cur
convento *m.* convent
convertirse (ie, i) (en) to change (into),
to become (a) (6.4)
convocado(a) convoked, convened
convocar (qu) to convoke, to convene
cooperar to cooperate
Copa (*f.*) **Mundial** World Cup (*fútbol*)
copiar to copy
coqueto(a) *m./f.* flirt
coraje *m.* courage, bravery
corazón *m.* heart (5.2)
ataque (*m.*) **al corazón** heart attack
(5.3)
corazón de maguey heart of agave
cactus (2.2)
encomendarse (ie) de todo corazón
to entrust oneself completely
corbata *f.* tie (5.3)
cordero *m.* lamb (1.4)
cordón *m.* shoelace (5.3)
Corea *f.* Korea
coreografía *f.* choreography (1.2)
coreógrafo(a) *m./f.* choreographer
córner: gol (*m.*) **de córner** corner goal
(*fútbol*) (6.1)
corona *f.* crown
coronado(a) crowned
corpiño *m.* bra, brassiere (5.3); *véase
también* **sostén**
corporal *adj.* corporal, bodily
correctamente correctly (5.1)
corredor(a) *m./f.* runner (5.1)
corregir (i, i) (j) to correct
correr to run; to jog (5.1); *véase también* **footing**
corresponsal *m./f.* correspondent, agent
corretear to run about
corriente common; current, running
corrupción *f.* corruption (3.4)
corrupción política political corruption (3.4)
cortar to cut
corte *m.* cut, cutting
cortés courteous
corto(a) short (1.2)
jardinero (*m.*) **corto** shortstop
(*béisbol*) (2.3)
cortometraje *m.* short-length film
coser to sew (4.2)
máquina (*f.*) **de coser** sewing machine
(4.2)
cosido *m.* sewing (4.2)
cosmopolita cosmopolitan
costa *f.* coast, coastal land
costar (ue) to cost ; to find it difficult
costeño(a) coastal, from the coast
costero(a) coastal
costoso(a) costly, expensive
costumbre *f.* custom
costumbrista folkloric
costura *f.* sewing (4.2)
coterráneo(a) of the same country or
region

cotidiano(a) *adj.* everyday (6.4)
cotizado(a) valued
coyote *m.* coyote
cráneo *m.* cranium, skull
creación *f.* creation
crear to create
creativo(a) creative (1.1)
crecer (zc) to grow
crecido(a) grown
creciente *adj.* growing
crecimiento *m.* growth (3.2)
tasa (*f.*) **de crecimiento** growth rate
(3.2)
crédito *m.* credit (3.2)
creencia *f.* belief
criado(a) raised
criarse (í) to be raised
criatura *f.* creature
crinolina *f.* hoop skirt (5.3)
criollo(a) *m./f.* criollo (*español[a]
nacido[a] en las Américas*)
crisantemo *m.* chrysanthemum (4.4)
crisis *f.* crisis
crisol *m.* melting pot
cristalería *f.* glassware (4.2)
cristianismo *m.* Christianity
crítica *n.* criticism
crítico(a) *adj.* critical
crónica *f.* chronicle
crucero: hacer (*irreg.*) **un crucero** to
take a cruise
cruz *f.* cross
cruzar (c) to cross (3.1)
cruzar el charco to cross the water
cuadrangular: hacer (*irreg.*) **un cuadrangular** to hit a home run (2.3)
cuadricular *m.* to divide into squares
cuadro *m.* painting (2.1); drawing
cuadruplicar (qu) to quadruple
cual which
con lo cual with which
tal cual such as
cualquier(a) any
cuanto:
¿Cuánto duró? How long did it last?
¡Cuánto lo siento! I'm so sorry!
¿Cuánto tardaste en...? How long did
you take to . . . ?
Cuaresma *f.* Lent (6.2)
cuartel *m.* barracks
cuarteto *m.* quartet (1.3)
cuate *m.* twin; buddy
cubierta *f.* cover; *adj.*
camioneta cubierta *f.* minivan (3.1)
cubista cubist (*arte*)
cubo *m.* pail, bucket
cubrir (*como* **abrir**) to cover
cubrirse to cover up
cueca *f.* *baile andino* (2.4)
cuello *m.* neck (5.1); collar (6.1)
cuenta *f.* bead (4.2); bill
collar de cuentas bead necklace (4.2)
darse (*irreg.*) **cuenta de** to realize; to
become aware of
de su propia cuenta on his/her own

llevar cuenta to keep count
tomar en cuenta to take into account
cuentista *m./f.* storyteller (1.2)
cuento *m.* short story (1.2), tale, story
cuerda *f.* string
cuerno *m.* horn
cuero *m.* leather (4.2)
cuerpo *m.* body (5.1)
  Cuerpo de Paz Peace Corps
cuervo *m.* crow
cuestionado(a) questioned
cuestionar to question
cueva *f.* cave
  cueva de Altamira Altamira cave
  (*sitio prehistórico en España*)
cuidado *int.* careful, watch out
cuidadosamente carefully
cuidarse to take care of oneself (5.2)
culebra *f.* snake
culminar to culminate
culpa *f.* fault
culpable guilty
cultivo *m.* crop; cultivation, farming
culto(a) learned, educated; cultured
cultura *f.* culture (6.3)
cumbia *f.* *baile y tipo de música colombiana* (2.4, 4.3)
cumbre *f.* pinnacle, height, summit
cumpleaños *m.* birthday (6.2)
  ¡Feliz cumpleaños! Happy birthday!
cumplimiento *m.* fulfillment
cumplir to carry out, to do; to fulfill
cuna *f.* birthplace
cuñada *f.* sister-in-law
cuñado *m.* brother-in-law
cuota *f.* quota
cúpula *f.* dome, cupola
curar to cure
curiosear to snoop, to pry
cursar to study, to take a course
cuyo(a) whose

danés *m.,* **danesa** *f.* Danish
danzante *m./f.* dancer (6.2)
danzón *m.* *baile cubano derivado de la habanera* (2.4)
dañado(a) damaged
dañar to harm, to damage (4.1)
dañino(a) harmful, damaging
daño *m.* harm, damage (4.1)
  hacer (*irreg.*) **daño** to hurt, to harm
dar (*irreg.*) to give
  dar un concierto to give a concert (1.3)
  dar una paliza to beat (*deportes*) (6.1)
  dar una patada to kick (6.1)
  dar una película to show a film
  dar vuelta to turn
  darse cuenta de to realize, to become aware of
  darse por vencido(a) to give up, to admit defeat

dardo *m.* dart, arrow
de of, from
  de acuerdo con according to
  de antemano beforehand
  de categoría quality
  de hecho as a matter of fact, actually
  de igual manera in a similar manner
  de lujo deluxe
  de nuevo once again
  de pie standing up
  de primera categoría first class
  de primera plana front page (*periódico*)
  de pronto suddenly
  de su propia cuenta on his/her own
  de todos modos anyway
debate *m.* debate (3.3)
deber *m.* obligation
debido(a) *adj.* due, owed
débil weak (5.2)
debilidad *f.* weakness
debutar to make a debut, to begin
década *f.* decade, ten-year period
decadencia *f.* decline; decadence
decaer (*como* **caer**) to decline, to fall off
decifrar to decipher
decir (*irreg.*) to say, to speak
  ¿Podría decirme dónde está(n)...? Can you tell me where . . . is/are? (2.2)
  según se dice according to what they say
declamación *f.* recitation
decorar to decorate
decretado(a) decreed
dedicarse (qu) to dedicate oneself, to devote oneself
dedo *m.* finger (5.1)
defender (ie) to defend (3.3, 6.1)
defensa *m./f.* guard (6.1); *véase también* **defensor(a)**
defensor(a) *m./f.* guard (6.1); *véase también* **defensa**
deforestación *f.* deforestation, cutting down forests (4.1)
deforme deformed
dejar de to stop, to quit
  dejarse to allow oneself
delante: hacia delante forward
delantero(a) *m./f.* (*deportes*) forward (6.1); *adj.* forward, front
  luz (*f.*) **delantera** headlamp (3.1)
deletrear to spell
delgado(a) thin
delicado(a) delicate (1.3)
delicia *f.* delight, pleasure
delirio *m.* delirium, mania, frenzy
demanda *f.* lawsuit
demasiado(a) *adj.* too much
demócrata *m./f.* democrat (3.3)
demonio *m.* devil, demon
demostrar (ue) to demonstrate, to show
denominación *f.* denomination, name
denominado(a) named, called
denominar to name

dentadura (*f.*) **postiza** false teeth, dentures
dentro de within
denuncia *f.* accusation, denunciation
denunciar to denounce
departamento *m.* department (5.3)
  Departamento de Caballeros / Señoras / Moda Joven Men's/Women's/Teens' Department (5.3)
  Departamento de Deportes / Hogar / Complementos de Moda Sports / Housewares / Fashion Accessories Department (5.3)
dependiente (de) dependent (on)
deponer (*como* **poner**) to depose
deporte *m.* sport (2.3)
  hacer (*irreg.*) **deportes** to play sports (5.1)
depósito *m.* deposit
  hacer (*irreg.*) **un depósito** to deposit
depositorio *m.* depository
depresión *f.* depression
deprimente depressing
derechista *m./f.* rightist, right-wing (3.3)
derecho *m.* right (3.3); law
  derecho a la libertad de... right to freedom of . . . (3.4)
  derecho básico basic right (3.4)
  derecho civil civil right (3.4)
  derecho de la mujer woman's right (3.3)
  derecho humano human right (3.4)
  hecho y derecho complete, perfect
derivar to derive
dermatólogo(a) dermatologist (5.2)
derramamiento *m.* spilling, overflowing
derramar to spill
  derramar lágrimas to shed tears
derrame *m.* spill
  derrame de petróleo oil spill (4.1)
  derrame de sangre bloodshed
derretir (i, i) to melt
derrocado(a) ousted, overthrown
derrocamiento *m.* overthrow
derrocar (qu) to overthrow
derrota *f.* beating (6.1); defeat
derrotado(a) defeated
derrotar to destroy, to defeat (2.3)
desabotonar to unbutton, to undo
desacuerdo *m.* disagreement
desafío *m.* challenge
desamparado(a) underprivileged
desaparecer(zc) to disappear
desaparecido(a) disappeared (3.4)
  persona (*f.*) **desaparecida** missing person (3.4)
desaprender to forget, to unlearn
desarrollado(a) developed
desarrollo *m.* development (6.4)
desastre *m.* disaster
desastroso(a) disastrous
desbancado(a) replaced
descalzo(a) barefoot
descanso *m.* rest

descargar (gu) to discharge
descifrar to decipher
descomunal enormous, huge, colossal
descongestionante *m.* decongestant (5.2)
desconocido(a) *m./f.* stranger, unknown person
descontento(a) discontent
des corazonarse to become discouraged
descubrimiento *m.* discovery
desde from
  desde hoy en adelante from now on
  desde un principio from the beginning
desear: ¿Deseas ver la nueva película? Do you want to see the new movie? (1.1)
desecho (*m.*) **de los desperdicios** waste disposal (4.1)
desembarcar (qu) to disembark, to go ashore
desembocadura *f.* mouth, outlet (of a river)
desempeñar to fulfill, to carry out
desempleo *m.* unemployment (3.2)
  reducir (zc) el desempleo to reduce unemployment (3.2)
  tasa (*f.*) **de desempleo** unemployment rate (3.2)
desenlace *m.* ending; result, outcome
desenvolver (*como* **volver**) to unravel, to disentangle
  desenvolverse to manage, to cope
deseo *m.* desire, wish
desequilibrado(a) unbalanced, lopsided
desértico(a) desert-like, barren
desesperado(a) desperate
desfavorecido(a) disfavored
desfilar to parade, to march
desfile *m.* parade (6.2)
desflorar to tarnish, to spoil
desgracia *f.* misfortune
desgraciadamente unfortunately
deshacer (*como* **hacer**) to destroy, to damage
  deshacerse to do away with
desheredado(a) disinherited
deshidratación *f.* dehydration
desierto *m.* desert
designar to designate
desigual unequal
desigualdad *f.* inequality, disparity
desilusión *f.* disappointment, disillusionment
desintegración *f.* disintegration
deslizarse to slide (2.3)
deslumbrar to dazzle
desmán *m.* outrage; misfortune
desmayado(a) unconscious
desnutrición *f.* malnutrition, undernourishment
desorden *m.* disorder
desparramarse to scatter, to spread
despedir (i, i) (*de un empleo*) to fire, to dismiss, to lay off (3.2)
  despedirse (i, i) to take leave, to say good-bye

despegar (gu) to take off (3.1)
desperdicio *m.* waste (4.1)
  desecho (*m.*) **de los desperdicios** waste disposal (4.1)
despertado(a) awakened
despertar (ie) to wake up
despiadado(a) pitiless, merciless
desplegar (ie) (gu) to unfold, open
desplomar to crash
despoblado(a) uninhabited
despoblar (ue) depopulate
despojar to deprive, to dispossess
despótico(a) despotic, tyrannical
desprecio *m.* disdain, scorn
despreocupadamente without concern or worry
desprevenido(a) unprepared, off guard
destacado(a) outstanding (1.2)
destacarse (qu) to stand out (2.1)
destartalado(a) dilapidated
destemplado(a) harsh; dissonant
destierro *m.* exile, banishment
destino *m.* destiny, fate; destination
destituido(a) dismissed, removed from office
destripador(a) *m./f.* someone or something that disembowels; ripper
destrozar (c) to destroy
destruir (y) to destroy
desunir to disunite, to separate
desventaja *f.* disadvantage
desventura *f.* misfortune, bad luck
desviar to divert, to deflect
detallado(a) detailed
detalle *m.* detail
detención *f.* detention (3.4)
detener (*como* **tener**) to detain, to hold back
  detener la tasa de desempleo to hold back the unemployment rate (3.2)
detenido(a) detained
deterioro *m.* deterioration
detestar to detest
  Las detesto. I detest them (*f.*). (1.1)
deuda *f.* debt
deudor(a) *m./f.* debtor
devastar to devastate
develación *f.* unveiling
devolver (ue) to return
devorar to devour
día *m.* day
  al día up-to-date
  Día de Acción de Gracias Thanksgiving Day (6.2)
  Día de (la) Independencia Independence Day (6.2)
  Día de la Bandera Flag Day (6.2)
  Día de las Madres Mother's Day (6.2)
  Día de los Enamorados Valentine's Day (6.2)
  Día de los Inocentes April Fool's Day (6.2)
  Día de los Muertos All Souls' Day (6.2)
  Día de los Padres Father's Day (6.2)

Día de los Reyes Magos Epiphany (6.2)
Día del Santo Saint's Day (6.2)
Día del Trabajador Labor Day (6.2)
día feriado holiday (6.2)
diabetes *f.* diabetes (5.2)
diablo *m.* devil
diamante *m.* diamond (4.4)
diametralmente diametrically, in a completely opposite way
diario *m.* newspaper; diary, journal; *adj.* daily
dibujante *m./f.* drawer, sketcher (2.1)
dibujar to draw
dibujo *m.* drawing (2.1)
  película (*f.*) **de dibujos animados** animated film (1.1)
dicho *m.* saying
dictadura *f.* dictatorship (3.4)
  dictadura militar military dictatorship (3.4)
dictar to dictate; to teach
dificilísimo(a) extremely difficult (1.2)
digno(a) worthy, deserving
dilema *m.* dilemma
diminuto(a) diminutive, little
dios *m.* god
diosa *f.* goddess
diputado(a) *m./f.* representative (3.3)
directo(a) direct (3.1)
director(a) *m./f.* director (1.1)
dirigente *m./f.* leader, manager
dirigir (j) to direct
disco *m.* (playing) record
  grabar un disco to record an album (1.3)
  sacar (qu) un disco to release an album (1.3)
discográfico(a) pertaining to records or recordings
discoteca *f.* discotheque, disco (1.3)
discriminación *f.* discrimination (3.4)
diseñador(a) designer
diseño *m.* design (4.2)
disfraz *m.* costume; disguise (6.2)
  baile (*m.*) **de disfraces** costume ball (6.2)
disfrazado(a) disguised, wearing a mask (6.2)
disfrazar (c) to disguise; to mask, to cloak
disfrutar de to enjoy (something)
disgusto *m.* annoyance, displeasure
disidente *m./f.* dissident
dislocarse to dislocate (6.1)
disminuir (y) to diminish (4.1), to decrease, to reduce
disolver (ue) to dissolve
disparar to fire (*e.g., una pistola*)
disparate *m.* absurd or nonsensical thing
displicente indifferent
dispuesto(a) prepared, ready
disputa *f.* dispute
disputar to dispute
distinguido(a) distinguished

distinguirse (g) to distinguish oneself
distinto(a) distinct, different (4.4)
distraído(a) distracted
distribución *f.* distribution
distribuir (y) to distribute
disuadir to dissuade, to discourage
disuelto(a) dissolved
diversidad *f.* diversity
diversificar (qu) to diversify
diversión *f.* diversion, amusement
diverso(a) diverse (3.1)
divertido(a) entertaining (1.2), enjoyable
divertir (ie, i) to entertain
   divertirse to have a good time, to enjoy oneself (6.2)
   Nos divirtió bastante. It entertained us quite a bit. (1.2)
divino(a) divine
divisar to discern, to make out
doblado(a) bent, folded
doblar to bend (5.1); to turn; to dub
dobles *m. pl.* doubles
docena *f.* dozen
docencia *f.* teaching, instruction
docente *adj.* teaching; educational
documentado(a) with identity papers
documental: película documental *f.* feature-length documentary (1.1)
doler (ue) to hurt
dolor *m.* pain; ache
dolorido(a) pained, grief-stricken; sorrowful
doloroso(a) painful, distressful
doméstico(a) domestic (4.4)
dominar to dominate
dominio *m.* dominance, supremacy
don *m.* gift, talent, knack
donaire *m.* elegance, grace
doncella *f.* virgin, maiden
dondequiera anywhere; everywhere
dorado(a) gold color, golden
drama *m.* drama (1.2), dramatic work
dramático(a) dramatic (1.1)
dramaturgo(a) *m./f.* playwright (1.2)
droga *f.* drug (6.1)
   consumo *(m.)* **de drogas** drug abuse (6.1)
drogadicción *f.* drug addiction (6.1)
drogadicto(a) *m./f.* drug addict (6.1)
ducado *m.* dukedom
ducharse to shower (5.1)
duda *f.* doubt
   no cabe duda there is no doubt
   sin duda without a doubt
dueño(a) *m./f.* owner; master
   dueño(a) *(m./f.)* **de negocio** proprietor
dulce *m.* sweet
dulzura *f.* sweetness
duradero(a) durable, lasting
durar to last, to remain
duro(a) hard; strong; tough
   madera *(f.)* **dura** hardwood (4.4)

E

ebanista *m./f.* cabinet maker, woodworker
ébano ebony, black
echar to throw
   echar de menos to miss
   echar versos to recite poetry
   echarse a perder *(comida)* to spoil
ecología *f.* ecology (4.1)
ecológico(a) ecological (4.1)
   equilibrio *(m.)* **ecológico** ecological balance (4.1)
ecologista *m./f.* ecologist (4.1); *véase también* **ecólogo(a)**
ecólogo(a) *m./f.* ecologist (4.1); *véase también* **ecologista**
economía *f.* economy (3.2)
económico(a) economic (6.4)
economista *m./f.* economist (3.2)
ecosistema *m.* ecosystem (4.1)
ecoturismo *m.* ecotourism
Edad *(f.)* **Media** Middle Ages
edificación *f.* building, construction
edificarse (qu) to edify
edificio *m.* edifice, building
editorial *f.* publishing house
educador(a) *m./f.* educator
efecto *(m.)* **invernadero** greenhouse effect (4.1)
efectuarse (ú) to be carried out, to take effect
eficaz efficient
eficiencia *(f.)* **productiva** productive efficiency (3.2)
efímero(a) ephemeral, short-lived
egipcio(a) *adj.* Egyptian
eje *m.* hub (3.1)
ejecución *f.* execution (4.2), realization
ejecutado(a) executed
ejecutar to execute, to carry out
ejecutivo(a) executive
   consejo *(m.)* **ejecutivo** executive council
ejemplar *m.* copy
ejemplo *m.* example
ejercer (z) to practice (a profession)
ejercicio *m.* exercise
   ejercicio aeróbico aerobics, aerobic exercise (5.1)
   hacer *(irreg.)* **ejercicio** to do exercise (5.1)
ejercido(a) practiced, exercised
ejército *m.* army
ejote *m.* *(Méx.)* string/green bean (2.2); *véase también* **poroto verde** *y* **judía verde**
elaborado(a) manufactured, produced
elección *f.* election
elegir (i, i) (j) to elect; select
elevar to elevate, to raise
   elevarse to stand; to rise
eliminarse to be eliminated

elogio *m.* praise
elote *m.* corn on the cob (2.2)
embajada *f.* embassy
embarazo *m.* pregnancy
embarazoso(a) embarrassing, awkward
embarcarse (qu) to embark, to go aboard
embargo *m.* embargo
   sin embargo nevertheless, however
embarque *m.* shipment
embellecido(a) beautified
emborracharse to get drunk
embrujar to bewitch, to cast a spell on (2.4)
emigrante *m./f.* emigrant (1.4)
emigrado(a) *m./f.* immigrant
emigrar to emigrate
emitir to broadcast, to transmit
emocionante exciting (1.1)
empanada *f.* turnover
empeño *m.* ambition, zeal
empeorando getting worse (6.1)
emperador *m.* emperor
empezar (ie) (c) to begin (5.1)
empinado(a) steep
empleado(a) *m./f.* employee
emplear to employ
empleo *m.* employment, jobs (3.2)
emplumado(a) feathered
emprender to begin
empresa *f.* company
   contratar a nuestras empresas to contract our companies (3.2)
   libre empresa *f.* free enterprise
empresario(a) *m./f.* manager
en:
   en cambio on the other hand
   en contra against
   en control in charge
   en fin in short, well
   en gran parte for the most part
   en hoja aparte on a separate page
   en la actualidad at the present time, currently
   en medio de in the middle of
   en negrilla in boldface
   en peligro endangered (4.1)
   en seguida right away
   en serio seriously (5.1)
   en silencio silently
   en su mayoría in the majority
   en terapia in therapy (5.2)
   en vez de instead of
   en vías de in the process of
   en voz alta out loud
   en voz baja quietly, in a whisper
enagua *f.* slip (5.3)
enamorado(a) *m./f.* lover
   Día *(m.)* **de los Enamorados** Valentine's Day (6.2)
enamorarse (de) to fall in love (with)
encajar to fit
encaje *m.* lace (5.3)
encantado(a) enchanted
encantador(a) enchanting, delightful (1.2)

encantar to captivate, to enchant; to delight, to charm (2.1)
  Me encanta la trompeta. I love the trumpet. (1.3)
  Me encantan. I love them. (1.1)
  Me encantaría. I'd love to. (1.1)
encarcelado(a) jailed
encargado(a) in charge of
encargar (gu) to order, to ask; to entrust with
  encargarse de to be in charge of
encender (ie) to light
encendido(a) fiery
encima *adv.* on top
enclavado(a) located, situated
encomendarse (ie) to entrust oneself
  encomendarse de todo corazón to entrust oneself completely
encontrado(a) found
encontrar (ue) to find (6.1)
  encontrarse to find oneself
encrucijada *f.* crossroads
encuentro *m.* encounter
encumbrado(a) high, lofty
encurtido *m.* pickle (1.4)
endiablar to bedevil, to possess with the devil
endibia *f.* endive (*planta que se usa en ensaladas*) (2.2); *véase también* **escarola**
endrogado(a) under the influence of narcotics (6.1)
eneldo *m.* dill (1.4)
enemigo(a) *m./f.* enemy
enemistad *f.* enmity, antagonism
énfasis *m.* emphasis (6.4)
enfatizar (c) to emphasize
enfermedad *f.* illness, sickness (5.2)
enfermo(a) sick; sick person
  sentirse (ie, i) enfermo(a) to feel sick
enfocar (qu) to focus
enfoque *m.* way of considering or treating a matter
enfrentamiento *m.* confrontation
enfrentar to confront, to face; to bring face to face
engaño *m.* deception, trick
englobar to include
engrandecimiento *m.* increase, enlargement
enjambre *m.* crowd, throng; great number or quantity
enjuto(a) skinny, lean
enlace *m.* link
enlazar (c) to link
enloquecer (zc) to drive crazy
enmantado(a) blanketed
enmarcar (qu) to frame (*e.g., un cuadro*)
enojado(a) angered; angry
enojar to get angry
enriquecer (zc) to enrich
  enriquecerse to get rich
enriquecimiento *m.* enrichment
ensayo *m.* essay
  ensayo literario literary essay (1.2)

enseñar to show; to teach
ensoñación *f.* dream
ensordecedor(a) deafening
ensuciarse to get dirty
entendido(a) *adj.* understood
enterarse de to learn about, to find out
entero(a) entire
enterrado(a) buried
entierro *m.* burial
entrada *f.* admission ticket (1.1); entree (1.4); entrance (4.3)
entrañas *f. pl.* entrails, bowels
entre sí among themselves
entrega *f.* delivery
  hacer (*irreg.*) entrega to deliver
entregar (gu) to hand over, to deliver
entrelazarse (c) to interweave, to intertwine
entrenado(a) trained
entrenador(a) *m./f.* coach (6.1)
entrenamiento *m.* training (3.2)
  entrenamiento técnico technical training (3.2)
entrenar to train
entretener (*como* tener) to entertain
entretenido(a) entertaining (1.1)
entretenimiento *m.* entertainment (3.2)
entrevistar to interview
entusiasmo *m.* enthusiasm (1.2)
  La recomiendo con entusiasmo. I recommend it (*f.*) enthusiastically. (1.2)
envejecido(a) old, aged
envenenado(a) poisoned (4.1)
enviado(a) sent
enviar (í) to send
envidia *f.* envy
envidiar to envy
envuelto(a) wrapped
epazote *m.* epazote plant (also known as: Wormseed, Mexican tea, West Indian goosefoot, Jerusalem parsley, Hedge mustard, Sweet pigweed)
epicentro *m.* epicenter
época *f.* epoch, period of time
equilibrar to balance, to equilibrate
equilibrio *m.* equilibrium, balance (4.1)
  equilibrio ecológico ecological balance (4.1)
equipo *m.* team (2.3)
equivocarse (qu) to be mistaken
erguido(a) erect (5.1); puffed up with pride
erigir (j) to erect
erosión *f.* erosion (4.1)
errata *f.* error
erupción *f.* eruption (4.1)
esbelto(a) slender, svelte
escala *f.* stopover (3.1)
escalera *f.* stairs, stairway
escalón *m.* stair
escaloncillo *m.* small stepladder
escalope *m.* scallop (1.4)
escarola *f.* endive (*planta que se usa en ensaladas*) (2.2); *véase también* **endibia**

escasez *f.* scarcity
escaso(a) scarce
escena *f.* scene (1.2)
escenario *m.* scenario (1.2)
escéptico(a) skeptical
esclavitud *f.* slavery
esclavizar (c) to enslave
esclavo(a) *m./f.* slave
esclusa *f.* lock
escoger (j) to select
escogido(a) selected
escolar *m./f.* pupil, student; *adj.* of or relating to school
  guagua (*f.*) **escolar** (*Caribe*) school bus
esconderse to hide (oneself)
escondido(a) hidden
escoplo *m.* chisel (4.2)
escotilla *f.* hatch, hatchway
escritor(a) *m./f.* writer (1.2)
escritura *f.* writing
escudero *m.* squire, shield bearer
escudo *m.* shield
esculpir to sculpt
escultor(a) *m./f.* sculptor (2.1)
escultura *f.* sculpture (2.1)
escupiendo spitting
escurrirse to drain
esencia *f.* essence
esfera *f.* sphere
esforzarse (ue) (c) to strive, to exert much effort
esfuerzo *m.* effort
esmeralda *f.* emerald (4.4)
espacial *adj.* spatial, space
espada *f.* sword
espalda *f.* back (5.1)
espantoso(a) frightening (1.1), terrifying
espárragos *m. pl.* asparagus (2.2)
espasmo *m.* spasm
especialista *m./f.* specialist (5.2)
especializarse (c) to specialize
especie *f.* type; *pl.* species (4.1)
  especies (*f. pl.*) **en vía de extinción** endangered species (4.1)
espectáculo *m.* show
espectador(a) *m./f.* spectator (6.2); *pl.* audience
espejo *m.* mirror
esperanza *f.* hope
espiando spying
espinacas *f. pl.* spinach (2.2)
espinoso(a) thorny
espíritu *m.* spirit, soul
esplendor *m.* splendor
esposo(a) *m./f.* husband/wife
espuela *f.* spur
espuma *f.* foam
esquina *f.* corner
  tiro (*m.*) **de esquina** corner kick (*fútbol*)
estabilidad *f.* stability
establecer (zc) to establish
  establecerse to settle

estación *f.* station (3.1)
  estación de tren/ferrocarril train station (3.1)
estadía *f.* stay
estadidad *f.* statehood
estadio *m.* stadium
estadística *f.* (*ciencia*) statistics; (*datos*) *pl.* statistics
estado *m.* state
  estado de ánimo state of mind, mood
  Estados (*pl.*) **Asociados** Associated States (6.4)
  Estados (*pl.*) **Partes** Member States (6.4)
  golpe (*m.*) **de estado** coup d'état
  jefe(a) (*m./f.*) **de estado** Chief of State
estallar to break out; to explode
estallido *m.* explosion
estancia *f.* stay; ranch, large farm
estañar to plate with tin
estaño *m.* tin (4.4)
estar (*irreg.*) to be
  estar de acuerdo to agree (3.2)
  estar en forma to be in shape (5.1)
  estar harto(a) to be fed up
  estar listo(a) to be ready (6.1)
  estar muerto(a) to be dead (3.1)
  ¿Podría decirme dónde está(n)...? Can you tell me where . . . is/are? (2.2)
estatua *f.* statue (2.1)
estelar *m./f.* stellar
estereotipo *m.* stereotype
esterilización *f.* sterilization
estilística *f.* stylistics, style
estilo *m.* style
estimado(a) loved, appreciated
estimulante *m.* stimulant (6.1)
estimular to stimulate
estiramiento *m.* stretching (5.1)
estirar to stretch (5.1)
estómago *m.* stomach (5.1)
estrategia *f.* strategy
estratégico(a) strategic
estrechez *f.* narrowness
estrella *f.* star
  estrella de cine movie star
  estrella de televisión TV star
estremecerse (zc) to shake, tremble
estremeciéndose trembling, shaking
estrenar to show for the first time
estrepitosamente noisily
estriado(a) striped; striated
estribo *m.* toe clip (*bicicleta*) (3.1); stirrup
estricto(a) strict
estupendo(a) stupendous (1.1)
estupidez *f.* stupidity, idiocy
etapa *f.* phase, stage
eternidad *f.* eternity
étnico(a) ethnic
etnología *f.* ethnology
euforia *f.* euphoria
Europa (*f.*) **Oriental** Eastern Europe
evaluar (ú) to evaluate

evitar to avoid (4.1)
exagerar to exaggerate
excelente excellent (1.2)
excitante stimulating (2.4)
excluido(a) excluded (6.4)
excursión *f.* trip
  hacer (*irreg.*) **una excursión** to go on a trip/tour/excursion
exhalar to exhale (5.1)
exhausto(a) exhausted
exhibición *f.* exhibition (2.1)
exigencia *f.* requirement, demand
exigir (j) to demand
exiliado(a) exiled, in exile
exiliarse to go into exile
exilio *m.* exile
  salir (*irreg.*) **al exilio** to leave in exile
éxito *m.* success
  tener (*irreg.*) **éxito** to be successful
exitoso(a) successful
éxodo *m.* exodus
expedición *f.* expedition
expedicionario(a) *adj.* expeditionary
experimentar to experiment; to experience
experto(a) *m./f.* expert (5.1)
explosión *f.* explosion
explotación *f.* exploitation
explotar to explode; to exploit
exponer (*como* **poner**) to expose; to explain
exportación *f.* exports, exportation; *pl.* exports (6.4)
exportar bienes (*m. pl.*) to export goods (3.2)
exposición *f.* exposition (2.1)
expresión *f.* expression
  libertad (*f.*) **de expresión** freedom of speech
expulsar to expel, to drive out; to throw out (*de una competencia*) (6.1)
exquisito(a) exquisite (4.2)
extender (ie) to extend, to spread out
extenso(a) extensive
extenuado(a) debilitated, weakened
exterminado(a) exterminated; killed
exterminio *m.* extermination
extinción *f.* extinction (4.1)
  especies (*f. pl.*) **en vía de extinción** endangered species (4.1)
extranjero(a) *m./f.* foreigner; *adj.* foreign (3.2)
extraño(a) strange (3.1); foreign

F

fábrica *f.* factory (3.2); shop
fachada *f.* facade, front (*de un edificio*)
facultad *f.* school, college
faisán *m.* pheasant (1.4)
falda *f.* skirt (5.3); *véase también* **pollera**

falda con tablas pleated skirt (5.3)
falda con volantes plegados ruffled skirt (5.3)
fallecer (zc) to die
fallecimiento *m.* death
fallido(a) unsuccessful
falta lack; fault, foul (6.1)
  contar (ue) una falta to penalize (6.1)
  hacer (*irreg.*) **falta** to be lacking, to need
faltar to lack, to be lacking
fama *f.* fame
familiar *m.* family member; *adj.* pertaining to the family
  fiesta (*f.*) **familiar** family get-together (6.2)
familiarizarse (c) to familiarize oneself
fanatismo *m.* fanaticism
fangoso(a) muddy
fantástico(a) fantastic (1.2)
farmacéutico(a) *adj.* pharmaceutical
faro *m.* lighthouse
farolero(a) *m./f.* lamplighter; lamp maker
fascinante fascinating (1.2)
fascinar to fascinate (2.1)
  Me fascinan. They fascinate me. (1.1)
fase *f.* phase
fauna *f.* wildlife, fauna (4.4)
favorecido(a) favored
faz *f.* face, surface
fe *f.* faith
fecha *f.* date (*calendario*)
federación *f.* federation
felicidad *f.* happiness
feliz happy
fenicio(a) *m./f.* Phoenician
fenomenal phenomenal (1.3), terrific
fenómeno *m.* phenomenon
feriado: día (*m.*) **feriado** holiday (6.1)
feroz ferocious
ferrocarril *m.* railroad
  estación (*f.*) **de ferrocarril** train station (3.1)
ferroviario(a) *adj.* railroad
fertilizante *m.* fertilizer
fervientemente fervently, earnestly
festival *m.* festival (6.2)
festivo(a) festive (6.2)
fibra *f.* fiber
ficción *f.* fiction
  ciencia (*f.*) **ficción** science fiction
fidelidad *f.* fidelity
fiebre *f.* fever (5.2)
fiel faithful, true
fiero(a) fierce, ferocious
fiesta *f.* party
  fiesta familiar family get-together (6.2)
figura *f.* figure (5.3)
fila *f.* row, tier (1.1)
filete *m.* fillet
filial *m.* subsidiary, branch
filmar to film
filo *m.* cutting edge of a knife
filosofía *f.* philosophy
filósofo(a) *m./f.* philosopher

fin *m.* end
  al fin at last
  al fin y al cabo after all
  en fin in short, well
  fin de semana weekend (4.3)
  por fin finally
final *m.* ending (1.2)
  a finales de at the end of
finalizar (c) to finalize
financiero(a) financial (3.2)
  institución (*f.*) **financiera** financial institution (3.2)
finca *f.* farm
fino(a) fine; of high quality (4.2); delicate (1.3)
firmado(a) signed
firmar to sign
fiscal *m./f.* district attorney
flaquear to weaken; to give way
flauta *f.* flute (1.3)
flautista *m./f.* flautist (1.3)
flexión *f.* stretching exercise (5.1)
  hacer (*irreg.*) **flexiones** to stretch (5.1)
flexionar to stretch (5.1)
flor *f.* flower (4.4)
flora *f.* plant life, flora (4.4)
florecer to flourish
floreciente prosperous, flourishing
florecimiento *m.* flowering, flourishing
florido(a): Pascua (*f.*) **Florida** Easter (6.2)
flota *f.* fleet
flotar to float
foca *f.* seal (*animal*)
foco *m.* focus
folklórico(a) folk, folkloric
  música (*f.*) **folklórica** folk, folkloric music (1.3)
fomentar to foment, to stir up
fonda *f.* inn; boardinghouse
fondo *m.* background
  al fondo at the rear, back
fonológico(a) phonological, of or pertaing to speech sounds
footing: hacer (*irreg.*) **footing** to go jogging, to go running (5.1); *véase también* **correr**
forjado(a) forged
forma *f.* form (4.4)
  estar (*irreg.*) **en forma** to be in shape (5.1)
formar to form (4.4)
formidable formidable, terrific (1.1)
fortalecer (zc) to fortify, to strengthen (6.4)
fortalecimiento *m.* fortifying, strengthening
fortaleza *f.* fortress, stronghold
fortificado(a) fortified
forzado(a) forced
forzar (ue) (c) to force
foto(grafía) *f.* photo(graph) (4.1)
fracasar to fail
fracaso *m.* failure, ruin
fracturar(se) to break, to fracture (6.1)

fragua *f.* forge
fraile *m.* friar, monk
franja *f.* fringe; border; strip (of land)
freno *m.* brake
  cable (*m.*) **del freno** brake cable (3.1)
  freno (*m.*) **trasero** rear brake (3.1)
  palanca (*f.*) **de freno** brake lever (3.1)
frente *f.* forehead, brow; front
  frente a facing, opposite
fresa *f.* drill (*herramienta*); strawberry
fresco(a) fresh; *m.* fresco (2.1)
frescura *f.* coolness; calmness; luxurious foliage
frijol *m.* bean (2.2); *véase también* **habichuela, judía y poroto**
fritanga *f.* fried snack
frontera *f.* frontier, border
fronterizo(a) along the border
frotar to rub
fruición *f.* enjoyment
fuego *m.* fire
  control (*m.*) **de las armas de fuego** gun control (3.3)
fuegos (*m. pl.*) **artificiales** fireworks (6.2)
fuente *f.* fountain
  fuente de trabajo employment source
fuera de outside
fuerte *m.* fort; *adj.* loud (*música*) (1.3)
fuerza *f.* strength; force
  fuerza laboral work force
  fuerzas (*f. pl.*) **armadas** armed forces
  fuerzas (*f. pl.*) **de seguridad** security forces
fugaz *adj.* fleeting, brief
fumarola *f.* hole emitting hot gases and vapor
funcionamiento *m.* functioning
fundado(a) founded; established
fundador(a) *m./f.* founder
fundar to found, to establish
fundir to melt, to fuse
fúnebre funereal; mournful, gloomy
funk *m.* funk (*música*) (4.3)
furia *f.* fury, rage
furibundo(a) furious
furtivo(a) furtive
fusil *m.* rifle
fusilado(a) shot
fusilamiento *m.* shooting, execution
fútbol *m.* soccer (6.1)
  fútbol americano football

gabinete *m.* consulting room; cabinet
gachupín *m./f.* (*Méx.*) Spaniard born in Spain
gafas *f. pl.* eyeglasses (5.3)
  gafas de sol sunglasses (5.3)
galán *m.* handsome man
galardón *m.* award
galardonado(a) awarded (a prize)
gallinazo *m.* buzzard

gallo *m.* rooster
  misa (*f.*) **de gallo** midnight mass (6.2)
galopar to gallop
ganadería *f.* cattle
ganadero(a) *m./f.* cattle rancher
ganado *m.* cattle; livestock
ganador(a) *m./f.* winner
ganancia *f.* earning, profit (3.2), gain
ganar to earn; to win
ganchillo *m.* crochet hook
  tejer a ganchillo to crochet (4.2)
ganso *m.* goose (1.4)
garaje *m.* garage (4.2)
garantía *f.* guarantee
garantizar (c) to guarantee
garbanzo *m.* chick pea (2.2)
garganta *f.* throat (5.2)
garra *f.* paw, hand
  caer (*irreg.*) **en las garras de** to fall in the grasp of
garza *f.* heron
gas *m.* gas
  agua (*f. pero* **el agua) mineral con gas** carbonated water
  agua (*f. pero* **el agua) mineral sin gas** mineral water
gastar to spend
gastronómico(a) gastronomic, gastronomical
gaveta *f.* drawer
gelatina *f.* gelatin
gemelo(a) *m./f.* twin
generoso(a) generous
genial brilliant
genio(a) *m./f.* genius
gente *f.* people (3.4)
gentil genteel, polite
geranio *m.* geranium
germánico(a) Germanic
gestión *f.* administration, management
gesto *m.* gesture
gigante *m.* giant
gimnasia *f.* gymnastics (2.3)
gimnasio *m.* gym (5.1)
Ginebra *f.* Geneva
ginecólogo(a) *m./f.* gynecologist (5.2)
gira *f.* tour
  hacer (*irreg.*) **una gira** to do a tour (1.3)
girar to rotate, to revolve
girasol *m.* sunflower (4.4)
gitano(a) *m./f.* gypsy
glacial glacial; icy
global global (3.2)
glosario *m.* glossary
gobernador(a) *m./f.* governor (3.4)
gobierno *m.* government
gol *m.* goal (6.1)
  anotar un gol to score a goal (6.1)
  gol de cabeza head goal (6.1)
  gol de córner corner goal (6.1)
  gol de tiro libre free kick goal (6.1)
  meter un gol to score a goal (6.1)
golf *m.* golf (2.3)

golpe *m.* blow, hit; the stressed syllable in a word
  golpe de cabeza head kick (6.1)
  golpe de estado coup d'état
  golpe ilegal foul (ball)(*béisbol*) (2.3)
  golpe militar military coup, military takeover
  hacer (*irreg.*) **golpes ilegales** to hit foul (balls) (2.3)
gorra *f.* cap
gótico(a) gothic (2.1)
gozar (c) de to enjoy (something)
grabación *f.* recording
grabado *m.* engraving, illustration (2.1)
grabador(a) *m./f.* engraver
grabar to engrave; to record
  grabar un disco/CD to record an album / a CD (1.3)
gracias:
  Gracias, no. Necesito descansar. No, thank you. I need to rest. (2.4)
  Gracias, pero estoy muy cansado(a). Thank you, but I'm very tired. (2.4)
  Gracias. Me encantaría. Thanks. I'd love to. (2.4)
gran *adj.* big, large
  en gran parte for the most part
grande large (5.3)
granero *m.* granary
grano *m.* grain
grasa *f.* fat; grease
grave grave, solemn; serious
gravedad *f.* seriousness
griego(a) Greek
gringuito(a) *m./f.* little Yankee (gringo)
gripe *f.* flu (5.2)
gritar to shout, to yell, to scream
grito *m.* cry
grotesco(a) grotesque; bizarre
grulla *f.* construction crane
grupo *m.* group (1.3)
  grupo minoritario minority group
guadaña *f.* scythe
guagua *f.* (*Caribe*) bus; *véase también* **autobús** *y* **bus**
  guagua escolar (*Caribe*) school bus
guajolote *m.* turkey; *véase también* **pavo**
guanábana *f.* soursop (*fruta acídica de un árbol de las Indias Occidentales*) (2.2)
guano *m.* guano (*abono formado de las deyecciones de las aves*)
guante *m.* glove (4.2)
guaracha *f.* baile cubano
guaraní *m.* Guarani (*lengua indígena hablada en Paraguay*) (6.3)
guardabarros *m. sing.* fender (3.1)
guardabosque *m./f.* fielder (*béisbol*) (2.3); *véase también* **jardinero**
guardar to keep, to tend
guatemalteco(a) *adj.* Guatemalan
guayaba *f.* guava (2.2)

guerra *f.* war
  buque (*m.*) **de guerra** warship
  guerra (*f.*) **de guerrillas** guerrilla warfare
  película (*f.*) **de guerra** war movie (1.1)
  Segunda Guerra (*f.*) **Mundial** Second World War
guerrera *f.* type of military jacket
guerrero(a) *m./f.* warrior
guerrillero(a) *m./f.* guerrilla (fighter)
guiando guiding
guiñar el ojo to wink
guión *m.* script (1.2)
guionista *m./f.* script writer
güiro *m.* guiro (*instrumento hecho con una calabaza alongada que se frota con un palo de madera*) (2.4)
guisante *m.* (*Esp.*) pea (2.2); *véase también* **chícharo** *y* **arveja**
guitarra *f.* guitar (1.3)
guitarrista *m./f.* guitar player (1.3)
gustar:
  No me gustan del todo. I don't like them at all. (1.1)
  ¿Te gustaría bailar conmigo? Would you like to dance with me? (2.4)
  ¿Te gustaría ir al cine conmigo? Would you like to go to the movies with me? (1.1)
gusto *m.* taste
  Con much gusto, gracias. Gladly, thank you. (2.4)

H

haba *f.* fava bean (2.2)
habanera *f.* habanera (*baile cubano*)
habichuela *f.* (*Esp.*) bean; *véase también* **frijol, judía** *y* **poroto**
habitación *f.* room
habitado(a) inhabited
habitante *m./f.* inhabitant
habitar to inhabit (6.3)
hábito *m.* habit
habladurías *m. pl.* idle talk, chatter
hacendado(a) *m./f.* landowner; *adj.* landed
hacer (*irreg.*):
  hacer broma to play a joke (6.2)
  hacer campaña to campaign (3.3)
  hacer cola to stand in line (1.1)
  hacer daño to hurt, to harm
  hacer deportes to play sports (5.1)
  hacer ejercicio (aeróbico) to exercise (5.1)
  hacer el papel (de) to play the role (of), to play (*a part*) (3.2)
  hacer entrega to deliver
  hacer falta to be lacking, to need
  hacer flexiones to stretch (5.1)
  hacer footing/jogging to go jogging, to go running (5.1); *véase también* **correr**

hacer gestiones to take steps/measures
hacer golpes ilegales to hit foul (balls) (*béisbol*) (2.3)
hacer juego to match
hacer mohínes to make faces
hacer resbalar to make (something) slide (2.3)
hacer surf to surf (2.3)
hacer un crucero to take a cruise
hacer un cuadrangular/jonrón to hit a home run (2.3)
hacer un depósito to deposit
hacer un jit/batazo to make a hit (*béisbol*) (2.3)
hacer un juicio to sue
hacer un mandado to run an errand
hacer una excursión to go on a trip/tour/excursion
hacer una gira musical (de concierto) to do a musical (concert) tour (1.3)
hacer una reservación to make a reservation
hacer windsurf to windsurf (2.3)
hacerse to become
hacia toward
  hacia arriba upward
  hacia delante forward
hada (*f. pero* **el hada**) **madrina** fairy godmother
hallar to find
hamaca *f.* hammock
hambre *f.* (*pero* **el hambre**) hunger
hard rock *m.* hard rock (*música*) (4.3)
harina *f.* flour
harmonía *f.* harmony
harto(a) tired, fed up
  estar (*irreg.*) **harto(a)** to be fed up
hawaiano(a): tabla hawaiana *f.* surfboard
heavy metal *m.* heavy metal (*música*) (4.3)
hechizador(a) enchanting, captivating
hechizar (c) to bewitch, to put a spell on; to enchant
hecho *m.* fact
  de hecho as a matter of fact, actually
  hecho y derecho complete, perfect
hectárea *f.* hectare (*aprox. 2.5 acres*)
helado(a) *adj.* cold
heredar to inherit
heredero(a) *m./f.* crown prince/princess; heir
herencia *f.* inheritance; heritage
herida *f.* wound
herido(a) *adj.* wounded
herir (ie, i) to wound, to hurt
hermético(a) hermetic, airtight
heroína *f.* heroine (6.1)
herrero *m.* blacksmith
herrumbroso(a) rusty
hervido(a) boiled
hervir (ie, i) to boil
híbrido(a) *adj.* hybrid
hidroeléctrico(a) hydroelectric
hielo *m.* ice
hierba *f.* herb (5.2)
  hierba (*f.*) **medicinal** medical herb (5.2)

hierro *m.* iron (4.4)
hígado *m.* liver (5.2)
  cáncer (*m.*) **del hígado** liver cancer (5.2)
hilar to string together (ideas)
hilo *m.* thread (4.2)
himno (*m.*) **nacional** national anthem (6.2)
hinchado(a) swollen
hinchar to swell up
hiperinflación *f.* hyperinflation
Hispania Roman name for Spain
hispano(a) *m./f.* Hispanic, person with Spanish blood
hispanohablante *m./f.* Spanish speaker; *adj.* Spanish-speaking
historia *f.* history; story
histórico(a) historic (4.1)
históricamente historically (6.3)
hogar *m.* home
hoja *f.* leaf (1.4)
  hoja de maíz corn husk (1.4)
  hoja de plátano banana leaf (1.4)
hojear to leaf or glance through
hombre (*m.*) **de negocios** businessman
hombro *m.* shoulder (5.1)
homenaje *m.* homage
hondo(a) deep, intense
hongo *m.* mushroom (2.2); *véase también* **champiñón** *y* **seta**
honradez *f.* honesty; honor
honrado(a) honorable
hora: ¿a qué hora? at what time? (1.1)
horcajada: a horcajadas astride, straddling
horizonte *m.* horizon
hormiga *f.* ant
horneado(a) baked
horno *m.* oven; kiln (4.2)
horror: película (*f.*) **de horror** horror movie (1.1)
hospedaje *m.* rooming house
hospedarse to lodge, to stay
hostal *m.* hostel
hotel *m.* hotel
hoy today, now
  desde hoy en adelante from now on
hoz *f.* sickle, scythe
huelga *f.* strike
huella *f.* footprint
huérfano(a) *m./f.* orphan
hueso *m.* bone (5.2)
huida *f.* escape
huir (y) to run away, to flee
humano(a) *adj.* of or pertaining to humans
  derecho (*m.*) **humano** human right
  recurso (*m.*) **humano** human resource (3.2)
humanidad *f.* humanity
humilde *adj.* humble; *s. pl.* poorer people (3.2)
humillado(a) humiliated
humillar to humiliate (6.1)

humillante humiliating
humo *m.* smoke
huracán *m.* hurricane (4.1)

ibérico(a): Península (*f.*) **Ibérica** Iberian Peninsula
íbero(a) *m./f.* Iberian, original occupant of the Iberian Peninsula
ida *f.* departure; outward journey
  vuelo (*m.*) **de ida y vuelta** round-trip flight (3.1)
idealista *m./f.* idealist (2.1)
identidad *f.* identity
idioma *m.* language
ídolo(a) *m./f.* idol
iglesia *f.* church (6.1)
igual equal, same
  de igual manera in a similar manner
igualdad *f.* equality (3.4)
  igualdad de oportunidades equal opportunity (3.4)
ilegal illegal
  golpe (*m.*) **ilegal** foul (ball) (*béisbol*) (2.3)
ilustre illustrious
imaginativo(a) imaginative (1.1)
imitar to imitate
impar *adj.* odd (*not even*)
impedimento *m.* impediment, handicap
impedir (i, i) to stop, to prevent
imperdible *m.* safety pin
  alfiler (*m.*) **imperdible** safety pin (4.2)
imperio *m.* empire
  Sacro Imperio (*m.*) **Romano** Holy Roman Empire
impermeable *m.* raincoat (5.3)
imponente imposing, impressive
implicar (qu) to imply (6.4)
imponer (*como* **poner**) to impose
importación *f.* import (6.4); importation
importar to be important, to matter; to import
importe *m.* amount, price, cost
impresión *f.* printing (4.2)
impresionado(a) impressed
impresionante impressive (1.1)
impresionista *adj.* impressionistic, impressionist (2.1)
impreso(a) printed
imprimir to print; to publish; to stamp
impuesto *m.* tax
impulsar to impel, to drive; to promote
incansable untiring
incapaz incapable
incendio *m.* fire, burning (4.1)
incentivo *m.* incentive
incluir (y) to include (6.4)
incluso *adv.* including, even
incómodo(a) uncomfortable
incomprensible incomprehensible (1.2)

inconcluso(a) inconclusive
inconsciente unconscious
incontable innumerable
incorporarse to join
incrementar to increase, to augment; to intensify (3.2)
incursionar to penetrate, to get through
indefenso(a) defenseless, helpless
independiente *s. m./f.* independent (3.3); *adj.* independent
independizarse (c) to become independent
índice *m.* index; rate
  índice de mortalidad death rate
indígena *adj.* indigenous, native (6.3)
indigestarse to get indigestion
indigestión *f.* indigestion
indignado(a) infuriated, angered
indignar to anger, to infuriate
indiscutible indisputable, unquestionable
indocumentado(a) without identity papers
índole *f.* type, kind
industria *f.* industry
inepto(a) inept, incapable
inesperado(a) unexpected
inestabilidad *f.* instability
inexplicable unexplainable
infamia *f.* infamy
infantil infantile
infarto *m.* heart attack (5.2)
  sufrir un infarto to have a heart attack (5.2)
infección *f.* infection (5.2)
inferior inferior, lower
infinito(a) infinite
inflación *f.* inflation
inflamación *f.* swelling, inflammation (5.2)
influencia *f.* influence (6.3)
influyente influential
infrahumano(a) *adj.* subhuman
ingenioso(a) ingenious, resourceful
ingresar to join; to come in, to enter
ingreso *m.* income (3.2)
  ingreso nacional per cápita national average salary / income per capita
inhumano(a) inhumane
iniciación *f.* initiation
iniciado(a) initiated, familiar with
iniciar to initiate, to start, to begin
  iniciarse to begin, to initiate
iniciativa *f.* initiative
inicio *m.* beginning
injusticia *f.* injustice (3.4)
  injusticia militar military injustice (3.4)
injusto(a) unjust (3.4)
inmigrante *m./f.* immigrant
inmortalizar (c) to immortalize
inmóvil motionless, immobile
inmune immune, free, exempt

inmutable immutable
innegable undeniable
inning *m.* inning (2.3)
inocente innocent
   Día (*m.*) **de los Inocentes** April Fool's Day (6.2)
inquieto(a) restless, fidgety, uneasy
inquietud *f.* uneasiness
insano(a) insane
inscrito(a) inscribed
insectívoro(a) insectivorous
insigne famous, illustrious
insospechado(a) unexpected
instalarse to establish oneself
institución (*f.*) **financiera** financial institution (3.2)
instrumento *m.* instrument (2.4)
insurrección *f.* insurrection; uprising
integrado(a) integrated
integrante integral; participating (6.4)
integrar to integrate
intelectual *adj.* intellectual
inteligencia *f.* intelligence
   cociente (*m.*) **de inteligencia (CI)** intelligence quotient (IQ)
intentar to try, to attempt
intercambiar to exchange
intercambio *m.* exchange; interchange
interés *m.* interest
   tasa (*f.*) **de interés** interest rate
interesante interesting (1.1)
interín *m.* interim
intermedio(a) intermediary
internado(a) hospitalized (5.2)
internista *m./f.* internist (5.2)
interno(a) internal
   Producto (*m.*) **Interno Bruto (PIB)** Gross Domestic Product (GDP) (6.4)
interpretar una canción to sing a song (2.3)
intervenir (*como* **venir**) to intervene
íntimo(a) intimate
inundación *f.* flood (4.1)
inútil useless
invadir to invade
invasor(a) *m./f.* invader; *adj.* invading
   pueblo (*m.*) **invasor** invading tribe
invernadero: efecto (*m.*) **invernadero** greenhouse effect (4.1)
inversión *f.* investment (3.2)
inversionista *m./f.* investor (3.2)
invertir (**ie, i**) to invest (3.2); to invert, to reverse
   invertir en la bolsa nacional to invest in the national stock market (3.2)
investigación *f.* investigation; research
invisible invisible (4.2)
involucrar to involve
inyectar to inject (6.1)
ir (*irreg.*) to go
   ir de compras to go shopping
   ¿Vamos a bailar? Shall we go dance? (2.4)

iridescente iridescent
irlandés *m.*, **irlandesa** *f.* Irish
ironía *f.* irony
irreparable irreparable
isla *f.* island
istmo *m.* isthmus
izquierdista *m./f.* leftist, left-wing (3.3)
izquierdo(a) left (6.1)

jabonero(a) *m./f.* soap maker
jaca *f.* pony, small horse
jade *m.* jade (4.4)
jamás never, ever
jarabe *m.* (**para la tos**) cough syrup (5.2)
jardín *m.* garden
   jardín (*m.*) **botánico** botanical garden
jardinero *m.* fielder (*béisbol*) (2.3); *véase también* **guardabosque**
   jardinero corto shortstop (2.3)
jaspe *m.* jasper (*mármol veteado*)
jaula *f.* cage
jazz *m.* jazz (1.3)
   música (*f.*) **de jazz** jazz music (1.3)
jeans *m. pl.* (blue) jeans (5.3); *véase también* **vaqueros**
jefe(a) *m./f.* boss, chief
   jefe(a) de estado Chief of State
jerez *m.* sherry
jerga *f.* slang
jeringa *f.* syringe (6.1)
jeroglífico *m.* hieroglyphic
jesuita *m.* Jesuit
jíbaro(a) *m./f.* Puerto Rican peasant
jícama *f.* jicama (*una gran raíz tuberosa de la planta jícama*) (2.2)
jit *m.* hit (*béisbol*) (2.3)
   hacer (*irreg.*) **un jit** to make a hit (2.3)
jitomate *m.* (*Méx.*) tomato (2.2)
jonrón *m.* home run, homer (2.3)
   hacer (*irreg.*) **un jonrón** to hit a home run
jornada *f.* journey
jorobado(a) hunchbacked
joya *f.* jewel
joyería *f.* jewelry store
joyero(a) jeweler
jubilarse to retire
judío(a) *m./f.* Jew
   judía *f.* (*Esp.*) bean (2.2); *véase también* **frijol** *y* **judía**
   judía (*f.*) **verde** (*Esp.*) string/green bean (2.2); *véase también* **ejote** *y* **poroto verde**
juego *m.* game (2.3)
juez(a) *m./f.* judge
juicio *m.* lawsuit
   hacer (*irreg.*) **un juicio** to sue
jugada *f.* play (2.3)

jugador(a) *m./f.* player (6.1)
   jugador(a) de primera/segunda/tercera base first/second/third baseman
jugar (**ue**) (**gu**) to play (2.3)
   jugar un papel to play a role
juguete *m.* toy
juntar to unite, to join
   juntarse to get together
junto(a) together
jurado *m.* jury; panel of judges
jurar to swear, to take an oath
jurisdicción *f.* jurisdiction
justicia *f.* justice (3.4)
   justicia social social justice
justo(a) just, fair, right
juventud *f.* youth, early life
juzgar (**gu**) to judge, to pass judgment on

kinético(a) kinetic

laberinto *m.* labyrinth
labio *m.* lip (5.1)
labor *f.* work
laboral *adj.* working
   fuerza (*f.*) **laboral** work force
labrado *m.* tooled (leather) (4.2)
labrar to work (4.2); to carve
lacio(a) limp (*sin fuerza*)
ladino(a) *m./f.* native assimilated to a dominant culture
lado *m.* side (1.1)
ladrillero *m.* brick maker
lago *m.* lake (3.1)
   lago envenenado polluted lake (4.1)
lágrima *f.* tear
   derramar lágrimas to shed tears
lana *f.* wool (5.3)
lancha (*f.*) **de motor** motorboat (3.1)
langosta *f.* lobster (1.4)
lanza *f.* lance
lanzada *f.* lance thrust
lanzador *m.* pitcher (2.3)
lanzar (**c**) to pitch (2.3); to launch
   lanzar la pelota to pitch the ball (2.3)
   lanzarse to throw oneself; to begin
lápices de colores *m. pl.* color pencils (2.1)
largo(a) long (1.2)
   a lo largo de throughout
   a lo largo y ancho everywhere
largometraje *m.* feature film
lastimar to hurt
   lastimarse to hurt oneself (6.1)
   ¡Qué lástima! What a shame! (6.1)
lastimeramente sadly, pitifully

lavandera *f.* laundrywoman, washer-woman
lavarropas *m. sing.* washing machine, clothes washer
lazo *m.* bond (6.4)
    lazo cultural cultural bond (6.4)
leal loyal
lechoso(a) milky
lechuga *f.* lettuce (2.2)
lector(a) *m./f.* reader
legalmente adv. legally
legislador(a) *m./f.* legislator (3.3)
legislatura *f.* legislature
legua *f.* league (*aprox. 3 millas*)
lejano(a) distant, remote
lejos far away
lema *m.* slogan
lengua *f.* language (6.3); tongue
    sacar (qu) la lengua to stick one's tongue out
    trabarse la lengua to get tongue-tied
lenguaje *m.* language, speech
lentamente slowly
lenteja *f.* lentil
lentejuela *f.* sequin, spangle (5.3)
lentes *m. pl.* eyeglasses (5.3)
lento(a) slow
    a cámara lenta in slow motion
leña *f.* firewood, kindling
león *m.* lion
    león marino sea lion
lesionarse to get hurt, to get injured (6.1)
letra *f.* letter, character; *pl.* learning; humanities
levantamiento *m.* uprising
levantar to erect, to construct; to raise (5.1)
    levantar pesas to lift weights (5.1)
    levantarse to raise up; to go up against
ley *f.* law (3.4)
leyenda *f.* legend
liberal *adj.* liberal
liberarse to liberate oneself
libertad *f.* liberty (3.4)
    libertad de expresión freedom of speech
    libertad de reunión y asociación freedom of assembly and association (3.4)
libre:
    gol (*m.*) **de tiro libre** free kick goal (6.1)
    libre empresa *f.* free enterprise
    lucha (*f.*) **libre** wrestling (2.3)
    tiempo (*m.*) **libre** free time (4.2)
    tiro (*m.*) **libre** free kick
librería *f.* bookstore
licenciarse to graduate, to receive a degree
licenciatura *f.* degree
liceo *m.* high school; prep school
líder *m./f.* leader
lienzo *m.* canvas (*para pintar*) (2.1)

liga *f.* league (2.3)
ligero(a) *adj.* light
lima *f.* lime (1.4); rasp (4.2)
limón *m.* lemon (1.4)
limpio(a) clean
lino *m.* linen (5.3)
lírico(a) lyrical
lirio *m.* iris (4.4)
lirismo *m.* lyricism
lista *f.* list; stripe, band
    lista de los diez mejores top ten list (1.3)
listo(a) bright, intelligent; ready
    estar (*irreg.*) **listo(a)** to be ready (6.1)
litografía *f.* lithography (4.2)
llamada *f.* call
llamarada *f.* outburst; blaze
llamativo(a) loud, flashy, showy (2.1)
llanera *f.* plainswoman
llanero *m.* plainsman
llano(a) flat; simple, plain
llanta *f.* rim, wheel (3.1)
llanto *m.* crying, weeping
llanura *f.* flatness, evenness; plain
llavero *m.* key case (4.2)
llegada *f.* arrival
llegar (gu) a ser to become
llenar to fill
lleno(a) full
llevar:
    llevar a cabo to carry out, to see through
    llevar cuenta to keep count
    llevar talla pequeña/mediana/grande to wear a small/medium/large size (5.3)
llorar to cry
llover (ue) to rain
lluvia *f.* rain
    lluvia ácida acid rain (4.1)
lluvioso: bosque lluvioso *m.* rain forest (4.1)
lo:
    Lo siento pero no bailo... I'm sorry, but I don't dance . . . (2.4)
    Lo siento. I'm sorry. (2.4)
    Lo siento mucho. I'm very sorry.
lobo *m.* wolf
localización *f.* localization
localizado(a) located
locura *f.* madness
locutor(a) *m./f.* announcer (radio)
lodo *m.* mud
lograr to get; to achieve; to manage to (6.4)
logro *m.* success, achievement
loma *f.* hill
lonchería *f.* luncheonette
lucha *f.* struggle, fight, conflict
    lucha libre wrestling (2.3)
luchador(a) *m./f.* fighter
luchar to fight, to struggle
lucir (zc) to shine; to distinguish oneself

lugar *m.* place
    tener (*irreg.*) **lugar** to take place
lujo *m.* luxury
    de lujo deluxe
lumbre *f.* fire
luminario(a) bright light
luminoso(a) luminous, bright, brilliant
luna *f.* moon
lunar *m.* polka dot (5.3)
    blusa (*f.*) **con lunares** polka dot blouse (5.3)
luz *f.* light; lamp
    luz delantera head lamp (3.1)
    luz trasera rear light (3.1)

macho(a) manly; brave
madera *f.* wood (4.2)
    madera dura hardwood (4.4)
    tallado (*m.*) **en madera** woodcarving (*artesanía*) (4.2)
madre *f.* mother
    Día (*m.*) **de las Madres** Mother's Day (6.2)
madrugada *f.* dawn
madrugador(a) *m./f.* early riser
madrugar (gu) to get up early (3.1)
madurez *f.* maturity
maduro(a) mature; ripe
maestría *f.* Master's degree
magia *f.* magic
mágico(a) *adj.* magic
mago(a) *m./f.* magician
    Día (*m.*) **de los Reyes Magos** Epiphany, Twelfth Night (6.2)
    Reyes (*m. pl.*) **Magos** (*bíblico*) Wise Men, Three Kings
maguey *m.* agave cactus (2.2)
    corazón (*m.*) **de maguey** heart of agave cactus (2.2)
magulladura *f.* bruise
maíz *m.* corn (2.2); *véase también* **choclo**
majestuoso(a) majestic
mal badly; poorly
    pasarlo mal to have a bad time
malaquita *f.* malachite (*piedra verde semipreciosa*)
maldición *f.* curse
malestar *m.* malaise; uneasiness
maleta *f.* suitcase (4.2)
maletín *m.* briefcase (4.2)
malévolo(a) malevolent, evil, bad
malgastar to misspend
maltratar to mistreat
maltrato *m.* ill treatment
maltrecho(a) battered, damaged
Malvinas *f. pl.* Falkland Islands
mambo *m.* mambo (*baile cubano*) (2.4)
mamey *m.* sapota tree fruit (2.2)
mancha *f.* stain, spot

mancharse to dirty or soil one's hands or clothing
mandado: hacer (*irreg.*) **un mandado** to run an errand
mandamiento *m.* commandment
mandar to send
mandato *m.* command; mandate; term of office
mandíbula *f.* jawbone, mandible
mandioca *f.* cassava, manioc; tapioca
mando *m.* command
   al mando in command
maneo *m.* shaking
manera *f.* manner, way
   de igual manera in a similar manner
mango *m.* handle
maní *m.* peanut (2.2); *véase también* **cacahuate**
manifestación *f.* demonstration
manifestarse (ie) to reveal oneself
mano *f.* hand (5.1)
   apretón (*m.*) **de manos** handshake
   mano de obra labor, work
manso(a) tame
mantener (*como* **tener**) to maintain, to keep
   mantenerse en forma to stay in shape (5.2)
manto *m.* cloak, mantle
mantón *m.* shawl, mantle, cloak
manubrio *m.* handlebar (3.1)
máquina (*f.*) **de coser** sewing machine (4.2)
mar *m./f.* sea
maraca *f.* maraca (*sonajero en forma de una calabaza*) (2.4)
maravilla *f.* miracle
maravilloso(a) marvelous (1.1, 2.1)
marcar (qu) to mark
marchar to march
marchito(a) faded
marciano(a) *m./f.* Martian
mareo *m.* dizziness
margarita *f.* daisy (4.4)
margen *m.* border, edge
   al margen on the fringe (6.3)
marido *m.* husband, spouse
mariguana *f.* marijuana (6.1); *escrito también* **marihuana, marijuana**
marimba *f.* marimba, xylophone (1.3)
marinero *m.* sailor
marino(a) of or pertaining to the sea
   león (*m.*) **marino** sea lion
   marina (*f.*) **mercante** merchant marine
mariposa *f.* butterfly
mariscal *m./f.* marshal
marisco *m.* shellfish, seafood (1.4)
marítimo(a) *adj.* maritime, sea
mármol *m.* marble (*piedra*)
marrón *m.* brown
martillo *m.* hammer
martirio *m.* martyrdom
marxista *m./f.* Marxist (3.3)

más more
   más allá further on, beyond
   nada más nothing else; that's all (5.1)
   por más/mucho que however much
masacre *f.* massacre
máscara *f.* mask (4.1)
   máscara de oxígeno oxygen mask (4.1)
mascarada *f.* masquerade (6.2)
masivo(a) massive
matadero *m.* slaughter house
matar to kill
mate *m.* (*Arg., Urug., Parag.*) mate (*infusión de yerba mate*)
materia *f.* (school) subject
maternidad *f.* maternity, motherhood
materno(a) maternal
matiz *m.* shade, nuance (of meaning)
matricularse to enroll, to register
matrimonio *m.* marriage; married couple
maya *m./f. n.*, *adj.* Maya (6.3)
maya-quiché *m.* Quiché (*uno de los dialectos de la lengua maya*) (6.3)
mayonesa *f.* mayonnaise (1.4)
mayor *m./f.* older person; *adj.* larger; greater
mayordomo *m.* steward
mayoría *f.* majority
   en su mayoría in the majority
mayúscula *f.* capital letter, upper case letter
mazo *m.* mallet (4.2)
mazorca *f.* pod
me:
   Me encantaría, gracias. I'd love to, thank you. (2.4)
   ¿Me permites este baile? Would you allow me this dance? (2.4)
   ¿Me acompañas? Will you accompany me? (2.4)
medalla *f.* medal
media *f.* stocking (*ropa*) (5.3)
mediación *f.* mediation
mediado(a) halfway
   a mediados de at the middle of
mediano(a) *adj.* medium (5.3)
mediante *adv.* through, by means of
medicamento *m.* medicine (5.2)
medicinal medicinal (5.2)
   hierba (*f.*) **medicinal** medicinal herb (5.2)
médico(a) *s.*, *m./f.* doctor (5.2); *adj.* medical (3.4)
   ayuda (*f.*) **médica** health care (3.4)
medida *f.* measure
   a medida que as, at the same time as
medio(a) middle
   clase (*f.*) **media** middle class
   Edad (*f. sing.*) **Media** Middle Ages
   en medio de in the middle of
   media pensión *f.* includes room, breakfast, and one other meal
   medio ambiente *m.* environment (4.1)

medio hermano *m.* half brother
   por medio de by means of
mediocampista *m.* midfielder (6.1)
mediometraje *m.* short film
medios *m. pl.* means
medir (i, i) to measure
meditar to meditate
Mediterráneo *m.* Mediterranean
mejilla *f.* cheek
mejillón *m.* mussel (1.4)
mejorando getting better (5.2)
mejorar to improve (5.2), to make better
   mejorar la tasa de crecimiento to improve the growth rate (3.2)
mejorarse to get better, to improve (oneself) (3.4)
melcocha *f.* taffy
melodioso(a) melodic
memoria *f.* memory
menjunje *m.* mixture; brew
menos *adv.* less
   clase (*f.*) **menos acomodada** lower class
   echar de menos to miss
   por lo menos at least (6.1)
mensaje *m.* message
menta *f.* mint (1.4)
mentado(a) aforementioned
mente *f.* mind, intellect
mentir (ie, i) to tell a lie
mentira *f.* lie
mentón *m.* chin (5.1)
menudo(a) small, trifle
   a menudo frequently
mercadeo *m.* marketing
mercado *m.* market (6.4)
mercancía *f.* merchandise, goods
mercante *m./f.* merchant
merecedor(a) deserving, worthy
merecer (zc) to deserve, to merit
merengue *m.* merengue (*baile dominicano*) (2.4)
meridional *f.* southern
meseta *f.* plateau (6.3)
Mesoamérica Middle America (6.3)
mesoamericano(a) of or pertaining to Middle America
mesón *m.* inn, tavern
mestizaje *m.* cross-breeding, mixture of races
mestizo(a) *m./f.* Mestizo (*persona nacida de padres blanco[a] e indio[a]*) (6.3)
meta *f.* goal, aim, objective
metal: heavy metal *m.* heavy metal (*música*) (4.3)
meter to put, to place
   meter un gol to make a goal (*fútbol*) (6.1)
   meterse to get into, to enter
metro *m.* subway (3.1)
metrópoli *f.* metropolis; mother country
mezcla *f.* mixture, mix (6.3)
mezclar to mix, to blend; to combine

mezclilla *f.* denim (5.3)
mezquita *f.* mosque (6.2)
mi *adj.* my
  mí *pron.* me
  mí mismo(a) myself
miedo *m.* fear
miembro *m.* member (3.3)
mientras while
  mientras tanto meanwhile
Miércoles (*m.*) **de Ceniza** Ash Wednesday (6.2)
mierda *f.* shit
migra *f.* (*jerga*) immigration police
mil thousand (6.4)
  mil millones billion (6.4)
milagro *m.* miracle
milagroso(a) miraculous
milenio *m.* millennium
militar *adj.* military
  dictadura (*f.*) **militar** military dictatorship (3.4)
  golpe (*m.*) **militar** military coup, military takeover
  injusticia (*f.*) **militar** military injustice (3.4)
millón *m.* million (6.4)
  mil millones billion (6.4)
milonga *f. canción y baile popular*
milpa *f.* corn field, corn harvest
mina *f.* mine
mineral *n. m. y adj.* mineral (4.4)
  agua (*f. pero* **el agua**) **mineral con gas** carbonated water
  agua (*f. pero* **el agua**) **mineral sin gas** mineral water
minero(a) *m./f.* miner
ministro(a) *m./f.* minister
  primer(a) ministro(a) *m./f.* Prime Minister
minoría *f.* minority
minoritario(a) *adj.* minority
  grupo (*m.*) **minoritario** minority group
minuciosamente thoroughly, minutely
mirada *f.* look, expression
misa *f.* mass (6.2)
  misa de gallo midnight mass (6.2)
misil *m.* missile
misterio *m.* mystery
  película (*f.*) **de misterio** suspense/thriller movie (1.1)
misteriosamente mysteriously
místico(a) *adj.* mystic
mistificar (**qu**) to mystify
mitad *f.* half
mítico(a) mythical
mito *m.* myth
mocasín *m.* moccasin (5.3)
moda *f.* style
  pasado(a) de moda out of style, no longer in style (5.3)
modelar to model
modernizador(a) *adj.* modernizing
moderno(a) modern (2.1)

modificado(a) modified
modo *m.* manner, way
  de todos modos anyway
  modo de vida way of life
modorra *f.* drowsiness
mohín *m.* grimace, gesture
  hacer (*irreg.*) **mohínes** to make faces
mojado(a) wet
molde *m.* cast
molestado(a) bothered
molestar to bother, to annoy
molesto(a) bothered, upset, annoyed
molino *m.* mill
  molino de viento windmill
  piedra (*f.*) **del molino** millstone
monarca *m./f.* monarch
monarquía *f.* monarchy
monasterio *m.* monastery
monja *f.* nun
monolito *m.* monolith
monopolio *m.* monopoly
montado(a) mounted
montar a caballo to ride a horse (2.3)
monte *m.* mount; mountain
montón *m.* lot, bunch
monumento *m.* monument (4.1)
morado(a) purple; violet
  col (*f.*) **morada** red cabbage (2.2)
moraleja *f.* moral
mordedura *f.* bite
morder (**ue**) to bite
morfina *f.* morphine (6.1)
morir (**ue, u**) to die
moro(a) *m./f.* Moor; *adj.* Moorish
morrón *m.* sweet red pepper (2.2); *véase también* **pimiento**
mortalidad: índice (*m.*) **de mortalidad** death rate
mosquita *f.* fly
mostaza *f.* mustard (1.4)
mostrado(a) shown
mostrar (**ue**) to show, to display; to manifest
motocicleta *f.* motorcycle (3.1)
motor *m.* motor, engine
  avión (*m.*) **sin motor** glider (3.1)
  lancha (*f.*) **de motor** motorboat (3.1)
  vehículo (*m.*) **de motor** motor vehicle
movedizo(a) moving, changeable
mover (**ue**) to move (5.1)
  mover los brazos con soltura to move one's arms loosely (5.1)
movimiento *m.* movement (2.4)
muchachón *m.* big boy
mucho *adv.* much, plenty, a lot
  Con mucho gusto, gracias. Gladly, thank you. (2.4)
  por mucho (más) que however much
muchedumbre *f.* crowd
mudarse to move, to relocate
mueble *m.* piece of furniture
muela *f.* molar; tooth

muerte *f.* death
  pena (*f.*) **de muerte** death sentence, death penalty (3.3)
muerto(a) *m./f.* dead person; *adj.* dead
  Día (*m.*) **de los Muertos** All Souls' Day (6.2)
  estar (*irreg.*) **muerto(a)** to be dead (3.1)
muestra *f.* proof
mujer (*f.*) **de negocios** businesswoman
mula *f.* mule (3.1)
mulato(a) *m./f.* mulatto (*persona nacida de padres blanco[a] y negro[a]*) (6.3)
multinacional multinational (3.2)
mundial *adj.* world, pertaining to the world
  Copa (*f.*) **Mundial** World Cup (*fútbol*)
  Segunda Guerra (*f.*) **Mundial** Second World War
mundo *m.* world
  Nuevo Mundo New World (*las Américas*) (6.3)
muñeca *f.* doll; wrist (5.1)
mural *m.* mural (2.1)
muralista *m./f.* muralist
muralla *f.* wall
murmullo *m.* murmur, whisper
muro *m.* wall
músculo *m.* muscle (5.1)
museo *m.* museum
música *f.* music (1.3)
  música clásica / folklórica / pop / popular / romántica (de amor) / tejana (ranchera) / salsa classical (4.3) / folk, folkloric (1.3, 4.3) / pop (1.3) / popular (1.3) / romantic (love) (1.3) / country and western (1.3) / salsa (1.3) music
  música de jazz/mariachis/ópera/ protesta jazz (1.3) / mariachi (4.3) / opera (1.3) / protest (1.3) music
  tienda (*f.*) **de música** music shop
musical: película (*f.*) **musical** musical (film) (1.1)
músico *m./f.* musician (1.3)
muslo *m.* thigh (5.1)
musulmán *m.*, **musulmana** *f.* Moslem
mutuo(a) mutual, joint

nabo *m.* turnip
nacarado(a) pearly
nacido(a) born (6.3)
naciente: País (*m.*) **del Sol Naciente** Land of the Rising Sun
nacimiento *m.* birth
nación *f.* nation (3.2)
  nación anfitriona host country (3.2)
  Naciones (*f. pl.*) **Unidas** United Nations

nacional national
  himno (*m*.) **nacional** national anthem (6.2)
  ingreso (*m*.) **nacional per cápita** average national salary
  origen (*m*.) **nacional** national origin (3.4)
nacionalidad *f*. nationality
nacionalizar (c) to nationalize
nada nothing
  nada más that's all (5.1)
  para nada not at all
nadar to swim (5.1)
nadie no one, nobody
náhuatl *m*. Nahuatl (*lengua de los aztecas*) (6.3)
narciso *m*. daffodil (4.4)
narcótico *m*. narcotic (6.1)
narcotraficante *m./f*. drug trafficker
narcotráfico *m*. drug traffic
  control (*m*.) **del narcotráfico** control of drug traffic (3.3)
nariz *f*. nose (5.1)
narrador(a) *m./f*. narrator (1.2)
natación *f*. swimming (2.3)
natal natal; native
natalidad *f*. birthrate
  control (*m*.) **de la natalidad** birth control (3.3)
natural natural
  recurso natural *m*. natural resource (3.2)
naturaleza *f*. nature
naufragio *m*. shipwreck
navaja *f*. penknife
nave *f*. ship (3.1); vessel
navegar to sail (2.3)
Navidad *f*. Christmas (6.2)
neblina *f*. fog (4.4)
nebuloso(a) misty, foggy
necio(a) *m./f*. fool, idiot
néctar *m*. nectar
negar (ie) (gu) to deny (3.4)
  negarse to refuse
negociación *f*. negotiation
negociador(a) *m./f*. negotiator
negociar to negotiate
negocio *m*. business
  dueño(a) (*m./f*.) **de negocios** proprietor
  hombre (*m*.) **/ mujer** (*f*.) **de negocios** *m./f*. businessman/businesswoman
neoclásico(a) neoclassic, neoclassical (2.1)
nervios *m. pl*. nerves
  ataque (*m*.) **de nervios** nervous breakdown
  calmante (*m*.) **de nervios** tranquilizer (6.1)
netamente clearly, distinctly
neumático *m*. tire (3.1)
ni pensar don't even think about it
nilón *m*. nylon (5.3)
niñez *f*. childhood

niños (*m. pl*.) **de la calle** street children
nítido(a) clear, neat
nitrato *m*. nitrate
nivel *m*. level
  nivel de vida standard of living
níveo(a) snow white
no:
  ¡cómo no! of course! (1.1)
  no cabe duda there is no doubt
  no del todo not at all
  no obstante nevertheless
  no tener (*irreg*.) **más remedio** to have no alternative or choice
noche *f*. night, evening
  Noche Buena Christmas Eve (6.2)
Nochevieja *f*. New Year's Eve (6.2)
nómada *f*. nomad
nomás just, only
nombramiento *m*. appointment, nomination
nombre de pila *m*. first name, given name, Christian name
nominar to nominate (3.3)
nopal *m*. cactus (2.2)
noreste *m*. northeast
norte *m*. north
Noruega *f*. Norway
noticias *f. pl*. news
novedoso(a) innovative
novela *f*. novel (1.2)
novelesco(a) novelesque
novelista *m./f*. novelist (1.2)
novia *f*. girlfriend
novio *m*. boyfriend
nube *f*. cloud
núcleo *m*. center, nucleus
nudo *m*. knot
nuevo(a) new
  de nuevo once again
numeración *f*. numbering, numerals
nunca never
  nunca se ponía el sol the sun never set
nutritivo(a) nutritious

O

obedecer (zc) to obey
obligar (gu) to oblige, to force, to compel
obra *f*. work (1.2)
  obra de teatro play (1.2)
obrero(a) *m./f*. worker (3.2)
obsequio *m*. gift
obsesionado(a) obsessed
obstante: no obstante nevertheless
obstetra *m./f*. obstetrician (5.2)
obtener (*como* **tener**) to obtain, to receive
ocasión *f*. occasion (6.1)

ocasionar to cause
occidental occidental, western
oculto(a) hidden
ocupar to occupy
odiar to hate
  Las odio. I hate them (*f*.). (1.1)
odio *m*. hate, hatred
odioso(a) odious, hateful
oficio *m*. job, occupation, profession
oftalmólogo(a) ophthalmologist (5.2)
oído *m*. (inner) ear (5.1); hearing
ojal *m*. buttonhole
ojeada *f*. glance, glimpse
ojo *m*. eye (5.1)
  guiñar el ojo to wink
ola *f*. wave (*agua*)
olfato *m*. smell
óleo *m*. oil paint
  tubo (*m*.) **de óleo** tube of oil paint (2.1)
oligarquía *f*. oligarchy
oligárquico(a) oligarchic
olla *f*. pot
olmo *m*. elm tree (4.4)
olor *m*. odor, smell
olvidar to forget
ombligo *m*. bellybutton
oncologista *m./f*. oncologist (5.2)
ondear to wave, to flutter
ondulado(a) wavy
onírico(a) pertaining to dreams
opaco(a) opaque, gloomy (2.1)
ópalo *m*. opal (4.4)
ópera *f*. opera (1.3)
  música (*f*.) **de ópera** opera music (1.3)
opio *m*. opium (6.1)
opinar to think (5.3); to give one's opinion
  ¿Qué opinas de...? What do you think of . . . ?
oponer (*como* **poner**) to oppose
  oponerse to be opposed (3.3)
oportunidad *f*. opportunity (3.4)
  igualdad (*f*.) **de oportunidades** equal opportunity (3.4)
  oportunidad de trabajo job opportunity (3.4)
oposición *f*. opposition (3.4)
opresión *f*. oppression
oprimido(a) oppressed
opuesto(a) opposite
opulento(a) opulent
oración *f*. prayer; sentence (6.2)
orador(a) *m./f*. orator, speaker
orden: a la orden at your command
ordenado(a) ordered
ordeñar to milk
orégano *m*. oregano (1.4)
oreja *f*. ear (5.1)
orgullo *m*. pride
orgulloso(a) proud
oriental *m./f*. oriental, eastern
  Europa (*f*.) **Oriental** Eastern Europe
oriente *m*. east

origen (*m.*) **nacional** national origin (3.4)
originario(a) de originating from, coming from
originarse to originate
orilla *f.* edge
  a orillas de by, beside
oro *m.* gold (4.2)
  broche (*m.*) **de oro** crowning glory
  Siglo (*m.*) **de Oro** Golden Age
orquesta *f.* orchestra (1.3)
orquídea *f.* orchid (4.4)
ortografía *f.* spelling
ortográfico(a) of or pertaining to spelling
ortopedista *m./f.* orthopedist (5.2)
osar to dare
oscilar to swing
oscuro(a) dark (2.1)
oso(a) bear (4.4)
ostión *f.* oyster (1.4)
otorgar (gu) to grant, to give; to award
otro(a) another
  por otra parte on the other hand
  por otro lado on the other hand
ovalado(a) oval
overoles *m. pl.* overalls (5.3)
oxígeno *m.* oxygen (4.1)
oyente *m./f.* listener
ozono *m.* ozone (4.1)
  capa (*f.*) **de ozono** ozone layer (4.1)
ozonosfera *f.* ozone layer (4.1)

pacificación *f.* pacification; peace, quiet
pacífico(a) peaceful, pacific
pactar to come to an agreement
padre *m.* father
  Día (*m.*) **de los Padres** Father's Day (6.2)
pago *m.* payment
  balanza (*f.*) **de pagos** balance of payments
país *m.* country (3.2)
  País del Sol Naciente Land of the Rising Sun
  Países (*m. pl.*) **Bajos** Netherlands
paisaje *m.* landscape (2.1)
paja *f.* straw
palabra *f.* word (6.3)
palanca *f.* lever; influence, pull (*fig.*)
  palanca de freno brake lever (3.1)
  palanca del cambio de velocidades gear lever (3.1)
palacio *m.* palace
paleta *f.* palette (2.1)
palidez *f.* paleness
palito *m.* little stick
palma *f.* palm (of a hand); palm tree
palo *m.* stick
palpitando palpitating, beating
palpitante palpitating, throbbing (2.4)

palta *f.* (*Cono Sur*) avocado (2.2); *véase también* **aguacate**
panadería *f.* bakery
panadero(a) *m./f.* baker
panecillo *m.* roll, bun
panel *m.* panel (4.2)
panfletista *m./f.* satirist
panorama *m.* panorama (2.1)
pantalla *f.* screen (1.1)
pantalón *m.* pants (5.3)
pantalones *m. pl.* pants (5.3); blue jeans (5.3)
pantimedia *m.* pantyhose (5.3)
pantis *m. pl.* panties; pantyhose (5.3); *véase también* **bombachas** *y* **calzones**
pantorrilla *f.* calf (*de la pierna*) (5.1)
pantufla *f.* slipper (5.3)
pañuelo *m.* handkerchief
papa *f.* potato (2.2); *véase también* **patata**; *m.* pope
papel *m.* role (1.1); paper (2.1)
  hacer (*irreg.*) **el papel** to play the role (of) (3.2)
papelería *f.* stationery store
paperas *f. pl.* mumps (5.2)
par *m.* pair; *adj.* even
para for
  para nada not at all
parada *f.* stop
parado(a) stopped; established
paradójicamente paradoxically
parador *m.* inn, state-owned hotel
paraíso *m.* paradise
paralización *f.* paralyzation
paralizar to paralize, to stop
paramilitar *m./f.* paramilitary
parar to stop
parecer (zc) to seem, to appear
  Me pareció un poco largo. It (*m.*) seemed a little long to me. (1.2)
parecerse to resemble, to seem like
pared *f.* wall
pareja *f.* couple
pariente *m./f.* relative
parpadeo *m.* blinking
parque *m.* park
  parque de atracciones amusement park
  parque nacional national park (4.1)
  parque zoológico zoo
parrillada *f.* barbecue, cookout (6.2); *véase también* **asado**
parroquial parochial, parish
parte *f.* part
  en gran parte for the most part
  Estados (*m. pl.*) **Partes** Member States (6.4)
  por otra parte on the other hand
participar to participate (6.4)
particular peculiar
  en particular in particular (5.3)
partido *m.* game (*deportivo*) (2.3); party (*político*) (3.3); *adj.* parted, having left
  partido político political party (3.3)
partir to leave
  a partir de starting from, as of

pasajero(a) *m./f.* passenger (3.1); *adj.* passing
  tren (*m.*) **de pasajeros** passenger train (3.1)
pasaporte *m.* passport
pasar:
  pasado(a) de moda out of style, no longer in style (5.3)
  pasar a buscar to come by (for someone) (1.1)
  pasar una película to show a film
  pasarlo bien/mal to have a good/bad time
  pasó a ser it became
pasatiempo *m.* pastime, amusement, hobby (4.2)
Pascua (*f.*) **Florida** Easter (6.2)
pasearse to take a walk; to ride
paseo *m.* walk, stroll
pasillo *m.* aisle, hallway (4.3)
pasmar to astound, to amaze
paso *m.* step (2.4)
  a paso acelerado at a fast rate
  pasodoble march-step dance (2.4)
pastel *m.* pie; cake
pastelería *f.* pastry shop
pastilla *f.* tablet, pill (5.2); *véase también* **píldora**
pastor(a) *m./f.* shepherd(ess) (6.2)
pastoreando shepherding, tending flock
pata *f.* foot (*de animal*)
patada *f.* kick (6.1)
patata *f.* (*Esp. y Cono Sur*) potato (2.2); *véase también* **papa**
patear to kick (6.1)
patio *m.* orchestra seat (1.1)
patizambo(a) knock-kneed, deformed
pato *m.* duck (1.4)
patriarca *m.* patriarch
patrimonio *m.* patrimony, heritage
patriótico(a) patriotic (6.2)
patrocinar to sponsor
patrón *m.*, **patrona** *f.* boss; *m.* pattern
  santo patrón patron saint (6.2)
patronímico *m.* surname, patronymic
patrullar to patrol
pausa *f.* pause, break
pavimentado(a) paved (3.1)
pavimento *m.* pavement (3.1)
pavo(a) *m./f.* turkey (1.4); *véase también* **guajolote**
paz *f.* peace (3.4)
  Cuerpo (*m.*) **de Paz** Peace Corps
pecho *m.* breast; chest (5.1)
pedagogía *f.* pedagogy, methodology
pedal *m.* pedal (3.1)
pedalear to pedal
pedazo *m.* piece
pegar (gu):
  pegar un tiro to shoot
  pegarse to stick
pelado(a) pealed
peleando fighting
pelear to fight

película *f.* movie, film (1.1)
  dar (*irreg.*) **una película** to show a film
  ¿Deseas ver la nueva película? Do you want to see the new movie? (1.1)
  pasar una película to show a film
  película cómica comedy (*film*) (1.1)
  película de acción adventure movie (1.1)
  película de ciencia ficción science fiction movie (1.1)
  película de dibujos animados animated film (1.1)
  película de guerra war movie (1.1)
  película de misterio suspense/thriller movie (1.1)
  película de terror (**horror**) horror movie (1.1)
  película de vaqueros western (*film*) (1.1)
  película documental feature-length documentary (1.1)
  película musical musical (*film*) (1.1)
  película policíaca detective movie (1.1)
  película romántica romance movie (1.1)
  ¿Quieres ir a ver una película? Do you want to go see a movie? (1.1)
peligro danger (4.1)
  en peligro endangered (4.1)
  peligro natural *m.* natural danger (4.1)
peligroso(a) dangerous
pelo *m.* hair (5.1)
  tomar el pelo to pull (someone's) leg, to tease or make fun (of someone)
pelota *f.* ball (2.3)
  lanzar (c) / tirar la pelota to pitch the ball (2.3)
pelotón *m.* squad
pena *f.* pain, suffering; sadness
  pena de muerte *f.* death sentence, death penalty (3.3)
  ¡Qué pena! What a pity! (5.1)
  valer (*irreg.*) **la pena** to be worthwhile (1.2)
penal *m.* penalty (6.1)
  cobrar un penal to penalize (6.1)
pendenciero(a) quarrelsome
pendón *m.* banner, standard
penetrante penetrating
penicilina *f.* penicillin (5.2)
Península (*f.*) **Ibérica** Iberian Peninsula
pensador(a) *m./f.* thinker
pensamiento *m.* thought, thinking (3.4)
pensar (ie) to think; to plan
  ni pensar don't even think about it
pensión *f.* boardinghouse
  media pensión includes room, breakfast, and one other meal
  pensión completa includes room and three meals a day
penúltimo(a) next-to-last
penuria *f.* penury, want
peón *m.* laborer, worker

peor worse
pepino *m.* cucumber (2.2)
pepita *f.* seed (1.4)
pequeño(a) small (5.3)
percala *f.* percale, fine cotton cloth
percibir to perceive
perder (ie) to lose
  echarse a perder to spoil
pérdida *f.* loss
perdiz *f.* partridge (1.4)
perejil *m.* parsley (1.4)
perezoso(a) lazy
perfil *m.* profile
periódico *m.* newspaper (3.2)
periodista *m./f.* newspaper reporter
perla *f.* pearl
permanecer (zc) to remain
permitir to permit
  ¿Me permites este baile? Would you allow me this dance? (2.4)
perpetuidad *f.* perpetuity
perpetuo(a) perpetual
persona (*f.*) **desaparecida** missing person (3.4)
personaje *m.* character (1.2)
  personaje principal main character (1.2)
perspectiva *f.* perspective
perspicacia *f.* perspicacity, sagacity
pertenecer (zc) to belong (3.3)
perteneciente belonging
perturbar disturb, upset
perverso(a) perverse
pesas: levantar pesas to lift weights (5.1)
pesadilla *f.* nightmare
pesado(a) heavy
pesar: a pesar de in spite of, despite
pesca *f.* fishing
pescado *m.* fish (*comida*) (1.4)
  pescado de agua dulce fresh water fish (1.4)
  pescado de agua salada salt water fish (1.4)
pescar (qu) to fish (2.3)
pésimo(a) very bad, terrible (1.1)
pestaña *f.* eyelash
pesticida *m.* pesticide
petate *m.* sleeping mat
petróleo *m.* oil (4.4)
  derrame (*m.*) **de petróleo** oil spill (4.1)
petrolero(a) *adj.* oil
petroquímica *f.* petrochemistry
pez *m.* fish (*animal*)
piadoso(a) pious, devout
pianista *m./f.* pianist (1.3)
piano *m.* piano (1.3)
PIB (Producto [*m.*] **Interno Bruto)** GDP (Gross Domestic Product) (6.4)
picado(a) chopped (1.4)
picante hot, spicy
picardía *f.* prank, mischief
picazón *f.* itch, itching
picea *f.* plant similar to the fir tree (4.4)
pico *m.* beak

pie *m.* foot (5.1)
  a pie on foot
  al pie de at the bottom of
  de pie standing up
piedra *f.* stone
  piedra del molino millstone
  piedra preciosa gem (4.4)
piel *f.* skin (3.4); leather (4.2); fur (5.3)
  piel fina fine leather (4.2)
pierna *f.* leg (5.1)
pieza *f.* piece; part
píldora *f.* pill (5.2); *véase también* **pastilla**
pilote *m.* pile; stake
pimienta *f.* pepper (1.4)
pimiento *m.* bell pepper (2.2)
  pimiento morrón sweet bell pepper
pincel *m.* brush (2.1)
pino *m.* pine (tree) (4.4)
pintar to paint
  pintarse to paint oneself
pintor(a) *m./f.* painter (2.1), artist
pintoresco(a) picturesque, colorful
pintórico(a) pertaining to painting
pintura *f.* painting (2.1)
piolín *f.* string, cord
pionero(a) *m./f.* pioneer
pirámide *f.* pyramid
pisar to step on
piscina *f.* swimming pool (5.1)
piso *m.* floor (6.1)
pisotear to trample, to stamp on
pista *f.* hint; track (*for running or racing*)(5.1)
placentero(a) pleasant
placer *m.* pleasure
plagado(a) . plagued, infested
plan: tengo otros planes I have other plans (1.1)
plana *f.* page
  a toda plana full page (*de un periódico*)
  de primera plana front page (*de un periódico*)
plancha *f.* iron; metal plate
plantado(a) planted; firm
plástico *m.* plastic (5.3)
plata *f.* silver (4.4)
plataforma *f.* platform (3.3)
plátano *m.* banana
plateado(a) silvery, silver
playera *f.* (*Méx.*) T-shirt (5.3); *véase también* **camiseta**
plaza *f.* plaza, square
  plaza de toros bullring
plazo *m.* term, period
plegado(a) pleated
  falda (*f.*) **con volantes plegados** pleated skirt (5.3)
plegaria *f.* prayer
pleno(a) full
plomo *m.* lead (4.4)
pluma *f.* feather; pen
pluma fuente *f.* fountain pen
población *f.* population (6.4)

poblado(a) inhabited
poblar (ue) to inhabit; to settle; to populate
pobre *m./f.* poor person (3.4); *adj.* poor
pobreza *f.* poverty
poco *m.* small quantity
 a poco supposedly (6.1)
 poco a poco little by little
 por poco almost
poder *m.* power; *v.* (*irreg.*) to be able
 asumir el poder to take control
 ¿Podría decirme dónde está(n)...? Can you tell me where . . . is/are? (2.2)
poderío *m.* power
poderoso(a) powerful (1.3)
poema *m.* poem (1.2)
poemario *m.* book of poems, collection of poems
poesía *f.* poetry (1.2)
poeta *m./f.* poet (1.2)
polaco(a) *m./f.* Pole; *adj.* Polish
polarizar (c) to polarize
policía *f.* police (force) (6.1); *m./f.* policeman (-woman)
policíaco(a) *adj.* police, detective (1.1)
 película (*f.*) **policíaca** detective movie (1.1)
política *f.* politics (3.3)
político(a) political (3.3)
 afiliación (*f.*) **política** political affiliation (3.3)
 asesinato (*m.*) **político** political assassination (3.4)
 corrupción (*f.*) **política** political corruption (3.4)
 partido (*m.*) **político** *m.* political party (3.3)
pollera *f.* (*Cono Sur*) skirt (5.3); *véase también* **falda**
pollo *m.* chicken (1.4)
polvoriento(a) dusty
pómez *m.* pumice
poner (*irreg.*) to put
 nunca se ponía el sol the sun never set
 poner tu empeño to take great pains in
 ponerse a to start
 ponerse a régimen to go on a diet
poniente *m.* west
pop: música pop *f.* pop music (1.3)
popular popular (1.3)
 música popular *f.* popular music (1.3)
populista *m./f.* populist
por:
 por ahora for the time being
 por añadidura moreover, in addition
 por ciento percent
 por cierto of course
 por consiguiente consequently
 por ejemplo for example
 por eso that's why

por fin finally
por la mañana (tarde, noche) in the morning (afternoon, night)
por lo menos at least (6.1)
por lo tanto therefore
por más/mucho que however much
por medio de by means of
por otra parte on the other hand
por otro lado on the other hand
por poco almost
por supuesto of course, naturally
por último finally
porción *f.* portion
pormenor *m.* detail
poroto *m.* (*Cono Sur*) bean (2.2); *véase también* **frijol, judía** y **habichuela**
 poroto verde string/green bean (2.2); *véase también* **ejote** y **judía verde**
porro *m. ritmo típico colombiano* (4.3)
porquería *f.* garbage (*fig.*), junk
portabotellas *m. sing.* water bottle clip (3.1), bottle holder
portavoz *m./f.* spokesperson
porteño(a) *m./f.* person from Buenos Aires (6.1)
portero(a) goalie, goalkeeper (6.1); *véase también* **arquero**
portón *m.* gate
posada *f.* inn; boardinghouse
 las Posadas *f. pl.* pre-Christmas celebrations (6.2)
posarse to perch, to settle
poseer (y) to possess, to have
posta: a posta on purpose
posterior later; subsequent
postizo(a) false
postular to be a candidate for (3.3)
póstumamente posthumously, after death
potable drinkable
potencia *f.* power
precedido(a) preceded
precioso(a) precious
 piedra (*f.*) **preciosa** gem (4.4), precious stone
precipicio *m.* precipice, cliff
precisar to explain, to state clearly
precolombino(a) pre-Columbian (6.3)
precoz precocious
predecir (*como* **decir**) to predict
predicar to preach (6.2)
predominar to predominate (6.3)
prefijo *m.* prefix
pregón *m. baile cubano* (2.4); public announcement; street vendor's cry or shout
pregonero(a) *m/f.* announcer; peddler
prejuicio *m.* prejudice
premio *m.* prize, award
prendedor *m.* brooch
prensa *f.* press
preocupación *f.* preoccupation, concern (3.2)
preocuparse to worry

presentación *f.* presentation (2.1)
presente *m.* present (6.2)
 tener (*irreg.*) **presente** to keep in mind (6.4)
preservar to preserve (4.1)
presidente(a) *m./f.* president (3.3)
 vice presidente(a) *m./f.* vice president (3.3)
presión *f.* pressure (5.1)
 bajar la presión to lower one's blood pressure (5.2)
 subir la presión to raise one's blood pressure (5.2)
prestado(a) lent, loaned
prestar to lend
 prestar atención to pay attention
prestigio *m.* prestige
presupuesto *m.* budget (3.2)
pretexto *m.* pretext, excuse
prevalecer to prevail, to triumph
previsto(a) anticipated, provided
prieto(a) dark
primer ministro *m./f.* Prime Minister
primor *m.* exquisiteness
primoroso(a) beautiful, exquisite
principal main, principal (1.2)
 personaje (*m.*) **principal** main character (1.2)
 recurso (*m.*) **natural principal** principal natural resource (4.4)
príncipe *m.* prince
principio *m.* beginning
 a principios de at the beginning of
 desde un principio from the beginning
prioridad *f.* priority
privación *f.* deprivation
privado(a) deprived
privar to deprive, to take away
privilegiado(a) privileged
privilegio *m.* privilege
probar (ue) to try; to taste
probarse to try on (5.3)
problema *m.* problem (6.1)
problemático(a) problematic
procedente (coming) from
prócer *m.* national hero
procesión *f.* procession (6.2)
proceso *m.* process (6.4)
proclamar to proclaim, to declare
prodigioso(a) prodigious, wondrous
producción *f.* production
productivo(a) productive (3.2)
 eficiencia (*f.*) **productiva** productive efficiency (3.2)
producto *m.* product
 Producto Interno Bruto (PIB) Gross Domestic Product (GDP) (6.4)
productor(a) *m./f.* manufacturer
profano(a) irreverent; indecent
proferir (ie, i) to utter, to speak
profeta *m./f.* prophet
profundidad *f.* depth, deepness
progresista *adj., m./f.* progressive

prohibición *f.* **del tabaco** tobacco prohibition (3.3)
prohibir to prohibit
promesa *f.* promise
prometedor(a) promising
prometer to promise
promocionar to promote
promover (ue) to promote; to foster
promovido(a) promoted, encouraged
promulgar to enact, to promulgate
pronto *adv.* soon, fast
  de pronto suddenly
propenso(a) inclined, prone
propiamente properly
propiciado(a) sponsored, supported
propiedad *f.* property (3.4)
propietario(a) *m./f.* landowner
propio(a) *adj.* own, one's own
  de su propia cuenta on his (her) own
proponer (*como* **poner**) to propose, to suggest (3.3)
proporcionar to furnish, to provide (3.2)
  proporcionar entrenamiento técnico to provide technical training (3.2)
propósito *m.* purpose
  a propósito by the way
propugnar to defend, to advocate (3.3)
prosperar to prosper, to be successful
prosperidad *f.* prosperity
protagonista *m./f.* protagonist, main character (1.2)
protectorado *m.* protectorate
proteger (j) to protect (4.1)
protegido(a) protected
  zona (*f.*) **protegida** protected area (4.1)
protesta *f.* protest
  música (*f.*) **de protesta** protest music (1.3)
protestantismo *m.* Protestantism
prototipo *m.* prototype, model
proveer (y) to provide (3.2)
provenir (*como* **venir**) to come from, to originate in
provocar (qu) to provoke, to incite
próximo(a) next, coming
proyecto *m.* project
psiquiatra *m./f.* psychiatrist (5.2)
púa: alambre (*m.*) **de púas** barbed wire
publicado(a) published
público *m.* public, audience
  servicio (*m.*) **público** public service (3.2)
pudridero *m.* garbage dump
pueblo *m.* town, village; people
  pueblo invasor invading tribe
puente *m.* bridge
puerro *m.* leek

puerto *m.* port
  puerto de salida port of departure
puesto *m.* position (3.3)
pujante strong, vigorous
pulido(a) polished
pulir to polish
pulmón *m.* lung (5.2)
  cáncer (*m.*) **de los pulmones** lung cancer (5.2)
pulmonía *f.* pneumonia (5.2)
pulverizador *m.* spray (5.2); *véase también* **vaporizador**
puma *m.* puma, mountain lion (4.4)
punta *f.* tip; point
puntada *f.* stitch (*costura*) (4.2)
punto *m.* point (6.1)
  anotar puntos to score (6.1)
  tejer a punto to knit (4.2)
  tejido (*m.*) **/ trabajo** (*m.*) **de punto** knitting (4.2)
punzante sharp, biting
puñado *m.* handful
puro(a) pure (1.3, 6.3)

Q

qué:
  ¡Qué lástima! What a shame! (6.1)
  ¿Qué opinas de...? What do you think of . . . ?
  ¡Qué va! Nonsense!, Come on! (5.2)
quechua *m.* Quechua (*lengua de los incas*) (6.3)
quedar to remain, to stay
  quedarse to stay, to remain
quehacer *m.* task, chore, duty
quejarse to moan, groan
quema (*f.*) **de la selva** burning of the jungle (4.1)
quemado(a) burned
quemando burning
quemar to burn
  quemar y talar to burn and cut down (4.1), to slash and burn
querer (*irreg.*) to love; to want
  ¿Quieres bailar? Do you want to dance? (2.4)
  ¿Quieres ir a ver...? Do you want to go see . . . ? (1.1)
quiché *véase* **maya-quiché**
químico(a) chemical (6.1)
quinina *f.* quinine
quinto(a) fifth
quiosco *m.* kiosk
quitar to remove, to take away
  quitar la vida to kill
  quitarse to take off, to remove
quizás perhaps
  Quizás la próxima vez. Maybe next time. (1.1)

R

rábano *m.* radish (2.2)
rabia *f.* fury, rage
rabioso(a) furious
racial racial
  segregación (*f.*) **racial** racial segregation (3.4)
racismo *m.* racism
radicalizar to become radical
radicar (qu) to live in; to take root
  radicarse to be located, to live
ráfaga *f.* gust (of wind)
raíces *f. pl.* roots
raja *f.* slice
rama *f.* branch
rana *f.* frog
ranchero(a) country, western (1.3)
  música ranchera *f.* country and western music (1.3)
raras veces rarely, seldom
rasgado(a) almond shaped
rasgadura *f.* tear, slit
rasgo *m.* trait, characteristic
ratificar (qu) to ratify
rato *m.* a while
  al ratito in a little while
ratón *m.* mouse
raya *f.* stripe
  a rayas striped (5.3)
rayo *m.* ray (4.1); spoke (*rueda*) (3.1)
  rayos (*m. pl.*) **ultravioleta** ultraviolet rays (4.1)
raza *f.* race (*ancestral*) (3.4)
real royal
  Real Audiencia *f.* high court
realidad *f.* reality (6.4)
realista realistic (2.1)
realizar (c) to do, to carry out, to accomplish
  realizarse to come true
reanudarse to start again
rebaja *f.* lowering
rebaño *m.* herd
rebelde *m./f.* rebel
recapacitar to think over, to reconsider
recaudación *f.* collection (of taxes), tax levy
recaudar to collect, to raise (funds)
receptor *m.* catcher (2.3)
recesión *f.* recession
rechazado(a) rejected
rechazar (c) to reject
recibimiento *m.* receiving, reception
reciclaje *m.* recycling (4.1)
reciclar to recycle (4.1)
recién recently, newly
reciente recent
recio(a) swift, vigorous, strong
recitando reciting
reclamar to protest, to complain

reclutado(a) recruited
reclutar to recruit, to draft
recoger (j) to collect, to gather
recomendar (ie) to recommend
 La recomiendo con entusiasmo. I
  recommend it enthusiastically. (1.2)
reconciliado(a) reconciled
reconocer (zc) to recognize (3.2)
reconocido(a) recognized, known
reconocimiento recognition
Reconquista *f.* Reconquest
reconstruir (y) to reconstruct
recontar (ue) to retell
recopilar to compile
recorrido *m.* journey
recorte *m.* newspaper clipping
recrear to recreate
recreo *m.* recess
 barco (*m.*) **de recreo** pleasure boat
  (3.1)
recuento recount
recuperar(se) to recuperate (5.2), to re-
 cover
recurrir a to turn to, to appeal to
recurso *m.* resource (3.2)
 recurso humano human resource
  (3.2)
 recurso natural natural resource (3.2)
red *f.* network, Internet; trick, trap
redacción *f.* writing, composition
redactar to write
redondo(a) round, rounded
reducción *f.* mission
reducir (*como* **conducir**) to reduce (3.2)
 reducir la tasa de desempleo to
  reduce unemployment (3.2)
reemplazar (zc) to replace
refinado(a) refined, polished
reflejar to reflect
reflejo *m.* reflection
reflexionar to reflect on, think over
reforma *f.* reform
reformador(a) *adj.* reforming
refrán *m.* refrain, saying
refresco *m.* soft drink
refrigerio *m.* snack, refreshment
refugiado(a) refugee
refugiar to take refuge
regalar to give away
regalo *m.* gift (6.2)
reggae *m.* reggae (*música*) (4.3)
régimen *m.* regime, system; diet
 ponerse (*irreg.*) **a régimen** to go on a
  diet
registrar to examine, to inspect
regla *f.* rule
regocijado(a) delighted
reguero *m.* trickle; stream
rehén *m.* hostage
rehusar (ú) to refuse (3.2)
reina *f.* queen
reinado *m.* reign
reino *m.* kingdom
relajarse to relax
relatar to narrate, to tell

relato *m.* account; story, narrative
relevista *m.* relief pitcher (2.3)
religión *f.* religion (3.4)
religioso(a) religious (2.1)
relojería *f.* watchmaker's shop, jeweler's
 shop
reluciente shining, glittering
remedio *m.* remedy, cure; solution
 no tener (*irreg.*) **más remedio** to have
  no alternative or choice
remo *m.* oar
 bote (*m.*) **de remo** rowboat (3.1)
remojar to soak
remolacha *f.* beet (2.2); *véase también*
 betabel
remunerado(a) paid
renacentista *m./f. del Renacimiento*
 (2.1)
renacimiento *m.* Renaissance; rebirth
rencor *m.* rancor, resentment
rendirse (i, i) to surrender
renombre *m.* fame, renown
renovado(a) renovated
renovarse (ue) to renew
renuncia *f.* resignation
renunciar to give up, to renounce
repartición *f.* division, distribution
repartir to divide
reparto *m.* division
repatriado(a) returned to one's country,
 repatriated
repetidamente repeatedly
repicar (qu) to ring
repleto(a) full
reposar to rest, to relax
representante *m./f.* representative (3.3)
represión *f.* repression (3.4), control
reprimido(a) repressed, suppressed
reprimir to repress, to suppress
reprobación *f.* censure, condemn, re-
 proval
república (*f.*) **bananera** banana republic
 (3.2)
republicano(a) republican (3.3)
repulsivo(a) repulsive
requebrar (ie) to flirt with
requisito *m.* requirement
resbalar to slide
 hacer (*irreg.*) **resbalar** to make (something) slide (2.3)
resbaloso(a) slippery
rescate *m.* ransom
resentimiento *m.* resentment; grudge
reserva *f.* reserve (4.1)
 reserva biológica biological reserve
  (4.1)
reservación *f.* reservation
 hacer (*irreg.*) **una reservación** to
  make a reservation
reservar to reserve
resfriado *m.* cold (*enfermedad*) (5.2);
 véase también **catarro**
residencia *f.* dorm (6.1)
residir to reside, to live
resistir to resist

resolver (ue) to solve; to resolve
resonante resounding
resorte *m.* spring
 sillón (*m.*) **de resortes** dental chair
respaldo *m.* back of a chair
respetar to respect
respeto *m.* respect
respirar to breathe (4.1)
 buceo (*m.*) **con tubo de respirar** snorkeling
resplandor *f.* light, radiance
restaurante *m.* restaurant
restaurar to restore
resto *m.* remainder, rest; *pl.* remains
restringir to restrict, to limit
resucitar to resuscitate, to bring back to
 life
resumen *m.* summary
resurgir to resurge
retener (*como* **tener**) to hold, to keep
retirar to remove, to move away; to
 withdraw
 retirarse to withdraw, to leave
retornar to return
retorno *m.* return
retratando painting a portrait
retrato *m.* portrait (2.1)
 artista (*m./f.*) **de retratos** portrait
  artist (2.1)
reunión *f.* assembly (3.4); meeting (3.4)
 libertad (*f.*) **de reunión y asociación**
  freedom of assembly and association
  (3.4)
 reunión de fieles gathering of the
  faithful (6.2)
reunir (ú) to reunite
revalorización *f.* revaluation
revisar to revise, to check
revista *f.* magazine
revivir to relive (5.1)
revocar to revoke, to repeal
revolucionario(a) revolutionary
revólver *m.* revolver
revolver (ue) to stir, to mix
revuelta *f.* revolt, rebellion
rey *m.* king
 Día (*m.*) **de los Reyes Magos**
  Epiphany (6.2)
 Reyes (*m. pl.*) **Magos** Three Wise
  Men, Three Kings
rezar (c) to pray (6.2)
rico(a) rich (2.4)
riesgo *m.* risk, danger
rincón *m.* corner
riñón *m.* kidney (5.2)
 cáncer (*m.*) **de los riñones** kidney
  cancer (5.2)
río *m.* river (4.4)
riqueza richness; wealth
risa *f.* laugh; laughter
rítmico(a) rhythmic (1.3)
ritmo *m.* rhythm (2.4)
rito *m.* rite
rivalizar (c) to rival, to compete
róbalo *m.* bass (1.4)

robar to steal, to rob
roble *m.* oak (tree) (4.4)
roce *m.* friction
rock *m.* rock (*música*) (1.3)
  hard rock *m.* hard rock (*música*) (4.3)
  música (*f.*) **rock** rock music (1.3)
  rock clásico classic rock (*música*) (4.3)
rodado(a) smooth, flowing
rodando tumbling
rodante: casa (*f.*) **rodante** camper (*vehículo*) (3.1)
rodar (ue) to roll
rodeado(a) de surrounded by
rodear to surround
rodilla *f.* knee (5.1)
rol *m.* role (1.1)
romano(a) *adj.* Roman
  Sacro Imperio (*m.*) **Romano** Holy Roman Empire
  romántico(a) romantic (1.1, 2.1, 2.4)
  música (*f.*) **romántica** romantic music (1.3)
  película (*f.*) **romántica** romance movie
romper to break
  romper la ley to break the law
rompimiento *m.* breaking off
ropa (*f.*) **interior** underclothes (5.3)
ropaje *m.* clothes
roquero(a) *m./f.* rock star (*música*) (4.3)
rosa *f.* rose (4.4)
rosario *m.* rosary
rostro *m.* face
roto(a) broken
rotulador *m.* felt tip pen (2.1)
rotundo(a) emphatic; categorical
rubí *m.* ruby (4.4)
rudamente roughly
rudimentario(a) rudimentary
rueda *f.* tire
  tracción (*f.*) **a cuatro ruedas** four-wheel drive
ruego *m.* request; plea
rugir *m.* to roar
ruina *f.* ruin
rumba *f.* rumba (*baile cubano*) (2.4)
rumbo a in the direction of
ruptura *f.* rupture, break
rutinario(a) *adj.* routine

sabana *f.* savanna, grassland
sábana *f.* sheet
sabiduría *f.* knowledge, wisdom
sabio(a) *m./f.* learned person, scholar
sabroso(a) delightful, pleasant (2.4)
sacar (qu):
  sacar adelante to make prosper
  sacar la lengua to stick one's tongue out
  sacar un disco to release a record (1.3)

sacarino(a) *adj.* saccharine
sacerdote *m.* priest (6.2)
Sacro Imperio (*m.*) **Romano** Holy Roman Empire
sacudirse to shake oneself
sal *f.* salt (1.4)
sala *f.* living room
saladero *m.* salting house; (*Urug.*) large slaughterhouse
salado(a) vivacious (2.4)
salario *m.* salary (3.2)
  puerto (*m.*) **de salida** port of departure
salir (*irreg.*) to leave, to depart
  salir al exilio to leave in exile
salitre *m.* saltpeter
salón *m.* salon (2.1)
  salón (*m.*) **de baile** dance hall
salpicar to sprinkle; to splash
salsa *f.* salsa (*baile caribeño*) (2.4)
  música (*f.*) **salsa** salsa music (1.3)
salsa de encurtido pickle relish (1.4)
salsa de rábano horseradish (1.4)
salsa de tomate ketchup (1.4)
salsero(a) salsa musician or singer
saltar to jump, to leap
salto *m.* leap
  carreras (*f. pl.*) **y saltos** track and field (5.1)
  salto (*m.*) **de agua** waterfall
salud *f.* health (3.4)
saludar to greet
saludo *m.* salute
salvajemente savagely
salvar to save, to rescue
salvavidas *m.* lifesaver
samba *f.* samba (*baile brasileño*) (2.4)
sanar to heal, to cure
sandalia *f.* sandal (5.3)
sangrante bloody, bleeding
sangre *f.* blood (6.3)
  derrame (*m.*) **de sangre** bloodshed
sangriento(a) bleeding, bloody
sanguinario(a) bloodthirsty, cruel
santo(a) *m./f.* saint
  Día (*m.*) **del Santo** Saint's Day (6.2)
  santo patrón patron saint (6.2)
sapo *m.* toad
saquear to sack, to plunder
sarampión *m.* measles (5.2)
sartén *f.* frying pan
satén *m.* satin (5.3)
sátira *f.* satire
satisfecho(a) satisfied (3.3)
saxofón *m.* saxophone (1.3)
saxofonista *m./f.* saxophonist (1.3), saxophone player (4.3)
saxófono *m.* saxophone (1.3)
saya *f.* skirt
secarse (qu) to dry, to dry oneself
seco(a) dry
secuestrar to kidnap
secuestro *m.* kidnapping
secundaria *f.* high school
sed *f.* thirst

seda *f.* silk (5.3)
sedativo *m.* sedative (6.1)
sede *f.* seat (of government)
sefardita *m./f.* Sephardic
segregación *f.* segregation (3.4)
  segregación racial racial segregation
seguida: en seguida right away
seguidor(a) *m./f.* follower
seguir (i, i) to follow; to continue
  seguir en uso to be still in use
según according to
  según se dice according to what they say
Segunda Guerra (*f.*) **Mundial** Second World War
segundo(a) second
seguramente surely, certainly
seguridad *f.* security
  fuerzas (*f. pl.*) **de seguridad** security forces
  tener (*irreg.*) **la seguridad de** to be certain of
selección *f.* selection; team (*fútbol*) (6.1)
seleccionado(a) selected
sello *m.* stamp
selva *f.* jungle (4.1)
  quema (*f.*) **de la selva** burning of the jungle (4.1)
  selva (*f.*) **tropical** tropical rain forest (4.1)
semanario(a) employed by the week
sembrar (ie) to sow, to seed; to spread
semejante similar
semejanza *f.* similarity
semejar to be similar to
semilla *f.* seed
semilla de mostaza mustard seed (1.4)
senado *m.* senate
senador(a) *m./f.* senator (3.3)
sencillo(a) simple, easy (1.2)
senda *f.* path, trail
seno *m.* bosom, breast
sensorial pertaining to the senses
sensual sensual (1.3)
sentido *m.* sense, meaning
sentimiento *m.* sentiment
sentir (ie, i) to feel
  Lo siento. I'm sorry. (2.4)
  Lo siento pero no bailo... I'm sorry, but I don't dance . . . (2.4)
  sentirse bien/enfermo to feel well/sick
señal *f.* sign, signal
señalar to signal; to point to
sepultar to bury
sequía *f.* drought (4.1)
ser *m.* being (*criatura*); *v.* (*irreg.*) to be
  llegar a ser to become
  pasó a ser it became
  ser testigo to testify
sereno(a) serene, calm
serie *f.* series
serio(a) serious
  en serio seriously (5.1)

serpentina *f.* paper streamer
serpiente *f.* serpent
servicio (*m.*) **público** public service (3.2)
sesión *f.* showing (1.1)
seta *f.* (*Esp.*) mushroom (2.2); *véase también* **hongo** *y* **champiñón**
sexenio period of six years
sexo *m.* sex (3.4)
sexto(a) sixth
shaman *m.* shaman, healer
shorts *m. pl.* shorts (5.3)
si if
   como si as if
sí *adv.* yes; *reflex.* himself, herself, themselves
   ¡claro que sí! of course! (1.1)
   entre sí among themselves
   Sí, gracias. Yes, thank you. (2.4)
   sí mismos themselves
sierra *f.* mountain
siglo *m.* century
   Siglo (*m.*) **de Oro** Golden Age
significado *m.* meaning (6.4)
significar (qu) to signify, to mean
signo *m.* sign, signal
siguiente next, following
sílaba *f.* syllable
silabación *f.* syllabification, breaking words into syllables
silbido *m.* whistle
silencio *m.* silence
   en silencio silently
silente *m.* quiet, silent
sillón *m.* armchair
   sillón de resortes dental chair
silvestre rustic, wild
simbolizar (c) to symbolize
símbolo *m.* symbol
simples *m. pl.* singles (tennis)
sin:
   sin duda without a doubt
   sin embargo nevertheless, however
sinagoga *f.* synagogue (6.2)
sincero(a) sincere (5.3)
sincopado(a) syncopated (2.4)
sindicato *m.* union
sinfín *m.* endless number
sinnúmero (*m.*) **de** countless, innumerable (6.2)
sino but rather
sirvienta *f.* servant, maid
sistema *m.* system (3.4)
   sistema de educación system of education (3.4)
sitio *m.* place, location; siege
soberano(a) sovereign
sobrar to have left over
sobras *f. pl.* leftovers
sobredosis *f.* overdose (6.1)
sobrenombre *m.* nickname
sobresaliente outstanding
sobresalir (*irreg.*) to excel, to stand out
sobrevivir to survive (6.2)

social:
   conciencia (*f.*) **social** social conscience (3.4)
   condición (*f.*) **social** social condition (3.4)
   justicia (*f.*) **social** social justice
socialista *m./f.* socialist (3.3)
socio *m./f.* member
sofocado(a) suppressed, put down
sol *m.* sun (4.1)
   gafas (*f. pl.*) **de sol** sunglasses (5.3)
   nunca se ponía el sol the sun never set
   País (*m.*) **del Sol Naciente** Land of the Rising Sun
solo(a) alone; lonely
   a solas alone (5.1)
solar *m.* lot, plot
soldado *m.* soldier
soledad *f.* loneliness; solitude
solemnidad *f.* solemnity
soler (ue) to be used to, to be accustomed to
solista *m./f.* soloist (1.3)
soltar (ue) to release
soltero(a) single; bachelor
soltura *f.* looseness
   mover (ue) los brazos con soltura to move one's arms loosely (5.1)
solvente *adj.* solvent, debt-free
sombra *f.* shade
sombreado(a) overshadowed
sombrero *m.* hat (5.3); *véase también* **bombín**
sombrío(a) somber, dark (2.1)
sometido(a) subjected
son *m.* sound
sonar (ue) to sound; to ring
sondeo *m.* probe
sonido *m.* sound
sonreír (i, i) to smile
sonriendo smiling
sonrisa *f.* smile
sonrosado(a) pink
soñar (ue) to dream
soplado (*m.*) **de vidrio** glassblowing (*artesanía*) (4.2)
soplar to blow
soplo (*m.*) **de viento** gust of wind
soprano *m./f.* soprano (1.3)
sordo(a) *m./f.* deaf person
sorprendente surprising (1.1)
sorprenderse to be surprised, to be amazed
sorprendido(a) surprised
sorpresa *f.* surprise
sortear to dodge
soso(a) boring, uninteresting
sostén *m.* brassiere, bra (5.3); *véase también* **corpiño**
sostener (*como* **tener**) to support, to maintain, to provide for; to hold up
sostenido(a) supported, held up
soviético(a) *adj.* Soviet

suave gentle, mild, soft (1.3)
suavemente softly, smoothly
suavidad *f.* gentleness, mildness; softness, smoothness
subestimar to underestimate
subir to raise
súbitamente suddenly
subrayar to underline
subterráneo(a) subterranean, underground
   tren (*m.*) **subterráneo** subway train
suburbio *m.* suburb
suceder to happen, to occur; to succeed, to follow
sucedido *adj.* happened, occurred
sucesión *f.* succession
sucio(a) dirty
sucumbir to succumb
sucursal *f.* branch
sudar to perspire (5.1)
Suecia *f.* Sweden
sueldo *m.* salary
suelo *m.* floor; ground; soil; land
suelto(a) loose
sueño *m.* dream
suéter *m.* sweater (5.3); *véase también* **chompa**
sufrimiento *m.* suffering
sufrir to suffer (5.2)
   sufrir un infarto to have a heart attack (5.2)
sugerencia *f.* suggestion
suicidio *m.* suicide (3.3)
   suicidio voluntario assisted suicide (3.3)
sujeto(a) *adj.* subject to
sumergido(a) submerged
sumergirse (j) to become immersed
sumisión *f.* submission; submissiveness
superación *f.* surmounting, overcoming
superar to surpass, to exceed; to overcome
superficie *f.* surface (6.4)
supermercado *m.* supermarket
superpuesto(a) superimposed
supervivencia *f.* survival
suplantar to supplant, to take the place of
suponer (*como* **poner**) to suppose, to assume
supremacía *f.* supremacy
suprimido(a) suppressed; put down
suprimir to suppress
supuesto: por supuesto of course, naturally
Sur: Cono (*m.*) **Sur** Southern Cone (Argentina, Chile, Uruguay)
surf: hacer (*irreg.*) **surf** to surf (2.3)
surgir (j) to arise, to spring up (6.3)
surrealista surrealistic (2.1)
suspirar to sigh
suspiro *m.* sigh
sustentar to sustain
sustituir (y) to substitute
susurrar to murmur

T

tabaco *m.* tobacco
tabaquería *f.* tobacco shop
taberna *f.* tavern
tabla *f.* table; tablet (2.1); pleat (5.3)
  con tablas pleated (5.3)
  tabla hawaiana surfboard (2.3)
tablavela *f.* windsurfing board (2.3)
tacón *m.* heel
tacto *m.* touch
taíno(a) *m./f.* Taino (*pueblo amerindio del Caribe*) (6.3); *s. m.* Taino (*lengua de este pueblo*) (6.3)
tal cual such as
tala *f.* cutting down (*de árboles*) (4.1)
  quemar y talar to slash and burn (*árboles*), to burn and cut down (*árboles*) (4.1)
talento *m.* talent, ability
  buscador(a) (*m./f.*) **de talento** talent scout
talentoso(a) talented (1.3)
talla *f.* size (5.3)
  llevar talla pequeña/mediana/grande to wear a small/medium/large size (5.3)
tallado *m.* carving (4.2)
  tallado (*m.*) **en madera** woodcarving (*artesanía*) (4.2)
tallar (*Méx.*) to rub oneself; to scrub oneself
taller *m.* workshop
tallo *m.* stalk
talón *m.* heel
tamaño *m.* size
tambor *m.* drum (1.3)
tamboril *m.* African drum; corps of African drums (6.2)
tamborilero *m.* drummer (6.2)
tamborista *m./f.* drummer (1.3)
tango *m.* tango (*baile argentino*) (2.4)
tanto *adv.* so long, so much, so often
  mientras tanto meanwhile
  por lo tanto therefore
tapado *m.* (*Cono Sur*) coat, overcoat (5.3); *véase también* **abrigo**
tapiz *m.* tapestry
taquígrafo *m./f.* stenographer
taquilla *f.* box office, ticket window (1.1)
taquillero(a) ticket seller (1.1)
tardar to delay
tarea *f.* homework
tarjeta *f.* card
  tarjeta de identificación ID card
tarjetero *m.* credit-card holder (4.2)
tartaleta *f.* tart, pie
tasa *f.* rate
  tasa de crecimiento growth rate (3.2)
  tasa de desempleo unemployment rate (3.2)
  tasa de interés interest rate

tataranieto(a) great-great-grandchild
taxi *m.* taxi (3.1)
¿Te gustaría bailar conmigo? Would you like to dance with me? (2.4)
teatro *m.* theater (1.2, 4.3)
  obra (*f.*) **de teatro** play (1.2)
teclear to type
técnica *f.* technique (2.1)
técnico(a) technical (3.2)
  entrenamiento (*m.*) **técnico** technical training (3.2)
tecnología *f.* technology (3.2)
tecnológico(a) technological (6.4)
tejano(a) *adj.* Texan (1.3)
  música (*f.*) **tejana** country and western music (1.3)
tejeduría *f.* weaving (*artesanía*) (4.2)
tejer to weave (4.2)
  tejer a ganchillo to crochet (4.2)
  tejer a punto to knit (4.2)
tejido *m.* weaving (4.2)
  tejido/trabajo de punto knitting (4.2)
tela *f.* material, fabric (4.2)
telaraña *f.* cobweb
telenovela *f.* soap opera
televidente *m./f.* TV viewer
televisado(a) televised (3.3)
televisión *f.* television
  estrella (*f.*) **de televisión** *f.* TV star
tema *m.* theme, topic
temática *f.* subject, theme
temblar (ie) to shake, to tremble
temblor (*m.*) **de tierra** earth tremor; earthquake (4.1)
temer to fear (4.1)
temor *m.* fear
tempestad *f.* storm (4.1)
templo *m.* temple (6.2)
temporada *f.* season (2.3)
temporal *adj.* temporary
temprano(a) early
tenedor(a) de libros *m./f.* bookkeeper
tener (*irreg.*) to have
  no tener más remedio to have no alternative or choice
  tener éxito to be successful (1.2)
  tener la seguridad de to be certain of
  tener lugar to take place
  tener presente to keep in mind (6.4)
teniente *m./f.* lieutenant
tenis *m.* tennis (2.3); *sing. y pl.* sneaker(s), tennis shoe(s) (5.3)
tenista *m./f.* tennis player
tenor *m.* tenor (1.3)
tentación *f.* temptation
teología *f.* theology
terapia *f.* therapy (5.2)
  en terapia in therapy
tercer, tercero(a) third
tercio(a) third
terciopelo *m.* velvet (5.3)
ternura *f.* tenderness
terrateniente *m./f.* landowner, landholder
terremoto *m.* earthquake

terreno *m.* terrain, ground, land
  vehículo (*m.*) **todo terreno** all-terrain vehicle (3.1)
terrible terrible (1.2)
terror: película (*f.*) **de terror** horror movie (1.1)
tesoro *m.* treasure
testigo *m./f.* witness
  ser (*irreg.*) **testigo** to testify
testimonio *m.* testimony
tibio(a) tepid, lukewarm
tienda *f.* store
  tienda de campaña tent
  tienda de música music shop
tierno(a) tender; loving, affectionate
tierra *f.* earth, land, ground (4.1)
  contaminación (*f.*) **de la tierra** land/ground pollution (4.1)
tieso(a) stiff
tijeras *f. pl.* scissors (4.2)
tiniebla *f.* darkness, obscurity
tinta *f.* china ink (2.1)
tinte *m.* dye, tint
tirado(a) *m./f.* lying down
tirando pulling
tirano(a) *m./f.* tyrant
tirar to pitch (2.3); to throw, to toss
  tirar la pelota to pitch the ball (2.3)
tiro *m.* shot (*al gol*) (6.1)
  gol (*m.*) **de tiro libre** free-kick goal (6.1)
  pegar (gu) un tiro to shoot
  tiro al arco *m.* archery (2.3)
  tiro de esquina *m.* corner shot (6.1)
  tiro directo direct kick (6.1)
  tiro indirecto indirect kick (6.1)
  tiro libre *m.* free kick
  tiro penal penalty kick (6.1)
tisú *m.* gold or silver lamé
titularse to be titled
tiza *f.* chalk (2.1)
tiznado(a) dirty
tobillo *m.* ankle (5.1)
tocar (qu) to play (a musical instrument) (1.3); to touch, to come in contact with
  tocarle to be one's turn
todo:
  ante todo above all
  de todos modos anyway
  encomendarse de todo corazón to entrust oneself completely
  no del todo not at all
  No me gustan del todo. I don't like them at all. (1.1)
todo(a): a toda plana full-page
tolerancia *f.* tolerance
tomar to take; to drink
  tomar el pelo to pull (someone's) leg, to tease or make fun (of someone)
  tomar en cuenta to take into account
  tomar preso to arrest (6.1)
tomate *m.* tomato (2.2)
tomillo *m.* thyme (1.4)

tonificar (qu) to tone (5.1); to strengthen

tono *m.* tone

tontería *f.* foolishness

tópico *m.* topic

toque *m.* touch

torcerse to twist (6.1)

tormentoso(a) turbulent

tornado *m.* tornado (4.1)

tornar a to begin again

tornasolado(a) iridescent

torneo *m.* tournament (5.1)

torno de alfarero potter's wheel (4.2)

toro *m.* bull

　plaza (*f.*) **de toros** bullring

torpe awkward, clumsy

torpedeado(a) damaged (as if by a torpedo)

torre *f.* tower; spire

tortuga *f.* turtle

tortuoso(a) winding

tortura *f.* torment; torture

tos *f.* cough (5.2)

totalmente totally (6.1)

toxicómano(a) *m./f.* drug addict (6.1)

trabajador(a) *m./f.* worker

　Día (*m.*) **del Trabajador** Labor Day (6.2)

trabajo *m.* job (3.4)

　fuente (*f.*) **de trabajo** employment resource

　trabajo/tejido de punto knitting (4.2);

trabarse to get stuck

　trabarse la lengua to get tongue-tied

tracción *f.* traction

　tracción a cuatro ruedas four-wheel drive

tradicional traditional (4.3)

traductor(a) *m./f.* translator

traficante *m./f.* trader, trafficker

tragando swallowing

trágico(a) tragic (1.1)

traje *m.* suit (5.3)

　traje de baño bathing suit (5.3)

trampa *f.* trap

transmisión: cadena (*f.*) **de transmisión** drive chain (3.1)

tranquilidad *f.* tranquility

tranquilizante *m.* tranquilizer (6.1)

tranquilizar (c) to tranquilize, to calm down

transbordador *m.* ferryboat (3.1)

　barco (*m.*) **transbordador** ferryboat (3.1)

　transbordador espacial spaceship

transcurrir to pass, to elapse

transcurso *m.* course (of time)

transferir (ie, i) to transfer

transformar to transform

transitar to pass, to travel

transmitir to transmit

transporte *m.* transportation (3.1)

　sistema (*m.*) **de transporte** transportation system (3.1)

transporte colectivo public transportation (3.1)

trapo *m.* piece of cloth

tras after

trasero *m.* bottom, buttocks

trasero(a) *adj.* rear; behind

　freno (*m.*) **trasero** rear brake (3.1)

　luz (*f.*) **trasera** rear light (3.1)

trasladar to move, to transfer

tratado *m.* treaty (6.4)

tratar to treat (5.2)

　tratarse de to be about (1.2)

trato *m.* agreement, deal

través: a través de through

travieso(a) mischievous

trayectoria *f.* trajectory

trecho *m.* distance

tremendo(a) tremendous (6.3)

trémulo(a) trembling, quivering

tren *m.* train (3.1)

　estación (*f.*) **de tren** train station (3.1)

　tren de carga/pasajeros freight/passenger train (3.1)

　tren subterráneo *m.* subway train

tribunal *m.* court

　Tribunal Supremo Supreme Court

trillón *m.* quintillion (6.4)

trilogía *f.* trilogy

triste sad (1.3)

tristeza *f.* sadness

triunfo *m.* triumph

trompeta *f.* trumpet (1.3)

trompetista *m./f.* trumpet player (1.3)

trono *m.* throne

tropa *f.* troop

tropezar (ie) (c) to bump into, to run into

tropical tropical (1.3)

　bosque (*m.*) **tropical** tropical forest (4.1)

　música (*f.*) **tropical** tropical music (1.3)

　selva (*f.*) **tropical** tropical forest

trópico *m.* tropics

trotar to jog (5.1)

trotamundos *m./f. sing. y pl.* world traveler

trucha *f.* trout (1.4)

truncado(a) truncated

tubo *m.* tube

　buceo (*m.*) **con tubo de respirar** snorkeling

　tubo de óleo *m.* tube of oil paint (2.1)

tumba *f.* tomb

tumor: tumor (*m.*) **benigno** benign tumor (5.2); **tumor maligno** malignant tumor (5.2)

túmulo *m.* burial mound; tomb

tumultuoso(a) tumultuous

tuna *f.* prickly pear (cactus) (2.2)

turco(a) *m./f.* Turk; *adj.* Turkish

turquesa *f.* turquoise (4.4)

turrón *m.* nougat

ubicar (qu) to be located, to be situated

último(a) last, final

　por último finally

ultravioleta ultraviolet (4.1)

umbral *m.* threshold

únicamente *adv.* only

único(a) *adj.* only, sole; unique

unidad *f.* unity

unificante unifying

unificar (qu) to unify (6.4)

unión *f.* union (6.4)

uniparental *adj.* one-parent

unir to unite

　unirse to join (6.4)

universidad *f.* university

uranio *m.* uranium (4.4)

urbanismo *m.* urbanism, city planning

uso: seguir en uso to be still in use

usuario(a) *m./f.* user

utilizar (c) to utilize, to use

uva *f.* grape

va: ¡Qué va! Nonsense!, Come on!

vaca *f.* cow

vacilar to hesitate, to waver

vacío(a) empty

vacuno(a) *adj.* bovine, cattle

vaina *f.* thing

vale *int.* okay, fine

valentía *m.* bravery, valor

valer (*irreg.*) to be worth

　vale más que one had better (6.1)

　valer la pena to be worthwhile

¡Válgame Dios! Oh my God!

válido(a) valid, worthwhile

valiente brave, valiant

valioso(a) valuable

valle *m.* valley

valor *m.* value (6.4)

vals *m.* waltz (2.4)

válvula *f.* tire valve (3.1)

vamos let's; let's go

　¿Vamos a bailar? Shall we go dance? (2.4)

　vamos al caso let's get to the point

vándalo(a) *m./f.* Vandal (*pueblo germánico*)

vanguardia *f.* vanguard; to be in the forefront

vanidoso(a) vain, conceited

vapor *m.* steam (4.4)

vaporizador *m.* spray (5.2); *véase también* **pulverizador**

vapulear to beat, thrash (6.1)

vaqueros *m. pl.* (*Méx.*) (blue) jeans (5.3); *véase también* **jeans**

película (*f.*) **de vaqueros** western (*film*) (1.1)
várice *f.* varicose vein
varicela *f.* chicken pox (5.2)
varita *f.* little wand
vasco(a) Basque
vaya *int. expresión de desagrado, protesta o sorpresa*
vecino(a) neighbor
vegetal *m.* vegetable
vehemencia *f.* vehemence, passion
vehículo *m.* vehicle (3.1)
    vehículo con tracción a cuatro ruedas vehicle with four-wheel drive (3.1)
    vehículo de motor motor vehicle (3.1)
    vehículo todo terreno all-terrain vehicle (3.1)
vela:
    barco (*m.*) **de vela** sailboat (3.1)
    bote (*m.*) **de vela** sailboat
velo *m.* veil
velocidad: palanca (*f.*) **del cambio de velocidades** gear shift lever (3.1)
velozmente rapidly
venado *m.* deer (4.4)
vencedor(a) *m./f.* conqueror, victor, winner
vencer (z) to defeat, to conquer
vencido(a) beaten, defeated
    darse (*irreg.*) **por vencido(a)** to give up, to admit defeat
vencimiento *m.* defeat; victory
venenoso(a) poisonous, venomous
venerar to venerate (6.2)
venidero(a) coming, future
venta *f.* sale, selling
ventaja *f.* advantage (3.2)
ventura *f.* luck, good fortune
ver (*irreg.*) to see
    a ver let's see (4.4)
verdadero(a) true; real
verdugo *m.* executioner
veredicto *m.* verdict
vergonzoso(a) shameful; shy, bashful
vergüenza *f.* embarrassment; shame
vertiente angled, sloped
vestido *m.* dress (5.3)
vestimenta *f.* clothes, dress (4.2)
vez *f.* time (*ocasión*)
    a la vez at the same time
    a su vez in turn
    de vez en cuando from time to time
    en vez de instead of
vía *f.* roadway; route
    en vías de in the process of, on the way to
viajar to travel
viaje *m.* trip

viajero(a) traveler
vibración *f.* vibration
vibrar to vibrate
vicepresidente(a) *m./f.* vice president (3.3)
víctima *m./f.* victim
victoria *f.* victory (6.1)
vida *f.* life
    modo (*m.*) **de vida** way of life
    nivel (*m.*) **de vida** standard of living
    quitar la vida to kill
vidriera *f.* display case
vidriería *f.* glassmaking (4.2); glassworks
vidrio *m.* glass
    soplado (*m.*) **de vidrio** glassblowing (*artesanía*) (4.2)
viejo(a) old
viento *m.* wind
    molino (*m.*) **de viento** windmill
    soplo (*m.*) **de viento** gust of wind
vigencia *f.* use
    en vigencia in effect
vigilar to keep an eye on (3.4)
vinculación *f.* bond, link
violar to violate (3.4)
violencia *f.* violence
violeta *f.* violet (4.4)
violinista *m./f.* violinist (4.3)
viraje *m.* turning, veering
virreinato *m.* viceroyalty, viceroyship
virrey *m.* viceroy
virtud *f.* virtue
visigodo(a) *m./f.* Visigoth
visita *f.* visitor
visitar to visit
vistazo *m.* glance
vistoso(a) colorful (4.2)
vitalicio(a) for life
vitamina *f.* vitamin
vívido(a) vivid
vivienda *f.* house, dwelling; housing
viviente living
vivo(a) vivid, bright (2.1)
vocal *f.* vowel
volante *m.* ruffle (5.3)
    falda (*f.*) **con volantes plegados** pleated skirt (5.3)
volar (ue) to fly
    volarse la cerca to go out of the park (over the fence) (2.3)
vólibol *m.* volleyball (2.3)
volteado(a) turned around
volumen *m.* volume
voluntad *f.* will, will power
voluntario *m.* volunteer; *adj.* voluntary
    suicidio (*m.*) **voluntario** assisted suicide (3.3)
vomitar to vomit

votar to vote (3.3)
voz *f.* voice
    en voz alta out loud
    en voz baja quietly, in a whisper
vuelo flight (3.1)
    vuelo de ida y vuelta *m.* round-trip flight (3.1)
vuelta *f.* turn; return
    dar (*irreg.*) **vuelta** to turn
    vuelo (*m.*) **de ida y vuelta** *m.* round-trip flight (3.1)
Vuestra Merced Your Grace

windsurf:
    hacer (*irreg.*) **windsurf** to windsurf (2.3)

¡Ya está! It's settled!
yegua *f.* mare
yerba *f.* grass; wild plant
    yerba buena mint (1.4)
yunque *m.* anvil

zacate *m.* scrubber
zafiro *m.* sapphire (4.4)
zambo *m.* (*persona nacida de padres negro[a] e indio[a]*) (6.3)
zanahoria *f.* carrot (2.2)
zapallo *m.* (*Cono Sur*) pumpkin (2.2); *véase también* **calabaza**
zapatilla *f.* slipper (5.3); *véase también* **chancla**
zapato *m.* shoe (5.3); *véase también* **calzado**
    zapato de calle loafer (5.3)
    zapato de vestir dress shoe (5.3)
zapote *m.* sapodilla plum (*fruta tropical*) (2.2)
zapoteca *m./f.* Zapotec (*grupo indígena de Oaxaca, Méx.*)
zarandear to shake
zona *f.* zone, area (4.1)
    zona protegida protected area (4.1)
zoológico *m.* zoo
    parque (*m.*) **zoológico** zoo
zorro(a) *m./f.* fox (4.4)
zurdo(a) left-handed

Índice

Credits

Text Credits

Unidad 1

"Consejos de una madre", from *Body in Flames/Cuerpo en Llamas* by Francisco X. Alarcón. Copyright © 1990. Reprinted with permission of Chronicle Books LLC, San Francisco. Visit www.chroniclebooks.com.

"El día que fuimos a mirar la nieve", excerpt by Alfredo Villanueva-Collado is reprinted with permission from the publisher of *Cuentos Hispanos de los Estados Unidos* (Houston: Arte Público Press–University of Houston, 1993).

"Las canas", by Ángel Castro, as appeared in *Cuentos del Exilio Cubano.*

"Esperanza muere en Los Ángeles," reprinted by permission of the author, Jorge Argueta, from *Love Street.*

Unidad 2

"Tiempo libre" by Guillermo Samperio, from *El muro y la intemperie*, Ediciones del Norte, Hanover, NH.

"El diario inconcluso" by Virgilio Díaz Grullón. Reprinted from *Américas,* a bimonthly magazine published by the General Secretariat of the Organization of American States in English and Spanish.

Unidad 3

"Paz del solvente" and "Al principio" by José Adán Castelar from *Poesía Contemporánea de la América Central*, edited by Francisco Albizurez Palma, Editorial Costa Rica, 1995. Reprinted by permission.

"Los perros mágicos de los volcanes" by Manlio Argueta. Reprinted with the permission of the publisher, Children's Book Press, San Francisco, CA. Story copyright © 1990 by Manlio Argueta and Stacey Ross. Pictures copyright © 1990 by Elly Simmons.

Extract from "Me llamo Rigoberta Menchú y así me nació la conciencia," Elizabeth Burgos. © Elizabeth Burgos, 1985. Reprinted by permission of Agencia Literaria Carmen Balcells, S.A.

Unidad 4

"La paz no tiene fronteras" by Óscar Arias Sánchez, from *Óscar Arias: en busca de la paz* by Hans Janitschek, Editorial Diana, 1989. Reprinted by permission of Editorial Diana.

"Pena tan grande" and "La única mujer" by Bertalicia Peralta, from *The Defiant Must: Hispanic Feminist poems from the Middle Ages to the Present*, Angel Flores and Kate Flores, Editors, p. 108.

"Un día de estos" from *Los funerales de la Mamá Grande* by Gabriel García Márquez. © Gabriel García Márquez, 1962. Reprinted by permission of Agencia Literaria Carmen Balcells, S. A.

"La cascada de Salto de Angel" by Maricarmen Ohara from *Leyendas y cuentos latinoamericanos*, Alegría Hispana Publications, 1992. Reprinted by permission.

Unidad 5

"Visión de antaño" by Hernán Velarde from *Recreo 5: Juegos para aprender español*, by María Paz Berruecos, Elisa María Gonzalez Mendoza and Graciela Gonzáles de Tapia, 1987. Reprinted by permission of Editorial Trillas, México.

José Antonio Campos, "Los tres cuervos" from *El Cuento Hispánico*, Edward J. Mullen and John F. Garganigo (eds.), Cuarta Edición.

"Chino-japonés" by Maricarmen Ohara. Copyright by Maricarmen Ohara. Reprinted by permission.

Unidad 6

"Continuidad de los parques" from *Final del juego* by Julio Cortázar. © Julio Cortázar, 1956, and Heirs of Julio Cortázar. Reprinted by permission of Agencia Literaria Carmen Balcells, S. A.

"El derecho al delirio" by Eduardo Galeano from *Patas arriba. La escuela del mundo al revés.* Siglo Veintorino Editores, México/España, 1998.

"Elisa" by Milia Gayoso, from *El peldano gris* (Asunción, Paraguay: Editorial Don Bosco). Copyright © 1994 by Milia Gayoso.

"La United Fruit Co." and "Explico algunas cosas" by Pablo Neruda. © Pablo Neruda, 1950 and Fundación Pablo Neruda. Reprinted by permission of Agencia Literaria Carmen Balcells, S.A.

Photo Credits

Unidad 1
2: Alex Sunheart Galindo. 3: Bill Wassman/The Stock Market/Corbis. 4: *t* AP/Wide World Photos; *b* AP/Wide World Photos. 5: Federic De LaFosse/Sygma. 11: *t* Corbis/UPI Bettmann; *b* AP/Wide World Photos. 12: Courtesy of the New Mexico Hispanic Cultural Center. 15: Courtesy of Francisco X. Alarcón. 18: Manual Colon/Joven poesía with permission from *El Show de Cristina*, 1994 The Univisión Network Limited Partnership/The Cristina Show. 20: *t* AP/Wide World Photos; *b* AP/Wide World Photos. 21: AFP/Corbis. 25: UPI/Bettmann. 26: *t* Springer/Corbis; *b* AP/Wide World Photos. 29: Courtesy of Alfredo Villanueva-Collado. 36: *t* AP/WideWorld Photos; *b* Rose Hartman/LGI/Corbis. 37: *t* Jerry Bauer; *b* AP/Wide World Photos. 42: *t* Larry Mulvehill/Ray Hillstron; *b* AP/Wide World Photos. 43: Corbis/Royalty Free. 44: Bettman/Corbis. 45: Beryl Goldberg. 52: *t* Beryl Goldberg; *b* Ken Bank/Retna. 53: Courtesy of the North County Times. 57: © Reuters NewMedia Inc./Corbis. 58: *t* Beryl Goldberg; *b* Corbis/Royalty Free. 61: Courtesy of Children's Book Press.

Unidad 2
102: David G. Houser. 103: Robert Frerck/Odyssey Productions. 104: *t* Reuters/Corbis/Bettmann; *b* ©AFP/Corbis. 105: Brad Rickerby/Sipa Press. 110: *t* Erich Lessing/Art Resource, NY; *m* Erich Lessing/Art Resource, NY; *b* AP/Wide World Photos. 111: *t* Chamussy/Sipa Press; *b* Robert Frerck/Odyssey Productions. 120: *t* Gigi Kaesar; *b* AP/Wide World Photos. 121: Mary Powell/LGI Press/Corbis. 125: Donne Bryant/DDB Stock. 126: Robert Frerck/Odyssey Productions. 127: Robert Frerck/Odyssey Productions. 134: *t* Courtesy of Rosario Ferre; *b* © AFP/Corbis. 135: *t* Geraldo Somoza/Outline Press; *b* Matthew Stockman/All Sport/Getty. 140: Robert Frerck/Odyssey Productions. 141: *t* Robert Frerck/Odyssey Productions; *b* Robert Frerck/Odyssey Productions. 143: *t* Bettmann/Corbis; *b* ©Hulton-Deutsch Collection/Corbis. 146: Franklin Guitierrez. 152: *t* Osvaldo Sales/Center for Cuban Studies; *b* Layle Silbert. 153: AP/Wide World Photos. 157: *t* Bettmann/Corbis; *b* Bettmann/Corbis. 158: *t* © Creutzmann Swen/Corbis Sygma; *b* © Giraud Philippe/Corbis Sygma. 161: Bettmann/Corbis.

Unidad 3
188: Jan Butchofsky-Houser/Corbis. 189: *l* Brenda Latavala/DDB; *r* Beryl Goldberg. 190: *t* Reuters NewMedia, Inc./Corbis; *b* Courtesy of Curbstone Press/ Photo Margaret Randall. 191: Peter Keeley/Impact Visuals. 196: *t* Corbis; *b* Corbis. 199: Archive Photos. 204: *t* Layle Silbert; *b* Janet Gold. 205: Courtesy of Max Hernández. 209: *t* Gary Braasch/Corbis; *b* Brenda J. Latavala/DDB. 210: Max and Bea Haan/DDB. 220: Layle Silbert. 221: Courtesy of Juan Carlos Colorado. 225: Luis Villoto/Stock Market/Corbis. 226: *t* Bigwood/Liaison Agency; *b* Doug Bryant/DDB. 229: Layle Silbert. 236: AP/Wide World Photos. 237: Courtesy of Luis González

Palma. 242: *t* Daemerich/Stone/Getty; *b* D. Donne Bryant/DDB. 243: Sherylin Bjorkgren/DDB. 246: *t* Sipa Press; *b* Robert Fried. 251: Courtesy of Fabián Samaniego.

Unidad 4
266: Byron Augustin/DDB. 267: *t* Robert Fried; *b* AP/Wide World Photos. 268: *t Ixok AmarGo, Central American Women's Poetry for Peace,* © 1987, edited by Zoe Anglesey, Granite Press; *b* NASA. 269: Courtesy of Carmen Naranjo. 273: *t* James Rowan/Stone/Getty; *b* Doug Bryant/DDB. 274: Larry Hamil. 277: B. Leibtreau/Sygma. 279: Pressens Bild/Sygma. 284: *t* Lawrence Agron/Archive Photos; *b* ©Sachs Ron/Corbis/Sygma. 285: Trapper/Sygma. 289: Northwind Picture Archives. 290: *t* Northwind Picture Archives; *b* Dirk Halsted/Sygma. 293: Photo by Zoe Anglesey, *Ixok Amar Go, Central American Women's Poetry for Peace,* © 1987, Granite Press. 300: *t* Biblioteca Luis Angel Arango; *b* Les Stone/Sygma. 305: C. Duncan/DDB. 306: *t* Les Stone/Sygma; *b* Les Stone/Sygma. 309: Ledru/Sygma. 316: *t* Pierre Boulat/LIFE Magazine ©Time, Inc.; *b* John Spellman/Retna. 317: Layle Silbert. 321: Corbis. 322: *t* Beryl Goldberg; *b* M. Antman/Image Works.

Unidad 5
360: Buddy Mays/Corbis. 361: *t* Gianni Dogli Orti/Corbis; *b* Barnabas Bosshart/Corbis. 362: *t* Jerry Bauer; *b* Courtesy of Sony Discos. 363: AP/Wide World Photos. 368: *t* Robert Frerck/Odyssey Productions; *b* Robert Fried. 369: Robert Frerck/Odyssey Productions. 372: Columbus Memorial Library, OAS. 373: Wesley Bocxe/Image Works. 378: Castellaza/Latin Stock/DDB. 379: Courtesy of Abdoa Ubidia. 384: *t* Buddy Mays/Travel Stock; *b* Photri. 385: D. Krikland/sigma. 394: *t* Saba/Corbis; *b* Courtesy of Gaby Vallejo. 395: Courtesy of Alfonso Dagrón. 400: Joly/Latin Stock/DDB. 401: *b* Tony Morrison/South American Pictures. 404: Courtesy of Maricarmen Ohara.

Unidad 6
428: AP/Wide World Photos. 429: Pablo Corral/Corbis. 430: *t* Reuters NewMedia, Inc., Corbis; *b* Reents/Sermoneit/Corbis/Sigma. 431: Corbis. 435: Corbis/Royalty Free. 436: *t* Kit Houghton/Corbis; *b* Rafael Wallman/Liaison Agency. 439: Bettmann/Corbis. 446: *t* Marcelo Isarrualde/Prisma/Impact Visuals; *b* Courtesy of Beatriz Flores Silva. 451: Bettmann/Corbis. 452: *t* Wolfgang Kaehler/Corbis; *b* Max and Benn Hann/DDB. 455: Marcelo Isarrualde. Susan Bergholz Literary Services. 462: *t* Courtesy of Alfred Knopf; *b* Courtesy of Fabián Samaniego. 468: Courtesy of Fabián Samaniego. 469: *t* AP/Wide World Photos; *b* Chris R. Sharp /DDB. 475: Courtesy of Fabián Samaniego. 476: *t* Sergio Larrain/Magnum Photos; *b* Xenophile Records. 477: AP/Wide World Photos. 481: Culver Pictures. 482: *t* AFP/Corbis; *b* AP/Wide World Photos. 485: Corbis. 489: Charles O'Rear/Corbis.

Video Credits

The video to accompany *Mundo 21* and *El mundo 21 hispano* was produced by PICS (the Project for International Communication Studies) at The University of Iowa Video Center.

PICS Director: Sue K. Otto, PICS/The University of Iowa
Producer: Anny A. Ewing, AltamirA Educational Solutions
Editor: Brian Gilbert, The University of Iowa Video Center
Graphics: Rich Tack, The University of Iowa Video Center

1.1 "La joven poesía," excerpted from *El Show de Cristina,* © 1994 the Univisión Network Limited Partnership/ The Cristina Show.

1.3 "¡Hoy es posible!: Jon Secada," excerpted from *¡Hoy es posible!,* © Televisión Española, S.A. 1997.

1.4 "En comunicación con Centroamérica," written, produced, and directed by Bob Nesson. Academic consultant: Fabián Samaniego; narrated by Lucía Cáceres; camera and editing: Bob Nesson; additional editing: Alla Kovgan and Michael Shafran; translators: David Delmar and Primavera C. Garrido; Associate Producer: Primavera C. Garrido. A Production of Nesson Media Boston, Inc.

2.1 "Juan Carlos I: un rey para el siglo XX," excerpted from *Juan Carlos I: 60 años de historia,* © Televisión Española, S.A. 1998.

2.2 "Carlos Fuentes y la vitalidad cultural," excerpted from *El espejo enterrado, programa V: Las tres humanidades,* © 1991 Sogepaq, S.A.

2.4 "La Cuba de hoy," excerpted from *Informe semanal: Miami: Pequeña Habana,* © Televisión Española, S.A. ~1997.

"*Azúcar amarga:* la realidad de la Revolución Cubana," trailer from the film *Azúcar amarga,* © 1996 First Look Pictures/Overseas FilmGroup, excerpted from *Cartelera* TVE, © Televisión Española, S.A. 1998, with permission from Overseas FilmGroup.

3.1 "Nicaragua: bajo las cenizas del volcán," excerpted from *América Total: El mar dulce,* © Televisión Española, S.A. 1996.

3.3 "En el Valle de las Hamacas: San Salvador," excerpted from *América Total: Los hijos del volcán,* © Televisión Española, S.A. 1996.

3.4 "Guatemala: influencia maya en el siglo XXI," written, produced, and directed by Bob Nesson. Academic consultant: Fabián Samaniego; narrated by Lucía Cáceres; camera and

editing: Bob Nesson; additional editing: Alla Kovgan and Michael Shafran; translators: David Delmar and Primavera C. Garrido; Associate Producer: Primavera C. Garrido. A Production of Nesson Media Boston, Inc.

Mayan Glyphs and Sun God reproduced with permission from *The Maya: Life, Myth, and Art,* by Timothy Laughton. Stewart, Tabori & Chang.

Kinich Ahau Sun God reproduced with permission from *Gods of the Maya, Aztecs, and Incas,* by Timothy R. Roberts. Michael Friedman Publishing/Art Archives.

4.1 "Costa Rica: para amantes de la naturaleza," excerpted from *América Total: Declaración de paz,* © Televisión Española, S.A. 1997.

"A correr los rápidos de Costa Rica," excerpted from *De paseo: Río Pacuare,* una producción de CANAL 13 © 1997.

4.3 "Medellín: el paraíso colombiano recuperado," excerpted from *América Total: La casa de Juan Valdéz,* © Televisión Española, S.A. 1996.

4.4 "La abundante naturaleza venezolana," excerpted from *América Total: El lugar más viejo del planeta,* © Televisión Española, S.A. 1997.

5.1 "Cuzco y Pisac: formidables legados incas," excerpted from *América Total: Urubamba,* © Televisión Española, S.A. 1996.

5.3 "La maravillosa geografía musical boliviana," excerpted from *América Total: Altiplano,* © Televisión Española, S.A. 1996.

6.1 "Buenos Aires: la tumultosa capital de Argentina," excerpted from *América Total: El tango...todavía,* © Televisión Española, S.A. 1996

6.3 "Paraguay: al son del arpa paraguaya," written, produced, and directed by Bob Nesson. Academic consultant: Fabián Samaniego; narrated by Lucía Cáceres; camera and editing: Bob Nesson; additional editing: Alla Kovgan and Michael Shafran; translators: David Delmar and Primavera C. Garrido; Associate Producer: Primavera C. Garrido. A Production of Nesson Media Boston, Inc.

6.4 "Chile: tierra de arena, agua y vino," excerpted from *América Total: Por los caminos del cobre,* © Televisión Española, S.A. 1995.